dtv
premium

Elizabeth Young

Männer kriegt man nicht geschenkt

Roman

Aus dem Englischen von
Christiane Burkhardt

Deutscher Taschenbuch Verlag

Von Elizabeth Young
ist im Deutschen Taschenbuch Verlag erschienen:
Männer auf Bestellung (24311)

Deutsche Erstausgabe
Dezember 2003
Deutscher Taschenbuch Verlag GmbH & Co. KG, München
www.dtv.de

Titel der englischen Originalausgabe:
›Fair Game‹
(William Heinemann, The Random House Group Limited, London 2001)

Umschlagkonzept: Balk & Brumshagen
Umschlaggestaltung: Stephanie Weischer
unter Verwendung einer Fotografie
von © Getty Images/Emily Shur
Satz: Fotosatz Reinhard Amann, Aichstetten
Gesetzt aus der Aldus 10,5/12,5' (QuarkXPress)
Druck und Bindung: Kösel, Kempten
Gedruckt auf säurefreiem, chlorfrei gebleichtem Papier
Printed in Germany · ISBN 3-423-24378-3

Für meine Mutter – wie immer in Liebe, X.

PROLOG

Meine Sünden kamen ans Tageslicht, als ich draußen vor dem Deli stand. Es war einer von diesen Januarnachmittagen, wie es sie nur selten in London gibt: Es herrschten so arktische Temperaturen, dass einem die Ohren abfroren; die Luft roch nach Schnee.

Nicht dass mir das was ausgemacht hätte, denn meine körpereigene Zentralheizung lief auf Hochtouren. Das Reisebüro neben dem Deli warb mit einem verlängerten Wochenende in Gambia, doch nicht einmal das konnte mich verlocken. Ich hatte gerade ein wenig frische Pasta kaufen wollen, als ich Rosie in die Arme gelaufen war. »Harriet! Ich war gerade auf dem Weg zu dir! Hoffentlich hast du's nicht auf diese eingelegten Tomaten abgesehen. Die habe ich nämlich gerade alle aufgekauft.«

»Nein – aber warum wolltest du zu mir?«

Die Frage hätte ich mir sparen können. Rosie war wirklich nett, aber wenn sie eine eigene Website gehabt hätte, dann nur unter dem Namen *aberbittenichtweitersagen.com*. Ihre großen braunen Augen glänzten schuldbewusst. »Ich kann's kaum erwarten, dir das Allerneueste in Sachen Nina und Mr. Helikopter zu erzählen.«

Rosie, Nina und ich waren zusammen zur Schule gegangen. »Mr. Helikopter« war Rosies Spitzname für Ninas Ex. Doch da er wirklich »ex« war, und das schon seit einer Woche, konnte ich ihr nicht ganz folgen. »Was soll das heißen, ›das Allerneueste‹? Er hat doch mit ihr Schluss gemacht!«

»Schon. Allerdings war sie deswegen ein klitzekleines bisschen angesäuert, schon vergessen?«

Ich selbst war nicht dabei gewesen, aber Rosie wusste bestens Bescheid und hatte mir alles haarklein erzählt. Nina hatte geschrien und getobt und ihn gefragt, ob er eine andere hätte. Nachdem er das verneint hatte, hatte sie ihn angebrüllt und einen dreckigen Lügner genannt. Sie wisse ganz genau, dass er sich mit einer anderen getroffen habe, und er solle gefälligst sagen, wer diese Schlampe sei.

»Natürlich hat sie ihm nie abgenommen, dass keine andere dahinter steckt«, fuhr Rosie fort. »Dreimal darfst du raten, was sie sich ausgedacht hat.«

Ich scheine solche Situationen geradezu magisch anzuziehen. Wie ein Magnet, der schreit: Huhu Fettnapf, wo bist du? »Wie meinst du das?«

»Sie hat einen Schnüffler auf ihn angesetzt!«

»*Wie bitte?!*«

»Ja, genauso hab ich zuerst auch reagiert. Ganz schön übertrieben, was? Schließlich waren sie nicht mal verlobt oder so.«

Vielleicht sollte ich doch besser den nächsten Flieger nach Gambia nehmen.

»Seit wann denn? Ich meine, seit wann hat sie diesen Schnüffler auf ihn angesetzt?«

»Gleich nachdem er mit ihr Schluss gemacht hat. Aber was hat sie nur davon, möcht ich wissen. Außer dass sie anschließend weiß, von wem sie eine Wachsfigur anfertigen muss, um Nadeln hineinzubohren.«

Von wegen Gambia – vielleicht lieber doch ein Billigflug nach Ulan Bator?

»Das wird sie ein Vermögen kosten, aber sie hat gesagt, sie muss unbedingt Bescheid wissen«, fuhr Rosie fort. »Der Typ meinte, es kann durchaus eine Weile dauern, bis er ihn erwischt – vielleicht nicht gerade *in* ihr, aber zumindest *mit* ihr, wer immer sie auch sein mag.«

»Das wird denen doch sofort auffallen, wenn so ein Typ im schäbigen Trenchcoat um sie herumschleicht.«

»Ach was! Das ist ein *Profi*! Mit einem Mega-Zoom-Paparazzi-

Objektiv und allem drum und dran. Ich kann nur hoffen, dass sie die Vorhänge zuziehen.«

Und ob sie das tun würden.

»Sie hat da so einen Verdacht«, fuhr sie fort. »So eine doofe Blondine, die sie vor einigen Wochen gefeuert hat – wobei ich sagen muss, dass Nina jede Blondine doof findet. Auf irgendeiner Fete musste sie die beiden miteinander bekannt machen. Und schon damals konnte Blondie nicht die Augen von ihm lassen. Sie hat das nur getan, um sich zu rächen, sagt Nina.«

Ich fuhr mir mit der Zunge über die Lippen. »Woher will sie denn das wissen? Das Mädel ist auch nicht dümmer als der Durchschnitt.«

Rosie riss die Augen auf. »Du willst mir doch nicht sagen, dass du sie kennst?«

»Und ob«, sagte ich. »Sehr gut sogar.«

»Das ist doch nicht dein Ernst?!«

»Doch. Ich kenn sie, solange ich denken kann.«

»Du *spinnst* ja! Warum hast du mir dann nie ein Sterbenswort erzählt?«

Nun, so blöd ist Rosie auch wieder nicht. Während sie mich mit offenem Mund anstarrte, konnte ich es richtig rattern hören.

Als der Groschen dann endlich fiel, riss sie die Augen noch weiter auf.

Direkt gegenüber lag der Drunken Dragon.

»Lust auf einen Drink?«, fragte ich. »Ich glaube, den kannst du jetzt gebrauchen.«

Rosie fand ihre Sprache wieder. »*Ich?* Und was ist mit dir? Dir ist doch hoffentlich klar, dass sie dich umbringen wird?«

EINS

Ich weiß eigentlich gar nicht, warum ich eben »Sünden« gesagt habe. Ich hab's noch nie darauf angelegt, jemandem den Freund auszuspannen, geschweige denn Nina. An dem Tag, an dem alles begann, hatte ich ganz andere Sorgen, als mir irgendeinen Typen anzulachen. Selbst ich gehe nicht in Schlabberhosen, einem Pulli, der schon bessere Tage gesehen hat, und mit einer Frisur wie ein Wischmopp auf die Piste.

Als ich an jenem Nachmittag draußen im Nieselregen stand, wollte ich nichts weiter als ein Taxi und dann ab nach Hause. Es war Anfang Dezember, und ich war voll bepackt mit Sachen, die wohl überlegte Weihnachtseinkäufe hätten sein sollen. Ich hatte mir extra eine Liste gemacht, auf der stand *Mum, Bill, Sally, Tom, Jacko* ... Dann war ich losgezogen mit der Absicht, hocheffizient einen Namen nach dem anderen abzuhaken.

Aber hocheffizient, wie ich nun mal war, hatte ich es nur geschafft, Tom abzuhaken. In meinen ausgebeulten Tüten steckten lauter Spontankäufe für mein Haus. Nachdem mein Nestbautrieb eher spät eingesetzt hatte, wollte ich die verlorene Zeit gleich dreifach wieder wettmachen. Zwei Flaschen Glühwein hatte ich auch erstanden. So ein Zeug kaufe ich immer, wenn Weihnachten vor der Tür steht. Außerdem musste ich mich dringend etwas in Stimmung bringen, denn das Wetter war alles andere als vorweihnachtlich. Mild und feucht wie im Oktober.

Der feine Sprühregen schien in einen ausgemachten Platzregen übergehen zu wollen und hatte sich dazu genau den Augenblick ausgesucht, an dem ich mit meinen vollen Tüten auf die Straße trat. Meine Haare wurden immer feuchter, meine Arme immer länger und mein Pulli fing an, nach nassem Schaf zu müffeln. In diesem Moment entdeckte ich Nina, die gerade aus einem schicken kleinen Restaurant kam – Arm in Arm mit einem Typen.

Um es mit Jane Austen zu sagen: Immer, wenn man jemandem über den Weg läuft, den man schon jahrelang nicht mehr gesehen hat und dem man eigentlich nie wieder begegnen wollte, wie ich in diesem Falle Nina, sieht man gerade aus wie eine Vogelscheuche.

Während sie aussah wie – na ja, wie Nina eben.

Mit ihrem taupefarbenen Etwas aus Seide und Kaschmir – für 799 Pfund das reinste Schnäppchen – sah sie aus, als sei sie gerade einer Modestrecke der *Sunday Times* entsprungen. Ihr dunkler Bob glänzte und schimmerte seidig wie eh und je. Dazu ein makelloses, glattes Gesicht wie aus der L'Oréal-Werbung.

Nur etwa sechs Schritte von mir entfernt, plauderte sie mit ihrem Typen und schenkte ihm ein glockenhelles Lachen, während er schützend den Schirm über sie hielt, damit sie nur ja nicht nass wurde.

Wenn sie mich jetzt entdeckte und wiedererkannte, dann würde sie in null Komma nichts vor mir stehen, ehe ich auch nur leise »Mist« sagen könnte. Sie würde mich hocherfreut anlächeln (hocherfreut, weil es ihr gelungen wäre, mich alt aussehen zu lassen), um mich dann mit einem enthusiastischen »*Harry!* Wie *geht* es dir?« zu begrüßen. Anschließend würde sie mir links und rechts ein Küsschen aufschmatzen und sagen: »Darf ich vorstellen? Mr. Perfect – Mr. Perfect, das ist Harriet. Wir waren mal zusammen auf der Schule. Nach außen war ich immer unheimlich nett zu ihr, aber hinter ihrem Rücken hab ich mich über sie totgelacht, denn sie hatte Schuhgröße 41 und sah aus wie eine Vogelscheuche.«

Noch bevor dieser Alptraum wahr werden konnte, drehte ich mich um und tat so, als sei ich völlig in eine der Schaufensterauslagen vertieft. Noch eine halbe Minute lang hörte ich glockenhelles Gelächter, Satzfetzen wie »... und *wehe*, du *wagst* es, zu spät zu kommen« – bimmel, bimmel –, dann einen lauten Schmatz und das Zuschlagen einer Autotür.

Natürlich lag es mir völlig fern, dort herumzulungern und sie zu belauschen. Ich hätte schon längst über alle Berge sein und mich fragen können, warum ich mich eigentlich so anstellte, wann ich endlich erwachsen würde und so weiter, hätte nicht irgendetwas in diesem Schaufenster meine Aufmerksamkeit erregt. Ehrlich gesagt, zuckte ich regelrecht zusammen. Wenn man sich gerade vor den Ninas dieser Welt verstecken will, möchte man nicht dabei ertappt werden, wie man einen riesigen Pimmel aus Holz anstarrt.

Nein, ich stand nicht vor einem Sex-Shop; das Schaufenster war mit afrikanischem Kunsthandwerk dekoriert. Der ganze Stolz der Auslage war ein knapp zwei Meter hoher, knorriger Baumstamm, aus dem ein unförmiger Mann geschnitzt worden war. Er trug eine Art Krone, und in seiner ausgestreckten Hand hielt er etwas, das wie ein Ei aussah. Am beeindruckendsten war jedoch nicht seine Größe, sondern sein Gesicht. In ihm spiegelte sich so viel stilles Leid und primitive Männlichkeit, dass er aussah wie eine Mischung aus Jesus und einem Fruchtbarkeitsgott. Ich suchte gerade nach dem Preisschild, als eine Stimme neben mir sagte: »Ziemlich außergewöhnlich, hm?«

Und da stand er, direkt neben mir, ungefähr einen Meter weit weg, die Hände lässig in die Hosentaschen gesteckt: Die Hose war übrigens grau, wenn's euch interessiert. Die untere Hälfte eines ziemlich teuren Anzugs. Dazu trug er, glaube ich, ein schwarzes Polohemd, obwohl mich seine Kleidung in dem Moment eher weniger interessierte.

Ich brauchte eine Sekunde, um den Schreck zu verdauen. Dann sagte ich so lässig wie möglich: »So kann man's auch nennen. Du siehst nicht zufällig irgendwo ein Preisschild?«

Er beugte sich leicht vor, richtete sich wieder auf und drehte sich zu mir herum. »Fünfzehnhundert Pfund.«

In diesem Moment sah ich ihm das erste Mal richtig ins Gesicht.

Und sofort schoss es mir durch den Kopf: Das hätte ich mir ja denken können, genau Ninas Typ. Gefolgt von: Andererseits, vielleicht auch wieder nicht.

Bei unserer letzten Begegnung (auf einer Hochzeit vor genau vier Jahren) hatte sie so ein großes, dunkles Exemplar im Schlepptau gehabt. Einen Typen von der Sorte, die man normalerweise als klassisch gut aussehend bezeichnet und die auf einer Skala von zehn Punkten mühelos elfeinhalb Punkte erreichen. Ich sage deshalb normalerweise, weil er zwar theoretisch perfekt aussah, mich in der Praxis jedoch eher weniger beeindruckte. Na gut, wahrscheinlich war das nur blanker Neid, aber mir war er einfach irgendwie zu *künstlich*. Festzustellen, dass ich kein bisschen auf ihn stand, hatte meinem Ego damals ziemlich gut getan. Vor allem, als alle anderen sagten: »Typisch Nina, die angelt sich immer solche Prachtexemplare.«

Ich weiß auch nicht, was mir an diesem hier so gefiel – er war nicht gut aussehend im eigentlichen Sinne und hatte definitiv nichts Künstliches. Trotzdem sprang der Funke sofort über. Seine Augen waren türkisblau, und sein Haar schimmerte wie antikes, poliertes Eichenholz. Er war einen halben Kopf größer als ich (ich bin 1,80) und ein klitzekleines bisschen kräftiger, als es derzeit gerade modern ist.

Ich sagte: »Ach so, na ja, ganz schön happig für einen Kratzbaum«, und er lachte.

Tja.

Der Funke hatte mittlerweile die reinste Feuersbrunst entfacht, die mir aus seinen türkisblauen Augen entgegenzulodern schien. Irgendwie musste ich sofort an einen von diesen alten Spielfilmen denken, wo die Kutsche der unglückseligen Lady Arabella auf der Great North Road überfallen wird. »*Von meinen Juwelen werde ich mich niemals trennen!*«, sagt sie aufgebracht zu dem furchterregenden Mann mit der Maske. »*Dann schon eher von meiner Unschuld!*« Und der wild aussehende Bursche brummt: »*Ja, wenn das so ist, raube ich Ihnen die Unschuld, Mylady.*« Und sie sieht das listige Funkeln in seinen Augen und denkt: *Nun, wenn ich's mir recht überlege ...*

Ich dachte: Typisch Nina, die angelt sich immer solche Typen, und sagte hastig: »Tja, dann will ich mich mal auf den Weg machen – vorausgesetzt, ich finde ein Taxi«, und griff nach meinen Einkaufstüten. Außer den fünf Tragetüten hatte ich noch eine Umhängetasche dabei. Plötzlich merkte ich, dass ihr Reißverschluss offen stand – und mein Geldbeutel war weg.

Falls ihr noch nie so hirnrissig gewesen sein solltet, euch mit offener Handtasche ins vorweihnachtliche Einkaufsgetümmel zu stürzen, wisst ihr nicht, wie sich so was anfühlt. Hier eine kurze Schilderung: Ich erstarrte auf der Stelle zur Salzsäule und glotzte in meine Tasche. »Mein Geldbeutel ist weg«, stammelte ich wie eine Idiotin, und er sagte: »O Gott, bist du sicher?« Natürlich durchwühlte ich meine Tasche ein zweites Mal, aber ich wusste, ich würde kein Glück haben.

»Meine Güte, bin *ich* blöd«, schnaubte ich, »so viel Geld war gar nicht drin, aber die ganzen Ausweise und so ...«

»Wann hast du ihn denn das letzte Mal in der Hand gehabt?«, wollte er wissen. Ich dachte nach, bis mir einfiel, dass das vor etwa zwanzig Minuten gewesen sein musste, in einem Laden namens »Teures, sinnloses Zeug, das man spontan unbedingt haben muss«.

Vor zwanzig Minuten! In der Zwischenzeit konnte sich der Mistkerl von einem Dieb locker drei Paul-Smith-Anzüge auf einmal gekauft haben. Vor Angst wie gelähmt, sagte ich: »Meine Kreditkarten – ich muss sofort anrufen und sie sperren lassen ... um Gottes willen, ich hab nicht mal mein Handy dabei ...«

»Hier, nimm meines. Aber sehen wir erst mal zu, dass wir ins Trockene kommen.« Wir stellten uns notdürftig im Ladeneingang unter, und er gab mir sein Handy.

Natürlich hatte ich keine Ahnung, welche Nummer ich wählen musste. Ich rief zu Hause bei Sally an und bat sie, meine Kreditkartenunterlagen herauszusuchen und die Karten für mich zu sperren. Anschließend sagte ich: »Falls Jacko da ist, frag ihn doch bitte, wie viel Bargeld er noch hat. Ich brech hier unter meinen Einkäufen fast zusammen und muss ihn um Taxigeld anschnorren.«

»Der ist gerade weg, typisch! Und ich hab bloß noch sechs Pfund.«

»Macht nichts. Wir sehen uns später.«

Ich gab das Handy zurück. »Vielen, vielen Dank. Wenn ich Geld hätte, würde ich dich jetzt auf einen Drink einladen.« Die Bemerkung war mir einfach so rausgerutscht, weil ich zwei Läden weiter gerade eine kleine Weinbar entdeckt hatte. Was nun folgte, hatte ich ganz bestimmt nicht erwartet.

»Hör zu, ich kann dir gern Geld für ein Taxi geben.«

Ich war entsetzt. Falls er glauben sollte, das wäre ein Wink mit dem Zaunpfahl gewesen ... »Nein, ehrlich, ich brauche kein Taxi.« Aus der Seitentasche meiner schmuddeligen ollen Cargohose kramte ich eine Tageskarte hervor. »Siehst du? Ich nehm die U-Bahn.«

Er ließ den Blick nach unten wandern und musterte meine vielen Tüten. »Mit den Einkäufen? Wie weit hast du's denn?«

»Putney, aber das krieg ich schon hin.«

»Meine Güte, das ist ja ewig weit weg!« So schnell, wie er seine Geldbörse zückte und ein paar Scheine herausnahm, konnte ich gar nicht schauen.

Ich starrte auf die dreißig Pfund, die er mir hinhielt. »Hör zu, das ist wirklich sehr nett von dir, aber ich kann das unmöglich annehmen.«

»Aber warum denn nicht?« Er setzte ein Lächeln auf und fügte hinzu: »Es ist schließlich bald Weihnachten.«

Und dann sah ich ihn an und er mich, und ich dachte: Meine Güte, das ist so was von *unfair* – ich könnte mich auf der Stelle in ihn verlieben. Da ich schon seit Monaten nicht einmal mehr ansatzweise verliebt gewesen war, beschloss ich, das Beste daraus zu machen. Spare in der Zeit, so hast du in der Not, wie meine Großtante Dorothy zu sagen pflegte, wenn sie die ovalen Deckel von den Kleenex-Schachteln aufhob. (Die lassen sich nämlich hervorragend als Einkaufszettel verwenden, müsst ihr wissen.)

Einmal ganz abgesehen davon, dass Taxifahren hundertmal besser ist, als die U-Bahn zu nehmen. Vor allem wenn man Einkäufe dabei hat, die mindestens vier Tonnen wiegen, und noch einen zehnminütigen Fußmarsch vor sich. »Das kann ich nur annehmen, wenn ich dir das Geld zurückzahlen darf. Gib mir deine Adresse, dann schick ich dir einen Scheck.«

»Das ist wirklich nicht nötig.«

Toll. Ich sah schon, wie er es mit der Angst bekam. Wer seine Adresse so mir nichts, dir nichts an irgendwelche durchweichten Vogelscheuchen verteilt, muss auch damit rechnen, dass sie eines Tages plötzlich auf der Matte stehen.

»Aber du kannst mich gern ein andermal auf einen Drink einladen, wenn du willst.«

Bitte was? Ich wartete auf ein breites Grinsen, gefolgt von: »Ich mache nur Spaß – meine Freundin würde mich umbringen«, aber er zog nur eine Braue hoch und schenkte mir ein nettes Lächeln.

Na gut, wenn es drauf ankommt, bin ich so cool wie jede andere Vogelscheuche auch.

»Kennst du eine Bar, wo man für ein Getränk 30 Pfund hinblättern muss?«

»Na, dann eben mehrere.« Sein Lächeln wurde ein wenig breiter. »Und eine Packung Erdnüsse vielleicht?«

Ich muss zugeben, dass mich in diesem Moment ein wohliger Schauer durchlief. Ich konnte nur noch denken: Wenn Nina das jetzt sehen könnte – sie würde durchdrehen. »Dann gib mir deine Nummer, und ich ruf dich an.« Ich wühlte in meiner Tasche nach meinem Terminplaner: Leider war ich ein derartiger Meister im Planen, dass ich ihn zu Hause vergessen hatte. Alles, was ich fand, war eine Supermarktquittung von Tesco, und so gab ich ihm die.

Als er darauf herumkritzelte, erstarrte ich erneut zur Salzsäule. Ehrlich gesagt, fühlte ich mich so, als hätte man mich des Betrugs überführt. Plötzlich wusste ich genau, wo meine Geldbörse war.

In dem Laden für teure und sinnlose Dinge hatte ich ein gusseisernes Warzenschwein erstanden (es sah einfach süß aus, und in dem Moment musste ich es einfach haben). Nach dem Zahlen hatte ich die Hände so voller Einkaufstüten, dass ich mir die Geldbörse unter den Arm klemmte. Und weil ich die ganzen Tüten unmöglich ein weiteres Mal abstellen konnte, um meine Geldbörse ordentlich zu verstauen, hatte ich sie vorsichtig, aber gezielt in die Tragetüte des Ladens für teure und sinnlose Dinge fallen lassen, die auch mein Warzenschwein enthielt.

Ich wollte gerade den Mund aufmachen, um ihm alles zu gestehen, da kam er mir zuvor:

»Gut, sehen wir zu, dass wir ein Taxi für dich finden, bevor der Regen noch schlimmer wird.« Kaum hatte er den Satz beendet, bog, wie konnte es auch anders sein, auch schon eines um die Ecke. Und dabei war ich noch nicht mal dazu gekommen, ihm zu erzählen, dass sich meine Geldbörse an mein Warzenschwein kuschelte.

Zwei Sekunden später hatte er nicht nur das Taxi herangewinkt, sondern mir auch schon die dreißig Pfund samt Einkaufsquittung in die Hand gedrückt. Ich wusste einfach nicht, was ich tun sollte. Ehrlich gesagt, wollte ich gar nichts tun. Es fehlte nicht viel, und er hätte mich als schweren Fall von präseniler Demenz abgetan.

Wie dem auch sei, die Zeit war um. Der Taxifahrer fragte: »Wo soll's denn hingehen, junge Frau?«, und der Regen bemühte sich redlich, immer mehr anzuschwellen, während mein Retter von Minute zu Minute immer durchnässter wurde. Alles, was ich herausbrachte, war: »Danke noch mal – tschüs.«

»Tschüs.«

Ich winkte ihm zu. Kaum dass er außer Sichtweite war, warf ich einen belämmerten Blick in meine Teuer-aber-sinnlos-Tüte. Da lag sie, aus braunem, abgewetztem Kalbsleder, und rief mir zu: »Bist du denn völlig bescheuert, oder was?« Jetzt hatte ich meine Kreditkarten ganz umsonst sperren lassen. Wozu das ganze Theater – für eine Taxifahrt nach Hause und einen Drink mit Ninas Freund?

Sally sah das auch nicht viel anders, kaum dass ich zur Tür hereingekommen war. »Du Trottel! Und das, nachdem ich hier alles umgegraben habe, um deine Visa-Telefonnummern zu finden.«

Trotzdem, das Beste hatte ich ihr noch gar nicht erzählt. Als wir schließlich zusammen in der Küche standen, goss ich den Inhalt einer Flasche Glühwein in einen Topf. »Erinnerst du dich noch an Rosie? Die, mit der ich zur Schule gegangen bin und die letzte Woche vorbeigekommen ist?«

»Ja, die war wirklich nett. Sie hat zwei Portionen von meiner misslungenen Gemüselasagne gegessen und behauptet, es würde ihr schmecken.«

»Wie dem auch sei, sie hat von einer gewissen Nina erzählt, weißt du noch?«

»Nicht nur sie, du auch. Das war die, die immer alles hatte, von Pickeln und schlecht sitzenden Frisuren einmal abgesehen. Ihr beide habt sie mit eurer Zuneigung regelrecht erstickt.«

Okay, ich muss zugeben, wir haben ziemlich abgelästert.

»Wieso, was ist mit ihr?«, fuhr sie fort.

Ich versuchte einen Blick auf ihr Gesicht zu erhaschen. Ihr so einen Leckerbissen hinzuwerfen, war beinahe schon ein Akt der Gnade. Von den allabendlichen Seifenopern einmal abgesehen, hatte ihr das Leben in letzter Zeit eher wenig Unterhaltsames geboten.

»Ihr Typ hat mir gerade seine Telefonnummer gegeben.«

Nachdem ich ihr alles bis ins letzte Detail geschildert hatte, fragte sie: »Und, wie heißt er?«

Erst da fiel mir auf, dass ich nicht den leisesten Schimmer hatte.

»Na, wie war dein Tag?«, fragte Sally, nachdem ich wie jeden Abend mit der U-Bahn nach Hause gekommen war und mich fühlte wie eine Ölsardine. »Hier war es dermaßen aufregend, das kannst du dir gar nicht vorstellen. Der Milchmann hat gefragt, ob er uns eine Gratisflasche Apfelsaft zum Probieren dalassen darf, und in *Home and Away* haben sie sich mal wieder so richtig gezofft – ich brauch jetzt unbedingt eine starke Tasse Tee, um mich wieder zu beruhigen.«

Sally war arbeitslos, und zwar seit Monaten. Deshalb war sie auch nicht dümmer oder überflüssiger als andere, reagierte jedoch äußerst empfindlich auf Leute, die dachten, sie wäre dumm und überflüssig.

Während ich Kaffee in den Filter löffelte, begann ich ihr meinen Tag zu schildern, um sie etwas aufzumuntern. Ich unterschlug alles, was irgendwie mit Arbeit zu tun hatte. Natürlich auch, dass es mir gerade gelungen war, eine fette Provision für eine IT-Stellenbesetzung einzustreichen. Dann hätte sie sich in finanzieller Hinsicht noch minderbemittelter gefühlt als ohnehin schon. »Heute Morgen hab ich Rosie angerufen, und wir haben uns auf ein Sandwich getroffen. Ich hab ihr von Mr. Taxigeldspendierer erzählt, und sie kennt ihn.«

Sally riss die Augen auf. »Und weiter?«

»Na ja, zumindest glaube ich das«, fuhr ich fort. Nina ist seit ein paar Monaten mit ihm zusammen und hält ihn für den absoluten *cojones del perro.*« Das klingt wesentlich besser als die wortwörtliche Übersetzung, »die Eier des Hundes«, was im Spanischen jedoch auch »toller Hecht« bedeuten kann. Wir verwenden diesen Ausdruck, seit wir uns in Malaga in einem Flughafenbus kennen gelernt haben, und das ist mittlerweile acht Jahre her.

Damals hatte es sofort zwischen uns gefunkt, und seitdem waren wir die besten Freundinnen. Sie kann ein schrecklicher Sturkopf sein, aber dasselbe gilt auch für mich, und so kann ich ihr deswegen schlecht Vorwürfe machen. An Gemeinsamkeiten herrschte kein Mangel. Wir wollten damals beide nach Granada, um dort Englisch zu unterrichten. Wir waren gerade mit der Uni fertig und hatten noch keine so rechten Zukunftspläne, außer dass sich unsere Zukunft auf keinen Fall in England abspielen sollte. Die Idee mit dem Englischunterricht war für uns die ideale Möglichkeit, zu reisen und dabei auch noch Geld zu verdienen.

Es sollte nicht lange dauern, bis wir noch weitere Gemeinsamkeiten entdeckten. Wir waren beide Einzelkinder und hatten Eltern, die alles andere als begeistert davon waren, dass ihr Nachwuchs sich nicht gleich einen anständigen Job suchte. Warum hatten wir uns nicht als Trainee bei Price Waterhouse beworben, so wie Louise Bradshaw aus der Nachbarschaft *(»Das Mädchen macht noch mal richtig Karriere, du wirst schon sehen.«)*, die, die schon ihr Zimmer immer so ordentlich aufgeräumt hatte.

Eigentlich redete in erster Linie meine Mutter so. Dad hatte nur gesagt: »Mach, was du willst – etwas in der Art hätte ich auch tun sollen«, und dann stellte mir der Gute einen Scheck aus.

Inzwischen hatte ich fünf Jahre lang Englisch als Fremdsprache unterrichtet und mehr Stellen gehabt, als ich je in einem Lebenslauf unterbringen könnte. Oft hatte ich sogar zwei auf einmal, während ich verzweifelt versuchte, Geld für einen Tauchurlaub in Suwalesi oder sonst wo zur Seite zu legen.

Doch zurück zu Nina und Mr. Taxigeldspendierer. Rosie hatte ihn gerade erst vor einer Woche auf Ninas Wohnungseinweihungsparty getroffen – Suzanne, ebenfalls eine ehemalige Klassenkameradin, hatte sie dorthin mitgeschleppt. Rosie war erst kürzlich nach London gezogen und wohnte vorübergehend bei ihr, solange sich Suzannes Mitbewohnerin »Indien ansah«.

Rosie hatte die ganze Mittagspause lang nur über die Party geredet.

»Nina stand ihr schon bis hier, bevor sie überhaupt hin sind«, erzählte ich Sally. »Suzanne geht's ganz genauso, obwohl sie doch angeblich Ninas beste Freundin ist. Nina konnte überhaupt nicht mehr aufhören, mit ihrem ach-so-tollen Fünf-Sterne-Freund anzugeben, mit seiner unglaublich steilen Karriere und so weiter. Und dann ließ sie auch noch wie nebenbei fallen, irgendein Flug von ihm hätte letzte Woche vierzig Minuten Verspätung gehabt – die reinste Katastrophe –, wenn da nicht sein Privathubschrauber bereitgestanden hätte, um ihn zu einer Audienz beim lieben Gott persönlich zu fliegen.«

»Tja, ich fürchte nur, der liebe Gott mag es ganz und gar nicht, wenn man ihn warten lässt.«

»Sally, du begreifst nicht, worauf ich *hinauswill*«, sagte ich geduldig. »Der liebe Gott war drauf und dran, sich einen verdammten Anschiss zu holen. Warum er seine Schöpfung bloß so vermasselt hat, gefolgt von einem Vortrag darüber, wie man das Universum wesentlich kosteneffizienter leiten kann.«

»Ich verstehe.« Sally machte uns zwei Tassen Kaffee und leistete mir an dem alten Kiefernholztisch Gesellschaft. Ein antikes

Stück, das durchaus wertvoll hätte sein können, wäre es nicht von Squillionen von Holzwürmern völlig durchlöchert gewesen.

»Sogar Suzanne ging dieses Hubschraubergeprahle gehörig auf die Nerven«, fuhr ich fort. »Als sie dann schließlich auf die Party gingen, hat Rosie inständig gehofft, dass sich der Hubschraubertyp als absoluter Vollidiot entpuppt.«

»Kann ich gut verstehen.« Sally rieb an etwas herum, das aussah wie Erbrochenes und die Vorderseite ihres grauen Sweatshirts zierte. Irgend so ein abgelegtes Teil von Jacko, ziemlich verwaschen. Eigentlich hätte es ganz schön aussehen können, wäre da nicht dieser LIVERPOOL-FC-Aufdruck gewesen. Unter ihren Augen lagen dunkle Ringe, und ihr kinnlanges, von Natur aus blondes Haar sah aus, als hätte man es schon seit längerer Zeit sich selbst überlassen. Mit anderen Worten, sie hatte es einfach an der Luft trocknen lassen.

»Aber sogar sie musste zugeben, dass er mindestens vier Sterne verdient hat und außerdem wirklich nett war«, fuhr ich fort. »Und damit nicht genug: Die Wohnung war ein Loft vom Feinsten, kilometerlange helle Holzdielen. Und die Törtchen mit dem Ziegenkäse waren einfach himmlisch. Mit anderen Worten, es gab nicht das Geringste daran auszusetzen, sosehr man sich auch anstrengte. Laut Rosie nur ein Grund mehr, den Glauben an die ausgleichende Gerechtigkeit endgültig zu verlieren. Sie musste zwei Portionen Tiramisu essen, um nicht ihre gute Laune zu verlieren.«

»Und dieser Hubschraubertyp ist der, der dir seine Telefonnummer gegeben hat?«

»Sieht ganz so aus.«

»Und, wie heißt er?«

»John«, sagte ich und ließ mir den Namen so richtig auf der Zunge zergehen. »John. Ein schöner Name. Das hat so was Nettes, Handfestes.«

»Harriet, nette, handfeste Jungs küssen ihre Freundin nicht zum Abschied, um dann sofort eine andere anzubaggern, kaum dass sie außer Sichtweite ist.«

»Na, hör mal, anbaggern kann man das wirklich nicht nennen.

Ich hab den schrecklichen Verdacht, dass er wirklich so ein netter, handfester Kerl ist. Wahrscheinlich hatte er einfach bloß Mitleid. Es ging ihm gar nicht ums Geld. Er wollte bloß nicht, dass ich ein schlechtes Gewissen habe, wenn ich es annehme. Ich sah sowieso aus wie eine Vogelscheuche.«

»Von mir aus. Aber wenn sie immer so perfekt aussieht, wie du sagst, hat er vielleicht die Nase voll von so viel Perfektion.«

Eine wirklich tröstliche Bemerkung, und ich will gar nicht so tun, als sei mir der Gedanke nicht auch schon gekommen.

»Vielleicht steht er ja auf Vogelscheuchen«, fügte sie hinzu.

Na großartig. Fehlt nur noch, dass sie sagt, er steht vielleicht auf Schreckschrauben wie dich.

»Vor allem wenn sie Beine hat bis rauf zu den Mandeln«, fuhr sie fort. »Aber woher willst du so genau wissen, dass dein Typ und Mr. Helikopter ein- und derselbe sind? Vielleicht war das ja bloß ein alter Kumpel von Nina.«

Vor meinem Treffen mit Rosie hatte ich diesen winzigen Hoffnungsschimmer auch schon in Erwägung gezogen. Ich hatte nicht nur an einen alten Kumpel gedacht, sondern auch an einen alten Ex, einen Cousin vierzehnten Grades oder einen noch entfernteren Verwandten – an alles, was ihn auch nur im Geringsten verfügbar machen würde.

Doch ich musste ihn nicht sehen, um zu wissen, dass alles auf ihn zutraf, was mir Rosie über ihn erzählt hatte. »Glaub mir, Sally, ich weiß sehr gut, wie ein alter Kumpel aussieht. Nina hat gezwitschert und geflirtet wie eh und je. Laut Rosie ist sie völlig hin und weg von ihm. Wenn sie auf der Party nicht gerade an seinem Arm hing, hat sie ihn keine Sekunde lang aus den Augen gelassen, damit bloß niemand auf falsche Gedanken kommt.«

Sally holte die Kanne und goss mir eine weitere Tasse Kaffee ein. »Und? Wann rufst du ihn an? *Wirst* du ihn überhaupt anrufen?«

»Aber natürlich! Schließlich schulde ich ihm noch Geld, schon vergessen?« Außerdem gab es da immer noch diese Schmetterlinge in meinem Bauch. Eine Art Mischung aus schlechtem Gewissen und einer Gänsehaut, die man bekommt, wenn man es wagt, an das brandneue Objekt der Begierde auch nur zu denken. Was gleichzeitig mein schlechtes Gewissen erklärt, denn schließlich war er Ninas Objekt der Begierde und nicht meines, verdammt noch mal.

»Wenn *mir* doch mal jemand 30 Pfund spendieren würde«, knurrte Sally. »Du hast übrigens Post bekommen.« Sie zog einen kleinen Stapel aus dem Riesenpapierhaufen am anderen Ende des Tisches.

Es handelte sich um zwei Kreditkartenabrechnungen, die ich gar nicht erst aufmachte, sowie um fünf Weihnachtskarten, die ich sofort las. Die ersten vier waren von Mum und meinen auf der ganzen Welt verstreuten Freunden. Doch bei der fünften Karte zuckte ich zusammen.

Ich starrte Sally mit offenem Mund an. »Nina hat mir eine Weihnachtskarte geschickt! Rosie muss so betrunken gewesen sein, dass sie ihr meine Adresse gegeben hat.«

Die Karte war aus Hochglanzpapier und zeigte einen Kunstdruck. Darin stand in kunstvoller Schnörkelschrift: »Alles Liebe, Nina.«

Mir lief es kalt den Rücken runter, ehrlich. Das letzte Lebenszeichen war ungefähr vier Jahre her. Das war so ein fotokopierter Rundbrief gewesen, der eigentlich verboten gehört, weil er zu unkontrolliertem Hass auf den Absender führt. Ihr wisst schon, was ich meine: »*Hi Fans! Ja, ich bin's – ich hab zwar viel zu viel um die Ohren, um euch persönlich schreiben zu können, aber ich bin mir sicher, ihr könnt es kaum erwarten, zu erfahren, dass mein Leben momentan noch erfolgreicher und glücklicher verläuft als letztes Jahr.*« Was ich damit sagen will, ist Folgendes: In solchen Rundbriefen steht niemals geschrieben, dass der Absender gekündigt und der Partner wegen gefährlicher Körperverletzung eingebuchtet wurde oder dass einem vor lauter Stress alle Haare auf einmal ausgegangen sind. So ein Brief hätte wirklich das Zeug dazu, einen ein bisschen aufzumuntern, ganz besonders, wenn er von Nina käme. Doch diesmal hatte sie noch ein paar persönliche Zeilen hinzugefügt. »Auf meiner Einweihungsparty letzte Woche habe ich Rosie wiedergetroffen. Wahrscheinlich wohnt ihr ganz in der Nähe – vielleicht schau ich die Tage mal vorbei!«

Um Gottes willen!, dachte ich, bloß nicht. Denn dann würde sie eines schönen Sonntagvormittags bei uns hereinschneien, wenn es garantiert aussah wie bei Hempels unterm Sofa.

Ich zeigte Sally die Karte. »›Alles Liebe!‹ Ganz schön übertrieben, wenn man bedenkt, dass wir eigentlich nie befreundet waren.«

»Manche Leute verschenken Unmengen von Liebe, ohne sich groß was dabei zu denken«, gähnte Sally. »Das ist so ein guter alter Weihnachtsbrauch, genau wie der, sich mit der ganzen Familie in die Haare zu kriegen und so zu tun, als wäre man ganz verrückt nach Rosenkohl.«

Apropos Familie … Ich griff noch einmal nach der Karte von meiner Mutter, die nicht mehr mit meinem Vater verheiratet war, und las sie mir ein zweites Mal durch. Unter »Alles Liebe von Mum und Bill« hatte sie geschrieben: »Ich verstehe das ja mit Weihnachten. Aber ich kann mir vorstellen, dass Sallys Eltern sehr verletzt sein werden, wenn sie Weihnachten nicht nach Hause kommt – auch wenn sie das selbst nie zugeben würden. Falls du deine Meinung ändern solltest, bist du uns natürlich immer willkommen.«

Auch diese Karte reichte ich an Sally weiter.

»Warum müssen mir alle ein schlechtes Gewissen machen?«, stöhnte sie. »Na gut, vielleicht sind sie ein bisschen verletzt, aber auf der anderen Seite werden sie ziemlich erleichtert sein, auch wenn sie das nicht zugeben wollen. Ihre widerlichen Freunde werden sich ununterbrochen die Klinke in die Hand geben und auf einen Drink vorbeischauen. Ich muss sie ja nicht gerade mit der Nase draufstoßen.«

Sallys Verhältnis zu ihren Eltern war ein wenig angespannt, seit sie im Mai eine kleine, unbedeutende Bombe hatte platzen lassen. Ich sollte an dieser Stelle vielleicht hinzufügen, dass Sallys Eltern wirklich sehr »anständige Leute« sind. Sie haben sehr spät geheiratet und Sally justament in dem Moment gezeugt, als sie es schon beinahe aufgegeben hatten. Eine nicht ganz so anständige Tante hatte Sally einmal gestanden, sie hätte den Eindruck, dass sie diese Sache mit den ehelichen Pflichten nie so richtig in den Griff bekommen hätten. Sie sagte etwas in der Art wie: »Wenn ihr mich fragt, standen sie kurz davor zu sagen: ›Bitte, wir haben es wenigstens probiert‹, um sich dann zwei getrennte Betten zu bestellen. Sie haben sich beim Bridge kennen gelernt und wegen des Spielens geheiratet – denn wer einmal einen guten Bridgepartner gefunden hat, lässt ihn so schnell nicht wieder ziehen.«

Doch zurück zu der kleinen Bombe. Im Gegensatz zu mir hatte sich Sally weiterhin mit Englischunterricht über Wasser gehalten und arbeitete damals in Muscat am Arabischen Golf. Sie war auf ein paar Wochen Urlaub nach Hause gekommen, wohnte bei mir und durchforstete die Londoner Shops nach neuen Sommersachen, um sie dann in meinem Zimmer anzuprobieren.

Der schwarze Bikini war an allem schuld.

Mit gerunzelter Stirn hatte sie gesagt: »Vielleicht sollte ich mir lieber ein paar Badeanzüge zulegen. Eine Wespentaille hatte ich zwar noch nie, aber jetzt werd ich doch ganz schön pummelig um die Hüften. Schau dir das bloß an!«

Sie war nur unwesentlich dicker als die Sally, die ich kannte. Sie hat, was man gemeinhin eine apfelförmige Figur nennt – schöne, schlanke Beine, aber ein bisschen Bauch, über den sie unablässig jammert. Ich wollte gerade ansetzen, sie wie gewohnt zu trösten, als sie hinzufügte:

»Man könnte meinen, ich bin schwanger!«

»Schön wär's«, gab ich zurück. »Dann hättest du wirklich einen Bauch, über den du dich beklagen könntest.«

»Das ist überhaupt nicht komisch! Gestern hab ich kaum noch meine Jeans zugekriegt! Meine Brüste sind auch größer geworden!«

»Wenn doch meine mal größer würden!«, knurrte ich, bis ich sie ansah. Sie sah ganz merkwürdig aus, ihr Gesicht war wie erstarrt.

Meines plötzlich auch.

Ihre Stimme klang eigenartig tonlos, als sie sagte: »Und neulich hatte ich so ein Stechen in den Brüsten – hat das irgendwas zu bedeuten?« Sie legte ihre Hände auf den Bauch und sagte panisch: »Das *kann* nicht sein. Bitte, mach, dass das nur ein Traum ist …«

Sie hatte weiter gehofft, dass sie nur träumte, bis viereinhalb Monate später ein acht Pfund schwerer Tom das Licht der Welt erblickte. In der Klinik hatte man ihr gesagt, es wäre nicht weiter ungewöhnlich, die ersten Anzeichen zu übersehen, vor allem dann, wenn man sowieso eine sehr unregelmäßige Regel hatte. Doch falls sie sich noch mal für eine Spirale entscheiden würde, sollte sie deren Sitz lieber öfter kontrollieren lassen.

Sie hatte sofort gewusst, wer der stolze Vater war: ein gewisser Steve, den sie auf einer nächtlichen Strandparty auf Bandar Khayam kennen gelernt hatte, einer kleinen Insel, die etwa eine halbstündige Motorbootfahrt vom Muscat-Yacht-Club entfernt liegt. Ich weiß das nur deshalb so genau, weil ich dabei gewesen war. Damals hatte ich großes Fernweh gehabt, mir ein billiges Flugticket besorgt und mich für zwei Wochen bei Sally eingeladen.

Auf der Party waren ungefähr zwanzig Leute gewesen, und die zum Dahinschmelzen schöne Kulisse verdankte sich nicht etwa der Bar, die irgendein Witzbold aus ein bisschen Sperrholz und ein paar Geschirrtüchern improvisiert hatte. Die Sterne funkelten an einem samtschwarzen Himmel, und das Meer schimmerte wie flüssiges Silber. Laut Sally schlägt das englische Badeorte um Längen, vor allem dann, wenn man so richtig verknallt ist. Und wer schläft schon auf einem Badehandtuch ein, wenn die halbe Nacht Einsiedlerkrebse über einen drüberkrabbeln? Als sie dann in den frühen Morgenstunden um die Felsen herum zu einer kleinen, abgelegenen Bucht geschwommen waren, hatte der Gedanke an Haie das Prickeln nur noch verstärkt.

Dieser Steve hatte nicht zu ihrem üblichen Freundeskreis gehört. Er arbeitete in Singapur und hatte auf der Durchreise ein paar Freunde von Sally besucht. Kaum zwölf Stunden nachdem sie sich zwei Mal geliebt hatten (einmal im Sand und einmal im Meer), war er weiter nach Singapur geflogen, zurück zu seiner Frau, die er dummerweise vergessen hatte zu erwähnen. Die ganze Wahrheit hatte Sally ihren Eltern erst erzählt, als sie zum neununddreißigsten Mal von ihr verlangten, sich mit dem Kindesvater in Verbindung zu setzen, »damit er sich der Verantwortung stellt«.

Eine Art Schüttelkrampflähmung war die Folge. »Du kanntest ihn genau *wie* lange?«

Eine Rückkehr nach Muscat war völlig ausgeschlossen, da eine ausländische, allein erziehende Mutter in einem islamischen Land ein ziemliches Problem darstellt und sie den Arbeitgeber, der für ihr Visum gesorgt hat, einigermaßen in Verlegenheit bringt. Nachdem sie der Institution, für die sie in Muscat arbeitete, irgendwelche Probleme in der Familie vorgeflunkert hatte, blieb sie bei mir wohnen. Niemand in Muscat wusste etwas von dem Baby, geschweige denn, wer sein Vater war.

Tom war mittlerweile ein halbes Jahr alt, und der erste Weihnachtsmann seines Lebens sollte ihn in London besuchen und nicht in Chester, wo seine Großeltern lebten.

Neben Sally und Tom teilte ich das Haus noch mit Frida, einer Schwedin, die so gut wie nie da war, mit Jacko, der fast immer da war, und mit Pissels, einem senilen Kater mit sehr merkwürdigen Vorstellungen von Hygiene.

»Wo ist Jacko?«, fragte ich.

»Keine Ahnung. Er hatte um drei einen Termin bei der Physiotherapeutin, und ich nehme an, dass er auf dem Heimweg noch in mindestens einem halben Dutzend Pubs Station macht.«

In diesem Moment konnte man schon hören, wie die Haustür zugeknallt wurde. Sekunden später flog die Küchentür auf, und Jacko humpelte herein.

»Mach die Tür zu, du Blödmann, aus dem Flur zieht es wie Hechtsuppe«, begrüßte Sally ihn.

Mit einer der Krücken versetzte er der Tür einen heftigen Stoß und ließ sich unüberhörbar auf einen Stuhl fallen. Er hatte aschblondes, stoppelkurzes Haar und sprach breitesten Liverpooler Akzent, wenn auch nicht mehr so stark wie damals, als ich ihn kennen lernte. Wir waren beide neunzehn Jahre alt gewesen und hatten in demselben heruntergekommenen Studentenwohnheim gewohnt. Er war der unverschämteste, unflätigste und sympathischste Junge von allen gewesen. Seit dieser Zeit hatte er einen Stein bei mir im Brett.

»Was macht das Jucken?«, fragte ich und sah auf sein rechtes Bein, das völlig eingegipst war.

»Es ist die Hölle!«, jammerte er und sah mich mit seinen haselnussbraunen Augen Mitleid heischend an. Er hatte sehr schöne Augen, das heißt, wenn er mal wieder eine Mütze Schlaf abbekommen hatte. »Nachdem ich mich gestern Abend beinahe zu Tode gesoffen habe, um überhaupt ein Auge zuzukriegen, bin ich jetzt völlig dehydriert. Harry, mein Engel, würdest du freundlicherweise den ollen Wasserkessel für mich aufsetzen, bitte?«

Ich gehorchte, wenn auch nur wegen des eben erwähnten Gipses und des Arms, der sich auch noch von einem schon länger zurückliegenden Unfall erholen musste. Jacko wohnte eigentlich in Liverpool, doch seit ich in London lebte, kam er mich häufig besuchen, meist anlässlich irgendeines Fußballspiels. Beim letzten Mal war er ungefähr zehn Minuten nach Antritt der Heimreise mit einem Geisterfahrer zusammengestoßen. Bereits sein x-ter Autounfall und bei weitem sein schwerster – aber einer der wenigen, an denen er nicht selbst schuld war. Er hatte drei Wochen lang im Krankenhaus gelegen. In dieser Zeit hatte auch seine Mutter hier bei mir gewohnt und ständig Panik geschoben. Als man ihn schließlich entließ, wollte sie ihn unbedingt nach Hause holen. Nicht zu sich nach Hause, sondern zurück ins heimische Nest, damit sie ihn zu Tode nerven konnte.

Obwohl er immer noch schwach und ziemlich wackelig auf den Beinen war, überraschte mich Jackos Widerstand. Wenn ich nichts dagegen hätte, sagte er, würde er gern bei mir bleiben. Die Nachuntersuchungen wolle er in dem Krankenhaus machen lassen, in dem man ihn auch zusammengeflickt hätte. Sie dürfe das bitte nicht falsch verstehen, aber er hielte ihr gluckenhaftes Getue einfach nicht mehr aus.

Während ich ihm eine Tasse Tee machte, sah Jacko meine Post durch. »Nina, wer ist denn das?«

»Eine alte Freundin, die sie nicht ausstehen kann«, sagte Sally. »Ihr Freund hat letzten Samstag versucht, Harriet anzubaggern – er hat ihr sogar seine Telefonnummer gegeben.«

Er sah mich mit seinem Hundeblick an. »Davon hast du mir ja noch gar nichts erzählt!«

»Ich sah aus wie der letzte Mensch! Außerdem hat er mich gar nicht angebaggert.« Ich erklärte ihm kurz die Situation, nicht ohne das Ganze gehörig herunterzuspielen.

»Und warum kannst du diese Nina nicht ausstehen?«

»Sie ist halt einfach eine blöde Kuh«, sagte Sally.

Ihr werdet denken, ich hätte weiter über Nina abgelästert. »Das ist leicht übertrieben. Sie gab mir früher bloß immer das Gefühl, so auszusehen wie ein hässliches Monster.«

»Aber warum denn?«, fragte er.

Gut, wenn er es denn unbedingt wissen wollte ... »Weil sie 1,68 groß und rundum perfekt war, seidig schimmerndes Haar besaß und Schuhgröße 36 hatte. Ich dagegen war linkisch und schlaksig, trug eine Zahnspange und hatte Füße, in die ich noch nicht richtig hineingewachsen war und mit denen ich deshalb ständig über irgendetwas stolperte. Ich lief regelmäßig rot an wie eine Killertomate und kam mir vor wie der letzte Idiot. Und selbst als ich aus dem Killertomaten-Alter raus war, schaffte sie es immer noch, mich wie einen Klorollendinosaurier aussehen zu lassen, verstanden?«

»Und außerdem war sie eine falsche Schlange«, sagte Sally. »Eine, die immer so tut, als wäre sie keine, aber das sind die schlimmsten.«

»Wie willst du das bitte auseinander halten?«, hakte er nach.

Hätte Sally doch bloß den Mund gehalten. Männer werden das sowieso nie verstehen – in diesem Alter schaffen sie es gerade mal, sich gegenseitig anzurempeln. »So was weiß man eben. Sie lächeln einen süß, aber überheblich an und sagen: ›Oh, du hast aber schöne Haare.‹ Doch kaum hat man sich umgedreht, sagen sie todsicher: ›Mein Gott, diese *Haare*!‹ und lachen sich halb tot.«

»Wieso, was stimmt denn nicht mit deinen Haaren?«, fragte er, so als würde ihm das nach zehn Jahren zum ersten Mal auffallen, was mich nicht weiter überraschen würde.

»Nichts«, sagte ich. »Ich habe mich damit abgefunden.« Sie waren eigentlich ganz okay, wenn man auf mausgrau steht, aber glänzen, glänzen würden sie nie, egal wie viel Geld ich noch in Kurpackungen investieren würde.

Diese Antwort schien ihn zufrieden zu stellen, und so wandte er sich erneut meiner Post zu. »Und, werdet ihr nach Hause fahren und Truthahn essen?«, fragte er und überflog Mums Karte.

»Kommt gar nicht in Frage – ich rühr mich nicht vom Fleck«, erwiderte Sally. »Aber wenn doch wenigstens Harriet fahren würde! Ihre Mum wird mir vorwerfen, dass ich sie ihr wegnehme.«

»Wird sie nicht«, sagte ich. »Sie wird viel zu beschäftigt sein, um mich zu vermissen. Und außerdem weiß ich nicht, ob ich diese Kinder noch einmal ertrage.« Mittlerweile verstand ich mich sehr gut mit meiner Mutter, auch wenn in den letzten Jahren nicht alles Friede, Freude, Eierkuchen gewesen war. Bill war auch sehr nett, und das postkartenreife Landhaus in Devon war wirklich hübsch. Leider wimmelte es dort nur so von Bills Familie – seinem Sohn mit Frau samt ihren drei Kindern, von denen zwei wehleidige kleine Nervensägen waren. Nach ein paar Wochenenden in ihrer Gesellschaft hatte ich so meine Zweifel, ob ich ein weiteres Zusammentreffen ohne Prozac überleben würde.

»Vielleicht bleibe ich auch hier«, sagte er. »Dann kann ich als ausgleichender Faktor dienen, wenn ihr euch darüber streitet, welchen Mist ihr euch im Fernsehen ansehen wollt.«

»Gott steh uns bei«, sagte Sally.

Da Frida ihren Heimflug bereits gebucht hatte, hoffte ich sehr, dass er bleiben würde. Bald wäre er sowieso wieder weg, und außerdem ist es zu mehreren wesentlich lustiger. »Sind deine Eltern nicht beleidigt, wenn du nicht mit ihnen feierst?«

»Wahrscheinlich schon, aber du hast ja keine Ahnung, wie das an Weihnachten bei uns abläuft – Tante X, die sich über das aufregt, was Tante Y vor mehr als 30 Jahren gesagt hat, Opa, der mit offenem Mund schnarcht, und Onkel Dick, der sich einen Spaß daraus macht, ihm eine Traube hineinzuwerfen und ihn damit beinahe zum Ersticken bringt. Von Mum ganz zu schweigen, die sich nichts lieber wünscht, als einmal mit Dad auf die Bahamas fliehen zu können.«

»Warum tun sie's dann nicht?«, fragte Sally. »Das Geld dazu hätten sie.«

»Ja, das kommt auch noch, allerdings erst im Februar«, entgegnete er. »Aber zuerst muss gelitten werden. Das ist ein ungeschriebenes Gesetz.«

Kaum dass er schwieg, drang ein schwaches Wimmern aus dem Babyfon auf der Anrichte. »O Gott, nicht schon wieder«, stöhnte Sally und schleppte sich zur Tür.

»Sie ist todmüde«, sagte Jacko, als sie draußen war.

»Sie ist schon seit einer Woche todmüde.« Normalerweise war Tom nicht so anstrengend, aber im Moment zahnte er gerade und war noch dazu erkältet; die arme Sally hatte die letzten Nächte kaum ein Auge zugetan.

Jacko las sich Ninas Karte ein zweites Mal durch. »Du wirst dich also mit ihrem Freund verabreden?«

»Na ja, verabreden kann man das eigentlich nicht nennen. Ich will mich bloß bei ihm bedanken und lade ihn kurz auf einen Drink ein.«

»Für mich klingt das ganz nach einer Verabredung. Als Vertreter des gegnerischen Lagers kann ich dir Folgendes verraten: Jemandem im Notfall Geld zu leihen, ist eine Sache. Telefonnummern herauszugeben, eine ganz andere.«

»Jacko, er wollte einfach nur nett sein.« Das sagte ich vor allem deshalb, um das Schicksal an der Nase herumzuführen, das bestimmt schon auf der Lauer lag. Insgeheim gab ich mich der reizvollen Vorstellung hin, dass er vielleicht doch nicht einfach nur »nett« gewesen war. Noch reizvoller, wenn auch nicht sehr wahrscheinlich, war die Vorstellung, er wäre doch nur Ninas Cousin vierzehnten Grades, der seidig schimmerndes Haar geradezu abstoßend fand.

Ich begann die Küche aufzuräumen, auch wenn sie danach kaum anders aussah als vorher. Das Haus war eines von diesen edwardianischen Sechs-Zimmer-Teilen, die die Bomben in frisch renoviertem Stadium fast schon magnetisch angezogen hatten – außer sie waren sowieso schon baufällig gewesen. Dieses hier besaß immer noch »seinen ursprünglichen Charme«, inklusive prähistorischer Klospülung mit Kette und eingebautem Durchzug in jedem Zimmer. Es hatte einmal meiner Großtante Dorothy gehört, die seit 1937 so gut wie keinen Penny mehr hineingesteckt hatte. Nur im Jahr 1962 machte sie eine Ausnahme, was jedoch auch eher jener Sorte Handwerker zu verdanken war, die alte Damen ausnehmen wie eine Weihnachtsgans. Sie bauten nicht nur etwas ein, das den Namen Zentralheizung trug, und legten Küche und Speisekammer zusammen, sondern sorgten auch mit Einbauschränken für ein wenig »modernen Komfort«. Der war jedoch im Laufe der Zeit immer baufälliger geworden, weswegen drei der Einbauschränke schon seit fünfzehn Jahren keine Tür mehr besaßen.

Die arme alte Dorothy war immer noch da – in einer Urne auf dem Kaminsims im Esszimmer. Ich hatte ein schlechtes Gewissen, weil ich sie dort stehen ließ – zumal sie mir die Hälfte des Hauses vermacht hatte. Sie wartete immer noch darauf, von einer bestimmten Klippe in Dorset ins Meer gestreut zu werden. Doch nur Dad kannte die Stelle, und der war, soweit ich das seinem letzten Anruf entnehmen konnte, gerade in der Türkei.

Sally kam zurück, Tom saß auf ihrer Hüfte. Das arme kleine Ding war ganz blass um die Nase und schenkte uns ein sabberndes Grinsen. »Hallo Stinker«, sagte ich. »Hauptsache, du hältst deine Mami auf Trab, braver kleiner Junge.«

Jacko meinte: »Am besten, du zeigst den Frauen von Anfang an, wo's langgeht, Kumpel. Und wenn du den Bogen erst mal raus hast, gibst du deinem Onkel Jacko einen Tipp.«

Sally räumte einen Stapel Wäsche beiseite, ließ sich aufs Sofa fallen und schob ihr Sweatshirt hoch, um Tom mit seiner Lieblingsnahrung zu versorgen. Mit einem Sofa vom Trödel und einer TV-Video-Kombination mit 14-Zoll-Bildschirm auf der Anrichte hatte ich die Küche in eine Art Wohnzimmer verwandelt. Das eigentliche Wohnzimmer hatten wir seit Oktober kaum noch benutzt. Obwohl Immobilienmakler es schon bald als »eleganten, gut geschnittenen Wohnraum« anpreisen würden, war es eher dazu geeignet, Tiefkühlhähnchen darin zu lagern. Dort stand das einzig moderne Gerät, für das sich Dorothy wirklich in Unkosten gestürzt hatte: ein riesiger Sony-Fernseher. Nicht umsonst waren Pferderennen ihr Ein und Alles gewesen, und ihre Augen waren auch nicht besser geworden.

Wie immer, wenn Sally Tom stillte, sah ihr Jacko fasziniert dabei zu. Hätte sie irgendein anderer Kerl so angestarrt, hätte ihm Sally sofort ein »Wohl noch nie im Leben Titten gesehen?« entgegengeschleudert. Oder sich zumindest höchst unwohl dabei gefühlt. Doch mit Jacko konnte man sich gar nicht unwohl fühlen. Selbst in seinen schlimmsten Phasen war er von einer entwaffnenden Unschuld.

Bald darauf schlief Tom ein, und Sally nahm ihn von der Brust.

»Das reicht, um sich zu wünschen, wieder sechs Monate alt zu sein«, seufzte Jacko, kaum dass sich die Tür hinter ihr geschlossen hatte. »Das Dumme ist nur, dass man in diesem Alter noch gar nicht zu schätzen weiß, was man da so alles geboten bekommt. Das Leben ist so was von ungerecht.«

Weil ich diese Klagen schon öfter von ihm gehört hatte und nicht mehr besonders originell fand, sagte ich nichts weiter dazu.

»Und, wann wirst du diesen Typen anrufen?«, fuhr er fort.

Darüber hatte ich natürlich auch schon nachgedacht und versucht, mir gut zuzureden: »Jetzt gib dir endlich einen Ruck, Harriet, und tu es. Netter Kerl, Cousin vierzehnten Grades – oder aber er hat dir mit Absicht die falsche Nummer gegeben. Doch es gibt nur einen Weg, das herauszufinden.«

ZWEI

»Jetzt sofort«, sagte ich. »Am besten, ich bringe es gleich hinter mich.« Ich bemühte mich, so lässig wie möglich zu klingen, und wühlte in meiner Tasche nach dem Handy und der Einkaufsquittung. Nicht einmal der liebe Gott sollte merken, dass es in meinem Bauch nur so wimmelte von Baby-Pterodactyli.

Ich musste es nicht lange läuten lassen, bis sich jemand mit einem knappen »Hallo?« meldete.

»Oh, hallo – ich hoffe, ich hab mich nicht verwählt – hast du mir am Samstag Geld für das Taxi geliehen?«

Er lachte. »Ja. Und ich weiß noch nicht mal, wie du heißt.«

Puh. »Ich heiße Harriet – scheußlich, oder? Meine Freunde nennen mich Harry.«

»So scheußlich finde ich das gar nicht.«

»Na ja, inzwischen hab ich mich damit abgefunden, obwohl ich lange Zeit fand, dass das schon fast an Kindesmisshandlung grenzt.«

»Immerhin kein Allerweltsname. Ich hab den langweiligsten Vornamen, den es gibt.«

»Ich wette, da komm ich nie drauf«, log ich.

»Und ob. Ich heiße John.«

Mist.

Typisch, Murphy's Law, oder? Murphy's Law, Paragraph V, Absatz 3.1, der besagt:

»*Wenn man sich seit Urzeiten nicht mehr verliebt hat und es dann endlich doch passiert, ist das Objekt der Begierde mit Si-*

cherheit schon vergeben, und zwar an die Person, die schon immer alles hatte, was man sich erträumt hat, inklusive einen von diesen Lederröcken, um die man seine Mutter auf Knien angefleht hat, die aber leider nichts davon wissen wollte, weil man darin aussehen würde wie ein billiges Flittchen. (Siehe auch Absatz 3.3: ›Leute, die nigelnagelneue Suzuki-Jeeps zum 18. Geburtstag bekommen‹.)«

Aber ich sagte nur: »Heutzutage ist John doch gar kein Allerweltsname mehr. Nach all den Dans und Lukes könnte man meinen, er stehe kurz vor dem Aussterben.«

»Wenn du meinst.«

Schon seine Stimme jagte mir einen wohligen Schauer über den Rücken. Ich musste dabei sofort an die dunkle, flüssige Schokolade denken, wie man sie über Profiteroles gießt. Und daran, wie man den Teller abschleckt, wenn gerade niemand hinsieht.

Trotzdem ließ ich mir nicht das Geringste anmerken. »Ich schulde dir noch was, schon vergessen? Das ein oder andere Getränk und Erdnüsse, falls du noch Lust darauf hast. Oder aber ich schick dir doch einen Verrechnungsscheck – einen gedeckten, versteht sich.«

»Ich bin eher für das ein oder andere Getränk.«

Wie, einfach so? Lag das Schicksal gerade mit Grippe im Bett, oder was?

»Außer du bist zu beschäftigt, und es macht dir zu viele Umstände«, fuhr er fort.

Und ob es Umstände machen würde, einen solchen Mann in meinem hektischen, ausgebuchten Privatleben unterzubringen. »Bleib kurz dran, ich seh nur mal eben in meinem Terminkalender nach ...« Um eine authentische Geräuschkulisse zu erzeugen, blätterte ich ein wenig in meinem Timer herum, der schier aus allen Nähten platzte mit Eintragungen wie »Tierarzt – 18.15«. »Wie wär's mit Donnerstagabend?«

»Tut mir Leid, am Donnerstag kann ich nicht.«

Verdammt. Ich hörte schon drei weitere mit Bedauern geäußerte »Tut mir Leid«, woraufhin ich erneut den Verrechnungsscheck anbieten müsste, nur damit er sagen konnte: »Nein, lass nur, das Ganze geht auf meine Rechnung. Mach's gut.« Und dann würde er zu Nina sagen: »Ich glaube, die bin ich wirklich ziemlich geschickt losgeworden, Liebling.«

Das konnte er auch einfacher haben. »Die Vorweihnachtszeit ist einfach die Hölle, stimmt's? Eine Feier nach der anderen. Aber ich hätte am Freitag Zeit, ungefähr eine Stunde, so gegen halb acht.«

»Ja, Freitag passt mir.«

Das ging doch nicht mit rechten Dingen zu. Diesmal war mein Horoskop im *Evening Standard* sogar noch blöder gewesen als sonst.

»Wo passt es dir?«, fragte er.

So weit hatte ich noch gar nicht gedacht. »Ähm, wie wär's mit dieser kleinen Weinbar? Ganz in der Nähe von dem Fruchtbarkeitsgott?«

»Gut. Dann sehen wir uns dort.«

Ich legte völlig verblüfft auf und hatte fast schon ein schlechtes Gewissen. »Na, das ist ja eine Überraschung«, sagte ich betont lässig zu Jacko. »Ich hätte nie gedacht, dass er es ernst meint. Ich hab ausgesehen wie etwas, das die Katze mit reinbringt.«

»Ja, mein Engel. Nur dass er dann plötzlich die Vision hatte, hinter der unansehnlichen Fassade könnte sich eine wahre Pracht verbergen.«

Noch so ein Kommentar, und ich würde ihm bereitwillig eine zweite Tasse Tee machen, Sandwich und Spiegelei inklusive. Es kam nicht gerade oft vor, dass Jacko seine poetische Ader entdeckte.

»Und außerdem hat er schon zehn Kilometer gegen den Wind gerochen, dass du auf ihn stehst«, grinste er.

»Wer sagt denn, dass ich auf ihn stehe?«

»Ach komm schon, Harry. Das hab ich dir doch sofort angesehen. Du bist rot geworden wie ein Schulmädchen.«

»Ich werde nie rot wie ein Schulmädchen!«

»Okay, aber ich hab's gemerkt. Ich hab's verdammt noch mal an deiner *Stimme* gemerkt. Wenn er dir nicht gefallen hätte, hättest du sein Geld niemals angenommen.«

Wo er Recht hatte, da hatte er Recht.

»Sieht ganz so aus, als besäße der Typ keinerlei Anstand«, fuhr er hochironisch fort. »Da ist er mit dieser Nicht-Freundin von dir zusammen und versucht *dich* so ganz nebenbei –«

»Wir gehen nur was trinken, verdammt noch mal.«

»Ganz genau. Sieht aus, als hätte er es faustdick hinter den Ohren.«

»Er hat mir 30 Pfund gegeben!«

»Wenn du meine Meinung hören willst, will er dir noch was ganz anderes geben.«

»Wann wirst du endlich mal erwachsen?«

Ich mag Jacko wirklich. Im Grunde ist er der Bruder, den ich nie hatte. Wir haben weit mehr geteilt als Studentenwohnheime, waren zum Beispiel zusammen in Indien. Und wenn man erst einmal den berüchtigten Delhi Belly zusammen durchgemacht hat und abwechselnd vor irgendwelchen Büschen Wache geschoben hat, kann man sich kaum noch näher kommen. Doch wie bei einem echten Bruder auch, hätte ich Jacko des Öfteren eine reinhauen können. Außerdem ließ sich nicht bestreiten, dass er ganz schön pubertär sein konnte.

»Es ist schließlich nicht jeder so wie du«, gab ich scharf zurück.

»Nein«, sagte Sally, die gerade zurückgekommen war. »Es gibt Männer, die sind sogar noch schlimmer.« Sie ließ sich laut gähnend auf das Sofa fallen. »Wenn ich nicht bald mal wieder eine Nacht durchschlafe, sterbe ich. Und das wäre gar nicht mal so schlecht. Aus dieser Sorte Schlaf reißt einen so schnell keiner raus, nachdem man endlich eingenickt ist.«

»Ich steh gern auf und seh nach ihm, wenn du willst«, sagte ich.

»Das nützt leider nichts – ich bin die Einzige, die ihn wieder zur Ruhe bringen kann. Wenn er sich doch nur mit einem Schnuller zufrieden geben würde, aber den spuckt er bloß aus.«

»Da kann ich ihm keinen Vorwurf machen«, sagte Jacko. »Der Kleine weiß eben, was gut ist.«

»Jetzt hör endlich auf damit!«, sagte Sally.

Dann erzählte ich ihr das Neueste von John.

»Vielleicht hat er Nina ja satt«, gähnte sie, womit wieder einmal bewiesen wäre, wie viel scharfsinniger und intelligenter weibliche im Vergleich zu männlichen Freunden doch sind – und das sogar im Halbschlaf.

»Geschieht ihr ganz recht, der falschen Schlange«, fügte sie hinzu.

»Meine Güte, Mädels, seid ihr aber gehässig«, mokierte sich Jacko. »Jetzt seht euch nur mal diese Karte an: ›Alles Liebe‹, schreibt sie da. Vielleicht geht es ihr gerade nicht gut.«

Unter den gegebenen Umständen führte der Gedanke an eine Nina, der es gerade nicht gut ging, unmittelbar dazu, dass es mir nicht gut ging.

»Sie schreibt sogar, dass sie mal vorbeikommen will«, fuhr er fort.

Sollte das jemals der Fall sein, würde er ihr in null Komma nichts aus der Hand fressen, da war ich mir sicher. »Sie wird gehört haben, dass ich zur Hälfte ein wertvolles Haus geerbt habe«, sagte ich. »Sie ist bloß neugierig und will ihre Nase hier reinstecken. Und uns, wo sie schon mal da ist, einen Schwank aus ihrem ach so perfekten Leben erzählen. Ja, ich weiß, das klingt jetzt nicht sehr nett«, fügte ich hinzu, als ich Jackos Gesicht sah, »aber genau das ist es, da bin ich mir sicher.«

Sally gähnte ein weiteres Mal und verkündete, sie würde jetzt ein Bad nehmen. Falls sie innerhalb der nächsten halben Stunde nicht wieder auftauchen würde, sollten wir doch bitte mal nach ihr sehen, um festzustellen, ob sie in der Wanne eingeschlafen und dabei ertrunken wäre.

Kaum war sie weg, beschloss Pissels, aufzuwachen und sich zu rekeln. Dann hüpfte er vom Sofa, das er als seinen höchstpersönlichen Thron betrachtete, wackelte zu mir herüber und sprang auf meinen Schoß.

Pissels hatte ich ebenfalls von Dorothy geerbt. Ursprünglich hieß er eigentlich Wissels, doch weil er sein Katzenklo stündlich wässerte, war der Spitzname vorprogrammiert. Am Anfang hatte sich noch Dorothys Putzfrau um ihn gekümmert, um dann bei der

Beerdigung zu sagen: »Ich fürchte, das arme alte Ding muss ins Tierheim. In seinem Alter wird ihn wohl kaum noch jemand nehmen wollen. Hoffentlich muss er nicht eingeschläfert werden.«

Trotzdem war ich mit meinen Gedanken alles andere als bei Pissels. Nachdem ich mich seelisch bereits auf eine höfliche Abfuhr vorbereitet hatte, wusste ich nicht recht, was ich von John halten sollte. Wie jemand, der nichts anbrennen lässt und sich für nebenher noch so was Unansehnliches wie mich aufgabelt, kam er mir eigentlich nicht vor. Andererseits war Sallys Version, dass er sich gerade von Nina trennt, eine Idee zu optimistisch. Blieb nur noch die hyperoptimistische Variante mit dem Cousin vierzehnten Grades.

Ziemlich beunruhigend das Ganze, aber eben auch sehr aufregend.

Jacko schien Gedanken lesen zu können und musterte mich eindringlich. »Weißt du, was dein Problem ist?«

»Ich hab Hunger«, sagte ich und stellte mich doof.

»Ich auch, aber das meine ich jetzt nicht. Du hast seit Monaten nur noch tropffreie Wandfarbe, Sally und das Baby im Kopf.«

Ich hatte nur die Küche, mein Zimmer und Sallys gestrichen. Was ich anschließend fast schon bereute, denn jetzt sah der Rest des Hauses siebenundfünfzigmal schlimmer aus als vorher. Aber wenn wir die anderen Zimmer sowieso nicht benutzten, machte es herzlich wenig Sinn, sie zu streichen.

Jacko war noch nicht fertig. »Wann bist du das letzte Mal mit einem Typen ausgewesen, der dir wirklich gefallen hat?«

»Was soll die Frage, verdammt noch mal?«, fragte ich und strich dem alten Pissels über sein getigertes Fell.

»Du weißt genau, was ich meine. Du gehst so gut wie gar nicht mehr aus. Alles, worüber du dich mit Sally unterhältst, sind Toms arme klaine Ssähne oder ob das Curry von gestern Abend wohl in die Milch gegangen sein könnte und sein Aa deshalb so komisch aussieht.«

Das war eine schamlose Lüge. Sally und ich führten wilde Diskussionen, wo man wohl einen anständigen gebrauchten Hochstuhl herkriegen könnte, und wägten die Vorteile der Tesco- gegen die der Sainsbury-Lasagne ab. Wir debattierten ausgiebig und hartnäckig, ob wir uns das *Stolz-und-Vorurteil*-Video zum vierzehnten Mal ausleihen sollten. Und wenn ja, ob das dann bedeutete, dass wir ein wirklich hoffnungsloser Fall waren. Oder dass wir Leuten, die sich vierzehn Mal *Ace Ventura – Ein tierischer Detektiv* ansahen, intellektuell hoffnungslos überlegen waren. (Den Film hatten wir uns bloß zum sechsten Mal ausgeliehen.)

Da wir das Video von *Stolz und Vorurteil* besaßen, diskutierten wir ausgiebig darüber, ob Mr. Darcy zu edel und großmütig war, um vor der Hochzeitsnacht erste Erfahrungen gesammelt zu haben. Und wenn ja, ob die arme Lizzie dann wohl denken würde: Mein Gott, das soll schon alles gewesen sein? Des Weiteren erörterten wir die Vorteile, Anfang des 19. Jahrhunderts zu leben: Damals gab es zwar weder Tampax noch Deos, und man musste gut singen und sticken können, aber dafür gab es Typen, die sagten: »Gestattet, dass ich Euch ein Geständnis mache: Ich stehe in Flammen vor lauter Liebe zu Euch« statt: »Wie wär's mit einer flotten Nummer?«

»Früher warst du ständig unterwegs«, hakte Jacko nach. »Jetzt führst du überhaupt kein richtiges Leben mehr, zumindest aus meiner Sicht. Du kannst es doch kaum erwarten, dich mal wieder richtig zu verknallen.«

»Von der Art Verknalltsein hab ich erst mal die Nase voll. Nach dem letzten Mal war ich reif für eine Kur.«

»Für eine Schlafkur, so wie's aussieht«, sagte er. »Winterschlaf. Seit dieser Surfer-Arsch die Biege gemacht hat, hältst du nur noch Winterschlaf.«

»Dieser Surfer-Arsch heißt Dirk.«

Dirk hatte die Biege gemacht, sobald Sally aufgekreuzt war, aber das eine hatte mit dem anderen nichts zu tun. Er wäre sowieso irgendwann abgehauen. Ich hatte ihn in irgendeinem Pub an der Themse kennen gelernt, wo er Pints zapfte. Ich war von a) seinem blonden, lässigen Chic, b) seinem Akzent (südafrikanisch) und c) der gruseligen Narbe auf seinem Arm sofort wie hypnotisiert gewesen. Ich tat mein Bestes, nicht hinzusehen, aber ich konnte einfach nichts dagegen tun, bis er mir schließlich zuzwinkerte und sagte: »Scharfgezacktes Haigebiss – ich war gerade Surfen. Musste dem Biest gehörig eins überbraten.«

Wie er mir später gestand, hatte ihn der Hai mit einem beneidenswerten Anmach-Spruch versorgt – vorausgesetzt, er trug kurze Ärmel. Wir verbrachten drei leidenschaftliche Monate miteinander, bis er wieder weiterzog. Danach hatte ich ihn gar nicht mal so sehr vermisst, wie ich gedacht hätte – Sally sei Dank. Schwangerschaften aus heiterem Himmel sind da ein hervorragendes Anästhetikum.

»Das ist dein Problem, wenn du's genau wissen willst«, fuhr Jacko fort. »Das Aufregendste, was du in letzter Zeit erlebt hast, war die Suche nach einer gebrauchten Spülmaschine für vierzig Pfund. Und der Versuch, den armen kleinen Holzwürmern in den Stühlen den Garaus zu machen.«

»Ich gebe ihnen doch nur den Gnadentod, bevor sie sich qualvoll zu Tode fressen. Und ich versuche, dieses Haus ein bisschen wohnlich zu machen. Es kann schließlich nicht jeder in nigelnagelneu renovierten Lofts in den Liverpooler Docks wohnen.«

Dabei war es schon ein Segen, dass ich *überhaupt* etwas hatte, das ich wohnlich gestalten konnte. Ich weiß zwar nicht, womit ich das verdient hatte, aber ich hätte die Hälfte des Hauses zu keinem besseren Zeitpunkt erben können. Dorothy war nie verheiratet gewesen und das, was man gemeinhin ein »Original« nennt – eine mehr als höfliche Umschreibung für ihr unverschämt direktes und ziemlich schrulliges Wesen. Abgesehen von ein paar kleineren Erbschaften wollte sie, dass alles zwischen ihrem Neffen David (meinem Vater) und ihrer Großnichte Harriet aufgeteilt würde, die mit so einem zänkischen alten Weib besser zurechtgekommen waren, als ihr das je gelungen wäre. Und sollte irgendjemand auf die Idee kommen, auch nur einen Cent für überflüssigen Grabschmuck auszugeben, würde sie höchstpersönlich aus dem Jenseits zurückkehren und ihm als Geist erscheinen.

Zu Anfang war ich richtig schockiert. Es war schließlich Dad gewesen, der sie alle 14 Tage besucht, gegen das Unkraut in ihrem Garten gekämpft und sie sonntags zum Mittagessen ausgeführt hatte. Ich war dann und wann auf Besuch gekommen, aber nicht so oft, wie mir das möglich gewesen wäre. Ich holte ihr Gin aus dem Supermarkt, gab ihre Pferdewetten im Wettbüro ab und bemühte mich, nicht zusammenzuzucken, wenn sie mich bat, ihr die Fußnägel zu schneiden.

Doch selbst wenn sie alles ihm vermacht hätte, hätte Dad keine Champagnerkorken knallen lassen und sich den neuesten Mercedes bestellt. Er war mit seinem Lebensstandard vollauf zufrieden und gerade in Rente gegangen. Jetzt konnte er sich endlich einen lang gehegten Wunsch erfüllen und ausgedehnte Reisen unternehmen. Die Vorstellung, Berge von Gerümpel entsorgen und sich um den Verkauf des Hauses kümmern zu müssen, hätte nur hilflose Bestürzung bei ihm ausgelöst. Dieselbe, die Mum letztendlich dazu bewogen hatte, ihn gegen Bill einzutauschen – einen Mann, der keine Flausen im Kopf hatte und eher praktisch veranlagt war.

Als er mir vorschlug, doch selbst einzuziehen, hatte ich mich aufs Heftigste dagegen gewehrt. Das Haus war ein riesiger, kalter Kasten und roch so modrig-faulig, wie es nur bei sehr alten Leuten riecht, die seit fünfzig Jahren nichts mehr weggeworfen haben. An der Küchendecke hing noch so ein Wäschetrockner, den man mit Hilfe eines Flaschenzugs hoch- und runterlassen kann. Und an der Wand war ein Glasgehäuse befestigt mit Schildchen, auf denen Wohnzimmer, Zimmer eins usw. stand, damit das Dienstmädchen wusste, von wo aus nach dem Tee geklingelt wurde. Die Klingelanlage funktionierte nach wie vor einwandfrei.

Damals wohnte ich allerdings noch in einem finsteren Loch in einer der wenigen unschicken Gegenden Londons. Und zwar in einer WG mit Leuten, die Chris auf ihre Eier schrieben, damit sie niemand klaute, und denen bei *Sex and the City* plötzlich auffiel, dass sich ihre bisexuellen Neigungen wieder bemerkbar machten – ob ich nicht Lust auf einen flotten Dreier mit ihrem Freund hätte?

Und das waren bloß die Männer.

Und so war ich hier eingezogen. Ich hatte vor, einen guten Platz für Pissels zu finden, tonnenweise Gerümpel auszumisten und dann so schnell wie möglich zu verduften, am liebsten in Richtung Pazifik. Spätestens im November wollte ich hier weg sein.

Ein schöner Plan. Leider wurde nichts daraus.

Jacko sagte: »Wenn Sally jemals rausfindet, was du eigentlich vorhattest, wird man hier nicht nur den Holzwürmern den Garaus machen.«

»Das wird aber nicht passieren, außer du erzählst ihr davon. Und wenn du das tust, bring ich dich um.«

Was er damit sagen wollte, war Folgendes: Nach dem Schwangerschaftstest hatte ich die schwer geschockte Sally fast dazu gedrängt, zu bleiben. Ich erzählte ihr, dass es noch ewig dauern würde, bis der Nachlass geregelt wäre. Und dass ich Monate benötigen würde, um Dorothys Haus zu entrümpeln, und froh wäre, wenn sie mir dabei Gesellschaft leisten würde, was durchaus der Wahrheit entsprach. Doch nachdem die Sache mit dem Nachlass vor zwei Monaten geregelt worden war, hätte ich das Haus längst in die Zeitung setzen, ja vielleicht sogar verkaufen können. Angenommen, Sally hätte davon erfahren – sie hätte sich stur gestellt und darauf bestanden, sofort auszuziehen, damit ich mein Geld ausbezahlt bekäme und meine Reise antreten könnte. Aber da selbst noch das schäbigste Apartment ihre finanziellen Möglichkeiten bei weitem überstieg, hatte ich ihr erzählt, es gäbe Probleme mit dem Nachlassgericht. Irgendeine Schlafmütze hätte die Hälfte der Papiere verschlampt, und ich könnte von Glück sagen, wenn es mir gelänge, das Haus bis zum März zum Verkauf zu bringen. Bis dahin hätte sich Sally wieder berappelt und würde Geld verdienen – für Januar hatte sie schon was in Aussicht. Eigentlich hatte sie vorgehabt, gleich einen Monat nach Toms Geburt wieder Vollzeit zu arbeiten. Aber diesen Plan hatte sie gefasst, bevor wir alle miterleben durften, was passiert, wenn der Mutterinstinkt zuschlägt – selbst bei einer Frau, die regelmäßig verkündet hatte: »Kinder, nein danke, da ist mir jeder Gartenzwerg lieber.«

Jackos Magen knurrte laut und vernehmlich.

»Okay, ich werd den Pizzaservice anrufen«, sagte er. »Was möchtest du denn gerne?«

»Ach, immer bloß Pizza! Ich werd schnell was improvisieren. Eigentlich müsste noch frische Pasta da sein – es sei denn, ihr habt alles aufgefressen.«

Ich habe nichts gegen den Pizzaservice und bin auch keine Puristin oder so. Aber weil Jacko so oft dort anrief und regelmäßig darauf bestand zu bezahlen, hatte ich schon ein ganz schlechtes Gewissen. Man kann viel über ihn sagen, aber ein Schmarotzer ist Jacko nie gewesen. Dass er sich's leisten kann, spielt dabei überhaupt keine Rolle.

Jacko und ich sind uns sehr ähnlich. Auch er hatte damals nicht so recht gewusst, was er machen sollte – in erster Linie musste es Spaß machen. Und so schmiss er einen Job nach dem anderen, bis er endlich tat, was er eigentlich nie hatte tun wollen: Er arbeitete für seinen alten Herrn, der ein Firmenimperium in Merseyside besaß. Nachdem er zur Überraschung aller, inklusive seiner selbst, festgestellt hatte, dass ihm das durchaus lag, war Jacko nun seit 18 Monaten die rechte Hand seines Vaters. Die frühere rechte Hand war so geschockt, dass Jacko doch kein so hoffnungsloser Taugenichts war wie ursprünglich gedacht, dass er einen Herzinfarkt erlitt und in Rente gehen musste.

Jacko hätte längst wieder nach Hause gemusst, aber er zögerte seine Rückkehr noch bis nach Weihnachten hinaus. Wenn sein Vater deswegen ausnahmsweise nur zwei Mal die Woche zum Golfspielen kam, wie er völlig respektlos verkündete, geschah ihm das nur recht. Nachdem er sich schon seit Monaten abschuftete, fand er, er hatte das Recht, ein wenig zu faulenzen.

Während ich im Kühlschrank nach der Pasta suchte, schrillte die Türklingel. Sie war genauso antik wie der Rest des Hauses und noch dazu ohrenbetäubend. Ich machte mich auf einen der üblichen Hausierer gefasst, doch stattdessen stand Helen vor der Tür.

»Entschuldige, aber mir geht es nicht besonders gut«, sagte sie.

(Bei Helen fängt jeder Satz mit »Entschuldige« an.) »Ich stör euch doch hoffentlich nicht beim Essen?«

»Noch nicht, und wenn, wär's auch egal. Komm rein.«

Helen wohnte direkt nebenan, in einem Haus, das so ähnlich aussah wie Dorothys, nur dass es luxussaniert worden war. In den letzten Monaten hatte ich mich ein bisschen mit ihr angefreundet. In Sallys ersten panischen Wochen mit Tom, in denen ich ihr eine genauso große Stütze war wie Pissels, hatte sie uns sehr geholfen.

Helens Mann war Anwalt und besaß eine lukrative Kanzlei in Wimbledon. Vor vier Monaten hatte er sie wegen seiner Bilanzbuchhalterin verlassen. Die war acht Jahre jünger als Helen und besaß ein kleines Cottage in Wimbledon Village.

»Hallo Süße«, sagte Jacko, als ich sie hereinbat. »Schon einen netten Kerl gefunden, mit dem du dich rächen kannst?«

Sie rang sich ein müdes Lächeln ab. »Im Moment bin ich so was von frustriert, dass ich mit dem Erstbesten ins Bett steige, der mich darum bittet.«

»Na ja, nächste Woche kommt mein Gips ab«, grinste er. »Ich bin zwar ein bisschen aus der Übung, aber ich werd mich bemühen.«

Ich hätte schwören können, dass sie das Angebot fast schon dankbar aufnahm.

»Trink ein Glas Wein mit uns«, sagte ich.

»Unmöglich.« Sie sah kurz auf die Uhr und seufzte. »Ich muss gleich Matthew abholen – er ist nach der Schule zu Sam gegangen.«

Helen war neununddreißig, sah aber aus wie achtundzwanzig. Sie hatte glattes, helles Haar, eine wunderschöne Haut und ein auf den ersten Blick unscheinbares Gesicht, das bei näherer Betrachtung jedoch unheimlich gewann und auf eine unaufdringliche Art schön war. Sie hatte sehr jung geheiratet und war bereits Mutter von drei Kindern: Der achtzehnjährige Oliver war gerade zum Studieren nach Exeter gegangen und fehlte ihr sehr. Toby und Matthew waren zwölf Jahre alte Zwillinge. Mittlerweile wusste ich nicht nur alles über ihre Freunde und Angewohnheiten, sondern auch, dass sie ihre Mutter behandelten wie einen Fußabtreter.

»Warum läuft er nicht nach Hause?«, fragte ich. »Sam wohnt doch nur anderthalb Kilometer weit weg, oder etwa nicht?«

»Ja, aber ich hab ihm versprochen, dass ich ihn abhole. Er ruft mich an, wenn es so weit ist.«

Während ich ihr einen Kaffee aufsetzte, sagte Helen: »Ich hab die Nase gestrichen voll: Dieses Wochenende nimmt wieder Lawrence die Kinder. Natürlich nicht mit zu Francesca – stattdessen hat er so ein Abenteuerwochenende gebucht, Biken durch Matsch und Schlamm, und jetzt sind sie völlig aus dem Häuschen. Dabei ist es erst einen Monat her, dass sie in EuroDisney waren, verdammt noch mal! Und natürlich kam der Vorschlag von Francesca, die sie jetzt für die Allergrößte halten.«

»Kommt sie denn mit?«, wollte ich wissen.

»Mit in den *Schlamm*? Natürlich nicht!«

Francesca hatte die Zwillinge laut eigener Aussage bereits ein paar Wochenenden »über sich ergehen lassen müssen«. Sie hatte ihnen befohlen, die Turnschuhe auszuziehen. Und in dem winzigen Zimmer, in dem Lawrence Stockbetten aufgestellt hatte – das einzige, in dem noch Platz war –, gab es weder einen Fernseher noch eine Playstation. Außerdem zwang man die Kinder dazu, »ekliges Grünzeug zu essen, ganz ohne Ketchup«. Was Helen eigentlich wollte, aber geflissentlich verschwieg, war, dass sie wieder zu Francesca gingen. Und dass sie es dort hassen würden. Dass sie ihr Zuhause und ihre Mami vermissen würden, anstatt Francesca cool zu finden, bloß weil sie die Idee mit dem Abenteuerwochenende gehabt hatte.

»Übertrag doch einfach Lawrence das Sorgerecht für die Zwillinge«, sagte ich. »Das mit Francesca würde sich dann gleich miterledigen. Stell dir nur mal vor, sie müsste täglich mit ihnen fertig werden!«

Jacko schüttelte sich vor Lachen, aber Helen sah mich an, als hätte ich ihr gerade vorgeschlagen, eine Gruppe älterer Damen über den Haufen zu fahren – nur so zum Spaß.

»Und?«, fuhr ich mitleidslos fort. »Hat er dich jemals gefragt, ob du das Sorgerecht überhaupt willst? Er ist einfach davon ausgegangen!«

Jacko johlte wieder los. »Dann wär die weg, so schnell könntest du gar nicht gucken! Und dein Mann stünde mit Sack und Pack auf der Straße.«

Ich kam so richtig in Fahrt. »Schließlich sind das auch seine Kinder. Und dann wird sie kreischen: Kinder? Von *Kindern* war nie die Rede!«

»Ich wette, sie würde sie nehmen«, sagte Helen müde. »So schnell wird sie Lawrence nicht aufgeben.«

Kaum dass sie ihren Kaffee ausgetrunken hatte, klingelte auch schon ihr Handy. Doch zum ersten Mal verzog sie wütend das Gesicht: »Toby, du hast bereits gegessen!« (Pause) »Ich weiß nicht! Sieh im Kühlschrank nach! Stell ein paar Pommes in die Mikrowelle!«

Sie legte derart heftig auf, dass ich ganz überrascht war. »Das ist doch nicht zum Aushalten! Da ruft der von nebenan an, nur um mir zu sagen, dass er *Hunger* hat! Er ist zwölf, verdammt noch mal!«

»Bravo«, grinste Jacko. »Zeig dem Gör endlich mal, wo's langgeht!«

Am Freitag verließ ich ausnahmsweise mal pünktlich das Büro und raste nach Hause, um mich in wilder Hast zu duschen und umzuziehen. Während ich mich in mein bestes graues Kostüm warf und einen blassrosa Pulli überstreifte, kam Sally mit Tom herein und ließ sich auf mein Bett fallen. »Ich musste einfach raus aus der Küche – Frida kocht gerade wieder ihre schwedischen Fleischklößchen.«

»Ihre Fleischklößchen sind doch lecker!« Ich suchte verzweifelt nach dem Lidschatten, der meinen Blick umfloren und absolut verführerisch machen sollte, anstatt meine Augen einfach nur farblich zu akzentuieren, je nachdem, was ich gerade anhatte.

»Ich weiß, aber ich brauche Jacko bloß anzusehen, und mir wird schlecht. Er sagt die ganze Zeit: ›O Fridalein, Wikingerprinzessin meiner Träume, willst du mich heiraten und mir jeden Abend Fleischklößchen machen?‹ Woraufhin Frida *vergeblich* versucht, sich das Lachen zu verkneifen, und sagt: ›Ich glaube nicht, dass ich dein Typ bin, Jacko – meine Titten sind so flach wie Spiegeleier‹, worauf Jacko erwidert: ›Du hast *prächtige* kleine Titten! Außerdem liebe ich Spiegeleier.‹ Kann der nicht *einmal* damit aufhören!«

Sei es wegen des Dammschnitts, der Hormone oder Steve (wahrscheinlich wegen allen dreien) – seit Tom auf der Welt war, hatte Sally genauso viel Interesse an Männern und Sex wie Jacko an Handarbeiten. Es fehlte nicht viel, und sie würde zu einer dieser alten Tanten werden, die sich ständig über den Schmutz und Schund im Fernsehen aufregen. »So ist er eben«, sagte ich und versuchte ihr nicht zu zeigen, wie genervt ich war. »Wenn er Frida auf den Wecker fällt, wird sie's ihm schon sagen.«

Frida war keine typische Schwedin, denn sie war nicht blond. Typisch war nur, dass sie nahezu perfekt Englisch sprach und unglaublich groß und schlank war: Sie maß stolze fünf Zentimeter mehr als ich – für mich ganz schön ungewohnt.

Sie behauptete, das läge an all den Heringen.

Ich fand den Lidschatten, patzte beim Auftragen und fluchte.

Sally sagte: »Heute Nachmittag hab ich Tom Hühnersuppe gemacht, hab extra frisches Huhn gekauft, es im Mixer püriert und alles. Und dann hat er sie einfach ausgespuckt.« In einem völlig anderen Ton wandte sie sich an Tom, der neben ihr auf meinem Kissen thronte und gerade an einer Rassel herumknabberte. »Das muttu doch nicht *tun*, du kleines, süßes Ekelpaket! Und dann musste Mami alles an Pissels verfüttern, und der fette alte Sack hat's auch verschmäht, stimmt's?«

Im Spiegel meiner Frisierkommode konnte ich sehen, wie die beiden sich gegenseitig anstrahlten und völlig ineinander aufgingen. »Ich glaube, er bekommt einen neuen Zahn«, fuhr sie fort. »Er kaut schon den ganzen Tag auf dieser Rassel rum und sabbelt wie blöde. Er kriegt schon richtig Ausschlag am Kinn.«

»Wenn der Zahn erst mal da ist, wird er schon wieder damit aufhören«, erwiderte ich und kam mir vor wie der gute alte Kinderarzt Dr. Spock.

»Warum ziehst du nicht ein bisschen was Aufregenderes an?«, fragte sie und widmete sich endlich mal was anderem als Tom. »Das sieht eher arbeitsmäßig aus.«

»Das soll auch arbeitsmäßig aussehen, du Blödi. Er darf auf keinen Fall merken, dass ich extra nach Hause gefahren bin, um mich für ihn umzuziehen.«

Sie stützte die Ellbogen auf und meinte: »Da wird sich der arme alte Mr. Helikopter aber ganz schön erschrecken, wenn er dich plötzlich so sieht.«

»Das soll er ja auch.« Das Kostüm war wirklich gut geschnitten und kurz genug, um meine Vorzüge ausreichend in Szene zu setzen. Trotzdem war es elegant, und der blassrosa Lambswool-Pulli machte einen makellosen Teint. Ich hatte mir die Haare geföhnt und zu einigermaßen ordentlichen Wellen gebändigt, und auch mein Gesicht war durchaus vorzeigbar. Ich habe einen großen, leicht schiefen Mund, den ich während meiner Pubertät richtig gehasst habe. Aber erst neulich hat mich jemand, dem ich das nie vergessen werde, gefragt, ob er der Schönheitschirurgie zu verdanken wäre. Er sei nämlich auf eine ganz besonders hinterhältige Art und Weise attraktiv.

»Und was, wenn er dich wieder sehen will?«, fragte Sally.

»So weit hab ich noch gar nicht gedacht.« Das war natürlich dreist gelogen. Ich hatte mir schon den Kopf zerbrochen, wie ich mich in diesem Fall verhalten sollte (wenn es denn überhaupt dazu käme). Und ob es mir was ausmachen würde, falls nicht (ja). Und wie schlecht es mir wohl gehen würde, wenn er mir von seiner wunderbaren Freundin vorschwärmte, die ihn dazu gebracht hätte, eine ernsthafte Beziehung richtig cool zu finden. »Wie dem auch sei, er wird sowieso nicht wollen«, fügte ich hinzu, für den Fall, dass das Schicksal bereits wieder auf der Lauer lag.

»Ich glaube schon. Ich wette mit Jacko um eine Riesenpackung

Smarties, dass er vorhat, Nina zu verlassen. Besser, ich gewinne die Wette.«

»Und wie soll ich das bitteschön herausfinden?«, fragte ich. »›Entschuldige, aber hast du vor, die Frau zu verlassen, mit der ich dich am Samstag gesehen habe und die zufällig auch noch eine Nicht-Freundin von mir ist?‹«

»Etwas ungeschickt«, gab sie zu. »Jacko hält ihn immer noch für eines dieser Arschlöcher, die glauben, zweigleisig fahren zu können. Was ich ziemlich daneben finde, wenn man bedenkt, wie er sich neuerdings vor Frida aufführt. Du hättest dabei sein sollen, als er sie vor zehn Minuten angefleht hat, seinen Juckreiz zu lindern. Natürlich wollte er nur, dass sie mit einer von Dorothys Stricknadeln unter seinen Gips fährt, aber seine zweideutigen Bemerkungen waren so was von pubertär, dass ich es kaum ertragen konnte. Ich wünschte, Erik Blutaxt würde hier vorbeikommen und ihm eine gehörige Abreibung verpassen.« (Erik Blutaxt war Fridas Freund zu Hause in Stockholm, der angeblich zwei Meter groß war und ein richtiger Muskelprotz.)

»Typisch Jacko! Der war schon immer so!« Ich dachte an ein paar frühere Freundinnen, die mit ihm geschlafen hatten, obwohl sie stets behauptet hatten, dass sie lieber sterben würden, als mit ihm ins Bett zu gehen. »Er hat mich so zum Lachen gebracht, dass ich mir fast in die Hosen gemacht habe«, hatte mir eine von ihnen gestanden. »Und dann hat er gesagt: ›Aah, komm schon, lass uns 'ne Runde poppen – ich halt das einfach nicht mehr aus …‹, tja und dann, wie soll ich sagen, bin ich einfach *dahingeschmolzen.*«

Ich nebelte mich mit CK1 ein und griff nach meiner Handtasche. »Ich muss los – lass dir die Fleischklößchen schmecken.« Ich raste die Treppe runter, riss die Haustür auf und sah, dass Helen vor der Tür stand. »Gehst du aus?«, fragte sie, als wäre das das Außergewöhnlichste der Welt.

»Doch, ja.« Ich musterte sie im Zwielicht. »Alles in Ordnung mit dir?«

»Ja, alles prima.«

Sie sah alles andere als prima aus, aber in letzter Zeit hatte ich sie nur selten gut gelaunt erlebt. »Die anderen sind zu Hause, komm rein und lass dir was zu trinken anbieten.«

»Nein, es geht schon, ehrlich. Ich wollte dich nur was fragen, aber das hat Zeit.« Mit einem fröhlichen »Ich wünsch dir einen schönen Abend« verschwand sie wieder.

Auf dem Weg zur U-Bahn hatte ich wegen Helen fast ein schlechtes Gewissen. Seit Lawrence sie verlassen hatte, kam sie immer zu uns, um sich trösten zu lassen. Die meisten ihrer Freunde waren auch seine Freunde, und sie hasste es, sie zu zwingen, Partei zu ergreifen. Doch als ich dann endlich im Zug saß, fühlte ich mich wie auf der Flucht, weil er mich in eine Welt katapultierte, in der Babybreichen und die Probleme anderer Leute einfach nicht existierten. Ich kam mir vor, als würde ich im Flugzeug sitzen, gerade durch die Wolkendecke brechen und mich plötzlich in einer Welt mit strahlend blauem Himmel und weißen Wattewölkchen wiederfinden – in einer Art himmlischer Hüpfburg.

Jacko hatte Recht. Ich hatte schon eine Ewigkeit nicht mehr an Männer gedacht, ja mich nicht einmal mehr in Schale geschmissen, um es mal wieder so richtig krachen zu lassen. Wenn ich im Supermarkt an der Kasse anstand, griff ich nicht zur *Cosmo*, um den Artikel »50 Tricks für einen multiplen Orgasmus« zu überfliegen. Stattdessen griff ich zu *Mumsy World*, um »50 Tricks, gegen den Ausschlag auf Babys Bäuchlein« zu überfliegen. Wenn ich nicht ich wäre, würde ich mir ernsthaft Sorgen um mich machen.

Ich hatte so gegen zwanzig vor acht eintreffen wollen, denn ich wollte auf keinen Fall alleine dasitzen, falls er sich verspäten würde, und Panik schieben, er könnte mich versetzt haben. Aber die blöde U-Bahn spielte mal wieder verrückt, so dass ich den Weg von der U-Bahn-Station mehr oder weniger im Laufschritt zurücklegte. Als ich dann endlich die Bar betrat, war es schon fast zehn vor acht und ich schob trotzdem Panik, weil ich Angst hatte, er könnte schon dagewesen und gleich wieder gegangen sein.

Die Bar war sehr voll. Die Einrichtung war ganz in Dunkelgrün und Gold gehalten. Man kam sich vor wie in einem von diesen Pariser Cafés aus den Zwanziger Jahren, wo sich Intellektuelle über den Existenzialismus verbreiten und sich dabei einen Pastis nach dem anderen hinter die Binde gießen. Die Tische waren klein und rund und aus dunkelgrünem Onyx-Imitat.

Er war da, Gott sei Dank, und saß hinten in der Ecke. An seinem Tisch saß eine blonde Frau, die zu ihm auflächelte, als sei er das Größte seit der Erfindung von Take-away-Sushi.

Ich weiß, dass ich behauptet habe, Einzelkind zu sein, aber das war gelogen. Ich habe noch eine zickige ältere Schwester, die ab und zu vorbeischaut, wenn auch nur in meiner Fantasie. Als ich noch jünger war, sagte sie immer so selbstzufriedene, überhebliche Sachen wie »Man wird dir auf die Schliche kommen« und »Wenn du dein Zeugnis unterm Bett versteckst, hilft dir das auch nicht weiter«. Ich hatte schon seit Jahren nichts mehr von ihr gehört, aber plötzlich war die Nervensäge wieder da.

»Hab ich's doch gewusst«, sagte sie triumphierend. »Hab ich's dir nicht *gesagt*?«

»Nein, hast du nicht. Ich dachte, du wärst tot. Ich *wünschte*, du wärst tot.«

»Bin ich aber nicht. Sieh nur genau hin: Da kommst du gerade mal eine Viertelstunde zu spät, und schon hat er eine andere aufgerissen. Sieh ihn dir doch nur an.«

Das tat ich.

»Auch sie hat seidig-glänzendes Haar, nur in Blond«, fuhr sie überheblich fort. »Er scheint eine Vorliebe für Seidiges-Geschmeidiges zu haben. Hau ab, bevor er dich sieht und du dich noch vollkommen lächerlich machst.«

Das hätte ich nur zu gern getan, und zwar auf der Stelle. Aber dann hätte ich da schon so lange herumgestanden und geglotzt, dass er mich zuerst entdeckt hätte. Daraufhin wäre ich rot angelaufen wie eine Killertomate und nach draußen gestürzt, nicht ohne dabei über irgendwas zu stolpern. Anschließend wäre ich nach Hause gefahren und hätte mir gewünscht, ich wäre tot. Aber mittlerweile war ich ja eine erwachsene Frau und hatte meine Instant-Packung Coolness dabei. Wenn ich sie so vorsichtig auftrug wie Selbstbräuner, konnte ich sogar Mr. Helikopter was vormachen.

Die Blondine entdeckte mich, als ich noch genau drei Tische weit weg war.

Sie stupste ihn kurz an, und er sah sofort auf. Dann erhob er sich, woraufhin sich eine zweite Stimme in meinem Kopf Gehör verschaffte. Diesmal gehörte sie meiner Mutter und sagte: »Ich mag es, wenn jemand gute Manieren hat. Ein Mann mit guten Manieren ist viel wert.«

»Harriet!«, sagte er. »Ich hab schon gar nicht mehr mit dir gerechnet.«

In der Tat. Ich ließ mir nichts anmerken, setzte mein strahlendstes Lächeln auf und sagte: »Tut mir Leid – aber heute ging wirklich alles schief.«

»Ich weiß genau, was du meinst.« Er wandte sich seiner Begleiterin zu, die mich leicht amüsiert von oben bis unten musterte. »Das ist Amanda«, sagte er. »Amanda, Harriet.«

Sie schenkte mir ein freundliches Lächeln. »Ich bin gleich weg. Ich wollte gerade gehen, als John hereinkam, aber da ich ihn schon seit Urzeiten nicht mehr gesehen habe, dachte ich, ich leiste ihm ein bisschen Gesellschaft.« Sie hauchte ihm einen Kuss auf die Wange. »Ich ruf dich an – du musst *unbedingt* zum Abendessen kommen. Ich kann's kaum erwarten, dass du Miles kennen lernst. Ihr werdet euch bestimmt gut verstehen.«

»Ich freu mich schon«, sagte er.

»Hauptsache, du kommst.« Zu mir sagte sie: »John kriegt man in letzter Zeit schwer zu fassen. Er ist genauso unauffindbar wie die berühmte Nadel im Heuhaufen. Wir suchen ihn überall, telefonieren wie wild hinter ihm her – und wenn wir ihn dann endlich mal an der Strippe haben, ist er die nächsten drei Wochen vollständig ausgebucht.«

Mit einem Blick auf mich hob John die Brauen.

»Amanda übertreibt mal wieder schamlos.«

»Keineswegs.« Sie drückte ihm einen zweiten Kuss auf die Wange. »Immer schön brav sein.« Sie lächelte uns noch einmal zu und verschwand. Ich setzte mich und fühlte mich mal wieder wie der letzte Idiot. Ich musste an einen Ausspruch meiner Mutter denken, mit dem sie mich billionenfach ermahnt hatte: »Sitz *gerade*, Harriet. Es sieht überhaupt nicht schön aus, wenn du so in dich zusammensackst.«

»Amanda hat vor drei Monaten geheiratet«, erklärte er. »Ich war beruflich unterwegs und konnte nicht zur Hochzeit kommen. Seitdem habe ich sie nicht mehr gesehen.«

Na ja. Meine zickige ältere Schwester hatte wohl mal wieder blöde, vorschnelle Schlüsse gezogen.

Erst jetzt nahm ich seinen anerkennenden Blick wahr, der mir sagte, dass sich das Aufrüschen wirklich gelohnt hatte. Er fiel zwar nicht gerade vom Stuhl, aber seine Miene verriet, dass er dachte: Oh, hätte nicht gedacht, dass sie so viel hermachen kann. »Warte, ich hol dir was zu trinken«, sagte er.

»Nein, heute bin ich dran, schon vergessen?« Ich sah auf sein beinahe leeres Glas, das enttäuschend nach Mineralwasser aussah. »Schaffst du noch ein Getränk?«

»Ja. Ich nehm einen Gin Tonic.«

Gott sei Dank. Ich bin zwar keine Säuferin, aber mit strikten Abstinenzlern kann ich einfach nichts anfangen. Ich bestellte ein großes Glas roten Burgunder und Knabbernüsse, schließlich hatte ich seit heute Mittag nichts mehr gegessen.

Ich hatte schon befürchtet, ihn attraktiver in Erinnerung zu haben, als er eigentlich aussah. Doch ich hatte mich nicht getäuscht. Auch die Verpackung gefiel mir. Ich mochte den dunkelgrauen Anzug. Ich mochte das blauweiß gestreifte Hemd und den goldenen Manschettenknopf, der mir entgegenblitzte. Aber im Grunde genommen war mir das völlig egal. In einem orangefarbenen Wollpulli hätte er mir genauso gut gefallen. – Dabei gibt es keine Farbe, die ich so sehr hasse wie Orange – außer an Orangen. Ehrlich gesagt, empfing ich von meinem sich zuverlässig selbst aktivierenden »Guter-Typ-Detektor« eindeutige Signale, die mir mitteilten: *Alarmstufe eins! Ein viel versprechendes Exemplar – das wurde aber auch höchste Zeit.*

»Hoffentlich waren keine wichtigen Papiere in dem Geldbeutel«, sagte er. »Ein Dauerlottoschein zum Beispiel, mit deinen persönlichen Glückszahlen.«

Ich hatte ein so schlechtes Gewissen, dass ich ihm beinahe alles gebeichtet hätte. Aber welchen Sinn hätte das jetzt gehabt? »Nur ein Abholschein von der Reinigung, und den verlier ich sowieso immer. Das war wirklich nett von dir«, setzte ich schnell nach.

Aus irgendeinem Grund schien er sich über meine Antwort köstlich zu amüsieren. Er sah mich anerkennend an, was ich nur zurückgeben konnte. Da wir ziemlich eng aufeinander saßen, war das eine ganz schön prickelnde Angelegenheit. Ich wusste immer noch nicht, ob er nun blaue oder grüne Augen hatte, aber ich tat mein Bestes, es herauszufinden.

»Ich war schon ein bisschen angeheitert«, sagte er, als unsere Getränke kamen. Nach dem Mittagessen mit Nina? Kein gutes Zeichen. Ehrlich gesagt, deprimierte mich das so, dass ich erst einmal einen großen Schluck Jacob's Creek nehmen musste, um meine Enttäuschung hinunterzuspülen. »Die im Büro denken alle, ich hätte dich bloß erfunden. Sie glauben, ich hätte Halluzinationen gehabt wegen all der Weihnachtseinkäufe auf nüchternen Magen – normalerweise spendieren Männer wildfremden Frauen kein Taxi.«

Seine Mundwinkel zuckten. »Aber du warst so erschöpft und völlig durchnässt.«

Na toll. Also war ihm mein armseliger Zustand keineswegs entgangen. Wahrscheinlich hatte er aus Mitleid gehandelt. Und eine geistreiche, schlagfertige Antwort fiel mir auch nicht ein. Nicht einmal eine stocklangweilige, dabei sah er mich nicht mal mehr an. Er knackte eine Pistazie nach der anderen, wie ein Eichhörnchen, das die nächsten Jahre mit einer schweren Nussfäule rechnen muss. Ich konnte mir schon vorstellen, was er zu Nina gesagt hatte: »Tut mir Leid, Schätzchen, aber ich muss los und was mit dieser Chaotin trinken gehen, der am Samstag der Geldbeutel geklaut wurde.«

»Armer Liebling, das ist ja *schrecklich*. Hoffentlich glaubt sie nicht, du willst was von ihr.«

»Von *der?*« (Absolutes Entsetzen.) »Um Gottes willen, hoffentlich nicht.«

Ich hatte gerade meine Sprache wiedergefunden und wollte den Mund aufmachen, da kam er mir zuvor. »Der Fruchtbarkeitsgott steht immer noch im Schaufenster – ich hab auf dem Weg hierher kurz vorbeigeschaut. Er sieht etwas niedergeschlagen aus.«

Das überraschte mich nicht. Er bekam bestimmt viele unflätige Bemerkungen über sein Gemächt zu hören. »Wahrscheinlich hat er Heimweh«, sagte ich. »Wo er wohl herkommt?«

»Irgendwo aus dem tiefsten Brasilien. Ich bin neulich kurz rein in den Laden, und da hat man mir gesagt, er ist eine Mischung. Aus der Yoruba-Stammesreligion, die die afrikanischen Sklaven mitgebracht haben, und aus dem Katholizismus der Portugiesen.«

Es tat gut zu wissen, dass mich mein Instinkt nicht getrogen hatte.

»Wirklich?«

»Das hat man mir zumindest gesagt«, fuhr er ironisch fort. »Was mich angeht, könnte er auch aus irgendeinem Workshop aus Wood Green stammen.«

Ich lachte und sagte gleichzeitig tadelnd: »Sei nicht so zynisch. Wenn er aus Wood Green stammen würde, würde er nicht so traurig und entwurzelt aussehen. Ich finde, es sollte verboten werden, Fruchtbarkeitsgötter so zu entwurzeln. Vielleicht sollten wir eine Bürgerinitiative zu seiner Rückführung ins Leben rufen.« Beinahe hätte ich hinzugefügt: »Du weißt schon, so was wie *Free Willy*«, fand das dann aber doch pubertär und konnte mir gerade noch auf die Zunge beißen.

»Ja, wahrscheinlich kann er einen Tapetenwechsel gut gebrauchen«, überlegte er.

»Denkst du drüber nach, ihm ein neues Zuhause zu geben?«

»Nur, wenn mir eine todsichere Methode einfällt, ihn zu klauen, ohne dabei erwischt zu werden. Wie hast du noch so schön gesagt? Fünfzehnhundert Pfund sind ganz schön happig für so einen Kratzbaum, vor allem dann, wenn man gar keine Katze besitzt.«

Ich lachte. »Aber ich.« Und schon erzählte ich ihm alles über Dorothy, das Haus und den armen alten Pissels.

Zwei Minuten später dämmerte mir, dass das ganz und gar nicht zu meiner Strategie passte, die ich mir bereits im Vorfeld zurechtgelegt hatte. Eigentlich hatte ich doch einen auf geheimnisvoll machen wollen, angereichert mit einer Prise weltgewandtem Intellekt und raffinierter Verführungskunst. Das Feuilleton der *Times*, das jemand in der U-Bahn hatte liegen lassen, hatte mich schon zu so großartigen Gesprächseröffnungen inspiriert wie: »Schon diese großartige Avantgarde-Ausstellung Slowenischer Kunst in der Tate Modern gesehen?« Das war mir dann allerdings doch zu heikel, sonst hätte er hinterher noch gesagt: »Klar, und wie haben dir die Resnik-Skulpturen so gefallen?«

»Und dann ist eine alte Freundin von mir eingezogen, und ich wohne immer noch da«, fuhr ich fort. »Eigentlich wollte ich für drei Monate nach Australien und in den Pazifik, aber das liegt jetzt erst mal auf Eis.«

»Für drei *Monate?*« Er runzelte die Stirn. »Du hast aber einen coolen Chef.«

»Ich hätte vorher gekündigt. So mach ich das immer – ein paar Monate arbeiten, und dann ab durch die Mitte.«

»Immer vom Fernweh geplagt, was?«, fragte er.

»Ich halte es nie lange an ein und demselben Ort aus. Nach drei Monaten fange ich regelmäßig an, mich zu langweilen.« Doch ich fand, ich hatte genug von mir erzählt. Ich hätte ihn gern nach seinem Job gefragt, wollte aber nicht neugierig sein. Außerdem wusste ich ja von Rosie, dass es irgendwas mit Finanzen zu tun hatte. Da gerade eine mit Weihnachtseinkäufen bepackte Frau hereinkam, entschied ich mich für ein unverfänglicheres Thema. »Und, was machst du so an Weihnachten?«

»Einen Segeltörn in der Karibik.«

»Gott, hast du ein Glück«, sagte ich und dachte: Wenn du es wagst, Nina mitzunehmen, werde ich sie bis in alle Ewigkeit hassen. Ich brauchte dringend einen Schluck Wein, für den Fall, dass er hinzufügen würde: »Zusammen mit meiner Freundin.«

»Quatsch, ich hab bloß Spaß gemacht«, fuhr er fort. »Schön wär's, aber leider gibt es da gewisse Stammesriten, an denen ich teilnehmen muss.«

So konnte man das auch nennen. »Das heißt, die Stammesältesten sind beleidigt, wenn du nicht mitmachst?«

»Nein, aber sie brauchen dringend einen Schiedsrichter. Unsere Stammesriten drohen ständig in eine Art Stammeskrieg auszuarten.«

»Klingt wie ein ganz normales Weihnachten im Kreis der Familie.«

»Denkste. Es könnte zu einem Blutvergießen kommen«, fügte er spöttisch hinzu.

Ich musste lachen. »Wenn du wirklich vorhast, dir den Fruchtbarkeitsgott gewaltsam anzueignen, buchten sie dich vielleicht noch rechtzeitig ein, und du bist dieses Jahr aus dem Schneider.«

»Gar keine so schlechte Idee.« Er dachte laut darüber nach, sich in den Pubs im East End nach Ex-Knastis umzusehen, die über die entsprechende Erfahrung verfügten. Doch ich meinte, so weit bräuchte er gar nicht zu gehen: Es gäbe da so einen Typen im Drunken Dragon, der Zigaretten und Uhren höchst zweifelhafter Herkunft verticke. Der würde bestimmt positiv reagieren, selbst, wenn man ihn nach einem Auftragskiller frage. Dann wollte er wissen, ob ich ihm eventuell mit ein paar alten Strumpfhosen aushelfen könnte, zwecks Maskierung, was ich verneinte. Meine alten, abgetragenen Strumpfhosen würden ihm mit Sicherheit nicht weiterhelfen, denn die darin befindlichen Laufmaschen gäben viel zu viele persönliche Merkmale preis. Wir warfen uns die Bälle nur so zu, redeten jede Menge Blödsinn, gackerten um die Wette und hatten reichlich Gelegenheit, uns tief in die Augen zu sehen (sowie den einen oder anderen Drink zu viel). Trotzdem hatte ich das Gefühl, nicht richtig an ihn heranzukommen.

Amandas Einschätzung, dass er schwer zu fassen sei, traf den Nagel auf den Kopf.

Sein Verhalten ließ offen, ob er »schon vergeben«, »noch zu haben« oder gar »einem Seitensprung nicht abgeneigt« war.

Ein oder zwei Mal glaubte ich unterschwellig eine Spannung zwischen uns wahrzunehmen. Aber auch das war so schwer zu fassen, dass ich es ins Reich der Fantasie verbannte. Normalerweise hat man doch ein Gespür für so was. Für dieses »Denkst du das, was ich denke?« Wenn *ja,* wird man puterrot und bekommt weiche Knie, ansonsten muss man mit einer kalten Dusche vorlieb nehmen. Leider konnte ich keine »zufälligen« Berührungen der Hände oder Knie verzeichnen.

Und dabei hätte ich so ein Signal bitter nötig gehabt. So aus der Nähe übte er eine Anziehung auf mich aus, wie man sie nur von den Magneten aus dem Physikunterricht kennt. Das Ganze war unglaublich frustrierend, dabei war ich wirklich in Topform: schlagfertig, sprühend vor Charme und absolut begehrenswert. Aber so fühle ich mich meistens, wenn ich auf nüchternen Magen etwas trinke.

Die Zeit verging wie im Flug, und ich wartete verzweifelt auf irgendein Signal, mit dem er mir rotes oder grünes Licht gab. Ich war drauf und dran, etwas absolut Eindeutiges zu tun, mir zum Beispiel ganz unauffällig über die Unterlippe zu lecken und ihm dabei ins rechte Auge zu schauen. Irgendein Mann hatte mir mal erzählt, das würde seine Lendengegend immer in gefährliche Schwingungen versetzen. Doch dann beschloss ich, lieber darauf zu verzichten. Manche Leute reagieren ziemlich komisch, was Zungen betrifft (mich eingeschlossen), vielleicht würde ihn das eher abschrecken.

Ich sah uns schon »Tschüs, mach's gut« sagen und überlegte, ob ich selbst für ein paar »zufällige« Berührungen sorgen sollte. Mehr hatte ich von ihm anscheinend sowieso nicht zu erwarten.

In der Bar wurde es immer voller und lauter, so dass es nicht weiter auffiel, wenn man sich weit vorlehnte, um den anderen besser zu verstehen. In der Tat gelang mir das auf eine derart raffinierte Weise, dass mein Haar kurz seine Wange streifte. Und es kam noch besser: Irgendjemand drängelte sich rücksichtslos an mir vorbei, so dass ich noch näher heranrücken konnte, ohne Verdacht zu erregen. Davon wurde mir so warm und wohlig, dass ich mir beinahe gewünscht hätte, irgendein angetrunkener Gast würde direkt in mich hineinrennen und mich so elegant von meinem Stuhl auf seinen Schoß befördern, auf dass mir noch wärmer und wohliger würde.

Ein paar Sekunden später war es fast so weit.

Ich hatte meinen rechten Arm auf der Tischplatte aufgestützt, ließ mein Kinn verführerisch in meiner Hand ruhen und schenkte ihm meine ungeteilte Aufmerksamkeit. Inzwischen hatten wir uns geistreicheren Themen zugewandt. Nachdem wir irgendwie auf die in der U-Bahn plakatierten Gedichte zu sprechen gekommen waren, sagte er, ein gutes Gedicht enthielte immer auch eine tiefere Wahrheit. Und so versuchte ich, so intelligent dreinzublicken wie möglich, was gar nicht so leicht war, da ich mich gleichzeitig einer gewagten Fantasie hingab und mir vorstellte, wie es sich wohl anfühlte, ihn zu küssen. »Zum Beispiel?«, fragte ich und wünschte, ich hätte in der Schule besser aufgepasst, als Mrs. Hardcastle Sylvia Plath durchnahm.

»Ich sag dir die ersten zwei Zeilen, und du rätst, wie's weitergeht.«

Mist. Na gut, sollte er also doch zu diesen Angebern gehören, denen es Spaß macht, andere blöd aussehen zu lassen, dann wüsste ich wenigstens Bescheid. »Also, dann schieß mal los.«

Mit todernster Miene sagte er: *»Ich frage mich seit Jahr und Tag, warum ein Bär den Honig mag.«*

Wie ich es schaffte, ein kreischendes in ein perlendes Gelächter zu verwandeln, ist mir noch heute ein Rätsel. »Ja, auf seine Art ist Pu der Bär ein richtiger kleiner Philosoph – und mit Sicherheit leichter verdaulich als Nietzsche.« Ich wollte mir gerade zu meiner schlagfertigen Antwort gratulieren, als mir irgendein angetrunkener Kerl den Ellbogen in die Schulter rammte. Er traf mich mit einer derartigen Wucht, dass mir die Hand unterm Kinn wegrutschte, mein Arm zur Seite fiel und das Glas umwarf.

Ein halbes Riesenglas Rotwein ergoss sich direkt in Johns Schoß.

DREI

Wer sagt denn, dass Zeitreisen nicht möglich sind? Im Bruchteil einer Sekunde war ich wieder fünfzehn Jahre alt, mit viel zu langen Armen und Beinen, und wünschte mir, ich wäre tot und die Erde würde sich auftun – und zwar genau in dieser Reihenfolge.

Der Angetrunkene lallte eine Entschuldigung, aber ich achtete gar nicht auf ihn. Ich war viel zu sehr damit beschäftigt, ein ums andere Mal »O, Gott, das tut mir ja so Leid – wie dumm von mir – wir brauchen einen Lappen –« zu sagen.

Es wurde ein Lappen gebracht, der die schlimmste Bescherung beseitigte. Doch selbst ein Blinder konnte sehen, dass kein Weißer Riese der Welt in der Lage sein würde, diesen Anzug vor dem Müll zu bewahren.

Wir mussten aufstehen, bis einer der Kellner die Scherben zusammengefegt hatte. »Tut mir Leid«, sagte ich, »diesen Anzug kannst du wohl abschreiben.«

»Daran kann man jetzt auch nichts mehr ändern.« Mit einem bitteren Lächeln legte er den Lappen auf den Tisch und musterte den riesigen roten Fleck, der sich an der denkbar ungünstigsten Stelle ausgebreitet hatte.

»Wenigstens ist es Rotwein. Bei Weißwein könnte man glauben, ich hätte mir in die Hose gemacht.« Er wies mit dem Kinn auf einen Tisch, der gerade frei geworden war, und sagte: »Setzen wir uns dahin.«

Mir war eher danach, das Lokal zu verlassen, aber sein Glas mit dem Gin Tonic war immer noch halb voll.

Ich bestellte einen Espresso. Nach all dem Jacob's Creek hatte ich einen Kaffee bitter nötig. Wahrscheinlich war ich sowieso schon völlig betrunken, von wegen Auf-Tuchfühlung-Gehen und so. Und dann hatte ich auch noch Nietzsche erwähnt, von dem ich, wenn's hochkam, gerade mal zwei Absätze gelesen hatte. Und das auch nur, weil ich mal in einen Studenten der Politikwissenschaften verliebt gewesen war und gedacht hatte, ich könnte ihn damit beeindrucken.

Der gute John bemühte sich höflich, Konversation zu machen, bis er sein Glas geleert hätte. »Und was machst du, bis du deine große Reise antreten kannst?«

»Ich arbeite für eine Personalagentur in der Innenstadt.«

»Aber nur so lange, bis dich das Fernweh wieder packt?«

»Im Moment geht's mir dort ganz gut. Ich hab als Aushilfe angefangen, doch dann haben sie mich fest angestellt. Nach den vielen Aushilfsjobs war das eine willkommene Herausforderung für mich. Außerdem passt es mir ganz gut, was Festes zu haben, bis Sally wieder auf eigenen Füßen steht.« Ich hatte ihm bereits erzählt, dass sie ein Baby hatte. »Und, was ist mit dir?« Jetzt, wo er das Thema angeschnitten hatte, konnte ich ihn problemlos zurückfragen.

»Ich arbeite für eine Bank, die sich in der Entwicklungshilfe engagiert. Sie finanziert größere Projekte in Osteuropa oder eben auch nicht – je nachdem.«

»Du bist also auch viel auf Reisen?«

»Hin und wieder.« Nach einer kurzen Pause fügte er hinzu: »Du hast erzählt, dass dein Vater auch im Ausland ist – arbeitet er in Übersee?«

»Nein, er schwelgt in Altertümern. Er wollte immer Archäologe werden.«

»Warum ist er es dann nicht geworden?«

»Sein Vater war Anwalt. Er hat die Kanzlei übernehmen müssen, doch mit dem Herzen war er nie wirklich bei der Sache.«

Vor nicht allzu langer Zeit war das noch eine verschlafene Kleinstadt-Kanzlei gewesen, über die selbst Dad sagte, dass es dort

Senior-Partner gab, die am liebsten noch mit dem Gänsekiel schreiben würden. Mittlerweile war sie ein bisschen aus ihrem Dornröschenschlaf erwacht, aber noch meilenweit davon entfernt, so eine Schicki-Micki-Kanzlei zu sein wie die von Helens Mann. »Jetzt buddelt er gerade in den Ruinen von Troja herum oder so – immer in der Hoffnung, auf eine Schrifttafel zu stoßen, auf der steht: ›Helenas Tagebuch, 1256 v. Chr. Liebes Tagebuch ...‹«

Er gluckste höflich. »Erzähl weiter – was könnte da wohl stehen?«

Wohl kaum, dass sie sich vorkam wie eine Vollidiotin, weil sie dem Mann ihrer Träume gerade ein Glas Wein über die Hose gegossen hatte, nehme ich an. »Na, was jede andere Frau auch schreiben würde, wenn sie gerade mit ihrem Liebhaber durchgebrannt ist und der Ehemann sie mit einer Flotte von tausend Schiffen wieder einfangen will: ›Das hätte ich mir ja denken können, der Kerl muss immer maßlos übertreiben.‹«

Während er wieder höflich gluckste, dachte ich, wie ärgerlich es doch war, dass es so gar nichts an ihm auszusetzen gab. Nach dem Gesetz, welches besagt, dass alles schief geht, was nur irgendwie schief gehen kann, war klar, was das bedeutete: Selbst wenn er nicht Ninas Freund war – meiner würde er mit Sicherheit nie werden.

Aber ich bemühte mich ebenfalls, das Gespräch in Gang zu halten. »Warum rechnest du an Weihnachten mit einem Stammeskrieg in deiner Familie?«

Er hob ergeben die Brauen. »Mein Vater hat eine alte Tante, die langsam, aber sicher senil wird und das ganze letzte Jahr bei meinen Eltern verbracht hat. Meine Mutter hat ein ebensolches Exemplar in der Verwandtschaft, das man höflich umschrieben allenfalls als ›exzentrisch‹ bezeichnen kann. Auch sie hat sich für Weihnachten angesagt. Die beiden bringen meinen Vater regelmäßig so in Rage, dass er droht, eine oder am besten alle beide mit seinem illegal einbehaltenen Armeerevolver zu erschießen, den er in einer Schublade zwischen den Socken versteckt hat. Doch das ist noch nicht alles. Meine jüngere Schwester lässt nämlich keine Gelegenheit aus, ihn zu provozieren. Und in dieser Runde rastet meine Mutter langsam, aber sicher aus und droht, mit dem Hund wegzulaufen.«

»Du hattest Recht«, fuhr er fort, während ich lachte. »Wenn ich's mir so recht überlege, sollte ich mich stattdessen lieber einbuchten lassen. Falls ich das mit dem Einbruch organisieren kann – bist du dann meine Gangsterbraut?«

»Gern«, erwiderte ich. Meine Stimmung war schlagartig gestiegen. »Ich könnte das Tatfahrzeug fahren. Ich hab schon ohne Probleme eine ganze Ziegelwand zum Einstürzen gebracht – da ist so 'ne Schaufensterscheibe ein Klacks dagegen. Damals wollte ich Dads Auto ein kleines Stück vorfahren, um mein Fahrrad aus der Garage zu holen. Leider hatte ich erst eine einzige Fahrstunde gehabt und wusste nicht mehr, wo die Bremse war.«

Er hatte gerade den Mund voller Erdnüsse und wäre beinahe erstickt. »Meine Güte! Und was hat dein Vater dazu gesagt?«

»Ist nicht so schlimm, Liebes«, musste ich zugeben.

»Meiner hätte mir die eigenen Eier zum Frühstück serviert. Der konnte knurren und toben wie ein Höllenhund. Macht er immer noch«, fügte er hinzu.

»Mein Vater ist noch nie laut geworden. Er wüsste gar nicht, wie so was geht.« Der arme, alte Dad hatte große Ähnlichkeit mit mir, nur dass er als Erwachsener noch genauso schlaksig und ungeschickt war wie damals in der Pubertät.

»Und, was machst du an Weihnachten?«, fragte er.

Ich beantwortete seine Frage und schilderte kurz die Rituale in Devon, denen ich mich dieses Jahr entzog. »Und so werde ich meinen ersten Truthahn zubereiten. Ich fürchte zwar, er wird so enden wie der von Mr. Bean, aber das wird niemanden groß stören. Doch auch bei uns ist mit kleineren Scharmützeln zu rechnen. Wenn es darum geht, sich nun zum vierzehnten Mal *Top Gun* oder *E. T.* anzusehen, gehen Sally und Jacko aufeinander los wie zwei Kindergartenkinder.«

»*Dr. Kimble auf der Flucht* ist der einzige Film, der für mich in Frage kommt.« Nach diesen Worten leerte er sein Glas und sah auf die Uhr. »Es ist fünf vor neun. Musst du nicht los?«

»Meine Güte, ist es wirklich schon so spät?«

»Ich muss auch los.«

Mr. Helikopter auf der Flucht – aber das konnte ich ihm nicht verdenken.

»Wenn auch nur, um mir eine andere Hose anzuziehen«, fügte er hinzu, als wir zur Tür gingen. »Wenn ich's mir recht überlege, könnte man doch glauben, ich hätte mir in die Hose gemacht. Sieht aus wie Schwarzwasserfieber im inkontinenten Endstadium.«

Dabei zwinkerte er mir kurz zu, damit ich kein allzu schlechtes Gewissen bekam. Ein wirklich netter Kerl. Aber ich wollte keinen netten Kerl, zumindest keinen, der nicht auf eine gewisse Harriet stand (um genauer zu sein, keinen, der auf eine gewisse Nina stand). »Das tut mir wirklich unendlich Leid. Ich hätte dir ja schon längst angeboten, die Reinigung zu bezahlen, aber ich fürchte, die kannst du dir sparen.«

»Du kannst ja nichts dafür. Die Hose ist mir sowieso schon ein bisschen zu eng.« Er tätschelte sich den nicht vorhandenen Bauchansatz.

Draußen war es noch immer ungewöhnlich mild, an der frischen, feuchten Luft wurde ich schlagartig wieder nüchtern.

Er wies mit dem Kinn in Richtung Straße, wo sich die Leute bereits um ein Taxi prügelten. »Wenn du ein Taxi brauchst, haben wir ein paar Meter weiter sicher mehr Glück.«

Ich hatte eigentlich die U-Bahn nehmen wollen, aber was soll's. Während wir so nebeneinander herliefen, hätte er mich beinahe gestreift. Und als wir die Straße überquerten, berührte er mich am Arm wie ein Schäferhund, der um seine Schäflein bangt. Eine Geste, die bei Männern, die man nicht ausstehen kann, unglaublich nervt, einen im umgekehrten Fall allerdings dahinschmelzen lässt.

»Wo musst du hin?«, fragte er, als wir eine gute Stelle gefunden hatten. »Du hast noch eine Verabredung, nehme ich an?«

Ich hatte mir bereits etwas zurechtgelegt, aber wenn ich daran festhielt und er vorschlug, sich ein Taxi zu teilen, konnte das nach hinten losgehen. »Ich wollte eigentlich noch auf eine Party in Battersea, aber die werden mich da nicht groß vermissen. Ich glaub, ich fahr einfach nach Hause.«

Zwei Taxis fuhren kurz hintereinander an uns vorbei, beide waren besetzt.

Plötzlich blieb er stehen. »Hör mal, wenn du die Battersea-Fete wirklich sausen lassen willst…«, er hielt kurz inne. »Hast du schon gegessen?«

Hätte mir das nicht die Augen geöffnet, ich hätte gejubelt: *Ja! Ja! Ja!* Doch so, wie die Dinge lagen, wurde mir klar, wie naiv ich die ganze Zeit gewesen war. Wir standen in der Nähe einer Straßenlaterne. Plötzlich verstand ich, was für eine perfide Strategie sich der Kerl da ausgedacht hatte. Er wollte einen auf supercool machen. Deshalb hatte es auch keine zufälligen Berührungen gegeben oder so, der hinterhältige Halunke wusste ganz genau, wie er mich scharf machen konnte.

Und ob ich scharf auf ihn war. »Ähm, nein…«

»Ich auch noch nicht. Wenn es dir nichts ausmacht, kurz mit hochzukommen und zu warten, bis ich mich umgezogen habe, können wir weiterziehen und etwas essen gehen.«

Die Versuchung war einfach zu groß. Zu dumm, dass ich es nicht genießen konnte, solange die Karten nicht offen auf dem Tisch lagen. Leider war es schon eine Ewigkeit her, dass ich solche Schmetterlinge im Bauch gehabt hatte. Was für eine Verschwendung!

»Du siehst nicht gerade begeistert aus«, sagte er mit einem entwaffnenden kleinen Lächeln, das mich beinahe umgestimmt hätte.

Trotzdem, ich musste einfach die Wahrheit wissen. Spontan sprach ich einfach aus, was mir durch den Kopf ging. »Das mit dem Essengehen ist eine gute Idee. Aber ich hab dich damals gesehen, bevor du mich gesehen hast, wenn du verstehst, was ich meine. Und ich weiß nicht recht, ob Du-weißt-schon-Wer davon auch so begeistert wäre.«

Er reagierte genauso, wie ich es mir nicht gewünscht hatte. Für den Bruchteil einer Sekunde sah er richtig ertappt aus.

Ich hätte lieber gar nichts sagen sollen. »Hör zu, tut mir Leid, mich geht das Ganze schließlich nichts an«, sagte ich hastig.

»Nein, ist schon in Ordnung. Aber da wir gerade darüber reden: Ja, ich hab mich ein paar Mal mit ihr getroffen.«

Das wollte ich gar nicht hören. Nicht, wenn das so eine typische Macho-Ausrede war für dreimal die Woche in den letzten paar Monaten. Ich hätte schwören können, dass er sich insgeheim über meine Skrupel amüsierte.

»Aber das ist nichts Ernstes«, setzte er nach. »Nichts Festes, meine ich.«

Das klang so überzeugend, dass ich ihm sofort geglaubt hätte, wäre ich nicht besser informiert gewesen.

»Und, gehen wir zusammen essen?«, fuhr er fort.

Einerseits hätte ich am liebsten gesagt: »Scheiß drauf, geh mit ihm essen.« Andererseits hielt ich ihn für ein derartig raffiniertes Schlitzohr, dass ich mir das nicht antun wollte. So verzweifelt war ich nun auch wieder nicht. Trotzdem, im Zweifel entscheide ich mich immer für den Angeklagten, und erst recht, wenn ich bis über beide Ohren in ihn verknallt bin. Falls er gerade dabei war, Nina zu verlassen, oder es bereits getan hatte, würde Rosie unter Garantie bestens darüber informiert sein. Etwas Coolness konnte also durchaus nicht schaden, zumal ich mich vorher schon genug ins Zeug gelegt hatte.

Und so verzog ich bedauernd das Gesicht und meinte: »Ich würde wirklich gern, aber ich sollte besser nach Hause fahren. Eine Freundin von mir war ziemlich aufgelöst, als ich vorhin weg bin – ich sollte mich ein bisschen um sie kümmern. Und bei der Battersea-Fete wollte ich sowieso nur kurz vorbeischauen.«

Er runzelte die Stirn, aber das konnte alles Mögliche bedeuten.

»Versuchst du, dich vor irgendwas zu drücken?«, fragte ich.

»Ja, aber das ist nicht so wild. Ich muss sowieso erst nach Hause und mich umziehen. Aber vielleicht bleib ich auch einfach zu Hause und schmeiß was in die Mikrowelle. Falls ich überhaupt noch was da habe, das ich in die Mikrowelle schmeißen könnte. Zur Not muss ich mich eben mit einem Sandwich zufrieden geben.« Er setzte ein weiteres bestechendes Lächeln auf, das alles Misstrauen aus dem Weg räumen sollte.

Was ihm auch gelang. »Du willst mir also ein schlechtes Gewissen machen, damit ich meine Meinung ändere?«

»Für heute lassen wir's gut sein. Deine Freundin scheint größere Probleme zu haben als ich.«

Schöne Scheiße. Ausgerechnet jetzt, wo ich mir gerade eingeredet hatte: ›Lebe wild und gefährlich ...‹

»Aber ein andermal vielleicht?«, fuhr er fort. »Ich lass mich gern noch mal auf einen Drink einladen. Auf einen Aperitif. Das Essen geht dann auf meine Rechnung.«

Ja! »Nein, ich werde zahlen. Ich schulde dir immer noch über dreißig Pfund, von dem Anzug ganz zu schweigen. Ich hoffe nur, der war nicht von Armani oder so.«

Er lächelte. »Nein, der ist nicht von Armani.«

Na, dann eben nicht. Aber irgendwas anderes aus der Preisklasse.

»Wenn du mir deine Nummer gibst, ruf ich dich an«, sagte er.

Während er sie sich auf der Rückseite einer Visitenkarte notierte, sagte ich mir, dass sich das Streichholzbriefchen schon noch finden würde, wenn es darum ging, das Feuer zwischen uns so richtig zu entfachen.

Dann kam ein leeres Taxi um die Ecke, das erste überhaupt. Wir hielten es gemeinsam an. »Nimm du es«, sagte ich. »Wenn du hier noch länger in dieser Hose rumstehst, verhaften sie dich noch.«

»Das Risiko gehe ich ein.«

Als ich gerade einsteigen wollte, packte mich John am Handgelenk. »Pass auf dich auf«, sagte er. »Und schön, dass du gekommen bist.«

»Ich fand's auch sehr schön.« Was nun kam, fand ich noch viel schöner. So als wäre es das Selbstverständlichste von der Welt, hob er sanft mein Kinn – auf eine Art, wie man sie in Volkshochschulkursen mit dem Titel ›So liegen Ihnen die Frauen zu Füßen‹ unterrichten sollte – und küsste mich zärtlich.

Auf die Wange, der Schuft.

Er wartete am Straßenrand, bis das Taxi anfuhr, und winkte mir nach. Ich winkte zurück. Als er meinem Blickfeld entschwunden war, ließ ich mich in den Sitz zurückfallen, legte meinen Finger auf die Stelle, wo er mich geküsst hatte, und dachte: Auf was lasse ich mich da eigentlich ein, verdammt noch mal?

Doch dass er sich schon groß mit mir eingelassen hatte, konnte man nicht gerade behaupten.

Ein paar Meter weiter ließ die Aufregung schon wieder nach. Ehrlich gesagt, kam ich mir vor wie eine Siebenjährige, die gerade ein Geschenk ausgepackt hat und bitter enttäuscht wurde. Da wünscht man sich nichts sehnlicher als ein Barbiepferd mit Sattel, Zaumzeug und einem Kamm für die Mähne, redet seit Tagen von nichts anderem mehr, und dann verziehen die in Frage kommenden Erwachsenen nur missbilligend das Gesicht und sagen: »Das ist aber eine Menge Geld für so ein bisschen Plastik. Nach fünf Minuten bist du das Plastikpferd sowieso leid.« Natürlich hofft man, dass es die in Frage kommenden Erwachsenen trotzdem gekauft haben, vor allem dann, wenn man ein Paket entdeckt, das genau die richtige Größe hat. Das Herz macht einen Luftsprung. Und wenn man das Geschenk dann endlich auspackt, hält man eine Schachtel in der Hand, auf der so was didaktisch Vernünftiges steht wie ›Entdecke die Natur‹.

Denn natürlich hatte ich die ganze Zeit gehofft, dass er sagen würde: »Ach, du meinst *Nina!*«, gefolgt von einem belustigten Glucksen. »Das ist bloß eine alte Freundin, eine nervige Cousine zweiten Grades von mir, die ich mal wieder treffen musste.«

Das kommt davon, wenn man sich ein Barbiepferd wünscht, obwohl man längst weiß, dass es am Ende ›Entdecke die Natur‹ sein wird. Was wollte ich auch seine Mähne kämmen, wo doch schon morgen Nina mit seinem Haar spielen, seine Fesseln und auch sonst noch allerhand striegeln würde? Ein dummer Vergleich, der mich auf noch dümmere Gedanken brachte und Visionen heraufbeschwor, in denen Nina seinen Schweif striegelte. Ganz zu schweigen von der, in der Nina rittlings auf ihm saß und gerade das Leicht-Traben übte …

Wahrscheinlich hatte Jacko Recht gehabt. Hätte er mich in der Bar beobachtet, hätte er bestimmt gesagt: »Harry, du sendest mehr Signale aus als Charing Cross zur Hauptverkehrszeit.«

So viel zu der Prise raffinierte Verführungskunst.

Und wenn er meine Frage wirklich in meinem Sinne beantwortet hätte? Hätte ich ihm das überhaupt abgenommen? »Nervige Cousine zweiten Grades« – wäre das nicht viel typischer für den ausgefuchsten Obermacho, der seine Freundin betrügen will und sich diverse Ausreden zurechtgelegt hat?

Vielleicht war es mit Nina ja *wirklich* nichts Ernstes. Vielleicht hatte er eigentlich sagen wollen: »Ehrlich gesagt, geht sie mir ziemlich auf die Nerven, und ich werde sie bald verlassen.« Und es dann nur nicht gesagt, weil das nicht sehr charmant klingt und mich abschrecken könnte. Dieser Einfall versüßte mir die restliche Fahrt nach Hause. Meine Mitbewohner würden schon dafür sorgen, dass meine Sehnsucht nach dem Barbiepferd nicht überhand nahm.

Kaum hatte ich die Tür hinter mir geschlossen, kam mir schon Sally entgegen. »Gott sei Dank bist du wieder da«, flüsterte sie. »Helen ist hier – du kannst dir gar nicht vorstellen, was sie getan hat.«

Helen saß am Küchentisch, vor ihr stand eine beinahe leere Flasche Wein.

Sie sah mich an. »Ich habe deinen Rat befolgt.«

Ich starrte sie verständnislos an.

»Deinen Rat befolgt«, wiederholte sie. »Ich hab Lawrence gesagt, dass er das Sorgerecht für die Zwillinge haben kann.«

»*Wie bitte?*«

»Na ja, ich hab's ihm nicht direkt ins *Gesicht* gesagt.« Sie sprach so merkwürdig artikuliert wie jemand, der zu viel getrunken hat, sich das aber auf keinen Fall anmerken lassen will. »Als er da war, um die Jungs abzuholen, hab ich ihm gesagt, dass ich am Montagabend nicht zu Hause bin, und ihn gebeten, die beiden von der Schule abzuholen. Sie hätten den Montag sowieso bei ihm verbringen sollen.«

»Das heißt, du hast es ihm nicht wirklich gesagt?«

»Doch, hab ich.« Sie nahm einen weiteren Schluck von dem Lambrusco-Fusel. »Ich hab ihm einen Brief geschrieben. Ich wollt ihn euch eigentlich noch zeigen, wegen der Formulierung. Aber als ihr nicht da wart, hab ich ihn einfach eingeworfen, bevor ich's mir anders überlegen konnte.«

»Helen! Das war doch nicht wörtlich zu nehmen!«

»Kann schon sein. Aber so, wie du's gesagt hast, klang das ziemlich einleuchtend. Auf die Idee bin ich selbst schon gekommen, auch wenn ich nie ernsthaft vorhatte, sie in die Tat umzusetzen.«

Mir war schlecht. Klar, theoretisch gesehen hätte ich sie zu ihrem mutigen Entschluss beglückwünschen können, aber hier ging es um Helen. »Du hast doch selbst gesagt, dass Francesca Lawrence so schnell nicht aufgeben wird!«

»Ich mach das nicht, um Lawrence zurückzubekommen. Er liebt mich nicht mehr – also was soll's?«, fuhr sie mit der Beherrschung einer Betrunkenen fort. »Warum, verdammt, soll immer ich den Kürzeren ziehen? Er will das Haus verkaufen, damit ich mir mit den Jungens was Kleineres nehmen kann, während *er sich* was Größeres nimmt als dieses Puppenhäuschen mitsamt der bescheuerten Francesca. Warum soll ich mich verschlechtern und den Jungs alles hinterherräumen, während er sich mit ihr ein schönes Leben macht?« Sie kippte sich noch mehr Wein hinter die Binde. »Wenn sie Lawrence wirklich so sehr liebt, dann soll sie auch die Nachteile in Kauf nehmen. Soll sie doch die ganzen blöden Fußballsachen kaufen und ihnen alles hinterhertragen.«

»Helen, diese Kinder bedeuten dir alles! Du wirst sie wahnsinnig vermissen!«

»Ja, aber nicht so wie Olly. Sie sind genau wie Lawrence – immer nur *Ich! Ich! Ich!* …«

Sosehr ich ihr in diesem Punkt Recht geben musste – so konnte man das nicht stehen lassen. »Das sind *Kinder*, verdammt noch mal!«

»Ich weiß, aber so war Olly nie. Wenn ich nur eine Sekunde

das Gefühl hätte, es würde ihnen wirklich was ausmachen, wäre ich dazu niemals in der Lage. Aber es wird ihnen völlig egal sein. Nicht ein einziges Mal hab ich von ihnen zu hören bekommen: ›Arme Mami, geht's dir auch gut?‹ Stattdessen immer nur dieselbe Leier: ›Mami, ich hab Hunger‹ oder ›Wo sind meine Schwimmsachen?‹. Und dann noch das Gemaule, weil ich ihnen in Mathe nicht helfen kann und sie die Aufgaben an Lawrence faxen müssen.«

Was soll man da noch sagen?

»Am Montagvormittag wird er also meinen Brief bekommen«, fuhr sie fort. »Und zwar genau dann, wenn er meint, er könnte wieder damit aufhören, den Vorzeige-Papi zu spielen. Zumindest solange, bis ihn Francesca ein weiteres Wochenende entbehren und er sich ›ganz seinen lieben Kleinen widmen‹ kann. Oder sie vielmehr bereit ist, sich kurzzeitig ihr Puppenhäuschen auf den Kopf stellen zu lassen. Nun, er wird umdenken müssen. Ich musste ihn einfach vor vollendete Tatsachen stellen – hätte ich ihm das Ganze unter vier Augen erzählt, wäre er bloß ausgerastet und hätte mich fertig gemacht.«

Ich war geplättet.

»Wo willst du hin?«

»Zu einer alten Freundin nach Muswel Hill. Felicity konnte Lawrence noch nie besonders gut leiden, auf sie kommt er bestimmt nicht. Ich werd das meiste mitnehmen – wahrscheinlich wird er sich so aufregen, dass er die Schlösser austauschen lässt.«

»Das darf der gar nicht!«, sagte Sally.

»Und ob. Er wird einen Tobsuchtsanfall bekommen. Wahrscheinlich wird er mir die Kreditkarten sperren lassen, aber auch daran hab ich bereits gedacht. Ich hab sie alle voll ausgeschöpft und mir die Summe in bar auszahlen lassen. Er wird ausflippen, aber das ist mir egal. Und dann werd ich mir einen Job suchen. Vor ein paar Jahren hab ich auch noch gearbeitet. Aber er hat ja immer nur gesagt, ich verdiene sowieso bloß Peanuts, das wäre die Mühe doch gar nicht wert. Er denkt, ich bin zu nichts nutze außer zum Kochen und zum Einkaufen, um seine Anzüge in die Reinigung zu bringen, Geburtstagsgeschenke für seine blöde Mutter zu besorgen – und sein gesamtes Leben zu regeln, von der Kanzlei einmal abgesehen. Ach ja: Für sein beschissenes Liebesleben war ich natürlich auch noch zuständig«, fügte sie verbittert hinzu.

Ich war schockiert. Noch nie hatte Helen eine so deutliche Sprache gesprochen.

Nach etwa einer Stunde klopfte jemand lautstark an die Haustür. »O Gott«, stöhnte Sally. »Das hat uns gerade noch gefehlt – Streitereien nach dem Fußballspiel, weil der Vollidiot von einem Torwart des Vereins X noch blöder war als der überflüssige Volldepp von Torschütze des Vereins Y.«

»Wie bitte?«, fragte ich.

»Jacko und Frida! Sie sind in irgendeinen Pub gegangen und wollten sich auf Sky TV das Spiel Schweden gegen England ansehen. Er musste natürlich mit, um Frida lautstark zu helfen, die gegnerische Mannschaft zu beleidigen.«

Ein paar Minuten später stolperten die beiden auch schon zur Tür herein. Sie waren gut abgefüllt, einer stützte sich auf den anderen. Jacko trug eine Baseballkappe mit schwedischer Bierwerbung, und seine Krücken schmückte ein blaugelber Schal in den schwedischen Nationalfarben.

»Wir haben es ihnen so richtig gezeigt«, gluckste Jacko. »Es fühlt sich großartig an, Schwede zu sein – ich glaube, ich wandere aus. Frida sagt, ihre Mama macht immer Elchbraten mit Preiselbeersauce – zu dumm, dass der Alk in Schweden so teuer ist. Hallo, Kleines«, wandte er sich dann an Helen. »Alles in Ordnung?«

»Mir geht's prächtig«, erwiderte sie. »Ich hab Lawrence gerade mitgeteilt, dass er das Sorgerecht für die Zwillinge haben kann.«

Sofort war die ganze Fußballeuphorie dahin. Sogar Jacko fiel die Kinnlade runter. Fünf Minuten später war auch Frida eingeweiht und sagte: »Ich hätt's ihm direkt ins Gesicht gesagt. Das Gesicht hätt ich sehen wollen – und mich ausgiebig daran geweidet. Arschgesicht. Und dann erst *ihr* Arschgesicht. Ich hätte mich totgelacht.«

»Ich weiß gar nicht, wo sie das Vokabular herhat«, sagte Jacko mit gespielter Empörung. »Das ist aber gar nicht damenhaft, Freddy.«

Sie streckte ihm die Zunge heraus. »Pass auf, was du sagst, Alter, sonst knallt's!«

Helen goss sich ein weiteres Glas Lambrusco hinter die Binde. »Ich hätte große Lust, Lawrence' Kopf zu kochen«, lallte sie. »So wie sie das früher mit Schweinsköpfen gemacht haben. Schweinskopfsülze. Da würd ihm das Grinsen vergehen.« Sie blickte in ihr leeres Glas, als sähe sie es zum ersten Mal. »Ich glaube, ich bin ein bisschen betrunken.«

»Ich setz uns Kaffee auf«, sagte Frida. »Ich bin auch reichlich beschwipst.«

Jacko folgte ihr mit seinen Blicken, während sie zur Kaffeemaschine schwankte. In ihrer verführerisch engen schwarzen Hose und den Stiefeln war sie fast so groß wie er, das heißt stolze 1,85 Meter. Ihrer schlechten Meinung über ihre Brüste zum Trotz hatte sie eine nahezu perfekte Figur. Wenn hier jemand einen flachen Busen hatte, dann ich. Und mit Sallys Pracht konnte momentan sowieso niemand mithalten.

Frida war dreiundzwanzig, absolut gutmütig und eine der angenehmsten Mitbewohnerinnen, die ich kenne. Jacko hatte sie in einer Kneipe kennen gelernt, bei einem seiner Besuche vor dem Autounfall. Sie war nach London gekommen, um ihr Englisch aufzubessern, arbeitete in irgendeinem Fastfood-Restaurant und kämpfte dort ständig gegen den Schlaf an, weil sie nachts so gut wie kein Auge zutat. Laut Jacko kampierte sie bei Freunden auf dem Sofa, was nicht weiter schlimm gewesen wäre, wäre es nicht vierzig Zentimeter kürzer gewesen als sie selbst. Aber wenn sie noch abends ausgehen wollte, konnte sie sich nichts anderes leisten. Ich hatte ihn aufgefordert, sie doch einmal mitzubringen, damit sie sich eines der leer stehenden Zimmer ansehen konnte. Die waren zugegebenermaßen ziemlich abgewohnt, aber hier hatte sie wenigstens ein Bett, und die Miete war auch nicht hoch.

Zwei Tage später war sie eingezogen.

Es war kurz vor Mitternacht, als Helen aufbrach. Nachdem die Tür hinter ihr ins Schloss gefallen war, sagte Sally: »Das haut mich echt um! Nie hätte ich ihr so was zugetraut!«

»Ja, aber was, wenn der Schuss nach hinten losgeht? Was, wenn das nur ein letzter, verzweifelter Versuch ist, ihn zurückzubekommen, und der Mistkerl darauf eingeht? Was, wenn *Francesca* darauf eingeht? Ich verbarg mein Gesicht in den Händen. »Ogottogott, warum hab ich das bloß gesagt? Warum hab ich mir nicht die Zeit genommen, sie zu fragen, was sie von mir wissen wollte?«

»Weil du dann Mr. Helikopter versetzt hättest«, erläuterte mir Sally. »Jetzt erzähl doch mal, was ist passiert?«

Selbst wenn mich Helen nicht so von John abgelenkt hätte – ich konnte jetzt einfach nicht darüber sprechen. »Nichts, verdammt noch mal!«, sagte ich gereizt. »Wie kannst du in so einem Moment bloß an ihn denken? Sobald Helen klar wird, was sie da getan hat, wird sie sich hundeelend fühlen. Wetten, dass sich Lawrence was ganz Besonderes einfallen lässt, um sie zu quälen … Warum konnte ich bloß meinen Mund nicht halten?«

»Vielleicht hast du ihr ja einen Gefallen getan«, schaltete sich Frida ein. »Sie ist noch jung – sie kann noch mal von vorn anfangen. Ich glaube, Frauen wie Helen kommen nicht so gut allein zurecht. Sie braucht jemanden.«

»Das Gefühl kenne ich«, jammerte Jacko. »Ich brauch auch jemanden. Es ist schon Monate her, dass ich …«

»Ich meine jemand, der sie liebt, nicht jemand, der sie mit seiner Gurke beglücken will«, sagte Frida streng.

»Meine Güte ist das deprimierend«, sagte er. »Hat irgendjemand Lust auf Schinken-Käse-Toast? Ich sterbe vor Hunger!«

»Ich geh ins Bett«, sagte ich.

Sally kam mir fünf Minuten später nach, während ich noch dasaß und überlegte, ob ich mich abschminken sollte oder nicht.

Sie schloss die Tür hinter sich. »Ist wirklich nichts passiert?«

»Doch, schon.«

Nachdem ich ihr alles lang und breit erzählt hatte, fragte sie: »Warum hast du Jacko nichts erzählt?«

»Ich weiß auch nicht«, erwiderte ich schulterzuckend. »Doch, eigentlich schon. Er hält John für einen Obermacho, der seine Freundin betrügt – und würde sich in seiner Meinung nur bestätigt sehen. Und selbst wenn er Recht behält: Ich hab trotzdem Lust auf eine kleine Affäre. Leider weiß ich jetzt schon, dass es mir anschließend ziemlich dreckig gehen wird. Währenddessen und davor wahrscheinlich auch. Gut, Nina und ich waren noch nie besonders gut befreundet, aber –«

»Umgekehrt würdest du so was auch nie verzeihen können. So was ist echt fies.«

»Oberfies. Außerdem könnte ich es nicht ertragen, nur zweite Wahl zu sein. Die Beilage sozusagen, während Nina der Hauptgang ist.«

»Oder aber der Resteteller. Wer weiß? Vielleicht erzählt dir Rosie ja demnächst, dass er sie verlassen hat. Sie hat übrigens vorhin angerufen und wollte wissen, ob ihr euch schon getroffen habt. Als ich's ihr dann erzählt hab, hat sie nur ›Eeecht?!‹ gesagt und dass sie morgen vorbeikommen will, um den neuesten Klatsch zu hören.« Sie schwieg, um dann kleinlaut hinzuzufügen: »Sie hat Suzanne erzählt, dass du ihn triffst.«

»*Wie bitte?* Suzanne ist Ninas beste Freundin! Und wenn Rosie hundertmal mit ihr zusammenwohnt – ein bisschen mehr Verstand hätte ich ihr schon zugetraut!«

»Andererseits war das ja alles völlig harmlos. Du warst doch bloß ein Glas Wein mit ihm trinken, als Dankeschön, weil er dir das Taxigeld geliehen hat ...«

»Und dabei bleibt es auch, was sie betrifft«, sagte ich mit Nachdruck. »Ich hab Rosie schon immer gemocht, aber Diskretion ist für sie ein Fremdwort.«

»Nun, bald weißt du mehr.« Sally unterdrückte ein Gähnen und stand auf, blieb jedoch an der Tür noch einmal stehen. »Was, wenn vom Resteteller noch immer nicht die Rede ist, wenn er anruft?«

»Ich werd sagen, ich hab keine Zeit. Glaub ich zumindest. Im Moment mache ich mir eher Sorgen um Helen. Wetten, dass sie morgen völlig verzweifelt ist und alles dafür geben würde, an diesen Brief heranzukommen, bevor er ihn lesen kann?«

»Nun, das wird schlecht möglich sein, also zerbrich dir mal nicht den Kopf darüber.«

In jener Nacht zerbrach ich mir über so einiges den Kopf. Und als ich schließlich aufstand, ging es mir keinen Deut besser.

Pissels kratzte um drei Uhr früh an meiner Tür und teilte gnädig das Bett mit mir. Dann träumte ich, ich wäre mit zu John gegangen und er hätte mir ein Glas Limo angeboten, während er sich was Bequemeres anzog. Als er zurückkam, trug er nichts weiter als ein Kondom mit Mango-Geschmack und fragte mich, ob ich lieber Pistazie hätte, nur um sich dann dummerweise in Lawrence zu verwandeln, während Nina einen Tobsuchtsanfall bekam, weil ich an ihrer Limo genippt hatte.

Als ich am nächsten Morgen gegen Viertel vor zehn die Treppe herunterkam, begrüßte mich Sally mit den Worten: »Helen ist schon weg. Sie hat einen Zettel für dich dagelassen.«

Darauf stand nur: »Ich ruf dich an. Ich hinterlass dir lieber keine Adresse, sonst wird Lawrence sie noch aus dir herauspressen. Falls er fragen sollte, kannst du ihm guten Gewissens sagen, dass du keine Ahnung hast. Alles Liebe, Helen.«

»Zumindest steht sie nicht völlig aufgelöst vor der Tür«, sagte ich.

»Nicht vor deiner Tür.« Sie setzte Tom auf meinen Schoß. »Mach mal kurz den Babysitter, damit ich eine Maschine Wäsche einstecken kann.«

Und so schaukelte ich ihn auf meinen Knien und bedeckte seinen Bauch mit laut schmatzenden Küssen, was Tom ganz besonders liebte. Er lachte viel und zeigte seine Mausezähnchen. Da er sein Frühstück verschmähte, aß ich es auf: Milchreis mit Apfelmus. Ich muss sagen, es schmeckte wesentlich besser, als es aussah.

Gegen elf schaute Rosie vorbei, zehn Minuten, nachdem ich aus der Dusche kam. Die war wirklich vorsintflutlich: Sobald man den Hahn aufdrehte, hatte man die Wahl, sich entweder zu verbrühen oder zu einem Eiszapfen zu erstarren. Zwischenzeitlich floss ein lauwarmes Rinnsal heraus.

»Wie war's?«, fragte sie mit weit aufgerissenen Augen, kaum dass sie zur Tür hereingekommen war. Das ist mit ein Grund, warum man Rosie einfach gern haben muss. Jede andere hätte erst mal so getan, als käme sie bloß so zu Besuch, um dann nach zehn Minuten zu sagen: »Ach, übrigens ...«, als würde ihr das gerade erst einfallen.

Und so tischte ich ihr meine »harmlose« Version auf, nicht ohne mit gespielter Betroffenheit hinzuzufügen: »Mehr hätte ich mir sowieso nicht erwarten dürfen.«

»Das hätte ich mir ja denken können«, seufzte sie. »Wetten, jeder andere hätte sich danebenbenommen? Nur Ninas Freund nicht.«

In diesem Moment hatte ich fast schon ein schlechtes Gewissen, aber inzwischen standen wir in der Küche, und sie machte jede Menge Aufhebens um Tom. »Oh, ist der süß – ich glaub, ich will auch so ein Baby.«

»Du kannst ihn gerne haben«, gähnte Sally. »Der kleine Hosenscheißer hat mich in den vergangenen Tagen gerade mal sechs Stunden schlafen lassen.« Doch wenn sie ehrlich war, war sie von jedem entzückt, der Tommy süß fand.

»Wie konntest du Suzanne bloß erzählen, dass ich ihn treffe?«, fragte ich.

Rosie, die sich gerade in einen der wurmstichigen Holzstühle hatte fallen lassen, blickte beschämt zu Boden. »Normalerweise hätte ich ihr das nie erzählt, ehrlich, aber dann war sie so was von genervt. Sie kam nämlich gerade von Nina, die sich eben erst das vierzehnte Paar Jimmy Choos gekauft hat, woraufhin Suzanne sagen musste: ›Oh, sehen die aber schön aus‹, ohne sich anmerken zu lassen, wie sehr's ihr stinkt, dass sie sich solche Schuhe nicht leisten kann. Und dann plant Nina auch noch eine nette kleine Reise auf die Malediven mit Du-weißt-schon-Wem. Oder wollte sie nach Mauritius? Egal, irgendwas, wofür man dreißig Riesen pro Nase hinblättern muss, und das ohne Vollpension.«

Eine widerlich grüne Giftschlange begann sich in meinem Magen bemerkbar zu machen. Eine *serpens eifersuchtissimus,* eine enge Verwandte der *serpens hunde-elendus,* nur noch giftiger. »Nur dreißig Riesen?«, sagte ich leichthin und fing Sallys Blick auf. »Ein bisschen unter ihrem Niveau, findet ihr nicht?«

»Er weiß allerdings noch gar nichts davon«, fuhr Rosie fort. »Suzanne war trotzdem fix und fertig. Alles, was ihr und ihrem Freund vergönnt war, war ein verregnetes Wochenende im Lake District. Und dann hat er auf der Heimfahrt auch noch mit ihr Schluss gemacht. Sie sagt, wenn doch Nina einmal in einen Pfirsich beißen würde, um anschließend festzustellen, dass sie einen halben Wurm verspeist hat. Nur dass ihr das nie passieren wird. Denn es gibt ein ungeschriebenes Gesetz, das besagt, dass Nina niemals Würmer in ihrem Pfirsich finden wird. Und weil sie mir so Leid tat, hab ich dann gesagt: ›Na ja, wer weiß, vielleicht ist bei Mr. Helikopter auch irgendwo der Wurm drin.‹ Da ist doch nichts dabei. Nie würde sie es *wagen,* Nina so was weiterzuerzählen«, verteidigte sie sich. »Nina ist ein typischer Skorpion, weißt du. Eifersüchtig und besitzergreifend. Suzanne hat mir erzählt, dass sie richtig ausgeflippt ist, als es ein Typ gewagt hat, sie zu verlassen. Sie hat sein Handy ins Tiefkühlfach gelegt, seinen Wagen im Halteverbot geparkt und lauter so Sachen.«

»Da war wohl echt der Wurm drin«, sagte ich und legte eine Packung Blaubeer-Muffins auf den Tisch. »Hier, probier mal, Rosie.«

»Lieber nicht. Das sind doch richtige Kalorienbomben.«

»Ja, aber dafür auch echte Stimmungskanonen.«

»Na, dann her damit.«

Rosie sah »echt schnuckelig« aus, wie Jacko sagen würde. Sie hatte braune, lockige Haare und die dazugehörigen großen, dunklen Augen. Sie machte ständig die Sorte Diät, die aus keinerlei Frühstück besteht, zwei Twix auf dem Weg zur Arbeit (um das nicht vorhandene Frühstück auszugleichen), Salat zum Mittagessen (um die Twix auszugleichen), einer halben Hühnerbrust ohne Haut mit drei Zuckererbsen zum Abendessen und einer riesigen

Peperonipizza kurz vor Mitternacht (um das Abendessen auszugleichen), was am nächsten Tag durch kein Frühstück ausgeglichen werden muss, und so weiter und sofort.

»Aber eines kann ich dir sagen«, fuhr sie fort, »sollte bei diesem Mr. Helikopter der Wurm drin sein, würde ich ihn nur allzu gern zum Vorschein bringen. Was mir nicht weiter schwer fallen dürfte, denn in letzter Zeit bringe ich bei jedem nur die schlechtesten Eigenschaften zum Vorschein. Ich hätte mich beinahe schon für Suzannes Freund interessiert, aber das ist vielleicht ein Versager!«

Sally verzog das Gesicht. »Wenn ich euch so reden höre, bin ich heilfroh, dass Sex kein Thema für mich ist.«

»Wenn ich das nur von mir behaupten könnte!«, stöhnte Rosie. »Ein Baby? Gerne, jederzeit. Die sind wenigstens nicht verheiratet. Und wenn sie dich nachts um den Schlaf bringen, muss man ihnen zumindest nichts vormachen.«

Nun, es war schon ziemlich lange her, dass mich jemand nachts um den Schlaf gebracht hatte. Von Pissels, Sally, die sich redlich bemühte, dass mich Tom nicht aufweckte, oder Jacko, der lautstark zum Klo polterte, einmal abgesehen. Plötzlich fühlte ich mich wie ein Tier im Käfig und trat ans Fenster. Weil das Haus zu einer Zeit erbaut worden war, als man Dienstmädchen noch keinen Gartenblick gönnte, bestand die Aussicht in einer roten Ziegelwand. Dafür fiel die Sonne auf einen Blumenkasten mit Schneeglöckchen. Ich wunderte mich, dass sie schon begonnen hatten zu knospen. »Heute ist ein wunderschöner Tag – warum machen wir nicht gemeinsam einen Ausflug? Wie wär's mit dem Richmond Park?«

»Super!«, sagte Sally. »Dort kann Tom die Enten füttern.«

Als Rosie gerade den Mund aufmachte, um zu sagen, dass sie mit von der Partie wäre, weil sie dringend Bewegung bräuchte, betrat Jacko das Zimmer. Er begrüßte uns mit: »Hallo, allerseits«, um dann »Mann, hab ich einen Kater« hinzuzufügen. Worauf Sally meinte, das wäre auch kaum zu übersehen. Er war unrasiert, ungeduscht und ungekämmt und trug einen Jogginganzug, der als Schlafanzug herhalten musste.

Nachdem er Wasser aufgesetzt hatte, humpelte Jacko zur Pinnwand, an der unser Adventskalender hing. Sally hatte ihn eigentlich für Tom gekauft, aber insgeheim stand sie selbst auf die schneeglitzernden Wälder voller Elfen und Häschen und natürlich auf die viel versprechenden Türchen.

Jacko ging es ganz genauso, nur dass er sich gar nicht erst die Mühe machte, das zu verbergen.

»Ich hab's schon aufgemacht, du Idiot«, sagte Sally. »Und wenn du es wagen solltest, auch nur eines meiner kleinen Türchen zu öffnen, schütt ich dir Juckpulver unter deinen Gips.«

»Das Leben ist so was von ungerecht«, knurrte Jacko und humpelte zurück zum Wasserkessel. »Mir schenkt niemand einen Adventskalender. Was bist du nur für eine böse alte Hexe, dass du mir nicht mal ein paar kleine, lächerliche Türchen gönnst. Wenn das so ist, trag ich dein Weihnachtsgeschenk gleich wieder zurück in den Laden.«

»Die zoffen sich wie die Geschwister«, sagte ich zu Rosie. »Schlimmer als zwei Kleinkinder.«

»*Ich* kauf dir gern einen Adventskalender, Jacko«, säuselte sie und kicherte. »Mit Schokolade drin.«

Irgendwann standen wir vor meinem Auto, einem neun Jahre alten Ford Escort, der bereits zahlreiche Kampfspuren von Auseinandersetzungen an Ampeln et cetera aufwies. Das Wageninnere sah auch nicht gerade aus wie geleckt. Überall flogen leere Chipstüten herum sowie eine alte Weste von Tante Dorothy, die ich zum Scheibenwischen benutzte. Auf Autos hatte ich noch nie besonders großen Wert gelegt – nicht, wenn man stattdessen auf das Great Barrier Riff sparen konnte.

»Ich hätte lieber zu euch ziehen sollen«, sagte Rosie, nachdem wir mit Tom und seinen Siebensachen endlich glücklich im Wagen saßen.

Ich hatte es ihr angeboten, aber Suzanne war mir zuvorgekommen, als Rosie ihr auf einem dieser schrecklichen Klassentreffen zufällig in die Arme gelaufen war. Außerdem hatte ich es nicht versäumt, darauf hinzuweisen, dass Suzannes Apartment bestimmt über eine Heizung verfügte, die nach der Sintflut eingebaut worden war, und über eine Dusche, die diesen Namen verdiente.

»Suzanne ist ja wirklich ganz nett, aber irgendwie hat sie ständig Stress«, fuhr Rosie fort, als ich den Wagen aus der Parklücke fuhr. »Und das ist in erster Linie Ninas Schuld, weil sie von ihr verlangt, alles stehen und liegen zu lassen, falls *sie* gerade mal Stress hat. Das war schon zu Schulzeiten so, weißt du noch?«

Und ob ich das noch wusste. Im Grunde war Nina nur mit Suzanne richtig befreundet gewesen – eine Beziehung, die eher die einer Prinzessin und ihrer Sklavin war. Suzanne machte es nicht das Geringste aus, ihren lukrativen Babysitterjob sausen zu lassen, nur weil Nina gerade ihren Freund vor die Tür gesetzt hatte und auf die Piste wollte, um einen neuen aufzureißen.

»Jedes Mal, wenn sich Nina in ihrem Job auch nur ansatzweise gemobbt fühlt, ruft sie Suzanne an«, fuhr Rosie fort, während wir bei mildem Sonnenschein in Richtung A3 fuhren. »Und dann muss sich die Ärmste stundenlang anhören, wie Nina die anderen zurückmobben wird.«

Nina hatte einen Traumjob bei einem Hochglanzmagazin, wo die Leute schon gleich morgens die Messer wetzten.

»Manchmal tut mir Suzanne richtig Leid«, fügte Rosie hinzu. »Andererseits versteh ich nicht, warum sie das alles mit sich machen lässt.«

»Sie ist eben Masochistin«, sagte ich, als wir Tibbet's Corner erreicht hatten, eine grasbewachsene Verkehrsinsel, auf der der gusseiserne Tibbet mit seinem Revolver herumfuchtelte. Der Straßenräuber, der ein böses Ende genommen hatte, hätte sich sicherlich geschmeichelt gefühlt, wenn er gewusst hätte, dass man ihn regelmäßig in den Verkehrsnachrichten von Radio Capital erwähnte.

Als wir und tausend andere, die bei diesem schönen Wetter ebenfalls auf die Idee gekommen waren, einen Spaziergang zu machen, durch die Robin-Hood-Pforte strömten, sagte Rosie: »Übrigens plant Nina bald wieder eins ihrer Mädels-Essen – Suzanne meint, sie will dir auch eine Einladung schicken.«

»Ach du Scheiße«, gab ich zurück.

»Ich wusste, dass du das sagen würdest. Ich will eigentlich auch nicht hin – ich hasse diese Mädelsabende –, aber laut Nina kann man viel besser quatschen, wenn keine Männer dabei sind. Die hat leicht reden – sie *hat* schließlich einen Freund. Wirst du hingehen?«

»Ich fürchte, ich werd schrecklich viel zu tun haben. Oder ich bin bis dahin tot oder so.«

»Ja, ich hab Suzanne schon gesagt, dass du einen großen Bogen um diese Veranstaltung machen wirst.«

»Untersteh dich!« Wie jeder Scheinheilige, war auch ich hellauf entsetzt. »Wenn sie das Nina erzählt, bekomm ich erst recht Ärger!«

»Ich wüsste nicht, warum.«

»Sie hat mir eine verdammte Weihnachtskarte geschickt, *du Idiot!*« Letzteres galt gar nicht Rosie, sondern einem Auto, das aus der Gegenrichtung kam. Am linken Fahrbahnrand der schmalen Straße, die um den zweitausend Hektar großen Park führte, graste eine Herde Damwild. Auf der rechten Straßenseite stand noch ein unentschlossener Nachkömmling und versuchte dazuzustoßen, als ihn irgend so ein Vollidiot, der die erlaubte Geschwindigkeit bei weitem überschritten hatte, um ein Haar über den Haufen gefahren hätte. Völlig verschreckt, ergriff das Tier die Flucht.

»Suzanne hat gesagt, dass sie es sehr gut verstehen kann, wenn du nicht kommst«, sagte Rosie. »Ehrlich gesagt, hat sie sich auch sonst noch so einiges von der Seele geredet. Verrate ihr bloß nie, dass du das von mir hast. Sie hat mir nämlich gestanden, dass *sie* sich manchmal ganz schön mies fühlt, weil sie sich mit Nina früher immer so über dich lustig gemacht hat.«

Was für eine Überraschung. »Das hab ich immer schon gewusst, aber heute ist mir das völlig egal.«

Ich parkte auf dem Isabella-Parkplatz. Der war völlig überfüllt, was mich nicht wunderte, da das Wetter eher frühlingshaft statt vorweihnachtlich war. Gemeinsam mit Kreti und Pleti schoben wir Toms Buggy über den Kiesweg in Richtung Isabella Plantation und schleckten Eis. Wir blieben stehen und bewunderten einen riesigen Hirsch mit gigantischem Geweih, der friedlich auf einem Polster aus vertrocknetem Adlerfarn ruhte. Er hätte den perfekten »Röhrenden Hirschen« abgegeben, hätte er nicht gerade höchst unelegant mit seinem Geweih im Farn herumgestochert. Der hatte sich teilweise darin verfangen und hing ihm jetzt wie eine Girlande vor den Augen, was ihm ein seltsam doof-verwegenes Aussehen verlieh.

»Sieht ganz so aus, als hätte er eine verdammt wilde Nacht hinter sich«, sagte Sally. »Schade, dass wir keinen Fotoapparat dabeihaben. Das wäre doch die ideale Weihnachtskarte, von wegen ›Mann, war das 'ne Party!‹«

»Apropos Partys …«, Rosie begann hilflos zu kichern. »Ich hab euch ja noch gar nicht erzählt, was ich auf Ninas Wohnungseinweihungsparty gebracht hab – sie wurde *fuchsteufelswild.*«

Während wir den Kiesweg entlangspazierten, fuhr sie fort: »Ich hab Mr. Helikopter gegenüber so 'ne blöde Bemerkung gemacht. Von wegen wie praktisch so ein Hubschrauber doch ist, wenn man noch mal schnell in den Supermarkt muss und alle Straßen verstopft sind. Er schaute etwas irritiert, und Nina warf mir einen bitterbösen Blick zu, aber dann fing er an zu lachen und sagte, er wäre nur deshalb im Hubschrauber geflogen, weil sein Geschäftsführer dabei war.«

An dieser Stelle holte sie kurz Luft. »Nina stand ganz schön blöd da, denn jetzt wusste er, dass sie mit ihm angegeben hatte.«

Ich freute mich, dass Nina dumm dagestanden hatte, aber ich fand, ich hatte auch das Recht dazu. Wäre sie wenigstens so schlau gewesen, sich mit einem angeberischen, arroganten Deppen zusammenzutun, würde ich mich jetzt nicht so schwer tun, ihn am Telefon höflich abzuwimmeln.

Am Montagabend rief niemand an, aber am Dienstagabend meldete sich dafür Helens Freundin Felicity. »Sie ist gerade spazieren – ich muss gestehen, dass ich deine Nummer in ihrem Handy-

Adressbuch nachgeschaut habe. Ehrlich gesagt, mach ich mir ziemliche Sorgen um sie. Sie hat eine ganz schön böse SMS von Lawrence bekommen. Darin stand, das wäre ja mal wieder typisch für sie, nicht den Mut zu haben, ihm das persönlich zu sagen. Aber wenn es das wäre, was sie wolle – von ihm aus gern. Ich weiß, dass sie es schon jetzt bereut, auch wenn sie das nie zugeben würde. Ich kann ihr Verhalten gut nachvollziehen, aber ohne die Jungs fühlt sie sich bestimmt noch einsamer.«

Mir wurde schwer ums Herz.

»Vielleicht redest du noch mal mit ihr«, fuhr sie fort.

Eine halbe Stunde später versuchte ich, sie zu erreichen. Helens Stimme klang, als würde sie jeden Moment losheulen, aber sie blieb stur. Wenn sie jetzt klein beigäbe, würde sie sich in Lawrence' Augen noch lächerlicher machen als ohnehin schon. Dann wäre auch noch das letzte bisschen Selbstbewusstsein futsch.

Dementsprechend gut schlief ich in dieser Nacht. Gegen halb zehn am Mittwochabend meinte Sally gereizt: »Harriet, so langsam gehst du mir wirklich auf die Nerven. Jedes Mal, wenn das Telefon klingelt, sagst du: ›O Gott, wer ist denn *das* schon wieder?‹, so als würdest du kein bisschen auf Mr. Helikopters Anruf warten, nur um dann krampfhaft deine Enttäuschung zu verbergen, wenn doch bloß wieder deine Mutter dran ist.«

Es war wirklich bloß meine Mutter gewesen, die mich anflehte, ihr doch wenigstens einen *Tipp* zu geben, was mein Weihnachtsgeschenk anging. Außerdem wollte sie wissen, ob ich in der letzten Zeit was von Dad gehört hätte. Sie machte sich nämlich Sorgen, er könnte von irgendeinem türkischen Steilhang gestürzt sein oder so. (Sie waren immer noch gute Freunde und hielten Kontakt.)

»Wenn du meine Meinung hören willst, macht er das mit Absicht«, fuhr Sally fort. »Er versucht's auf die Reife-Pflaume-Tour.«

»Wie bitte?«

»Na ja, erst spannt er dich so lange auf die Folter, bis du glaubst, dass er gar nicht mehr anruft. Und wenn er sich dann doch meldet, fällst du ihm wie eine reife Pflaume in den Schoß.«

»Er spannt mich nicht auf die Folter«, erwiderte ich unwirsch. »Und ich bin weit davon entfernt, in irgendjemandes Schoß zu fallen, kapiert?«

Als ich am Donnerstagabend nach Hause kam, konnte Sally es kaum noch erwarten, mir die neuesten Nachrichten zu erzählen.

Sie hatte eine Weihnachtskarte von Tamsin aus Muscat bekommen, dem Mädchen, mit dem sie dort am Schluss zusammengewohnt hatte. An den linken Rand hatte Tamsin geschrieben: »Erinnerst du dich noch an Steve? Vor zehn Tagen ist er wieder hier gewesen und hat Jan und Mark besucht. Dreimal darfst du raten: Er hat nach dir gefragt. Und jetzt kommt das Beste: Er hat sich von seiner Frau getrennt! Jan fand sie schon immer ziemlich fad und meinte, er könnte es ihm nicht verdenken. Er wird so gegen Weihnachten nach England kommen, und da ich weiß, dass es ganz schön zwischen euch gefunkt hat (hihi!), hab ich ihm deine Adresse gegeben – schließlich sollte ich dir *alles, was hier für dich ankommt,* nachsenden, hihi. Wär schön, wenn du mir mal mailst, ich hab schon eine Ewigkeit nichts mehr von dir gehört!«

So aufgewühlt hatte ich Sally noch nie gesehen. »Das pack ich einfach nicht. Ich *will* nicht, dass er hier aufkreuzt.«

Vor nicht allzu langer Zeit hätte ich noch meinen Kopf darauf verwettet, dass sich Sally nichts sehnlicher wünschte als das – theoretisch zumindest. In ihren kühnsten Träumen würde er sich nicht nur von seiner Frau trennen, sondern ihr auch gestehen, dass sie ihm nicht mehr aus dem Sinn gegangen wäre. Toms Kopf würde er natürlich sofort mit Champagner beträufeln, denn seine Frau hatte ihm bereits seit Jahren erzählt, es könne unmöglich an ihr liegen, dass sie nicht schwanger würde. Wenn, dann sei er der Versager.

Sich in der Fantasie etwas auszumalen, ist eine Sache – die Wirklichkeit eine ganz andere. »Du hast Angst, dass er die Flucht ergreift, sobald er Tom sieht.«

»Harriet, ich will ihn gar nicht erst hier haben! Gut, er hat mir gefallen, aber das Ganze war bloß eine Affäre, mehr nicht. Wie soll ich ihm das jetzt bloß erklären? Inzwischen sind fünfzehn Monate vergangen! Er würde mir sowieso nicht glauben, dass das Kind von ihm ist.«

»Warum denn nicht? Wenn es dir nur um die Alimente gegangen wäre, hättest du dich doch schon längst bei ihm gemeldet.«

»Ich will *überhaupt nichts* von ihm! Wahrscheinlich wird er sich sowieso nicht blicken lassen.«

»Vielleicht doch. Außerdem hat er dir wesentlich besser gefallen, als du zugeben willst. Du warst völlig fix und fertig, als Jan dir gesagt hat, dass er verheiratet ist.«

»Ich war schockiert! Ich konnte einfach nicht glauben, dass er so ein Mistkerl sein sollte!«

»Vielleicht war seine Ehe sowieso schon kaputt.«

»Er hätte es mir trotzdem sagen müssen.«

»Sally, du hattest ihn gerade erst kennen gelernt! Ich glaube nicht, dass er es auf eine Affäre angelegt hatte.«

Wie sie so dasaß, mit Tom auf dem Schoß, versuchte ich mir eine Strategie zurechtzulegen. »Egal, ob du ihn sehen willst oder nicht – er hat ein Recht darauf, von Tom zu erfahren. Und früher oder später wird auch Tom wissen wollen, wer sein Vater ist.«

»Irgendein dahergelaufener Vater«, sagte sie und blickte auf Toms flaumbewachsenes Köpfchen herab. »Und irgendeine dahergelaufene Mutter.« Mit Hutschi-gutschi-Babystimme sagte sie zu Tom: »Deine böse, ungezogene Mami war 'ne ganz schöne Schlampe, was? Ein paar Gläser Sangria, und schon hat sie sich dem Nächstbesten an den Hals geworfen.«

Ich lachte nur, um sie nicht zu enttäuschen. Typisch Sally. Sie wollte die Sache einfach nicht an sich ranlassen und tat so, als wäre sie die Ruhe selbst.

In dieser Nacht wurde ich gegen zehn vor zwei wach und hörte, wie sie in ihrem Zimmer auf und ab ging. Ein paar Minuten später hörte ich, wie sie die Treppe herunterschlich.

Ich fand sie mit Tom in der Küche. Sie meinte, sie könnte nicht schlafen, und fluchte, weil nicht mehr genügend Milch für eine Tasse heiße Schokolade da war. Sie sah aus, als hätte sie geweint, behauptete jedoch gereizt, es ginge ihr gut, ich sollte bloß nicht so ein Theater machen und fragen, ob sie »reden« wollte, denn das wäre wirklich das Letzte, was sie jetzt gebrauchen könnte. Ich sollte gefälligst zusehen, dass ich in mein Bett komme, sie würde sich einen alten Spielfilm ansehen.

Da jedoch nichts Passendes lief, fuhr ich im Schlafanzug zum Videoverleih an der Tankstelle (die Leute sahen mich schon ganz komisch an) und kam mit *Hennen rennen* und einem Liter Milch zurück. Gegen halb fünf landete ich schließlich wieder im Bett. Ich stand um sieben auf und musste im Büro feststellen, dass ein Virus umging, der ganz London lahm zu legen schien. Die Hälfte unserer Aushilfen war von einem Tag auf den anderen krank geworden, und es ging drunter und drüber. Und dann bekam ich auch noch einen Rüffel von Lesley, unserer Managerin.

Solutions Software, eine Firma, die ihre Angestellten hauptsächlich aus Lesern des Männermagazins *Loaded* zu rekrutieren schien, hielt es für angebracht, die Stelle der Empfangsdame wie folgt auszuschreiben: »Temperamentvolle Sie bis 25 Jahre mit langen Beinen gesucht.« Ich sagte zu Lesley: »Das können die doch unmöglich machen!«, aber die zuckte nur die Achseln und meinte, wenn wir ihnen keine vermittelten, dann würde es eben jemand anders tun. Falls ich mit diesem Auftrag Probleme hätte, würde sie sich eben selber darum kümmern.

Dementsprechend gereizt kam ich abends nach Hause, um dort eine noch gereiztere Sally vorzufinden. Sie war müde, weil Tom müde war und den ganzen Tag gequengelt hatte, und zu allem Überfluss hatte ihr Pissels auch noch eine angekaute Maus ins Bett geschleppt. Jacko war ebenfalls gereizt (für Jackos Verhältnisse), weil sich Sally den ganzen Tag über aufgeführt hatte wie eine böse alte Hexe, ihn sein Gips unerträglich juckte und Frida auf einen Weiberabend gegangen war, ohne ihn mitzunehmen.

»Er hat sogar angeboten, sich als Eunuch zu verkleiden«, sagte Sally bissig. »So was Albernes!«

»In letzter Zeit könnte ich problemlos als Eunuch durchgehen«, knurrte er.

»Sollte Erik Blutaxt auch nur ansatzweise erfahren, was du so alles zu Frida sagst, bist du bald wirklich einer!«, meinte sie. Und zu mir sagte sie: »*Außerdem* hat er mir den letzten Rest Sprühsahne geklaut, um sie auf seinem Weetabix zu verteilen.«

»Und du hast meine ganzen Smarties geklaut!«

»Aber nur, weil du meine M&Ms aufgegessen hast!«

In diesem Moment explodierte ich. »Mund hal-ten!«

Sie sahen sich an. »Da siehst du mal, was du angerichtet hast«, sagte Sally.

»Ich?«, fragte er völlig entgeistert. »Du hast doch damit angefangen!«

»Könntet ihr endlich damit aufhören!«, brüllte ich und knallte die Tür hinter mir zu, nur dass diese leider nicht zufiel, sondern wieder aufging und ich Jackos Schlussresümee mitbekam.

»Sie braucht dringend einen Freund«, sagte er zu Sally. »Einen Freund und ein anständiges Liebesleben, und zwar genau in dieser Reihenfolge.«

»Ich-brauche-keinen-verdammten-Freund, verstanden?!«, brüllte ich von der vierten Treppenstufe, rannte in mein Zimmer und knallte die Tür hinter mir zu.

»Mir steht's bis hier«, wäre bestimmt nicht der Ausdruck gewesen, mit dem ich zu diesem Zeitpunkt meine Laune beschrieben hätte. Denn wo auch immer man sich dieses »Hier« vorstellen mochte – ich war bei weitem darüber hinaus.

Und als John zwanzig Sekunden später anrief, war ich genau in der richtigen Stimmung. Besser hätte ich auf einen Obermacho, der es auf die Reife-Pflaumen-Tour versucht, gar nicht vorbereitet sein können.

VIER

Ich brüllte regelrecht in den Hörer. »Hallo?!«

»Harriet?«

O Gott, er ist dran. Mist, was, wenn er mich heute Abend treffen will? Hab ich überhaupt noch was Anständiges anzuziehen? »Ach, hallo John! Hi, wie geht's?«

»Störe ich gerade? Du klingst ein bisschen gestresst.«

»Nein, nein, nicht der Rede wert. Ich bin nur ein winziges bisschen genervt. Ich hab einen Scheißtag hinter mir und bin gerade wütend auf mein Zimmer gerauscht.«

»Klingt ganz so, als könntest du eine Essenseinladung gut gebrauchen«, sagte er mit samtig-weicher Stimme.

Und ob ich das gebrauchen konnte. Das Top in Pink würde gehen.

»Wie wär's mit Sonntagabend?«

Mist. Wenigstens hatte er nicht den Samstag vorgeschlagen, wo ich ausnahmsweise schon was vorhatte. »Äh ja, das würde passen.«

»Was möchtest du essen?«

Plötzlich fiel mir ein Lokal ein, von dem ich erst kürzlich gehört hatte und das ziemlich »exotisch« sein sollte. »Da soll es so einen neuen Orientalen geben, in Fulham, ganz in der Nähe von meinem Büro – mir fällt der Name im Moment nicht ein, aber das kann ich rausfinden.«

»Dann gib mir Bescheid, und ich reserviere einen Tisch. So gegen acht?«

»Nein, ich werde den Tisch reservieren. Die Rechnung geht ebenfalls auf mich – ich bin dir noch was schuldig wegen dem Anzug, von dem Geld für das Taxi ganz zu schweigen.«

Er wehrte sich nicht. »Wenn du darauf bestehst. Soll ich dich abholen?«

Damit ihn Sally und Jacko unter die Lupe nehmen konnten? »Nein, wir treffen uns direkt dort. Ich ruf dich an und geb dir die genaue Adresse durch, einverstanden?«

Ich legte auf und war wie auf Droge, so euphorisch fühlte ich mich.

Plötzlich kam mir alles ganz einfach vor. Von mir aus konnte er mit Nina oder sonst wem zusammen sein. Von mir aus konnte er sie mit mir oder einem Dutzend weiterer Frauen betrügen. Von mir aus konnten in dieser Sache mehr Würmer drinstecken als in einer Tequila-Flasche. Nachdem ich mich monatelang nur mit *Mumsy World,* tropffreier Wandfarbe, Windeln, Blockbuster-Videos, sich zoffenden Freunden und den Problemen anderer Leute beschäftigt hatte, konnte ich ein bisschen Abwechslung gut gebrauchen.

Wenigstens ein Abend sollte mir vergönnt sein. Ein Abend mit Schmetterlingen im Bauch (die bestimmt nicht lange auf sich warten lassen würden). Ein Abend ganz ohne Zweifel und Gewissensbisse, nur weil ich etwas tat, das nicht ganz einwandfrei war.

Warum eigentlich nicht? Und wenn ich die Sache für mich behielt, würde sowieso niemand was davon mitkriegen. Ansonsten würde sich Jacko nur wieder über Obermachos auslassen. Von Sally würde es auch bloß Vorwürfe hageln. Sie würde mir meine Bemerkung von wegen »zweite Wahl« unter die Nase reiben und sagen, nachher, wenn es zu spät ist, brauchst du auch nicht mehr angerannt kommen.

Aber irgendetwas musste ich ihnen erzählen. In diesem Haushalt konnte man unmöglich ausgehen, ohne zu sagen, wohin.

Ein kompliziertes Alibi würde die Gerüchteküche erst recht zum Brodeln bringen, aber ich musste nicht lange überlegen. Am

Samstag war ich auf eine Party von einer alten Freundin eingeladen, mit der ich in Athen gewesen war. Wenn ich dort jemand »kennen lernte«, hatte ich eine ausgezeichnete Ausrede.

Den Rest des Abends kam ich mir vor, als würde ich einen Banküberfall vorbereiten, bei dem ich mit Sicherheit ungeschoren davonkäme. Sollte sich dann im Nachhinein doch noch herausstellen, dass das Ganze legal gewesen war – er also Nina bereits abgesägt hatte –, dann schön und gut. In der Zwischenzeit spürte ich ein Prickeln, das mir nicht mal Tom Cruise hätte bescheren können.

Doch es fiel mir schwer, mich zu verstellen. Noch am selben Abend musterte mich Sally misstrauisch. »Was ist denn mit dir los? Mr. Helikopter hat doch nicht etwa angerufen?«

»Schön wär's. Wenn du's genau wissen willst, hab ich mir gerade ausgemalt, dass Nina mit Windpocken flachliegt und ich an ihrer Stelle mit auf die Malediven fliege.«

Ganz schön verschlagen, aber meine Antwort schien sie zufrieden zu stellen.

Ich weiß nicht, ob das an dem Prickeln lag, aber am Samstagabend legten sich zwei durchaus passable Typen ganz schön für mich ins Zeug. Vielleicht umgab mich eine verführerische Aura. Wie dem auch sei, als ich wieder nach Hause kam, fühlte ich mich verführerischer denn je – und ein perfektes Alibi hatte ich auch in der Tasche. Da schon alle im Bett waren, konnte ich es erst am nächsten Tag zum Besten geben.

»Andy wer?«, fragte Sally.

»Travers. Wirklich nett.«

»Und wo geht ihr hin?«

Eine Lüge weniger konnte nicht schaden. »Zu diesem neuen Orientalen in der Nähe von meinem Büro. Und, wie war dein Abend?«

»Ganz okay. Kaum dass du weg warst, hat Rosie angerufen. Sie meinte, sie hätte einen kleinen Durchhänger und wäre ziemlich genervt. Also hab ich sie im Club willkommen geheißen und sie eingeladen vorbeizukommen. Später ist dann noch Jacko dazugestoßen. Er hatte eine Riesenpizza und dieses tschechische Au-pair-Mädchen dabei.«

»Was für ein tschechisches Au-pair-Mädchen?«

»Die von Nummer dreiundfünfzig. Er hat sie neulich beim Einkaufen kennen gelernt. Die Ärmste stirbt vor Heimweh und kann kaum Englisch. Da hat er sie auf einen Cappuccino eingeladen und vorsorglich schon mal ein bisschen weich gekocht. Wieder eine mehr auf seiner »Eventuell vernaschen, sobald der Gips runterkommt«-Liste.

In letzter Zeit hatte sie mir ein bisschen zu viel an Jacko auszusetzen. »Wahrscheinlich hatte er nur Mitleid mit ihr!«

»Okay, okay, ich hab's nicht so *gemeint*«, sagte sie eingeschnappt, so als müsste ich das doch wissen.

Den Rest des Tages war sie relativ schlecht gelaunt, was sie jedoch nicht davon abhielt, in mein Zimmer zu kommen. Dort ließ sie sich mit Tom auf mein Bett plumpsen und sah mir dabei zu, wie ich mich startklar machte. Das hatte sie schon immer gern getan.

»Und, was macht er so?«, fragte sie, während ich mich in ein silbriges Top zwängte, das meine Spiegeleier gekonnt in Szene setzte.

»Er ist Journalist und schreibt für den *Independent*.« In Wahrheit hieß das Magazin *Die besten DVDs* oder so, aber *Independent* klang einfach besser.

Die nächsten ein, zwei Minuten gab sie fürs Erste Ruhe. Ich saß an Dorothys viktorianischer Frisierkommode und versuchte, meine strohigen Haare in eine akzeptable Frisur zu verwandeln.

Dann sagte sie: »Du triffst dich mit Mr. Helikopter, stimmt's? Er hat angerufen, und du hast es mir verheimlicht.«

»Du spinnst ja.«

»Nein, ich bin doch nicht blöd. Wusst ich's doch, dass er es schafft, dich einzuwickeln. Du kommst mir vor wie ein Fisch, der schon am Haken zappelt und es kaum erwarten kann, aus dem Wasser gezogen zu werden. Fehlt nur noch, dass du ihm direkt in die Pfanne springst und brüllst: ›Iss mich, iss mich!‹«

Wahrscheinlich würde ich mich vorher sogar noch freiwillig entschuppen. Aber ich drehte mich nur halb zu ihr um und sagte: »Ich – treffe – keinen – verdammten – Mr. Helikopter! Verstanden?«

»Okay, okay!« Sie war mit ihren Gedanken schon wieder ganz woanders. Ängstlich runzelte sie die Stirn und musterte Tom, der unruhig in ihren Armen zappelte. »Ich fürchte, er bekommt schon wieder eine Erkältung – er hat heute kaum was gegessen und fühlt sich ein bisschen heiß an. Sei so nett, und fühl mal bitte.«

Ich legte ihm die Hand auf die Stirn. Vielleicht war er ein winziges bisschen wärmer als sonst, so genau konnte ich das nicht sagen. »Wo ist das Thermometer hin, das du ihm sonst immer an die Stirn hältst?«

»Ich kann's einfach nicht mehr finden. Findest *du*, dass er sich heiß anfühlt?«

»Na ja, vielleicht ein bisschen. Aber wenn Babys zahnen, ist das doch völlig normal, oder?«

»Wahrscheinlich hast du Recht … ich will ihm kein Paracetamol mehr geben, in letzter Zeit hab ich ihm das Zeug kiloweise eingeflößt.«

»Fühl in einer Stunde noch mal nach.«

»Und was, wenn er dann immer noch heiß ist?«

»Dann gib ihm etwas Paracetamol.«

»Meinst du nicht, ich sollte lieber den Arzt rufen?«

»Wenn du meinst, dass er krank ist, ja. Aber wahrscheinlich bekommt er bloß wieder einen neuen Zahn.«

»Vielen Dank, du bist mir wirklich eine große Hilfe!« Beleidigt sprang sie vom Bett, nahm ihren Engel hoch und schmatzte ihm einen Kuss auf die Stirn. »Komm, mein Schatz – deine *Mami* macht sich sehr wohl Sorgen, wenn du dich nicht wohl fühlst.«

Am liebsten hätte ich sie gepackt und einmal kräftig durchgeschüttelt. »Ich mache mir auch Sorgen! Aber es bringt nichts, sich völlig verrückt zu machen, nur weil er ein bisschen quengelt!«

Etwas Unpassenderes hätte ich nicht sagen können. »Er quengelt aber nicht nur ein bisschen!«, sagte sie empört. »Oder soll das etwa heißen, du findest dieses ständige Quengeln normal?«

»Natürlich nicht! Ich will doch nur damit sagen –«

»Ach, vergiss es. Was kümmert es dich, wie's ihm geht.«

»Meine Güte, Sally –«

»Vergiss es!«

Sie knallte die Tür hinter sich zu und ließ mich mit einem ziemlich schlechten Gewissen zurück. Andererseits war ich auch ganz schön genervt. Ehrlich gesagt, überwog das Genervtsein bei weitem. In letzter Zeit war sie wirklich unerträglich. Fairerweise muss man sagen, dass das in erster Linie Steves Schuld war. Andererseits hatte ich so den leisen Verdacht, dass sie eifersüchtig war, weil ich schon das zweite Mal hintereinander ausging.

Und das war alles andere als fair. Wer kümmerte sich denn um sie und wich ihr seit dem Schwangerschaftstest nicht mehr von der Seite? Wer war denn bei der Entbindung dabei gewesen und nahm in allem auf sie Rücksicht? Ausgerechnet mir vorzuwerfen, mir sei Tom egal, war wirklich mehr als ungerecht. Sie wusste ganz genau, dass es außer mir nur noch eine Person gab, die ihn mehr liebte, und das war sie – auch wenn ich das nicht alle fünf Minuten laut herausposaunte.

Jetzt wollte ich nur noch weg. Ich kam mir vor wie auf der Startbahn. Jede Faser meines Körpers war bis zum Zerreißen gespannt, und mein Motor lief bereits auf Hochtouren ...

Ich bestellte mir ein Taxi, damit ich etwas trinken konnte und nicht zwanzig Minuten lang nach einem Parkplatz suchen musste. Äußerlich völlig gelassen, betrat ich um eine Minute vor acht das Restaurant. Einer von den Immobilienmaklern nebenan hatte mir bereits von dem Lokal erzählt. Er meinte, ein Restaurant, das aussehe wie aus *Harems and Gardens*, müsse einen einfach in Stimmung bringen. Das Essen sei überdurchschnittlich gut, und bei der Rechnung würde man auch nicht in Ohnmacht fallen.

Was den *Harem* betraf, hatte er nicht zu viel versprochen. Während die Kellner hin und her flitzten, wartete ich an dem kleinen Empfangstisch und ließ den honigfarbenen Marmor, die seidenen Kissen und Wandteppiche, die exotischen Pflanzen und den plätschernden Zimmerspringbrunnen auf mich wirken. Ich erwartete jeden Moment, dass Aladin vorbeikäme, als mich jemand in die Taille kniff und flüsterte: »Du kommen mit in die Kasbah.« Egal, welche Droge sich meiner Sinne bemächtigt hatte – Letzteres steigerte ihre Wirkung nur noch. Ich musste lachen.

»Ich glaube, wir haben uns hier in *1001 Nacht* verirrt«, sagte er. »Bist du sicher, dass du nicht Scheherazade heißt?«

»Hoffentlich nicht. Stand sie nicht jede Nacht Todesängste aus, weil sie befürchten musste, in einen Sack gesteckt und im Bosporus versenkt zu werden?«

»Oder geköpft zu werden. Da kommt Ali Baba«, fügte er *sotto voce* hinzu, als sich ein Kellner näherte.

Ich schaffte es gerade noch zu sagen: »Harriet Grey, ein Tisch für zwei Personen«, ohne in hysterisches Gekicher auszubrechen. Er wies uns eine gemütliche, kleine Nische mit seidengepolsterten Sitzbänken, gedämpftem Licht und einem winzigen Brunnen zu, der im Hintergrund leise plätscherte. »Du musst zugeben, das ist wirklich was Besonderes«, sagte ich, nachdem der Kellner verschwunden war. »Ob sie wohl Wasserpfeifen zum Kaffee servieren?«

»Wahrscheinlich. Und Fingerschälchen mit Rosenwasser, die einem von tscherkessischen Sklaven gereicht werden.«

Für ein heimliches Rendezvous hätte ich mir kein besseres Lokal aussuchen können. Es duftete köstlich nach Räucherstäbchen und Jasmin, und im Hintergrund lief eine stimmungsvolle orientalische Musik. Wenn da jemand mitten im Londoner Westen eine Oase hatte schaffen wollen, war ihm das bestens gelungen.

Wir saßen an einem viereckigen Tisch für zwei oder vier Personen. Da wir nur zu zweit waren, setzten wir uns über Eck auf die weich gepolsterte Sitzbank. Für ein herumturtelndes Liebespaar ideal, denn so ließ sich im Nu Kniekontakt herstellen. Gewagtere Manöver waren ebenfalls möglich, vorausgesetzt, man schaffte es, seine Mimik zu kontrollieren.

Er sah sogar noch besser aus als letztes Mal, und das will was heißen. Er hatte gerade erst geduscht und war frisch rasiert. Sein Haar war noch nicht ganz trocken, und er roch nach Rasierschaum und einem frisch gestärkten Hemd. Ein Duft, der sich mit dem der Räucherstäbchen und Gewürze mischte und extrem verführerisch war.

Nachdem wir zwei Gin Tonics bestellt hatten, sagte ich ohne groß darüber nachzudenken:

»Ich muss dir ein Geständnis machen.«

»Nur zu. Aber ich warne dich: Ich bin sehr leicht zu schockieren.«

Dabei zitterten seine Mundwinkel auf eine Art und Weise, dass ich am liebsten auf das Essen verzichtet und ihn sofort vernascht hätte. »Ich hab dich angelogen«, sagte ich mit gespielter Reue. »Ich hatte meinen Geldbeutel überhaupt nicht verloren. In dem Moment dachte ich zwar, das wäre so, aber dann fiel mir sehr schnell ein, dass ich ihn in einer meiner Tüten verstaut hatte.«

»Und warum hast du mir nichts davon gesagt?«

»Weil du mich für eine komplette Vollidiotin gehalten hättest.«

»Nicht doch.«

»Ehrlich nicht?«

»Nein, ich hätte dich höchstens für eine halbe Vollidiotin gehalten. Aber für eine Vollidiotin auf jeden Fall, weil du die Handtasche offen gelassen hattest.«

Bei derartigen Komplimenten konnte ich auf die Vorspeise gut verzichten. Wunderbare Neckereien, die einem die Knie weich werden ließen, und dazu jede Menge tiefe Blicke. »Warum hast du dann nichts dergleichen gesagt?«

»Weil ich ein gut erzogener junger Mann bin. Außerdem hatte ich Angst, du könntest mir eins mit deiner Handtasche überbraten.«

Ich brach in lautes Gelächter aus. »Dazu wäre ich viel zu erschöpft gewesen. Wollen wir mal einen Blick auf die Speisekarte werfen?«

Nachdem wir bestellt hatten (Meses, Hamur und Lamm mit Pflaumensauce), fragte ich: »Was machen deine Einbruchpläne?«

»Ich werd mich hüten, einer so schamlosen Lügnerin wie dir noch irgendwas anzuvertrauen. Wer sagt denn, dass du nicht sofort die Bullen anrufst und mich einbuchten lässt?«

»Wie sollte ich dich denn einbuchten lassen?«, fragte ich unschuldig. »Ich weiß nicht mal deinen Nachnamen, geschweige denn deine Adresse. Die Bullen werde ich wohl kaum groß beeindrucken, wenn ich sage: ›so ein großer, dunkelhaariger Typ namens John‹, meinst du nicht?«

»Du hast meine Telefonnummer.«

»Gut, aber du könntest ja bei der Telefongesellschaft eine falsche Adresse angegeben haben.«

»Ich heiße Mackenzie.«

Na, immerhin besser als Helikopter.

»Das heißt, du hast schottische Wurzeln?«

»Mein Vater stammt aus Schottland. So dann und wann muss auch ich den Kilt anlegen und so tun, als ob ich kein Engländer wäre.«

Noch so ein Pluspunkt. Seit einer Party in Granada, auf der ich sehr betrunken gewesen war und mit einem wunderbaren Typen aus Inverness Schottischen Volkstanz getanzt hatte, hatte ich eine Schwäche für Kilts.

Von da an genoss ich die Schmetterlinge in meinem Bauch in vollen Zügen. Sie flatterten sanft auf und ab und amüsierten sich prächtig, ohne dabei die Contenance zu verlieren. Diese Art Schmetterlinge gefiel mir sehr. Ansprechend, aber robust mit einem überwältigenden Abgang, wie diese bescheuerten Weinexperten immer so schön zu sagen pflegen. Wie dem auch sei, es ging mir prächtig, bis mich beinahe der Schlag getroffen hätte.

Von unserem Tisch aus konnte ich den Eingangsbereich nicht gut überblicken. Aber in diesem Moment kam eine Frau im cremefarbenen Jackett auf uns zu. Alles, was ich in dieser Schrecksekunde sah, war seidig glänzendes Haar, bis sie sich abwandte. Sie schien nach jemandem zu suchen. »Magda! Da bist du ja!«, tönte sie und drehte sich um – ich konnte ihr direkt ins Gesicht sehen.

Puh! Sie war Nina wie aus dem Gesicht geschnitten. Aber das war doch albern!

Und wenn nicht? Was, wenn Rosie wieder vorbeigekommen war? Oder angerufen hatte? Sie und Sally schienen sich richtig angefreundet zu haben – gewundert hätte mich das nicht. Was, wenn ihr Sally was erzählt hatte? Und es Rosie einfach nicht lassen konnte, diesen dampfenden Leckerbissen ...

Was hatte sie gleich wieder über Nina gesagt? »Eifersüchtig und besitzergreifend ... sie ist völlig ausgeflippt ...« Nein, so etwas würde nicht mal Rosie tun. Und Sally würde auch brav den Mund halten, und wenn sie dreimal sauer auf mich war, weil wir gestritten hatten ...

»Sie hat gesagt, dass Tom ständig quengelt!«

»Das darf doch nicht wahr sein?!«

»O doch – sie ist fuchsteufelswild geworden. Mein armer kleiner Schatz – was sie *wohl sagen würde, wenn* ihr *die Zähne den ganzen Gaumen aufreißen? Aber das hat sie natürlich kein bisschen interessiert, schließlich musste sie sich noch für Wie-heißt-er-noch-gleich auftakeln. Falls sie sich überhaupt mit Wie-heißt-er-noch-gleich trifft. Meiner Meinung nach ...«*

Plötzlich bekam ich einen ganz trockenen Mund. Warum hatte ich Sally bloß verraten, wohin ich ging? Was, wenn eine Gift sprühende Nina gerade in einem Taxi hierher raste? Aus irgendeinem Grund sah ich plötzlich die auf einem Schlitten heransausende Hexe aus *Der König von Narnia* vor mir, die es ständig Winter aber niemals Weihnachten werden ließ. Ich sah, wie sie mit der Peitsche knallte und schrie: »Schneller, schneller, du Dummkopf!«

In diesem Moment meldete sich auch meine zickige Schwester wieder zu Wort. »Das geschieht dir ganz recht, wenn sie dich erwischt«, sagte sie selbstgefällig. »Du bist dabei, eine richtig blöde Kuh zu werden!«

Manchmal hasste ich sie wirklich. »Ich schulde ihm schließlich noch ein Essen, oder etwa nicht? Immerhin hab ich seinen Anzug ruiniert! Und die dreißig Pfund hab ich ihm auch noch nicht zurückgegeben!«

»Wie praktisch!«

»Es geht doch nur um einen einzigen Abend! Ich will ihn ihr schließlich nicht ausspannen!«

An dieser Stelle muss ich allerdings gestehen, dass es keine zwanzig Minuten dauerte, bis ich jegliches Schuldgefühl in Wein, Schwärmen von Schmetterlingen und paradiesischem Marzipan ertränkt hatte. Honig und Rosenwasser, Räucherstäbchen und John: Ich hätte schon eine Heilige sein müssen, um so einer Mischung zu widerstehen, und Heiligenscheine haben mir noch nie besonders gut gestanden. Weil ich mich nicht entscheiden konnte, ob ich nun frische Mangoscheiben oder Baklava zum Nachtisch bestellen sollte, sagte John: »Warum nehmen wir nicht beides und machen halbe-halbe?«

Wunderbar. Denn Süßigkeiten von fremden Tellern zu naschen, hat wirklich was Intimes. Inzwischen unterhielten wir uns gerade darüber, wie ich Sally kennen gelernt und Englisch als Fremdsprache unterrichtet hatte.

»Wenn du ständig Fernweh hast – warum unterrichtest du dann nicht wieder?«, fragte er, während ich etwas von der Baklava auf seinem Teller naschte. Sie schmeckte wie geschroteter Weizen, der in etwas Rosenwassersirup eingeweicht worden war.

»Irgendwann hängt es einem einfach zum Hals heraus. Als ich eines Tages zum vierhundertsten Mal das Gerundium erklärt hab, fand ich, es wäre an der Zeit, mal was anderes zu machen.«

Er spießte ein Stück von meiner Mango auf. Ich hätte nur die Mangoscheiben bestellen sollen, die Baklava war mir eindeutig zu klebrig. Er sah mich direkt an. »Wenn ich dir was verrate – versprichst du dann, mich nicht zu schlagen?«

O Gott, dachte ich. *Jetzt beichtet er mir das mit Nina.*

Aber sein Blick sog sich an meinem Mund fest, und ich änderte meine Meinung. Er würde irgendwas absolut Unanständiges sagen, wie: »Lass uns so schnell wie möglich abhauen. Wenn ich dich nicht bald küssen darf, brennen bei mir sämtliche Sicherungen durch.«

Beim bloßen Gedanken daran wurde mir schon ganz heiß und schwindelig.

»Dann schieß los.«

»Du hast da einen Krümel Baklava im Mundwinkel.«

So viel zu meiner emotionalen Verfassung. »Wirklich?«, fragte ich unsicher. »Wo denn?«

»Halt still ...« Mit dem Finger entfernte er den Krümel sanft aus meinem Mundwinkel, der an seiner Fingerspitze kleben blieb. »Ablecken!«, sagte er in einem freundlichen Befehlston.

Wie hypnotisiert öffnete ich den Mund, berührte mit der Zungenspitze seinen Finger und leckte den Krümel ab. Währenddessen ließ er mich keine Sekunde aus den Augen.

Etwas Erotischeres kann ich mir kaum vorstellen. Ehrlich gesagt, hatte ich schon Angst, gleich käme jemand vom Personal vorbei und würde sagen, wackelige Knie seien hier nicht erlaubt: Das wetze die Polster zu sehr ab.

Doch dann unterhielten wir uns ganz normal weiter. Als fünf Minuten später die kleinen türkischen Mokkatässchen serviert wurden, warf er einen Blick auf seine Uhr. »Es ist noch relativ früh. Hast du Lust, noch irgendwo hinzugehen?«

Ich hatte schon mit so etwas gerechnet, trotzdem begann ein unaussprechlicher Körperteil heftig zu pulsieren. »Zum Beispiel?«, fragte ich leichthin.

»Wie wär's mit einer Kino-Spätvorstellung?«

Ehrlich gesagt, hatte ich da an etwas anderes gedacht. Wenn überhaupt, dann an ein nettes kleines Lokal, in dem sie *Help me through the night* spielen, während man auf einer winzigen, hochromantischen Tanzfläche miteinander verschmilzt, um dann in ein Taxi zu sinken und sich gegenseitig aufzufressen, bis man sich schließlich irgendwo befindet, wo man wirklich miteinander verschmelzen darf.

Doch auch Kinos haben so ihre Vorteile. »Ja, gute Idee«, sagte ich und stellte mir vor, wie ich mich in einem kleinen Filmkunsttheater an ihn schmiegen und so tun würde, als wäre ich völlig in das tiefsinnige, unterschwellig sexuelle Geschehen auf der Leinwand vertieft, während die Atmosphäre immer erotischer wurde – die Ruhe vor dem großen Sturm. Dummerweise war Sonntagabend, und so würden wir mit Filmen wie *The Blair-Witch-Project II* vorlieb nehmen müssen, anstatt uns *Le Plot Noir avec Soupons de Hanky-Panky Dangereusement Erotiques* anzuschauen. Andererseits war *The Blair-Witch-Project* genau der richtige Film, um völlig verängstigt nach seiner Hand zu greifen und sich ganz eng an ihn zu schmiegen. »Hast du schon eine Idee, was wir uns ansehen könnten?«

»Das Sonntagabendprogramm bietet keine große Auswahl. Was hast du schon gesehen?«

Da brauchte ich nicht lange nachzudenken. »Ich war schon seit Monaten nicht mehr im Kino. Wenn, dann hab ich mir ein Video ausgeliehen. Und du?«

»Ich auch nicht. Am besten, wir gehen in eines von diesen Multiplex-Kinos im Westend.«

»Wie wär's mit dem Trocadero?« Die Idee mit den Angst einflößenden *Blair Witches* gefiel mir immer besser. Ich wusste, dass der Film im Trocadero lief, weil Frida ihn dort gesehen hatte.

»Das Kino in der Nähe vom Piccadilly Circus?«

»Genau das.« Ich versuchte, Blickkontakt mit einem der Kellner herzustellen, aber die schienen mich partout ignorieren zu wollen. Nach so viel Flüssigkeitszufuhr musste ich dringend auf die Toilette. Selbst eine noch so erotisch aufgeladene Atmosphäre kann im Nu verpuffen, wenn man bloß noch aufs Klo will.

Natürlich warf ich kurz einen prüfenden Blick in den Spiegel. Meine Wangen waren leicht gerötet, was mir gut zu Gesicht stand und meine derzeitige Verfassung exakt wiedergab. Ich fühlte mich ein wenig beschwipst, dachte ausnahmsweise mal nur an mich selbst und genoss es rückhaltlos.

Plötzlich fiel mir Sally wieder ein. Ich bekam ein schlechtes Gewissen, weil ich ihr unterstellt hatte, mit Rosie über mich zu tratschen. Doch noch mehr tat mir Leid, dass ich mich überhaupt mit ihr gestritten hatte. Sie hatte auch so schon genug um die Ohren, und ich hätte etwas mehr Geduld mit ihr haben müssen. Eine kurze Entschuldigung war da nicht unangebracht, und so rief ich kurz zu Hause an.

Ich ließ es stundenlang klingeln, doch niemand ging dran. Um die Zeit konnte sie unmöglich schon im Bett sein, aber vielleicht war sie gerade im Bad. Nachdem ich zur Toilette gegangen war, brachte ich meine Frisur in Ordnung und sprühte mir einen Hauch Jean Paul Gaultier ins Dekolleté – wenn ich denn eines besessen hätte. Dann zog ich mir die Lippen nach und tupfte sie so gekonnt ab, dass sie völlig natürlich wirkten. Anschließend versuchte ich erneut, Sally zu erreichen.

Diesmal ließ ich es noch länger klingeln. Wieder ging niemand dran. Doch wenn sie in der Badewanne saß, war es nicht sehr wahrscheinlich, dass sie herauskletterte, sich in ein Handtuch wickelte und die Treppe heruntereilte. An einem so kalten Wintertag wie heute konnten Treppenabsatz und Geländer zu lebensbedrohlichen Unterkühlungen führen.

Bevor ich zu John zurückkehrte, blieb ich kurz beim Oberkellner stehen. Praktischerweise konnte man die Stelle von unserem Tisch aus nicht einsehen. Wenn ich jetzt gleich bezahlte, konnten wir uns die leidige Diskussion ums Zahlen à la: »Nein, lass mich das bitte übernehmen« sparen. Trotz unserer Vereinbarung hatte ich so das Gefühl, es könnte ihm peinlich werden, wenn es so weit war.

»Kann ich bitte die Rechnung haben?«, fragte ich und zückte meine Kreditkarte. »Tisch Nummer vierzehn.«

Der Kellner sah mich unsicher an, so als hätte ich gegen irgendeine merkwürdige Etikette verstoßen. »Wenn Madame bitte an ihren Tisch zurückkehren wollen ...«

»Ich würde lieber hier bezahlen, falls Sie nichts dagegen haben.«

So wie er mich ansah, hätte man meinen können, das Ausstellen einer Rechnung sei ein Entlassungsgrund. Plötzlich hellte sich seine Miene auf. Er blickte über meine Schulter, um dem herbeieilenden Vorgesetzten irgendetwas auf Arabisch zu sagen, woraufhin dieser ein professionelles Lächeln aufsetzte. »Sein nicht nötig, Madame.« Er breitete großzügig die Arme aus. »Heute sein gratis!«

»Gratis?« Ich starrte ihn mit offenem Mund an. »Seit wann teilt ein Londoner Restaurant gratis Essen aus? Sind wir Ihr fünftausendster Kunde seit der Eröffnung, oder was?«

»Sein spezial, Madame«, strahlte er. »Nur für Sie.«

Endlich fiel bei mir der Groschen. »Mit anderen Worten, er hat schon bezahlt?«

Etwas an meiner Mimik oder meiner Gesichtsfarbe oder beides machte ihnen klar, dass ich darüber alles andere als begeistert war. Der Oberkellner schenkte mir ein entschuldigendes Lächeln und zuckte beinahe nonchalant die Achseln, so als wollte er sagen: »Was hätte ich denn machen sollen?«

Na ja, der Ärmste konnte schließlich nichts dafür. »Da kann ich wohl nichts machen, was?«

Und ob ich konnte. Wenn er dachte, er könnte mich austricksen, dann würde ich ihn eben mit seinen eigenen Mitteln schlagen. Ich war genau in der Stimmung für ein paar pikante kleine Spielchen: Das macht ein Rendezvous nur noch reizvoller.

Abgesehen davon geschah ihm das nur recht.

Ich hatte mir eine geniale Strategie zurechtgelegt und ging an unseren Tisch zurück.

»Tut mir Leid, dass es so lange gedauert hat«, sagte ich strahlend. »Ich hab versucht, Sally anzurufen. Wir haben uns kurz gestritten, bevor ich herkam, und ich wollte mich bei ihr entschuldigen. Aber jetzt geht niemand dran.«

»Vielleicht ist sie ausgegangen?«, schlug er vor.

»Mit dem Baby? Wohl kaum. Vielleicht sitzt sie in der Badewanne.« Doch fürs Erste ließ ich Sally Sally sein. »Ich werd's auf dem Weg zum Kino noch mal probieren.« Ich setzte ein erwartungsvolles Lächeln auf.

»Wollen wir gehen?«

Mir entging nicht, dass er kurz zusammenzuckte. »Gut, wenn du so weit bist …«

»Wenn *du* so weit bist, ja. Ach ja, die *Rechnung.*« Ich tat so, als würde mir das gerade erst einfallen. »Ich hab schon bezahlt, dahinten, beim Oberkellner.«

Mit einem verschwörerischen Lächeln fuhr ich fort: »Ich dachte, ich bring das besser gleich hinter mich. Ich glaube zwar nicht, dass du auch so bist, aber es gibt Männer, die sind unglaublich altmodisch, wenn's ums Bezahlen geht.«

Ich wusste genau, was ihm jetzt durch den Kopf ging, nämlich: *Was geht hier eigentlich vor?* Stattdessen sagte er: »Warte kurz zwei Minuten – ich muss noch mal wohin ...«

Ich gab ihm genau dreißig Sekunden Vorsprung. Ich wollte schließlich nicht, dass hier jemand unverdientermaßen als Betrüger hingestellt wurde. Beim Oberkellner klang er schon ziemlich aufgebracht, auch wenn er sich bemühte, ruhig und gefasst zu wirken. »Ja, ich *weiß*, dass ich bezahlt habe, aber irgendeiner Ihrer Angestellten muss ziemlich geschlafen haben –«

Ich fand, das musste reichen, und tippte ihm auf die Schulter. »Ein eigenartiger Ort, um aufs Klo zu gehen.«

Es dauerte den Bruchteil einer Nanosekunde, bis er begriff. Dann schloss er kurz die Augen. Verdammter Mist, wird er sich wohl gedacht haben.

Dabei sah ich gar nicht ihn an, sondern den schikanierten Kellner und schenkte ihm mein strahlendstes Lächeln. »Tut mir wirklich Leid, aber es gab da ein Missverständnis. Einen schönen Abend noch.«

Mittlerweile bot John den erhebenden Anblick eines Mannes, der begriffen hat, dass er an der Nase herumgeführt wurde.

»Bist du *jetzt* so weit?«, fragte ich zuckersüß.

Er schwieg, bis sich die Tür hinter uns geschlossen hatte.

»Okay, okay, es tut mir Leid«, sagte er und hob schützend die Hände, als müsste er sich einer Attacke mit meiner Handtasche erwehren.

Normalerweise hätte ich es dabei belassen. Ich bin einfach nicht der Typ, der Grundsatzdiskussionen führt, wenn ein Mann, der es sich durchaus leisten kann, darauf besteht, die Rechnung zu übernehmen. Stattdessen falle ich angesichts von Rechnungen eher in Ohnmacht. Doch weil er eine Grundsatzdiskussion zu erwarten schien, wollte ich ihn nur ungern enttäuschen. »Ist dir eigentlich klar, wie blöd ich mir vorgekommen bin? ›Heute sein alles gratis‹ – war das etwa deine Idee?«

»Das hat er zu dir gesagt?« Er grinste bis über beide Ohren, woraufhin ich ihm am liebsten eins mit der Handtasche übergebraten hätte. »Ist ja gut, es tut mir Leid«, sagte er, als er mein Gesicht sah.

»Wir hatten eine Abmachung!« Oder etwa nicht?

Ein Paar musterte uns neugierig im Vorübergehen, aber wir ignorierten das. »Okay, okay, dann bin ich eben einer von diesen altmodischen Kerlen, die auf's Bezahlen bestehen«, sagte er. »Wenn dich das wirklich so aufregt, kannst du mir das Geld ja zurückgeben.«

»So viel Bargeld trage ich normalerweise nicht mit mir herum!«

»Dann stell mir eben einen Scheck aus. Hör zu, lass uns im Taxi weiterstreiten. Es ist eiskalt hier draußen!«

Das konnte man wohl sagen. Ein Sturm war aufgekommen, der geradewegs aus Sibirien zu kommen schien. Mein Mantel war eher was fürs Auge und weniger was zum Warmhalten. Aber er war immer noch besser als seiner, den er anscheinend zu Hause gelassen hatte. »Ich hab mein Scheckbuch nicht dabei. Das nehme ich so gut wie nie mit.«

»Dann zahlst du eben das nächste Mal. Dann werd ich auch spuren, Ehrenwort!«

»Wer sagt denn, dass es überhaupt ein nächstes Mal geben wird?« Ehrlich gesagt, genoss ich dieses Wortgeplänkel sehr. Ich wollte sogar noch einen Schritt weitergehen. Je mehr ich mich zierte, desto schöner würde es, wenn ich mich dann schließlich doch noch ergab. Ich seh mir nicht umsonst lauter Tierfilme im Fernsehen an, mit pampigen Känguru-Weibchen, die die Annäherungsversuche von Mr. Känguru geschickt abwehren, um zu sehen, ob der Kerl auch über genügend Mumm und Ausdauer verfügt.

Aus diesem Grund marschierte ich energisch in Richtung U-Bahn. Bis zur nächsten Station waren es gut fünf Minuten Fußweg – meine wütende Gangart und die Eiseskälte bereits mit eingerechnet. Ich gebe gern zu, dass ich fest damit rechnete, er würde mir hinterherlaufen. Denn Waschlappen-Kängurus erkenne ich schon von weitem.

Er hielt beherzt mit mir Schritt. »Es hat angefangen zu regnen, falls dir das noch nicht aufgefallen ist.«

»Das ist kein Regen. Das ist Eisregen.« Und schon platschten dicke, nasse Tropfen auf meine fünfzehnprozentige Kaschmirmischung.

»Ganz genau«, sagte er betont fröhlich. »Gott sei Dank hab ich keinen Mantel mitgenommen – so auf Tuchfühlung mit den Naturgewalten bin ich schon seit Wochen nicht mehr gegangen.«

Wir liefen an Weihnachtsauslagen mit blinkenden Lichterketten vorbei. »Wohin willst du eigentlich, wenn ich fragen darf?«, sagte er.

»Zur U-Bahn – was hast du denn gedacht?«

»Den ganzen Weg bis Piccadilly Circus? Willst du nicht lieber im Taxi weiterschmollen?«

»Das nennst du schmollen? Wart ab, bis du mich mal richtig pampig erlebt hast. Und wer sagt denn, dass ich zum Piccadilly Circus will?«

»Du. Und zwar bevor du beschlossen hast, dass ich ein sexistischer Mistkerl bin, dem man mal gehörig die Meinung sagen muss.«

»Das hast aber jetzt du gesagt.« Er machte sich ganz ausgezeichnet als Mr. Känguru – Mutter Natur wäre stolz auf ihn. Der Eisregen wurde heftiger und eisiger – genau das Wetter, bei dem ich mich regelmäßig frage, warum ich nicht doch irgendwo in der Sonne sitze und englische Grammatik unterrichte.

»Findest du nicht, du übertreibst ein wenig?«, fragte er, als ich weitermarschierte wie ein Rekrut im Manöver.

»Kommt ganz drauf an, was du unter ›übertreiben‹ verstehst.«

Ich war stolz auf mich: Schlagfertig und intelligent und alles andere als eine langweilige Durchschnittsengländerin.

»Mir ist zu kalt für einen Schlagabtausch«, sagte er. »Mehr als zwei Silben bring ich bei dieser Eiseskälte sowieso nicht raus. Aber vielleicht bring ich gerade noch ein ›Hau ab!‹ zustande.«

So weit wollte ich es dann doch nicht kommen lassen. »Das sind lauter einsilbige Wörter!« Ich verließ den Bürgersteig, um einer Gruppe von Thirtysomethings auszuweichen, die gerade aus einem italienischen Restaurant strömten und aussahen, als kämen sie von einer ausgelassenen Weihnachtsfeier. Ich trat in eine eiskalte Pfütze im Rinnstein und fluchte zweisilbig.

»Fühlt sich gut an, was?«, fragte er fünf Meter weiter.

»Was hast du gesagt?« Mein Atem machte Wölkchen, die aussahen wie Trockeneis.

»Du hast Wasser in den Schuhen. Ich höre es schmatzen.«

Allerdings. Abgesehen davon, dass mir jetzt auch kalt wurde, war es Zeit, mich zu ergeben. Außerdem wollte ich Sally noch mal anrufen. Ich stellte mich vor einem Laden unter und holte mein Handy heraus.

»Falls du gerade vor hast, deine Freundin anzurufen«, sagte er, »dann lass dir gesagt sein, dass Handys im Inneren eines Taxis wesentlich besser funktionieren. Vor allem dann, wenn der gewünschte Gesprächsteilnehmer gerade in der Badewanne sitzt.«

Ich biss mir auf die Unterlippe und wollte gerade sagen: »John, ich hab doch bloß Spaß gemacht«, als er meinte: »Hör zu, können wir uns wieder vertragen?«

Und ich hatte schon befürchtet, er würde niemals fragen.

»Hau mir eine runter, wenn's dir dann besser geht.« Er neigte den Kopf und hielt mir einladend die linke Wange hin. »Los, mach schon, bevor ich's mir anders überlege.«

Ich musste lachen. »Das wird wehtun.«

»Das ist doch Sinn der Übung, oder etwa nicht?«

»Das wird *mir* wehtun, meine ich. Ich hab das schon mal ausprobiert, und es hat höllisch wehgetan.«

Seine Mundwinkel zuckten auf eine Weise, dass einem ganz

schwindelig davon wurde. Außerdem muss ich sagen, dass es nicht gerade oft vorkommt, dass ein Kerl auf mich herunterschaut. Nicht, wenn ich sechs Zentimeter hohe Absätze trage. Ich wünschte mir, er würde etwas näher rücken, aber er sagte nur: »Bleib, wo du bist, ich entführ uns ein Taxi.«

Nun, erst die Arbeit, dann das Vergnügen. Als ich ihn da am Bordstein stehen sah und zuschauen musste, wie er immer nasser und nasser wurde, war ich schon drauf und dran, ihm Gesellschaft zu leisten, anstatt brav im Trockenen zu warten wie so ein Zuckerpüppchen, das ich ohnehin nie gewesen bin.

Aber was soll's! Man kann's auch übertreiben mit der Gleichberechtigung, vor allem bei so einem Wetter. Ich wollte es gerade noch mal bei Sally versuchen, als er »Harriet!« rief.

Es ist schon verblüffend, wie paradiesisch ein ganz ordinäres Taxi sein kann. Unter den gegebenen Umständen hatte ich mit einer Wartezeit von mindestens zehn Minuten gerechnet. Als er schließlich neben mir auf dem Rücksitz Platz nahm, warf ich einen mitleidigen Blick auf seine Hose, auf der immer noch Schneeflocken schmolzen. »Tut mir Leid, ich wollte nicht, dass du so nass wirst.«

»Und ob du das wolltest. Du bist eine herzlose, kaltblütige Frau.«

Sein betont vorwurfsvoller Ton brachte mich zum Lachen. »Das soll dir eine Lehre sein, Abmachungen in Zukunft einzuhalten.«

Er schnippte eine Flocke von seinen verdächtig muskulös wirkenden Oberschenkeln. »Wenn du nicht so lange auf dem Klo gebraucht hättest, wäre ich gar nicht erst in Versuchung geraten.«

»Wenn Sally abgenommen hätte, wäre ich auch nicht so lange weg gewesen.«

Er machte wieder so eine wunderbar neckische Bemerkung: »Als Scheherazade hättest du bestimmt nicht lange durchgehalten. Man hätte dich schon nach zehn Minuten in den Bosporus geworfen, in einem Sack mit der Aufschrift ›Vorsicht – bissige Konkubine!‹.«

»Egal, Konkubine war noch nie mein Traumberuf.«

Er ignorierte meinen Einwand. »Und als ich neulich angerufen habe, klangst du auch so, als würdest du einem am liebsten gleich den Kopf abreißen.«

»Ich hab dir doch erzählt, dass ich einen Scheißtag hinter mir hatte.«

»Tut mir Leid.« So sanft wie seine Stimme war auch die Geste, mit der er meine Hand nahm und kurz drückte.

Wie eine solche Geste eine gestandene Vierundzwanzigjährige in eine ungeküsste Vierzehnjährige mit weichen Knien verwandeln kann, gehört zu den letzten ungelösten Rätseln der Menschheit.

Er ließ meine Hand gar nicht mehr los.

»Du hast kalte Hände«, sagte er.

»Du nicht.«

»Da muss schon mehr kommen als so ein bisschen Schneeregen, um mein Thermostat durcheinander zu bringen.«

Selbst im Halbdunkel konnte ich seine Augen sehen. »Umso besser«, sagte ich mit schwacher Stimme. »Ich will schließlich nicht, dass du dir eine Erkältung holst.«

»Ich glaube nicht, dass es dazu kommen wird.«

Ein Blick in seine Augen und eine klitzekleine Streicheleinheit seines Daumens auf meinem Handrücken genügten, um meine Schmetterlinge wieder in Aufruhr zu versetzen. Im Grunde hatten wir einen Eintrag ins Guinness-Buch der Rekorde verdient, so viele davon schwirrten auf dem Rücksitz dieses Londoner Taxis umher. Wilde Fantasien, die ich an dieser Stelle nicht weiter ausführen möchte, schossen mir im Zeitraffertempo durch den Kopf.

Bei seinen nächsten Worten klang seine Stimme irgendwie anders. Rau und doch gleichzeitig weich, so wie ein alter Shetlandpulli.

»Falls du deine Freundin erreichen willst, solltest du es jetzt noch mal versuchen.«

Erst die Arbeit, dann das Vergnügen.

»O Gott, stimmt, das hätte ich jetzt fast vergessen...« Während ich in meiner Tasche nach dem Handy suchte, fragte ich mich, ob man mein wild pochendes Herz wohl auf der Mile End Road in Putney hören konnte. »Es ist nicht anzunehmen, dass sie sich immer noch im Billig-Schaumbad rekelt.«

Ich ließ es eine halbe Ewigkeit klingeln, aber auch diesmal nahm niemand ab.

»Vielleicht schläft sie schon?«, schlug er vor.

»So früh geht Sally nie ins Bett. Oft ist sie viel zu kaputt, um sich noch die Treppe hochzuschleppen und schläft vor dem Fernseher ein.«

»Wahrscheinlich hört sie das Telefon deswegen nicht.«

Ein netter Erklärungsversuch, aber dieses Schrillen war unmöglich zu überhören. Da Sally jeden Pfennig einzeln umdrehen musste, besaß sie kein Handy. Das Klingeln musste also vom normalen Telefon herrühren, und das hing in der Küche an der Wand, direkt neben dem Küchensofa, auf dem sie einzuschlafen pflegte. Außerdem achtete sie immer auf das Babyfon.

Aber ich behielt meine Gedanken für mich. Plötzlich war ich ganz nervös. Sally war allein zu Hause. Was, wenn sie eine Riesendummheit begangen hatte? Was, wenn sie mit nassen Händen den Lichtschalter betätigt hatte, weil sie so müde war, dass sie keinen klaren Gedanken mehr fassen konnte? Unsere Elektrik war alles andere als unbedenklich. Der letzte Elektriker hatte vermutet, dass die Leitungen völlig überlastet waren: »Tja, Schätzchen, damals, während der Burenkriege, ließen sie den Fernseher, die Waschmaschine und den Mikrowellenherd eben noch nicht alle auf einmal laufen.«

Und dann war da noch dieser Falten werfende Treppenläufer. Ein Läufer, der gut und gern auf die Bronzezeit zurückging. Warum hatte ich mir verdammt noch mal nie die Mühe gemacht, ihn in Ordnung zu bringen?

Als Nächstes rief ich Jacko an. Wahrscheinlich saß er in irgendeinem Pub um die Ecke – er könnte kurz nach Hause gehen und nach ihr sehen.

Doch sein blödes Handy war ausgeschaltet.

Ich kam mir schon vor wie meine Mutter, die immer gleich eine

Katastrophe wittert, wenn ich mal nicht ans Telefon gehe. Ich sah aus dem Fenster. Wir hatten gerade den Fluss erreicht, Chelsea Embankment. Die Lichter der Albert Bridge spiegelten sich in der Themse. Aber ansonsten war es stockdunkel und eiskalt. Der Schneeregen hatte immer noch nicht nachgelassen. Der Frühling lag in unvorstellbar weiter Ferne. »Sieh dir das bloß mal an«, sagte ich. »Eigentlich sollte ich jetzt am Great-Barrier-Riff tauchen und den Haien Guten Tag sagen.«

»Hast du keine Angst vor Haien?«

»O doch, natürlich. Das erste Mal war ich wie gelähmt vor Schreck, doch dann gewöhnt man sich daran. Immer, wenn man gerade denkt: ›Das ist die schönste Koralle, die ich je gesehen habe‹, einen leuchtend blauen Seestern betrachtet oder ein Schwarm Fische in allen Regenbogenfarben vor der Taucherbrille an einem vorbeischwimmt, kommt irgendwas aus der Tiefe hochgeschossen.«

»Wie heißt es noch gleich? In jedem Paradies lauert eine Schlange.«

»Ja. Außer man fährt in so ein künstliches Paradies wie Disneyland.«

Trotzdem, es wäre mir lieber gewesen, er hätte das nicht gesagt. Nicht jetzt, wo ich mir solche Sorgen um Sally machte. Die rosa Wolke, auf der ich gerade noch geschwebt hatte, schien sich einfach so in Luft auflösen zu wollen. Plötzlich war ich mir gar nicht mehr so sicher, ob ich dieses Paradies überhaupt noch wollte. Nicht, wenn überall der Wurm drin war und einem ständig falsche Nina-Schlangen über den Weg kriechen konnten. Falls er vorhatte, diese Sorte Schlange aus dem Paradies zu vertreiben – bitte sehr. Aber noch hatte er sie nicht vertrieben. Und ich? Was für eine falsche Schlange war eigentlich aus mir geworden? Ich war ein nettes Mädchen, verdammt noch mal. Das hier war so *gar nicht* meine Art.

Trotzdem, was war an einem Kinobesuch schon groß auszusetzen? Was war dagegen einzuwenden, sich *The Blair-Witch-Project* anzusehen und dabei Popcorn zu knabbern? Alles Weitere konnte ich schließlich problemlos im Keim ersticken, auch wenn er mir dazu bisher bedauerlich wenig Anlass gegeben hatte. Vielleicht würde ich mir einen winzigen Kuss von der Sorte gönnen, bei der sich einem die Zehennägel aufrollen. Ich hatte mir weiß Gott eine kleine Belohnung verdient.

Als wir den Parliament Square erreichten, versuchte ich es noch mal bei Sally.

Immer noch ohne Erfolg.

Doch plötzlich hörte ich ihre Stimme. Sie ging mir einfach nicht mehr aus dem Kopf:

»Vergiss es! Was kümmert es dich, wie's ihm geht!«

O Gott, dachte ich. Tom.

FÜNF

Die diffusen Sorgen, die ich mir vorher gemacht hatte, waren nichts dagegen. Auf einmal lief es mir eiskalt den Rücken herunter. Ich hab Sallys Baby-Ratgeber nämlich alle gelesen. Damit ich Bescheid weiß, wenn sie mir was von einer »Dreimonatskolik« erzählt.

An eine Kolik dachte ich jetzt allerdings weniger. »*... Atemwegsinfektionen ... die drohende Gefahr einer Lungenentzündung ... Säuglinge können ihr bereits innerhalb weniger Stunden erliegen ...*«

»Dem Baby ging's nicht gut«, sagte ich und bekam plötzlich einen ganz trockenen Mund. »Sie hat gesagt, dass sich Tom nicht wohl fühlt, aber ich dachte, das liegt am Zahnen. Was, wenn sich sein Zustand verschlechtert hat? Was, wenn sie mit ihm ins Krankenhaus musste?«

»Dann hätte sie dich doch bestimmt angerufen?«

»Mein Handy war ausgeschaltet!«

Warum hatte ich es bloß ausgemacht? Warum war ich überhaupt ausgegangen, wo sie sich solche Sorgen machte? »Sie fährt mit ihm dauernd Bus, wo alles um sie herum hustet und prustet. Außerdem geht gerade eine ziemlich üble Grippe um. Die Hälfte meiner Kollegen liegt flach.«

Ein paar Meter weiter fasste ich einen Entschluss. »Du, es tut mir wirklich Leid, aber ich muss nach Hause.« Ohne seine Antwort abzuwarten, klopfte ich an die Trennscheibe. »Vergessen Sie den Piccadilly Circus – können Sie stattdessen nach Putney fahren?«

»Tut mir Leid«, sagte ich zu John, »aber im Moment ist mir einfach nicht nach Kino zumute.«

»Das ist schon in Ordnung, Harriet.«

Nichts war in Ordnung. Während der Fahrer auf der Stelle kehrtmachte, ließ ich mir Sallys Worte noch mal durch den Kopf gehen. Ich hatte ein unglaublich schlechtes Gewissen. Nicht einmal richtig zugehört hatte ich ihr. Ich war mit meinen Gedanken völlig woanders gewesen.

Tom war schon länger etwas angeschlagen. Wenn ihn jetzt noch die Grippe erwischt hatte ... Ich bin kein Fan von diesen Krankenhausserien, aber plötzlich sah ich nur noch diese Bilder vor mir: Brutkästen, Beatmungsgeräte. Und als Nächstes die Schlagzeilen, die die unhaltbaren Zustände in den Krankenhäusern anprangerten, betonten, dass ältere Menschen und Babys besonders grippeanfällig waren. ... »*Eine ganz besonders heimtückische Epidemie ...*«

Während sich das Taxi durch den Verkehr quälte, war ich wie gelähmt vor Angst und blickte stur geradeaus. Offensichtlich spürte John, wie angespannt ich war. Er schwieg, was ich sehr begrüßte. Beruhigende Belanglosigkeiten hätten mich nur noch aggressiver gemacht.

Bei der vierten roten Ampel sagte ich: »Hör zu, warum steigst du nicht aus und nimmst dir ein anderes Taxi?«

»Ich bleib sitzen und lass mich dann nach Hause fahren.«

Natürlich. Kein Wunder, dass er keine Lust hatte, sich draußen einen abzufrieren.

Die nächsten Kilometer sagte keiner von uns ein Wort. Je angespannter ich wurde, desto mehr wünschte ich mir, er *würde* etwas sagen. Irgendwas Dämliches, wie: »Beruhige dich, es ist ihm bestimmt nichts passiert«, damit ich ihn angiften könnte.

»Wenn sie wirklich mit ihm ins Krankenhaus musste, in welches wird sie ihn wohl gebracht haben?«, fragte er plötzlich.

Doch das passte mir genauso wenig.

»Na, ich nehme an, in das, wo sie ihn auch zur Welt gebracht hat, oder?«

Ich giftete ihn nicht an, stand aber kurz davor. Seine Worte beschworen erst recht Bilder von Sauerstoffmasken, hin und her eilenden Schwestern und einer bleichen Sally herauf, die auf einem Krankenhausflur wartete. Und das war alles seine Schuld, verdammt noch mal. Wenn er nicht gewesen wäre, hätte ich ein offenes Ohr für Sallys Probleme gehabt. Warum hatte er sich bei unserer ersten Verabredung nicht betrunken, mich angelechzt und mit seinen schwitzigen Händen begrapscht, so dass ich sofort genug von ihm gehabt hätte?

Ich versuchte es noch mal bei Sally, obwohl ich bereits ahnte, dass sie nicht abheben würde. Sie hob nicht ab.

Ich befürchtete schon das Schlimmste und starrte abwesend auf die Fahrbahn. Jetzt waren es nur noch 500 Meter bis nach Hause. Ich sah schon den Zettel auf dem Küchentisch liegen, auf den sie hastig gekritzelt hatte: »*Bin im St. Mary's – Tom hatte plötzlich so eine merkwürdige Gesichtsfarbe ...*«

Als Nächstes fiel mein Blick auf das Taxameter, das sekündlich weiterratterte. O Gott! Ich konnte unmöglich zulassen, dass er das auch noch bezahlte, geschweige denn die restliche Fahrt zu sich nach Hause – wo immer das auch sein mochte. Ich wühlte in meinem Geldbeutel und kramte 25 Pfund hervor – mein letztes Geld – und warf sie ihm in den Schoß. »Hier, für das Taxi.«

»Harriet, das ist wirklich nicht –«

»Nimm das Geld! Schließlich wollte ich eigentlich das Essen zahlen. Hast du damit ein Problem, oder warum willst du ständig bezahlen?«

Er warf mir einen prüfenden Blick zu, bevor er das Geld einsteckte. »Ich hab noch nie drüber nachgedacht, aber wahrscheinlich hast du Recht.«

Seine trockene, gelassene Bemerkung machte mir nur ein ganz schlechtes Gewissen. »Hör zu, es tut mir Leid.«

»Mir auch.«

Was denn?, dachte ich. Dass er bezahlt hatte? Oder dass er mit so einer Zimtzicke im Taxi saß?

Wir waren so gut wie am Ziel. Ich beugte mich vor, klopfte gegen die Trennscheibe, und der Fahrer schob sie auf. »Die nächste rechts und dann die zweite links«, wies ich ihn mit trockenem Mund an.

Dreißig Sekunden später rutschte ich nervös auf dem Rücksitz hin und her und fügte hinzu: »Nummer siebenundvierzig, gleich hinter dem Laternenpfahl.«

Als das Taxi hielt und ich hektisch nach meinem Hausschlüssel suchte, fragte John: »Möchtest du, dass ich warte? Falls du weiterfahren musst?«

»Nein danke, ich bin motorisiert. Danke fürs Essen.« Ich öffnete bereits die Wagentür. »Gute Nacht.«

Ich knallte die Wagentür zu und rannte die letzten Meter bis zum Haus, den Schlüssel hatte ich bereits gezückt. Als ich die Tür aufstieß, lag das Haus kalt und verlassen da. »Sally?«, rief ich und hastete in die Küche.

Das Licht war aus. Nur Pissels lag zusammengerollt auf dem Sofa.

Ich raste die Treppen hoch. Das Zimmer von Sally und Tom lag auf der Hausrückseite, direkt neben meinem. Ich riss die Tür auf.

Toms Bettchen war leer. Mir war schlecht.

Ich hätte heulen können – allerdings vor Erleichterung. Sally setzte sich erschrocken auf. »Um Gottes willen, Harriet!«, zischte sie mich leise an. »Du weckst ihn noch auf!«

Tom lag an sie geschmiegt neben ihr. Sie hatte das Kinderbett direkt vors Bett geschoben, damit er nicht herausfallen konnte. Sallys Nachttischlämpchen brannte, ein Buch lag auf der Bettdecke. Die alte Gasheizung war heruntergedreht, das Radio ebenfalls, und eine von Chopins Nocturnes schallte aus dem Lautsprecher.

»Ich hab versucht, dich anzurufen!«, flüsterte ich zurück. »Ich dachte, vielleicht fehlt ihm wirklich was!«

»Nö, aber der Ärmste hat so was von geschrien, dass ich es leid war, ihn die Treppen rauf und runter zu tragen. Da konnte ich mich ebenso gut gleich ins Bett legen. Hoffentlich wird das nicht zur Gewohnheit«, fügte sie hinzu und betrachtete das kleine

Köpfchen neben ihr. »Ich weiß nicht, ob es am Klassiksender liegt oder an der Erschöpfung, aber wie dem auch sei: Die letzten Stunden hat er tief und fest geschlafen.«

Das klingt jetzt vielleicht merkwürdig, aber während der ganzen Heimfahrt hatte ich nur das leere Kinderbett vor mir gesehen. Wir hatten es für einen Appel und ein Ei gebraucht gekauft und Stunden damit zugebracht, es wieder herzurichten. Darüber hing ein Mobile, eines mit Spieluhr und sechs Teddys. Das hatte ich ihm geschenkt.

»Warum bist du denn nicht ans Telefon gegangen? Ich bin schier wahnsinnig geworden vor Angst und dachte schon, du bist mit ihm ins Krankenhaus!«

»Ich war auf dem Klo! Das erste Mal zumindest, und als ich endlich fertig war, hatte es aufgehört zu klingeln. Als es dann noch mal geklingelt hat, war ich einfach zu faul, aus dem Bett zu steigen.«

»Ich hab vier Mal angerufen!«

»Ich hab es nicht mehr läuten hören! Wahrscheinlich war ich längst eingeschlafen.«

Bei geschlossener Tür und laufendem Radio hatte sie wahrscheinlich wirklich nichts gehört. Diese Häuser haben Mauern wie Normannenschlösser. Im Erdgeschoss könnte ein Serienmörder sein Unwesen treiben, und man würde nichts mitbekommen.

»Bis du hier reinplatzen musstest und mich geweckt hast. Ehrlich, da gehe ich *einmal* früh ins Bett ...«

Plötzlich änderte sich ihre Miene. »Du bist doch nicht extra wegen Tom zurückgekommen?«

»Natürlich bin ich das! Ich hab mir Sorgen gemacht!«

»Ich hoffe, Andy war nicht sauer.«

Ich musste ihr einfach die Wahrheit sagen. »Ich hab mich nicht mit Andy getroffen.«

Ihr Gesicht sprach Bände: »*Hab ich's doch gewusst!* Warum hast du mir, verdammt noch mal, nichts davon erzählt?«

»Du hättest mich sowieso bloß fertig gemacht. Eigentlich wollte ich mich gar nicht mit ihm treffen, aber ich war dermaßen schlecht drauf, und als er dann am Telefon war…« Ich setzte mich zu ihr aufs Bett und erzählte ihr die ganze Farce von A bis Z.

Immerhin brachte das wieder die alte Sally zum Vorschein. »Harriet, ich bin entsetzt!«, sagte sie mit gespieltem Abscheu. »Dass du dich ihm an den Hals wirfst wie die letzte Schlampe – du bist ja fast so schlimm wie ich.«

Sie spielte auf Steve an. »Nur dass du das Ganze nicht geplant hattest«, hielt ich ihr zugute.

»Das ist doch ein und dasselbe. Sieh's positiv – vielleicht wär er sowieso eine Niete im Bett gewesen. Diese Schönlinge glauben immer, sie brauchen sich gar nicht groß anzustrengen.«

»Aber vielleicht auch nicht, was soll's. Ich glaub, ich wär gleich das erste Mal süchtig geworden. Wie nach einem Schuss Heroin. Wenn es denn überhaupt so weit gekommen wäre. Ich glaube, er ist eher der Typ, der einen erst mal ein paar Nächte zappeln lässt, bevor es so weit ist.«

»Will er dich noch mal anrufen?«

»Du machst wohl Witze. Nachdem ich ihn angegiftet hab wie die letzte Zimtzicke? Aber was soll's. Diese Katz- und Mausspiele sind sowieso nichts für mich. Und neben Hauptgang Nina nur die Beilage zu sein – ich weiß gar nicht, wie ich das ernsthaft in Erwägung ziehen konnte.«

»Du hast wenigstens von Anfang an gewusst, dass du nur die Beilage bist«, erklärte sie. »Aber herauszufinden, dass du bloß die Beilage bist, obwohl du immer gedacht hast, du wärst der Hauptgang – das ist schlimm! Wie dem auch sei, vielleicht ist sie schon morgen aus dem Rennen.«

»Hör zu, lass uns das Thema wechseln, okay?« Die Schmetterlinge in meinem Bauch hatten dafür gesorgt, dass ich das Ganze mittlerweile etwas anders sah. Obwohl eigentlich gar nichts passiert war, wären wir im Taxi beinahe übereinander hergefallen. In meiner Fantasie war das längst geschehen, und ich war mir ziemlich sicher, dass er in dem Moment auch nicht an seinen Lieblingsverein oder die nächste Wageninspektion gedacht hatte. Es kam mir vor, als wären wir uns bereits sehr vertraut – und so war der Gedanke, er könnte über Nina oder sonst wen herfallen, für mich kaum zu ertragen. Selbst wenn sie schon in wenigen Tagen aus dem Rennen wäre: Bei dem Gedanken an ein erotisches Intermezzo platzte ich nur so vor Eifersucht.

Und so fragte ich Sally, was sie Jacko zu Weihnachten schenken würde. Bis Viertel nach elf redeten wir irgendein belangloses Zeug, bis ich schließlich meinte: »Am besten, ich lass dich jetzt schlafen.«

»Ja, aber weil du schuld bist, dass ich überhaupt aufgewacht bin, hätte ich vorher noch gern eine heiße Schokolade ans Bett.«

»Du wirst richtig süchtig nach dem Zeug.«

»Aber bitte mit Sahne!«, rief sie mir hinterher, als ich aus dem Zimmer ging. Ich kam mit zwei randvoll eingeschenkten Bechern zurück. Aber genau in dem Moment, als ich die Tür zukicken wollte, klingelte mein Handy. Es steckte immer noch in meiner Handtasche, die ich achtlos auf Sallys Bett geworfen hatte. Da ich keine Hand frei hatte, ging sie dran.

»Hallo?«, sagte sie, als ich nach einem freien Platz auf ihrem Nachttisch suchte, wo ich die Becher abstellen konnte. Eine Pause entstand. »Nein, hier spricht Sally – Harriet hat gerade keine Hand frei.«

Ich räumte gemächlich *So machen Sie Ihr Kind glücklich* und einen Tiegel Nivea-Creme zur Seite, bis ich registrierte, dass sie wilde Grimassen schnitt. Anscheinend wollte sie mir etwas mitteilen.

»ER IST DRAN!«, formten ihre Lippen.

Kein Wunder, dass ich ein bisschen von der Schokolade verschüttete, aber sie sprach schon wieder in das Handy. »Nein, es geht ihm gut, danke.« (Pause.) »Äh, ja, er hat ein bisschen gequengelt, aber das war auch alles, Gott sei Dank.« (Pause.) »Ja, Harriet hat mir schon erzählt, dass sie sich große Sorgen gemacht hat.« (Pause.) »Ja, wirklich nett von dir, noch mal anzurufen – tut mir Leid, dass ich euch den Abend verdorben habe. Willst du noch mal mit Harriet sprechen?« (Pause.) »Ich dir auch. Gute Nacht.«

Ich war relativ ruhig, als ich das Handy entgegennahm. Ich

klang auch so. »Hallo John. Du hast ja schon gehört: Es war nur ein Sturm im Wasserglas, Gott sei Dank.«

»Da bin ich aber froh«, kam es von ihm. »Entschuldige, dass ich so spät anrufe, aber ich wollte einfach noch mal nachhören.«

»Das ist wirklich lieb von dir. Tut mir Leid, dass ich so davongerast bin, aber ich war einfach nicht mehr in der Stimmung, mit dir im Trocadero Popcorn zu knabbern.«

Er gluckste leise. »Das mit dem Popcorn können wir ja ein andermal nachholen. Soll ich mich in ein paar Tagen wieder melden?«

Nun war es wohl so weit. »Ich glaube, es ist besser, wenn ich dich zurückrufe. Ehrlich gesagt, bin ich die nächsten Wochen sehr beschäftigt. Nicht weil ich so viele Verabredungen hätte, aber ich muss das Haus bald verkaufen. Und bis dahin gibt es noch jede Menge zu erledigen – ich muss neu streichen und alles ein bisschen herrichten, vom Entrümpeln ganz zu schweigen. Du kannst dir gar nicht vorstellen, wie viel Gerümpel es hier gibt, und ich hab noch nicht mal damit angefangen.«

Das Schweigen, das nun folgte, zeigte mir, dass er damit nicht gerechnet hatte. Ich wusste, dass er sich jetzt fragte, wo die Schmetterlinge geblieben waren, aber das Leben ist nun mal hart und ungerecht.

»Wem sagst du das«, sagte er gefasst. »Dann also frohe Weihnachten, falls wir uns vorher nicht mehr sprechen sollten.«

»Dir auch. Viel Spaß mit deinen Stammeskriegern. Und danke für das Abendessen.«

»Es war mir ein Vergnügen. Gute Nacht.«

»Gute Nacht.«

Ich schob das Handy zurück in meine Handtasche. Sally starrte mich mit großen Augen an. »Harriet, ich wusste ja gar nicht, dass du so gut lügen kannst.«

»Aber ich hab doch gar nicht gelogen. Zumindest nicht, was das Entrümpeln angeht.«

»Das war verdammt gut gelogen, so ganz aus dem Stegreif. Und dann hast du noch nicht mal alle Brücken hinter dir abgebrochen. Auch wenn er nach der Abfuhr erst mal in Ohnmacht fallen wird, wenn du dich plötzlich doch noch bei ihm melden solltest. Der kann einem schon fast Leid tun«, setzte sie nach und griff nach ihrem Becher.

»Was soll ich denn jetzt machen? Was, wenn er bloß so ein Schlawiner ist? Er hat mich nicht mal ansatzweise überredet, doch mit ins Kino zu gehen.«

»Hättest du das etwa an seiner Stelle getan?« Sie leckte an dem Sahnehäubchen, das auf der heißen Schokolade schwamm. »*Ich* fand, er klang richtig nett.«

»Ist er auch. Das ist ja das Schlimme. Warte erst mal ab, bis du ihn siehst. Du hast ja keine Ahnung, was ich durchgemacht habe. Aber was soll's. Wenn er's nicht ernst meint, will ich lieber gar nichts davon wissen.«

»Dann wünsch ihn dir vom Weihnachtsmann. ›Den perfekten Mr. Helikopter bitte, weil ich so ein braves Mädchen gewesen bin. Nur heute Abend nicht, da wollte ich mal so richtig ungezogen sein.‹«

»Am besten, er schenkt mir gleich noch den Böse-Mädchen-Ratgeber dazu. Ich kann mich an das letzte Mal kaum noch erinnern. Ich glaub, ich weiß nicht mal mehr, wie das überhaupt geht.«

»Weil du nur noch mit mir rumhängst. Ich weiß nicht mal mehr, wie es ist, sich so was auch nur zu *wünschen*. Und ich glaube, das ist auch besser so.« Beinahe verlegen fuhr sie fort: »Hör zu, tut mir Leid, dass ich in letzter Zeit so zickig war, aber da kam so viel zusammen ...«

Steve, zum Beispiel. Und die Aussicht, Tom bei einer Tagesmutter lassen zu müssen, wenn sie wieder arbeiten ging. Plus all die anderen Sorgen, mit denen man sich als allein erziehende Mutter so rumschlagen muss, wenn man keine 90 000 Pfund im Jahr verdient und sich ein Kindermädchen leisten kann.

»Mir wächst das einfach alles über den Kopf«, fuhr sie gespielt wehleidig fort. »Neulich gab's im Fernsehen so 'ne Sendung über die richtigen Farbharmonien bei Geschenkpapier. Und jetzt bin ich völlig verzweifelt, weil ich nicht weiß, ob ich das Mitternachtsblaue mit dem silbernen oder das Waldgrüne mit dem goldenen Band nehmen soll.«

Diesmal ließ ich nicht so schnell locker. »Was hältst du von Lilablassblau mit Pink? Aber wenn ich mal so was Banales ansprechen darf, wie zum Beispiel, wo du mal wohnen wirst, wenn ich dieses Haus los bin: Bevor die Immobilienpreise noch weiter steigen, überleg ich mir ernsthaft, eine Wohnung zu kaufen. Ich wär doch blöd, wenn ich das nicht tun würde. Wenigstens eine Zweizimmerwohnung. Und solange ich auf Reisen bin, kannst du mir alles schön warm halten und Pissels mit Kabeljau-und-Mäusegulasch verwöhnen.«

Ich hatte das Thema schon einmal angesprochen, aber sie hatte mich gar nicht erst ausreden lassen.

»Harriet, wie oft soll ich dir noch sagen, dass das nicht in Frage kommt.«

Dass sie sich von mir aushalten ließ, meinte sie.

»Und ich werd auch nicht mit dir zusammenziehen«, fuhr sie fort. »Nicht, nachdem du dieses Haus verkauft hast. Du tust zu wenig Kakaopulver in die heiße Schokolade, du bist zu dürr, als dass ich mir deine Kleider ausborgen könnte, du verzehrst dich nach unerreichbaren Mr. Helikoptern, und dann bringst du mich auch noch um den Schlaf.« Sie streckte mir die Zunge heraus. »Und jetzt zieh Leine, und lass mich schlafen.«

Am Montag hatte sich die Grippewelle im Büro immer noch nicht gelegt, und am Dienstag hatte sich sogar unter den letzten dort Verbliebenen der Husten breit gemacht.

Am Abend war es kälter als je zuvor. Als ich nach Hause kam, fand ich Jacko im Wohnzimmer vor. Er hatte den nutzlosen kleinen Heizlüfter angestellt und sah sich irgendein Champions-League-Spiel auf Dorothys Riesenfernseher an. »Warum guckst du dir das Spiel nicht in der Küche an?«, fragte ich. »Es ist eiskalt hier drin.«

»Dort geh ich Sally bloß auf die Nerven. Außerdem ist hier das Bild besser.«

Sally war in der Küche und legte sorgfältig ihre Wäsche zusammen – ein mehr als ungewöhnlicher Anblick. »Wie ist es mit der Frau gelaufen?«, fragte ich. Sie hatte sich mit einer Tagesmutter getroffen – die sechste bislang. Da sie vorhatte, bald fünf Vormittage die Woche Englisch zu unterrichten, musste dringend etwas geschehen.

»Die macht einen ganz ordentlichen Eindruck«, sagte Sally und zuckte die Achseln. »Die machen *alle* einen ganz ordentlichen Eindruck …«

»Aber du hast dich nicht für sie entschieden?«

»Ich weiß nicht!« Sie legte ein Paar Unterhosen zusammen, als käme jeden Moment der Unteroffizier vorbei, um zu kontrollieren, ob auch alles schön Kante auf Kante lag. »Tom hat gebrüllt wie am Spieß, als sie ihn hochgenommen hat. Aber so hat er bisher auf jede reagiert, das kleine Monster …«

Dabei konnte Sally es kaum erwarten, endlich wieder arbeiten zu gehen und sich mit anderen Dingen als Karottenbrei zu beschäftigen. Aber wenn sie daran dachte, Tom allein lassen zu müssen, zerriss es ihr fast das Herz. Egal, wie freundlich die Frau war, egal, welche Referenzen sie vorzuweisen hatte – in Sallys Augen würde sie sich sofort in eine grausame, Kinder mordende Verrückte verwandeln, kaum, dass sie das Haus verlassen hätte.

Und weil sie ganz genau wusste, wie lächerlich das war, traute sie sich nicht, darüber zu reden. »Am Anfang brüllen bestimmt alle wie am Spieß«, bemerkte ich.

»Dir ist das vielleicht egal, aber du musst ja nicht aus dem Haus gehen und ein Baby zurücklassen, das einfach nicht begreifen kann, dass du wieder zurückkommst. Tom wird glauben, ich lasse ihn im Stich!«

Es war völlig sinnlos, ihr klar zu machen, dass sein Hirn noch gar nicht in der Lage war, so weit zu denken. Er würde sich sehr allein und verloren vorkommen, zumindest am Anfang. Mir würde es auch wehtun, ihn allein lassen zu müssen.

Nachdem sie ihre Wäsche zusammengelegt hatte, ließ sie sich

aufs Sofa fallen und drückte auf die Fernbedienung. »O Gott, nicht schon *wieder* ...« Egal, in welche Sendung sie sich gern geflüchtet hätte – sie hatte dem Fußballspiel weichen müssen.

Sie machte den Fernseher aus und seufzte genervt. »Sonst kommt auch nur Mist, typisch ...«

Früher hatte sie gern mal Fußball geguckt, aber in letzter Zeit sah sie sich nur noch diese einlullenden Vorabendserien an. Oder *Wer wird Millionär?*, damit sie alle Kandidaten übertrumpfen und sich beweisen konnte, noch nicht gehirntot zu sein. Ach ja, und sich aufregen, falls es Jacko gelang, *sie* zu schlagen.

Spontan sagte ich: »Hör zu, warum gehen wir nicht mal wieder aus?«

»*Ausgehen*?«, erwiderte sie in einem Ton, als hätte ich ihr soeben vorgeschlagen, nach King's Cross zu fahren und ein paar Börsenheinis aufzureißen. »Wohin denn?«

»Ich weiß nicht – irgendwohin auf ein Gläschen Wein? Du warst schon seit einer Ewigkeit nicht mehr vor der Tür.«

»Wie denn auch?«, fragte sie. »Frida ist nicht da, und wenn du glaubst, dass ich Tom mit Jacko allein lasse, dann hast du dich geschnitten. Hier könnte eine Bombe einschlagen, und er würde sich keinen Millimeter vom Fernseher wegrühren!«

»Ich sorg schon dafür, dass er den Ton leiser dreht.«

»Nein, danke«, sagte sie vehement. »Ich glaub, ich geh lieber in die Badewanne. Da kann ich das perlmuttartige Schimmern meiner Schwangerschaftsstreifen bewundern – das muntert mich bestimmt wieder auf.«

Sie war immer noch im Bad, als Rosie vorbeikam.

»Ich dachte, das könnte euch interessieren«, sagte sie und schlug eines dieser Werbeblättchen auf, die ein Mal pro Woche in den Hausflur gelegt werden. »Es sei denn, ihr habt es selbst schon entdeckt.«

Ich nicht. Das war nicht unser Stadtteilblättchen, sondern das aus Suzannes Viertel.

»Jetzt seht euch das bloß mal an!«, sagte sie und zeigte auf einen halbseitigen Artikel. »Suzanne und ich waren völlig baff!«

Ich überflog ihn schnell, ohne zu begreifen, was daran so besonders sein sollte. Der Artikel bewarb ein neues Fitness-Studio namens Scott's. Wer zum Eröffnungsabend kam, bekam nicht nur ein paar Fruchtsaftcocktails und ein persönliches Fitness-Profil, sondern durfte auch einen Monat lang *gratis* trainieren.

»Das mit dem Gratis-Monat machen doch jetzt alle«, meinte ich. »Umso teurer sind die restlichen elf Monate.«

»Nein, nicht das hier, du Blödi! Hier!« Sie zeigte auf ein ziemlich verschwommenes Schwarzweißfoto, das den Eigentümer mit einer seiner Trainerinnen zeigte: Melissa James und Stuart Scott.

Ich konnte es kaum fassen. »Stuart?«

»Ganz genau«, sagte Rosie hochzufrieden. »Der hat sich ganz schön gemacht, was? Das ist schon die dritte Scott's-Niederlassung, aber die erste in London.«

Stuart! Ich musste das erst einmal verdauen.

Stuart und ich waren während meines letzten Schuljahrs zusammen gewesen. Ich hatte ihn kennen gelernt, als ich die Pubertät gerade hinter mir gelassen hatte und so langsam feststellte, dass es gar nicht so übel war, 1,80 groß zu sein. Er sah ziemlich gut aus, war eher schüchtern und der erste Freund, auf den ich wirklich scharf war, anstatt einfach nur dankbar zu sein, endlich auch einen abgekriegt zu haben.

»Hat er nicht Sport studiert?«, fragte Rosie.

Ich nickte. »Er war immer schon recht sportlich. Fußball, Leichtathletik, egal was.«

Es war komisch, das Foto zu betrachten. Ich hatte ihn seit jenem Sommer nicht mehr gesehen; seine Eltern waren nach Hereford gezogen oder so. Genau wie ich war er schon damals überdurchschnittlich groß gewesen, schlaksig, mit überlangen Gliedmaßen, dafür ziemlich durchtrainiert. Aber natürlich trotzdem noch ein Jüngelchen.

Inzwischen war er erwachsen geworden. Er hatte ganz schön Muskeln bekommen wie viele Jungs, die sehr viel Sport treiben. Aber er hatte sich auch sonst ziemlich verändert. Die verschwommene Aufnahme zeigte einen fünfzigmal selbstbewussteren Mann.

Sein Anblick versetzte mir einen winzig kleinen Stich. »Tja, freut mich, dass es ihm gut geht, obwohl unsere Beziehung damals ziemlich unschön auseinander gegangen ist. Ich mochte ihn wirklich, weißt du.«

»Ich weiß«, sagte Rosie, »du wärst beinahe nicht mit in Urlaub gefahren, so fertig warst du.«

Rosie, ich und noch ein halbes Dutzend Freundinnen hatten zwei Wochen Urlaub auf Skiathos gebucht. Bevor wir uns auf diverse höhere Bildungseinrichtungen verteilten, um dort mehr über Sex und Drogen zu lernen, als uns dies bislang gelungen war, wollten wir noch mal richtig auf den Putz hauen. Die meisten von uns hatten Mütter, die, angenommen, man sagte, man übernachte bei Laura, tatsächlich bei Laura anriefen, um zu kontrollieren, ob man *auch wirklich* dort war und nicht mit diesem schrecklichen Mick auf dumme Gedanken kam.

Nur dass unser Ferientrip nicht ganz dem harmlosen Mädchenausflug entsprach, den sich unsere Eltern so vorstellten. Vier von uns (unter anderem auch Rosie) hatten auch für ihre Freunde Flugtickets organisiert. Der Rest musste mit dem vorlieb nehmen, was sich vor Ort so anbot.

Drei Wochen vor der geplanten Abreise hatte mich Stuart angerufen. Es täte ihm ja so was von Leid, nuschelte er, aber eigentlich könnte er sich die Reise gar nicht leisten. Stattdessen würde er lieber nach Stockton-on-Tees fahren, um dort in der Druckerei seines Onkels zu jobben.

Ich sagte, er bräuchte sich deswegen keine Sorgen zu machen. Ich würde ihm das Geld leihen, denn bis dahin hätte ich mir genug zusammengespart. Außerdem würde ich mein Postsparbuch sowieso anbrechen müssen.

Doch er hatte nur was gemurmelt von wegen äh, nein, er könnte leider nicht – und es täte ihm wirklich Leid – und aufgelegt.

Das Telefonat hatte in unserer Diele stattgefunden. Ich saß auf der Treppe und konnte es kaum fassen. Dann war meine Mutter vorbeigekommen, um mich anzublaffen, warum ich dort im Weg rumsitzen würde. Wenn ich nichts Besseres zu tun hätte, könnte ich ihr gern im Haushalt helfen.

Ich war schließlich nicht blöd. Ich spürte, dass seine Absage nichts mit dem Geld zu tun hatte: Er wollte mit mir Schluss machen. Zehn Minuten später hatte ich ihn zurückgerufen. »Wenn das deine Art ist, mir mitzuteilen, dass du unsere Beziehung beenden willst, kannst du mir das ebenso gut gleich sagen. Ich wollte dich sowieso schon verlassen, nur damit du's weißt.«

Woraufhin er gemeint hatte, es täte ihm Leid, und mir eine schöne Zeit auf Skiathos gewünscht hatte. Danach hatte er aufgelegt. Ich war die Treppe hochgerannt, hatte mich auf mein Bett geworfen und stundenlang in mein Kissen geheult.

Als ich nun so auf das verschwommene Bild von Stuart starrte, schien mir das Ganze schon eine Ewigkeit her zu sein. Andererseits kam es mir vor, als sei gerade mal ein Monat vergangen.

»Suzanne hat gemeint, du hättest den Artikel bestimmt schon entdeckt. Vielleicht willst du ja vorbeischauen und hallo sagen – um der alten Zeiten willen. Am Eröffnungsabend wird er bestimmt da sein«, fuhr Rosie fort.

»Vielleicht geh ich hin. Ich werd ihm sagen, er soll mir einen Mitgliedsausweis schenken. Als Entschädigung dafür, dass er damals aus heiterem Himmel mit mir Schluss gemacht hat.«

Rosie lachte hysterisch auf. Dann sagte sie zögernd: »Du willst doch nicht wirklich da hingehen, oder?«

»Spinnst du? Soll er sich doch in seinem Ruhm sonnen. Für ihn wär diese Begegnung sowieso bloß peinlich. Vor allem, wenn ich ihn frage, *warum* er mich damals eigentlich verlassen hat. Vielleicht hatte er mich schon eine ganze Weile satt, und ich war bloß zu blöd, es zu merken.«

»Das glaube ich nicht«, sagte Rosie.

»Woher willst denn du das wissen?«

Sie zögerte. Ein peinliches Schweigen entstand, das so gar nicht typisch war für Rosie. Ich wurde sofort hellhörig. »Jetzt sag schon, Rosie!«

»Ach, nichts.«

»Was soll das heißen, *ach nichts*?«

Sie verzog gequält das Gesicht. »Na ja, eigentlich hat er gar nicht mit dir Schluss gemacht. Er dachte, *du* hättest mit ihm Schluss machen wollen.«

Ich starrte sie mit offenem Mund an. »Rosie, von was redest du da?«

»Suzanne hat mir das erzählt«, sagte sie. »Gestern Abend, gleich nachdem sie dieses Blatt hier gelesen hatte.«

»Woher will denn Suzanne das wissen? Ich dachte, dass er mich abservieren wollte, und da hab ich ihn eben zuerst abserviert!«

»Ich weiß, was du gedacht hast!« Und wieder zögerte sie einen Moment, aber nur der Form halber. »Hör zu, Suzanne würde mich umbringen, wenn sie wüsste, dass ich dir das jetzt erzähle, aber er hat geglaubt, du hättest keinen Bock mehr auf ihn.«

Ich starrte sie an. »Wie sollte er denn auf die Idee gekommen sein?«

»Jemand hat ihm das gesteckt.«

»Wer?«

Nach einer weiteren quälenden Pause sagte sie: »Jemand, der auf ihn stand.«

Ich hätte sie erwürgen können. »Rosie, *wer*?«

Da sprudelte es nur so aus ihr heraus.

»Mensch, Harriet, wer soll das schon gewesen sein?«

»Doch nicht Suzanne?«, keuchte ich.

»Natürlich nicht! Dann hätte sie mir wohl kaum was davon erzählt. *Nina* natürlich! Sie hat diese Sache eingefädelt, weil sie selbst auf ihn stand!«

Ich weiß nicht, wie ich in dem Moment geguckt habe, aber einen besonders schönen Anblick hab ich bestimmt nicht abgegeben.

»O Gott, ich hätte dir das nie erzählen dürfen«, sagte Rosie ängstlich. »Du stattest ihr doch hoffentlich keinen Besuch ab, um ihr die Haare einzeln auszureißen oder so?«

So etwas Ähnliches hatte mir durchaus vorgeschwebt. Doch was ich mir in diesem Moment am allermeisten wünschte, war, dass sie *herausgefunden hatte,* dass ich mit John ausgegangen war. Ich malte mir aus, wie schön das doch gewesen wäre, wenn sie in 1001 Nacht hereingeplatzt wäre und gezischt hätte: »Was geht hier eigentlich vor?« Worauf ich sanft geantwortet hätte: »Nun, es kam zwar noch nicht zum Äußersten, aber in einer halben Stunde gehen wir ab wie eine Rakete.« Daraufhin wäre sie abwechselnd käsebleich und hochrot geworden und hätte uns eine Szene gemacht. Und ich hätte mich zu meiner vollen Größe erhoben, auf sie herabgeschaut (manchmal ist es durchaus von Vorteil, groß zu sein) und gesagt: »Aber ich will doch gar nichts von ihm, Nina. Ich bin keine von diesen betrügerischen, falschen Schlangen. Ich hab mich bloß mit ihm getroffen, um dir das mit Stuart heimzuzahlen.«

Und dann hätte ich das Restaurant verlassen.

»Andererseits musste ich dir das doch erzählen«, fuhr Rosie ängstlich fort. »Nachdem du schon ein ganz schlechtes Gewissen hattest, weil du ihre Einladung ausschlagen willst.«

Nach etwa einer Viertelstunde kam Sally herunter. Sie hatte sich ein Handtuch um den Kopf gewickelt, und ihre Haut glühte rosig. Sie trug einen Flanellschlafanzug mit Paisleymuster, den Jacko von seiner Mutter fürs Krankenhaus bekommen hatte. Leider hatte sie nicht an den Gips gedacht, so dass er ihm viel zu eng und unbequem war. »Oh, hallo Rosie«, sagte sie. »Was dagegen, wenn ich den Fernseher anstelle?«

»Wenn du Lust auf was echt Dramatisches hast, dann solltest du dir die Sage von der Ränke schmiedenden Hexe anhören«, schlug ich vor.

Klar, dass Nina nicht mit zu der Skiathos-Truppe gehört hatte, sie gehörte nicht einmal zu meinem engeren Freundeskreis. Außerdem hatte sie was Besseres vorgehabt als so einen Selbstversorger-Billigurlaub mit einer Chartergesellschaft, die einen 14 Stunden am Flughafen rumhängen lässt, weil das einzige noch verfügbare Flugzeug auf Ibiza schlapp gemacht hat. Irgendein Verwandter von ihr besaß eine schicke Villa an der italienischen Riviera. Dort wollte sie gleich mehrere Monate verbringen, zusammen mit einigen Cousins, Rob (ihrem damaligen Freund) und Suzanne. Aber Rob machte sich rar und zog es vor, mit ein paar Freunden zum Surfen nach Cornwall zu fahren. Und so war Nina beleidigt gewesen und hatte beschlossen, sich einen anderen zu suchen.

Als sie eines Tages an der Tankstelle stand, an der Stuart den Sommer über jobbte, und ihren Jeep betankte, fiel ihr auf, dass Stuart nicht einmal versuchte, sie anzubaggern. Und so setzte sie alles daran, diese Ungeheuerlichkeit wieder auszubügeln. Sie verwickelte ihn in ein längeres Gespräch und ließ dabei ganz unterschwellig durchblicken, ich hätte vor, ihn zu verlassen. Im Grunde würde ich gar nicht wollen, dass er mit nach Skiathos käme, um mir die Tour bei den Einheimischen zu vermasseln.

»Suzanne meint, sie hätte ihr das damals fast selbst geglaubt«, berichtete Rosie. »Die lässt sich auch ein X für ein U vormachen, wenn es sein muss.«

Das hatte den armen Stuart natürlich schwer getroffen, er war schockiert, verletzt und so weiter. Sie tat dann selber ganz betroffen und bemitleidete ihn ganz furchtbar. Sie hätte ihm lieber gar nichts erzählen sollen, aber sie hätte eben gedacht, er wüsste längst Bescheid. Dann flehte sie ihn an, ja niemandem zu verraten, dass sie etwas gesagt hatte. Sonst hätte *sie* nämlich gehört, er wollte *mich* verlassen.«

»Und genau den Bären hat sie Suzanne auch aufgebunden«, so Rosie. »Das mit dem Unschuldig-und-überrascht-Tun hat sie ziemlich gut hingekriegt.«

Nachdem sie ein oder zwei Tage lang gewartet hatte, bis ihr Gift zu wirken begann, ging sie ihren Jeep erneut betanken. Und Stuart erzählte ihr, dass er mir zuvorgekommen war und mich verlassen hatte. Daraufhin hatte Nina heftig mit den Wimpern geklimpert und gesagt, so ein Pech aber auch mit Skiathos, aber wie es der Zufall so wollte …

Natürlich hatte sich der arme, verletzte Stuart zutiefst geschmeichelt gefühlt, als ihn Nina in eine schicke italienische Villa einlud. Er trampte den ganzen weiten Weg bis nach Italien. Doch nach fünf Tagen rief leider Rob an und meinte, er würde doch noch kommen. Und so kam es, dass Nina meinte, Rob könnte schrecklich eifersüchtig werden, und deshalb wäre es vielleicht besser, wenn er verschwinden und mit keinem Wort erwähnen würde, jemals dort gewesen zu sein.

Ach so, das Beste kommt erst noch: Nina hatte danach *ein richtig schlechtes Gewissen* gehabt. Und Suzanne, Gott hab sie selig, hatte gesagt: »Jetzt tu doch nicht so – du wolltest dir doch sowieso nur beweisen, dass du ihn jederzeit rumkriegen kannst.«

Suzanne wurde mir immer sympathischer.

»Deshalb finde ich es mehr als ungerecht, dass dich Mr. Helikopter noch gar nicht angebaggert hat«, sagte Rosie betrübt, nachdem wir Sally eingeweiht hatten. »Das ist doch keine ausgleichende Gerechtigkeit, oder?«

Ich war schon drauf und dran, ihr alles zu erzählen, als sie fortfuhr: »Suzanne hat gesagt, dass sie das schon damals ziemlich widerlich fand. Sie meint, Nina kann einfach nichts dafür. Sie hat da offenbar ein Psycho-Problem – wenn sie nicht kriegt, was sie will, gibt's Ärger.«

»Das nennst du ein Psycho-Problem?«, schnaubte Sally. »In meinen Augen ist sie einfach bloß eine falsche Schlange.«

»Warum hat er mich nie gefragt, ob ich ihn wirklich verlassen will?«, fragte ich.

»Weil er Angst hatte, du könntest Ja sagen«, sagte Rosie. »Oder aber er hatte Angst, du könntest nein sagen, nur um ihm nicht wehzutun.«

Ich musste an meine Retourkutsche denken – »Ich wollte dich sowieso schon verlassen« –, besser hätte ich Nina gar nicht in die Hände spielen können. »Ja, aber sie muss ihm gefallen haben, sonst wäre er bestimmt nicht nach Italien gefahren.«

»Nina hat allen gefallen«, erklärte Rosie. »Vielleicht dachte er, sie wäre für ihn unerreichbar.«

Rosie konnte einen wirklich aufmuntern. »Wenn du jetzt noch zu ihrem Mädelsabend gehst und dich bei ihr einschleimst, bring ich dich um«, sagte ich.

»Wie käme ich denn dazu!«, erwiderte sie verletzt. »Ich hab gesagt, ich müsste heimfahren, um meiner Mutter mit den Weihnachtseinkäufen zu helfen, weil sie sonst garantiert das Falsche kauft. Was bedeutet, dass ich jetzt wirklich heimfahren muss«, fügte sie genervt hinzu. »Und die Geschäfte abklappern und mir tausendmal ›Wie findest du das für soundso?‹ anhören muss.«

Sie unterbrach sich und sah erst mich an und dann Sally. »Entschuldigung«, fügte sie betreten hinzu. »Ich weiß, wir reden hier gerade von viel dramatischeren Dingen, also verbucht das bitte unter ›Werbepause‹.«

»Ich wünschte, es hätte eine gegeben«, mokierte sich Sally. »Dann hätte ich Wasser aufgesetzt und wär noch mal schnell auf die Toilette verschwunden, bevor es so richtig spannend wird und Harriet finstere Rachepläne schmiedet.«

Sie warf mir einen verschwörerischen Blick zu, den ich allerdings ignorierte. »Wie kann Suzanne bloß immer noch mit ihr befreundet sein, obwohl sie ganz genau weiß, was für eine falsche Schlange sie ist?«

»Sie kennen sich eben schon sehr lange«, sagte Rosie. »Und irgendwie habe ich das Gefühl, dass sie ihr Leid tut.«

»*Wie bitte?*«

»Na ja, sie sagt, außer ihr hat Nina eigentlich so gut wie keine Freunde. Jede Menge Bekannte, aber keine wirklichen Freunde. Und weil sie überall nur Konkurrenz wittert, vergrault sie die meisten Leute.«

»Das heißt, sie ist eigentlich gar keine blöde Ziege«, sagte ich.

»Doch, schon, aber laut Suzanne ist das so wie mit Glubschaugen oder mausgrauem Haar – sie kann nichts dafür. Das ist sozusagen angeboren. Ich meine, wer ist schon gern eine blöde Ziege, wenn er auch beliebt sein könnte?«

Kurz darauf fügte sie hinzu: »Wie dem auch sei. Vielleicht heitert dich das Neueste in Sachen Nina wieder ein bisschen auf. Sie ist gerade ein wenig beunruhigt wegen Mr. Helikopter.«

Ich wurde sofort hellwach. »Wieso?«

»Sie hatte gehofft, dass er sie einlädt, Weihnachten bei seiner

Familie zu verbringen. Sie scheinen ein hübsches Haus auf dem Land zu haben. Aber er meinte nur, die Familien anderer Leute wären doch immer eine Qual, sie würde sich dort bloß langweilen. Was sie *so* interpretiert, dass er es nicht ernst genug meint, um sie seinen Eltern vorzustellen.«

Ich warf Sally einen bedeutungsschweren Blick zu, die mir jedoch schon zuvorgekommen war. Natürlich hatte ich ihr haarklein von seinen Weihnachtsfluchtplänen berichtet.

»Deshalb macht sie jetzt eine Woche Skiurlaub in Aspen, zusammen mit einer Kollegin«, fuhr Rosie fort. »Damit will sie ihn eifersüchtig machen, denn es könnte ja sein, dass sie sich im Sessellift irgendeinen Silicon-Valley-Billionär aufreißt.«

»So wie ich Nina kenne, wird ihr das bestimmt gelingen«, sagte ich.

Als Rosie sich schließlich auf den Heimweg machte, konnte Sally ihrem Herzen endlich Luft machen. »Meine Güte. *Jetzt* fällt ihr plötzlich ein, dir das alles zu erzählen.«

»Das ist eben Pech«, meinte ich. »Außerdem hat sie's selbst erst gestern Abend erfahren.«

»Die Sache macht mich ganz krank. Du hättest ihn auf dem Silbertablett serviert bekommen – und zwar mit Petersilie im Maul. Warum hast du sie bloß nicht eingeweiht?«

»Weil sie es Suzanne umgehend weitererzählt hätte, deswegen. Natürlich nicht, ohne mir vorher Stein und Bein zu schwören, es nicht zu tun.«

»Wäre doch *wunderbar*, wenn sie's weitererzählt! Apropos Fairplay: Du solltest ihn anrufen und ihm sagen, dass du noch jede Menge Termine frei hast!«

»Nichts lieber als das. Aber nach allem, was ich jetzt weiß, will ich erst recht nicht mehr als Beilage herhalten. Entweder ich bin der Hauptgang oder gar nichts.«

»Und was sagst du dazu, dass er sie seiner Familie nicht vorstellen will?«, fragte Sally. »Das sieht mir doch ganz nach Resteteller aus.«

»Sally, das heißt noch lange nichts. Wenn man es nicht wirklich ernst meint, stellt man den Partner nicht vor, damit die anderen nicht denken, es ist was Ernstes. Und wenn es wirklich was Ernstes ist, stellt man ihn erst recht nicht vor, aus lauter Angst, die Familie könnte ihn endgültig in die Flucht schlagen.«

Leider konnten wir die Unterhaltung nicht fortsetzen, da das Fußballspiel zu Ende war und sich Jacko zu uns gesellt hatte. Ich wollte nicht, dass er etwas davon erfuhr. Abgesehen davon hatte er selbst genug Grund zu klagen. Seine Mutter hatte angerufen und ihm den letzten Nerv geraubt.

»Sie will, dass *ich* mit ihr rede!«, sagte er. »Als ob sie auf mich hören würde! Sie sollten sie einfach in Ruhe lassen.«

Es ging um Jackos wesentlich jüngere Schwester Tara, die einen höchst unpassenden Freund hatte und ihren Eltern großen Kummer machte. Als Jacko im Krankenhaus gewesen war, hatte mir seine Mutter alles haarklein erzählt. Lee war nicht nur viel zu alt für sie (er war vierundzwanzig), sondern spielte auch noch in einer völlig unbekannten Rockband (»Da kommt sie natürlich ständig mit Leuten in Berührung, die nichts als Drogen im Kopf haben.«) und hielt sie davon ab, ihren Schulabschluss zu machen.

»Noch ein Grund mehr, Weihnachten hier zu bleiben«, grunzte Jacko. »Tara kann ganz schön zickig sein – sie und meine Mutter werden sich aufführen wie Hund und Katze.«

Zwei Tage später bekam Jacko endlich den Gips ab. Was er feierte, indem er beinahe das ganze Haus abfackelte. Um genau zu sein, war es so, dass er verkündete, im Wohnzimmer wäre es arschkalt, weshalb er jetzt Feuer im Kamin machen würde. Also fuhr er mit dem Audi, den der Vater seinem Sohn und Erben zur Verfügung gestellt hatte, zur nächsten Tankstelle, um Holz, Kohle und alles, was dazu gehört, zu kaufen.

Sally und ich sahen zu, wie er dabei höchst fachmännisch zu Werke ging. Er tat so, als wäre das eine hochkomplizierte Angelegenheit. Zuerst rollte er alte Zeitungen zu Würsten auf, um sie dann ziehharmonikaartig zu knicken. Darauf arrangierte er ein paar Holzscheite, legte ein paar Kohlen obenauf und hielt ein brennendes Zündholz daran.

Das Feuer brannte genau zwanzig Sekunden lang, um gleich darauf wieder auszugehen. Nachdem er die ganze Prozedur ergebnislos wiederholt hatte, sagte Sally: »Um Gottes willen, lass mich mal, du Blödmann.«

»Feuermachen ist Männersache«, raunzte er sie an. »Das ist ein Naturgesetz. Ab in die Küche! Bügel deine Backbleche oder so.«

»Du wirst noch das ganze Haus abfackeln«, erwiderte sie. »Du hast doch keine Ahnung.«

»Und ob ich Ahnung habe. Ich hab mein Pfadfinder-Pyromanen-Abzeichen schließlich nicht umsonst gemacht«, sagte er. »Und jetzt mach, dass du wegkommst, und polier deine Schwangerschaftsstreifen.«

»Wenn ihr jetzt nicht endlich damit aufhört, sag ich dem Weihnachtsmann, dass er euch keine Geschenke bringen soll«, ging ich dazwischen. Das wurde ja immer schlimmer mit den beiden. »Ich hab wenigstens keine roten Schamhaare«, gab sie zurück.

»Ich hab sie gefärbt«, sagte er. »Mit dem Zeug, das gleichzeitig färbt und pflegt. Jetzt sind sie Mahagoni-Braun.« Er legte den Kopf schräg und lächelte albern: »Weil ich es mir wert bin.«

»Ach, leck mich ...«, Sally verließ geräuschvoll den Raum, wahrscheinlich, weil sie nicht wusste, mit was sie seine letzte Bemerkung übertrumpfen sollte.

»Jetzt reicht's mir aber«, sagte er, kaum dass sie draußen war. »Ich werd ihr Geschenk in den Laden zurücktragen. Meine Schamhaare! – Das war nun wirklich unterhalb der Gürtellinie!«

»Dasselbe gilt aber auch für die Schwangerschaftsstreifen! Du weißt doch, wie empfindlich sie auf dieses Thema reagiert. Und wenn du jetzt sagst: ›Sie hat aber damit angefangen‹, kleb ich dir eine. Wenn du mich fragst, ist sie immer noch ganz fertig wegen diesem blöden Steve.«

»Was weiß denn ich. Die hat doch ständig ihre Launen. Was war das eigentlich so für ein Typ?«, fügte er hinzu und setzte ein Zeitungswürstchen in Brand.

»Das hab ich dir doch längst erzählt!«, sagte ich. »Oder etwa nicht?«

»Ich hab dich nie danach gefragt.« Er lehnte sich zurück und betrachtete ein paar viel versprechende Flammen. »Ich wollte nicht neugierig sein.«

»Na ja, ich war eigentlich nicht so begeistert, aber Sally und ich, wir standen noch nie auf dieselben Typen. Man könnte ihn durchaus als gut aussehend und selbstbewusst bezeichnen, vielleicht eine Idee zu sehr von sich überzeugt. Doch ich will ehrlich sein: Bevor wir erfahren haben, dass er verheiratet ist, hätte ich ihn als gut aussehend, selbstbewusst und ziemlich witzig beschrieben.«

Doch Jacko betätigte sich schon längst wieder als Pyromane.

»Sieh dir das an!«, grinste er, als es ihm gelang, das Feuer zu entfachen. »Ein bisschen mehr Übung, und ich bin der perfekte Brandstifter!«

Dann ging ich nach Sally sehen. »Nach Weihnachten ist er weg – kannst du ihn nicht ein Mal in Ruhe lassen?«

»Ich weiß gar nicht, warum du das *mir* sagst – *er* ärgert *mich* doch die ganze Zeit«, entgegnete sie gereizt, während sie Spielsachen und herumfliegenden Müll einsammelte.

»Das meint er doch nicht so! Ich finde es auch nicht gerade komisch, wenn du dich über seine Schamhaare lustig machst. Außerdem sind die gar nicht rot. Eher rotbraun.«

Sie verdrehte die Augen. »Das musst du mir nicht erzählen. Schließlich hat er sich nicht nur ein Mal betrunken, um sich dann in aller Öffentlichkeit die Klamotten vom Leib zu reißen wie ein Idiot!«

»Klar! Und einmal musste ich ihn sogar ausziehen, weil er in den Brunnen des Shopping Centers gefallen war und bewusstlos geworden ist.«

»Typisch.«

»Und das im November«, fügte ich hinzu.

»Dann erst recht typisch.« Inzwischen musste sie auch lachen, und ich beschloss, noch mal einen Vorstoß zu wagen.

»Komm schon, wir gehen aus. Diesmal gibt es keine Ausrede.«

»Spinnst du? Ausgerechnet jetzt, wo Jacko das Haus abfackelt?«

»Jetzt hör schon auf, so blöd ist er auch wieder nicht. Frida ist auch noch ein paar Stunden da. Sie kann sich um Tom kümmern, und außerdem nehme ich mein Handy mit.«

Sie erhob ausnahmsweise keine Einwände. Also machten wir uns auf den Weg zum Drunken Dragon, dem nächstgelegenen Pub, den man problemlos zu Fuß erreichen konnte. Der war alles andere als trendy, sondern eher ziemlich urig – mit jeder Menge Lametta, einem furchtbar überladenen Weihnachtsbaum, einem richtigen Kamin und einem stets jovialen Barmann. Ehrlich gesagt, ich mag solche Kneipen.

Wir blieben anderthalb Stunden. Sogar Sally schien sich ein bisschen zu entspannen, was wohl hauptsächlich den zwei Gläsern Glühwein zu verdanken war. Auf dem Heimweg war es schneidend kalt. Unsere Wangen prickelten, und die gefrorenen Pfützen glänzten im Licht der Straßenlaternen. Es war so ungewöhnlich kalt, dass wir kurz Halt machten, um Salt-and-Vinegar-Chips zu kaufen, die wir unterwegs verspeisten, wobei wir kicherten wie zwei Teenager.

Als wir endlich vor der Gartentür standen, sagte Sally plötzlich: »Wem gehört der denn?«

Ein auf Hochglanz polierter BMW parkte vor der Tür. »Vielleicht ist das ja Mr. Helikopter«, kicherte sie. »Vielleicht hat ihn dir der Weihnachtsmann jetzt schon geschickt, zusammen mit deinem Ratgeber für böse Mädchen.«

Mein Magen zog sich zusammen. Plötzlich saß ich wieder in diesem Taxi und war völlig elektrisiert, während die Fantasie mit mir durchging. Damals hatte ich mir vorgestellt, wir stünden in einem Lift. Endlich sind wir allein und fühlen uns wie zwei Dampfkochtöpfe, die jeden Moment explodieren können. Ich sehe, wie der Lift in die Penthouse-Etage hochsaust und die beiden Dampfkochtöpfe in sein Apartment kullern, wo die Sicherheitsventile rausspringen.

Genau das spielte sich jetzt wieder vor meinem inneren Auge ab, wenn auch im Zeitraffer, bis Sally die Stopptaste drückte.

»Wahrscheinlich gehört er Francesca«, meinte sie.

»Wahrscheinlich«, sagte ich und wunderte mich, wie mir in nur zwei Sekunden so warm werden konnte. Und das auf meiner gefrorenen Türschwelle.

Kaum dass ich aufgeschlossen hatte, raste Sally nach oben, um nach Tom zu sehen. Als ich meinen Mantel über das Treppengeländer warf, kam Frida aus der Küche. Sie hatte ein Tablett in der Hand, auf dem mehrere Kaffeebecher standen. »Du hast Besuch – ich wollte dich gerade anrufen.«

Mein Magen begehrte erneut auf. Sie wies mit dem Kinn auf die Wohnzimmertür. »Kannst du mir aufmachen, bitte?«

Ich tat ihr den Gefallen. Pissels rekelte sich vor dem Kaminfeuer, das eins a knisterte und unglaublich einladend wirkte. Auf dem Sofa saß Jacko. Er hatte Tom auf dem Schoß, der fröhlich an seiner Rassel kaute. Und neben Jacko saß die Hexe von Narnia.

SECHS

Mein erster Gedanke war: Sie hat alles rausbekommen und ist gekommen, um mich umzubringen. Aber eine Mörderin lächelt nicht so zuckersüß und klimpert mit den Wimpern. Ich konnte es einfach nicht fassen. Was fiel ihr ein, hier auf meinem Sofa Platz zu nehmen, so als wäre sie meine beste Freundin?

»Du hast ja Nerven!«, sagte ich. »Dein BMW hat sich übrigens in einen Hexenbesen zurückverwandelt. Mit anderen Worten: Deine Tarnung ist aufgeflogen.«

Natürlich nur in meiner Fantasie. Stattdessen sagte ich: »Nina! Meine Güte, was für eine Überraschung! Lange nicht gesehen ...« Ich schaffte es sogar, mir ein Lächeln abzuringen.

Jawoll, ich kann so falsch sein wie jede andere auch.

Ihre Stimme klang genauso, wie ich sie in Erinnerung hatte: Leicht bevormundend, wenn nicht herablassend. Damit hatte sie mich schon damals zur Weißglut treiben können. »Na ja, ich wohne hier gleich um die Ecke – ich nehme an, Rosie hat dir schon davon erzählt – und da dachte ich, ich schau mal vorbei und lad dich zu meinem kleinen Abendessen ein. Hat Rosie nichts erwähnt?«

Noch bevor ich etwas sagen konnte, platzte Sally dazwischen. »Du hättest mir wenigstens Bescheid sagen können!«, protestierte sie. »Mich hat beinahe der Schlag getroffen, als ich das leere Bettchen sah!«

Ein Strahlen ging über Toms Gesicht, wie immer, wenn er seine Mutter sah.

»Wann denn bitte?«, gab Jacko zurück, als sie ihn an sich riss.

»Wenn er geschrien hat, hättest du mich anrufen können!«

Ich fürchte, es gefiel ihr ganz und gar nicht, dass Tom auch nur eine halbe Stunde ohne sie zurechtkam.

»Er hat überhaupt nicht geschrien«, raunzte Jacko zurück. »Nur ein bisschen gequengelt. Ich hab seine Musikteddybären aufgezogen, aber das fand er Scheiße. Er wollte richtig einen draufmachen.«

Es war höchste Zeit, sich wieder unserem Gast zuzuwenden, aber vorher warf ich Sally noch einen warnenden Blick zu. »Sally, das ist Nina. Wir sind zusammen auf die Schule gegangen – vielleicht habe ich sie mal erwähnt.«

Sally ließ sich so gut wie nichts anmerken, und es war Nina, die als Erste das Wort ergriff. »Ich habe schon viel von dir gehört«, sagte sie derart zuckersüß, dass ich schon befürchtete, sie würde gleich zum Schlag ausholen. Vielleicht hatte ihr Suzanne ja den Artikel über Stuart gezeigt. Vielleicht hatte sie gesagt: »Was, wenn Harriet zur Eröffnung kommt? Was, wenn sie mit ihm redet, und alles kommt raus?«

»Ich hab auch schon viel von dir gehört«, entgegnete Sally auffällig gelassen, was von großer Hinterhältigkeit zeugte.

Aber Nina widmete sich bereits mir. »Und, wie geht's dir so? Ist ja schon ewig her, dass wir uns das letzte Mal gesehen haben – ich glaube, das muss bei Tina Sinclairs Hochzeit gewesen sein. Die haben sich übrigens getrennt, aber das hat mich nicht weiter überrascht – sie waren schließlich so gut wie seit der fünften Klasse zusammen.«

»Wahrscheinlich war es nur noch Routine«, hörte ich mich sagen. Gleichzeitig fragte ich mich, wie sie da so seelenruhig sitzen konnte und wieso ich eigentlich nicht ein paar vergiftete Pfeile abschoss.

»Genau dasselbe hab ich auch gesagt. Wie so ein gemütlicher, oller Pulli, von dem man sich einfach nicht trennen kann.«

Zu wissen ob Nina jemals an einem ollen Pullover gehangen hatte, wäre wirklich mal interessant gewesen. Sie trug eine dunkelgraue Hose, eine blütenweiße Bluse und hatte ein flauschiges kleines Strickjäckchen um die Schultern drapiert. Wenn auch nur eines dieser Kleidungsstücke vor mehr als sechs Wochen den Laden verlassen hatte, hätte mich das sehr überrascht. Ihre Füße steckten in makellos schwarzen Stiefeletten aus Handschuhleder. Wie immer war alles an ihr perfekt, natürlich auch ihre Frisur. Ihr Haar umrahmte ihr gut geschnittenes, hübsches kleines Gesicht noch immer wie ein schwarzer, seidig glänzender Vorhang. Ich hatte ganz vergessen, was für große blaue Kulleraugen mit langen, dichten Wimpern sie hatte und in welch eindrucksvollem Kontrast sie zu ihrem Haar standen. Ich überlegte, wie sie wohl auf John wirken mochte. In diesem Moment verstand ich, wie es sich anfühlt, wenn man rasend eifersüchtig ist.

Nicht sehr angenehm, kann ich euch sagen.

Frida saß auf einem uralten ledernen Sitzpolster, das meine Tante Dorothy immer benutzt hatte, um ihre Füße hochzulegen. »Wenn du und Sally auch noch Kaffee wollt, brauche ich mehr Becher.«

»Ich hol welche«, sagte Jacko. Er verließ immer noch leicht hinkend das Zimmer.

»So ein schlimmer Unfall, der Ärmste«, sagte Nina, kaum dass er draußen war. »Ich hab schon davon gehört, von Rosie natürlich. Danke dir.« Der letzte Satz, der von einem zuckersüßen Lächeln begleitet wurde, galt Frida, die ihr gerade einen Becher gereicht hatte.

»Ich nehme an, irgendeine alte Erbtante hat dir das hier hinterlassen«, fuhr sie fort. »Ich hab gehört, du willst im Frühjahr verkaufen?«

Rosie war nicht untätig gewesen. »Ja, dann lassen sich in der Regel bessere Preise erzielen.«

Ich dachte schon, sie wäre nur gekommen, um ihre neugierige Nase bei uns reinzustecken. Sie hatte offensichtlich keine Ahnung von John und mir, und vielleicht hatte Suzanne Stuart überhaupt nicht erwähnt. Wahrscheinlich würde sich Nina nicht mal mehr an ihn erinnern. Er hatte ihr nicht das Geringste bedeutet, war einfach nur eine Eroberung unter vielen gewesen, und damit basta. Als sie ihren Blick anerkennend über die stuckverzierte Decke schweifen ließ, sah ich ihr regelrecht an, was sie dachte: »Siebenhunderttausend oder so, abzüglich Notargebühren und Erbschaftssteuer, geteilt durch zwei – gar nicht übel für eine wie Harriet Grey.«

Jetzt, wo nur ein Tischlämpchen und das Kaminfeuer brannten, sah das Wohnzimmer gar nicht so übel aus. Der rechteckige Raum hatte hohe Decken und ein großes Erkerfenster mit alten braunen Samtvorhängen, die immerhin vor Zugluft schützten. Sofa und Sessel waren mit einem Chintz bezogen, der auch schon bessere Tage gesehen hatte. Doch nachdem wir den Polsterreinigungsdienst hatten kommen lassen, machten sie richtig was her. Der Bodenbelag bestand aus polierten Holzdielen, auf denen ein großer, verblichener Orientteppich lag, der bestimmt noch sehr wertvoll war. Der Kamin war noch der alte Originalkamin. Eins von den Exemplaren, auf die sich manche Einbrecher spezialisiert haben, um sie dann für Unsummen an stinkreiche Interessenten zu verhökern.

Jacko kam mit den Kaffeebechern angehinkt. »Tut's immer noch weh?«, fragte Nina, die sich sehr besorgt um ihn zeigte, als er wieder neben ihr Platz nahm.

»Nein, er will nur bemitleidet werden«, erwiderte Sally.

»Sally! Wie kannst du bloß so was sagen?«, schimpfte Frida. »Sein Bein ist immer noch steif – armer Jacko.«

»Ja, aber das nutze ich auch weidlich aus«, grinste er. Nina ließ wieder so ein glockenhelles Lachen ertönen, an das ich mich nur zu gut erinnern konnte, und schenkte ihm das dazugehörige süße Lächeln. Diese Verführungstaktik hatte ich schon als Teenager an ihr beobachten dürfen, wenn sie mit Jungs flirtete, mit denen ich eigentlich selbst gern geflirtet hätte, wenn mir nur nicht der Mut dazu gefehlt hätte.

Aber dass sie sie an Jacko ausprobieren könnte, wäre mir im Traum nicht eingefallen. Er war eigentlich gar nicht ihr Typ, denn er war nicht schick genug. Er versuchte nicht einmal so zu tun, als sei er weltgewandt. Aber vielleicht konnte sie gar nicht anders. Sie sonnte sich in seiner Bewunderung für sie.

Aber wenn es um Jacko geht, vergesse ich gern, dass er ein ziemlich gut aussehender Bursche ist. Keiner, nach dem sich jede umdreht, aber doch gut aussehend. Außerdem trug er heute Abend ausnahmsweise keinen Gammel-Look. Jetzt, wo der Gips ab war, hatte er Khakihosen und ein neues grünes Sweatshirt an. Doch selbst diese Kleidungsstücke waren vielleicht gerade mal ein Zehntel von dem wert, was sie am Leibe trug.

Jacko lechzte geradezu nach ihrer Aufmerksamkeit. Ich konnte kaum mitansehen, wie er dahinschmolz, na ja, typisch Mann eben. Ich stellte mir vor, wie John ebenfalls nach ihrer Aufmerksamkeit lechzte, und schon wimmelte es in meinem Magen nur so von grünen Giftschlangen. Warum hatte er sich nicht ein bisschen mehr bemüht, verdammt noch mal? Warum hatte er nicht *versucht*, mich zu dem Kinobesuch zu überreden? War ich es denn nicht wert, dass man sich für mich ins Zeug legte?

Nina schenkte uns noch ein glockenhelles Lachen. »Meine Güte, fast hätte ich vergessen, warum ich eigentlich gekommen bin.« Sie holte einen Umschlag aus ihrer Handtasche, die ganz bestimmt von Prada war, stand auf und überreichte ihn mir. »Die Einladung – ich hoffe, du kannst kommen.«

So ein Mist, dachte ich, öffnete ihn – und war erleichtert. »Tut mir schrecklich Leid – ich wäre wirklich gern gekommen – aber am nächsten Sonntag bin ich schon woanders eingeladen.«

Jacko warf mir einen vorwurfsvollen Blick zu, der mich Lügen strafte. »Bei wem denn?«

»Bei Sophy und ihrem Freund. Meiner früheren Chefin. Sie arbeitet jetzt als Headhunterin – ich hab sie schon seit Monaten nicht mehr gesehen«, fügte ich an Nina gewandt hinzu.

»Ja, wenn das so ist ...«, Nina setzte ein bedauerndes Lächeln auf. »Dann eben ein andermal.«

»Ja«, lächelte ich und hasste mich für mein falsches Getue.

Aber Nina ließ ihren Blick schon wieder über die Stuckdecke schweifen. »Ehrlich gesagt, sucht eine Kollegin von mir genau so ein Haus. Sie hat keine Lust, eine Mordsablöse zu zahlen für das, was andere Leute unter einer geschmackvollen Einrichtung verstehen, nur um dann hinterher doch alles rauszureißen. *Natürlich* müsste hier noch eine Menge getan werden, aber vielleicht werde ich euch miteinander bekannt machen. Dann könntest du dir den Ärger mit dem Makler sparen – von den Gebühren einmal ganz abgesehen«, fügte sie mit einem kleinen Lächeln hinzu.

Und mit ein bisschen Glück wäre ich so dankbar, mir den Ärger mit dem Makler ersparen zu können, dass ich das Haus wesentlich billiger hergab, als es so eine Immobilienfirma jemals tun würde.

»Danke, ich werd's mir merken.«

Als Tom unruhig wurde, zog Sally ihren Pulli hoch und stillte ihn.

Für einen kurzen Moment wirkte Nina leicht irritiert, so als hätte sie zwar schon mal gehört, dass Brüste noch eine andere Funktion haben können, als Männer zu ködern, diesem Gerücht allerdings nie groß Glauben geschenkt. Vielleicht fühlte sie sich von mir ertappt, denn gleich darauf sagte sie: »Was für ein *süßes* kleines Baby«, um es wieder gutzumachen.

»Ja, nicht wahr?«, strahlte Sally zustimmend. In diesem Moment beschloss Pissels aufzuwachen. Er blieb auf der Seite liegen und schaute jeden von uns kurz an, bevor er sich aufsetzte. So als wollte er sagen: »Wenn ihr wüsstet, was ich von euch halte ...« Dann leckte er sich das Hinterteil.

»Das wurde aber auch Zeit«, sagte Sally. »Jetzt aber richtig, hörst du? Nicht dass ich dir wieder mit einem Babyreinigungstuch den Hintern wischen muss.«

»Sal, muss das sein?«, meinte Jacko, so als dächte er nicht einmal im Traum daran, solche vulgären Worte auch nur in den Mund zu nehmen.

»Entschuldigung.« Sally lächelte Nina zuckersüß an und fuhr fort: »In letzter Zeit hab ich so viele Hintern abgewischt, dass ich ganz vergessen habe, dass das kein Thema für eine gepflegte Unterhaltung ist. Wie geht's übrigens deinem Freund? Rosie hat erzählt, du wärst mit so 'nem schnuckeligen Typ mit einem Hubschrauber zusammen?«

Nina lachte peinlich berührt auf. »O nein, das ist natürlich nicht seiner – so ein Firmenhubschrauber, ihr wisst schon. Aber ›schnuckelig‹ ist er allerdings«, fügte sie hinzu, nicht ohne die Gänsefüßchen mitzusprechen, denn sie selbst würde sich natürlich nie so ausdrücken.

»Jacko besitzt ein Flugzeug«, sagte Frida. »Es gehört ihm höchstpersönlich.«

»Echt?« Nina machte wieder schöne Augen, aber Jacko und nicht Frida.

»Es gehört mir nur zur Hälfte«, sagte er beinahe entschuldigend. »Bloß so eine kleine Piper – mein Vater und ich haben halbe-halbe gemacht. Ganz schön praktisch, wenn man zum Ausgehen mal eben schnell nach Blackpool fliegen will.«

Nina ließ ein silberhelles Glockengeläut ertönen. »Ist das nicht irre?«, meinte Frida. »Wenn ich dich in Liverpool besuchen komme – nimmst du mich dann auf einen Flug mit?«

»Natürlich, mein Engel. Aber such dir einen Tag ohne eine hundert Meter dicke Wolkendecke aus, einverstanden?«

»Mich kriegen keine zehn Pferde in so ein Ding«, sagte Sally. »Ich hatte mal einen Freund, der war Pilot. Von dem weiß ich, dass sich diese Sonntagsflieger gefährlich überschätzen und sich vor den Flugtauglichkeitsprüfungen drücken.«

»Dich würd ich sowieso nicht mitnehmen«, konterte er. »Du bist so ein typischer Beifahrer: ›Nicht so schnell, flieg gefälligst ein bisschen langsamer!‹ oder ›Pass auf, da ist ein UFO, du Blindfisch!‹«

Und wieder ließ Nina ein silberhelles Glockengeläut ertönen.

Dann sagte Sally vollkommen beiläufig: »Ich hab gehört, du fährst über Weihnachten zum Skifahren, Nina. Nach Österreich, oder?«

»O nein. Nach *Aspen*. In die Vereinigten Staaten«, fügte sie hinzu, so als wüssten wir das nicht.

»Wahnsinn!«, sagte Sally und machte große Augen. »Ist das

nicht dieser angesagte Ort, wo immer die ganzen *Promis* hinfahren?«

Während ich versuchte, ein Lachen zu unterdrücken, übte sich Nina in Bescheidenheit. »Na ja, ich glaub, es ist schon ziemlich exklusiv dort. Natürlich würde John auch gern mitkommen, aber er fühlt sich verpflichtet, mit seinen Eltern Weihnachten zu feiern.«

»Wie schade!«, sagte Sally ironisch.

»Ich muss los«, verkündete Frida.

Jacko folgte ihr mit seinen Blicken, während sie sich mit einer geschmeidigen Bewegung erhob. »Wo willst du denn in dieser Lederhose hin?«

Sie trug ihr Ausgeh-Outfit: eine enge schwarze Lederhose. Aber um den Kopf hatte sie noch immer ein Handtuch gewickelt. »Ins Tramp«, erwiderte sie. »Cecilia hat jemanden kennen gelernt, der uns da reinbringen kann. Ein sauteurer Laden, aber was soll's. Ich muss mich beeilen und meine paar Flusen trocken föhnen.«

Jacko sah ihrem wackelnden Lederpopo hinterher. Dasselbe galt für Nina, wenn sie auch alles andere als wohlgefällig dreinschaute.

»Tanzen«, seufzte Jacko. »Meine Güte, im Vergleich zu ihr komme ich mir uralt vor. In letzter Zeit gerate ich schon völlig aus dem Häuschen, wenn die Teletubbies im Fernsehen kommen.«

Nina ließ wieder ein silberhelles Glockengeläut ertönen. Als sie nach einer weiteren halben Stunde endlich aufbrach, fragte ich mich, wie ich sie auch nur eine Sekunde länger ertragen hätte, ohne ihr eine zu kleben.

Als ich sie zur Tür brachte, kam Jacko ebenfalls mit. Er tätschelte ihre Wange und sagte: »Bis bald, Süße. Und pass auf dich auf.«

Sie schenkte ihm ihr süßestes Lächeln. »Ciao, ciao. Es war *sehr* schön, dich kennen zu lernen.«

Nachdem wir ihrem davonbrausenden Hexenbesen nachgesehen hatten, wandte ich mich an Jacko. »Wenn du jetzt auch nur *einen Ton* sagst, hau ich dir eine rein.«

»Was denn?«, fragte er gekränkt.

»Du weißt genau, was ich meine. So was wie: ›Ich weiß gar nicht, was ihr habt. Die war doch wirklich nett.‹ Und bevor du jetzt sagst: ›Mann, kannst du gemein sein‹, will ich dir mal was über Nina erzählen: Sie hat mir vor vielen Jahren den Freund ausgespannt. Jemand, an dem ich genauso gehangen habe, wie du an Michaela. Dabei hatte sie gar kein ernsthaftes Interesse an ihm – sie hat ihn mir bloß ausgespannt, um sich zu beweisen, dass sie es schafft.«

Jacko machte ein Gesicht, als hätte man ihm gerade gesagt, Liverpool wäre in die vierte Liga abgestiegen. »Warum hast du mir das nie erzählt?«

»Weil sie es so geschickt angestellt hat, dass ich erst jetzt davon erfahren habe.«

Ich ließ ihn das erst einmal verdauen und trug die Becher in die Küche zurück. Nachdem sie Tom ins Bett gebracht hatte, leistete mir Sally dort Gesellschaft. »Ich dachte, das ist eine Freundin von Frida!«, sagte sie. »Mich hat beinahe der Schlag getroffen!«

»Was soll *ich* da erst sagen?« Ich stellte die Spülmaschine an. »Ich dachte schon, sie ist hinter mir her, dabei wollte sie bloß ihre Nase hier reinstecken, genau wie ich befürchtet hatte. Sich mal das Haus angucken.«

»Vielleicht wollte sie auch nur einen Blick auf Jacko werfen.«

»Warum sollte sie?«

»Weil ich Rosie neulich erzählt habe, dass er stinkreich ist«, sagte sie verlegen. »Beziehungsweise, dass er die Firma seines Vaters zur Hälfte übernommen hat – was so ziemlich aufs selbe rauskommt. Weil er ständig im Gammel-Look rumläuft und sich aufführt wie der letzte Idiot, konnte ich mir das einfach nicht verkneifen. Sie hat mich nämlich gefragt, ob er wieder in seinen alten Job zurückkehren kann, wenn der Gips ab ist. Ich wollte bloß mal ihr Gesicht sehen.«

Und natürlich hatte es Rosie kaum erwarten können, alles über William »Jacko« Jacques von Jacques, Steinreich & Söhne, weiterzutratschen.

»Kein Wunder, dass sie so mit ihm geflirtet hat«, schnaubte ich. »Hast du gesehen, wie er nach ihrer Aufmerksamkeit gelechzt hat?«

»Da er hinter allem her ist, was einen Rock trägt, finde ich das nicht weiter verwunderlich«, erklärte mir Sally. »Ich würd dir jetzt ja gern sagen, sie ist nichts Besonderes, aber das wäre leider gelogen.«

Das brauchte man mir nicht zu erzählen.

»Wer war Michaela?«, fragte sie.

»Seine große Liebe, aber das ist schon ein paar Jahre her. Sie scheint ihn allerdings gründlich von dieser Idee geheilt zu haben – alles, was danach kam, waren ein paar kurze Affären. Als sie ihn verlassen hat, ist er richtig zusammengebrochen. Er kam tagelang nicht mehr aus seinem Zimmer. Und jeder wusste, warum: Er wollte sich nicht anmerken lassen, dass er geweint hatte.« Und das kurz vor dem Examen, was mit ein Grund war, warum er nur mit Befriedigend abgeschlossen hat. Einmal ganz davon abgesehen, dass er in drei Jahren ganze vierzehn Vorlesungen besucht hatte.

Selbst Sally sah betroffen aus. »Armer, alter Trottel«, sagte sie. Kurz darauf kam er herein.

»Du hättest mir lieber sagen sollen, dass sie dir den Freund ausgespannt hat«, sagte er immer noch gekränkt. »So toll fand ich sie nun auch wieder nicht. Dieses Lachen kann einem ganz schön auf die Nerven gehen.«

»Jacko«, sagte ich. »Ich liebe dich.«

Als ich am Donnerstagabend heimkam, sah ich, dass der Weihnachtsmann seine Helfershelfer ausgeschickt hatte. An der Tür hing ein riesiger Stechpalmenkranz. Und im Flur baumelten ein Tannen- und ein Mistelzweig von einem Samtband. Eine Girlande aus Tannenzweigen schmückte das Treppengeländer.

Die Wohnzimmertür stand offen. Und wieder flackerte Feuer im Kamin. In einer Ecke des Wohnzimmers stand ein Weihnachtsbaum, der beinahe bis zur drei Meter hohen Decke reichte. Ich stand da und starrte ihn an wie eine Vierjährige.

»Toll, was?«, fragte Jacko begeistert. »Hab ich heute Morgen besorgt. Wir sind gerade erst fertig geworden.« Er war mit Dutzenden von kleinen, bunten Lichterketten und Christbaumschmuck in allen möglichen Farben und Formen dekoriert.

»Sally findet, das sieht nicht richtig nach *House & Garden* aus«, fuhr er fort. »Sie wollte, dass ich alles so pseudochic in Weiß halte.«

»Stimmt ja gar nicht!«, verteidigte sich Sally. »Das war doch bloß ein Vorschlag.«

»Sie findet das ordinär so«, fuhr er unbekümmert fort.

»Gar nicht wahr!«

»O doch, das findest du, Ms. Schwangerschaftsstreifen. Ich find's trotzdem wunderbar.«

»*Mir* gefällt's!«, sagte Frida und schmatzte ihm einen Kuss auf die Wange.

»Danke, mein Engel.« Er gab ihr einen lauten Schmatzer zurück.

»Das sieht hübsch aus«, sagte ich und warf Sally einen bösen Blick zu. In letzter Zeit war sie derart zickig, an allem hatte sie was auszusetzen.

»Das ganze *Haus* sieht hübsch aus.«

»Ich find's *wirklich* schön«, protestierte sie. »Meine Mutter hat sich immer geweigert, einen echten Baum zu kaufen, wegen der Nadeln auf dem Teppich.«

»Ich werd uns einen *Glogg* machen«, verkündete Frida.

»Ich helf dir«, sagte Jacko. »Dann können wir uns auf gute schwedische Art einen hinter die Binde gießen.«

Als sie weg waren, meinte ich zu Sally: »Musst du gleich wieder alles mies machen? Warum gehst du eigentlich immer so auf ihn los?«

»Ich hab nie gesagt, dass ich den Baum ordinär finde! Der dreht einem doch das Wort im Mund herum!« Sie rauschte davon und ließ mich mit Pissels allein vor dem Kamin zurück, dem diese neue Art zu heizen sichtlich behagte.

Jacko und Frida kamen mit Bechern voller *Glogg* zurück, der

Rosinen und ich weiß nicht wie viel Alkohol enthielt. Man konnte gar nicht genug davon bekommen. Sally ließ sich auch wieder blicken und hatte sich offensichtlich vorgenommen, nett zu sein. Mittlerweile roch das ganze Zimmer nach Nadelwald – allein der Duft machte mich schon ganz trunken. Jacko hatte eine kitschige Weihnachts-CD gekauft, mit Liedern wie »Last Christmas I gave you my Heart«. Wir sangen lauthals mit und kamen immer mehr in Stimmung. Nach der zweiten Runde Glogg sagte Jacko: »Jetzt fehlt nur noch eines.«

»Du willst den Baum doch hoffentlich nicht noch mehr schmücken?«, fragte Sally. »Du hast auch so schon ein Vermögen ausgegeben!«

»Nichts *in* den Baum, Sal. Was *drunter*. Geschenke!«

Als wir endlich in Richtung Bett stolperten, sagte Sally zu mir: »Hoffentlich hat er für die Weihnachtsgeschenke nicht auch so viel ausgegeben. Wir hätten eine Obergrenze von maximal zehn Pfund ausmachen sollen. Im Moment kann ich mir einfach nicht mehr leisten, und ich fühl mich schrecklich, wenn alle anderen mehr ausgeben.«

»Sally, und wenn du nur fünf Pfund springen lässt – Jacko macht das überhaupt nichts aus. Er schaut nicht aufs Geld.«

»Aber darum geht es doch gar nicht! Wehe, ihr habt euch überschlagen – dann bring ich euch um!«

Mit Pissels, der sich an mich kuschelte, lag ich unter meinem Federbett und überlegte, ob wohl der *Glogg* schuld war, dass ich eine Kleinigkeit zufriedener war als während der letzten Wochen. Helen war so nett gewesen, sich selbst von der Liste der Menschen, um die man sich Sorgen machen musste, zu streichen – sie hatte nämlich am Nachmittag angerufen. Oliver und sie würden Weihnachten bei ihrer Schwester in Saffron Walden verbringen, die einen Sohn ungefähr im selben Alter hatte. Lawrence und die Zwillinge fuhren zu seiner Mutter, die die Zwillinge vergötterte, weil sie sie so an ihren Sohn erinnerten. Francesca würde mit Freunden feiern, aber davon, dass Lawrence und sie sich trennten, konnte keine Rede sein. Ob ich schon gehört hatte, dass sie nach nebenan gezogen war?

Ja, ich hatte mir schon so etwas gedacht, wegen des Renaults, den ich die letzten Tage öfter gesehen hatte. Helen hatte sich mittlerweile mit Lawrence getroffen, und zwar im Büro ihres Anwalts. Und weil die Atmosphäre mehr als unterkühlt gewesen war, hatte er ihr weder eine Szene gemacht noch gedroht. Sie klang relativ gelassen. Wer weiß, vielleicht hatte sie doch das Richtige getan – und wenn nicht, war das auch nicht meine Schuld.

Und dann dachte ich an Weihnachten. Guter, alter Jacko. Ich hätte mir denken können, dass er beim Baumkauf weit über das Ziel hinausschießt. Im Grunde seines Herzens war er noch ein Kind, genau wie Sally, auch wenn sie das nicht zugeben wollte. Ich würde für beide einen Strumpf füllen, mit albernen Geschenken und einer Satsuma unten drin. Pissels würde auch einen Strumpf bekommen, für die Füllung hatte Santa Tesco bereits gesorgt.

Ehrlich gesagt, wollte ich ein richtig schön kitschiges Weihnachten haben und dazu eine große Packung klebriger Plätzchen. Wir würden uns die üblichen Weihnachtssendungen im Fernsehen anschauen und eine Runde Twister spielen. Kurz gesagt, das Kind in mir freute sich mehr auf Weihnachten, als ich das seit Jahren getan hatte. Kein Wunder also, dass Harriets perfektes Weihnachten nur wenige Tage später ins Wasser fallen sollte.

Den Anfang machte ein Anruf von Jackos Mutter, der zwanzig Minuten dauerte und ihn total erschöpft zurückließ.

»Ich hab's ihnen hundertmal gesagt«, sagte er völlig entnervt. »Wenn sie sich um ihre eigenen Angelegenheiten kümmern würden, hätte sie von ihm schon längst die Nase voll.«

Es ging um Tara. Es hatte einen Riesenstreit wegen Lee gegeben. Die Eltern hatten ein Machtwort gesprochen. Er hätte einen schlechten Einfluss und würde sie von der Schule ablenken. Gut, sie konnten sie zwar nicht daran hindern, ihn zu treffen, aber dafür bekam er Hausverbot. Und wenn sie es wagen sollte, ihn mit nach Hause zu bringen, wenn sie nicht da wären, würde es einen Riesenärger geben.

Und nachdem sie »Okay, schon gut« gesagt und einen auf beleidigt gemacht hatte, um sie zu täuschen, war sie einfach abgehauen, als ihre Eltern auf einem Abendessen des Rotary-Clubs waren. Sie hatte ein paar Klamotten, ihr Schminkzeug und ihre EC-Karte mitgenommen. Da sie ihr das Taschengeld gerade erst überwiesen hatten, wussten sie, dass sie mindestens dreihundert Pfund besaß, die sie durchbringen konnte. Sie hatte einen Zettel hinterlassen, auf dem stand, sie wäre achtzehn und könnte tun und lassen, was sie wollte. Die Schule ginge ihr auf die Nerven, das wäre reine Zeitverschwendung. Sie liebe Lee und würde ihm überallhin folgen. Da sie nicht vorhätte, sich in der Nähe von Liverpool aufzuhalten, bräuchten sie sich gar nicht erst die Mühe machen, sie zu suchen. Sie würde irgendwann anrufen, um ihnen mitzuteilen, dass sie noch am Leben wäre. Und weil sie solche Kontroll-Freaks wären, geschähe ihnen das nur recht.

All das hatte sich vor etwa drei Tagen zugetragen. Jackos Eltern hatten ihn zuerst gar nicht benachrichtigen wollen, aus Angst, er würde sagen: »Hab ich's euch nicht gesagt?« (Was er auch tat). Wie dem auch sei, Tara hatte immer noch nicht angerufen, und sie kamen halb um vor Sorge. Wahrscheinlich wohnte sie in so einem heruntergekommenen besetzten Haus, ließ sich in irgendwelchen Hinterhofstudios die Zunge und die Brustwarzen piercen und würde an Blutvergiftung sterben, weil Lee viel zu zugedröhnt wäre, das überhaupt zu bemerken. Sie würde heroinsüchtig werden, Aids bekommen, schwanger werden, verhaftet werden. Lee würde nicht zögern, sie für den Gegenwert eines Schusses an irgendeinen Zuhälter zu verscherbeln.

»Sie wollen, dass ich zu Hause bin, wenn sie anruft«, sagte er. »Sie glauben, auf mich hört sie vielleicht – was ich für einen schlechten Scherz halte. Sobald ihr das Geld ausgeht und sie ihr eigenes Bad vermisst, kommt sie wieder angekrochen. Sie hat sich noch nie für irgendetwas anstrengen müssen, nicht einen einzigen Tag lang.«

»Hat sie kein Handy?«, fragte ich. »Vielleicht können wir sie auf diesem Weg erreichen.«

»Das funktioniert nicht«, sagte er. »Sie hat vergessen, das Aufladegerät für den Akku mitzunehmen. Sie sehen sie schon tot im Rinnstein liegen – jedes Mal, wenn es an der Tür klingelt, denken sie, die Bullen sind da und überbringen ihnen die traurige Nachricht.«

»Wahrscheinlich amüsiert sie sich königlich«, sagte ich.

»Ja, aber bring ihnen das mal bei. Ich denke, ich sollte nach Hause fahren, bevor mein Vater einen Herzinfarkt bekommt und meine Mutter an einer Überdosis Prozac zugrunde geht.«

»Versuch, sie zu beruhigen«, sagte ich. »Mach ihnen klar, dass sie sich da bloß in was reinsteigern.«

»Trotzdem, ich könnte sie umbringen«, fuhr er fort. »Tara muss doch wissen, dass sie halb umkommen vor Angst. Sie haben sie völlig verzogen, weißt du. Das ist wahrscheinlich das erste Mal in ihrem Leben, dass sie überhaupt mal ein Machtwort gesprochen haben.«

Ich versuchte, mir nichts anmerken zu lassen, auch wenn mein perfektes Weihnachten gerade den Bach runterging. Ohne Jacko wäre es einfach nicht mehr dasselbe. »Wann wirst du fahren?«

»Ich hab gesagt übermorgen. Morgen Nachmittag muss ich noch mal zur Krankengymnastik.« Er schenkte mir den Abglanz seines sonstigen Grinsens. »Die Krankengymnastin ist echt der Hammer. Ich muss ihr einen Weihnachtskuss geben, bevor ich mich für immer von ihr verabschiede.«

Nachdem er zum Drunken Dragon aufgebrochen war, um Bier zu tanken und sich bemitleiden zu lassen, meinte Sally: »Ich fürchte, sie haben das Gör viel zu sehr verwöhnt. Aber ich wette, bei ihm war das auch nicht anders.«

»Den Eindruck habe ich eigentlich nicht«, sagte ich. »Als ich ihn kennen lernte, hatte er auch nicht mehr Geld als wir. Er besaß ein Auto, aber so eine richtige Schrottkiste. Sein Taschengeld musste er sich hart verdienen – sein Vater ließ ihn die Autos in den Showrooms polieren. Erst kürzlich hat er mir davon erzählt.

Es hat ihm ganz schön gestunken, dass Tara nie arbeiten musste. Alles, was sie je zuwege gebracht hat, war, an zwei Samstagen im Monat als Badeaufsicht zu jobben. Aber da sollte sie die Böden wischen, und das war ihr dann doch zu viel.«

»Verzogenes Gör«, sagte Sally erbost.

Frida flog am Vormittag des Zweiundzwanzigsten, nicht ohne uns alle auf ein verschneites Silvester nach Stockholm mit jeder Menge *Glogg* einzuladen. Jacko würde am Dreiundzwanzigsten abreisen. Und am Abend des Zweiundzwanzigsten bekam Sally einen Anruf von ihrer nicht ganz standesgemäßen Tante, die ihr ein absolut schlechtes Gewissen machte.

»Es geht um Mum und Dad«, sagte sie verzweifelt. »Sie sagt, sie sind völlig außer sich, weil ich nicht nach Hause komme – Mum scheint nur noch zu heulen. Sie denken, *ich* denke, sie würden sich für mich schämen.«

»Na ja, stimmt doch auch«, erklärte ich.

»Ja, nur dass sie das so nie sagen würden. Wenn überhaupt, sind sie von mir ›enttäuscht‹. Anscheinend haben die Nachbarn gefragt, warum ich mein erstes Weihnachten mit Tom nicht zu Hause verbringe, und jetzt denkt Mum, *die* denken, sie will uns nicht dahaben, und fühlt sich grässlich.«

Da ich wusste, was jetzt kam, sagte ich lieber nichts.

»Natürlich sind sie mir am Anfang unheimlich auf die Nerven gegangen. Trotzdem muss ich ständig daran denken, wie *ich* mich wohl fühlen würde, wenn mich Tom nicht besuchen wollte«, fuhr sie fort. »Du wirst das sicher anders sehen, aber ...«

Um es ihr nicht noch schwerer zu machen, kam ich ihr zuvor. »Hör zu, du brauchst kein schlechtes Gewissen zu haben, wenn du fahren willst. Das macht mir überhaupt nichts aus, ehrlich – ich fahr dann einfach auch zu meiner Mutter – die freut sich bestimmt, wenn ich ihr bei den Vorbereitungen helfe.«

Sie wirkte völlig erleichtert. »Bist du sicher? Ich würde viel lieber hier bleiben, aber dann hätte ich ein zu schlechtes Gewissen.«

Ich rief am Bahnhof an und bestellte ihr eine Fahrkarte auf meine Kreditkarte, aber als eine Stunde später Jacko nach Hause kam, war er stinksauer. »Ich hätte dich doch mitnehmen können! Chester liegt fast auf dem Weg!«

»Du warst nicht da, also konnte ich dich schlecht fragen«, sagte sie. »Außerdem hast du keinen Kindersitz. Jetzt ist es sowieso zu spät. Ich werd Mum anrufen und meine Sachen packen.«

Weil in der Arbeit nicht viel los war, außer dass uns Sandie bis ins Detail schilderte, was sie mit ihrem Freund anstellen würde, falls er es wagen sollte, ihr billige rote Spitzenunterwäsche zu Weihnachten zu schenken, nahm ich mir den nächsten Vormittag frei, um Sally zum Bahnhof zu fahren.

Jacko reiste als Erster ab. Vorher hatten er und Sally noch Waffenstillstand geschlossen. Sie hatte ihm sogar erlaubt, das dreiundzwanzigste Türchen ihres Adventskalenders aufzumachen. »Glaub bloß nicht, dass du mich jetzt für immer los bist«, sagte er. »Wenn ihr Lust habt, euch für eine wilde Fete aufzutakeln, komm ich an Silvester zurück.«

»Soll das ein Witz sein?«, fragte Sally. »Auf was für eine wilde Fete soll ich deiner Meinung nach gehen, wenn ich keinen Babysitter habe?«

»Wir könnten einen organisieren. Über eine Agentur oder so.«

»Das kostet doch ein Vermögen. Außerdem hasse ich Silvesterfeten.«

»Seit wann denn das?«, staunte ich.

»Schon immer. Da werd ich bloß jedes Mal deprimiert. Da geht man aus, hat die größten Erwartungen und macht ein wahnsinniges Getue, um dann doch nur enttäuscht zu werden.«

»Meine Güte, du bist wirklich ein Sonnenschein, was?«, meinte Jacko. »Warte nur, bis dich mein Zauberstab wieder zum Strahlen bringt!« Daraufhin zog er einen reichlich mitgenommenen Mistelzweig aus der Hosentasche.

Sie nahm seinen Kuss huldvoll entgegen. »Frohe Weihnachten, Blödmann. Mach's gut.«

»Frohe Weihnachten, Schatzi. Sieh zu, dass du deine Verwandtschaft nicht umbringst – ich werd meine nämlich höchstwahrscheinlich umbringen, und ich will nicht, dass wir uns die Schlagzeilen teilen müssen.«

Dann war ich an der Reihe. »Viel Glück«, sagte ich. »Und falls Tara auftauchen sollte: Gib ihr eine dicke Ohrfeige von mir.«

»Sie werd ich zuallererst umbringen. Komm mich besuchen, wenn ich anschließend in Broadmoor einsitze. Und vergiss nicht, mir in deinem BH ein paar Dosen Bier in den Knast zu schmuggeln.«

Dann küsste er Tom, der auf Sallys Hüfte saß, zum Abschied. »Tschüs, Kumpel. Immer schön die Gruftis anlächeln, und grüß den Weihnachtsmann von mir!«

Obwohl er nach Weihnachten sowieso gefahren wäre, ließ ich ihn nur ungern ziehen. Nach diesen ganzen Wochen gehörte er beinahe schon zum Inventar. Er würde das ein oder andere Wochenende auf Besuch kommen, aber das war längst nicht dasselbe.

Nachdem wir ihn verabschiedet hatten, kam uns das Haus bereits merkwürdig leer vor. Während Sally ihre Sachen packte, ging ich ins Wohnzimmer. Ich fröstelte und fühlte mich einsam, die Asche im Kamin war kalt geworden. Sogar der Baum wirkte niedergeschlagen. Jetzt würde er seine ganze Pracht an Pissels verschwenden. Doch unter ihm lagen ein paar Dinge, die vor einer Stunde noch nicht dagelegen hatten. Als Sally herunterkam, zeigte ich sie ihr.

»Ach du meine Güte«, rief sie aus. »Was hat er denn da veranstaltet?«

Sally und ich hatten identisch aussehende Geschenke von normaler Größe bekommen, ein riesiges war für Tom bestimmt. Auf der Karte stand: »Es ist vielleicht noch ein bisschen groß für dich, Kumpel, aber dafür brauchst du wenigstens keinen Führerschein. Alles Liebe, Jacko.«

»Das wirst du kaum im Zug mitnehmen können«, sagte ich. »Willst du's jetzt aufmachen?«

»Ich denke schon«, antwortete sie nervös. »Meine Güte, das wär doch nicht nötig gewesen ...« Sie riss das Papier auf, um ein blaues Minidreirad zu enthüllen: »Thomas, die kleine Lokomotive«. Es hatte einen Griff, an dem man es schieben und Pedale, mit denen man fahren konnte – je nachdem, worauf der Kleine Lust hatte. Es gab sogar einen höhenverstellbaren Korb für den Teddy.

Sally war fassungslos. »Meine Güte, das Ding ist doch viel zu groß für ihn!«

Jacko tat mir beinahe Leid. »Er wird da im Nu reinwachsen. Er wird begeistert sein!«

»Das wär doch nicht nötig gewesen! Was hat er bloß für mich besorgt?« Sie hob das Geschenk hoch und starrte es an. Es war rechteckig und fühlte sich weich an. Wahrscheinlich etwas zum Anziehen. »O Gott, hoffentlich nicht so ein billiges Nachthemd ...«

»Hör auf, so gemein zu sein! Jacko hätte dir lieber gar nichts schenken sollen!«

»Das seh ich genauso!« Sie begann, das Papier aufzureißen.

»Du kannst das unmöglich schon aufmachen!«

»Warum denn nicht, verdammt?«

»Weil noch nicht Weihnachten ist!«

»Ach, zum Teufel damit ...« Ungeduldig zerrte sie an dem Geschenkpapier herum.

»Na vielen Dank auch! Er hat mir genau dasselbe gekauft – jetzt hast du mir die Überraschung verdorben!«

»Er hat bestimmt eine andere Farbe für dich ausgesucht!« Sie entfaltete einen flauschigen, fein gestrickten Pulli in Blassrosa.

Und schon las sie das Etikett durch. »Der ist aus *Kaschmir!* Aus verdammtem Kaschmir! Ich könnte ihn umbringen!«

Jetzt reichte es mir langsam. »Wenn du es wagst, ihm irgendwas Gemeines an den Kopf zu werfen, wenn er zurückkommt, *bring* ich dich um!«

Ich wollte mir noch auf die Zunge beißen, aber es war schon zu spät. In ihren Augen standen Tränen. »Warum musste er das tun?«, schluchzte sie mit tränenerstickter Stimme. »Er weiß doch, dass ich da nicht mithalten kann! Alles, was ich ihm geschenkt habe, ist so ein Furztopf und ein Taschenbuch!«

Ich hatte ein furchtbar schlechtes Gewissen und versuchte, sie zu trösten. »Er wird ganz begeistert sein, wenn er den Furztopf auspackt! So was bekommt man schließlich nicht alle Tage!« Falls ihr euch wundern solltet: Der Furztopf war ein mit grünem Schleim gefüllter Topf, in den man seinen Finger stecken konnte. Daraufhin gab er Furzgeräusche von sich – ein Gebiet, auf dem sich Jacko hervorragend auskannte.

Sally war untröstlich. »Er hat bloß eins neunundneunzig gekostet! Und das Buch drei neunundneunzig – und wie viel hat dieser Pulli gekostet, verdammt noch mal?«

»Sally, so was interessiert ihn doch gar nicht! Er ist der Letzte, dem das was ausmacht!«

»Trotzdem, es wär mir lieber, er hätte das nicht getan! Er muss sich doch denken können, dass mich das in Verlegenheit bringt!«

Tom, der spürte, wie mitgenommen sie war, begann zu weinen. Sie entriss ihn mir tränenüberströmt und stürmte die Treppe hoch. Sie packte fertig und ließ mich mit meiner Enttäuschung allein. Pissels stolzierte herein und setzte sich vor den Kamin. Er miaute, als könnte er so das wunderbar warme, rote Zeug herbeizaubern. Bei Küchenschränken funktionierte das schließlich auch. Einmal Maunzen, und schon rückt irgend so ein dummer Zweibeiner Fisch und Leber heraus.

Ich ließ ihn nur ungern allein zurück, aber zwei Tage mit Trockenfutter würden ihn schon nicht umbringen. Ich hatte meiner Mutter noch nicht Bescheid gesagt, aber ich wollte am späten Heiligabend fahren und am Abend des zweiten Weihnachtsfeiertags wieder zurück sein.

Auf dem Weg zum Bahnhof war Sally immer noch nervös. »Ob sie nun außer sich war oder nicht – wetten, dass Mum einen Anfall kriegt, kaum dass ich eine Stunde zu Hause bin? Ich bin schon jetzt ganz verspannt!«

Na dann: Fröhliche Weihnachten!

Doch als ich ihr schließlich nachwinkte, hatte sie sich einigermaßen gefangen. Was man von mir nicht gerade behaupten konnte, als ich nach einem Nachmittag im Büro nach Hause kam.

Im Haus herrschte Totenstille. Der Weihnachtsbaum wirkte noch niedergeschlagener als vorhin. Er sah aus, als würde er jeden Moment eingehen.

Erst gegen halb acht raffte ich mich auf, meine Mutter anzurufen, und brachte kaum ein »Hallo« heraus, als sie mich auch schon mit einem Wortschwall überschüttete: »Ich stecke bis zu den Ellbogen in Truthahnfüllung – zu allem Überfluss bekommen wir heute Abend auch noch Gäste, aber ich tu mein Bestes, um alles hinzukriegen – Bill hilft mir natürlich, wo er kann, aber im Moment kümmert er sich gerade um die Kinder – um alle fünf, stell dir vor – Juliet hat nämlich gestern Abend angerufen und erzählt, dass ihre Zentralheizung den Geist aufgegeben hat. Vor Weihnachten kommt kein Klempner mehr vorbei, und natürlich ist es eiskalt im Haus.«

Juliet war Bills Tochter, die zwei Kinder hatte.

»Und so hat sie mich gefragt, ob sie nicht auch kommen können – da konnten wir ja wohl schlecht nein sagen«, fuhr sie fort. »Die Kinder müssen zu zweit in einem Bett schlafen. Ich glaub nicht, dass ihnen das was ausmacht. Juliet und Mike müssen sich das schmale Bett im kleinen Zimmer teilen, was wirklich nur eine Notlösung ist – außer sie tauschen mit Roger und Gail und nehmen das ausziehbare Sofa – ein Glück, dass wir das gekauft haben – sonst müsste noch jemand auf dem Fußboden übernachten. Hoffentlich reicht der Truthahn für die vier extra Gäste – ich hab dieses Jahr extra keinen großen gekauft, weil wir die Hälfte sowieso meist wegwerfen. Und wie wir alle um den Esstisch passen sollen, weiß der Himmel – die Parkers hat Bill letzte Woche auch noch eingeladen – o Gott, bleib bitte dran – da kocht gerade was über–«

Umso besser. Die zehn Sekunden Verschnaufpause gaben mir Gelegenheit, kurz nachzudenken.

»Diese blöden Preiselbeeren«, keuchte sie, als sie ans Telefon zurückeilte. »Warum ich mir die ganze Mühe mit der Preiselbeersauce mache, weiß ich selbst nicht, aber so sieht es halt viel schöner aus. Jetzt klebt überall Marmelade, aber das ist noch meine kleinste Sorge. Wusstest du eigentlich, dass man den Truthahn bis eine halbe Stunde vor Ende der Garzeit mit der Oberseite nach unten braten soll? Danach dreht man ihn einfach um, damit er schön knusprig wird, und nimmt ihn eine halbe Stunde vor dem Servieren aus dem Ofen – so lässt er sich wesentlich besser tranchieren.«

»Guter Tipp«, sagte ich fröhlich. »Hast du eigentlich noch dieses Rezept für Brandy-Butter? Deswegen rufe ich nämlich an.«

»O Gott, ich hab schon seit Jahren keine Brandy-Butter mehr gemacht. An deiner Stelle würd ich zu Marks & Spencer fahren, aber nicht erst auf den letzten Drücker – dann ist dort meist schon alles ausverkauft. Tut mir Leid, Liebling, aber ich muss jetzt wirklich weitermachen – ich hab noch Soufflés im Ofen, und der halbe Ort sitzt im Wohnzimmer – ich ruf dich am ersten Feiertag an, einverstanden?«

Natürlich gab es da noch andere Leute, die ich hätte anrufen können, aber seit Sally bei mir eingezogen war, hatte ich viele meiner Freunde vernachlässigt. Außerdem wollte ich nicht, dass man mich bemitleidete. Abgesehen davon fuhren alle Singles, die ich kannte, entweder zu ihren Eltern (worüber die meisten stöhnten und meinten, das würde ihnen den letzten Rest geben) oder hatten einen Flug in die Sonne gebucht. Oder aber sie tummelten sich auf irgendwelchen Skipisten, so wie die alte Hexe Nina. Dasselbe galt für die Paare, die ich kannte, außer sie planten ein romantisches Weihnachten *à deux* und konnten auf ein fünftes Rad am Wagen gut verzichten. Ich weiß, das ist lächerlich, aber es hätte nicht viel gefehlt, und ich hätte die Hexe Nina für mein verunglücktes Weihnachten verantwortlich gemacht. Wie ihr Narnia-Pendant ließ sie es immer nur Winter werden, aber niemals Weihnachten.

Am Vierundzwanzigsten rief ich gleich morgens den Bio-Metzger an und bestellte den Truthahn ab. Doch der sagte: »Tut mir Leid, Kleines, aber ich glaube nicht, dass ich dafür jetzt noch einen Abnehmer finde« – warum ich das Ding nicht einfach in die Gefriertruhe stopfen würde?

Weil ich nur ein winziges Gefrierfach besitze, deshalb. Ich holte ihn trotzdem ab, starrte auf den bleichen Kadaver und wünschte, das Tier hätte sein Leben nicht umsonst lassen müssen.

Im Büro erzählte ich niemandem, dass mein Weihnachten ins Wasser gefallen war. Nachdem wir gegen halb eins alle unsere Schreibtische aufgeräumt hatten, gingen wir noch gemeinsam etwas trinken. Lesley betrank sich und erzählte, ihre Schwiegermutter käme zu Besuch. Sie und ihr Mann würden unweigerlich in Streit geraten, sobald die alte Schachtel auftauchte. Außerdem würde ihr die Schwiegermutter jedes Jahr ein abgrundtief hässliches Nachthemd schenken. Eines, das sie im Vorjahr selbst zu Weihnachten bekommen und in den letzten Winkel ihres Kleiderschranks verbannt hatte, um dann zu sagen: »Na ja, für Lesley ist es gut genug.«

Sandie trank sich ebenfalls einen Schwips an. Wenn sie ehrlich wäre, sagte sie, hätte sie eigentlich gar nichts dagegen, wenn ihr Dave billige Spitzenunterwäsche schenken würde. Wir sollten uns lieber mal ansehen, was sie ihm gerade von Beate Uhse besorgt hätte. Jess war ebenfalls leicht beschwipst und erzählte, ein Witwer aus ihrem Italienischkurs hätte sie zum Abendessen eingeladen. Ja, er hätte sie sogar gefragt, ob sie nicht Lust hätte, eine gemeinsame Kulturreise nach Florenz oder Siena zu unternehmen. Im Frühling, wenn es nicht so heiß wäre. »Er heißt George«, vertraute sie uns an. »Wirklich *wahnsinnig nett* – er hat mir letzte Woche bei den Hausaufgaben geholfen. Ich hab mich völlig in meinen Verben verheddert.«

Es will schon was heißen, wenn sogar unser Mauerblümchen Jess ein besseres Liebesleben vorweisen kann als ich.

Sobald ich zu Hause war, machte ich den Fernseher an, um mich etwas aufzumuntern. Aber gegen halb acht bekam ich erst recht das Gefühl, dass alle Welt fröhlich feiert, nur ich nicht. Ich wusste ganz genau, dass das nicht stimmte, dass es Tausende von Menschen gab, die allein zu Hause vor ihrem Weihnachtsmenü von Marks & Spencer saßen und auch den Rest des Jahres schrecklich einsam waren. Aber genau so fühlte ich mich. Ich musste an Jacko denken, der wahrscheinlich irgendwo lautstark mit Freunden feierte. Ich dachte an Mum und Bill, deren Haus vor Essen, Getränken und Gästen schier aus allen Nähten zu platzen drohte, und fragte mich, warum ich ihr bloß nichts gesagt hatte. Ich hätte auf dem Sofa schlafen können, und selbst die Kinder wären nach einigen Gläsern Punsch zu ertragen gewesen.

Und dann dachte ich an die Hexe von Narnia, die schuld daran war, dass mein Weihnachten derart ins Wasser gefallen war. Daran, wie sie Ski fuhr, wahrscheinlich sogar genau in diesem Moment, wenn man den Zeitunterschied berücksichtigte. Oder in einem schicken kleinen Café saß, zusammen mit diesem Silicon-Valley-Billionär, und vor der Kulisse gleißenden Schnees an ihrem *vin chaud* nippte. Die Hexe von Aspen, ha, ha, ha.

Von Aspen.

In Aspen …

Eine Eingebung würde ich das nicht gerade nennen. Aber irgendwie kroch der Gedanke in mir hoch, als ich gerade nicht aufpasste.

Ruf ihn an.

Was, jetzt?

Warum nicht?

Er ist immer noch mit ihr zusammen.

Aber nicht jetzt, nicht in diesem Moment. Außerdem: Was geht dich das an?

Er hat bestimmt was anderes vor.

Vielleicht auch nicht.

Wahrscheinlich ist er sowieso schon bei seinen Eltern.

Dann freut er sich bestimmt über jede Ablenkung.

Es dauerte keine zwanzig Sekunden, bis ich seine Nummer wählte. Das Herz klopfte mir bis zum Hals.

Klingel … Klingel … Klingel

Er wird nicht drangehen, wetten?

Klingel … Klingel

Ja, aber was, wenn doch?

Klingel …

Ich brach den Anruf mitten im Klingeln ab. Allerdings nicht, ohne mir einzureden, dass dies keinesfalls in einem Anflug von Panik geschah. Es war Heiligabend, verdammt noch mal. Ich konnte schlecht sagen: »Hi John, hast du Lust, eine Pizza essen zu gehen?« Ich konnte mir die Unterhaltung lebhaft ausmalen.

»Oh, hi John, ich bin's, Harriet.«

»*Wer?* Bleiben Sie kurz dran bitte, ich versteh Sie so schlecht ...« (Pause, während er sich von der Geräuschkulisse einer ausgelassenen Feier mit lauter Musik, knallenden Champagnerkorken usw. entfernte.)

»Jetzt ist es besser. Entschuldigung, wer ist dran, bitte?«

»Harriet.«

(Pause, die er dazu nutzte, fieberhaft in seinem Gedächtnis zu kramen, um dann leicht befremdet zu rufen: »Oh, *Harriet!* Hallo, wie geht's?«)

»Och, ganz gut.« (Stopp, bitte streichen.) »Ziemlich gut, ehrlich gesagt.« (In einem Tonfall, der klarmacht, dass etwas Großartiges bevorsteht, z. B. eine wilde Party.) »Ich dachte, ich ruf mal an und wünsch dir viel Glück bei deinem Stammeskrieg.«

»Ach so, ja danke. Warte mal kurz ...« (Pause für eine heisere, verführerische Frauenstimme, die schreit: »John! Schieb sofort deinen süßen Hintern hier rüber – jetzt kommt ›Summer Lovin‹, und wir sind beim Karaoke dran.«)

(Mit zugehaltener Sprechmuschel:) »Bin schon unterwegs, Schätzchen ...«

(Wieder in den Hörer:) »Hör zu, Harriet, ich bin gerade ziemlich beschäftigt ...«

»Ja, das kann ich mir denken. Ich bin auch gleich weg – huch, da kommt ja schon mein Taxi – mach's gut.«

Ich verstaute mein Handy wieder in der Handtasche. »Das nennt man wahre Verzweiflung«, sagte ich zu Pissels, der sich neben mir auf dem Sofa zusammengerollt hatte, aber ausnahmsweise einmal wach war. »Eine äußerst lächerliche, menschliche Angewohnheit, von der du keine Ahnung hast.«

Er gähnte laut.

»Wenn die Katze aus dem Haus ist, wird er kaum daheim sitzen und seine Briefmarkensammlung sortieren, meinst du nicht?«, fragte ich. »Er hatte schließlich auch keine Skrupel, nach ein paar neuen Exemplaren Ausschau zu halten, als die Katze gerade mal ein paar Meter weit entfernt war.«

Pissels leckte nachdenklich an seiner linken Vorderpfote und rollte sich zu einem Fellknäuel zusammen.

»Also, mir reicht's jetzt«, sagte ich zu ihm. »Ich werd mir einen Käsetoast und eine Tasse Tee machen.«

Ich ging um zehn ins Bett, zusammen mit Pissels und einem von Dorothys historischen Liebesromanen. Außer dem Ächzen, das ein so altes Haus nachts von sich gibt, herrschte Totenstille. Ich hätte sogar ein Gespenst willkommen geheißen, nur um jemanden zum Reden zu haben. Wir hätten gemütlich darüber plaudern können, wie es sich so anfühlt, in ein Korsett geschnürt zu sein.

Doch es dauerte nicht lange, bis mich Dorothys Buch auf andere Gedanken brachte. Ich hätte gar nicht gedacht, dass ihr solche Romane gefielen, was nur einmal mehr beweist, dass es sich immer lohnt, ein zweites Mal hinzuschauen. Hatte sie heimlich von einem lüsternen Sir Tarquin geträumt, der für seine Säbelführung ebenso berühmt war wie für seine Liebeskünste? *»Ich werde dich niemals heiraten können«, schluchzte die kleine Dorothea, während Tränen aus ihren porzellanblauen Augen purzelten. »Denn ich bin dazu verdammt, in Putney alt, grau und arthritisch zu werden und über die Regierung zu schimpfen. Ich bitte Euch, lasst mich los, Sir! Seid so gut, und nehmt Eure Hand von meiner Knopfleiste!«*

Armes altes Ding. Ab Seite zehn fand selbst ich Gefallen an Sir Tarquin. Aber als das Telefon klingelte, hatte ich immer noch solche Sehnsucht nach einem echten Gesprächspartner, dass ich auf dem Weg zu meiner Handtasche aus übertriebener Hast über einen Stuhl stolperte und mir beinahe das Genick gebrochen hätte.

Jacko war dran, Gott hab ihn selig. »Hallo, Süße – wie war die Fahrt ins hinterste Devon?«

Ich beschloss, ihm nicht zu erzählen, dass ich sie gar nicht erst angetreten hatte. Er würde bloß ein schlechtes Gewissen bekommen und mich sofort zu sich nach Hause einladen. Vielleicht wäre ich sogar gefahren, aber ich konnte mich einfach nicht zu der vierstündigen Fahrt durchringen. »Nicht schlecht – und bei dir?«

»Bei uns ist die Hölle los. Trotzdem konnte ich die Gruftis ein bisschen beruhigen. Angerufen hat sie trotzdem nicht. Und selbst wenn, wüsste ich nicht, wie ich mir ihr reden soll, ohne sie gleich in Grund und Boden zu brüllen. Aber dann wird sie auflegen, und wir fangen wieder von vorne an. Du kannst dir ja gar nicht vorstellen, was sich mein Vater jetzt schon wieder ausgedacht hat – er will ihr ein neues Auto schenken, wenn sie wieder nach Hause kommt! Dabei hat sie den Schulabschluss noch nicht mal in der Tasche, verdammt!«

Nachdem wir noch ein bisschen geplaudert hatten, machte ich das Licht aus und legte mein Handy auf den Nachttisch. Als ich gerade am Eindösen war, klingelte es erneut.

SIEBEN

»Hallo?«, sagte ich verschlafen. »Das ging aber schnell«, sagte die Stimme. »Ich dachte, du hättest noch Gummihandschuhe an, um dich gerade auf unaussprechliche Weise an Truthähnen zu vergehen.«

Ich war noch immer nicht ganz da. »Äh, Entschuldigung, wer ist dran, bitte?« Doch noch während ich das sagte, bekam ich ganz weiche Knie.

»John. John Mackenzie.«

Mir versagte die Stimme. Gegen weiche Knie müsste dringend mal was unternommen werden.

»Du hast doch nicht schon geschlafen?«, fügte er hinzu.

Hilfe! Erst nachdenken, und dann was ganz Geistreiches sagen. »Äh, nö, eigentlich nicht, ich war gerade dabei, einzunicken ...«

»Ich glaub, du hast vorhin versucht, mich zu erreichen«, sagte er. »Aber hier war die Hölle los, und ich hatte mein Handy in der Sakkotasche. Als ich dann endlich drangegangen bin ...«

Ein rauschendes Fest, genau, wie ich's mir vorgestellt hatte. Beinahe wäre ich so blöd gewesen und hätte ihm eine Lüge aufgetischt, die er mir niemals abgenommen hätte. So was wie: »Oh, entschuldige, ich wollte eigentlich jemand ganz anderes anrufen, aber ich war so was von beschwipst, dass ich die falsche Taste gedrückt haben muss.« Zum Glück ließ mich mein Gehirn nicht länger im Stich. »Ach so, das macht nichts. Ich wollte nur mal schnell durchrufen und dir alles Gute für deinen Stammeskrieg wünschen.«

»Ich hoffe, es kommt erst gar nicht dazu. Vielleicht setz ich meinen Vater vorher mit reichlich Single Malt Whisky außer Gefecht. Dann trifft er wenigstens nicht mehr richtig, wenn ihn die alten Tanten doch noch bis zum Äußersten treiben.« Ich glaube, ich habe gelacht und gleichzeitig auf die Uhr gesehen. War es noch so früh? Erst 22 Uhr 47?

»Auch wenn du gerade keine Truthähne misshandelst: Ich hätte gedacht, du bist unterwegs und feierst«, fuhr er fort.

Wie ich feststellen durfte, schien das auf ihn durchaus zuzutreffen. Ich hörte lautes Gemurmel im Hintergrund und konnte unmöglich zurückstehen.

»Und ob ich gefeiert habe! Schon seit heute Mittag! Seit halb eins, um genau zu sein. Als ich dann vor einer guten halben Stunde hier ankam, bin ich sofort ins Bett gefallen.«

»Umso besser, falls du morgen kochst. Müssen Chefköche nicht schon bei Sonnenaufgang aufstehen, um das gefüllte Opfertier ins Bratrohr zu schieben?«

»Nicht dieses Jahr. Ich koche nicht.«

»Du gehst stattdessen essen?«

»Nein, sie sind alle heimgefahren.«

»Wie bitte?«

»Heimgefahren. Die Pläne wurden in letzter Minute geändert.«

»Das heißt, du bist ganz allein?«

»Kann man so sagen, von Pissels einmal abgesehen.«

»Aber doch nicht morgen?«

Meine Güte, klang ich wirklich so Mitleid erregend? »Doch. Aber ehrlich gesagt, freu ich mich richtig, endlich mal wieder tun und lassen zu können, was ich will: Den ganzen Tag faulenzen, essen, trinken und mir so viele kitschige, alte Spielfilme angucken, wie ich will.«

»Dann denk an mich«, sagte er ironisch. »An unserem Esstisch könnten wir die Friedenstruppe der Vereinten Nationen gut gebrauchen. Vielleicht macht das Tranchieren meinen Vater so nervös. Dieses Messerwetz-Ritual ...«

Von dem Stimmengewirr im Hintergrund hob sich eine Stimme deutlich ab: »John – wir gehen gleich – kommst du?«

Eine weibliche Stimme – wer hätte das gedacht.

»Ja, Moment ...« Dann sagte er zu mir: »Hör zu, ich muss los. Hab einen schönen faulen Tag.«

»Mach ich. Und du das Gegenteil davon. Ich hoffe, der Teppich bekommt nicht allzu viele Blutflecken.«

Er lachte. »Also dann, gute Nacht.«

»Gute Nacht.«

Ich ließ mich zurück in mein Kissen sinken, und plötzlich füllten sich meine Augen mit Tränen. »Mistkerl«, sagte ich zu Pissels, der sich durch so viel Unruhe gestört fühlte. »Warum musste er überhaupt zurückrufen, wenn er mich doch nur wieder in Rage bringt?«

Weil ich nicht einschlafen konnte, widmete ich mich wieder dem lüsternen Sir Tarquin. Der begehrte insgeheim Lavinia, die ihn trotz seines blütenweißen Hemdkragens für einen wild herumschäkernden Lebemann hielt, der dem Glücksspiel, verruchten Frauenzimmern und derlei mehr verfallen war. Doch wenn sie ihn auf dem Handy angerufen hätte, während er gerade Buck's Fizz aus dem Schuh eines verruchten Frauenzimmers schlürfte, hätte er sich sicherlich etwas Besseres einfallen lassen, als einfach nur die Rückruftaste zu drücken. Er wäre mit halsbrecherischer Geschwindigkeit in seinem Phaeton – was immer das auch sein mochte – zu ihr geeilt und hätte die Tür eingetreten, nicht ohne unterwegs noch den ein oder anderen beflissenen Diener aus dem Weg zu befördern.

»Was für ein Nichtsnutz«, sagte ich zu Pissels. »Ich weiß gar nicht, was ich je an ihm finden konnte. Sollen ihn seine verruchten Frauenzimmer doch einfach behalten.«

Er weckte mich um zehn vor acht, indem er mit seiner Pfote meine Wange tätschelte.

»Geh schlafen«, murmelte ich und drehte mich noch mal um.

Er lief auf die andere Seite des Kissens und rieb seine Nase an meiner wie bei einem Eskimo-Kuss. Was so viel bedeutete wie: Einverstanden, noch zehn Minuten, aber dann werd ich wirklich ungemütlich und will mein Frühstück. Anschließend rollte er sich zwischen meinem Kinn und meiner Schulter zusammen und begann vor lauter Vorfreude zu schnurren wie eine Zugmaschine.

Ich war gerade wieder am Einnicken, als Pissels gemächlich zur Tür trottete und ein gekonntes »Sesam, öffne dich«-Geheul zum Besten gab.

»Ist ja gut, ist ja gut.« Ich warf mir meinen Bademantel über. Nach einem kurzen Zwischenstopp im Bad marschierte ich ins Wohnzimmer, wo ich die Vorhänge zur Seite zog und die Weihnachtsbaumbeleuchtung anmachte. In der Küche heulte Pissels bereits das Küchenbüffet an. Ich löffelte »Saftige Happen Weißfisch und Krabben in Aspik« in seinen Napf. »Extra für dich gekauft, was ganz Besonderes«, erklärte ich. »Wehe, das schmeckt dir nicht.«

Ich machte den Fernseher an, setzte einen Kaffee auf und aß einen Apfelstrudel-Joghurt, als Pissels auch schon nach mehr maunzte. Dachte ich zumindest, doch dann erblickte ich seinen Napf. Er hatte den Aspik sorgfältig abgeschleckt, aber die »Saftigen Happen Weißfisch und Krabben« nicht einmal angerührt. »Du wählerisches kleines Biest!«, schalt ich ihn. »In der Dritten Welt gibt es Millionen hungernder Katzen!« Egal, den Rest des Schälchens gab ich ihm trotzdem, schließlich war Weihnachten.

Weil ich wusste, dass ich sonst gar nicht mehr aus dem Bademantel herauskäme, ließ ich mir ein Bad ein. Mit der tröpfelnden Dusche wollte ich es heute auf keinen Fall aufnehmen. Manchmal hat das Alleinsein auch Vorteile: Es gab wenigstens genug heißes Wasser. Danach schlüpfte ich in Jogginghosen und Sweatshirt und ging nach unten, um meine Geschenke auszupacken.

Trotz des Baumes machte das Wohnzimmer keinen besonders festlichen Eindruck. Wenn die Vorhänge nicht zugezogen waren, zog es durch die Edwardianischen Fensterscheiben wie Hechtsuppe. Was bedeutete, dass ich entweder Feuer im Kamin machen oder den mickrigen Heizlüfter aufdrehen musste. Und der spendete nur Wärme, wenn man sich direkt davor stellte.

Zuerst packte ich Jackos Geschenk aus. Wie ich schon vermutet hatte, bekam ich dasselbe wie Sally, nur dass mein Pulli scharlachrot war. Keine Farbe, die ich normalerweise trage, aber ich probierte ihn an und musterte mich in dem alten Spiegel mit vergoldetem Goldrahmen über dem Kamin.

Warum trug ich diese Farbe nicht öfter? Sie stand mir ausgezeichnet. Ehrlich gesagt, sah ich wirklich fantastisch damit aus. Der Pulli war klassisch, elegant und exklusiv – genau wie der restliche Inhalt meines Kleiderschranks, ha, ha, ha.

Danke, guter alter Jacko, schmatz, schmatz.

Als Nächstes machte ich das Geschenk meiner Mutter auf. Noch ein Rollkragenpulli, aber diesmal einer aus grober dunkelgrauer Wolle mit Mohair und einem dicken Zopf auf der Vorderseite. Sie hatte noch ein paar Zeilen beigefügt. »Der ist aus der Männerabteilung von Marks & Spencer, aber ich dachte, er könnte dir gefallen. Die Quittung hab ich beigelegt. Wenn du willst, kannst du ihn gerne umtauschen.«

Nun, das hatte ich nicht vor. Eigentlich gefiel er mir ganz gut. Sie hatte auch eine nach Grapefruit duftende Körperlotion aus dem Body Shop dazugelegt und einen Bestseller.

Danke Mum, schmatz, schmatz. Ich hoffe, die Kinder treiben dich nicht in den Wahnsinn.

Dann war Sallys Geschenk an der Reihe, bei dem ich beinahe einen Herzinfarkt erlitt. Vor ein paar Monaten hatte ich in einer Zeitschrift einen Schal entdeckt: Kenzo oder so, Kostenpunkt 179 Pfund. Damals hatte ich gesagt: »Der könnte mir gefallen. Vorausgesetzt, er kostet nicht mehr als zehn Pfund.«

Sie hatte einen Zettel beigelegt. »Jetzt waren die Stricknadeln der alten Dorothy doch noch zu was nutze. Ich hab ein paar Fehler reingestrickt, aber ich finde, sie fallen nicht weiter auf.«

Irgendwie war es ihr gelungen, ihn nachzustricken: breit mit unregelmäßigen Streifen in einem sich herrlich beißenden Rot, Grellpink und Lila. Er war mindestens einen Meter lang. Wenn ich daran dachte, wie viele Stunden sie darüber geschwitzt hatte, während ich im Büro war oder schon schlief, kamen mir die Tränen. Ich hatte ja keine Ahnung gehabt. Ja, ich wusste nicht einmal, dass sie überhaupt stricken konnte.

Ich legte mir den Schal um und trat vor den Spiegel. Einer der Rottöne passte genau zu dem von Jackos Pulli.

Auf der Karte, die zum letzten Päckchen gehörte, stand: »Alles Liebe und jede Menge Sabbelküsse von Tom. P.S.: Mummy hat das für mich gekauft, mir war das einfach zu peinlich.«

Es war ein Slip von La Senza: seidig schimmernd und cremefarben.

Ich saß in Bergen von Geschenkpapier und fühlte mich plötzlich hundeelend. Allein macht Geschenkeauspacken einfach keinen Spaß. Man muss die Schenkenden auch küssen und sich bei ihnen bedanken können. Man muss selber Geschenke austeilen und die Reaktion der Beschenkten beobachten, auch wenn diese nicht so euphorisch ausfällt wie erhofft. Zum Glück war da noch Pissels. Er war auf dem Küchensofa eingeschlafen, aber ich ging ihm trotzdem seinen Strumpf holen.

Ich nahm ihn hoch, um ihn aufzuwecken, und setzte ihn auf meinen Schoß. »Guck! Jede Menge Leckereien!« Ich bot ihm ein paar Fischhappen an.

Er schnaubte angewidert und wandte sich ab.

»Und wie wär's mit dem hier? Leckere Meeresfrüchte?«

Wieder schnaubte er verächtlich, sprang von meinem Schoß, rollte sich zusammen und fiel wieder in den Schlaf, aus dem ich ihn so unsanft geweckt hatte.

Dann eben nicht, verdammt noch mal.

Ich goss mir ein großes Glas Baileys ein, trank es in zwei Zügen aus und genehmigte mir ein zweites. Am besten, ich betrank mich, trank mich total unter den Tisch, bis zur Bewusstlosigkeit. Und warum nicht gleich damit anfangen, auch wenn es erst zehn nach zehn war? Außerdem konnte ich den Truthahn doch trotzdem zubereiten. Vielleicht würde der leckere Bratenduft für ein bisschen Weihnachtsstimmung sorgen – wenn es schon sonst niemand tat. Als ich gerade die Garzeit im Kochbuch nachsehen wollte, klingelte es an der Tür.

Ich rechnete schon mit den Sternsingern – die Kinder aus dem Viertel hatten ein einträgliches Geschäft daraus gemacht. Singen konnte man das allerdings nicht nennen, stattdessen grölten sie »We wish you a Merry Christmas ...« und hielten die Hand auf. Ich gab ihnen trotzdem immer ein Pfund, einfach nur, weil sie den Mut zu so was aufbrachten.

Der Typ auf der Schwelle war ein bisschen groß für einen Sternsinger.

»Hallo«, sagte er. »Ich wollte nur kurz vorbeischauen und dir einen schönen Tag wünschen.«

»John!«

Er trug ein lässiges, blaugraues Sakko und lächelte mich an. »Tut mir Leid, dass ich dich gestern Abend geweckt habe.« Er wies mit dem Kinn auf die geparkten Autos. »Ich bin gerade unterwegs zu meinem Stamm und hab noch einen kleinen Umweg gemacht.«

Ich stand immer noch unter Schock – meine grauen Zellen hatten auch schon mal besser funktioniert. »Ach, das war doch nett, da mach dir mal keine Gedanken. Ich war noch nicht richtig eingeschlafen, sondern gerade erst am Einnicken ...«

»Du hast dich aber ziemlich verschlafen angehört.«

Jetzt mach schon Harriet. Eine passende Lüge, bitte. »Okay, okay, ich war fix und alle. Das kommt wohl davon, wenn man von zwölf Uhr mittags bis neun Uhr abends ununterbrochen Party macht.«

»Ich kenne das Gefühl«, sagte er. »Obwohl ich nicht vor drei damit angefangen habe.«

In dem Moment fiel mir auf, dass er so etwa zehn Prozent seines ursprünglichen Glanzes eingebüßt hatte. Er war zwar geduscht, rasiert und so weiter, aber sein Gesicht wies die Spuren einer durchzechten Nacht auf. »Und nicht vor drei damit aufgehört hat, nehme ich an. Ich hoffe, du nimmst mir das nicht übel, aber du siehst wirklich ein bisschen mitgenommen aus.«

»Ich fühle mich auch ein bisschen mitgenommen. Du hast nicht zufällig eine Tasse Kaffee für mich, oder? Meiner war alle, als ich heute Morgen aufgestanden bin. Ich fürchte, ich habe den einen oder anderen unfeinen Fluch ausgestoßen.«

Auch wenn er nur zu neunzig Prozent in Form war, war er immer noch sehr attraktiv. Vor allem dann, wenn er gluckste und dieses unwiderstehliche Grinsen aufsetzte. »Ich denke schon. Komm doch rein.«

»Danke.« Auf dem Weg zur Küche warf er einen kurzen Blick ins Wohnzimmer. »Das ist ja ein Wahnsinnsbaum.«

»Schön, nicht wahr? Jacko hat ihn gekauft.«

Inzwischen machten sich auch die Schmetterlinge wieder bemerkbar, die durch den Schock kurzzeitig außer Gefecht gesetzt worden waren. Trotzdem musste ich ein ernstes Wort mit ihnen reden. In Zukunft sollten sie mal ein bisschen mehr Umsicht an den Tag legen. Bevor sie wie wild losflatterten, hatten sie die Angelegenheit erst einmal auf ihre Durchführbarkeit hin zu überprüfen. Falls John dachte, er könnte mal eben schnell eine alte Liebe aufwärmen, während die Katze aus dem Haus war, oder bei mir einen kurzen Zwischenstopp einlegen, um aufzutanken …

Die Küche sah nicht ganz so chaotisch aus wie sonst, ausnahmsweise lagen keine Still-BHs auf dem Sofa herum. »Nimm Platz«, sagte ich und wies mit dem Kinn darauf. »Das ist Pissels, aber ich werde euch gar nicht erst offiziell vorstellen. Er steht nicht auf Männer, also sei bitte nicht beleidigt, wenn er gleich die Flucht ergreift.«

Ein Quietschen verriet mir, dass er sich hingesetzt hatte. Irgendwie hatte ich etwas anderes erwartet.

Ich hatte erwartet, dass er sich direkt neben mich an die Arbeitsfläche stellen würde, was es aus Schmetterlingssicht erheblich erschwert hätte, Umsicht zu zeigen. Doch unter den gegebenen Umständen war es ein Leichtes, ruhig und gefasst zu bleiben, während ich Kaffee in den Filter löffelte. »Wie weit hast du's noch bis zu deinem Stamm?«

»West Sussex – ungefähr eine Stunde mit dem Auto. Funktioniert die alte Klingelanlage noch?«, fragte er mit einem Blick auf das Glasgehäuse an der Wand.

»O ja. Jacko hat es richtig in den Fingern gejuckt, als er aus dem Krankenhaus kam, aber Sally hätte ihm mit Sicherheit eine geschmiert.«

»Wie kommst du denn mit dem Entrümpeln voran?«

Seit Sally da war, hatte ich so gut wie gar nichts mehr gemacht. Ich musste lügen. »Es ist ein Alptraum. Ich bin mindestens vierzehnmal zur Mülldeponie gefahren und zehnmal zu Sammelstellen für wohltätige Zwecke. Leider ist nicht alles davon Gerümpel, und so muss ich alles haarklein auseinander sortieren.«

Während der Kaffee durchlief, stellte ich Milch und Becher auf den Tisch, so als wäre er ein x-beliebiger Gast. Ich war ziemlich stolz auf mein lässiges Betragen.

»Ich rieche gar keinen Truthahn«, sagte er.

Dafür erfüllte ein angenehmer Kaffeeduft den Raum. »Vielleicht schieb ich ihn später noch in den Ofen. Pissels wird das sehr zu schätzen wissen. Wie trinkst du deinen Kaffee? Mit Milch?«

»Nur ein bisschen. Und ohne Zucker.«

Dann hörte ich das Sofa erneut quietschen. »Wenn ich ehrlich sein soll«, sagte er und stellte sich doch noch an die Arbeitsplatte, »bin ich nicht bloß gekommen, um mich für den nächtlichen Anruf zu entschuldigen.«

Irgendetwas in meinem Magen geriet ins Schlingern. Gerade mal vierzig Zentimeter von mir entfernt, lehnte er sich mit verschränkten Armen gegen die Arbeitsplatte und sah mich an. Spuren irgendeines Rasierwassers waberten zu meinen Riechzellen und brachten meine schon seit längerem vernachlässigten Hormone in Wallung. Ich muss zugeben, dass ich eine kurze Vision von einem Quickie auf dem Küchentisch hatte.

Man weiß ja nie. »Das hab ich mir schon gedacht«, sagte ich und wich geschickt seinem Blick aus, indem ich ein Glas Erdnussbutter im Schrank verstaute. »Du bist wegen dem Kaffee gekommen. Wahrscheinlich willst du auch noch eine Scheibe Toast.«

»Mach ein Schinkenbrot draus, und du hast den Nagel auf den Kopf getroffen.«

Für den Bruchteil einer Sekunde dachte ich schon, er würde das ernst meinen. Mit einer schlagfertigen Antwort auf den Lippen drehte ich mich zu ihm um, und darauf hatte er nur gewartet.

»Aber deswegen bin ich auch nicht gekommen. Ich hatte gestern das Gefühl, du wärst ein wenig niedergeschlagen. Etwas enttäuscht, weil du ganz alleine zurückgeblieben bist.«

In diesem Moment begriff ich, dass meine Hormone weit über ihr Ziel hinausgeschossen waren. Aber das kam so unerwartet, dass es mir nicht weiter schwer fiel, überrascht zu wirken. »Um Gottes willen, nein.« Es gelang mir sogar, aufzulachen. »Ehrlich gesagt, freue ich mich richtig, endlich mal ein bisschen Ruhe zu haben.«

Da der Kaffee durchgelaufen war, konnte ich mich wegdrehen, um ihm einzuschenken. »Sally und Jacko haben sich in letzter Zeit gekabbelt wie zwei Neunjährige. Und heute Morgen konnte ich genüsslich ein Vollbad nehmen, ohne dass mir das heiße Wasser ausging. Jacko ist ein wahrer Meister im Boiler-Leerduschen. Bitte sehr«, sagte ich und reichte ihm den Becher.

Doch dann konnte ich ihm nicht länger etwas vormachen. Er sah mich so nett und einfühlsam an, dass ich mich einfach geschlagen gab. »Na ja, ein bisschen vielleicht«, gab ich zu. »Ich hab mich so auf Weihnachten gefreut, und *puff!*, plötzlich war alles ganz anders. Aber ich bin trotzdem froh, dass Sally heimgefahren ist. Wenn sie nicht gefahren wäre, hätte sie es hinterher bestimmt bereut.«

»Und warum bist du nicht zu deiner Mutter gefahren?«

»Eigentlich wollte ich das ja, aber sie bekam auch so schon jede Menge unangekündigten Besuch und war völlig panisch, wen sie wo unterbringen soll – du weißt ja, wie Eltern so sind. Deshalb hab ich beschlossen, ihr erst gar nichts davon zu sagen.«

»Du könntest mich begleiten. Zu meinem Weihnachtsessen im familiären Krisengebiet.«

Ich brauchte einen Moment, bis ich meine Stimme wieder fand. »Das meinst du doch nicht ernst?«

»So ernst, wie ich nach einer durchzechten Nacht überhaupt etwas meinen kann.«

Was nicht viel zu bedeuten hatte. »Hör zu, das ist wirklich nett von dir, aber ich kann das unmöglich annehmen.«

»Nein«, sagte er ironisch, lehnte sich an die Arbeitsplatte und nahm einen Schluck von seinem Kaffee. »Ich muss völlig verrückt sein, dir so etwas auch nur vorzuschlagen. Das muss wohl am Kaffee-Entzug liegen. Allerdings hab ich das Ganze vielleicht ein wenig gefährlicher dargestellt, als es eigentlich ist. Beruhigt dich das ein wenig?«

Eher weniger. »Die kennen mich doch überhaupt nicht!«

»Na und?«

War er so schwer von Begriff? »Bekommt deine Mutter keinen Anfall, wenn du plötzlich mit einer Wildfremden auftauchst?«

»Wahrscheinlich wäre sie erleichtert. Weil sich mein Vater vor einem wildfremden Gast nämlich viel mehr zusammenreißen muss.«

Daran hatte ich noch gar nicht gedacht. »Na schön, aber willst du nicht über Nacht bleiben?«

Er schüttelte den Kopf. »Ich muss morgen noch arbeiten. Zumindest sollte ich das. Aber vielleicht schlafe ich stattdessen mal wieder richtig aus.«

»Ja, aber mir kommt das trotzdem reichlich unverschämt vor.«

»Ich wüsste nicht, warum. Ich kann meine Mutter vorher anrufen, wenn du willst.«

Mir schoss alles Mögliche durch den Kopf. Ich dachte daran, wie es wäre, den ganzen Tag allein verbringen zu müssen, daran, vor Filmen einzuschlafen, die ich sowieso in- und auswendig kannte. Ich dachte daran, wie es wäre, mich mit Baileys und Gin zu betrinken, in einem zwölf Pfund schweren Truthahn herumzustochern und wie eine Bekloppte auf Pissels einzureden. Und zum Schluss, aber wirklich erst ganz zum Schluss, dachte ich an Nina. Daran, wie sie mir hinterhältigerweise Stuart ausgespannt hatte, ohne überhaupt wirklich etwas von ihm zu wollen …

»Das ist wirklich sehr nett von dir, aber ich kann das unmöglich annehmen«, sagte ich bestimmt und wandte mich ab, um die Milch in den Kühlschrank zurückzustellen.

»Ich kann's dir nicht verübeln«, erwiderte er ironisch. »Ich würde auch lieber die Flucht ergreifen.«

Nun ja, das gab den Ausschlag. »Ehrlich gesagt, würde ich wahnsinnig gerne mitkommen«, gestand ich und drehte mich wieder zu ihm um. »Ich habe nur abgelehnt, weil ich höflich sein wollte. Ich weiß auch nicht, warum – es ist nicht besonders höflich, eine Einladung abzulehnen, oder?«

Er unterdrückte etwas, das ein unwiderstehliches Grinsen hätte werden können.

»Aber zuerst musst du deine Mutter anrufen«, fuhr ich fort. »Und wenn sie sagt: ›Oh, *nein*, dann muss ich auch noch die Treppe saugen‹, gibst du mir Bescheid, versprochen?«

»Das wird sie aber nicht.« Er nahm sein Handy aus der Sakkotasche und drückte schnell ein paar Tasten.

Am anderen Ende ging sofort jemand dran. »Hallo, ich bin's«, sagte er. Darauf folgte eine kurze Pause. »Natürlich komme ich!«

Wollte er mich etwa so ankündigen?

»Hör zu, würde es dir was ausmachen, wenn ich noch eine Freundin mitbringe?«, fuhr er fort. »Sie ist heute überraschend allein.« Es folgte eine weitere Pause. »Harriet«, sagte er. Nach noch einer Pause fügte er hinzu: »Nein, bloß eine Freundin.«

Na ja, das musste er ja wohl sagen, oder?

Wieder eine Pause. »Ja, das hab ich ihr schon erzählt.« Er musterte mich kurz von oben bis unten, zwinkerte mir zu und fuhr fort: »Ja, ich glaube, sie ist gefechtserprobt.« (Pause.) »Das weiß ich nicht – ich frag mal schnell.« Zu mir sagte er: »Hast du Angst vor angeberischen, sabbernden Hunden?«

Ich versuchte mühsam, ein Lachen zu unterdrücken. »Nein, ich mag Hunde.«

»Sie mag Hunde«, sagte er ins Telefon. Und nach einer längeren Pause: »Wusst ich's doch, dass du so reagierst. Sie hatte nämlich schon Angst, du könntest einen Anfall bekommen und meinen, du müsstest noch vorher die Treppe saugen.« Nach einer weiteren kurzen Pause, in der er in sich hineinlachte, wandte er sich wieder an mich. »Sie meint, die Treppe ist voller Hundehaare, also sieh bitte darüber hinweg.«

Es gibt also auch noch normale Menschen, Gott sei Dank.

In das Handy sagte er: »Gut, wir machen uns sofort auf den Weg. Bis gleich.«

Er steckte das Handy zurück in seine Sakkotasche und sah mich an. »Bist du so weit?«

Das sollte wohl ein Witz sein? Ich sah an meinen Joggingklamotten herunter. »Gib mir zwei Minuten Zeit, okay? Zwei Minuten, versprochen!«, fügte ich hinzu, als ich meinte, ein höflich verbrämtes, zynisches Grinsen wahrgenommen zu haben.

»Es gibt keinen Grund zur Eile. Du darfst dir auch gern zehn Minuten Zeit lassen.«

Ich raste nach oben und dankte Gott, dass ich bereits gebadet hatte. Meine Haare waren zwar mehr *au naturel*, als mir lieb war, aber ich hatte keine Zeit, um sie glatt zu föhnen. Ich riss mir die Klamotten vom Leib und schlüpfte in einen schwarzen Rock. Nur Jackos Pulli ließ ich an. Er passte nicht nur farblich zu Weihnachten, sondern war auch sauber und lag nicht zusammengeknüllt auf einem Haufen knochentrockener Bügelwäsche. Ich zog meine hohen schwarzen Stiefel an. Ich hätte auch Pumps nehmen können, aber die einzige Strumpfhose, die noch sauber war, hatte eine Laufmasche am Knöchel.

Da mir keine Zeit für eine aufwändige Gesichtsrenovierung blieb, trug ich nur ein wenig Lipgloss und Wimperntusche auf, sprühte mir einen Hauch von CK1 auf und raste wieder die Treppe hinunter.

»Mann, das ging aber schnell!«, sagte er offensichtlich schwer beeindruckt.

»Ich hab doch gesagt: ›zwei Minuten‹.« Jetzt musste ich Pissels nur noch sein Mittagessen und seine Knabbereien zum Tee hinstellen und meine Winterjacke schnappen. Einer plötzlichen Eingebung folgend, schnappte ich auch noch nach Pissels Meeresfruchthappen – der sabbernde Hund würde darüber bestimmt nicht die Nase rümpfen.

Er hatte ein Stück weiter unten an der Straße geparkt. Er fuhr ein dunkelgrünes Saab-Cabrio, ziemlich neu, mit schönen Ledersitzen. Ich habe eine kleine Schwäche für Ledersitze. Ich weiß auch nicht, warum. Mit Ledersofas zum Beispiel kann ich nicht so viel anfangen. Vielleicht ist es dieser unaufdringliche, edle Geruch, den man wahrnimmt, sobald man die Autoheizung anmacht.

Nach ungefähr achthundert Metern begann es bei mir wieder zu rattern. Einerseits war ich nicht so naiv zu glauben, er hätte bloß Mitleid mit mir, auch wenn das sicherlich stimmte. Andererseits wusste ich nicht, was er sonst so im Schilde führte.

Ich hatte den Eindruck, noch nie einen Mann getroffen zu haben, der so schwer zu durchschauen war. Und dann war er wieder nur der nette Kerl – allein die Sorgen, die er sich um Tom gemacht hatte! Aber so langsam erinnerte er mich an jemanden von früher, der einmal mit einer Freundin von mir zusammen gewesen war. Nachdem er sich mehrere Tage lang nicht gemeldet hatte, hatte Lisa nur so getobt vor Wut und gesagt, jetzt wär aber Schluss, sie hätte endgültig die Nase voll. Falls es dieser Mistkerl wagen sollte, jemals wieder bei ihr aufzutauchen, würde sie ihn bei lebendigem Leibe ausweiden. Doch kaum ließ er sich wieder blicken, schmolz sie nur so dahin, machte ihm das Essen warm und sagte, nein, nein, das wär schon okay, sie wüsste ja, wie beschäftigt er wäre, ehrlich. Und noch bevor die Pfanne abgekühlt war, lagen die beiden miteinander im Bett. Danach meinte sie nur hilflos: »Ja ja, ich weiß, aber er kann ja so *nett* sein ...«

Er besaß den X-Faktor, wie sie das nannte.

Bei mir war es der Mr.-Helikopter-Faktor. Und das gab mir weit mehr als die Teletubbies, das Weihnachtsprogramm im Fernsehen und ein Brot mit Erdnussbutter auf einmal.

Nach etwa fünfhundert Metern hielt er an, um zu tanken. Ich nutzte die Gelegenheit und nahm einen Strauß Narzissen aus dem Eimer vor der Tankstelle. Sie sahen hübsch aus, dufteten und gaukelten einem vor, der Frühling wäre nicht mehr weit. »Für deine Mutter«, sagte ich, als er sich an der Kasse zu mir gesellte. »Ich komme nicht gern mit leeren Händen und schon gar nicht an Heiligabend.«

»Das ist wirklich nicht nötig, aber sie wird sich bestimmt darüber freuen.«

Wir fuhren nach Süden. Draußen herrschte ein typisch englisches Weihnachtswetter, mit anderen Worten, es war bewölkt, aber mild und sah so aus, als könnte es jeden Moment anfangen zu regnen. Dabei wünschte ich mir nichts lieber als ein richtiges Weihnachtswetter: kalt, verschneit und mit Bäumen voller Raureif. Worauf ich an Skipisten, knallblauen Himmel und Ihr-wisst-schon-Wen denken musste.

Ich weiß nicht, ob das an dem Baileys auf nüchternen Magen lag, aber plötzlich stellte ich mir vor, wie sich ihre Skier in einen Hexenbesen verwandelten und mit ihr davonsausten, während ihr schrilles Gelächter von den Bergen widerhallte. Ich dachte daran, wie sie es in Amerika, dem Land der Jingle Bells und der dicken Weihnachtsmänner, immer nur Winter und niemals Weihnachten werden ließ. Ich stellte mir vor, wie das Weiße Haus Abfangjäger entsandte, um sie von ihrem Besen zu pusten. Ich stellte mir sogar vor, dass Superman eingeschaltet wurde, um die Welt vor einer Bedrohung ungekannten Ausmaßes zu retten.

Und ich muss zugeben, dass ich dabei kichern musste. Allerdings nicht leise genug, denn John sah schon zu mir herüber.

»Was ist denn so lustig?«

»Nur so was Blödes aus dem Radio.«

Bald darauf fragte er: »Was hat deine Freunde eigentlich veranlasst, dich kurz vor Schluss einfach im Stich zu lassen?«

»Sie konnten nichts dafür.« Nachdem ich ihm ein wenig von Sallys hochanständigen Eltern und noch anständigeren Nachbarn erzählt hatte, kam ich auf Jacko zu sprechen und schilderte ausgiebig das Tara-und-Lee-Zerwürfnis.

»Sie sollten sie in Ruhe lassen«, sagte er kühler, als ich das erwartet hätte. »Eigentlich komisch, dass meine Schwester nie auf so eine Idee gekommen ist. Ich sollte das eigentlich nicht sagen, aber sie kann eine ziemliche Nervensäge sein.«

»Wie alt ist sie denn?«

»Zweiundzwanzig, aber so, wie sie sich benimmt, könnte man sie glatt für vierzehneinhalb halten. Sie hat die Schule geschmissen, war dann Au-pair, was ihr nicht besonders gut gefallen hat, ist zurück auf die Schule, hat sie wieder geschmissen, hat als Zimmermädchen in einem Wintersportort gejobbt, was ihr ebenso wenig gefiel, und es auf diese Weise fertig gebracht, Jahre ihres Lebens zu verplempern.«

»Das kommt mir irgendwie bekannt vor«, sagte ich.

»Ach, Unsinn! Du bist da völlig anders. Du bist immer selbst für deinen Lebensunterhalt aufgekommen. Jetzt studiert sie gerade im ersten Jahr Kommunikationswissenschaften. Ich wette, sie hat sich das Fach nur ausgesucht, um unseren Vater zu ärgern. Genauso gut könnte sie einen Magister in Political Correctness und linkem Wirrkopf-Liberalismus machen. Er ist nur ein winziges bisschen konservativ«, fügte er ironisch hinzu. »Wenn du miterleben willst, wie sich sein Gesicht von Rot nach Blau verfärbt und alle Adern hervortreten, brauchst du bloß zu sagen, dass du die Idee, dass Schwule kirchlich heiraten dürfen, einfach fabelhaft findest.«

Ich musste lachen. »Ich verstehe, was du meinst. Am besten, wir lassen die Politik außen vor.«

»Das kannst du gern versuchen – aber Lucy wird das Thema mit Sicherheit immer wieder anschneiden. Sie treibt unseren Vater absichtlich zur Weißglut.«

»Na ja, immer noch besser als diese grauenhaften Familienessen, bei denen kein Wort gesprochen wird, außer: ›Ich glaube, ich werd später noch den Rasen mähen‹ und: ›Hast du schon die Gasrechnung bezahlt?‹«

Er lachte, aber es fiel mir schwer, mit einzustimmen. »Ich spreche da nämlich aus eigener Erfahrung«, gestand ich ihm. »Ich hab einige von diesen Essen über mich ergehen lassen müssen, kurz bevor sich meine Eltern haben scheiden lassen. Die Atmosphäre war einfach unerträglich. Alle schwiegen. Ab und zu fielen ein paar abgedroschene Bemerkungen, die mir so etwas wie Normalität vorgaukeln sollten. Mein Vater sagte dann immer: ›Dieses Stück Schweinefleisch ist aber zart‹, und meine Mutter: ›Ja, aber nicht so gut wie das von Owens.‹ Ich hätte jedes Mal schreien können.«

In dem Sommer nach meinem ersten Jahr auf der Universität hatte sich die Situation besonders zugespitzt. Im Jahr zuvor waren sie getrennt verreist, und das hätte mir eigentlich zu denken geben müssen. Aber ich hatte damals sowieso nur Stuart im Kopf. Dad war in Griechenland und buddelte bei Marathon und Salamus herum. Und Mum war im Juni mit einer Freundin nach Menorca geflogen. Damals hatte ich mir noch versucht einzureden, die beiden hätten eben nicht dieselben Vorstellungen von Urlaub. Dad liebte Ruinen und Museen, während sich Mum gern mit einem Roman am Strand rekelte. Sie liebte es, in überfüllten Hafencafés zu sitzen, einen Drink zu bestellen und unter Menschen zu sein. Dad hingegen saß lieber in Ruhe auf dem Balkon und las *Die Geschichte des Peloponnesischen Krieges* im Original.

In genau so einem Hafencafé hatte Mum mit Gina gesessen, als sie ein Mann gefragt hatte: »Haben Sie etwas dagegen, wenn ich mir diesen Stuhl nehme?« Er hatte sich mit ein paar Freunden am Nebentisch niedergelassen, und schon war's um sie geschehen, wie man so schön sagt. Bills Frau war drei Jahre zuvor gestorben, und so zerstörte sie wenigstens keine fremde Beziehung, aber sie machte sich Sorgen um Dad.

Am dreißigsten Juni zog sie mich ins Vertrauen, beinahe genau ein Jahr nachdem sie Bill kennen gelernt hatte. Sie hatte versucht, dagegen anzukämpfen. Es war gerade mal zehn Tage her, dass sie Dad alles erzählt hatte. Und so kam es zu diesem deprimierenden Schweigen mit Sauce. Ich hatte weinen müssen, wegen Dad. Er sah so verloren und verwirrt aus. Nicht im Traum wäre es ihm eingefallen, wütend zu werden, obwohl sich Mum einige Male mit Bill getroffen hatte, während sie angeblich auf einem Shopping-Trip oder einer Schönheitsfarm weilte, um etwas abzuspecken.

Doch nach ein paar Monaten begriff Dad, dass es so das Beste war. Nachdem er sich erst einmal an die Idee gewöhnt und kapiert hatte, wie die Mikrowelle funktionierte, war er fast schon erleichtert, glaube ich. Jetzt würde keiner mehr sagen: »David, *musst* du unbedingt diesen ollen Pulli anziehen?« Er konnte seine Abende mit Ägyptisch-Sprachkursen verbringen und sich so auf seine Reise an den Oberlauf des Nils vorbereiten, ohne dass jemand schimpfte: »Sag bloß, du hast vergessen, dass wir heute Abend bei den Tuckers eingeladen sind?«

Im Nachhinein konnte ich gut verstehen, warum Mum ständig so gereizt gewesen war, aber damals hatte ich ziemlich darunter gelitten. Ich war froh, dass sie heute gute Freunde waren. Trotzdem hab ich mich immer gefragt, wie zwei derart verschiedene Menschen überhaupt zusammenfinden konnten.

Erst neulich hatte Mum wieder zu mir gemeint: »Er ist ein netter Mann, wirklich, aber er hätte Wissenschaftler werden sollen. Er sollte in einem von diesen Tweedsakkos mit Lederflicken an den Ellbogen in seinem Studierzimmer sitzen und zwanzig Jahre lang an einem Buch über römische Münzen schreiben.«

John sagte: »Ich glaube, als Einzelkind ist das besonders hart. Als meine Eltern mal so eine schwierige Phase hatten, mit Gegenständen um sich warfen und nicht mehr miteinander redeten, hab ich mich mit meiner Schwester im Gartenschuppen versteckt und überlegt, wie wir uns adoptieren lassen könnten.«

Ich lachte, und er fuhr fort: »Ich spreche von meiner anderen Schwester. Ich war gerade mal zehn und Anna ein Jahr jünger. Heute lebt sie in Sydney, ist unter der Haube und erwartet ihr erstes Kind. Als wir ein bisschen älter wurden, bekamen wir heraus, dass Lucy bei einem leidenschaftlichen Versöhnungsversuch in genau dieser Phase gezeugt worden ist. Seitdem haben sich meine Eltern kaum noch gestritten – die Folgen wären einfach furchtbar.« Er warf mir einen Blick von der Seite zu. »Ich hätte dir das gar nicht erzählen dürfen. Meine Mutter würde mich umbringen.«

»Da mach dir mal keine Sorgen«, beruhigte ich ihn. »Ich werd sie wohl kaum mit den Worten begrüßen: ›Ah, hallo Lucy – ich weiß übrigens genauestens über die Umstände deiner Zeugung Bescheid.‹«

»Darauf würde sie bloß erwidern: ›Na ja, man muss nicht gerade promoviert haben, um *das* herauszufinden – Dad konnte sich einfach nicht beherrschen. Ich war ein Unfall.‹ Das hat sie ihnen damals ständig an den Kopf geworfen«, fuhr er fort. »In diesem Jammerton: ›Ihr *wolltet* mich gar nicht haben – Ich war ein *Unfall* …‹ Aber eins muss man ihr lassen«, sagte er grinsend, »sie hatte großen Erfolg damit, wenn sie sich unbedingt ein Pony wünschte oder mit ins Skilager fahren wollte.«

Ich konnte mich noch gut an die Zeit erinnern, als ich mich ständig nach irgendwas verzehrte. »Meine Güte, was hab ich mir ein Pony gewünscht. *Ich wünsch mir ein Pony* – damals war das mein Mantra.«

»Und, hast du eines bekommen?«

»So viel Glück war mir nicht beschieden. Meine Mutter hat gesagt, ich hätte es sowieso bald über – und dann müsste sie über die Felder latschen und sich mit Eimern von Pony-Futter abschleppen.«

»So lief das auch bei Lucy, kaum dass sie sich für Jungens interessierte. Aus lauter Bewegungsmangel wurde das Pony so fett, dass mein Vater ein Machtwort sprach. ›Eines Tages‹, hat er gesagt, ›geht uns das arme Vieh noch an Übergewicht ein.‹ Dann hat er einen neuen Eigentümer gesucht. Ist dir warm genug?«, fragte er.

»Doch ja«, sagte ich ziemlich überrascht. »Ist dir kalt?«

»Nein, nein, alles bestens.«

»Aber ich hab immer noch den Schal um«, fuhr ich fort. »Dreh ruhig die Heizung auf, wenn du willst.«

»Nein, ich fühl mich wohl, wirklich«, fügte er mit Nachdruck hinzu, so als würde ich sonst keine Ruhe geben.

Na, wenn er meinte. Welcher Mann dreht schon gern die Heizung auf? Normalerweise heißt es doch immer: »Meine Güte, das ist ja der reinste Backofen hier!«

Wir schwiegen eine Weile, und so geriet ich natürlich wieder ins Grübeln. Ich musste an den Abend im Taxi denken, an diese erotisch aufgeladene Atmosphäre. Gut, im Moment war es helllichter Tag, John war verkatert und wir fuhren zu einer Familienfeier. Trotzdem, etwas mehr Erotik hätte schon in der Luft liegen können. Davon, dass er mich mit den Augen auffraß, konnte keine Rede sein. Er hatte noch nicht mal meine Beine bewundert, von denen immerhin ein gutes Stück zu sehen war. Er hatte nicht *eine* neckische Bemerkung gemacht.

Ehrlich gesagt, war ich ziemlich enttäuscht.

Um mich wieder ein bisschen aufzuheitern, malte ich mir aus, wie er mit Nina Schluss machte, kaum dass sie braun gebrannt und voll bepackt mit Duty-Free-Tüten aus dem Heathrow-Terminal Nummer vier trat. Ich stellte mir vor, wie er zu ihr sagte: »Hör zu, es tut mir Leid, aber...« Ich sah vor mir, wie sie völlig ausrastete und ihm mit ihrem Halbliter-Flakon Giorgio eins überzog. Vielleicht war das der Grund, warum er die Entscheidung noch aufschob, falls er überhaupt vorhatte, mit ihr Schluss zu machen. Er hatte einfach zu viel Angst, sie könnte ihm eine Szene machen. Die meisten Männer tun alles, um Tränen und Szenen zu vermeiden. Oder er war ganz besonders hinterhältig und legte es darauf an, dass sie ihn satt bekam und mit *ihm* Schluss machte. Ich habe schon Männer erlebt, die zu dieser Taktik greifen und mit Absicht vergessen, dass Valentinstag ist, oder behaupten, ihre Mum hätte ein bisschen was von einer alten Schlampe.

Am liebsten hätte ich Nina ins Gespräch gebracht oder eine Freundin erfunden, die gerade Urlaub in Aspen machte, damit *er* sie ins Gespräch brachte. Aber ich konnte mich nicht dazu durchringen. Denn sonst hätte er hinterher noch gesagt: »Ach so, Nina, das ist längst passé«, und ich hätte sofort gewusst, dass er log.

Andererseits – wäre das wirklich eine Lüge? Was, wenn er sich bereits getrennt hatte und Nina das nicht mal Suzanne gegenüber zugegeben hatte? Für so jemanden wie Nina war das möglicherweise eine Erniedrigung, über die man so lange wie möglich Stillschweigen bewahrt.

Als die sanften Hügel der South Downs vor uns auftauchten,

die Wolkendecke aufriss und einen milchig blauen Himmel freigab, fiel mir ein, was ich schon längst hätte tun sollen. »Macht es dir was aus, wenn ich zur Sicherheit schnell meine Mutter anrufe? Falls sie auf die Idee kommt, mich zu Hause anzurufen, und niemand geht dran, denkt sie bestimmt, wir sind alle Opfer eines Gaslecks geworden.«

»Mach nur.«

Nach drei Mal Läuten hatte ich Mum höchstpersönlich am Telefon. Nachdem ich ihr Frohe Weihnachten gewünscht und mich für die schönen Geschenke bedankt hatte, war sie an der Reihe. »Wir haben unsere noch gar nicht ausgepackt – das sparen wir uns bis nach dem Essen auf, auch wenn ich immer noch nicht weiß, wie ich das jemals bewältigen soll. Die Kinder sind jetzt schon ganz quengelig – sie waren dermaßen aufgeregt, dass sie kaum geschlafen haben. Bill hat bis ein Uhr morgens gewartet und dann erst ihre Strümpfe gefüllt – er hat sich sogar noch ein Weihnachtsmannkostüm geliehen, um auf Nummer sicher zu gehen –, und dann, das musst du dir mal vorstellen, ist dieses kleine Ungeheuer von Robert immer noch wach und fragt: ›Bist du das, Opa?‹ Also hat Bill in seinem besten schottischen Akzent geknurrt: ›Fahr zur Hölle, Bengel!‹ oder so was Ähnliches, und Robert ist blitzschnell unter der Bettdecke verschwunden. Nur um dann heute Morgen zu verkünden: ›Wie schafft es der Weihnachtsmann eigentlich, seine Post zu lesen, wenn er doch nicht mal richtig Englisch kann?‹ Und das mit sechs, also so was!« An dieser Stelle hielt sie kurz inne, um Luft zu holen.

»Hast du einen schönen Tag, Liebling?«

»Ja, alles wunderbar«, erwiderte ich betont fröhlich. »Wann das Essen bei uns auf den Tisch kommt, steht auch noch in den Sternen, aber das scheint hier niemanden groß zu stören.«

Aus den Augenwinkeln heraus sah ich, wie John in sich hineinlachte. Ich musste mich zusammenreißen, um nicht ebenfalls loszulachen.

»Du sitzt doch nicht etwa im Auto, oder?«, fragte sie. »Ich hör so ein Motorengeräusch im Hintergrund.«

Sie hatte Ohren wie ein Luchs. »O doch – ich bin gerade noch mal mit Jacko losgefahren, um ein paar Zitronen für den Gin Tonic zu kaufen. Irgendwas vergess ich immer.«

»Du *kannst* wenigstens noch schnell was einkaufen – bei uns hat im Umkreis von mehreren Kilometern nichts mehr offen. Hast du eigentlich was von deinem Vater gehört?«

»Er hat mir eine Karte geschickt und schreibt, dass er Weihnachten auf Zypern verbringt.«

»Ja, aber hat er dir auch geschrieben, mit *wem*? Ich hab kürzlich einen Brief von ihm bekommen und ganz vergessen, dir davon zu erzählen: Er schreibt, er hätte eine ›wahnsinnig nette Frau‹ kennen gelernt. Sie feiern sogar Weihnachten zusammen!« Die Vorstellung schien ihr gar nicht zu behagen.

»Na, das ist doch schön für ihn, oder etwa nicht?«

»Ja, schon. Ich wüsste bloß gern, was für eine Frau das ist. Angeblich heißt sie Kathy!«

»Na und? Wie müsste sie denn deiner Meinung nach heißen? Agatha?« (Meine Mutter heißt Pat, falls ihr euch wundert.)

»Wohl kaum. Aber eine ›Kathy‹ passt irgendwie nicht zu deinem Vater, finde ich. Ehrlich gesagt, mach ich mir ein bisschen Sorgen. Er schreibt, dass sie ganz vernarrt ist in Zypern, und jetzt will er sich dort sogar ein Haus kaufen! Ich kann mir nicht helfen, aber wahrscheinlich hat sie's darauf angelegt.«

»Meine Güte, Mum, er ist doch nicht blöd!«

»Manchmal schon, Liebling. Intelligente Menschen können sich manchmal unglaublich blöd anstellen, glaub mir, vor allem Männer in einem gewissen Alter, wenn sie sich in gewisse Frauen verlieben. Falls sie spitzgekriegt hat, dass er nicht unvermögend ist – immerhin ist da noch die Hälfte von Dorothys Haus, von seinem eigenen ganz zu schweigen, und dann noch das Geld, das er angelegt hat ...«

»Er war Anwalt, um Himmels willen! Er lässt sich nicht einfach so um den Finger wickeln!«

»Ja, aber für mich hört sich das ganz so an, als hätte diese ›Kathy‹ einen schlechten Einfluss auf ihn. Jetzt will er mit ihr sogar zum Skifahren in die Troodos-Berge fahren! *Skifahren!* Ich kenne niemanden, der so unsportlich ist wie er – er wird in einen Baum rasen und sich umbringen. Was, wenn sie dafür sorgt, dass er sein Testament ändert?«

»Mum, das wird sie ganz bestimmt nicht tun. Außerdem spricht doch nichts dagegen, dass er mal Skifahren geht – als ich das letzte Mal Skifahren war, hat es auf der Übungspiste nur so von Fünfzig- bis Sechzigjährigen gewimmelt. Vielleicht macht es ihm ja Spaß.«

»Na, da wäre ich mir nicht so sicher. Bill findet das Ganze auch sehr verdächtig. Wie dem auch sei, soweit ich weiß, will dein Vater bald für ein oder zwei Wochen nach Hause kommen. Hat er dich schon mit einer Handlungsvollmacht ausgestattet, damit du das Haus verkaufen kannst?«

»Aber natürlich!«

»Trotzdem sollte er dir das nicht ganz allein überlassen. So ein Hausverkauf kann eine ganz schöne Belastung sein, glaub mir. Egal, vielleicht bringt er ja diese Kathy mit, und dann kannst du mir sagen, ob sie der Typ dazu ist, ihn auszunehmen. Aber jetzt muss ich weitermachen, ich hab noch nicht mal die Kartoffeln geschält.«

Ich beendete das Gespräch. »Na, da kommt Weihnachtsstimmung auf! Meine Mutter glaubt, irgendeine intrigante Goldgräberin hätte sich meinen Vater unter ihre rot lackierten Fingernägel gerissen. Ihrer Meinung nach plant sie, ihn auf einer Skipiste auf Zypern um die Ecke zu bringen.«

Nachdem ich unser Gespräch kurz für ihn zusammengefasst hatte, sagte er: »Ganz so lustig scheinst du das aber auch nicht zu finden.«

Wenn ich es mir so recht überlegte, nicht, nein.

»Wahrscheinlich ist er *durchaus* empfänglich für so was. Soweit ich weiß, hatte er schon seit Jahren keine Freundin mehr.« Nur einmal war von einer Frau die Rede gewesen, aber das war auch schon wieder Jahre her. Sie hatte sich nach dem Tod ihres Mannes sehr einsam gefühlt. Meiner Meinung nach hatte ihre »Beziehung« hauptsächlich darin bestanden, gemeinsam ins Theater zu gehen und zu sagen: »Ich hab viel zu viel Rinderbraten gekocht – willst du nicht rüberkommen und mir beim Essen Gesellschaft leisten?« Inzwischen war sie wieder verheiratet und aus der Gegend weggezogen.

Außerdem gibt es niemanden, der Dad so gut kannte wie Mum. Sie hatte wohl gehörig zwischen den Zeilen gelesen. Plötzlich sah ich eine noch relativ junge Frau vor mir, die ihn insgeheim für einen alten Trottel hielt und ihn dazu brachte, ihr jede Menge Geschenke zu machen und sie auf teure Reisen einzuladen. Ich stellte mir sogar vor, wie er überlegte, Viagra zu nehmen, um auch im Bett mithalten zu können. Inzwischen musste er ganz schön aus der Übung sein. Ich hatte das ungute, nicht gerade loyale Gefühl, dass er noch nie ein besonders guter Liebhaber gewesen war.

Wenn ich mich so zurückerinnere, war Mum jahrelang gereizt und unzufrieden gewesen. Unterschwellig zumindest. Heute weiß ich, dass das weniger an den nicht angebrachten Regalen als an einer permanenten sexuellen Frustration gelegen haben muss.

Mir fiel wieder ein, wie hilflos und verloren mein Vater damals gewirkt hatte. Wie ein ausgemergelter alter Hund, der im Tierheim abgegeben wird, weil ihn seine Besitzer leid sind und sich stattdessen einen jungen Welpen ins Haus geholt haben. Der Gedanke, ihm könnte das Gleiche noch mal passieren, war mir unerträglich.

Wenn ich ehrlich war, war ich auch wegen Dad aus dem Ausland zurückgekehrt. Er hatte einen kleineren Herzinfarkt gehabt: So klein, dass er ihn gar nicht bemerkte, bis er zum Arzt ging. So richtig alarmiert wurde ich, als mich ein Nachbar in Athen anrief und mir mitteilte, mein Vater läge im Krankenhaus, man müsste mehrere Untersuchungen an ihm vornehmen. Ich war das Jahr über bestimmt zehn Monate lang weg gewesen, und selbst wenn ich zu Hause war, war ich ständig unterwegs gewesen, um irgendwelche Freunde zu treffen. Mum und Bill machten damals gerade Urlaub auf Bali, und da hatte ich die schreckliche Vision gehabt, man könnte mich eines Tages anrufen und sagen: »Wir haben

Ihren Vater leblos neben der Mikrowelle gefunden. Das Ein-Personen-Fertiggericht war schon völlig vertrocknet.« Wenn ich einige Monate am Stück in England arbeiten würde, könnte ich ihn wenigstens öfter sehen.

In Wirklichkeit sah ich ihn nur sonntags bei Tante Dorothy, wenn er den Garten pflegte und sie wie immer zum Essen ausführte. Diese Mittagessen waren für den armen alten Dad ziemlich anstrengend – so ganz allein mit Tante Dorothy. Denn die beklagte sich stets lautstark darüber, das Essen wäre zu heiß/zu kalt/zerkocht/nicht richtig gar/zäh/matschig oder sonst was, behauptete, heutzutage könne überhaupt niemand mehr richtig backen, und schimpfte darüber, dass die Kellnerin so einen kurzen Rock trug – und noch dazu bei *den* Beinen. Zu zweit konnte man das vielleicht noch ganz lustig finden, und Dad hatte schon Recht gehabt, wenn er sagte: »Wenn sie was zu jammern hat, ist sie glücklich.«

Ich bemerkte, dass John von der Hauptstraße abgebogen war. »Jetzt ist es nicht mehr weit. Nur noch ein paar Kilometer.«

Wir befanden uns in den South Downs, fuhren durch eine sanfte Hügellandschaft. Manche der Felder waren bestellt, auf anderen grasten Schafe. Die ersten Lämmer waren auch schon zu sehen. Er fuhr durch eines dieser Dörfer, die es schon vor Wilhelm dem Eroberer oder den Angelsachsen gegeben haben muss: Verschachtelte, kleine Häuser drängten sich um eine Kirche mit viereckigem, normannischem Turm und einem Pub.

Die Straße wand sich dahin wie ein mäandernder Fluss, an längst nicht mehr vorhandenen Hindernissen und sanft ansteigenden Schafsweiden vorbei. Aber vielleicht hatte es diese Hindernisse gar nie gegeben. Vielleicht hatten wir diese chaotische Straßenführung nur der chaotischen Arbeitsweise notorisch betrunkener englischer Straßenbauarbeiter zu verdanken. Es fällt nicht weiter schwer, sich vorzustellen, wie die ersten Briten nach dem vierten Pint Honigwein kaum noch gerade gehen konnten, nach Hause schwankten und sich fragten, ob ihre bessere Hälfte den Eintopf bereits den Schweinen verfüttert hatte. Ich sah den römischen Feldwebel direkt vor mir: »Gut, als Erstes müssen hier ein paar anständige Straßen her. Mark Anton, sieh zu, dass es bis zu den Iden des März zwei schnurgerade Alleen nach Chichester gibt. Wenn nicht, werfe ich dich den Löwen zum Fraß vor.«

John bog an der nächsten Kreuzung ab und fuhr ein Stück durch den Wald. Hier gab es im Frühling bestimmt jede Menge Glockenblumen. Wir folgten gerade dem Verlauf einer Kurve, als uns ein schlammbespritzter Landrover entgegenkam, hupte und scharf bremste.

»Das ist mein Vater«, sagte John und kam ebenfalls zum Stehen, nachdem der Landrover ein paar Meter weiter links rangefahren war. Er setzte zurück und hielt genau auf unserer Höhe. Beide kurbelten die Fenster herunter.

Ich sah einen Mann, dessen rotes Haar schon deutliche Spuren von Grau zeigte. Er trug einen Bart und hatte einen zotteligen Bobtail auf dem Beifahrersitz.

»Flora ist abgehauen«, rief er zornig. »Ich fahr in diese Richtung – nimm du die andere, okay? Sie kann noch nicht weit gekommen sein. Guten Tag, Harriet – los, gib Gas, John, Beeilung! Mit ein bisschen Glück hat sich die alte Schachtel allerdings bereits überfahren lassen.«

ACHT

Als Mackenzie senior davonraste, warf mir Mackenzie junior einen ironisch-ergebenen, halb entschuldigenden Blick zu.

»Nun, ich hatte dich gewarnt.«

Ich versuchte, ein Lachen zu unterdrücken. »War da eben von der alten, senilen Tante die Rede?«

»So isses.« Er legte den ersten Gang ein und fuhr los. »Es muss noch schlimmer mit ihr geworden sein. Sieht ganz so aus, als hätten wir eine Neuauflage von *Schöne Bescherung* zu erwarten.«

»Diesen Film habe ich geliebt. Ich hoffe nur, wir begegnen deinem Vater nicht gleich mit einer verstümmelten alten Dame auf dem Dach-Gepäckträger.«

»Er meint das nicht so.« Er fuhr in eine enge Linkskurve, die für eine alte, hilflos umherirrende Tante mehr als lebensgefährlich war. So etwas wie einen Bürgersteig gab es hier natürlich nicht.

»Aber etwas Wahres ist schon dran«, fuhr er fort. »Ein anderes Thema, das man unbedingt vermeiden sollte, ist die Zwangseuthanasie seniler Alter. Mein Vater sagt immer: ›Wenn ich jemals den Verstand verliere, kann ich nur hoffen, dass mich jemand hinterrücks die Kellertreppe runterstößt‹, worauf meine Mutter erwidert: ›Wenn du das noch einmal sagst, tu ich's wirklich.‹ Und Lucy: ›Was soll denn das heißen, *wenn*?‹«

Ich lachte, was allerdings eher wie ein Schnauben klang. Plötzlich standen mir die Vorteile eines silberhellen Glockengeläuts deutlich vor Augen. Nachdem wir ein paar Minuten gefahren waren, klingelte das Handy in seiner Sakkotasche.

Der Anruf dauerte genau drei Minuten. »Kein Grund zur Panik«, sagte er und steckte es wieder ein. »Mein Vater hat sie gefunden.«

Er bremste, fuhr rückwärts in einen schlammigen Feldweg und nahm den Weg, den wir gekommen waren, um bald darauf erneut abzubiegen. Jemand, der sich hier nicht auskannte, hätte die Allee leicht übersehen können. Zu unserer Linken lagen Felder, und zu unserer Rechten, etwa ein paar hundert Meter weiter, stand ein Haus, wie es sich meine Mutter immer gewünscht hatte, bis sie und Bill in Devon fündig geworden waren. »Perfekt«, hätte sie gesagt. »Schön geräumig, aber auch nicht so groß, dass man sich völlig verloren darin vorkommt.«

Es war aus schönen, hellen Ziegelsteinen gebaut, hatte zwei Eingänge und stammte wahrscheinlich aus Georgianischer Zeit. Im Vergleich zu Dorothys handtuchschmalem Garten schien dieses Haus inmitten eines quadratkilometergroßen Parks zu liegen. In Wirklichkeit war es wahrscheinlich ein halber Morgen. Davor erstreckte sich ein unregelmäßiges Rasenstück. Es gab keine Auffahrt im eigentlichen Sinne, sondern eine Art Kiesweg, der direkt zum Haus führte, das an den Seiten noch über Nebengebäude verfügte.

Vor dem Haus parkten mehrere Autos, unter anderem auch der Landrover. Nachdem er uns kurz zuvor überholt hatte, half Mackenzie senior gerade einer sehr alten Dame aus dem Wagen. Als Johns Wagen direkt daneben zum Stehen kam, ging die Haustür auf.

Ich sah sofort, wem John ähnelte – seine Mutter sah aus wie eine etwas blassere Farbkopie von ihm. Sie hatte einen helleren Teint und helleres Haar, das jedoch noch keine Spur von Grau aufwies. Man konnte ihr die Angst, aber auch die Erleichterung ansehen.

Schon beim Aussteigen brach eine regelrechte Kakophonie über uns herein: »Flora, wo bist du bloß gewesen?« und: »Harriet, wie schön –«. Gleichzeitig sagte sein Vater: »Hätte ich doch bloß diese blöde Tür abgesperrt«, und der Bobtail, der hinten im Landrover eingesperrt war, bellte wie verrückt, um hinausgelassen zu werden.

Im nächsten Augenblick befreite ihn Johns Vater, und ein jaulendes, grauweißes Riesenfellknäuel schoss auf mich zu wie eine Scud-Rakete. Normalerweise macht mir so was überhaupt nichts aus. Aber weil seine Krallen Jackos Pulli empfindlich in Mitleidenschaft zu ziehen drohten, fing ich ihn ab, indem ich beide Vorderpfoten in meine Hände nahm. Hoffentlich empfand er diese Form der Begrüßung nicht als unhöflich.

Kaum dass er mich erreicht hatte, erhob sich eine weitere Kakophonie. Johns Mutter rief: »Angus, um Himmels willen!«, Johns Vater: »Horace, runter mit dir!« und John selbst noch einen Ton schärfer: »Sitz!«

»Kein Problem, wirklich.« Ich grinste Horace an, der mich auf eine kumpelhaft-zottelige Art freundlich anhechelte und versuchte, so nah an mich heranzukommen, dass er mir das Gesicht abschlecken konnte.

Eines muss man Hunden wirklich lassen: Mit ihrer Hilfe ist das Eis sofort gebrochen.

»Tut mir wirklich Leid, aber er ist erst zwei Jahre alt und noch ziemlich verspielt«, sagte Johns Mutter. »Hoffentlich waren seine Pfoten nicht dreckig.«

Da Horace ziemlich schwer war, ließ ich ihn wieder los. Als Nächstes packte mich John sofort am Handgelenk und inspizierte meine Handflächen. »Wollen wir mal hoffen, dass das nur Schlamm ist«, meinte er ironisch. »In was dieses Vieh sonst noch alles tritt, möchten wir gar nicht erst wissen.«

»Um Himmels willen, John, jetzt bitte sie doch herein, damit sie sich die Hände waschen kann«, sagte seine Mutter gestresst.

»Schenk ihr ein großes Glas Gin ein«, grummelte sein Vater. »Das kann sie jetzt bestimmt gut gebrauchen.«

Die alte Dame, nach der man so verzweifelt gefahndet hatte, sah verwirrt aus. »Margaret, ich kann meine Tasche nicht finden.«

Nachdem sie mich entdeckt hatte, beäugte sie mich misstrauisch. »Wer ist dieses Mädchen? Sie wird mir doch nicht meine Tasche geklaut haben?«

»Die ist *im Haus*, Flora. Du hast sie im Haus vergessen«, redete Mrs. Mackenzie beruhigend auf sie ein, während Mr. Mackenzie »Himmelhergott noch mal ...« knurrte.

John nahm mich am Ellbogen und führte mich hinein. »Ich übernehme die volle Verantwortung«, sagte er. »Falls ich bei meinen Schilderungen untertrieben haben sollte, tut es mir Leid. Wenn das so weitergeht, kommt es zu Szenen häuslicher Gewalt, bevor ich ›Hier kannst du dir die Hände waschen‹ sagen kann.« Er öffnete eine Tür, die direkt von der Diele abging.

»Danke.« Ich schloss sie hinter mir und versuchte, einen Lachkrampf zu unterdrücken.

Danach ging es so zivilisiert zu, dass ich schon dachte, der lustige Teil wäre vorüber. John hatte vor der Tür auf mich gewartet und brachte mich dahin, wo man schon die Gläser klirren und lautes Stimmengewirr hören konnte. Wir standen in einem großen, hellen Raum, der auf den Garten hinausging. Im Sommer war das hier bestimmt das reinste Idyll: Man sah direkt auf eine Pferdekoppel. Im Kamin brannte Feuer, und neben der Tür stand ein dezent geschmückter, knapp zwei Meter hoher Weihnachtsbaum. Nichts an der Einrichtung war neu, und obwohl es hier jede Menge Antiquitäten gab, war nichts außergewöhnlich Luxuriöses darunter.

Nachdem ich allen vorgestellt worden war, baten mich seine Eltern, sie doch Angus und Margaret zu nennen. Ich erzählte ihnen, warum ich an Weihnachten plötzlich alleine dagestanden hatte, und danach ging es mit den üblichen Fragen weiter. »Und, was machen Sie so?« Angus war Tierarzt, aber schon so gut wie in Rente, er kümmerte sich um Nutztiere. Margaret hatte als Standesbeamtin Geburten, Todesfälle und Hochzeiten verwaltet, ihren Beruf jedoch wegen Flora aufgegeben. Sie vermisste die Hochzeiten, aber nicht die Todesfälle. Weder Lucy noch die andere Tante waren irgendwo zu sehen. Margaret hatte mir erzählt, Lucy wäre noch oben. Wahrscheinlich würde sie bis zum Mittagessen am

Telefon hängen. Beatrice, ihre eigene Tante, wäre noch auf ihrem Zimmer und würde dort »meditieren«, was so viel hieß, wie auf dem Bett liegen und lesen.

Es waren etwa ein Dutzend Freunde zum Anstoßen gekommen, genau die Art von Leuten, die ich erwartet hatte. Ein Friedensrichter, eine Tierärztin aus Angus' Praxis, ein Farmer und ein Rentnerehepaar, das eine Yacht in Chichester besaß und John fragte, wann er sich endlich mal wieder hinter die Ruderpinne klemmen würde. Wahrscheinlich war John früher mal viel gesegelt. Dann erschien eine große, korpulente Beatrice in einem weiten, dunkelvioletten Kaftan, die stärker geschminkt war als Barbara Cartland.

»Dich hat er wohl unterschlagen, was?«, dröhnte sie und musterte mich von oben bis unten.

»Das ist bloß eine Freundin, Beatrice«, sagte Margaret hastig.

Beatrice gab etwas von sich, das so ähnlich klang wie *grrmpff*. »Ich fang an, mir Sorgen zu machen«, wandte sie sich mit Unheil verkündender Stimme an John. »Du bist erst zweiunddreißig und lässt dir jetzt schon alles durch die Lappen gehen?«

John zwinkerte mir kurz zu. »Beatrice lässt sich nämlich noch lange nichts durch die Lappen gehen. Wenn sie beschwipst genug ist, erzählt sie dir vielleicht von einem gewissen fünfundsechzigjährigen Herrn aus ihrem Tai-Chi-Kurs.«

»Er ist achtundsechzig«, gab sie zurück, schien die Andeutung, sie sei noch lange nicht aus dem Alter raus, jedoch sehr zu genießen. »Aber wenn das mit dem Getränkenachschub nicht bald besser wird, kriege ich heute bestimmt keinen Schwips mehr. Falls du für die Getränke zuständig sein solltest, John: Ich hätte gern ein großes Glas Whiskey. Aber ohne –«

»– dieses überflüssige Sodawasser«, ergänzte er. »Beatrice, wie könnte ich es wagen.«

Als er weg war, konnte ich mir ein Lachen nicht verkneifen. Doch das schien Beatrice leider in den falschen Hals bekommen zu haben. »Ich war nicht immer so eine fette alte Kuh«, dröhnte sie. »Ich war ein ganz wildes Ding. Hab auf Flugzeugtragflächen balanciert. Und war zwei Mal verheiratet, bevor ich fünfundzwanzig wurde. Die Jugend von heute hat ja so gar kein Durchhaltevermögen mehr. Man sollte wieder Lebertran verabreichen.« Noch während ich überlegte, was ich darauf sagen sollte, erregte etwas anderes ihre Aufmerksamkeit. »Margaret, dieser Hund macht sich über die Nüsse her!«

Horace, der aus einem Schälchen auf einem Beistelltisch seelenruhig Knabberzeug in sich hineinschlang, wurde streng verwarnt, und ich hatte kurz meine Ruhe. Natürlich hatte ich schon befürchtet, jemand könnte mich mit den Worten »Na, wie geht's denn unserer reizenden Nina?« begrüßen, aber das war Gott sei Dank noch nicht eingetreten. Auf den Teppich zu kotzen, wäre schließlich mehr als peinlich gewesen. John schien sein Liebesleben lieber für sich zu behalten, aber das war nicht weiter ungewöhnlich. Wer will schon, dass die Familie sagt: »Und, ist es was Ernstes?« Beatrice' Bemerkung, dass er sich so viel durch die Lappen gehen ließe, schien darauf hinzuweisen, dass er schon länger niemanden mehr erwähnt hatte.

Nachdem sich der letzte Gast verabschiedet hatte, nahm ich mit Margaret auf dem Sofa Platz. John stand am Terrassenfenster und sprach mit seinem Vater. Flora saß am Kamin und hörte gar nicht mehr auf, besorgt in ihrer Handtasche zu wühlen. Dafür hatte sie aufgehört, mich misstrauisch zu beäugen. Als sie hörte, dass ich eine Freundin von John wäre, lächelte sie mich verwirrt an und sagte: »Meine Güte, was bist du groß.«

»Als die Kinder noch klein waren, hat sie oft auf sie aufgepasst«, vertraute mir Margaret an. »Die Ärmste war ganz vernarrt in sie. Als ich bei zwei kleinen Kindern gar nicht mehr wusste, wo mir der Kopf stand, war sie mir eine Riesenhilfe. John konnte ein richtiges kleines Ungeheuer sein, und Anna – die musste ihm natürlich alles nachmachen. Horace! Mach Platz, du nervst!«

Während der letzten fünf Minuten hatte ich seinen Kopf gekrault. Sobald ich mein Kraulen auch nur zwei Sekunden unterbrach, legte er mir höflich seine Riesenpfote aufs Knie. »Das ist schon in Ordnung«, beruhigte ich sie.

»Er macht dir lauter Laufmaschen!«

»Die Strumpfhose ist sowieso schon kaputt«, gestand ich ihr, und sie musste lachen. Ich erzählte ihr von Pissels, und sie sagte, sie hätten früher auch eine Katze gehabt. Leider hatte Angus sie vor kurzem wegen altersbedingter Nierenprobleme einschläfern müssen.

Nachdem ich das wusste, fielen mir auch die Kratzspuren an den Sofas auf. Sie waren mit einem verblichenen William-Morris-Druck bezogen. Der Sessel, in dem Flora saß, schien antik zu sein. Auch seine goldsamtenen Polster wiesen Spuren tierischen Missbrauchs auf. Doch das machte den ohnehin behaglichen Raum nur noch gemütlicher. Ich musste an das Haus von Sallys Eltern denken und fragte mich, wie es ihr wohl gerade ging. Ich hätte sie anrufen sollen.

Ich hatte sie einmal heimgefahren, als Tom gerade zwei Monate alt war. Dort hatte es ausgesehen wie in der Meister-Proper-Reklame: Alles strahlte und glänzte, und nirgendwo war ein Stäubchen zu sehen. Doch das Ganze hatte etwas Steriles, und zwar nicht im hygienischen Sinn, auch wenn die Keime, die das Pech hatten, hier hereingeschleppt zu werden, mit Sicherheit sofort Massenselbstmord begingen. Auf dem Sofa zu sitzen und die Füße hochzulegen, wäre dort undenkbar gewesen.

Endlich tauchte Lucy auf. Sie war schlank, etwa so groß wie Sally und hatte langes dunkelrotes Haar, fast schon kastanienbraun. Sie trug eine ausgebeulte graue Hose und ein Oberteil, das wahrscheinlich schon seit einer Woche auf dem Fußboden ihres Zimmers gelegen hatte. Da ich früher selbst sehr schlampig gewesen war und mich nur aufgrund von äußeren Zwängen gebessert hatte, erkannte ich in ihr eine Seelenverwandte.

»Lucy, hättest du nicht heute ausnahmsweise mal was Ordentlicheres anziehen können«, rügte Margaret sie. »Es ist Weihnachten.«

»Ach ja?« Sie lächelte mich neugierig, aber freundlich an. »Ist er verrückt nach dir, oder was?«

»Wie bitte?«

»Na, weil er dich mit herbringt. Er bringt fast nie jemanden mit, *Freundinnen* schon gar nicht. Wahrscheinlich weil er Angst hat, sie könnten sich nach einem Blick auf seinen Genpool gleich wieder aus dem Staub machen.«

»Lucy, hör auf damit«, tadelte Margaret sie.

John hatte gerade jedem nachgeschenkt.

»Na endlich«, sagte er zu Lucy. »Ich war drauf und dran, hochzukommen und dich aus deiner Höhle zu zerren.«

»Lüg nicht so unverschämt. In Wirklichkeit hast du doch gehofft, dass ich oben bleibe, um dir die Peinlichkeit zu ersparen.« Trotzdem tauschten die beiden einen Kuss aus, der mir zeigte, wie gern sie sich im Grunde hatten. »Und, wo ist mein Geschenk?«, fragte sie.

»In meinem Geldbeutel«, erwiderte er. »Also benimm dich bitte, wenn du's haben willst.«

»Sie studiert Kommunikationswissenschaften, weißt du. In London«, informierte Margaret mich.

Angus schnaubte empört auf. »Kommunikationswissenschaften, Feministische Soziologie – sind die an den Universitäten eigentlich allesamt verrückt geworden?«

»Dad, tu mir den Gefallen und hör auf damit«, meinte John.

»Ich hätte auch Feministische Soziologie studieren können, Paps. Ehrlich gesagt, habe ich darin auch ein paar Seminare belegt. Ich hab vor, eine Fallstudie über dich anzufertigen: als Musterbeispiel für eine typisch patriarchale Haltung, die auf primitive Ängste und einen Hass auf die weibliche Sexualität zurückzuführen ist.«

»Lucy, *bitte*«, mahnte Margaret.

»Vergiss nicht, auf Freud Bezug zu nehmen«, dröhnte Beatrice. »Immer dieses saudumme Gerede vom Penisneid – ich für meinen Teil habe das männliche Geschlechtsorgan schon immer für die scheußlichste Schöpfung Gottes gehalten. Sieht aus wie dieses Halsstück, das man mit den Truthahninnereien bekommt, um Bratensauce daraus zu kochen.«

»Nun, bei uns gibt es keinen Truthahn«, bemerkte Margaret.

»Bei uns gibt es Rind«, sagte Angus energisch. »Es geht einfach nichts über ein gutes Stück schottisches Rindfleisch. Truthahn wird viel zu sehr überschätzt. Und dann muss man die Dinger auch noch tranchieren – so viel Gefummel für ein bisschen Brust oder Keule ...«

In der Zwischenzeit schnupperte Horace an meiner Tasche, anscheinend roch er Pissels Fischhappen.

»Als Nächstes kommen deine Stiefel dran«, sagte Lucy. »Ich wundere mich nur, dass er noch nicht versucht hat, sie zu bespringen. Die einzigen Beine in diesem Haus, die ihm nicht gefallen, sind die von Tante Flora. Aber ich nehme an, sogar Horace hat Ansprüche.«

»Lucy!«, rief Angus aufgebracht. »Werd endlich erwachsen!«

In diesem Ton ging es bis zum Mittagessen weiter.

Das Esszimmer war ähnlich eingerichtet wie das Wohnzimmer: gutes altes Mobiliar, das mich an das von Dorothy erinnerte, nur dass sie es nie gepflegt hatte. Der Tisch war ein Klapptisch aus Eiche, der sicherlich schon seit mehreren Generationen seinen Dienst tat. Er hatte jede Menge Kratzer und Macken, war aber mit Hilfe von Generationen von Ellbogen und Bienenwachs auf Hochglanz poliert worden. In der Mitte stand eine hübsche Weihnachtsdekoration, die direkt aus dem Garten und nicht vom örtlichen Floristen zu stammen schien.

Nach der Vorspeise (Seezunge) machte Angus sich über ein riesiges Lendensteak her und Lucy verbal über die Anwesenden. Sie hatte rechts von mir Platz genommen, während John mir mehr oder weniger direkt gegenübersaß, neben Tante Flora.

»Was ist eigentlich aus dieser Natascha geworden?«, fragte sie mit leicht boshaftem Unterton, genau wie Sally, wenn sie erst einmal in Fahrt kam.

Er runzelte unmerklich die Stirn. »Das ist doch schon Monate her.«

Lucy wandte sich an mich. »Er hat sie auf die Hochzeit eines Cousins mitgenommen. Eine Fernsehmoderatorin oder so was. Mummy fand sie ordinär.«

»Lucy!«, protestierte Margaret. »So habe ich mich nie geäußert!«

»Und ob! Und wenn du's nicht gesagt hast, dann hast du's gedacht.«

»Na ja, kann sein«, sagte Margaret abwehrend.

»Lucy, man stützt sich nicht mit den Ellbogen auf den Tisch!«, schimpfte Angus und reichte Flora eine dünne, zarte Scheibe Fleisch.

Für eine Weile herrschte Frieden, während wir unser köstliches, blutiges Steak mit Pastinakenpüree, Ofenkartoffeln und Rosenkohl aßen. Ich war am Verhungern und brauchte dringend eine handfeste Grundlage für meinen Baileys, den Gin sowie für den lieblichen roten Bordeaux, den Angus großzügig ausschenkte. Nach dem Rind gab es ganz traditionsgemäß heißen, flambierten Plumpudding und ein Orangensoufflé.

John verzichtete auf beides, worauf Margaret in mütterlicher Sorge die Brauen hob. »Was ist los? Ich dachte, du liebst Plumpudding!«

»Ich bin bloß satt«, beruhigte er sie.

»Sei doch froh, dass er sich nicht so vollstopft«, meinte Lucy. »Als er das letzte Mal nach Hause kam, hast du gesagt, dass er langsam schon ein bisschen Bauch ansetzt.«

»Lucy! Das habe ich nie gesagt!«

»O doch. Du hast gesagt: ›Ich glaube, John setzt langsam ein bisschen Bauch an.‹«

»Na ja, vielleicht«, sagte sie abwehrend. »Aber nur, weil er noch nie ein Gramm zu viel hatte.«

»Bewegungsmangel«, meinte Angus trocken. »Er sollte wieder mit dem Rugbyspielen anfangen. Er war mal ein verdammt guter Gedrängehalb.«

»Ich hab keine Zeit zum Trainieren«, erwiderte John leicht genervt.

Lucy wandte sich an mich: »Wo hast du ihn überhaupt kennen gelernt? Doch nicht bei einem von seinen Männer-Abenden im Lapdance-Heaven, nehme ich an?«

Jetzt runzelte John sehr bedrohlich die Stirn. »Lucy, willst du dein Weihnachtsgeschenk noch, ja oder nein?«

»Wie viel ist es denn?«, fragte sie zuckersüß.

»Gar nichts, wenn du so weitermachst.«

Er wurde dermaßen barsch, dass selbst Lucy überrascht war.

»Manchmal ist sie wirklich albern«, meinte Margaret, so als wäre Lucy gerade mal sechs Jahre alt. »Außerdem geht dich das gar nichts an«, sagte sie spitz zu Lucy und wechselte das Thema.

Doch auch mich hatte Johns Verhalten überrascht. Er war vielleicht nicht ganz so cool wie Jacko, aber ich hatte ihn doch für ziemlich locker gehalten. Das musste wohl an seinem Kater liegen. Er war viel zurückhaltender als erwartet, und obwohl wir uns jede Menge Blicke zuwarfen, waren diese in keinster Weise erotisch aufgeladen. Sie schienen eher sagen zu wollen: »Na, alles in Ordnung?«

Irgendwann kamen wir unweigerlich auf Politik zu sprechen. Als Erstes wurde das Thema Fuchsjagd angeschnitten. Angus war dafür, was mich bei jemandem, der vom Fuchs gerissene Lämmer einschläfern musste, nicht weiter überraschte, Lucy und Beatrice jedoch schwer dagegen. Nachdem es auch so schon genug Streithähne gab, hielt ich mich aus der Diskussion heraus, dasselbe galt für John.

Nach den Füchsen nahm Angus andere Schmarotzer ins Visier, zum Beispiel jugendliche Straftäter, die mutwillig Autos demolierten und beinahe immer ungeschoren davonkamen.

»Pa ist ein überzeugter Anhänger der ›Hängt-sie-und-peitscht-sie-aus-Fraktion‹«, sagte Lucy. »Er glaubt, das Land geht sonst zum Teufel.«

»Soweit ich weiß, soll der Teufel ja wieder auf die Erde zurückgekehrt sein«, meinte Flora. »Das hab ich erst neulich im Fernsehen gesehen. Deshalb gibt es auch so viel schreckliche Kriege und so was.«

»Schreckliche Kriege und so was hat es schon immer gegeben«, beruhigte John sie. »Nur dass wir sie nicht jeden Abend in den Nachrichten bewundern durften.«

»Ich bekomme Alpträume davon«, erwiderte sie. »All die armen Kinder.«

Manchmal klang sie so vernünftig, dass man gar nicht auf die Idee kam, sie könnte senil sein.

»Warum siehst du dir's dann an?«, fragte Lucy.

»Das geht dich gar nichts an«, antwortete Flora würdevoll. Zu John sagte sie: »Ich stricke eine Patchworkdecke, weißt du. Sie ist schon fast fertig. Und dann schicke ich sie an diesen schrecklichen Ort, wo all die armen Flüchtlinge leben.«

»Prima«, sagte er und tätschelte ihre Hand. So wie sie auf dem weißen Tischtuch lag, sah sie wirklich Mitleid erregend aus. Die Haut war dünn wie Pergament und wirkte fast durchsichtig, und die Gelenke waren von der Arthritis völlig deformiert.

»Danke, Liebes.« An mich gewandt fuhr sie fort: »Er war ein süßes Baby, wissen Sie. Ich hab manchmal auf ihn aufgepasst. Ich hab ihm dann immer ein Schlaflied vorgesungen und ihm kleine Pullis mit dazu passenden Fäustlingen gestrickt. Irgendwo muss da noch ein Foto sein. In Blauweiß und dazu noch eine kleine Mütze. Blau, weil er ein Junge ist.«

Lucy murmelte leise vor sich hin. »Ach, du lieber Gott ...«

Aber Flora war noch nicht fertig. »Ich stricke eurem auch einen Pulli, sobald es auf der Welt ist. Ich kann allerdings erst damit anfangen, wenn ich weiß, welche Farbe ich kaufen muss. Wann ist es noch mal so weit? Man sieht noch nichts, oder?«

»Flora, Liebes, du meinst Anna«, sagte Margaret hastig. »Sie lebt in Australien, weißt du noch? John ist nicht verheiratet.«

»Nein? Er ist nicht verheiratet? Meine Güte, in letzter Zeit bringe ich wirklich alles durcheinander ...«

Plötzlich sah sie so verwirrt aus, dass ich mein Kichern gleich wieder bereute. Sie schien eben erst bemerkt zu haben, dass irgendwas mit ihr nicht stimmte, aber sie wusste nicht genau, was.

»Macht nichts.« John legte seinen Arm um sie und drückte sie. »Du kannst mir einen Pulli stricken, wenn du mit deiner Decke fertig bist. Und eine Mütze. Vielleicht klappt es ja im Februar mit einer Woche Skiurlaub. Meine alte Mütze hab ich nämlich verloren.«

Damit hatte der nette Kerl wieder ziemlich gepunktet. Ehrlich gesagt, dachte ich sofort: »Wie süß!«, bekam weiche Knie und wurde ganz sentimental. Weitere Punkte konnte ich allerdings nicht vergeben. Wenn ich da unterschwellig überhaupt irgendwas verspürte, dann nur eine zunehmende Gereiztheit Lucy gegenüber und den Wunsch, möglichst bald von hier verschwinden zu können.

Als wir dann vor unserem Kaffee und der Obstschale saßen, Schokolade aßen und noch mehr Kaffee tranken, war es beinahe fünf Uhr. Margaret lehnte jede Hilfe in der Küche ab und meinte, dafür hätte sie die Spülmaschine. Beatrice verschwand nach oben, Lucy ebenfalls, weil sie ihren Freund anrufen wollte, und Flora wurde in ein kleineres Zimmer vor den Fernseher gesetzt, wo das Video von dem 60er-Jahre-Musical *Meine Lieder, meine Träume* lief. Laut Margaret gab es keinen besseren Babysitter als dieses Musical – sie wüsste gar nicht, was sie ohne den Film täte. Angus sagte, dieser Film würde ihn noch eines Tages in den Wahnsinn treiben. Und weil man diesen unerträglichen Kitsch noch zwei Zimmer weiter hören könnte, würde er jetzt mit Horace Gassi gehen.

»Hast du auch Lust auf einen kleinen Spaziergang?«, fragte John mich.

Und ob ich Lust hatte. Nachdem ich von beinahe allen Gängen zwei Portionen gegessen hatte, und das nicht nur aus reiner Höflichkeit, litt ich an einem unangenehmen Völlegefühl.

In der Diele, wo John in seine Gummistiefel schlüpfte, gab es eine Riesenauswahl an Schals, Mützen und Wachsjacken. Wie überall auf dem Land, wo Matsch und Schlamm einfach mit dazugehören, gab es auch mehrere Paar Gummistiefel, von denen mir jedoch keines passte. Wer Schuhgröße neununddreißig hat, findet selten ein passendes Paar.

Die Wolkendecke war aufgerissen, und man konnte den Mond sehen. Was den Weg betraf, den Angus ausgewählt hatte, war das auch besser so. Er führte durch den Wald, wo ein Laubteppich gnädig den Matsch verdeckte. Angus marschierte flott drauflos, während Horace den Fuchsfährten nachsauste. Mit dem Rock konnte ich keine großen Schritte machen, und weil meine Stiefel mit den hohen Absätzen auch nicht gerade das ideale Schuhwerk waren, musste ich mich ganz schön anstrengen, um mit ihnen Schritt zu halten.

Vielleicht war das der Grund, warum John Nina nicht mit hergebracht hatte – und ich glaube, das war auch besser so. Sie hätte sich ein wesentlich beeindruckenderes Landhaus gewünscht, mit mindestens neun Zimmern und einer Jagdhütte. Auch geistig verwirrte alte Tanten wären bei ihr sicherlich nicht auf große Begeisterung gestoßen, es sei denn, sie gehörten zum alten Adel. In diesem Fall durften sie so plemplem sein, wie sie wollten. »... und seine *andere* Tante, Lady Flora, war zwar *vollkommen* gaga, aber unheimlich süß ...«

Nach ein paar Minuten sagte John: »Es gibt eigentlich keinen Grund, so zu rennen – lass meinen Vater ruhig vorausstürmen, wenn er will.«

Er lief direkt neben mir, sein Jackenärmel hätte meinen beinahe gestreift. Nach einer Weile meinte er: »Ich muss dir wirklich ein Kompliment machen. Du hast es mit Fassung getragen.«

»Es war ein echter Alptraum«, gab ich zurück. »Ich kann mich nicht erinnern, mich je so unwohl gefühlt zu haben – vor lauter Angst, einen Lachkrampf zu bekommen.«

Er steuerte ein halbherziges Lachen bei. »Tu dir bloß keinen Zwang an. Mein alter Herr ist außer Hörweite.«

Ich wollte mich gerade ducken, um einem Ast auszuweichen, da bog er ihn auch schon für mich zur Seite. »Ich finde, er ist bemerkenswert ruhig geblieben«, sagte ich.

»Das kann man wohl sagen. Wegen dir musste er sich zusammenreißen.«

»Aber ich kann verstehen, was du vorhin über Lucy gesagt hast.«

»Deine Anwesenheit hat sie bestimmt erst recht aufgestachelt«, meinte er. »Sie liebt es, Publikum zu haben.«

Es wehte ein leichter Wind, der das Laub vor uns herwirbelte. »Ich fand's trotzdem lustig.«

»Der gehört mal ordentlich der Hintern versohlt«, sagte er ironisch. »Dann hätte sie was über die feministische Soziologie zu erzählen.«

»Und ich dachte immer, ältere Brüder lieben ihre Schwestern abgöttisch«, sagte ich scherzhaft. »Du raubst mir gerade jede Illusion.«

»Und ob ich sie abgöttisch liebe! Zu wem, glaubst du, kam sie wohl gerannt, nachdem sie das Geld für ein ganzes Semester schon in den ersten drei Wochen auf den Kopf gehauen hatte? Mein Vater wäre an die Decke gegangen!«

»Das kann ich mir vorstellen. Warum hat sie nicht einfach ihr Konto über–«

Mein Absatz war an einer Wurzel hängen geblieben. Ich stolperte und wäre alles andere als elegant in den Matsch geflogen, wenn er mich nicht aufgefangen hätte.

Nach dieser heldenhaften Rettungsaktion hielt er einfach nur meinen Arm und fragte: »Alles in Ordnung?«

Das Licht des Mondes fiel durch die nackten Zweige, und eine kleine Wolke schob sich vor sein blasses Gesicht. »Ich glaube schon«, stammelte ich unsicher und dachte, ich hätte mit Absicht stolpern sollen. Sein Gesicht lag im Schatten, aber plötzlich spürte ich seine Wärme. Irgendwo schrie ein Tier, vielleicht ein Nachtvogel. Das klang richtig gruselig. »Was war denn das?«, fragte ich.

»Wahrscheinlich ein Kaninchen, das gerade von einem Fuchs erbeutet wird.«

Ich fröstelte. Plötzlich hatte die ganze Umgebung etwas Bedrohliches. Es gab keinerlei elektrische Beleuchtung. Keine Verkehrsgeräusche. Uns umgab nichts weiter als tiefschwarze Nacht und eine grausame Natur. Ich weiß, das klingt lächerlich, aber ich bekam eine Gänsehaut. Ich dachte an die entsprechenden Märchen der Gebrüder Grimm, an Ungeheuer, die sich in den Wäldern verstecken, und heidnische Geister, die im Unterholz herumspuken.

Mir war irgendwie unheimlich, obwohl ich genau wusste, dass es nur wenige Meter bis zur nächsten Landstraße waren. Dort bretterten Leute in ihren Autos entlang, bei denen Britney Spears aus dem Autoradio plärrte, und die ihren Kindern sagten, sie sollten aufhören, sich auf dem Rücksitz zu kabbeln. Irgendwie wollte ich mich fürchten. Irgendwie wollte ich das verängstigte, kleine Mädchen spielen, zugeben, dass ich eine Gänsehaut hatte, und hören, wie er sagte: »Beruhige dich«, und den Arm um mich legte.

Doch er sagte nur: »Los, komm weiter, so langsam wird es kalt.« Er ließ meinen Arm los und tätschelte mir stattdessen den Rücken.

Ich hätte auch so keinen auf verängstigtes, kleines Mädchen gemacht, aber den Rücken getätschelt zu bekommen, war mir auch nicht recht. Das fühlte sich eher an wie »Na los, hopp-hopp«, so als wollte man ein störrisches Pferd antreiben.

Während ich mich zur Eile antrieb, merkte ich, dass ich wohl doch nicht so ganz in Ordnung war. Mein Knöchel war leicht verstaucht, nicht schlimm, aber trotzdem. Allerdings hätte ich mir eher die Zunge abgebissen, als auch nur ein Wort zu sagen. Jetzt, wo er mich behandelte wie ein Haustier. Es fehlte nicht viel, und er kam noch auf die Idee, mich nach Hause zu tragen – Gott, bewahre.

Wo ich schon einmal mit dem Lästern angefangen hatte, fiel mir gleich noch mehr ein, worüber ich mich aufregen konnte. Warum war er eigentlich der Meinung, dass er mir seine verrückte Familie zumuten konnte, Nina aber nicht? Glaubte er vielleicht, sie wäre der Belastung nicht gewachsen? Und wie konnte er es wagen, mich als »gefechtserprobt« zu bezeichnen? Das war grob beleidigend. Wetten, Nina hätte ihm sofort von ihrem verstauchten Knöchel erzählt? Sie hätte er natürlich auf Händen getragen, bevor sie wusste, wie ihr geschah, und wäre sich unheimlich groß und stark dabei vorgekommen.

»Ich hab mir gedacht, dass wir in etwa einer Stunde wieder nach Hause fahren«, sagte er. »Nachdem wir so zweitrangige Rituale wie Tee trinken und Geschenke auspacken hinter uns gebracht haben.«

Aber dann wäre es auch erst halb sieben. »Nimmt dir das deine Mutter nicht übel, wenn du schon so früh wieder abhaust?«

»Wahrscheinlich schon, aber ich kann unmöglich bis neun bleiben und mich mit Schinken und eingelegten Zwiebeln voll stopfen.«

Ich war mir sicher, dass sie den Schinken selbst gekocht, Minzpie und eine Weihnachtstorte gemacht hatte – und er wollte schon wieder verschwinden? »Das ist aber nicht sehr nett. Sie hat sich bestimmt wahnsinnig viel Arbeit gemacht.«

»Zu schade, wirklich. Aber ich hab mich auch so schon überfressen.«

»Es ist Weihnachten, verdammt noch mal!«

»Ich weiß!« Doch dann schlug er einen anderen Ton an.

»Hör zu, ehrlich gesagt, bin ich ganz schön kaputt.«

»Von deinem Kater ganz zu schweigen.«

»Zugegeben, der spielt auch eine Rolle«, erwiderte er knapp und trat zügig den Rückweg an.

Mist, dachte ich wütend und versuchte, in meinem engen Rock Schritt zu halten. Er hatte sich am Nachmittag nicht gerade viel Mühe gegeben, außer mit Flora.

Als wir zurückkamen, gab es den angekündigten Tee und die Bescherung. Zu meiner großen Beschämung überreichte mir Lucy ein wunderschön verpacktes Geschenk, das belgische Pralinen enthielt. Da ich mir gut vorstellen konnte, wie sie nervös herumgesucht und ausgerufen hatten: »Meine Güte, haben wir denn gar nichts für sie?«, war ich heilfroh, dass ich die Narzissen mitgebracht hatte. Ich bedankte mich so herzlich wie möglich, schließlich wollte ich mir ja nicht anmerken lassen, dass ich genau wusste, dass die Pralinen eine Verlegenheitslösung waren.

Als wir das Teegeschirr abräumten, verkündete John, dass wir bald fahren würden.

Wie ich schon befürchtet hatte, stand seiner Mutter die Enttäuschung ins Gesicht geschrieben. »Ich hab so leckeren Schinken gekocht! Bleibt ihr nicht zum Abendessen?«

»Mum, ich hab auch so schon viel zu viel gegessen!«

»Ja, aber heute ist Weihnachten!« Doch anstatt zu insistieren, überspielte sie ihre Enttäuschung mit einem breiten Lächeln. »Aber ich nehme an, Harriet muss wieder nach Hause. Ich glaube, sie hat erst einmal genug von dieser Familie.«

»Aber nein«, protestierte ich. Ich wollte auf keinen Fall, dass sie dachte, wir würden meinetwegen fahren, so als hätte ich zum Aufbruch gedrängt. Spontan meinte ich: »Ich glaube, John ist ziemlich müde«, was ich gleich wieder bereute.

»Tja, das hätte ich mir denken können«, mokierte sie sich. »Er arbeitet einfach zu viel.«

Er warf mir einen genervten Blick zu und erwiderte leicht gereizt: »Nicht mehr als jeder andere auch.«

»Kein Wunder, dass du die ganze Zeit so still warst«, fuhr sie fort.

In diesem Moment kam Angus in die Küche.

»Du machst dich noch kaputt, wenn du immer so viel arbeitest«, redete Margaret auf John ein. »Und dann geht ja auch noch diese schreckliche Grippe um.«

»Wir könnten hier eine richtig schwere Grippe gut gebrauchen«, schnaubte Angus. »Für Flora wäre das auf lange Sicht das Beste. Die Grippe – eine natürliche Form von Euthanasie.«

»Angus!«

»Um Himmels willen, Margaret, sie hat das Verfallsdatum längst überschritten!«

»Angus!« Zu mir sagte sie entschuldigend: »Er meint das nicht so – er mag sie wirklich, aber er erträgt es einfach nicht, sie so zu sehen. Sie wäre selbst untröstlich, wenn sie es wüsste.«

Es vergingen noch zwanzig Minuten, bis wir schließlich fuhren. Als wir im Auto saßen, spürte ich ganz genau, dass John sauer auf mich war. Ich weiß, wie Männer aussehen, wenn sie sauer sind. Vor allem, wenn sie den Gang so aggressiv einlegen und schwungvoller zurücksetzen als eigentlich nötig.

Ich beschloss, ihm zuvorzukommen. »Tut mir Leid, aber ich musste das sagen. Sie dachte, es liegt an mir, dass wir so früh fahren.«

»Nein, das dachte sie nicht.«

»Doch. Sie dachte, mir reicht's.«

Er schaltete vehement hoch. »Und, reicht's dir etwa nicht?«

»Ich hab überhaupt keine Eile! Ich will auf keinen Fall, dass sie denkt, wir müssen meinetwegen fahren.«

»Auf so was würde sie nie kommen.«

»O doch! Das wäre mir schrecklich unangenehm.«

Die nächsten Kilometer verlor er kein einziges Wort, und ich wurde immer wütender. Wenn er fix und fertig war, konnte er das genauso gut sagen. Aber so zu tun, als ob *ich* nach Hause wollte, war echt unfair. Ich war den lieben langen Tag mit Essen, Getränken und netten Gesprächen verwöhnt worden, von den Pralinen ganz zu schweigen! Wenn er jetzt vorhatte, den Beleidigten zu spielen, hätte ich genauso gut bei Pissels bleiben können. Im Grunde genommen war ich froh, dass er den Beleidigten spielte. So hatte ich wenigstens einen Grund, mich wieder zu entlieben, auch wenn es den längst gab.

Nina hätte eigentlich Grund genug sein sollen. Was zum Teufel tat ich im Auto einer beleidigten Leberwurst, die zu allem Überfluss auch noch auf Nina stand? Und selbst wenn er sie verließ – allein die Tatsache, dass er sie vorher gut gefunden hatte, musste ihn eigentlich disqualifizieren. Ein Mann, der mir gefiel, sollte immerhin so viel Feingefühl und Menschenkenntnis besitzen, sie komplett zu übersehen. Ich stellte gerade eine Liste mit weiteren Gründen zusammen, die dafür sprachen, mich wieder zu entlieben, als John abbremste und links ranfuhr.

»Es dauert nicht lang«, sagte er kurz angebunden.

Nun, noch ein Grund mehr, den ich auf meine Liste setzen konnte. Warum müssen Männer, die gerade absolut adäquate Sanitäranlagen hinter sich gelassen haben, anhalten, um gegen einen Baum zu pinkeln? Zwingt sie ein primitiver Urinstinkt, Duftmarken zu setzen, so wie das bei Hunden der Fall ist? Oder glauben sie, ein bisschen frische Luft stärkt die Manneskraft? Vielleicht war das auch noch so ein Überbleibsel aus der Pubertät. Jacko hat mir mal anvertraut, dass er wahnsinnig gern im Freien pinkelt, vorausgesetzt, er hat genügend Platz. Er zielt dann immer auf etwas ganz Bestimmtes (so wie beim Darts) und versucht, mitten ins Schwarze zu treffen.

Ich gebe das nur ungern zu, aber ich drehte mich um, um nachzusehen, was John auf dem Grünstreifen anpeilte.

Er hatte noch nicht einmal seinen Dartspfeil hervorgeholt.

Ich nahm meine Taschentücher aus der Handtasche und sprang aus dem Wagen.

»Harriet, steig sofort wieder ein!«, sagte er barsch.

»Du hast dich gerade übergeben!«

In diesem Moment erbrach er sich erneut, direkt auf den Grünstreifen.

Während er da stand, zitternd vor Kälte und ganz schwach auf den Beinen, reichte ich ihm ein Taschentuch. »Alles in Ordnung?«, fragte ich völlig unpassend.

»Mir geht es blendend.« Er wischte sich den Mund ab. »Würdest du bitte wieder in dieses gottverdammte Auto einsteigen?« Danach übergab er sich erneut. Er wurde vom Würgereiz geschüttelt, aber es kam nicht mehr viel.

»Mist«, sagte er mit schwacher Stimme.

»Wenigstens sind deine Schuhe verschont geblieben.« Ich reichte ihm ein weiteres Taschentuch. »Konntest du das nicht schon gestern Abend loswerden?«

»Harriet, mit gestern Abend hat das nichts zu tun. So viel habe ich gar nicht getrunken.«

»Du hast doch gesagt, du hättest einen Kater!«

»Nein, hab ich nicht. Das hast du gesagt.«

Plötzlich ging mir ein Licht auf – erst seine Schweigsamkeit, dann der abgelehnte Weihnachtspudding … »Ist dir schon den ganzen Nachmittag nicht gut?«

»Ich weiß auch nicht … Ich hab mich heute Mittag nicht besonders wohl gefühlt – und ich glaub, heute Morgen war mir auch schon ein bisschen komisch. Aber ich hab das nicht so ernst genommen.«

Voller Gewissensbisse fragte ich ihn: »Meinst du, du musst dich noch mal übergeben?«

Er schüttelte den Kopf.

»Bist du sicher, dass du noch fahren kannst?«, erkundigte ich mich, als wir zurück zum Auto gingen.

»Wenn nicht, sag ich dir Bescheid.«

»Warum hast du deiner Mutter nicht gesagt, dass dir schlecht ist, anstatt so zu tun, als wärst du bloß erledigt?«, wollte ich wissen, als wir weiterfuhren.

»Wie denn? Erstens würde sie sich dann bloß Sorgen machen, und zweitens kann ich das Getue nicht ertragen. Ich wollte einfach nur nach Hause und ins Bett.«

In der Ferne sah ich die Lichter einer Tankstelle. »Wenn du kurz anhältst, steig ich schnell aus und hol dir eine Flasche Mineralwasser. Wenn du dir erst mal den Mund ausgespült hast, geht es dir schon wieder besser.«

Er hielt an, und ich war innerhalb von dreißig Sekunden wieder zurück. Ein paar Hundert Meter weiter hielt er erneut, nahm die Flasche und stieg aus. Durch das Fenster sah ich, wie er sich den Mund zwei oder drei Mal ausspülte und alles ausspuckte. Allmählich ahnte ich, was mit ihm los war. Als er wieder eingestiegen war, fragte ich: »War dir nicht kalt auf der Herfahrt?«

»Ach was!« Doch dann fügte er etwas weniger vehement hinzu: »Na ja, vielleicht ein bisschen. Ich dachte, die Heizung spinnt.«

»Wahrscheinlich hat dich dieser Virus erwischt.«

»Ich bin immun gegen Viren«, erwiderte er und fuhr los. »Ich hol mir nicht mal 'ne Erkältung.«

»Na ja, jetzt hast du dir jedenfalls was geholt. Meinst du, du hast Fieber?«

»Was weiß ich. Mir ist in erster Linie kalt.« Er drehte die Heizung auf.

Ich hatte bloß einmal richtig Grippe gehabt, aber ich konnte mich noch lebhaft daran erinnern.

»Du fröstelst und hast Gliederschmerzen?«

»Verdammt noch mal, Harriet, was soll das? Wenn du's genau wissen willst: Ich fühl mich rundum Scheiße, und damit basta!«

Ich verzichtete auf weitere Fragen aus dem *Gesundheitslexikon von A–Z*. Erstens, um ihn nicht weiter zu reizen, und zweitens, weil sich das bereits erübrigt hatte: »Rundum Scheiße« war aussagekräftig genug. Garantiert so ein Virus. Wahrscheinlich machte eine ganze Sippschaft davon die Runde.

»Egal, was es ist, ich werd's mir morgen bei einer anständigen Partie Squash rausschwitzen«, fuhr er fort.

Diese Reaktion überraschte mich kein bisschen. Einerseits können sich Typen, von denen man das nie erwarten würde, in jammernde Kleinkinder verwandeln, die einem mit ihrer Magenverstimmung oder Nasennebenhöhlenentzündung in den Ohren liegen. Typen, die sich nichts sehnlicher wünschen, als dass Mami sie mit Wick Vapo Rub einreibt und ihnen diesen ganz speziellen Pudding mit den vielen Eiern macht, den es nur gibt, wenn man krank ist.

Es gibt aber auch die zweite Variante: Männer, die selbst dann zur Arbeit gehen, wenn sie bereits von einer Seuche dahingerafft werden, nicht ohne zu beteuern, ihnen fehle rein gar nichts, eitrige Pusteln am ganzen Körper hätten schließlich noch niemanden umgebracht. Ein heißer Whiskey mit Zitrone, und im Nu wären sie wieder auf dem Damm.

Oder eine Partie Squash.

Eindeutig die zweite Variante.

Während der nächsten Kilometer sah ich mehr als einmal, wie er kurz und heftig den Kopf hin und her warf wie jemand, der versucht, etwas abzuschütteln. »John, bevor du am Steuer einschläfst, lass mich lieber fahren.«

»Du hast zu viel getrunken. Ich will nicht, dass du wegen mir den Führerschein verlierst. Außerdem schlafe ich nicht am Steuer ein.«

Ich hatte wirklich etwas zu viel getrunken, wenn auch nur ein klitzekleines bisschen. Trotzdem – ein kleiner Streit konnte nicht schaden, um ihn wach zu halten. »Bist du aber gerade beinahe. Ich verliere lieber meinen Führerschein, als dass ich in einem Zinksarg nach Hause komme, nur weil du auf die Gegenfahrbahn geraten bist.«

»Harriet! Ich – schlafe – nicht – am – Steuer – ein, verstanden?«

Nein, jetzt ganz bestimmt nicht mehr.

Er machte die Nachrichten an, was ihm sicher auch dabei half, wach zu bleiben. Da ihm das Sprechen sichtlich Mühe bereitete, schwieg ich lieber.

Inzwischen sah meine John-Entliebungs-Liste wieder ziemlich mickrig aus. Fast so mickrig wie er gerade. Der einzige Minuspunkt, der übrig geblieben war, war Nina, was eigentlich hätte reichen müssen. Ich überlegte, wann sie wohl zurückkommen würde. Ich hatte so den Verdacht, dass sie am dreiundzwanzigsten geflogen war, was bedeutete, dass sie wahrscheinlich erst kurz vor Silvester wieder da wäre. Bis dahin hätte er die Grippe überstanden, und das war auch besser so. Ich konnte mir nur schwer vorstellen, wie sie ihm eine heiße Zitrone ans Bett brachte.

Ab und zu sah ich zu ihm hin. Er war aschfahl im Gesicht, aber bei der Beleuchtung sah ich wahrscheinlich auch nicht besser aus.

Die Rückfahrt kam mir viel kürzer vor als die Hinfahrt. Als er schließlich in Dorothys Straße einbog, fragte ich: »Wie geht es dir jetzt?«

»Ziemlich beschissen«, sagte er erschöpft, und fuhr links ran.

Ich war erstaunt, dass er es zugab. Wenn ein Hardcore-Typ der Variante zwo sagt, dass es ihm ziemlich beschissen geht, muss er wirklich schlimm krank sein. »Hast du Paracetamol im Haus?«

»Ich glaube nicht.«

»Ich müsste noch welches haben. Vielleicht ist sogar noch was von Sallys starkem Grippemittel da. Willst du kurz reinkommen, bis ich es gefunden habe?«

Ich erwartete ein knappes »Nein danke, ich komme schon zurecht«, da Hardcore-Typen der Variante zwo derartige Ansinnen in aller Regel zurückweisen, denn das ist bloß was für Weicheier.

Er zögerte in der Tat, aber dann meinte er: »Ein Versuch kann ja nicht schaden.«

Die Heizung lief noch, wegen Pissels, und so war es wenigstens in der Küche einigermaßen warm. Ich sagte: »Setz dich bitte, bis ich die Medikamente gefunden habe.« Daraufhin ließ er sich schwer aufs Sofa fallen, auf dem sich Pissels zusammengerollt hatte – und das er wahrscheinlich den ganzen Tag nicht verlassen hatte. Er hob beleidigt den Kopf, um nachzusehen, wer ihm da gerade seinen Thron streitig machte.

Wäre ich ein ordentlicher Mensch, hätte ich sofort gewusst, wo ich das Paracetamol aufbewahre: In einem ganz bestimmten Fach meines Kulturbeutels zum Beispiel, in der linken oberen Schublade meines Nachttischs oder im obersten Regal meines Badezimmerschränkchens. Stattdessen wühlte ich erst einmal minutenlang in verschiedenen Schubladen herum, die jede Menge Krempel enthielten, nur nicht das, was ich suchte. Ich sagte: »Ich bin gleich wieder da«, und raste die Treppe hoch, wo ich weiter herumwühlte. Doch dann fand ich endlich eine völlig verstaubte Packung, die auf einem alten Schubladenschränkchen in Jackos Zimmer lag. Es waren noch genau sechs Tabletten drin.

Ich rannte wieder nach unten und wollte gerade sagen: »Hier, da sind sie«, aber die Worte blieben mir in der Kehle stecken.

Er war auf dem Sofa zusammengeklappt und schlief. Dachte ich zumindest. »John?«, fragte ich leise.

Keine Antwort.

Er sah furchtbar aus, war käsebleich, und der Schweiß stand ihm auf der Stirn. Vorsichtig fuhr ich mit meiner Hand unter sein Sakko. Das Hemd war nass geschwitzt und kalt.

Ich überlegte kurz, ihm eine Steppdecke zu holen, ihn damit zuzudecken und weiterschlafen zu lassen, aber dann rüttelte ich ihn sanft. »John …«

Er öffnete die Augen.

»Dass du jetzt allein nach Hause fährst, halte ich für keine so gute Idee – es geht dir wirklich nicht gut.«

Noch halb verschlafen, bleich und erschöpft, versuchte er, sich zusammenzureißen. »Es geht mir gut. Wirklich.«

»Es geht dir überhaupt nicht gut – warum übernachtest du nicht hier?«

»Meine Güte, Harriet, so zum Umfallen müde bin ich nun auch wieder nicht ...«

Als er gerade aufstehen wollte, kam mir eine hinterhältige Idee.

»Na gut, aber warum nimmst du nicht eine Grippetablette und legst dich für einen Moment ins Bett? Wenn du wieder aufwachst, geht's dir bestimmt schon wieder besser.«

Er zögerte, aber das Wort »Bett« hatte seine Wirkung nicht verfehlt. »Gar keine so schlechte Idee«, gestand er.

»In ein paar Stunden weck ich dich wieder auf.« Ich brachte ihn in mein Zimmer, das einigermaßen aufgeräumt war. Die Bettwäsche war auch noch mehr oder weniger sauber. Leider war es darin ziemlich kühl, so dass ich als Erstes die uralte, aber höchst effiziente Gasheizung aufdrehte. So, wie er seine Schuhe auszog, konnte er es kaum erwarten, ins Bett zu kommen. Ich holte ihm ein Glas Wasser und gab ihm zwei von den Grippetabletten.

»Danke«, sagte er und schluckte sie.

»Irgendwo muss ich noch eine neue Zahnbürste haben – soll ich sie dir holen? Du musst einen schrecklichen Geschmack im Mund haben.«

»Das wäre toll, danke dir.«

Ich förderte eine dieser Gratis-Flugzeugzahnbürsten zutage und gab sie ihm. In meinem Zimmer gab es noch so ein altmodisches, kleines Waschbecken, aber vielleicht brauchte er etwas mehr Komfort. »Das Badezimmer ist genau gegenüber.«

»Danke.« Er zog sein Sakko aus, und ich wartete nicht, bis er dasselbe mit seiner Hose tat.

Als ich hinunterkam, lag Pissels immer noch auf dem Küchensofa, ließ sich aber immerhin dazu herab, mich zu begrüßen, rieb seinen Kopf an meinen Beinen und miaute fragend: »Wann gibt's was zu fressen?« Pissels konnte auf sehr viele verschiedene Arten miauen: Da gab es das »Sesam-öffne-dich«-Miauen, das »Hallobin-wieder-da!«-Miauen und das »Mach-schon-Frauchen-ich-bin-am-Verhungern«-Miauen.

Da er die »Saftigen Weißfischhappen mit Krabben« doch noch gefressen hatte, gab ich ihm ein wenig »Huhn mit Kaninchen in köstlicher Soße« und überlegte, John eine heiße Zitrone mit Honig zu machen. Da ich sowohl Zitronen als auch Honig im Haus hatte, tat ich das auch, und goss ein wenig kaltes Wasser dazu, damit sie nicht mehr so kochend heiß war.

Ich ging die Treppe hoch und klopfte an die Tür.

Da niemand antwortete, stieß ich sie auf. Die Gasheizung hatte dafür gesorgt, dass es angenehm warm im Zimmer war. Die Gasflamme flackerte munter vor sich hin.

Ich lief auf Zehenspitzen zum Bett. Er war fast so weit unter meine grün karierte Bettdecke gekrochen, dass ich sein Gesicht kaum noch erkennen konnte. Sein Sakko, seine Hose und sein Hemd hingen über dem Stuhl. Das Hemd war immer noch nass geschwitzt und kalt, und so hängte ich es über meinen Drehspiegel neben der Heizung.

Pissels, der dachte, es sei bereits Zeit, ins Bett zu gehen, war mir die Treppe hoch gefolgt. Ich sah auf meine Uhr. Es war erst zwanzig nach acht. Das hieß, dass ich ihn so gegen halb elf wecken musste. Ich drehte die Heizung ein wenig herunter und verließ auf Zehenspitzen das Zimmer.

»Nur, dass ich ihn gar nicht wecken werde«, flüsterte ich Pissels zu, als ich die Tür hinter uns schloss. »Wozu denn auch? Damit er sich wieder anzieht, zu sich nach Hause fährt und in ein anderes Bett fällt? Er wollte sowieso ein bisschen Schlaf nachholen.«

Komischerweise spukte mir wieder meine zickige große Schwester im Kopf herum, kaum dass ich die Treppe hinunterging. »Mir machst du nichts vor. Du willst ihn einfach bloß hier behalten. Einen auf Florence Nightingale machen und ihm den Schweiß von der Stirn tupfen.«

»Na und? Er ist krank!«

»Ja, aber wenn du nicht so wahnsinnig verliebt wärst, würdest du nie auf die Idee kommen, irgendwelchen Männern den Schweiß von der Stirn zu tupfen.«

»Um Jacko hab ich mich schließlich auch gekümmert, oder etwa nicht?«

»Soweit ich weiß, war der weder schweißverklebt, noch hatte er Fieber. Außerdem blieb das meiste sowieso an Sally hängen – du warst schließlich im Büro. Du willst doch bloß, dass John morgen so fiebrig und schlapp ist, dass du eine Krankenwaschung an ihm vornehmen musst.«

Ehrlich, auf so was wäre ich nie gekommen.

NEUN

Ich hielt es keine zwei Minuten länger aus und rief Sally an: Ich platzte schier vor Mitteilungsdrang. Aber ich musste warten, bis sie an den Apparat im ersten Stock gegangen war. Das andere Telefon stand nämlich mitten im Wohnzimmer, und die hässlichen Harcourts von nebenan waren beinahe vollzählig auf ein Glas Sherry und ein wenig Knabberzeug vorbeigekommen.

Während ich Bericht erstattete, rief Sally erst erstaunt: »*Was?*«, um dann wieder eine ihrer typischen Bemerkungen zu machen: »Sieht ganz so aus, als hätte dir der Weihnachtsmann Mr. Helikopter doch noch unter den Baum gelegt«, kicherte sie.

»Ja, aber er ist nach wie vor in festen Händen.«

»Vielleicht solltest du mit der Wahrheit rausrücken. Über Nina, meine ich.«

»Wie denn? Dann müsste ich ihm auch sagen, dass ich mich wie der letzte Feigling vor ihr versteckt habe.«

»Und dass sie dir das Gefühl gegeben hat, wie ein hässliches Monster auszusehen.«

»Mit dem Erfolg, dass er glauben wird, ich müsste dringend zum Psychiater, womit er wahrscheinlich nicht ganz Unrecht hat.«

»Aber vielleicht erzählt er dir auch, dass er sie schon längst verlassen hat.«

»Das kann nicht sein. Davon hätte ich doch längst erfahren. Ich kann nur hoffen, dass er es bloß aufgeschoben hat. Zu nett ist, um sie abzuservieren.«

»Ja. Aber genauso gut könnten wir es mit dem guten, alten IMDS-Syndrom zu tun haben.«

IMDS bedeutete »Ist mir doch scheißegal!«, beziehungsweise, dass wieder die Zynikerin in ihr zum Vorschein gekommen war.

»Immer, wenn's drauf ankommt, schlägt IMDS zu«, fuhr Sally fort. »Dann denken sie nur noch an Sex, und alles andere ist ihnen scheißegal.«

Das baute mich wieder richtig auf.

»Egal, halt mich auf dem Laufenden«, fuhr sie fort. »Ich erwarte, dass du mir täglich Bericht erstattest – ich kann hier ein wenig Ablenkung gut gebrauchen.«

»Wie läuft's denn?«, fragte ich.

»Besser als erwartet. Tom quengelt kaum, und Mum versucht, sich zu beherrschen und nicht andauernd zu sagen: »Wenn du ihn jedes Mal hochnimmst, wenn er schreit ...« Sie hielt kurz inne, aber als sie fortfuhr, merkte ich, dass sie mit den Tränen kämpfte. »Ich hab ein ganz schön schlechtes Gewissen. Sie haben die Abstellkammer in ein richtiges Kinderzimmer verwandelt – ein hübsches, nigelnagelneues Bettchen reingestellt und so. Anscheinend haben sie das schon vor mehreren Wochen gemacht, weil sie dachten, ich käme mit ihm nach Hause. Rate mal, was für eine Tapete sie ausgesucht haben.«

»Doch nicht etwa *Thomas, die kleine Lokomotive?*«

»Der Kandidat hat hundert Punkte. Beim Gedanken an sie und Jacko komm ich mir vor wie ein Riesenberg schmutziger Windeln.«

»Du hast gut reden – was glaubst du wohl, wie ich mich gefühlt habe, als ich den Schal ausgepackt hab? Wann hast du den bloß gestrickt? Die halbe Nacht durch, und zwar Nacht für Nacht?«

»Na ja, manchmal. Ich bin tagsüber auch ganz schön weit gekommen. Aber Jacko hat gemeint, wenn ich weiter so rumtrödele, bin ich Ostern noch nicht fertig.«

Nun, da schienen sich die beiden ja doch wieder einigermaßen zusammengerauft zu haben. Nachdem ich aufgelegt hatte, schenkte ich mir ein Glas Baileys ein, machte den Heizlüfter an, leistete dem Weihnachtsbaum Gesellschaft und sah mir zur Hälfte einen alten Spielfilm an.

Gegen fünf nach elf ging ich nach oben, um nach meinem Patienten zu sehen. Ich lief auf Zehenspitzen zum Bett, das Laken war völlig zerwühlt. Er lag auf dem Rücken und hatte die Decke so weit heruntergestrampelt, dass der halbe Oberkörper freilag. Ich muss zugeben, dass ich ihn ausgiebig inspizierte. Hübsch. Straff und muskulös. Und genau die Menge Brustbehaarung, die auf eine ausreichende Versorgung mit männlichen Hormonen schließen ließ, ohne dass er deswegen gleich ausgesehen hätte wie ein Gorilla. Als ich ihn zudeckte, wälzte er sich unruhig hin und her, aber ich bemühte mich, ihn nicht zu wecken. Ich drehte die Heizung aus, denn es war ziemlich heiß im Zimmer.

Gegen zehn nach sieben wachte ich in Sallys Bett wieder auf. Sallys Zimmer lag direkt neben meinem, und außer Pissels' Schnurren, das von unter der Bettdecke an mein Ohr drang, war es verdächtig still. Ich blieb noch ein bis zwei Minuten lang liegen und nahm mir vor nachzusehen, ob ihn die menschenverschlingende Seuche bereits dahingerafft hatte. Doch dann hörte ich ein verräterisches Quietschen.

Ich zog den Morgenmantel über das Snoopy-Nachthemd, das ich seit mindestens zehn Jahren besaß, und klopfte an seine Tür. »John?«

»Harriet?«

Ich trat ein. Er trug nichts weiter als weiße Boxershorts, saß auf der Bettkante und sah so verständnislos drein wie ein Mann, der gerade in einem fremden Bett aufgewacht ist, ohne zu wissen, wie er da überhaupt hingekommen ist. »Wolltest du mich nicht eigentlich wecken?«

»Ich hab's versucht«, log ich und band den Gürtel meines Morgenmantels zu, ein ziemlich kurzes Ding mit Schottenkaro-Muster, das eigentlich Jacko gehörte. »Du warst völlig k.o. Wie geht es dir?«

»Ich weiß nicht… Ganz gut, nehme ich an.« Noch völlig verschlafen, sah er sich um. Sein Haar war feucht und verstrubbelt, sein Gesicht glühte. »Wo sind meine Sachen?« Ich zeigte auf den Stuhl und den Drehspiegel. »Du machst mir noch keinen besonders guten Eindruck. Leg dich wieder hin – ich mach die Heizung an.«

»Und wo hast du geschlafen?«, fragte er, als sei ihm das gerade erst aufgefallen.

»In Sallys Bett.«

»Tut mir wirklich Leid, dass ich dich aus deinem Zimmer vertrieben habe, aber du hättest mich ruhig wecken können. Mir einen kräftigen Schlag auf den Hinterkopf geben oder so.« Er hatte die Decke zurückgeschlagen, seine linke Hand lag auf dem Laken. Plötzlich zupfte er daran. »Meine Güte, ist das klamm. Ich hab deine ganze Bettwäsche nass geschwitzt. Tut mir Leid.«

»Die war sowieso nicht mehr taufrisch«, sagte ich, aber die Mühe hätte ich mir sparen können.

Abrupt stand er auf. »Hör zu, es ist höchste Zeit, dass ich nach Hause komme.« Er ging zum Stuhl und begann, seine Hose anzuziehen. Ja, ich inspizierte auch den Rest seines Körpers, der hervorragend mit seinem Oberkörper harmonierte. Ich wäre schrecklich enttäuscht gewesen, wenn er dürre, weiße oder – noch schlimmer – unbehaarte Beine gehabt hätte. Man weiß ja nie.

»Was hab ich mir bloß dabei gedacht?«, fuhr er fort.

»Du warst krank, du sahst furchtbar aus!«

»Ja, und so fühle ich mich auch. Ich werd dich bestimmt anstecken.«

»Wenn, dann hast du mich schon längst angesteckt. Außerdem steck ich mich so gut wie nie an.«

»Ich auch nicht«, sagte er knapp und machte den Reißverschluss seiner Hose zu. »Dieser Virus hat sich den falschen Wirt ausgesucht.« Er griff nach seinem Hemd. »Ich werd ihn beim Squashen rausschwitzen. Das wird dem Mistkerl eine Lehre sein …«

Plötzlich versagte ihm die Stimme, er drohte das Gleichgewicht zu verlieren und musste am Kaminsims Halt suchen.

Ich war sofort bei ihm und nahm seinen Arm. »Um Himmels willen, geh zurück ins Bett!«

»Mir geht's gut!« Als Beweis ließ er den Kaminsims los, aber selbst ein Blinder konnte sehen, wie wackelig er auf den Beinen war. Er sah richtig geschockt aus, so als könnte er kaum fassen, was da mit ihm geschah.

»Dir geht es gar nicht gut! Du wärst beinahe umgekippt!«

Aber auch für einen Vertreter der Variante zwo war er erstaunlich hartnäckig. »Mach bitte nicht so ein Theater, Harriet. Ich muss bloß was essen. Eine Scheibe Toast oder so.«

Aus Erfahrung weiß ich, dass man Männer der Variante Zwo äußerst vorsichtig behandeln muss. »Gut, wenn du zurück ins Bett gehst und sie dort isst.«

Er knöpfte sich das Hemd zu und hielt abrupt inne. »Mir geht es gut, verstanden? Und jetzt mach mir eine Scheibe Toast und sei ein braves Mädchen!«

Ich wusste, dass er mich absichtlich provozierte, um mich auf diese Weise loszuwerden, aber ich konnte mich nicht mehr beherrschen. »Mach dir doch selber eine!«

Ich stürzte aus dem Zimmer und raste nach unten, wo Pissels bereits die Schränke anjaulte. »Halt die Klappe!«, rief ich gereizt. »Ihr Männer seid doch alle gleich.«

Trotzdem gab ich ihm noch etwas Huhn mit Kaninchen, setzte Kaffee auf und nahm mir ein Joghurt mit Mango-Geschmack aus dem Kühlschrank. Fünf Minuten später wunderte ich mich, wo eigentlich John so lange blieb. Wie lange brauchte er denn noch, um seine Socken und Schuhe anzuziehen? O Gott, was, wenn er zu guter Letzt doch noch umgekippt war? Was, wenn er mit dem Kopf auf die Kante der Kommode geknallt war und sich den Schädel gebrochen hatte?

Immer zwei Stufen auf einmal nehmend, rannte ich nach oben.

Mein Zimmer war einmal Dorothys gewesen, und ihr alter Sessel stand immer noch neben der Heizung. In genau dem saß er. Er trug Socken, aber keine Schuhe und hatte die Augen geschlossen.

Die er jedoch bald wieder öffnete.

»Los, mach schon, John, hopp-hopp«, sagte ich spöttisch. »Du solltest schon längst auf dem Squash-Court stehen und diesen blöden Virus ausschwitzen. Nur Schwächlinge werden krank, nicht wahr?«

Er lächelte matt.

Ich nahm die Streichhölzer vom Kaminsims und machte Feuer. »Können wir jetzt aufhören zu streiten und uns darauf einigen, dass du kaum in der Lage bist, die Treppe hinunterzugehen, geschweige denn Auto zu fahren?«

»Okay, ich leg mich noch mal aufs Ohr. Schwitz noch ein wenig deine Laken nass.«

Mit einem weiteren kaum wahrnehmbaren Lächeln begann er sich vom Sessel zu erheben.

»Du bleibst gefälligst sitzen, bis ich das Bett neu bezogen habe!«

»Harriet, ich muss mal pinkeln. Du kannst gern mitkommen und mir dabei zusehen, wenn du willst«, fügte er mit einem Hauch Sarkasmus hinzu.

Er ging wie auf Eiern, so als würden ihm jedes Gelenk, jeder Muskel und jeder Kubikzentimeter seines Hirns große Schmerzen bereiten. Ich musste meine Variante-zwo-Diagnose wohl revidieren. Wahrscheinlich hatte ich es mit Variante drei zu tun: mit einem Mann, der noch nie in seinem Leben krank gewesen war und der immer gedacht hatte, dass die anderen maßlos übertrieben, wenn sie sagten, es ginge ihnen wirklich hundeelend. Und der es überhaupt nicht fassen konnte, dass es ihm jetzt auch so ging.

Ich wechselte die Laken und horchte dabei auf Schädel, die gegen Kloschüsseln knallen, aber alles, was ich hörte, war die Spülung.

Trotzdem fragte ich mich, ob ich nicht ein wenig übertrieb. Außerdem hatte ich so den Verdacht, aus nicht ganz uneigennützigen Motiven zu handeln. Als er zurückkam, nach wie vor ganz grün im Gesicht, sagte ich: »Hör zu, wenn du nach Hause willst, fahr ich dich hin. Ich kann ja dann ein Taxi zurücknehmen.«

»Endlich mal ein vernünftiger Vorschlag!« Er ließ sich in den Sessel neben der Heizung fallen.

»Also?« Ich richtete mich auf, den Arm voller Laken.

Er schüttelte den Kopf. »Ich glaub, ich hab nicht mal mehr die Kraft, quer durch London chauffiert zu werden.«

»Wo wohnst du überhaupt?«

»Etwa einen Kilometer von der anderen Seite der Tower Bridge entfernt.«

»Was? Am Fluss?«

»Ja.«

Sehr hübsch, dachte ich mir, aber da fiel mir noch etwas anderes ein. »Wärst du gestern bei deinen Eltern geblieben, wenn ich nicht gewesen wäre?«

Sein Zögern sprach Bände.

»Du wärst geblieben, stimmt's? Aber du musstest mich ja unbedingt heimbringen!«

»Na gut«, sagte er gereizt. »Wahrscheinlich wäre ich geblieben.«

Ich hatte ein derart schlechtes Gewissen, dass ich erst recht ungerecht wurde. »Du hättest mich gleich bei Pissels lassen sollen«, sagte ich böse und hob einen einzelnen Kissenbezug auf. »Stattdessen zwingst du mich, einer schwarzen Familienkomödie beizuwohnen und dann noch verschwitzte, hochinfektiöse Körper bei mir aufzunehmen. Am liebsten würde ich dir die Reinigungskosten in Rechnung stellen.«

Aber es kam keine Antwort. Als ich aufsah, hatte er die Augen erneut geschlossen. Ich ging zu ihm hinüber und legte ihm die Hand auf die Stirn. Ich rechnete fest damit, dass er sie wegschubsen würde, aber er hielt still. Sie fühlte sich weder verschwitzt noch kühl an: Man hätte Spiegeleier auf ihr braten können.

»Du glühst ja!« Ich ließ das Bettzeug fallen, drückte mehrere Grippetabletten aus der Packung und streckte sie ihm mitsamt einem Glas Wasser entgegen. »Runter damit, und zwar sofort!«

Er leistete keinen Widerstand.

Ich bezog das Bett in Windeseile, um dann Jackos Zimmer nach diesen Schlafanzügen abzusuchen, die ihm seine Mutter fürs Krankenhaus gekauft hatte. Er hatte sie hier gelassen und gemeint, ich könnte sie in die Altkleidersammlung geben. Einer war sogar noch originalverpackt, wahrscheinlich eine Nummer zu klein, aber besser als nichts.

Als ich John den Schlafanzug reichte, zuckte er richtig zusammen. »Ich trage keine Schlafanzüge mehr, seit ich aus der Schule bin.«

»Mir egal. Der ist warm und saugfähig. Zieh ihn an, und geh zurück ins Bett.«

»Bist du immer so herrisch?«, fragte er schwach.

»Das ist noch harmlos, glaub mir.«

Als ich zur Tür ging, machte er noch so eine sarkastische Bemerkung. »Na, halleluja. Ich hab schon befürchtet, du würdest bleiben, um mich höchstpersönlich in meinen schönen, warmen Schlafanzug zu stecken.«

»Ich glaube, das schaffst du gerade noch allein«, entgegnete ich. »Ich geh mal los und hol dir was Heißes zu trinken.«

Ich ging nach unten und überlegte, ob ich jedem x-beliebigen anderen in diesem Zustand auch geholfen hätte. Zumindest hätte ich meine Hilfe angeboten, nur um dann zu hören, dass es ihm so dreckig nun auch wieder nicht ging, vielen Dank auch.

Aber vielleicht auch nicht. Selbst wenn er schon halb tot ist, weiß es der durchschnittliche Mann sehr zu schätzen, sich vor einem weiblichen Publikum entkleiden zu dürfen. Noch besser ist es natürlich, wenn ihn das weibliche Publikum *höchstpersönlich* entkleidet, vorausgesetzt, es handelt sich dabei nicht um die eigene Mutter.

Aber so weit würde ich es gar nicht erst kommen lassen.

Da keine anderen heißen Getränke in Frage kamen, machte ich ihm noch eine heiße Zitrone mit Honig und brachte sie ihm mit einem Krug Wasser nach oben.

Er lag wieder im Bett und war schon fast eingeschlafen.

Ein Mann mag das vielleicht albern finden, aber plötzlich hatte ich wirklich das Bedürfnis, einen auf Florence Nightingale zu machen. Obwohl er unrasiert war und alles andere als fabelhaft aussah (oder vielleicht gerade deshalb), hatte er so was Verletzliches.

»Ich hab dir eine heiße Zitrone mit Honig gebracht«, sagte ich. »Sieh zu, dass du genügend trinkst.«

Er schaffte es, sich aufzusetzen. »Zu Befehl, Schwester.«

Ich setzte mich auf die Bettkante, während er trank. »Ist dir immer noch nach einer Scheibe Toast?«, fragte ich. »Oder möchtest du lieber was anderes?«

Er schüttelte den Kopf und trank die heiße Zitrone mit Honig aus. »Ich wette, du hast auch was Besseres zu tun, als hier die Krankenschwester zu spielen.«

Komischerweise fiel mir da gar nichts ein. »Jede Menge. Aber ich schulde dir immer noch fünfzehn Pfund, schon vergessen? Von diesem Anzug ganz zu schweigen.«

»Ich weiß gar nicht, wie ich das jemals vergessen konnte. Aber jetzt, wo du's sagst, hätte ich noch eine Bitte.«

»Und zwar?«

»Ich fühl mich total verschwitzt und unansehnlich«, sagte er. »Du könntest mich nicht zufällig waschen? Danach kann ich bestimmt viel besser schlafen.«

Himmel, hilf! »Na ja, äh, Kranke gewaschen hab ich, glaub ich, noch nie ...«

Zu spät, ich war bereits auf ihn reingefallen. Selbst in diesem Zustand konnte er immer noch Witze reißen.

»Ich hab bloß Spaß gemacht.« Jetzt fing er wirklich an zu lachen, brachte jedoch nicht mehr als ein rasselndes Keuchen hervor, so als rauche er vierzig Zigaretten am Tag.

»Klingt ganz nach Endstadium«, sagte ich schroff. »Aber eine Mund-zu-Mund-Beatmung kommt nicht in Frage, verstanden?«

Er hatte sich schnell wieder gefasst. »Ja, Oberschwester Hildegard. Könnten Sie mir trotzdem noch einen Gefallen tun, bevor Sie gehen?«

»Was denn?«

»Geben Sie mir bitte mein Handy – es steckt in der Innentasche meines Sakkos. Ich will nur schnell nachsehen, ob ich eine Nachricht bekommen habe, und ein paar Anrufe machen.«

Nachdem ich geduscht hatte, beschloss ich, den Truthahn zu braten, bevor er schlecht wurde. Nachdem ich ihm die Fertigfüllung mit aller Gewalt ins Hinterteil gerammt hatte, las ich im Geflügel-Kapitel von *Kochen für Dummies,* dass ich das Tier vom anderen Ende her hätte füllen müssen: »Die Haut dabei straff über die Füllung ziehen und einschlagen.« Anschließend galt es, den Truthahn »mit Nadel und Küchengarn sorgfältig zu dressieren«.

»Scheiß drauf«, sagte ich zu Pissels, der auf dem Tisch saß und die Prozedur mit großem Interesse verfolgte. Was sollte das denn sein? Ein genmanipulierter Spatz, oder was? Er versuchte, einen Flügel zu erhaschen, um zu sehen, ob der Vogel noch flatterte.

»Welcher normale Mensch hat schon Dressiernadeln im Haus?«, fragte ich laut. »Sollte John allerdings gerade die Hexe von Aspen anrufen, hätte ich große Lust, *ihn* zu dressieren.« »*Wie geht es dir, mein Schatz?*« In diesem Fall hätte ich ihm nur zu gern auch etwas in den Hintern gerammt, darauf könnt ihr Gift nehmen. Ein anderthalb Meter langes Zäpfchen würde schon dafür sorgen, dass ihm das Grinsen verging. Und falls sie es wagen sollte, ihn in *meinem Bett* anzurufen, würde ich es ausräuchern müssen.

Ich schob den undressierten Truthahn ins Rohr, schenkte mir ein großes Glas Wein ein und rief Sally an.

»Wenn er noch Witze über Körperpflege reißen kann, kann es ihm so schlecht nicht gehen«, sagte Sally.

»O doch. Er kann es nur nicht lassen, mich aufzuziehen.«

»Typisch Mann«, erwiderte sie bissig. »Ich fürchte, ich muss meine Meinung über ihn ändern. Das erinnert mich irgendwie an Jacko.«

»Hat der dich etwa auch gebeten, ihn zu waschen?«

»Wenn er das gewagt hätte, hätte ich ihm eine gescheuert.«

Das konnte ich mir gut vorstellen.

»Und, wie lange willst du noch die Krankenschwester spielen?«, fuhr sie fort.

»Ich glaub nicht, dass er länger als bis morgen früh bleiben wird. Du hast doch nicht vor, schon wieder heimzufahren, oder? Ich will auf keinen Fall, dass er Tom ansteckt.«

»Ich hab gesagt, dass ich bis kurz vor Silvester bleibe. Also hoffen wir mal, dass die Friede-Freude-Eierkuchen-Stimmung noch eine Weile anhält. Ich glaube allerdings, sie beginnt so langsam zu bröckeln. Heute Morgen hat sie gesagt: ›Ich hoffe, du ernährst ihn anständig und nicht mit dieser Rabenmutter-Nahrung aus dem Glas.‹«

»Und, was hast du gesagt?«

»Nichts. Aber ich weiß nicht, wie lang ich das noch durchhalte.«

Nach einer Stunde sah ich wieder nach John, aber der war völlig k. o. Dann sah ich nach dem Truthahn, dessen Duft richtige Weihnachtsstimmung verbreitete. Ich überlegte, ob ich noch ein paar Ofenkartoffeln machen sollte, denn von dem köstlichen Duft bekam ich einen Bärenhunger. Vielleicht würde John auch etwas davon probieren wollen, nachdem er den halben Tag geschlafen hatte – seit den Minzpies seiner Mutter gestern Nachmittag hatte er nichts mehr zu sich genommen.

Ich schälte gerade erdverkrustete Kartoffeln, als es an der Tür klingelte. Und als ich dann in meinen Gummihandschuhen aufmachte, traf mich a) ein eiskalter Luftzug und b) der Schlag: Helen stand vor der Tür.

»Ich dachte, du bist in Saffron Walden!«, starrte ich sie mit offenem Mund an.

»War ich auch, aber ich bin gekommen, um ein paar von meinen Sachen zu holen, während Lawrence weg ist. Störe ich?«, fragte sie, als sie den Kartoffelschäler in meiner Hand entdeckte.

»Nur ein bisschen. Ich mach gerade Truthahn für mich und Pissels.«

Sie riss die Augen auf. »Wo sind denn die anderen abgeblieben?«

»Komm rein, dann erzähl ich dir alles.«

Während sie vor einer Tasse Kaffee und ich vor meinem Weinglas saß, weihte ich sie in Harriets geänderte Weihnachtspläne ein. Nachdem ich ihr John unterschlagen hatte, wollte ich auch jetzt nicht davon anfangen, und so erzählte ich ihr einfach, ich hätte mit einem Freund gefeiert, dem auf der Heimfahrt schlecht geworden wäre und der nun oben im Bett liegen würde.

Sie nahm mir die Geschichte ohne weiteres ab, was bedeutete, dass sie mit ihren Gedanken ganz woanders war. Sie sah erschöpft aus, so als hätte sie mehrere Nächte nicht geschlafen. Ich wollte sie schon fragen, ob sie ihren Entschluss bereute, ließ es aber bleiben, weil ich Angst hatte, sie könnte Ja sagen und in Tränen ausbrechen. Ich glaube, das hätte mich überfordert. Stattdessen fragte ich: »Wie geht es Olly?«

Sie seufzte leise. »Der Gute macht sich Sorgen um mich. Doch im Moment amüsiert er sich mit Lauras Sohn – die beiden sind Heiligabend und gestern Nacht ausgegangen. Er hat mich gebeten, ihm auch ein paar von seinen Sachen mitzubringen: CDs und Winterklamotten, die er nicht mitgenommen hat.«

»Und, warst du schon drüben?«, fragte ich.

Sie nickte. »Ein komisches Gefühl, ihre Sachen an der Garderobe hängen zu sehen. Alles, was noch von mir da war, hat sie in das leer stehende Zimmer verfrachtet. Aber vielleicht war das auch Lawrence. Wahrscheinlich sogar Lawrence.«

Ihre Stimme klang völlig ausdruckslos, aber ich war mir sicher, dass sie sich schwer zusammenreißen musste. Als Nächstes würde sie bestimmt in Tränen ausbrechen und sagen, dass sie einen schrecklichen Fehler gemacht hätte. »Hast du inzwischen mal wieder mit Lawrence gesprochen?«

Sie nickte. »Aber nur kurz. Er will die Zwillinge nächsten Herbst ins Internat geben. Das wollte er schon immer, aber wir haben uns nie ernsthaft darum gekümmert. Wir haben sogar deswegen gestritten. Er fand, das könnte ihnen nur gut tun. Ich würde sie zu sehr verwöhnen.«

Ihre Stimme klang immer noch so, als ginge sie das alles gar nichts an. »Wahrscheinlich habe ich das auch. Wahrscheinlich hatte er sogar Recht. Solange sie zusammenbleiben können, ist ihnen alles andere sowieso egal.«

»Hast du sie an Weihnachten gesprochen?«, fragte ich.

»Nur ganz kurz. Lawrence hat ihnen die neueste PlayStation gekauft – sie waren kaum davon loszueisen. Auch mit Olly haben sie höchstens zehn Sekunden gesprochen. Der hat immer noch nicht mit Lawrence geredet. Er weigert sich. Lawrence glaubt, das ist meine Schuld, weil ich Olly gegen ihn aufhetze.«

Ich wusste nicht, was ich darauf sagen sollte. Doch die Stimme eines aufgekratzten Londoner Wetterfrosches aus dem Radio zerriss die Stille und kündigte uns überfrierende Nässe an: »Immer schön den Fensterkratzer und das Enteisungsspray bereithalten, Leute.«

»Er wollte Olly damals auch schon aufs Internat schicken, aber das hab ich nicht zugelassen«, fuhr sie fort. »Olly wollte auf keinen Fall dorthin. Wahrscheinlich habe ich ihn genauso verwöhnt, aber ich liebte ihn einfach so sehr. Dass ich ihn verwöhnt habe, hat noch lange kein verzogenes Gör aus ihm gemacht, wenn du verstehst, was ich meine. Er hat mich nie mit dieser gleichgültigen Herablassung behandelt wie die Zwillinge. Aber sie können ja nichts dafür. Das haben sie sich von Lawrence abgeguckt.«

Sie lächelte matt.

»Keine Angst, ich leide nicht, weil ich denke, ich hätte eine falsche Entscheidung getroffen. Das habe ich nämlich nicht. Zumindest nicht, was das betrifft.«

Ich hakte sofort nach. »Wie meinst du das?«

Sie sah merkwürdig ertappt aus, wie ein kleines Kind, das etwas Schlimmes angestellt hat und sich fürchtet, es könnte herauskommen. Gleichzeitig hatte ihre Miene jedoch auch etwas Trotziges. »Ich habe etwas unglaublich Dummes gemacht«, sagte sie. »Ich kann immer noch nicht glauben, dass ich das wirklich getan habe.«

»Du hast doch nicht etwa die Klamotten von Lawrence aufgeschlitzt?«

Sie schüttelte den Kopf. »Noch schlimmer.«

»Doch nicht die von *Francesca?*«

Sie schüttelte erneut den Kopf. »Ich glaube, ich bin schwanger.«

»Wie bitte?« Ich starrte sie mit offenem Mund an. »Aber ich dachte, du und Lawrence –«

»Es ist nicht von Lawrence.«

»*Wie bitte?*«

»Ich wusste, dass du so reagieren würdest«, sagte sie und seufzte verzweifelt. »So, als würdest du mir so was niemals zutrauen.«

Ich war viel zu schockiert, um auch nur ein einziges Wort herauszubringen.

»Lawrence würde mir so was auch nie zutrauen«, fuhr sie fort. »Wenn man so will, hätte ich mir das wahrscheinlich nicht mal selbst zugetraut.«

Ich fand meine Sprache wieder. »Wer war es?«

»Ein Mann aus dem Zug.«

»*Wie bitte?*«

Sie wirkte fast schon beleidigt. »Wir haben's nicht im Zug getan! Aber danach, in einem Hotel.«

Genauso gut hätte sie mir erzählen können, sie sei eben erst von einer Astralreise zurückgekehrt. Helen, eine Ehebrecherin? Das passte einfach nicht zusammen. »In was für einem Hotel denn? Und welcher Zug, um Himmels willen?«

»Im Eurostar nach Brüssel.«

»Wann?« Ich starrte sie mit offenem Mund an.

»An dem Wochenende, an dem Lawrence mit den Jungs in Euro-Disney war.«

»Du hast gesagt, du fährst zu deiner Schwester!«

»Wollte ich ja auch. Aber dann war ich so deprimiert, dass ich mir gedacht hab, warum soll ich nicht auch ein bisschen Urlaub machen? Ich hab mir Brüssel ausgesucht, aber es hätte auch jede andere Stadt sein können – die Stadt war mir völlig egal.«

Gott, steh mir bei. Jetzt fehlte nur noch, dass mir Pissels als Nächstes erzählte, er hätte gern einen gemischten Salat zum Abendessen. Ich goss mir Wein nach. »Erzähl weiter.«

»Und da saß er dann.« Sie rollte den Kaffeebecher zwischen

ihren Händen hin und her und fuhr fort: »Genau auf der anderen Seite des Ganges. Er hat an irgendwas gearbeitet, aber dann hat er mich gefragt, ob er mal in meinen *Telegraph* schauen darf. Am Anfang hab ich noch gedacht, dass er wirklich Zeitung lesen will – aber nach ein paar Minuten wurde mir dann klar, dass das bloß ein Vorwand war, um mit mir ins Gespräch zu kommen. *Mit mir!* Der langweiligen Mutter und Hausfrau, die gerade gut genug ist, die schmutzigen Socken einzusammeln und die Kinder herumzuchauffieren!«

Ich hätte sie schütteln mögen. »Helen, wie *kannst* du so was sagen?«

»Weil mich Lawrence so sieht! Weil mich die Zwillinge so sehen! Ich bin unsichtbar!«

Es war sinnlos, ihr widersprechen zu wollen. Wahrscheinlich hatte sie sogar Recht.

»Und da war dieser Mann und hat mit mir gesprochen wie mit einem ganz normalen *Menschen*«, fuhr sie fort. »Wir haben uns die ganze Fahrt über unterhalten. Und allmählich wurde mir klar, dass er mich attraktiv findet. So hat mich schon seit Ewigkeiten kein Mann mehr angesehen. Aber ich hab gesehen, dass er meinen Ehering beäugt, und da hab ich ihm eben erzählt, ich wäre geschieden.«

»Stimmt ja auch.«

»Ja, aber ich hab gesagt, *rechtskräftig* geschieden. Ich hab ihm noch ganz andere Lügen erzählt. Ich wollte nicht, dass er mich für so eine langweilige Hausfrau hält, die die Fußballtrikots ihrer Söhne wäscht und bei Sainsbury's einkauft. Ich hab ihm bloß von Olly erzählt. Und dass ich ein Catering-Unternehmen hätte. Ich hab mir sogar einen Namen dafür ausgedacht: *Cooking to Go*. Ich hab einfach so drauflosimprovisiert, aber er hat mir geglaubt. Ich hab gesagt, ich mache einen Wochenendtrip nach Brüssel, weil ich so hart gearbeitet habe, und auch das hat er mir abgenommen. Er hat gesagt, er hätte am Nachmittag eine Besprechung und würde dann den Nachtzug zurücknehmen. Und ob ich nicht Lust hätte, mit ihm essen zu gehen?«

Wer braucht da noch Seifenopern? »Und dann kam eins zum anderen?«

Sie nickte. »Ich glaube, ich hab ganz schön viel getrunken. Trotzdem, ich wusste ganz genau, was ich tat. Ich *wollte* es tun.«

Nun, das Gefühl kannte ich.

»Ich musste ihn nicht mal mit hochbitten«, fuhr sie fort. »Er wusste es einfach. Ich glaube, wir wussten beide, dass das passieren würde, und zwar noch bevor wir überhaupt beim Kaffee angelangt waren.«

Was sollte ich dazu sagen? »Und, war's schön?«

Allein bei dem Gedanken daran musste sie seufzen. »Eines schwör ich dir: Wenn ich vorher gewusst hätte, dass es so sein kann, dann hätte ich's schon längst getan.«

Von den Folgen einmal abgesehen, konnte man direkt neidisch werden. »Und dann ist er abgehauen und in den Zug gestiegen?«

»Nein, er ist die ganze Nacht geblieben. Er hat den Frühzug genommen. Er hat mich nach meiner Nummer gefragt.«

Doch ihrer Stimme war anzumerken, dass wir langsam auf den weniger angenehmen Teil zu sprechen kamen. »Aber er hat nie angerufen?«

»Das weiß ich nicht. Ich hab ihm die falsche Nummer gegeben.«

Ich starrte sie an. »Warum?«

»Ich weiß auch nicht!« Sie seufzte und fuhr sich verzweifelt durchs Haar. »Doch, weiß ich schon. Als er am nächsten Morgen aufgewacht ist, hatte er verschlafen – er musste rennen, um den Zug noch zu erwischen. In dem Moment dachte ich, was hab ich bloß getan? Meine Unterhose lag auf dem Fußboden – ich konnte einfach nicht glauben, was ich da getan hatte. Er hat sich in Windeseile rasiert und angezogen – nach meiner Nummer hat er erst gefragt, als er losmusste. Und dann hab ich mir vorgestellt, wie einer der Jungs ans Telefon geht – sie benutzen ständig mein Telefon – und hab es mit der Angst zu tun bekommen. Ich hab ihm einfach die erstbeste Nummer gegeben, die mir eingefallen ist.«

Eine heiße Liebesnacht war wohl ein bisschen zu viel für sie.

»Aber er hat mir auch seine Nummer gegeben«, sagte sie.

Das hätte sie mir auch früher sagen können. »Und, hast du ihn angerufen?«

»Wie denn? Ich hab ihm eine Lüge nach der anderen aufgetischt, und jetzt auch noch das … dabei hab ich ihm gesagt, dass nichts passieren kann! Ich dachte wirklich, es kann nichts passieren!«

Und wieder seufzte sie verzweifelt. »Wie kann man nur so blöd sein? Die Pille nehme ich schon seit Monaten nicht mehr. Aber bis ich mit den Zwillingen schwanger wurde, hat es eine Ewigkeit gedauert – wir haben beinahe zwei Jahre lang rumprobiert! Ich hätte nie gedacht, dass ich noch mal schwanger werde. Ich weiß genau, wie lächerlich das jetzt klingt. Ich komme mir vor wie so ein junges Ding, das denkt, es kann nicht schwanger werden, solange es im Stehen Liebe macht.«

Ich glaube, ich gab einen kurzen Lacher von mir, um so etwas wie Galgenhumor unter Beweis zu stellen.

Sie lächelte schwach. »Wahrscheinlich das letzte Aufbäumen meiner Eierstöcke. Das soll mit Ende dreißig gar nicht so selten vorkommen. Dann tun sie ein paar Jahre lang noch mal so, als wären sie erst achtzehn, bevor sie endgültig den Löffel abgeben.«

»Vielleicht war es auch ein Fall von Spontanovulation, ausgelöst durch einen besonders intensiven Orgasmus. Ich glaub, ich hab darüber mal was gelesen.«

»Das würde mich nicht wundern. Ich hab gedacht, ich explodiere!«

Nachdem Pissels seinen Thron entlangbalanciert war, sprang er auf ihren Schoß.

»Der wird auch nicht gerade schlanker«, sagte sie und streichelte ihn.

Mach dir nichts draus, Pissels; die bleibt nicht lange. »Mit anderen Worten, du hast das ernst gemeint, als du zu Jacko gesagt hast: ›Ich geh mit dem erstbesten Mann ins Bett, der mich darum bittet.‹ Du hattest es bereits getan.«

Sie sah auf. »Ich kann's immer noch nicht glauben. Wenn man

mir vor drei Monaten erzählt hätte, dass ich abhauen und Sex mit einem Mann haben werde, den ich gerade erst im Zug kennen gelernt habe ... Aber ich bereue nichts«, fügte sie leicht trotzig hinzu. »Jetzt weiß ich wenigstens, was ich die ganze Zeit versäumt habe. Bei Lawrence hieß es immer nur: *Ich, ich, ich ...*, ich dachte, Männer *sind* eben so. Bevor ich ihn kennen gelernt habe, war ich noch Jungfrau. Am Anfang war es allerdings noch nicht so schlimm. Da hat er sich wenigstens noch ein bisschen angestrengt.«

Obwohl das zugegebenermaßen nicht gerade die feine Art war, konnte ich es kaum erwarten, Sally einzuweihen. Weil ich aber spürte, dass sie noch nicht fertig war, schwieg ich. Anscheinend musste sie sich einmal alles von der Seele reden; langsam kam ich mir vor wie die reinste Psychologin.

»Wenn ich daran denke, wie vernarrt ich in ihn war ...«, fuhr sie fort. »Ich hab ihm seine Hemden sogar noch gern gebügelt, verdammt noch mal. Deswegen hat er mich wahrscheinlich auch geheiratet. Ich habe wahre Wunder bewirkt, was sein Ego angeht, und das war schon immer ziemlich gut entwickelt. Deshalb konnte er auch nicht damit umgehen, als Olly auf die Welt kam und ich jemand anderen hatte, den ich anhimmeln konnte.«

Inzwischen brutzelte der Truthahn schon so laut, dass der Backofen qualmte. Eine heikle Situation. Psychologen sagen nicht: »Oh, entschuldigen Sie bitte, ich muss schnell mal den Ofen kleiner stellen.«

»Auch wenn er das so nie gesagt hat: Ich hab genau gewusst, dass er eifersüchtig ist«, fuhr sie fort. »Erst als die Zwillinge geboren wurden, wurde mir klar, wie wenig er sich die ganze Zeit um Olly gekümmert hat. Den Zwillingen gegenüber hat er sich komplett anders verhalten. Er war völlig begeistert von ihnen, und sie himmeln ihn an. Aber da hatte er auch schon eine andere, die ihn anhimmelte. Ich wette, dass er eine Affäre hatte, als sie auf die Welt kamen. Ich kann das zwar nicht beweisen, aber irgendwie hab ich das gespürt. Ich war ihm sowieso viel zu aufgedunsen, als dass er Lust auf Sex mit mir gehabt hätte. Ich sah aus wie die St.-Paul's-Cathedral.«

Plötzlich sah sie sich um. »Ich glaube, du solltest den Ofen kleiner stellen – das Fett spritzt wie blöde. Am besten, du deckst den Truthahn mit Alufolie ab.«

Wahrscheinlich wird man nach so langer Zeit automatisch zum Kochexperten. Obwohl man gerade von wilden Nächten erzählt, spult ein Teil des Gehirns automatisch sein Programm ab. »Ich hab vergessen, welche zu kaufen«, sagte ich, stellte den Ofen jedoch trotzdem kleiner.

»Hast du nicht gerade Kartoffeln geschält, als ich reinkam?«, fragte sie. »Hör zu, wenn du so viel zu tun hast …«

»O nein, überhaupt nicht! Ich koche bloß, damit nichts umkommt.«

»Wenn du deinem Freund da oben was Gutes tun willst, dann mach ihm Kartoffelbrei«, sagte sie. »Kartoffelbrei ist gut für den Magen, wenn einem ein bisschen mulmig ist. Gib einfach einen Klecks Butter und ein wenig heiße Milch dazu.«

»Helen, würdest du bitteschön aufhören, über Kartoffelbrei zu reden, wo du mir gerade eröffnet hast, du könntest schwanger sein? Hast du noch keinen Test gemacht?«

»Brauch ich nicht. Ich bin überfällig. Und ich bin so gut wie nie überfällig.«

Sie schwieg. »Außerdem will ich keinen machen. Wenn ich einen Test mache, dann weiß ich es sicher.«

Ich war wirklich etwas langsam von Begriff, aber erst jetzt verstand ich, was in ihr vorging. Ich starrte sie an. »Du willst dieses Kind behalten, oder?«

Sie brauchte nicht einmal zu nicken.

Nach einer Stunde ging sie und ließ mich über die überwältigende Macht der Hormone nachgrübeln. Aber vielleicht gab es einen viel naheliegenderen Grund. Vielleicht wünschte sie sich bloß jemanden, der sie liebte, jemand, für den sie der Nabel der Welt war – sogar bei den Zwillingen musste das mal so gewesen sein, als sie noch kleiner waren. Tom hatte wahrscheinlich auch eine Rolle gespielt. Als er gerade mal ein paar Wochen alt war, hatte Helen gesagt: »Die sind ja so süß, wenn sie noch klein sind –

ich könnte glatt noch eins kriegen.« Ich sah ihr Gesicht noch vor mir: melancholisch, beinahe wehmütig.

Ihr war es egal, wenn Lawrence sich aufregte. Oder gar den Unterhalt kürzte. Aber sie wagte es nicht, ihren Söhnen zu beichten, dass sie ein Kind von einem Mann erwartete, den sie im Zug kennen gelernt hatte. Vor allem Olly wagte sie nichts davon zu sagen.

Nachdem ich sie zur Tür begleitet hatte, ging ich zurück in die Küche und schenkte mir noch ein Glas Wein ein. »Dass mein Weihnachten langweilig wäre, kann ich nicht gerade behaupten«, sagte ich zu Pissels. »Fehlt nur noch, dass John sich irgend so eine *Akte-X*-Seuche eingefangen hat, bei der sich parasitäre Aliens durch seine Eingeweide nagen.«

Als ich fünf Minuten später nach ihm sah, hatte er das Bett verlassen. »Was, um Himmels willen, machst du da?« Ich starrte ihn mit offenem Mund an.

»Ich brauche dringend frische Luft.« Obwohl er sein Schlafanzugoberteil ausgezogen hatte, versuchte er, das Fenster aufzureißen. Was wegen der dreiundvierzig Schichten Farbe und des uralten Scharniers schon in gesundem Zustand nicht ganz einfach war.

Doch plötzlich gab es nach, und ein eiskalter Luftzug wehte herein.

Ich beugte mich vor und drückte es wieder zu. »Du holst dir noch den Tod!«

»Ich ersticke! Das ist der reinste Backofen hier!« Er riss das Fenster wieder auf, und ein weiterer sibirischer Luftzug kam herein.

»Okay, okay!« Im Zimmer herrschten tatsächlich fast tropische Temperaturen. »Ich mach die Heizung aus, in Ordnung?«

»Ich hab sie schon ausgemacht.«

Nur dass die Flamme immer noch brannte. Ich drückte das Fenster wieder zu, ließ es aber einen kleinen Spalt offen. »Mach, dass du ins Bett kommst, bevor du dir noch eine Lungenentzündung holst.«

»Einen Teufel werd ich tun!«

Ich dachte schon, er wollte jetzt nach Hause, doch stattdessen fuhr er in einem etwas gemäßigteren Tonfall fort: »Zuerst muss ich mal duschen. Ich fühle mich grässlich.«

Ich brauchte gar nicht erst nachzufühlen, um zu sehen, dass er noch Fieber hatte. So wie er aussah, machte er der Sahara Konkurrenz. Seine Haare standen ihm so wild vom Kopf ab, dass er es mit einem pubertierenden Igel hätte aufnehmen können. Und seine Bartstoppeln waren mehr als beeindruckend. »So siehst du auch aus«, pflichtete ich ihm bei, was ihm sicherlich besser gefiel als dieses besorgte Altweibergetue. »Trotzdem, ich warne dich lieber vor: Unsere Dusche ist genauso vorsintflutlich wie der Rest der Leitungen.«

»Mir egal. Ich fühle mich wie ein eitriges Etwas auf einer Müllhalde.«

Ich zog die Vorhänge auf. »Dann nimm ein Bad.«

Als ich mich wieder umdrehte, hatte er sich erneut aufs Bett gesetzt.

»Aber zuerst solltest du was essen«, fuhr ich fort. »Du hast schon seit gestern Nachmittag nichts mehr gegessen. Kein Wunder, dass du so schlapp bist.« Ich drückte noch ein paar Grippetabletten aus der Packung. »Hier, nimm das, ich mach dir in der Zwischenzeit was zu essen. Worauf hast du Appetit?«

»Auf ein Omelett mit Krabben. Und dazu bitte einen Caesar's Salad mit frisch gepresstem Guavesaft. Du hast mich gefragt«, fügte er hinzu, als er mein Gesicht sah. »Cornflakes tun's auch.«

Ich hätte seine Verarschung gern so interpretiert, dass er sich schon wieder auf dem Weg der Besserung befand, aber ich fürchte, er konnte einfach nicht anders. »Ich hab keine Cornflakes. Aber es ist noch was von Sallys No-Name-Müsli da.«

Er schüttelte den Kopf. »Ich könnte ein paar Rühreier vertragen, falls dir das nicht zu viel Arbeit macht.«

Zumindest verlangte er nicht nach Mamis Spezial-Pudding für den armen kleinen Kranken. »Das krieg ich gerade noch hin.«

»Aber zuerst muss ich baden.« Er fuhr sich übers Kinn. »Und

mich rasieren, falls ich mir eine von deinen Rasierklingen nehmen darf.«

»Kannst gerne eine von meinen benutzen. Ich hol dir ein Handtuch.«

Als ich ein großes Badehandtuch aus dem Wäschetrockenschrank zu Tage förderte, konnte ich schon das Wasser einlaufen hören. Ich holte Jackos Bademantel aus Sallys Zimmer.

Dann klopfte ich an die Badezimmertür. Als er mir aufmachte, kam mir eine heiße Dampfwolke entgegen. »Im Schrank findest du noch ein paar Rasierklingen«, sagte ich und reichte ihm das Handtuch. »Es muss auch noch was von Jackos Duschgel da sein. So eines, das jeden Mann unwiderstehlich macht.«

Wohl wissend, dass Männer eine halbe Ewigkeit brauchen können, um zu baden und sich zu rasieren, gab ich ihm vierzig Minuten. Da ich noch einige Orangen hatte, presste ich ihm drei aus, wegen des Vitamin C. Ich hatte zwei Eier mehr oder weniger schön verrührt und auf einer Scheibe Vollkorntoast angerichtet. Ich trug alles auf einem Tablett nach oben und klopfte an die Tür.

»John?«

Als niemand antwortete, trat ich ein. Er lag auf dem Bauch, und abgesehen von dem Handtuch, das gerade zu verrutschen drohte, war er splitternackt. Er hatte das Fenster erneut aufgerissen, und es herrschten Temperaturen wie im Eisschrank. Ich stellte das Tablett ab und war so wütend, dass ich ihm am liebsten eine geklebt hätte. Da dieses verrutschende Handtuch eine olivbraune Pobacke freigab, versetzte ich ihr einen Klaps.

»Himmel Herrgott!« Er fuhr sofort hoch und setzte sich. Dabei verrutschte sein Handtuch noch mehr und ließ einen respektablen Dartpfeil mit Zubehör erkennen. Ich war derart wütend, dass ich gar nicht richtig hinsah.

»Legst du es ernsthaft darauf an, dir eine Lungenentzündung zu holen?«, keifte ich und drückte das Fenster zu. Dann nahm ich seinen Schlafanzug vom Stuhl, den er über die Lehne geworfen hatte, und zielte nach ihm. »Zieh das hier an, und geh zurück ins Bett. Jetzt muss ich die Heizung wieder anmachen.«

Auf diese Weise konnte ich ihm den Rücken zukehren, während er sich bemühte, seine Blöße zu bedecken. Allerdings musste ich so tun, als würde mir dabei das ein oder andere Streichholz abbrechen. Anschließend zog ich die Vorhänge zu.

Als ich mich wieder umdrehte, saß er im Bett, hatte Jackos Schlafanzug ordentlich zugeknöpft und sah aus, als bekäme er gleich einen Lachkrampf.

»Immerhin siehst du nicht mehr ganz so grässlich aus«, murrte ich, »was man von diesem Rührei nicht gerade behaupten kann. Das ist bestimmt eiskalt geworden.«

Ich ließ das Tablett auf seinen züchtig bedeckten Schoß plumpsen. »*Bon appétit*. Falls du dich noch mal übergeben musst, versuch bitte, es bis ins Bad zu schaffen.«

Er betrachtete das Tablett. »Ist das frisch gepresster Saft?«

»Kommt darauf an, was du frisch nennst. Die Orangen sind wahrscheinlich schon vor drei Monaten gepflückt worden. Nun, ich überlass dich deinem Schicksal.«

Ich hatte fest vor, zu gehen, aber in diesem Moment packte er mich am Handgelenk. »Harriet ...«

So wie er es sagte, schmolz ich regelrecht dahin.

»Was ist denn?«, fragte ich wie Schneewittchens böse Stiefmutter.

»Tut mir Leid, dass ich dir so viel Umstände bereite.«

Und als ob das nicht schon genügt hätte, mich und meine zittrigen Knie zu überfordern, umschloss er mein Handgelenk noch fester. Er zog mich zu sich heran und gab mir einen Kuss auf die Wange. »Danke.«

Ich glaube, meine Stimme zitterte nicht, als ich kurz und knapp »Keine Ursache« erwiderte, um dann so schnell wie möglich nach unten zu rasen. Die Vehemenz, mit der er mich gepackt hatte, überraschte mich. Wie würde das erst sein, wenn er wirklich fit war? Außerdem hatte er Jackos unwiderstehliches Duschgel tatsächlich benutzt – nicht, dass das nötig gewesen wäre. Ich konnte den Duft auf seiner warmen Haut immer noch riechen.

Und dann noch diese leicht heisere Stimme, aber natürlich

konnte das genauso gut an der Grippe liegen. Das war mehr als genug, um einen hochroten Kopf und weiche Knie zu bekommen wie in einem alten Spielfilm: *»O John«, flüsterte sie und schmolz in seinen Armen dahin. »O John, nimm mich. Nimm mich, bevor es wieder an der Tür klingelt …«*

Denn genau das tat es. »Mist«, sagte ich zu Pissels. »Nicht einmal eine kleine erotische Fantasie ist mir vergönnt. Wer zum Teufel kann das sein, am ersten Weihnachtsfeiertag?«

Erst dachte ich, es wäre eine von diesen Hausiererinnen. Das Mädchen vor der Tür sah ziemlich verwahrlost aus und hatte eine Umhängetasche dabei.

Aber dann betrachtete ich ihr Gesicht. Sie sah schmuddelig, misstrauisch und trotzig aus.

Der Prototyp der kleinen Ausreißerin.

ZEHN

»Tara!« Ich starrte sie mit offenem Mund an. »Wenn du Jacko suchst – der ist nicht da!«

»Ich weiß! Sonst wäre ich ja wohl kaum hergekommen. Ich hab gestern zu Hause angerufen«, fügte sie hinzu und beantwortete damit meine noch unausgesprochene Frage. »Willst du mich nicht reinbitten? Ich brauch eine Übernachtungsgelegenheit für ein paar Tage.«

Ich konnte es immer noch nicht fassen. »Ganz, wie du willst. Wo ist Lee?«

»In Leicester. Warte, ich muss nur kurz meinen Freunden Bescheid sagen, dass alles klargeht ...«

Sie sauste zu einem Auto, das ein paar Meter weiter geparkt hatte. In einer halben Minute war sie wieder zurück.

Nachdem sie reingekommen war, platzte ich beinahe vor Neugier. Ich musste mich schwer beherrschen, sie nicht gleich mit meinen Fragen zu überfallen. Dabei hätte ich nur zu gern gewusst, was eigentlich los war. Sie machte einen völlig verwahrlosten Eindruck. Ihre Haare mussten dringend gewaschen werden. Ihre Armeehose starrte vor Dreck und sah aus, als käme sie gerade frisch vom Manöver. Und unter ihren Augen lagen dunkle Ringe. Doch schon auf dem Weg zur Küche bemerkte ich ihre trotzige Körperhaltung. Ich brauchte also gar nicht erst zu versuchen, einen auf große Schwester zu machen und sie auszufragen, denn dann würde sie sich nur noch mehr verschließen.

»Ich dachte, William wollte über Weihnachten hier bleiben«,

sagte sie und ließ ihre Tasche fallen. Instinktiv spielte ich die Angelegenheit herunter. »Wollte er auch. Aber deine Mum und dein Dad haben sich ziemliche Sorgen um dich gemacht. Und da hat er sich eben entschlossen, doch nach Hause zu fahren«, fügte ich fröhlich hinzu und wies einladend auf das Sofa.

»Wie wär's mit einem Kaffee?«

»Okay.«

Während meiner sporadischen Besuche bei Jacko hatte ich sie ein paar Mal gesehen. Beim ersten Mal muss sie so um die elf Jahre alt gewesen sein und war eigentlich ganz nett. Mit dreizehn wurde sie richtig frech und fiel durch ihre unverschämten Bemerkungen auf. Das letzte Mal hatte ich sie kurz nach Jackos Unfall getroffen. Sie war mit ihren Eltern hergekommen, als es ihm noch ziemlich schlecht ging. Damals hatte seine Mutter schreckliche Angst gehabt, dass er einen bleibenden Gehirnschaden davontragen könnte. Woraufhin Tara nur schnippisch bemerkt hatte, sein Gehirn hätte auch so schon genug Schaden genommen. Darüber hatte sich ihre Mutter furchtbar aufgeregt und sie angebrüllt, sie solle gefälligst den Mund halten und sich nicht so unmöglich aufführen.

Eigentlich war ihre Mutter gar nicht der Typ, so auszurasten, aber sie war fast umgekommen vor Sorge. Und ich hatte das Ganze kaum mit ansehen können, weil ich genau wusste, dass sich Tara trotz ihrer flapsigen Bemerkung mindestens ebenso viele Sorgen machte. Später hatte ihre Mutter das auch begriffen, und sie hatte sich bei ihrer Tochter entschuldigt. Aber da hatte Tara die Schotten schon dichtgemacht. Und, soweit ich das beurteilen konnte, seitdem auch nicht wieder aufgemacht.

Taras Haare waren – im Gegensatz zu Jackos – nicht einmal ansatzweise rot. Sie war etwa 1,74 Meter groß und sehr attraktiv. Sie hatte langes, goldblondes Haar, nicht so weißblondes wie das von Sally. Sie hatte genauso haselnussbraune Augen wie Jacko, aber dunkle Brauen und Wimpern. Unter den Schlabbersachen konnte man nicht viel von ihrer Figur erkennen, aber sie war sehr schlank.

Als ich Wasser in den Kessel füllte, sagte sie: »Ich wollte ihnen bloß sagen, dass es mir gut geht. Aber dann hat Mum gar nicht mehr aufgehört zu reden. Und als William schließlich dranging, hat er mich bloß angebrüllt, und da habe ich aufgehängt.« – Na prima, William.

»Ich hätte nicht gedacht, dass du noch weißt, wo ich wohne.«

»Das war gar nicht nötig.« Aus der kleinen Tasche, die sie immer noch umhängen hatte, holte sie zwei verknitterte Umschläge, die an William Jacques adressierte Weihnachtskarten enthielten. Seine eigentliche Adresse war durchgestrichen und durch meine ersetzt worden.

»Mum hat mich vor ein paar Wochen gebeten, sie einzuwerfen, aber dann hab ich sie vergessen.«

Da mir so was auch schon öfter passiert ist, sagte ich nichts weiter dazu.

Ich gab ihr einen Becher Kaffee. So, wie sie danach griff, schien sie schon eine ganze Weile keinen mehr bekommen zu haben. Ihre Augenschminke war verschmiert, so als hätte sie geweint. Da die Augen nicht mehr gerötet waren, musste das schon ein paar Stunden zurückliegen, aber trotzdem – ich hätte schwören können, dass Tränen geflossen waren. »Lee ist also in Leicester? Kommt er noch nach?«

»Er hat ein paar Auftritte.«

»Und du wolltest nicht bleiben und sie dir ansehen?«

Sie reagierte derart trotzig, dass sie eigentlich selber hätte merken müssen, wie sehr sie das entlarvte: »Hör zu, ich will nichts mehr von ihm wissen, verstanden? Er war sowieso bloß ein Vorwand, ich wäre auch so abgehauen.«

Mit anderen Worten: Er hatte sie rausgeworfen. Oder irgendetwas war vorgefallen, das sie bewogen hatte, freiwillig zu gehen. Wie auch immer, es war jedenfalls nicht so gelaufen, wie die kleine romantische Ausreißerin sich das vorgestellt hatte. »Das kann ich gut verstehen«, sagte ich. »Es ist nicht nur einmal vorgekommen, dass ich drauf und dran war, von zu Hause wegzulaufen, das kannst du mir glauben. Ich hab oft mit dem Gedanken gespielt.«

Sie streichelte Pissels, der sich auf dem Sofa zusammengeringelt hatte und nicht einmal das Mindestmaß an Höflichkeit besaß, aufzuwachen. »Du arbeitest doch bei einer Personalvermittlung, oder? Meinst du, du könntest mir einen Job besorgen?«

Das hätte ich mir ja denken können. »An was für einen Job hast du da gedacht?«

»Egal, irgendeinen Job! Außerdem hab ich mich gefragt, ob ich wohl 'ne Weile hier bleiben könnte«, fuhr sie fort. »William hat doch nicht vor zurückzukommen, oder?«

So langsam kamen wir zur Sache. »Er wollte an Silvester wieder hier sein.«

Sie machte ein langes Gesicht. »Dann geh ich eben woanders hin. Er würde sowieso bloß einen Tobsuchtsanfall bekommen – und das halt ich nicht aus.«

Um sie ja nicht zu verschrecken, sagte ich wie nebenbei: »Wo du schon mal da bist, könntest du kurz zu Hause anrufen und sagen, wo du steckst.«

»Spinnst du? Die brüllen mich doch sowieso bloß wieder an.«

Plötzlich wurde sie misstrauisch. »Du sagst ihnen doch nicht, dass ich hier bin, oder?«

Ich glaube, ich zögerte den Bruchteil einer Sekunde zu lang.

»*Bitte!* Es dauert keine fünf Minuten, und die sind hier! Versprich mir, ihnen nichts davon zu sagen!«

»Okay, versprochen.«

»Außerdem geht sie das sowieso nichts an«, fuhr sie trotzig fort. »Ich bin vor drei Wochen achtzehn geworden – und kann tun und lassen, was ich will. Ich hab mich schließlich gemeldet und ihnen gesagt, dass es mir gut geht – oder etwa nicht?«

»Ja, hast du.« Ich dachte kurz nach und fragte dann: »Und was ist mit den Freunden, die dich abgesetzt haben? Willst du nicht lieber bei denen bleiben?«

»Bei denen ist kein Platz«, erwiderte sie lahm.

Na dann.

»Aber du kannst mir doch einen Job besorgen, oder?«, fuhr sie fort.

Ich saß am Küchentisch und suchte händeringend nach einer Antwort.

»Hast du denn schon Erfahrung in einem bestimmten Bereich?«

»Ich kann Maschine schreiben! Ich hab ein paar Aufsätze auf meinem Computer getippt.«

Was das bedeutete, konnte ich mir lebhaft vorstellen. »Wenn du das Adler-Suchsystem meinst, dann reicht das leider nicht. Außerdem werden meine Kunden kaum jemanden einstellen, der keinerlei Berufserfahrung hat.«

Sie machte sofort wieder dicht, so als hätte sie mich gar nicht erst gebeten. »Vergiss es, ich such mir selber was – *so* schwer kann das in London auch wieder nicht sein, einen Job zu finden.«

»Nein, nein. Es gibt jede Menge Jobs.« Als Ungelernte konnte sie wahrscheinlich gleich morgen irgendwo anfangen. Die Frage war nur, ob das Geld reichen würde, um davon leben zu können. »Hör zu, ich hab einen Truthahn im Ofen – der ist so gut wie fertig. Möchtest du ein Stück mitessen?«

Sie zuckte gelangweilt die Achseln. »Von mir aus.«

Wie reizend.

Sie sah mir zu, wie ich den Truthahn wendete, während das Fett und der Bratensaft nur so um die Wette spritzten, und hörte mich fluchen.

»Wo ist die mit dem Baby?«

»Sally ist auch nach Hause gefahren. Ihre Eltern hätten sich sonst zu sehr aufgeregt.«

»Das heißt, du warst gestern ganz allein?«

Nachdem ich ihr kurz von Mums Gästeflut und meinem »Freund« im ersten Stock erzählt hatte, fiel mir ein, dass er vielleicht auch Hunger hatte. Zwei Rühreier innerhalb der letzten vierundzwanzig Stunden war nicht gerade viel. »Ich spring mal kurz hoch und frag ihn, ob er auch was von dem Truthahn will.«

Als ich an seine Tür klopfte, rief er verschlafen: »Komm rein.«

Ich setzte mich zu ihm ans Fußende. »Wie geht es dir?«

»Auf einer Skala von eins bis zehn: Drei Punkte besser als heute

Morgen. Vielleicht hab ich den fiesen Virus in der Badewanne ertränkt.« Er setzte sich langsam auf. »Aber ich fühl mich immer noch wie ausgeweidet. Als ich vor einer halben Stunde kurz pinkeln musste, war ich danach völlig geschafft.«

»Ich hab vorhin einen Truthahn in den Ofen geschoben«, sagte ich, »der ist so gut wie fertig. Willst du ein Stück und ein bisschen Kartoffelbrei dazu?«

»Gern sogar.«

Es schien ihm schon wesentlich besser zu gehen, was mich ehrlich gesagt wunderte, wenn ich an seinen Zustand von heute Morgen zurückdachte. Entweder er hatte eine unverwüstliche Konstitution, oder ihm war mittlerweile alles egal.

Ich erzählte ihm von Tara und beendete meinen Satz mit den Worten: »Sie hat mich gebeten, ihr einen Job zu besorgen. Und dann musste ich ihr auch noch versprechen, ihren Eltern nicht zu sagen, dass sie hier ist.«

»Aber du wirst es ihnen doch sagen?«

»Natürlich, auch wenn ich ihr das Gegenteil versprochen habe. Aber erst muss ich mit ihr reden, damit sie einsieht, dass ich keine andere Wahl habe.«

»Mach es gleich. Übergib die Verantwortung an die Eltern. Im Grunde genommen wartet sie bloß darauf, denn sonst wäre sie gar nicht erst hergekommen.«

»Vielleicht wusste sie einfach nicht, wohin. In ihrem Alter wohnen die meisten Freunde noch bei den Eltern – und die würden Taras Familie in null Komma nichts benachrichtigen.«

»Harriet, ruf ihre Eltern an. Sie wartet bloß darauf, glaub mir. Sie will nur nicht angekrochen kommen und zugeben müssen, dass sie Recht hatten – sie will, dass man sie auf Knien darum bittet, wieder nach Hause zu kommen.«

Ich ärgerte mich, dass ich da nicht selbst draufgekommen war. »Für jemand, der sie noch nie im Leben gesehen hat, scheinst du sie ja sehr gut zu kennen!«

»Vergiss Lucy nicht.« Er bekam einen Hustenanfall, der jedoch schnell wieder nachließ. »Die hat auch ständig irgendwas angestellt und meine Eltern damit zur Verzweiflung getrieben. Einfach nur um die Aufmerksamkeit künstlich auf sich zu ziehen«, erklärte er. »Mit Tara wirst du dir nur Ärger einhandeln«, fügte er hinzu. »Das riech ich schon von weitem. Greif sofort zum Telefon, und sieh zu, dass sie dich nicht hören kann. Wenn ihre Eltern auch nur ansatzweise so veranlagt sind wie meine, dauert es keine Viertelstunde, bis sie im Auto sitzen.«

Wahrscheinlich würden sie genau das tun. »Ich muss erst mit ihr reden. Ich hab ihr's versprochen.«

»Schick sie mir ruhig hoch«, sagte er böse. »Ich rück ihr den Kopf schon zurecht.«

»Diese Situation erfordert diplomatisches Geschick, keine Brachialmethoden«, gab ich zurück. »Außerdem will ich nicht, dass sie sich ansteckt. Ein Patient reicht mir völlig.«

»Ich weiß. Morgen bin ich hier weg.«

Plötzlich klang seine Stimme wieder ganz sanft und ließ mich dahinschmelzen. »Das ist schon in Ordnung.«

»Harriet, ich kann hier nicht bleiben.« Er schwieg einen Moment, damit ich noch mehr dahinschmelzen konnte, um dann zu sagen: »Noch so ein brutaler Klaps auf den Po, und ich bekomme einen Rückfall.«

»Du hast es ja nicht anders gewollt«, gab ich zurück. »Und für etwaige Rückfälle bin ich sowieso nicht mehr zuständig – ich muss morgen wieder ins Büro.«

Auf dem Weg zur Tür fiel mir sein durchgeschwitztes Hemd auf. Er hätte morgen gar nichts anzuziehen. Da ich sowieso eine Maschine waschen wollte, nahm ich es mit, zusammen mit seinen Socken und den Boxershorts. »Das setz ich dir alles auf die Rechnung«, sagte ich. »Wenn das so weitergeht, sind wir bald quitt.«

Als ich herunterkam, war Tara schon beinahe auf dem Sofa eingeschlafen. Aber dann setzte sie sich auf und sah so schuldbewusst drein, als hätte ich sie bei irgendwas ertappt.

Nachdem ich noch ein paar Kartoffeln für John geschält hatte, versuchte ich, den Truthahn aus dem Ofen zu bugsieren und eine Bratensauce zu machen. Ich war ziemlich zufrieden mit dem

Vogel. Wenn man einmal davon absah, dass seine undressierten Beine und Flügel nach allen Seiten hin abstanden, diverse Extremitäten angebrannt waren und der größte Teil der Brust in der Form kleben blieb, machte er einen ganz passablen Eindruck.

In Ermangelung einer anderen Beilage hatte ich noch ein paar Tiefkühlerbsen aufgetaut. Als ich Tara schließlich ihre Portion hinstellte, fiel sie genauso darüber her, wie Jacko es immer nach seinem Wasser-Polo-Training tat.

»Hör mal«, sagte ich, »ich muss morgen früh wieder arbeiten, und John wird wahrscheinlich im Lauf des Vormittags nach Hause fahren. Aber es geht ihm noch nicht besonders. Würdest du ihm ein Frühstück machen? Ein paar Rühreier oder so?«

Sie nickte mit vollem Mund. Als er halb leer war, fragte sie: »Ist das dein Freund?«

»Nö, nur ein Freund.«

Sie nahm noch einen Mund voll und ließ den Satz auf sich wirken. »*Hast* du einen Freund?«

»Im Moment nicht.«

»Warum nicht?«

»Ich werde immer wählerischer. Mit Männern, die auf einer Skala von eins bis zehn nicht mindestens elf Punkte erreichen, geb ich mich gar nicht erst ab.«

Während sie weiter Truthahn in sich hineinschaufelte, musterte sie mich eindringlich. »Mum glaubt, dass William auf dich steht«, sagte sie.

Ich hätte beinahe laut aufgelacht. »Wie kommt sie denn bloß da drauf? Jacko und ich sind immer nur gute Freunde gewesen.«

»Dasselbe hab ich ihr auch gesagt.« Sie schob sich ein riesiges Stück Ofenkartoffel in den Mund und fügte hinzu: »Bis es soweit kommt, müsstest du schon ziemlich verzweifelt sein.«

Sie war genauso unverschämt wie Sally. »Jetzt hör aber auf! Das ist nicht besonders nett!«

Sie zuckte die Achseln. »Mum meint, das könnte der Grund sein, warum er Weihnachten nicht nach Hause wollte. Dad war ganz schön sauer. Er braucht ihn mehr, als er zugeben will.«

»Er hat sich einfach nur erholen wollen und es genossen, mal wieder richtig faulenzen zu können. Allerdings scheint er sich sehr für Frida zu interessieren –«

»Die aus Schweden?«

»Und für seine Krankengymnastin aus der Klinik. Wie du weißt, gibt er sich nicht mit einer einzigen Affäre zufrieden.«

»Über eine kurze Affäre geht es bei ihm sowieso nie hinaus«, schnaubte sie. »Wenn das stimmt, was Dad sagt, hat er sich schon mehr Hörner abgestoßen als ein Achtender.«

Während sie weiteraß, musste ich mich schwer zusammenreißen, um bei dem Gedanken an Jacko und mich nicht laut aufzulachen. Zwischen Jacko und mir hatte sich die Chemie immer nur auf die Kumpelebene beschränkt. Und obwohl Jacko unglaublich stur sein konnte, war er ein wirklich guter Freund. Loyaler als so manche Freundin – zumindest standen wir nie auf dieselben Leute.

Nachdem Tara eine zweite Portion verschlungen hatte, fragte sie, ob sie ein Bad nehmen könnte. Also brachte ich sie nach oben und zeigte ihr die Tür, die von Jackos Zimmer, in dem sie auch schlafen würde, direkt ins Bad führte. Ich sah davon ab, die Bettwäsche zu wechseln. Unter den gegebenen Umständen erwartete sie bestimmt keine blütenweiße, aprilfrische Bettwäsche.

Ich kam mir vor wie eine Herbergsmutter und ging nach unten, um Johns Kartoffeln zu zerstampfen. Ich schnitt ihm ein paar Scheiben Brot ab, gab einen Klecks köstliches Püree, Erbsen und Bratensauce auf den Teller und brachte ihm das Ganze mit einem Glas Orangensaft nach oben.

Er war wach und hörte die Nachrichten im Radio.

»Bitte sehr«, sagte ich und stellte das Tablett auf seinem Schoß ab. »Ich bin zwar kein Drei-Sterne-Koch, aber ich nehme an, man kann es essen.«

Er schnupperte anerkennend, so als würde ihn der Duft neu beleben. »Das sieht ja großartig aus. Wie geht's der Ausreißerin?«

»Sie badet gerade.« Obwohl ich das eigentlich gar nicht vorgehabt hatte, setzte ich mich zu ihm aufs Bett. »Wenn ich ehrlich sein soll, wäre es mir lieber, sie hätte bei jemand anders Unterschlupf gesucht. Ein Drama pro Tag ist vollauf genug.« Und obwohl ich das ebenso wenig vorgehabt hatte, erzählte ich ihm von Helen.

»Ist das die, wegen der du so dringend nach Hause musstest, als wir noch was trinken gehen wollten?«, fragte er, nachdem ich ihm mehr erzählt hatte als unbedingt nötig.

Ich war überrascht, dass er sich noch daran erinnern konnte. »Ja, aber als ich hier ankam, musste ich feststellen, dass es bereits zu spät war: Da hatte sie meine Idee schon in die Tat umgesetzt. Für ihre Schwangerschaft trage ich allerdings keine Verantwortung.«

»Und auch nicht für Ausreißerinnen. Geh ans Telefon, und übergib die Verantwortung ihren Eltern.«

»Mach ich auch. Sobald ich mit ihr geredet habe.« Im Moment fand ich es wesentlich schöner, hier zu bleiben und mich mit ihm zu unterhalten. Ein paar Minuten lang hatte ich das Gefühl, wir wären einfach nur gute Freunde – alles andere blieb brav unter der Bettdecke. Er hatte mir sehr aufmerksam zugehört, nicht ohne die eine oder andere lustige Bemerkung zu machen.

Doch jetzt ließ ich ihn allein, damit er in Ruhe aufessen konnte. Da Tara immer noch im Bad war, ging ich nach unten und begann mir eine überzeugende Strafpredigt zurechtzulegen, die im Wesentlichen von sich zu Tode ängstigenden Eltern handelte, die kurz davor standen, einen Herzinfarkt oder noch Schlimmeres zu erleiden.

Doch nachdem ich die Spülmaschine eingeräumt und alles notdürftig aufgeräumt hatte, musste ich feststellen, dass es da oben verdächtig still geworden war. Ich ging hoch und sah, dass Tara schon eingeschlafen war. Und als ich das Tablett holen ging, sah ich, dass für John dasselbe galt.

Verstimmt ging ich nach unten und rief Sally an.

Sie war völlig verwundert, als ich ihr die Neuigkeiten von Helen erzählte. »Vielleicht hat sie sich unterbewusst einfach noch ein Kind gewünscht«, sagte sie. »Um ihrem Leben wieder einen

Sinn zu geben. Sie hat ja nie was anderes gemacht, als Kinder großzuziehen.«

»Ich würde zu gern das Gesicht von Lawrence sehen, wenn er es erfährt. Wahrscheinlich kann er es gar nicht fassen, dass sie sich überhaupt für jemand anders interessieren konnte.«

Dann kam ich auf Tara zu sprechen.

»Was für ein Gör«, meinte Sally schließlich mitleidig. »Und dann ist sie einfach so ins Bett gegangen, ohne dir Bescheid zu sagen oder sich für das Essen zu bedanken?«

»Ja, und jetzt muss ich ihre Eltern anrufen, obwohl ich ihr hoch und heilig versprochen habe, sie nicht zu verpetzen. Aber vielleicht hat John Recht. Vielleicht will sie nur, dass man sie anfleht, wieder nach Hause zu kommen.«

»Wenn das meine Tochter wäre, würde ich sie schmoren lassen.«

»Das kann ich mir bei denen zwar nicht vorstellen, aber das wäre sicher keine schlechte Idee. Angenommen, ich würde ihr einen so richtig beschissenen Job besorgen, bei dem man so gut wie gar nichts verdient – ich wette, sie würde keine Woche lang durchhalten.«

Anschließend rief ich Jacko auf dem Handy an, der sich in erster Linie dafür entschuldigte, dass sie mir zur Last fiel. Seine Eltern wären mit Sicherheit erleichtert, dass sie sich von Lee getrennt hatte und nicht in der Junkie-Hausbesetzerszene untergekrochen war. Er würde ihnen Bescheid sagen (natürlich war er gerade in irgendeinem Pub) und sich danach wieder bei mir melden.

Doch als er dann endlich zurückrief, fiel sein Anruf anders aus als erwartet. Ja, sie waren unglaublich erleichtert, hielten es jedoch für keine gute Idee, sofort nach London zu fahren. Denn falls sie sich weigern sollte, mitzukommen, könnten sie sie kaum dazu zwingen, und es würde bloß neuen Streit geben. Und falls sie wirklich darauf spekulieren sollte, dass ich ihre Eltern benachrichtigte, damit diese angerannt kämen, wäre es vielleicht nicht das Schlechteste, ihr einmal klarzumachen, dass dem nicht so war. Sollte sie doch ruhig noch etwas in ihrem eigenen Saft schmoren.

Sie würden mich ja nur ungern fragen, und ich müsste es selbstverständlich sagen, wenn mir das nicht recht wäre. Aber wenn ich es ertragen könnte, sie für ein paar Tage dazubehalten …

»In Ordnung«, sagte ich zu Jacko. »Es ist ja nicht so, dass ich keinen Platz hätte.«

»Danke, Süße. Aber komm bloß nicht auf die Idee, Kaffee für sie zu kochen oder so was. Sie ist es nämlich gewohnt, von früh bis spät bedient zu werden.«

Nein, ich würde sie definitiv nicht mehr bedienen. Vielleicht würde ich ihr sogar sagen, dass hier keine Gratis-Mahlzeiten aufgetischt würden. Sie könnte ja schon mal damit anfangen, Pissels Katzenklo sauber zu machen.

Da sie beide noch schliefen, bekam ich sie am nächsten Morgen nicht zu Gesicht, bevor ich zur Arbeit ging. Ich schrieb Tara einen Zettel, auf den ich kritzelte: »Nimm dir, was du willst. Und bitte bring John etwas zu essen und zu trinken, falls er noch krank sein sollte. Sag ihm, seine Sachen hängen im Wäschetrockenschrank. Bin so gegen sechs zurück.«

Darunter hatte ich geschrieben: »Falls dir langweilig sein sollte: Der Küchenboden könnte auch mal wieder gewischt werden.« Ich war stolz auf mich.

Ganz schön schlau, fand ich.

Ich hätte genauso gut zu Hause bleiben können. Das Telefon klingelte ganze zwei Mal, und das eine Mal war Lesley dran, die am liebsten auch ins Büro geflüchtet wäre. Ihre Schwiegermutter hatte nämlich bemängelt, der Kühlschrank müsste dringend mal wieder abgetaut werden. Ob sie eigentlich wüsste, dass die Eier am 17. November abgelaufen wären, und sie wolle den Kindern doch wohl nicht allen Ernstes erlauben, sich nach Belieben mit After Eights einzudecken? Und wo sie schon einmal beim Thema wäre …

Als sie schließlich auflegte, stellte ich fest, dass ich meine ganze Schreibtischunterlage vollgekritzelt hatte. Ich hatte mindestens ein Dutzend Mal *John Mackenzie* hingeschrieben, von kursiv bis schnörkelig. Daneben hatte ich ein im Bett liegendes Strichmännchen gezeichnet sowie eine kleine Strichmännchenhexe, die »Ahhh!« schrie, als Superman angerast kam.

Die Zeichnung gefiel mir so gut, dass ich eine weitere Szene hinzufügte. Sie stellte Superman dar, wie er die Hexe ins Weltall katapultierte und dazu verdammte, den Rest ihres Lebens allein mit ihrem Besen auf einem fernen Planeten zu verbringen. Darunter schrieb ich: *Das geschieht dir nur recht.*

Und: *Werd endlich erwachsen, Harriet!* Danach riss ich das Blatt ab und warf es in den Papierkorb.

Um Viertel nach zwölf rief ich John auf dem Handy an. Nach vier Mal Klingeln ging er dran. Und falls jemand behaupten sollte, ich hätte ganz weiche Knie bekommen, weil ich es kaum erwarten konnte, seine Stimme zu hören, dann ist das dreist gelogen.

»John Mackenzie«, sagte er.

»Ich bin's, Harriet«, sagte ich. »Wie geht es dir?«

Ein paar Sekunden lang herrschte Totenstille. »Oh, hallo Graham, alles in Ordnung?«

Ich brauchte eine halbe Sekunde, bis bei mir der Groschen fiel. »Ich nehme an, Tara ist bei dir?«

»Ganz gut, danke.«

»Redet sie mit dir?«

»Da muss ich noch mal nachschauen, aber das könnte klappen. Macht es dir was aus, später noch mal anzurufen? Ich bin gerade schwer beschäftigt.«

Ich platzte fast vor Neugier, bis er eine Stunde später zurückrief.

»Tut mir Leid wegen vorhin, aber da flossen jede Menge Tränen wegen Lee. Und dann hat sie noch gesagt, du hättest ihren Eltern bestimmt schon Bescheid gesagt und sie hätte gar nicht herkommen sollen.«

»Ich habe sie tatsächlich benachrichtigt. Und wo ist Tara jetzt?«

»Mal kurz was einkaufen. Shampoo oder so. Hör mal, ich musste ihr zwar schwören, dir nichts davon zu erzählen, aber sie hat Lee den Laufpass gegeben. Er hat sie in irgendein runtergekommenes Haus in Leicester mitgenommen, wo ein halbes Dutzend Freunde von ihm wohnen. Mindestens zwei davon waren Frauen, die er offensichtlich überaus gut zu kennen schien – älter als Tara und wahrscheinlich wesentlich härter drauf. Sie sagt, sie hätten sie angesehen wie ein bemitleidenswertes Kleinkind. Sich hinter ihrem Rücken über sie totgelacht und solche Sachen. Sie hat sich dort von Anfang an nicht wohl gefühlt.«

Das konnte ich mir lebhaft vorstellen.

»Es dauerte nicht lange, bis sie herausfand, dass eine von ihnen was mit Lee hatte«, fuhr er fort. »Sie gab sich nicht besonders viel Mühe, es zu verbergen, was Lee auch nicht groß zu stören schien. Zum endgültigen Bruch kam es dann gestern Abend. Sie sagt, sie sei aufgewacht – ich nehme an, sie hatte vorher was geraucht – und hätte Lee dabei ertappt, wie er sich gerade mit dieser Frau vergnügte. Also bekam sie einen Tobsuchtsanfall, aber die Frau hat wohl bloß gelacht, und Lee meinte nur, sie solle sich nicht so haben.«

Sie tat mir Leid. Wirklich. »Arme Tara.«

»Ja«, sagte er. »Damit war auch ihre letzte Illusion dahin. Sie packte ihre Sachen und verschwand.« Er schwieg. »Ich nehme an, dass sie dir erzählt hat, ein paar Freunde hätten sie abgesetzt?«

»Stimmt das denn nicht?«

»Sie ist getrampt. Sie hat so gut wie kein Geld mehr. Ein älteres Paar hat einen kleinen Umweg gemacht und sie hier abgesetzt.«

Jetzt wurde mir so manches klar. »Nach allem, was passiert ist, sollte man meinen, sie könnte gar nicht schnell genug nach Hause kommen.«

»Nun, dahin will sie auf keinen Fall.« Er schwieg erneut. »Ich hab so den Eindruck, es geht um mehr als nur darum, ihr Gesicht nicht zu verlieren – da muss noch etwas anderes vorgefallen sein, über das sie nicht reden will.«

Gut möglich. »Ich hoffe, es hat nichts mit der Schule zu tun? Vielleicht wird sie dort gehänselt?«

»Warum sollte man sie hänseln?«

»Es gibt Menschen, die brauchen dazu gar keinen konkreten Anlass! Sie ist hübsch, und ihre Eltern haben Geld! Manche Mädchen müssen bloß ein bisschen eifersüchtig sein, und schon geht's los.«

»Egal, was der Grund ist, sie will nicht darüber reden«, sagte er. »Frag doch mal ihren Bruder – vielleicht weiß der mehr.«

»Du hast deine Meinung ganz schön geändert, was? Gestern Abend wolltest du ihr doch noch den Kopf zurechtrücken! Wie hast du sie überhaupt dazu gebracht, den Mund aufzumachen?«

»Ich hab gar nichts gemacht. Sie hat mir ein paar Rühreier gebracht, und dann haben wir geredet. Ich hab die Vermutung geäußert, dass sie gerade erst von zu Hause ausgezogen ist, und dann sprudelte es nur so aus ihr heraus.«

Erst jetzt fragte ich: »Und sonst, wie geht es dir?«

»Schon wesentlich besser, danke. Wir sehen uns nachher – ich geh nicht weg, bevor du zurück bist.«

Während des ganzen Nachmittags zerbrach ich mir den Kopf, was bei Tara »sonst noch« vorgefallen sein könnte.

Vielleicht war sie mit der Polizei aneinander geraten und hatte Angst, ihre Eltern könnten davon erfahren. Wenn sie nur so zum Spaß Lidschatten geklaut hatte, war sie beileibe nicht die Erste.

Als ich nach Hause kam, saßen sie bereits vor leeren Tellern. »Und, war viel los?«, fragte John, so als ob wir uns noch gar nicht gesprochen hätten.

»Nichts war los. Ich hätte genauso gut zu Hause bleiben können.«

»Ich hab ihm eine Ofenkartoffel mit kaltem Truthahn und Salat gemacht«, sagte Tara. »Wir wollten eigentlich auf dich warten, aber wir sind fast verhungert.«

»Ist schon in Ordnung«, erwiderte ich aufgeräumt und setzte einen Kessel mit Wasser auf.

»Ich hab den Küchenboden gewischt«, fügte sie hinzu.

»Ja, das sieht man. Vielen Dank.«

»Und heute Morgen habe ich für John Rührei gemacht.« Tara redete und redete, so als müsste sie sich für ihre Anwesenheit rechtfertigen. »Ich fand nicht, dass mir das besonders gut gelungen ist, aber er hat es trotzdem gegessen.«

»Es war köstlich«, flötete er.

Ich drehte mich um. Verglichen mit gestern Abend, sah Tara völlig anders aus. Zunächst einmal war sie sauber. Sie trug ein hellgraues Fleece-Oberteil, und ihr Haar fiel in blonden Wellen herab. Sie war ungeschminkt und unverschmiert, und wenn sie geweint haben sollte, war das schon länger her. Ihrem Gesicht war nichts davon anzusehen.

»Ich hoffe, du hast nichts dagegen, aber ich hab mir deinen Fön ausgeliehen«, sagte sie nach wie vor trotzig, so als sei ich eine verkappte Feindin. »Und dann hab ich meine ganzen Klamotten in die Waschmaschine gesteckt – die haben schon gemüffelt.«

»Kein Problem. Und danke, dass du dich um John gekümmert hast. Wie ich sehe, geht es dir besser?«, fragte ich ihn.

»Und ob. Tara war großartig – besser wäre ich in einem Londoner Krankenhaus für 500 Pfund die Nacht auch nicht versorgt worden.«

Sie grinste zwar nicht, wirkte jedoch hochzufrieden mit sich selbst. Sie warf ihm einen prüfenden Blick zu, um zu sehen, ob er das nur so dahingesagt hatte.

»Sie hat mich wenigstens nicht zusammengestaucht«, fuhr er gespielt beleidigt fort. »Eines kann ich dir sagen, Tara, wenn die durchschnittliche Krankenschwester auch nur ansatzweise so wäre wie Harriet, wären die Krankenhäuser auf einen Schlag leer. Die Leute hätten viel zu viel Angst, krank zu werden.«

Sie sah mich mit großen Augen an. »Du hast ihn doch nicht etwa angebrüllt?«

»Du hättest sie mal hören sollen«, meinte er kopfschüttelnd. »Der reinste Drache!«

»Du hast es ja nicht anders gewollt!«, gab ich zurück. »Wer sich halb nackt einem subarktischen Luftzug aussetzt …«

Ich drehte mich um, um mir einen Tee zu machen, und konnte

hören, wie Tara leise kicherte. Plötzlich fühlte ich mich verletzt, weil er Späße auf meine Kosten machte.

»Sie hatte allerdings allen Grund dazu«, fuhr er fort. »Ich war mit Abstand der unvernünftigste Patient der Welt.«

Sie kicherte erneut, so als hätte er ihr in der Zwischenzeit zugezwinkert.

Ich weiß, wie lächerlich das war, aber plötzlich fühlte ich mich wieder wie mit fünfzehn. Da hatten sich zwei gegen mich verschworen, die nichts Besseres zu tun hatten, als sich klammheimlich über Harriet lustig zu machen. Ich hasste mich für diese kindische Reaktion, aber ich kam einfach nicht dagegen an. Schon als ich die Küche betreten hatte, hatte ich gespürt, dass sie sich gegen mich verbündet hatten. Falls er vorgehabt hatte, ihr Vertrauen zu gewinnen, war ihm das bestens gelungen. Was mich betraf, gehörte ich endgültig zum feindlichen Lager.

Ich riss mich zusammen und setzte mich zu ihnen an den Tisch.

Nach einem kurzen Blick auf John wandte sich Tara an mich. »Ich nehme an, du hast meinen Eltern bereits gesagt, dass ich hier bin?«

Es war sinnlos, das abstreiten zu wollen. »Tut mir Leid, Tara, aber mir blieb nichts anderes übrig. Sie waren halb wahnsinnig vor Sorge.«

Sie warf John einen triumphierenden Blick zu.

»Aber du brauchst keine Angst zu haben, dass sie hier gleich auf der Matte stehen«, fuhr ich fort. »Sie haben gesagt, dass das sowieso völlig sinnlos ist, weil du dich weigern würdest mitzukommen. Und zwingen können sie dich ja wohl schlecht.«

Falls sie das überraschte, ließ sie sich nicht das Geringste anmerken. »Gut, dass sie wenigstens das geschnallt haben. Aber selbst wenn sie gekommen wären – bis dahin hätte ich mich längst verdrückt. John hat mir eine Wohnung angeboten, in der ich bleiben kann, bis ich was gefunden habe.«

»Die gehört einem Freund von mir«, erklärte er, als ich ihn völlig entgeistert ansah. »Der ist gerade in Abu Dhabi – und bis er wieder zurückkommt, dauert es noch eine Weile.«

»Wenn sie das nächste Mal anrufen, kannst du ihnen sagen, wo ich bin«, fuhr sie halb trotzig, halb triumphierend fort.

Was war hier eigentlich *los*? »Und deinem Freund macht das überhaupt nichts aus?«, fragte ich John eine Spur zu bissig.

»Der kriegt das gar nicht mit«, beruhigte er mich, während Tara erneut ein Kichern unterdrückte.

So viel zum Thema »Kopf zurechtrücken«, dachte ich. »Und was sage ich deinen Eltern, wenn sie die Adresse haben wollen?«

»Dann kannst du ihnen ohne rot zu werden sagen, dass du keine Ahnung hast«, sagte Tara. »Ich bin nicht dazu verpflichtet, sie ihnen mitzuteilen. John sieht das übrigens ganz genauso«, fuhr sie fort, nicht ohne ihm erneut einen verschwörerischen Blick zuzuwerfen.

»Ich bin schließlich achtzehn und kein kleines Mädchen mehr.«

»Wo sie Recht hat, da hat sie Recht«, sagte er.

Meine Befürchtungen schienen sich zu bestätigen. Ich konnte es kaum fassen, dass John sich hier eingemischt hatte, und das, ohne mich zu fragen. »Hör zu, Tara, von mir aus kannst du tun und lassen, was du willst.«

John sah auf seine Uhr. »Wir müssen los. Komm, Tara, steh auf und pack deine Sachen.«

Sie gehorchte widerspruchslos. Nachdem die Tür hinter ihr zugefallen war, fragte ich: »Was zum Teufel hast du vor?«

»Ich hatte keine andere Wahl!« Flüsternd fuhr er fort: »Sie war fest davon überzeugt, dass du sie bereits verpetzt hast und ihr Vater hier bis morgen früh auf der Matte steht. Sie wäre schon längst auf und davon, wenn ich nicht meine Hilfe angeboten hätte.«

»Aber wohin denn? Sie weiß doch gar nicht, wohin!«

»Das ist es ja. Sie hat mich um Geld für eine billige Pension gebeten. Sie wäre Gott weiß wo gelandet.«

Wenn ich mir das so recht überlegte, fand ich, ein paar Nächte in einer üblen Absteige könnten ihr nur gut tun.

»Glaubst du, mir macht das Spaß?«, fuhr er fort, als er merkte, wie genervt ich war. »Glaub mir, ich hab auch so schon genug um die Ohren. Ich werd dir die Adresse geben«, fügte er hinzu.

»Obwohl du ihr das Gegenteil versprochen hast, egal was ich sage?«

»Was blieb mir denn anderes übrig? Sie stand kurz davor, zu packen und zu verduften.«

Wenn das so war, hatte er glänzend gelogen. So glänzend, dass sie ihm voll und ganz vertraute. Bei dem Gedanken, was für Lügen er sonst noch so auftischen mochte, zog sich mein Magen zusammen. »Dann kannst du aber ziemlich gut lügen.«

»Du musst gerade reden«, sagte er amüsiert. »Das Fräulein, das seinen Geldbeutel verloren hat ...«

»Ich hab wirklich gedacht, ich hätte ihn verloren!«, gab ich wütender zurück, als ich eigentlich wollte, denn in diesem Moment fiel mir noch was ganz Anderes ein: Selbst wenn mich Taras Eltern nicht danach fragen sollten, was für ein Freund das eigentlich war, der mit Wohnungen um sich warf wie andere mit Smarties – Jacko würde mich bestimmt danach fragen. Was um alles in der Welt sollte ich ihm bloß erzählen? *»Du erinnerst dich doch noch an das Schlitzohr? Ja, ich weiß, was ich damals gesagt habe, aber ich hab ihn trotzdem noch mal getroffen, auch wenn er immer noch mit Nina zusammen ist. Außerdem bin ich an Weihnachten mit zu seinen Eltern gefahren, als Nina praktischerweise in Aspen war – ich hab dich übrigens angelogen, als ich damals gesagt habe, ich wäre bei meiner Mutter – ja und dann hat er zufällig die Grippe bekommen ...«*

Plötzlich wurde mir ganz übel. »Warum konntest du dich da nicht raushalten? Die ganze Sache geht dich überhaupt nichts an!«

»Na hör mal, was hast du eigentlich?«, fragte er genervt. »Wenn du willst, rede *ich* mit ihren Eltern. Oder mit ihrem Bruder.«

»Nein, ist schon gut«, sagte ich hastig. »Ich rede schon mit ihnen.«

In diesem Moment kam Tara zurück. Es herrschte unverkennbar dicke Luft, und ich konnte meine Wut kaum verbergen.

Doch das schien sie nicht im Geringsten zu stören, im Gegenteil. »Ich bin so weit«, sagte sie erwartungsvoll und ließ ihre Tasche fallen.

»Gut, lass uns aufbrechen«, antwortete John, doch dann griff er sich an die Sakkotasche. »Ich hab mein Handy oben liegen lassen. Bist du so lieb und gehst es für mich holen?«

Folgsam sauste sie los.

Kaum, dass sie weg war, meinte er: »Also, wenn du es genau wissen willst, tut sie mir leid. Sie ist doch noch ein Kind.«

So ein Kind nun auch wieder nicht, fand ich. Sie hatte mit Lee wohl kaum Murmeln gespielt.

»Nach einer Woche sag ich ihr, dass sie verschwinden muss«, fuhr er fort. »Bis dahin wird sie schon irgendeinen miesen Job gefunden haben und merken, dass das so toll auch wieder nicht ist.«

»*Ich* hätte ihr einen miesen Job verschaffen können! Du hättest mich wenigstens vorher fragen können!«

»Na gut, aber was, wenn sie einfach abgehauen wäre? Dann wüssten wir überhaupt nicht mehr, wo sie steckt!«

Aber da kam Tara schon zurück. »Ich hab es nirgends finden können!«

»Wo zum Teufel hab ich …?« Stirnrunzelnd fasste er sich ein weiteres Mal an die Sakkotasche, bevor seine Augen zur Kommode wanderten. »Da drüben – tut mir Leid. Ich bin immer noch nicht ganz auf dem Damm.« Er steckte das Handy ein und zwinkerte mir heimlich zu, um mir zu verstehen zu geben, dass er sehr wohl gewusst hatte, wo es war.

Gut, das war nur eine kleine Notlüge gewesen, um in aller Ruhe mit mir sprechen zu können. Trotzdem musste ich feststellen, dass er besser lügen konnte, als mir lieb war.

»Darf ich mal kurz telefonieren?«, fragte Tara. »Ich will einen Freund anrufen.«

»Mach nur.«

Als sie außer Hörweite war, sah er mich an. »Du siehst aus, als wärst du stinksauer.«

Ich konnte ihm schlecht erzählen, was in mir vorging. »Ach,

was soll's. Hoffentlich verwandelt sie die Wohnung deines Freundes nicht in ein Schlachtfeld.«

»Hoffentlich nicht. Sie gehört nämlich mir.«

Ich starrte ihn mit offenem Mund an.

»Das schien mir das Vernünftigste zu sein«, sagte er entschuldigend. »Ein Freund in Abu Dhabi, der in, sagen wir mal, genau 48 Stunden wieder anrückt ...«

»Und die steht einfach so leer?«

»Natürlich nicht – ich stehe kurz davor, sie zu vermieten. Ich hatte das Glück, sie nach dem Umzug behalten zu können«, erklärte er. »So wie die Immobilienpreise im Moment steigen, wäre ich blöd, sie zu verkaufen. Aber ich muss dem Maklerbüro sagen, dass sie in nächster Zeit keine Besichtigungstermine vereinbaren sollen.«

Wieder eine Lüge. Eine zog die andere nach sich, genau wie ein Kleenex-Tuch das nächste. Ich drehte mich um, um den Wasserkessel aufzusetzen. Eigentlich wollte ich weder Tee noch sonst irgendwas trinken, aber auf diese Weise musste ich ihn nicht ansehen und darüber nachdenken, ob er nicht doch so ein Schlitzohr war.

Er kam näher und blieb nur ein paar Zentimeter von mir entfernt stehen. »Du bist sauer auf mich.«

»Bin ich nicht. Aber ich wünschte, sie hätte woanders Unterschlupf gesucht.«

»Jetzt ist sie ja woanders.«

Ich wich seinem Blick nach wie vor aus. »Ich hoffe nur, du kommst mit ihr zurecht, mehr nicht. Laut Jacko kann sie ziemlich zickig sein.«

»Ich habe Erfahrung mit zickigen Frauen. Lucy ist zickig, seit sie auf der Welt ist. Sie hat mir immer eins mit der Rassel übergebraten.«

Natürlich musste er wieder diesen ironischen Ton anschlagen, bei dem ich regelmäßig dahinschmolz. Und natürlich musste ich ihn ansehen.

Darauf hatte er nur gewartet. »Harriet, danke für alles«, sagte er.

»Gern geschehen. Und danke für die Weihnachtseinladung.«

»Nichts zu danken. Ich war nicht gerade eine besonders angenehme Gesellschaft, fürchte ich.«

»Aber die anderen. Ganz besonders Horace.«

»Ja, bei dem hast du einen richtigen Stein im Brett.« Als wir Taras Schritte im Flur hörten, fügte er schnell hinzu: »Ich ruf dich an.«

Tara, die wesentlich aufgekratzter wirkte als am Abend zuvor, gab ihm sein Handy zurück.

»Fertig?«, fragte er.

Als sie mit Dackelblick zu ihm aufsah und eifrig nickte, sah ich ihn plötzlich mit ihren Augen: Für sie war er ein älterer Mann – nicht so alt, dass er bereits jenseits von Gut und Böse gewesen wäre –, aber eben richtig erwachsen. Ein cooler Typ, aber gleichzeitig ein gestandener Mann, der wusste, wo's langging. Ein Mann, der Wohnungen zur Verfügung hatte und bestimmt niemals in die Verlegenheit kam, völlig abgebrannt dazustehen und nicht zu wissen, wohin. Sie hätte nur verächtlich geschnaubt, wenn ich das laut gesagt hätte, aber im Grunde war er der Prototyp des Märchenprinzen, der genau dann angaloppiert kommt, wenn dich der Drache zum Frühstück verspeisen will.

Er nahm ihre Tasche. Nun, das haben Märchenprinzen so an sich. Die kämen gar nicht erst auf die Idee, dass man seine Tasche auch selbst tragen kann.

Wir blieben vor der Haustür stehen. »Danke noch mal«, sagte John.

Jetzt, wo er ging, war ich drauf und dran, ein ungutes Gefühl wegen meines unguten Gefühls zu bekommen. Es mochte ja sein, dass es ihm wieder besser ging – richtig gesund war er deswegen noch lange nicht. Ich wollte schon sagen: »Pass auf dich auf«, und was man sonst noch so sagt als Krankenschwester, konnte mir aber gerade noch rechtzeitig auf die Zunge beißen. »Warte erst mal, bis du die Rechnung siehst«, meinte ich. »Mach's gut.«

»Du auch.« Während seine Lippen meine Wange streiften, gab er mir einen kleinen Klaps auf den Po. »Ich melde mich.«

»Danke, dass ich bei dir übernachten durfte«, sagte Tara verlegen. »Und für das Abendessen und alles.«

»Gern geschehen.« Ich öffnete die Tür, und ein kalter Luftzug wehte herein. Da Dorothys Haus bloß einen handtuchbreiten Vorgarten besaß, parkte das Auto nur wenige Meter entfernt. Ich sah, wie John die Beifahrertür öffnete, damit Tara einsteigen konnte. Dann öffnete er die Fahrertür und winkte mir zum Abschied. Ich sah dem Auto nach, bis es verschwunden war, schloss die Haustür und ging zurück in die Küche.

»Wäre sie doch gar nicht erst aufgetaucht!«, sagte ich zu Pissels. »Habe ich da draußen vielleicht irgendein Schild übersehen, auf dem steht: *Immer nur hereinspaziert! Helfen Sie mit, Harriets Leben zu ruinieren – sie selbst kommt nicht schnell genug damit voran.*«

Er gähnte ausgiebig.

»Du dicker Nichtsnutz, du«, sagte ich böse. Die nächste halbe Stunde stocherte ich lustlos im Truthahn herum und blätterte auf der Suche nach etwas, das mich wieder ein bisschen aufheitern würde, die Fernsehzeitschrift durch. *Frauen am Rande des Nervenzusammenbruchs* vielleicht? Ha ha ha.

Nachdem ich es schon die ganze Zeit vor mir hergeschoben hatte, rief ich Taras Eltern an. Ich erzählte ihrer Mutter, dass ich einen Freund zu Besuch gehabt hatte. Während ich im Büro gewesen war, hatte sie ihm ihr Herz ausgeschüttet, und das war dabei herausgekommen. Ich fragte sie, ob Tara denn sonst noch was auf der Seele läge, aber ihr fiel nichts ein. Tara würde ihr schon lange nichts mehr erzählen. Schließlich fuhr sie fort: »Hoffentlich kommt sie wieder zur Besinnung, bevor die Schule losgeht. Aber ich muss schon sagen, das ist wirklich nett von ihm, so einzuspringen. Hoffentlich verwandelt sie seine Wohnung nicht im Handumdrehen in einen Saustall. Du hättest mal ihr Zimmer sehen sollen, nachdem sie abgehauen ist. Überall Apfelbutzen und mindestens drei Schälchen mit eingetrocknetem Müsli, hart wie Zement. Außerdem raucht sie heimlich. Ich hab ein Brandloch in ihrer Bettdecke entdeckt.«

Nachdem sie aufgelegt hatte, beschloss ich, Jacko dasselbe zu sagen: Tara wohnte in der Wohnung eines alten Freundes, den ich vergessen hatte zu erwähnen. Er würde mir bestimmt glauben, und wenn nicht, konnte ich mir immer noch was überlegen. Vorher wollte ich erst noch Sally um Rat fragen, aber als ich ihre Nummer wählte, war besetzt.

Ich wollte es gerade noch mal versuchen, als das Telefon klingelte. Rosie war dran.

ELF

Irgendwie unheimlich. Nachdem ich seit einer Woche nichts mehr von ihr gehört hatte, hatte ich in den letzten zwei Tagen permanent überlegt, sie anzurufen, es dann aber doch lieber bleiben lassen. Ich brachte es einfach nicht fertig, so zu tun, als würde ich mich bloß erkundigen wollen, wie sie Weihnachten verbracht hatte, wo ich doch eigentlich darauf brannte, irgendetwas Neues zu erfahren, das sie vielleicht vergessen hatte zu erwähnen.

Rosie war immer noch bei ihren Eltern und langweilte sich zu Tode. »Das Aufregendste hier ist Dad, wenn er einen seiner Tobsuchtsanfälle kriegt, aber da wir sowieso eine ganze Woche Urlaub nehmen müssen, kann ich ebenso gut hier bleiben. Außerdem muss ich Mum in einer schweren Krise beistehen.«

»Was denn für eine Krise?«

»Es geht um vierzehn Schachteln belgische Pralinen. Nächste Woche geht sie wieder zu den Weight Watchers. Ich hab schon so viele davon gegessen, dass mir ganz schlecht ist, aber ich muss weiteressen, damit nichts mehr da ist, das sie in Versuchung führen könnte. Und, irgendwelche aufregenden Geschenke bekommen? Ich sitze hier mit einem Paar von diesen Plüschhundpantoffeln, die einen so ulkigen Gang machen, und einem Badezusatz, der nach Erdbeerkotze riecht. Ich hab geahnt, dass ich solche Pantoffeln kriege. Kurz bevor ich heimgefahren bin, hab ich noch zu Suzanne gesagt: ›Wetten, dass ich Plüschhundpantoffeln bekomme?‹, worauf sie gesagt hat: ›Ja, oder einen Flanellschlafanzug mit Häschen drauf. Es ist einfach ein Naturgesetz, dass Leute wie wir Plüschpantoffeln und Schlafanzüge bekommen, während gewisse andere Leute, deren Namen ich gar nicht erst erwähnen will, sündhaft teure Ohrringe von irgendwelchen Mr. Helikoptern bekommen.‹ Sie war schwer genervt, wie du dir denken kannst.«

Das war mit ein Grund, warum ich sie nicht angerufen hatte. Für den Fall, dass sie Neuigkeiten hatte, die ich gar nicht wissen wollte. »Typisch. Hoffentlich waren es keine Diamantohrringe.«

»Keine Ahnung, aber sie sahen wirklich hübsch aus. Er hat sie ihr am Vorabend ihres Urlaubs geschenkt. So viel zu ihren Wahnvorstellungen.«

Ich wurde sofort hellhörig. »Was denn für Wahnvorstellungen?«

»Oh, hab ich dir das noch nicht erzählt? Vielleicht nicht – wir haben uns schließlich schon eine ganze Weile nicht mehr gesprochen. Sie war schon etwas beunruhigt, weil sie dachte, seine Gefühle lassen nach.«

»Du meinst, weil er sie Weihnachten nicht mit nach Hause nehmen wollte?«

»Oh, nicht nur *deswegen*. Er hat ständig *Überstunden* gemacht – O-Ton Nina. Aber wer macht das nicht? Aber aus irgendeinem Grund hatte sie sich in den Kopf gesetzt, er hätte was anderes am Laufen.«

Ich war mir nicht sicher, ob ich das hören wollte. Wie oft hatte er »Überstunden« gemacht? Und an welchen Tagen genau?

»Aber Suzanne meint, sie könnte Recht haben«, fuhr Rosie fort. »Sie meint, die teuren Ohrringe sprechen für ein mächtig schlechtes Gewissen. Laut Suzanne muss er jetzt bloß noch einen Riesenstrauß Blumen nach Aspen schicken, und sie weiß Bescheid.«

»Das ist aber zynisch«, sagte ich leichthin.

»Na ja, typisch Suzanne eben. Allerdings war ihr dieser Mr. Helikopter noch nie besonders sympathisch. Sie sagt, sie misstraut allen Männern, die mit ihrer magnetischen Anziehungskraft hausieren gehen. Sie findet, die haben ein viel zu leichtes Spiel. Das wäre ja wie Marsriegel einsammeln im Supermarkt.«

Ich streute ein unbeschwertes Lachen ein, was mir, wie ich fand, ziemlich gut gelang. »Meine Güte, ist die misstrauisch!«

»Ja, das habe ich mir auch gedacht. Dabei hat er dich nicht einmal angebaggert, stimmt's? Also kein typischer Marsriegel-Einsammler. Aber vielleicht war es ihm einfach bloß zu anstrengend, deine Verpackung aufzureißen.« Sie lachte hemmungslos über ihren eigenen Witz, und ich schickte noch ein unbeschwertes Kichern hinterher. »Wenn *mir* doch mal jemand sündhaft teure Ohrringe schenken würde«, fuhr sie seufzend fort. »Besser als Plüschpantoffeln und Erdbeerkotze ist das allemal.«

Wir plauderten noch zehn Minuten, bis mich ein Klopfen in der Leitung vom Thema Marsriegel ablenkte.

Dad war dran. Er hätte versucht, mich an Weihnachten zu erreichen, aber niemand sei drangegangen. Vielleicht hätten wir gerade einen Verdauungsspaziergang gemacht. (Gott sei Dank war Dad nicht der Typ, der sofort an ein Leck in der Gasleitung dachte und die Feuerwehr verständigte.) Ich antwortete, ja, wahrscheinlich. Ja, ich hätte ein schönes Weihnachtsfest gehabt, und er?

»Wirklich wundervoll, danke, Liebes.« Dann kam er zur Sache. »Ich weiß nicht, ob Mummy dir das schon erzählt hat, aber ich habe eine äußerst nette Frau kennen gelernt.«

»Das ist aber schön«, sagte ich fröhlich. »Ich hab gehört, ihr wollt Skifahren gehen.«

»Ehrlich gesagt, sind wir gerade in den Bergen.« Er klang richtig aufgekratzt. »Kathy ist ein richtiger Profi. Natürlich ist sie um einiges jünger als ich, aber ich hab schon ein paar Abfahrten hinter mir und bin bloß sechs Mal hingefallen. Es macht richtig Spaß, finde ich. Kathy sagt, wenn ich so weitermache, darf ich die Übungspiste bald verlassen.«

Ich versuchte, nicht daran zu denken, was Mum über alte, naive Männer und Schmeicheleien gesagt hatte.

»Sie meint, wir sollten gegen Ende der Saison noch mal ins Val d'Isère fahren«, verkündete er, noch immer völlig aufgekratzt. »Sie findet, ich bin wesentlich sportlicher, als ich aussehe.«

Ich versuchte, das Bild von Viagratabletten auf dem Nachttisch zu verscheuchen.

»Aber warum ich eigentlich anrufe: Ich komme in den nächsten ein, zwei Wochen zurück«, fuhr er fort. »Wann genau, weiß ich noch nicht, aber ich sag dir Bescheid. Kathy kommt natürlich auch mit, sie will ihre Familie in Basingstoke besuchen. Ich dachte, wir könnten gemeinsam zu Abend essen.«

»Das wäre schön«, sagte ich. »Wirst du bei mir wohnen?«

»O nein, Liebes, ich will dir keine Umstände machen. Ich gehe ins Hotel. Ich hoffe, du magst sie«, fügte er ängstlich hinzu.

Es gibt einen Trick, wie man am Telefon äußerst euphorisch klingen kann. Man zwingt sich dazu, wie ein Arsch mit Ohren zu grinsen – und meiner reichte wirklich von einem Ohr zum anderen, mein Mund, meine ich. »Ganz bestimmt. Wie lange wirst du bleiben?«

»Oh, nur ein paar Tage, dann geht's gleich weiter nach Ägypten. Ich freu mich schon, ihr das Tal der Könige zeigen zu können. Wir werden etwa eine Woche in Luxor bleiben und dann nach Assuan fahren. Kathy hat eine Schwäche für das Old Cataract Hotel, das ist ziemlich berühmt, weißt du. Traumhafte Lage.«

Ich hatte schon davon gehört. Ich glaube, ich hatte es sogar schon einmal gesehen, im Fernsehen oder so. »Das ist ja wunderbar«, sagte ich, wieder wie ein Honigkuchenpferd grinsend.

»Hoffentlich. Kathy liebt die Sonne. Ehrlich gesagt, Liebes ...« Er schwieg. »Eigentlich wollte ich dir das noch gar nicht sagen, aber das ist kein *normaler* Urlaub.«

Ich fiel nicht aus allen Wolken – ich hatte es kommen sehen. Ich konnte ihm anhören, dass er absolut vernarrt in sie war. Ich versuchte, nicht an Mum zu denken, die bestimmt durchdrehen würde, wenn sie es erfuhr, und sagte: »Das heißt also, ihr geht auf Hochzeitsreise?«

»Nun ja«, sagte er etwas verlegen, freute sich aber wie ein Schneekönig. »Ich hoffe, du bist nicht allzu schockiert.«

»Nein, das ist doch wunderbar! Hast du's Mum schon erzählt?«, fügte ich hinzu, wohlwissend, dass dem nicht so war, denn sonst hätte sie sich längst die Finger wund gewählt.

»Nein, Liebes, ich werd ihr's erst nach der Zeremonie erzählen. Noch haben wir den Bund fürs Leben nicht geschlossen – das kommt erst nächste Woche. Ich wollte dich und ein paar andere einladen, aber Kathy will lieber im Stillen heiraten. Bitte sag Mummy noch nichts davon. Sonst glaubt sie noch, ich bin ein alter Narr, der sich hat einwickeln lassen.«

»Das würde sie nie tun«, sagte ich und dachte: Wenn du wüsstest! »Wie lange *kennst* du sie eigentlich schon?«

»Ungefähr sieben Wochen«, erwiderte er fast schon verschämt.

Himmel, hilf.

»Ich weiß genau, was Mummy denkt«, fuhr er so trocken fort, wie ich ihn noch nie gehört hatte. »Sie hält mich in vielen Dingen für ziemlich naiv und hat damit wahrscheinlich gar nicht so Unrecht. Trotzdem, ich weiß, dass ich das Richtige tue. Ich bin wirklich sehr, sehr glücklich.«

Keine Ahnung warum, aber das genügte, um mich komplett umzustimmen. Plötzlich hatte ich Tränen in den Augen und einen Kloß im Hals. »Ich freue mich so für dich. Ich bin wirklich gespannt auf sie.«

Nachdem ich aufgelegt hatte, saß ich wieder in der Zwickmühle. Wenn ich Mum nicht vorwarnte, würde sie einen Anfall bekommen. Sie würde »Du hast *was* getan, David?« kreischen, so als wäre er sechzehn und nicht einundsechzig Jahre alt. Während ich noch mit mir rang, ob ich sie nun anrufen sollte oder nicht, sah ich mir *Die Simpsons* an. Aber nach einer halben Stunde Homer und Marge dachte ich: Wenn die das schaffen, dann gibt es keinen Grund, warum es Dad und Kathy nicht gelingen sollte. Sie hatten wenigstens keine blauen Haare.

Als ich Mum schließlich anrief, reagierte sie genauso, wie ich mir das vorgestellt hatte. »Er will *was*?«, kreischte sie. »Himmel, hab ich's doch gewusst.«

»Mum, beruhige dich!« Ich ließ weitere Details folgen.

»Wo wollen sie denn heiraten?«

»Das hat er nicht gesagt.«

»Wahrscheinlich im Britischen Konsulat, wetten? Am liebsten würde ich –«

»Mum, jetzt halt aber mal die Luft an! Ich wollte dich nur vorwarnen! Wenn du es wagst, ihm die Hochzeit zu verderben, bring ich dich um! Er klang richtig glücklich!«

»Natürlich tut er das! Wer weiß, was die alles mit ihm angestellt hat, wie sie ihm Honig ums Maul schmiert und dann noch im Bett – lieber Gott –«

»Meine Güte, was spielt das denn für eine Rolle, solange er glücklich ist?«

»Ja, aber für wie lange? Warum will sie nicht, dass jemand zur Hochzeit kommt? Das finde ich schon verdächtig genug – sie weiß genau, dass wir sie in null Komma nichts durchschaut hätten. Wie alt ist sie?«

»Weiß ich nicht. Auf jeden Fall jünger.«

»Das hätte ich mir ja denken können. Siebenunddreißig und keinen Tag älter, was wollen wir wetten? Hat er gesagt, in welches Hotel sie wollen?«

»Nein.« Und das war auch besser so. Ich würde ihr durchaus zutrauen, das nächste Flugzeug zu nehmen, um der intriganten Heiratsschwindlerin den Garaus zu machen.

»Und die Hochzeitsreise machen sie nach Ägypten? Sie werden doch hoffentlich keine Nilkreuzfahrt machen. Hinterher lässt sie ihn noch über Bord gehen.«

»Mum, um Himmels willen! Sie fahren nach Luxor und dann ins Old Cataract Hotel nach Assuan. Kathy scheint eine Schwäche dafür zu haben.«

»Ach du meine Güte, das ist aber kein gutes Omen.«

»Mum, wovon redest du?«

»Dort haben sie den Agatha-Christie-Film gedreht! *Tod auf dem Nil!* Ich habe kein gutes Gefühl, was diese Frau angeht.«

Das war doch lächerlich. »Mum, würdest du bitte damit aufhören? Du steigerst dich da ja richtig rein!«

»Ich kann's nicht ändern. Ich bin überzeugt, er macht einen schrecklichen Fehler.«

»Und wenn schon! Es ist sein Fehler, nicht deiner! Du bist nicht für ihn verantwortlich!«

»Ich *fühle* mich aber nun mal für ihn verantwortlich! Ich war nicht umsonst zweiundzwanzig Jahre lang mit ihm verheiratet!«

»Aber jetzt bist du verdammt noch mal nicht mehr mit ihm verheiratet, stimmt's? Du hast ihn verlassen!«

»Harriet!«

Irgendetwas in mir explodierte. »Kannst du dich nicht einmal für ihn freuen, verdammt noch mal? Er hat es verdient, glücklich zu sein – wann war er jemals glücklich mit dir?«

»Harriet! Ich muss schon sehr bitten! Ich will doch nur –«

»Du hältst ihn für blöd – du hast ihn schon immer für blöd gehalten! Du hast nie Geduld mit ihm gehabt, warst launisch und gereizt. Nie konnte er es dir recht machen!«

»Harriet!«

»Hör auf mit deinem ›Harriet‹! Du hast dich ganz schön verändert, seit du mit Bill zusammen bist, das kann ich dir sagen! Aber mit Dad hab ich dich so nicht einmal erlebt! Ich hab nie erlebt, dass du ihn so angesehen hättest wie jetzt Bill! Du hättest ihn gar nicht erst heiraten sollen!«

Ein schreckliches Schweigen tat sich auf. Als sie endlich etwas sagte, zitterte ihre Stimme, als würde sie gleich anfangen zu weinen. »Ich glaube, es hat keinen Sinn, diese Unterhaltung fortzusetzen. Ich will doch nur, dass er glücklich wird, glaub mir. Seit wir uns getrennt haben, ist das mein größter Wunsch. Ich empfinde mehr für ihn, als du je verstehen wirst.«

Und dann legte sie auf.

Ich ging ins Bett und fühlte mich hundeelend. Was wohl als Nächstes passieren würde? Vielleicht käme Steve vorbei, um Sally zu fragen, ob sie nicht Lust auf eine schnelle Nummer hätte.

Den Kopf auf ein Kissen zu betten, das nach John roch, machte es auch nicht leichter. Nein, ich hatte das Bett natürlich nicht frisch bezogen. Es roch nach frisch gewaschenem Männerhaar und Jackos unwiderstehlichem Duschgel. Vermischt mit Johns Duft roch es allerdings noch wesentlich unwiderstehlicher. Um mich noch mehr zu quälen, robbte ich nach unten und schnupperte am Laken.

Warum hatte ich Mum bloß so angreifen müssen? Warum hatte ich ein so schlechtes Gewissen, weil ich sie aus der Fassung gebracht hatte? War sie nicht selbst an allem schuld? Und hätte mir Rosie zur Abwechslung nicht einmal was Positives berichten können? Warum hatte John seinen verführerischen Duft auf meiner ganzen Bettwäsche verteilt, so als ob er immer noch hier wäre – nur ohne seinen Virus und ohne Schlafanzug? Warum musste ich mir diese köstliche erotische Fantasie, die ich nach all dem Ärger bitter nötig hatte, dadurch verderben, dass ich mir den Mistkerl mit einer anderen vorstellte, anstatt ihn hier in meinem Bett heraufzubeschwören?

Und dank der lächerlichen Schlussfolgerungen meiner Mutter hatte ich jetzt auch noch Alpträume. In Super-Technicolor träumte ich *Tod auf dem Nil II.* Ich musste mit ansehen, wie Hercule Poirot und Captain Hastings den rätselhaften Todesfall eines gewissen David Grey untersuchten, der gerade erst eine gewisse Kathy geheiratet hatte. Ich sah nicht nur den Assuan-Staudamm, sondern auch Poirots hochgezwirbelten Schnurrbart vor mir aufragen.

»Ja, eine *veritable* Tragödie, 'Astings, *mon ami.* Da werde isch wohl die kleinen grauen Dzellen zu Hilfe nehmen müssen. Sie standen genau 'ier, jawohl, und machten Fotos. Und plötzlich, *pouf,* stürzt Mr. Grey über das Geländer *directement* in den Tod. Praktischerweise gibt es keine Sseugen.«

»Verflixt, Poirot, Sie meinen also, es war die Ehefrau? Die scheint mir doch ein ganz nettes junges Ding zu sein. Und verflixt hübsch noch dazu. Jetzt weint sie sich die Augen aus, die arme Kleine.«

»Schon, schon, mein lieber 'Astings, aber jetzt überlegen Sie doch mal. Isch 'abe 'ier eine Mitteilung vom Bankdirektor von Basingstoke. Da steht drin, dass Mrs. Grey ihr Konto *énormément* überzogen hat. Er schreibt, dass er all ihre Kreditkarten zerschneiden musste. *Voilà.* Das ist doch ein Motiv, *non*?«

Ein Gutes haben Alpträume zum Glück – wenn man am nächsten Morgen aufwacht, ist man unheimlich erleichtert. Unter den gegebenen Umständen erwartete ich, morgens um sieben mit Halsweh und Schüttelfrost wach zu werden. Doch als ich ins Büro fuhr, ging es mir gut.

Auf der Heimfahrt klingelte mein Handy.

»Oh, hallo«, sagte eine gelangweilte Stimme. »Ich bin's, Tara.« Und so musste ich meine Hoffnung auf einen anderen Gesprächspartner gleich wieder begraben.

»John hat mir deine Nummer gegeben«, fuhr sie fort, während im Hintergrund die Erkennungsmelodie von *Neighbours* lief. Ich wollte mich bloß noch mal bei dir bedanken, dass du mich aufgenommen hast. Ich glaub, ich hab einen schwarzen BH in Williams Zimmer vergessen. Aber ich werd John Bescheid sagen, dass er ihn mitbringen soll, wenn er das nächste Mal vorbeischaut.«

Hört hört. »Und, was hast du sonst so getrieben?«

»Nicht viel. Die Wohnung ist hübsch. Mit Solarium und allem drum und dran. Ich hab's vorhin ausprobiert – und bin schon richtig braun geworden.«

Sie klang so, als würde sie gerade auf dem Sofa liegen, ihre Nägel betrachten und gleichzeitig in einer Zeitschrift blättern. »Hast du dich schon um einen Job gekümmert?«

»Jetzt mach aber mal halblang! Aber den *Evening Standard* hab ich mir schon gekauft – es gibt Millionen von Jobs. Hat dich meine Mum etwa wieder angerufen?«

»Ja, aber sie hat bloß gesagt, dass du keinen Saustall aus der Wohnung machen sollst.«

»Das ist ja mal wieder typisch. Hör zu, ich muss auflegen – John wollte demnächst kommen.«

Wollte er das? Soso.

»Der behandelt mich wenigstens wie eine Erwachsene«, fuhr sie fort. »Wir haben gestern Abend noch lange geredet. Darüber, was ich langfristig für Pläne habe.«

»Und, was hast du langfristig für Pläne?«

»Auf jeden Fall nichts, wozu ich einen Schulabschluss in Geschichte brauche. Ich muss Schluss machen, ich glaube, ich hab gerade den Schlüssel im Schloss gehört.«

Na, großartig.

Ich roch den Braten, bevor ich aus der U-Bahn stieg. Ein Braten, der noch schlimmer roch als Rosies Erdbeerkotze. Ein Braten, der nach Marsriegeln roch, besser gesagt, nach einem attraktiven, verletzten kleinen Seelchen namens Tara, das soeben ihren Märchenprinzen getroffen hat. Es roch nach einem Märchenprinzen, dessen Vorsatz, jemandem den Kopf zurechtzurücken, dahingeschmolzen war wie der Schnee in der Sonne. Und das nur, weil ein hübsches Mädchen ein paar Tränen vergossen hatte. Ein Märchenprinz, der vielleicht mit den edelsten Absichten gekommen war, aber der hinter seiner glänzenden Fassade auch nur ein ganz normaler Mann war.

Als ich schließlich nach Hause kam, roch der Braten bereits derart penetrant, dass ich Tara bereits im Tanga herumtänzeln sah und sie fragen hörte: »Und, wie findest du meinen Teint?« Oder, was noch viel schlimmer war, eine in Tränen aufgelöste Tara vor mir sah, die sagte, sie müsse wirklich abgrundtief hässlich aussehen, denn sonst wäre Lee niemals auf diese Schlampe abgefahren. Und der ganz normale Mann würde erneut dahinschmelzen und sagen: »Tara, du bist so lieblich wie die Morgenröte. Komm her, und lass dir übers Haar streichen. Lass mich deine Tränen trocknen – oh, Mist ...«

Und je mehr ich mir einzureden versuchte, dass er der Versuchung niemals nachgeben würde, egal, wie viel sie flirtete oder ihn provozierte, desto deutlicher sah ich den ganz normalen Mann hinter der glänzenden Fassade. Zu seiner Verteidigung führte ich an, dass er sie dann ebenso gut gleich mit zu sich nach Hause hätte nehmen können. Doch daraufhin sagte die Anklage, das wäre mehr als unwahrscheinlich, da dort ja jederzeit Nina oder ein ganzes Sortiment Marsriegel hereinschneien könnten. Und die wären alles andere als begeistert, ein junges Model auf dem Sofa zu entdecken, das sie alt aussehen ließ. Womit die Beweisführung abgeschlossen wäre, Euer Ehren.

Ich war so außer mir, dass ich erst nach einer Stunde merkte, dass Pissels mich noch gar nicht begrüßt hatte. Auf seinem Thron war er auch nicht. Ich ging nach oben, um nachzusehen, ob er vielleicht auf meinem Bett oder einem Stapel Bügelwäsche lag, um diese mit ungefähr dreitausend Katzenhaaren zu verzieren, aber er war weit und breit nirgends zu sehen. Obwohl es draußen regnete und er es hasste, nass zu werden, öffnete ich die Hintertür und rief nach ihm, aber er kam nicht. Dann öffnete ich die Vordertür und rief erneut nach ihm – ohne Erfolg.

Ich begann mir Sorgen zu machen, lief die Straße hinunter, rief seinen Namen und hoffte inständig, keine durchweichte Tigerkatze im Rinnstein zu entdecken. Für eine Katze hatte er ein erstaunlich gutes Gespür für den Straßenverkehr, sonst hätte er hier gar nicht lange überlebt. Aber er wurde langsam alt, und seine Reaktionsgeschwindigkeit ließ nach: Die Straße konnte ihm leicht zum Verhängnis werden.

Ich suchte sein ganzes Revier nach ihm ab und sogar noch darüber hinaus und rief dabei ständig seinen Namen. Aber die einzige Katze, die ich entdeckte, war die von Nummer dreiundsiebzig, die brav hinter der Scheibe saß. Ich kehrte um und hoffte sehr, dass er inzwischen durch die Katzenklappe hereingekommen wäre. Aber alles, was ich zu Hause vorfand, war eine katzenförmige Vertiefung auf dem Sofa, ein leerer Fressnapf und Totenstille.

Ich kramte eine Taschenlampe hervor und ging wieder nach draußen. Im Regen durchsuchte ich jeden Vorgarten. Was, wenn er verletzt war und sich unter einen Busch verkrochen hatte? Was, wenn er bereits tot war? Wenn jemand bei der Tierkadaver-Abteilung der Stadt angerufen hatte und er bereits entsorgt worden war? Obwohl ich das Gefühl hatte, nur meine Zeit zu verschwenden, begann ich alle Tierärzte meines Viertels abzutelefonieren, um zu fragen, ob ihn jemand abgegeben hatte.

Nach drei Tierärzten gab ich auf, und in genau dem Moment rief John an.

»Ich hoffe, du liegst nicht mit meiner Grippe im Bett«, sagte er.

»Ich hab dir doch gesagt, dass ich mich so gut wie nie anstecke.«

»Das glaub ich gerne«, sagte er trocken. »Ein Virus, der es mit deinem Abwehrsystem aufnehmen will, muss schon bis an die Zähne bewaffnet sein. Ohne Kalaschnikows und Semtex geht da gar nichts.«

Herzlichen Dank auch. Jetzt musste ich mich noch als *alter Drache* beschimpfen lassen.

»Und, hast du schon mit Taras Eltern gesprochen?«, fuhr er fort.

»Natürlich. Ihre Mutter findet das wirklich nett von dir, aber sie hat Angst, sie könnte nicht rechtzeitig zurück sein, bevor die Schule wieder anfängt.«

»Das überrascht mich nicht. Sie hat mir erzählt, dass Prüfungen bevorstehen. Allein bei dem Gedanken müsste sie schon würgen. Sie redet davon, Model zu werden. Meiner Meinung nach scheint sie eine recht naive Vorstellung von diesem Geschäft zu haben. Sie glaubt, sie könnte einfach so bei einer Agentur hereinspazieren und in wenigen Wochen zehntausend pro Tag verdienen.«

»Sie ist nicht groß genug!«

»Von so was habe ich keine Ahnung. Ich habe ihr gesagt, dass es in diesem Geschäft ziemlich hart hergeht. Daraufhin hat sie sich bloß aufgeregt und mich gefragt, ob das etwa heißen soll, dass ich sie nicht hübsch genug finde.«

Das war ja schlimmer als in meinen schlimmsten Alpträumen. »Ehrlich gesagt, ist mir das völlig egal, John. Wenn sie demnächst beschließt, exotische Tanznummern mit einer Python aufzuführen – bitte sehr! Sie ist ein verwöhntes, dummes Gör.«

»Vielleicht hast du Recht. Aber sie hat in letzter Zeit ganz schön was mitgemacht.«

»*Was mitgemacht?*«, sagte ich wütend. »Hast du auch nur eine ungefähre Vorstellung davon, aus was für einer Familie sie kommt? Sie hat ihr eigenes Badezimmer, verdammt noch mal! Und im Garten gibt es einen Tennisplatz! Ihre Eltern kommen halb um vor Sorge, aber ihr ist das egal!«

»Harriet, das weiß ich auch. Trotzdem, sie ist doch noch ein Kind.«

»So klein ist sie auch wieder nicht!« Ich merkte, dass ich auf dem besten Weg war, mich in eine hysterische Zimtzicke zu verwandeln, und versuchte, mich wieder etwas zu beruhigen. »Hör zu, tut mir Leid – ich hatte heute keinen besonders guten Tag. Wo du schon mal dran bist – könntest du mir bitte die Adresse deiner Eltern geben, damit ich ihnen eine Dankeskarte schreiben kann?«

Nachdem er sie mir diktiert hatte, fragte er: »Hat Tara dir ihre Handynummer gegeben?«

»Nein.«

»Dann geb ich sie dir, nur für den Notfall.«

»Ich dachte, sie hätte ihr Aufladegerät für den Akku zu Hause vergessen. Hat sie sich ein neues besorgt?«

»Nein, ich hab ihr ein neues Handy gekauft.«

»Du hast *was*?« Ich konnte es einfach nicht fassen. »Dir ist doch hoffentlich klar, dass diese verwöhnten Mädels ohne Handy ebenso wenig leben können wie ohne Sauerstoff? Sie wird dich ruinieren!«

»Meine Güte, Harriet, ich muss sie schließlich erreichen können – das Telefon in der Wohnung ist abgestellt. Das ist bloß so ein Kartenhandy, das Guthaben beträgt nicht mehr als fünfundzwanzig Pfund.«

Nachdem ich mir die Nummer notiert hatte, sagte er: »Falls nicht irgendwas Dramatisches passiert, melde ich mich in ein paar Tagen wieder, einverstanden?«

»Einverstanden.«

Nachdem ich aufgelegt hatte, fiel mir auf, dass ich nicht einmal gefragt hatte, wie es ihm ging.

Nicht dass mich das sonderlich interessiert hätte. Er hatte mich schließlich auch nicht gefragt, warum ich keinen guten Tag gehabt hatte. Wieso auch, wo er doch viel zu sehr damit beschäftigt war, sich um die süße kleine Tara zu kümmern. Der alte Drache Harriet war gut genug, um ein paar Rühreier zu machen, etwas Orangensaft auszupressen, ein paar beschissene Kartoffeln zu zerstampfen und verschwitzte Laken zu wechseln. Ansonsten kam sie hervorragend allein zurecht.

Blödmann.

Inzwischen schweifte mein Blick schon zum vierzehnten Mal zur Katzenklappe. Was hätte ich nicht darum gegeben, zu sehen, wie sich der dicke Pissels da durchquetschte und zur Begrüßung laut miaute. Wenigstens einer, der mich liebte.

Oder mich geliebt hatte, denn wer konnte wissen, ob er überhaupt noch am Leben war.

Als Jacko anrief, sah ich schon nur noch seinen beklagenswerten kleinen Leichnam unter einem Strauch liegen. Jacko machte sich richtig Sorgen um mich und sagte, er würde mich jetzt am liebsten in den Arm nehmen und ganz fest knuddeln. Ich hätte beinahe angefangen zu weinen. Als er dann schließlich auf meinen »Freund« mit der Wohnung zu sprechen kam, war das plötzlich gar kein Thema mehr. Zwischendurch sagte ich Sätze wie: »Ich glaube nicht, dass ihr euch schon mal kennen gelernt habt, ich hab ihn auch schon lange nicht mehr gesehen …«, und hasste mich dafür, ihn so zu belügen.

Doch er sagte nur: »Na dann, viel Glück. Wie kann man nur so blöd sein, Tara die Wohnung zu überlassen!«, und wechselte das Thema.

»Und, schon das Diadem für die Silvesterparty poliert?«

»Jacko, das willst du dir doch nicht wirklich antun? Was ist mit deinen Freunden?«

»Die besaufen sich doch sowieso bloß hier im Pub. Außerdem setzt ihr euch doch sonst sowieso nur vor die Glotze und langweilt euch zu Tode, hab ich Recht?«

Ich hatte zwei Einladungen bekommen. Aber die eine stammte von einer alten Freundin, die momentan in Perth (Australien) lebte, und die andere von einer Freundin irgendwo in Kent, was eine zweistündige Anreise plus Schlafsackübernachtung auf der Erde bedeutet hätte. »Und falls du denkst, hier wird eine Babysitter-Agentur beauftragt, dann hast du dich geschnitten. Sally wird

Tom nie im Leben bei einer Wildfremden lassen. Außerdem hasst sie Silvesterpartys, schon vergessen?«

Aber Jacko hatte schon eine Idee, wie man sogar miesepetrigen Schwangerschaftsstreifen Beine machen konnte: Wir würden im Drunken Dragon feiern, und zwar reihum: Er und ich, ich und Sal, er und Sal. Der andere würde jeweils babysitten.

Das konnte funktionieren. Aber dann bekam ich plötzlich kalte Füße. Was, wenn John doch noch auftauchen oder anrufen würde? Und so sagte ich, er sollte sich da besser keine falschen Hoffnungen machen. Sally sei in letzter Zeit so miesepetrig, dass sie wahrscheinlich nicht einmal dazu zu bewegen wäre.

Als ich gerade zu Bett gehen wollte, klingelte es an der Tür.

Draußen stand eine ungefähr sechzigjährige Frau mit Regenhut. Ich kannte sie nicht, aber sie hielt Pissels auf dem Arm. »Gehört der Ihnen?«, fragte sie ängstlich.

»Ja – wo hat er nur gesteckt? Ich hab alles nach ihm abgesucht!«

»Auf einem von meinen Sesseln, fürchte ich, Hausnummer neunundfünfzig. Tut mir Leid. Ich wollte ihn eigentlich schon viel früher nach Hause schicken. Aber weil es so geregnet hat, wollte er einfach nicht vor die Tür. Er schaut ab und zu bei mir vorbei – ich hab oft noch das ein oder andere Leckerlein von einer Abendgesellschaft übrig. Du ungezogener kleiner Kerl, du. Hab ich's dir nicht gesagt?«, meinte sie mahnend zu Pissels. »Wusst ich's doch, dass sich deine Mummy Sorgen macht!«

Das treulose Vieh zeigte sich völlig unbeeindruckt, ließ sich tonnenschwer zu Boden fallen und watschelte in Richtung Küche.

»Er ist ganz schön schwer, was?«, sagte die Frau fröhlich. »Ich hab meinen Mann gebeten, ihn vorbeizubringen, aber der hat Probleme mit der Bandscheibe.«

Bevor ich zu Bett ging, wechselte ich die Bettwäsche, was ich anschließend bitter bereute. Wenn er das nächste Mal anrief, würde ich ganz nett zu ihm sein und mich besorgt nach Tara erkundigen, damit er mich nicht für eine blöde Zicke hielt. Ich nahm mir vor, faszinierend, charmant, liebevoll und herzlich zu sein. Aber dann besann ich mich eines Besseren. Ich würde einfach nur nett und freundlich sein, aber gleichzeitig ziemlich distanziert. Mistkerl, verdammter! Blödmann! Schlitzohr!

Und dann dachte ich darüber nach, wie es wohl wäre, dieses Schlitzohr zu vernaschen.

Um zehn vor acht klingelte es an der Haustür. Ich dachte, es wäre der Postbote mit etwas, das nicht durch den Briefkastenschlitz ging. Stattdessen stand ein Junge vor der Tür, der ziemlich verlegen aussah. Er war ungefähr fünfzehn Jahre alt und wohnte ein paar Häuser weiter.

»Meine Mutter hat gesagt, ich soll das hier vorbeibringen«, sagte er. »Die wurden gestern für Sie abgegeben, als Sie nicht zu Hause waren. Ich wollte sie schon gestern Abend vorbeibringen, aber da war auch niemand zu Hause.«

»Ich hab nach meiner Katze gesucht«, erwiderte ich und fühlte mich plötzlich hundeelend. »Dankeschön.«

Ich schloss die Tür und hatte einen riesigen Frühlingsstrauß im Arm. Duftende Narzissen, Hyazinthen, Freesien – ihr Duft war überwältigend. Was musste er nur von mir gedacht haben! Ich hatte mich noch nicht mal dafür bedankt!

Aber vielleicht irrte ich mich ja. Was, wenn die Blumen von Taras Eltern waren, als kleines Dankeschön, weil ich sie bei mir aufgenommen hatte? Mit zitternden Händen öffnete ich den kleinen Briefumschlag.

Auf der Karte stand einfach nur:

Danke,

John.

Wie sollte ich das nun interpretieren? In der Kürze liegt die Würze? Es musste ja nicht gleich *In Liebe* sein, aber *Vielen Dank für alles* wäre auch ganz nett gewesen. Oder hatte er einfach nur seine Kreditkartennummer diktiert und das Erste gesagt, was ihm einfiel?

Wie ihr euch denken könnt, zerfloss ich nur so in Selbstmitleid – und das wegen zwei Worten auf einer Floristen-Grußkarte. Anschließend zermarterte ich mir das Hirn, wie ich am besten darauf reagieren sollte. Aber als ich ihn dann endlich anrief, ging niemand ans Telefon, und so hinterließ ich eine Nachricht:

»John, ich bin's, Harriet. Vielen Dank für die Blumen, ich hab sie gerade erst bekommen. Sie sind gestern Abend bei den Nachbarn abgegeben worden, als ich gerade draußen war, um nach Pissels zu suchen. Er ist ausgerissen, genau wie Flora. Tut mir Leid, dass ich gestern so kratzbürstig war, aber ich hab mir solche Sorgen um Pissels gemacht. Noch mal heißen Dank für die Blumen, sie sind wunderschön. Das wäre wirklich nicht nötig gewesen. Tschüs.«

Er rief zurück, als ich gerade in der U-Bahn saß und von der Arbeit nach Hause fuhr.

»Gut, dass du sie noch bekommen hast, ich hab mich schon gewundert.«

»Das ist alles Pissels Schuld. Er hat jemanden gefunden, der ihm kleine, feine Leckerlein zusteckt. Wie geht es dir?«

»Es dauert nicht mehr lange, und ich bin wieder in Hochform, danke der Nachfrage.« Er schwieg. »Ich wollte dich sowieso anrufen. Tara hat ein Vorstellungsgespräch bei einer Modelagentur.«

»Was, *schon*? Ich hätte nicht gedacht, dass die zwischen den Jahren arbeiten.«

»Das Gespräch findet erst am Zweiten statt. Sie macht sich schon ganz verrückt deswegen.«

»Und ihre Mutter erst! Ich hab gerade mit ihr gesprochen. Ich musste das Wort ›modeln‹ nur in den Mund nehmen, da ist sie völlig ausgeflippt. Sie hat Artikel gelesen, in denen steht, dass sich Models nur von Luft und Koks ernähren. Außerdem wollen ihre Eltern unbedingt, dass sie wieder zurück ist, bevor die Schule losgeht. Sie könnte einen Studienplatz in Manchester bekommen. Aber nur mit dem richtigen Notendurchschnitt.«

»Im Moment hat sie nur dieses Vorstellungsgespräch im Kopf. Ich hab ihr versprochen, danach mit ihr essen zu gehen.«

Am Zweiten? Also erst in vier Tagen? »Wirst du sie vorher nicht sehen?«

»Ich dachte, ich überlass sie mal ein paar Tage lang sich selbst.

Sie beschwert sich jetzt schon, dass ihr langweilig ist und dass sie niemanden hat, mit dem sie was unternehmen könnte. Ich hab gesagt, sie soll sich eine Arbeit suchen. Man lernt nirgendwo mehr Leute kennen als bei der Arbeit.«

Dieser Punkt ging an ihn. Außerdem bekam ich ein schlechtes Gewissen, weil ich ihn für so verführbar gehalten hatte.

»Wenn du Lust hast, bestelle ich einen Tisch für drei Personen«, fuhr er fort. »Dann kannst du ihren Eltern brühwarm davon berichten. Egal, was ihr die Leute von der Agentur erzählen: Ich glaube, es ist Zeit, dass mein Freund aus Abu Dhabi zurückkommt. Zum Beispiel am Sechsten, um sieben Uhr zehn. Gar keine so schlechte Idee, oder?«

Wie hatte ich jemals annehmen können, er würde sich nur aus eigennützigen Motiven um Tara kümmern? Was für eine eifersüchtige, blöde Ziege war denn aus mir geworden? »Dann wird sie dich höchstwahrscheinlich fragen, ob sie eine Weile bei dir wohnen kann. Und, was wirst du ihr dann sagen, Mr. Retter-in-der-Not?«

»Mir wird schon was einfallen. Also, was ist? Kommst du mit?«

Nichts und niemand würde mich daran hindern. Ich konnte es kaum erwarten, ihn wieder zu sehen. »Ich glaube, das kann ich einrichten. Wohin gehen wir denn?«

»Ich ruf dich morgen an.«

Der nächste Tag war der Tag vor Silvester. Er rief an und gab mir den Namen eines Mexikaners durch, den Tara ausgesucht hatte, weil sie fand, dass das Restaurant cool aussah. Und dann sagte ich etwas, das ich eigentlich nicht hatte sagen wollen: »Und, irgendwas Aufregendes vor, morgen Abend?«

»Was ziemlich Gefährliches sogar«, sagte er. »Vor ein paar Monaten habe ich unvorsichtigerweise versprochen, meine Felltasche und meinen Schottenrock aus der Mottenkiste zu holen. Ich glaube, es wurden sogar schon Wetten abgeschlossen, ob ich darunter einen anständigen Highland-Freestyle trage oder nicht. Vielleicht betrinke ich mich so, dass ich einen Lambada hinlege, aber das muss bitte unter uns bleiben, versprochen? Und was ist mit dir?«

»Oh, ich geh aus, richtig abfeiern«, sagte ich aufgekratzt. »Vielleicht betrinke ich mich so, dass ich den Ententanz mache. Aber das muss natürlich auch unter uns bleiben.«

Er kicherte. »Ein Frohes Neues Jahr, also. Feier schön.«

»Du auch.«

Ach du Schande. Im Schottenrock. Und dazu ein schwarzes Samtjackett mit Silberknöpfen. Ein weißes Rüschenhemd, das eigentlich tuntig wirken müsste, aber absolut spitze aussieht. Und Horden von wild tanzenden, mit Champagner abgefüllten, kichernden Frauen, die versuchen, ihm unter den Rock zu schauen, um seine Freestyle-Accessoires zu bewundern. So eine langfristig geplante Veranstaltung mit Smokingzwang, bei der auch Nina nicht fehlen durfte. Bestimmt zog sie ein hautenges Kleid mit Riesenausschnitt an. Mittlerweile musste sie eigentlich wieder zurück sein. Ich hätte zu gerne Rosie angerufen, tat es dann aber doch nicht. Was, wenn sie sagen würde: »Oh, Nina ist völlig aus dem Häuschen. John nimmt sie im Hubschrauber auf irgend so einen schicken Silvesterball nach New York mit. Gefeiert wird in einem alten Schloss.«

Sally kam noch am selben Abend zurück. Sie war zwar nicht unbedingt schlecht gelaunt, aber ziemlich schweigsam und angespannt. Ich beging den Fehler, ihr von Jackos Drunken-Dragon-Plänen zu erzählen, und sie sagte: »Wie kommst du dazu, ihm zu erzählen, ich hätte keine Lust? So miesepetrig bin ich nun auch wieder nicht!«

Also rief ich Jacko an. Aber der war schon im Bett und »fühlte sich beschissen«, wie ich Sally ausrichtete. Die schrie nur: »Ich wette, du bist bloß verkatert!« in Richtung Telefonhörer, doch Jacko blieb dabei. »Wenn ich bloß einen Kater hätte, würde ich mich nicht halb so mies fühlen«, meinte er.

Noch jemand, den die Grippe erwischt hatte.

Unser Silvester war nicht gerade der Hit. Sally kochte ein Thai-Curry mit Gemüse, das leider misslang. Wir aßen es trotzdem und sahen uns ein paar Folgen von *Ally McBeal* auf Video an. Danach lästerten wir gründlich über sie ab und stellten fest, wie langweilig und nichts sagend sie doch eigentlich war. Wir überlegten, ob sich die Leute die Serie nur deshalb ansahen, weil sie so unglaublich langweilig und nichts sagend war. Und hatten eine spannende Diskussion darüber, ob das von der Produktionsfirma von Anfang an so geplant gewesen war, oder ob sie die Folgen mit der Zeit immer langweiliger gestaltet hatten, weil das Quote brachte.

Währenddessen starrte ich die ganze Zeit auf die Uhr und wartete auf Mitternacht. Ich dachte an den Big Ben, an »Auld Lang Syne«, daran, wie John Nina küsste oder irgendeine andere blöde Kuh mit BH-Größe 75 doppel-D, der er den lieben langen Abend in den Ausschnitt gestarrt hatte. Wie ich das bis zum zweiten Januar aushalten sollte, war mir ein Rätsel.

Das Restaurant lag am Leicester Square, was mich nicht weiter überraschte. Wenn man achtzehn Jahre alt ist und noch neu in London, zieht einen der Leicester Square magisch an. Das ist genau der Ort, nach dem man sich sehnt, wenn man mit der Schule einen Ausflug in die Tate Britain oder das British Museum unternimmt. Man ist ganz hingerissen von dem vielen Neonlicht, von der lauten, wilden Geräuschkulisse, von der völligen Abwesenheit von gutem Geschmack. Man ist begeistert von den Menschenmassen, den Union-Jack-Souvenirs und dem Fastfoodgestank. Denn den weiß man nach dem gesundheitsbewussten Pausenbrot, das einem die Mutter auf Wunsch von Miss Whitton, der Kunstlehrerin, mitgegeben hat, ganz besonders zu schätzen.

Ich kam ein paar Minuten zu früh. Im Restaurant ging es zu wie in einem Taubenschlag, und das alles »auf mexikanisch«. Die Wände waren mit sandfarbenen falschen Ziegeln verkleidet, und überall gab es bunte Fliesen, Terrakotta-Übertöpfe und große künstliche Pflanzen. Dazu lief Salsa-Musik.

John war schon da. Er war allein und saß in einer nicht ganz so grell beleuchteten Ecke. Für einen Mann, der noch vor ein paar

Tagen mit Grippe im Bett gelegen hatte, sah er erstaunlich gut aus. Doch man hätte ihm schon den Kopf eines Warzenschweins transplantieren müssen, um zu verhindern, dass mein wild klopfendes Herz und mein Magen einen trunkenen Pas de deux zusammen tanzten, kaum dass ich ihn entdeckt hatte.

Vor allem als er aufsah und lächelte. Und erst recht, als er aufstand und mich küsste. Okay, okay, seine Lippen streiften nur meine Wange. Aber selbst solche Kleinigkeiten können zum Orgasmus führen, wenn man jemandem völlig verfallen ist. Ich liebte seine leicht kratzigen Wangen. Dasselbe galt für diese verführerische Duftwolke aus Rasierwasser, frisch gewaschenem Haar und sauberem Hemd. So was sollte man in Flaschen abfüllen und verkaufen, um den armseligen Fantasien von nervlichen Wracks wie mir auf die Sprünge zu helfen.

»Wie geht's?«, fragte er.

»Oh, ausgezeichnet«, sagte ich freudestrahlend, während ich gegenüber von ihm Platz nahm. »Außer dass mein Vater kurz davor steht, diese Kathy zu heiraten. Meine Mutter ist fest davon überzeugt, dass sie ihn im Nil ertränken will.«

Er fing an zu lachen, aber dann war Tara da.

Sie war nicht gerade begeistert, mich zu sehen, und sagte: »Stimmt, er hat gemeint, du kommst vielleicht auch noch.« Und das in einem Ton, der mir eindeutig zu verstehen gab: ... *und damit muss ich mich wohl abfinden.*

»Und, wie ist es gelaufen?«, wollte John wissen, als sie sich neben ihn setzte.

»Ziemlich gut«, antwortete sie schon deutlich besser gelaunt. Sie haben gesagt, ich hätte gute Chancen. Aber zuerst muss ich mir eine richtige Mappe machen lassen.«

»Haben sie dir einen bestimmten Fotografen empfohlen?«, fragte ich.

»Nein, aber es gibt schließlich Millionen von Fotografen.«

»Und, was kostet so was?«, wollte John wissen.

Sie zuckte nur die Achseln. »Ungefähr hundertfünfzig Pfund.«

John zwinkerte mir heimlich zu, was mich beinahe kollabieren ließ. Wie nebenbei sagte er zu Tara: »Und, wo willst du mal eben schnell hundertfünfzig Pfund hernehmen?«

»Na, ich werd natürlich jobben. Ich muss halt ein bisschen sparen.«

Er warf mir einen weiteren viel sagenden Blick zu, hob unmerklich die Augenbrauen und sagte nur: »Wollen wir mal einen Blick auf die Speisekarte werfen?«

Nachdem wir bestellt hatten (Tortillas und Fajitas, dazu ein Bier für ihn, eine Cola für sie und eine Margarita für mich), wandte sich John wieder an Tara. »Und, hat sich schon was ergeben bei deiner Jobsuche?«

»Na hör mal, so schnell geht das auch wieder nicht!«

»Es wäre allerdings besser, wenn du dich ein bisschen beeilst. Heute Morgen hat mir nämlich mein Freund aus Abu Dhabi gemailt. Ich fürchte, er kommt bereits am achten Januar zurück.«

Ich hatte nicht erwartet, dass er so schnell damit rausrücken würde, und noch dazu ganz ohne Vorwarnung. Ihre gute Laune ließ merklich nach, kehrte aber sehr schnell wieder zurück. »Ich könnte ja eine Zeit lang bei dir wohnen.«

»Das wird nicht gehen, Süße.«

»Warum denn nicht?«

»Ich arbeite oft von zu Hause aus. Du würdest mich ablenken.«

Doch so schnell ließ Tara sich nicht entmutigen, im Gegenteil. »Ich werde sehr, sehr brav sein«, sagte sie unterwürfig und gleichzeitig höchst lasziv.

Ich musste feststellen, dass mich mein Instinkt nicht getrogen hatte. In ihrer Fantasie war er der Märchenprinz, der ihr mit Haut und Haar verfallen war. Was er sich nur deshalb nicht eingestand, weil er kein geiler alter Bock sein wollte. Doch spätestens im zehnten Kapitel hätte ihn die Leidenschaft so weit übermannt, dass er alle Skrupel vergaß. Vor allem, wenn ihr Handtuch ausgerechnet dann zu Boden glitt, als er aus Versehen ins Badezimmer platzte.

»Tara, davon kann keine Rede sein«, sagte er schon wesentlich entschiedener.

Ich weiß auch nicht, warum, aber plötzlich tat sie mir unendlich Leid. Falls er vorgehabt hatte, ihre Hoffnungen zunichte zu machen, war ihm das bestens gelungen. Verletzt starrte sie auf ihr Tischset. Ich hätte schwören können, dass sie Tränen in den Augen hatte.

Ein Kellner brachte die Getränke. Nachdem er wieder weg war, sagte John ein wenig freundlicher: »Tara, hast du dir das wirklich gut überlegt? Hast du überhaupt eine Vorstellung davon, was es kostet, in einer Stadt wie London zu leben? Und ist dir eigentlich klar, wie Jobs, die für dich in Frage kommen, ungefähr bezahlt sind?«

»Ich bin doch nicht blöd«, sagte sie trotzig wie am ersten Abend. »Ich weiß, dass London nicht billig ist.«

»London ist nicht nur nicht billig, sondern verdammt teuer. Du kannst von Glück sagen, wenn du einen Schuhkarton findest, in dem du wohnen und essen kannst. Daran, hundertfünfzig Pfund zur Seite zu legen, darfst du nicht mal denken.«

»Andere schaffen das doch auch«, sagte sie.

»Die meisten in deinem Alter leben noch zu Hause«, sagte er. »Und das macht einen ganz schönen Unterschied, selbst wenn man einen Teil des Geldes zu Hause abgeben muss. Wenn du wieder nach Hause ziehen würdest, hättest du die hundertfünfzig wesentlich schneller zusammen.«

»Ich – ziehe – nicht – nach – Hause!«

John war kein bisschen überrascht. Wahrscheinlich hatte er sie nur noch mal testen wollen. »Okay, okay«, beruhigte er sie.

»Ich könnte mir einen Job in einem Hotel suchen«, sagte sie stur. »Dort könnte ich dann auch wohnen.«

Hier konnte ich einhaken. »Tara, es gibt heute kaum noch Hotels, die Unterkünfte für ihre Angestellten haben, zumindest nicht in London. Die Preise sind derartig hoch, dass sie nicht einen Quadratmeter für ungelernte Arbeitskräfte übrig haben.«

»Dann such ich mir eben was anderes, okay?«

Die nächsten Minuten sprach ich mit John über dies und das,

während Tara schwieg. Schließlich drehte sie sich um. »Wo bleibt denn bloß das Essen? Ich verhungere!«

»Hier herrscht nun mal Hochbetrieb«, sagte ich und war erleichtert, dass sie das Thema gewechselt hatte. Ganz in unserer Nähe weigerte sich ein Kellner in hitzigem Spanisch, Tisch Nummer achtundzwanzig zu bedienen. Er hätte auch so schon alle Hände voll zu tun.

»Vielleicht kannst du dir die hundertfünfzig Pfund ja von deinen Eltern leihen«, sagte John ebenso heimtückisch wie unschuldig.

»*Die* werd ich ganz bestimmt nicht fragen«, gab sie zurück. »Das Geld krieg ich auch so zusammen.«

Endlich kam das Essen: Gigantische, amerikanische Portionen auf wagenradgroßen Tellern. Tara fiel über ihre Bestellung her, als hätte sie vor, die nächsten Monate eine Extrem-Diät zu machen. Vielleicht stimmte das ja auch. Vielleicht hatten ihr die von der Agentur gesagt, sie wäre nicht magersüchtig genug.

Ich fing einen Blick von John auf. Doch er runzelte nur die Stirn, was so gut wie alles bedeuten konnte.

Tara ließ ihr Essen keine Sekunde aus den Augen, aber ich hätte schwören können, dass ihr die Tränen in den Augen standen. Mühsam hielt sie sie zurück. Mitfühlend sagte ich zu ihr: »Wenn du willst, kannst du eine Zeit lang bei mir wohnen.«

»Nein, danke«, erwiderte sie, so als wäre das die reinste Zumutung. »Ich komm schon klar.«

Es dauerte keine zehn Minuten, da hatte sie das Essen hinuntergeschlungen und murmelte: »Ich muss mal aufs Klo.« Dann griff sie nach ihrer Umhängetasche und verschwand.

Kaum war sie weg, trafen sich unsere Blicke.

»Die Ärmste ist völlig durch den Wind«, sagte ich. »Meiner Meinung nach stand sie kurz davor, in Tränen auszubrechen.«

»Ach du meine Güte«, murmelte er und nestelte verlegen an seinem Kragen. »Das hab ich nicht gewollt.«

In dem Moment begriff ich, dass er ganz genau wusste, was mit Tara los war.

»Das Mädchen hat sich da in was reingesteigert ...«, fuhr er entschuldigend fort. »Ich wollte sie nicht verletzen und hab so getan, als würde ich nichts merken. Aber vielleicht war ich zu höflich.«

»Das ist eine heikle Sache«, antwortete ich, nicht ohne mich zu fragen, woran er es wohl gemerkt hatte. Wahrscheinlich an ihrer eindeutigen Körpersprache, die sie für unheimlich subtil hielt.

»Ich wollte jedenfalls nicht brutal sein.«

In seinem Blick lag eine derartige Wärme, dass ich meine Margarita leeren musste, um mich dagegen zu wappnen. »So brutal warst du auch wieder nicht.«

»Aber so hat sie es aufgefasst. Nach der Sache mit Lee ist sie wahrscheinlich seelisch ziemlich angeschlagen. Im Moment würde sie sich jedem an den Hals werfen.«

Jedem vielleicht nicht. »Du hast Verständnis für sie gehabt«, erklärte ich. »Sie saß in der Klemme, und du hast ihr geholfen.«

»Trotzdem, du hast Recht gehabt: Ich hätte mich lieber raushalten sollen.«

»Du wolltest ihr doch bloß helfen.« Inzwischen hatte ich schon derart weiche Knie, dass ich beinahe seine Hand genommen hätte.

»Ich war eben zeitweilig nicht mehr im Vollbesitz meiner geistigen Kräfte«, sagte er und sah mir direkt in die Augen.

»Wahrscheinlich«, erwiderte ich leichthin. »Vielleicht haben dir die Grippetabletten die Sinne vernebelt ...«

»Irgendwas hat mir bestimmt die Sinne vernebelt.« So wie er dies sagte, ging mir das Herz auf. Plötzlich meldete sich mein »guter-Typ-Detector« wieder zu Wort. »Viel sagende Blicke!«, schrien sie. »Unterschwellige Botschaften!«

Aber eine Millisekunde später hatte er nur noch mein leeres Glas im Blick. »Noch eine Margarita? Oder etwas anderes?«

Ich warf einen Blick auf die Getränkekarte, aber das hätte ich lieber lassen sollen. Restaurants, die Drinks wie »Sloe Comfortable Srew« und »Screaming Orgasm« auf der Karte haben, wenn Leute wie ich gerade in aller Öffentlichkeit mit weichen Knien zu kämpfen haben, sollten verboten werden.

Irgendwie schaffte ich es trotzdem zu sagen: »Ja, noch eine Margarita bitte.« Und zwar so, als dächte ich nicht im Traum daran, dass sich ein »Sex on the Beach« auch ganz gut machen würde.

»Hast du mich deshalb dazugebeten?«, fuhr ich halb im Spaß fort. »Weil du eine Anstandsdame dabeihaben wolltest?«

Seine Mundwinkel zuckten. »Richtig geraten. Sonst wäre ich wohl kaum in der Lage, mir eine Achtzehnjährige, die einen halben Liter Cola intus hat, vom Leibe zu halten. Bisher habe ich ein sehr zurückgezogenes Leben geführt.«

»Ja, das kann ich mir vorstellen«, sagte ich. Seine Mundwinkel zuckten erneut, aber diesmal sagte er nichts mehr.

Vielleicht sollte ich lieber das Thema wechseln. »Und, was machen wir jetzt?«, fuhr ich fort. »Im Grunde geht dich das Ganze ja nichts an. Wenn sie wirklich weder nach Hause noch zu mir will, kann ich mir gut vorstellen, dass ihre Eltern sie ein bisschen unterstützen. Ich kann ja so tun, als ob das Geld von mir wäre. Sie scheint vom Modeln gar nicht so begeistert zu sein, wie ich dachte. Wahrscheinlich haben sie ihr gesagt, dass sie nur eine von Tausenden ist, von denen sich jede für das neue Titelmädchen hält. Wenn sie ihr wirklich Hoffnungen gemacht hätten, würde sie jetzt nicht so ruhig dasitzen.«

»Das habe ich mir auch schon gedacht. Dann hätte sie mich längst gefragt, ob ich ihr die hundertfünfzig leihen kann.«

»Vielleicht fragt sie dich ja noch, wenn ich weg bin.«

»Kann schon sein, aber eigentlich glaub ich das nicht.«

Je mehr ich darüber nachdachte, desto mehr musste ich ihm Recht geben.

»Sie würde niemals zugeben, dass man sie abgelehnt hat, meinst du nicht auch? Vielleicht haben sie ihr mitgeteilt, sie könnten sie nur für kleinere Sachen gebrauchen, für Katalogaufnahmen oder so.«

»Vielleicht.«

Nach einer kurzen Pause fügte er hinzu: »Und, was macht das Entrümpeln?«

Das Entrümpeln hatte ich völlig verdrängt. »Viel habe ich nicht gerade gemacht in letzter Zeit«, erwiderte ich, was wirklich ein schlechter Scherz war, denn ich hatte schon seit Wochen keinen Finger mehr krumm gemacht. »Ich hatte genug andere Sorgen.«

»Das glaub ich gern.« Wieder sah er mir direkt in die Augen, und mein Herz und mein Magen tanzten einen trunkenen kleinen Salsa miteinander. »Zum Beispiel wegen deiner Freundin aus der Nachbarschaft. Und der alles andere als jungfräulichen Braut deines Vaters.«

»Von Tara ganz zu schweigen«, sagte ich leichthin, aber mir stand wahrscheinlich ins Gesicht geschrieben: *Von dir ganz zu schweigen*. Nach anderthalb Margaritas macht mein Gesicht, was es will.

Oder auch nicht. Er wies mit dem Kinn auf meinen Teller. »Wenn du die Tortilla nicht mehr willst, esse ich sie auf.«

Typisch, oder? Mein Magen übte gerade lateinamerikanische Tänze, und er dachte bloß ans Essen. Ich nehme an, in *Frauen sind von der Venus, Männer einfach bloß gefräßig* ist diesem Thema ein ganzes Kapitel gewidmet.

Nachdem er eine Weile nachdenklich gekaut hatte, hielt er plötzlich inne. Als sich unsere Blicke erneut trafen, wusste ich genau, was als Nächstes kam.

»Vielleicht solltest du lieber mal nach Tara sehen. Sie ist schon verdammt lange auf dem Klo.«

»Ich glaube nicht, dass sie will, dass ich nach ihr sehe. Wahrscheinlich hat sie in aller Stille ein paar Tränen verdrückt.«

»Jetzt machst du mir aber wirklich ein schlechtes Gewissen.«

»Von mir aus geh ich nachsehen. Ich werd so tun, als müsste ich auch aufs Klo.«

Ich eilte zu den *Señoras*, die sich natürlich am anderen Ende des Restaurants befanden. Es gab drei Toiletten, und vor den Spiegeln hatte sich eine lange Schlange gebildet. Ich zögerte einen Moment und rief dann: »Tara?«

Keine Antwort.

»Tara, alles in Ordnung?«

Wieder keine Antwort. Ein Mädchen aus der Schlange sagte: »Jemand ist schon 'ne halbe Ewigkeit da drin.« Sie wies mit dem Kinn auf die hinterste Toilette. »Ich hoffe, da ist niemandem schlecht geworden.«

Beziehungsweise da heult sich niemand die Augen aus.

Plötzlich bekam ich ein ganz schlechtes Gewissen und klopfte an die Tür.

»Tara? Alles in Ordnung?«

»Würden Sie bitte damit aufhören?«, rief eine wütende Stimme. »Nicht mal aufs Klo gehen kann man noch in Ruhe!«

»Entschuldigung«, sagte ich, während sich die Schlange auflöste. Im selben Moment gingen die Türen der beiden anderen Toiletten auf.

Keine der Frauen war Tara. Ich dachte, ich hätte sie unterwegs verpasst, und kehrte an unseren Tisch zurück.

John hob die Brauen. »Frischt sie gerade ihr Make-up auf?«

»Sie ist nicht da!«

Er stutzte. »Sie muss aber da sein!«

»Ist sie aber nicht!« Ich blickte mich suchend im Restaurant um. Vielleicht hatte sie ja jemanden getroffen. Doch ich wusste, ich würde nur meine Zeit verschwenden.

Mein Blick wanderte wieder zu John, der sich bereits erhoben hatte.

»Ach du meine Güte«, sagte er. »Sie ist uns ausgebüxt. Ich gehe schnell bezahlen.«

ZWÖLF

Doch dann hielt ich einen der vorübereilenden Kellner an. Ich erklärte ihm auf Spanisch, wir hätten einen Notfall. Wenn er uns innerhalb der nächsten zwei Sekunden die Rechnung brächte, bekäme er ein dickes Trinkgeld.

»Wie kann man nur so blöd sein«, murmelte John, während wir warteten.

Er sprach mir aus der Seele. Sie hatte die Jacke angelassen und die Umhängetasche mitgenommen. Sie hatte das Essen in sich hineingestopft, als würde sie die nächsten Tage nichts mehr bekommen. »Sie wird zurück zur Wohnung gefahren sein, um ihre Sachen zu holen.«

»Bestimmt.«

Der Kellner brauchte sagenhafte dreißig Sekunden, um uns die Rechnung zu bringen. Ich warf ihm mehrere Scheine hin und gab ihm dreizehn Pfund Trinkgeld. John erhob keine Einwände.

»Bist du mit dem Auto da?«, fragte ich, als wir das Lokal verließen.

»Nein, aber das ist auch besser so. Bei dem Verkehr sind wir mit der U-Bahn schneller.« Während wir uns bei strömendem Regen einen Weg durch die Menschenmenge bahnten, warf er einen kurzen Blick auf die Uhr. »So viel Vorsprung kann sie gar nicht haben. Wir werden sie bestimmt noch erwischen.«

»Was hat sie bloß vor?«, fragte ich, als wir an einem verwahrlosten Bündel Mensch vorbeikamen, das in einem Hauseingang kauerte.

»Das weiß der Himmel.«

Wir schoben uns durch das Gedränge vor dem Drehkreuz und erreichten die Rolltreppe. Wir drängten uns an Touristen vorbei, die noch nie etwas von »Links gehen, rechts stehen« gehört hatten.

Während wir durch den Gang zum Bahnsteig eilten, war er verdächtig still. Ich konnte mir denken, was in ihm vorging. Er dachte daran, an was für Menschen so ein naives Mädchen geraten kann, das so gut wie kein Geld mehr hat, aber glaubt, alles besser zu wissen. Und das mit seiner Tasche mutterseelenallein durch die Gegend zieht. Auch ich musste an die wirklich finsteren Ecken und Lasterhöhlen denken, in die sie geraten konnte, und zerbrach mir den Kopf, was ich bloß ihren Eltern sagen sollte. Ich bereute es zutiefst, sie überhaupt aufgenommen zu haben. Ich war schließlich nicht für sie verantwortlich, verdammt noch mal.

Und John noch viel weniger. Als wir am Gleis standen und im zunehmenden Gedränge auf die U-Bahn warteten, sagte ich zu ihm: »Tut mir Leid, dass ich dich da mit reingezogen habe.«

»Du hast mich da nicht mit reingezogen. Ich hätte mich schließlich nicht einmischen müssen.«

Hatte er aber. Und genau wie ich fühlte er sich jetzt für sie verantwortlich. Und das obwohl er einen ziemlich anstrengenden Job hatte, gerade erst krank gewesen war und sicherlich was Besseres vorhatte. Und auch *ich* hatte eigentlich was Besseres vor. Ich war schließlich erst neunundzwanzig und keine Erziehungsberechtigte mittleren Alters.

Ein lautes Rumpeln kündigte die einfahrende U-Bahn an. »Hör zu, ich glaube, es ist besser, wenn ich allein fahre«, sagte er plötzlich. »Wenn ich mich nicht so ungeschickt angestellt hätte, wäre sie gar nicht erst abgehauen.«

»Aber das ist doch nicht deine Schuld!«

»Das nicht, aber ich kriege das schon alleine hin. Fahr nach Hause«, fügte er hinzu, als die U-Bahn aus dem Tunnel schoss. »Ich ruf dich später an.«

Wie nicht anders zu erwarten, hielt sich Sallys Mitleid in Grenzen. »Aufmerksamkeit heischen um jeden Preis«, sagte sie bissig. »Sie wartet doch bloß darauf, dass er ihr nachrennt, oder etwa nicht? Und er rennt ihr nach. Und zwar ohne dich – genau, wie sie es wollte.«

»Ja, aber sie tat mir wirklich Leid. Sie war ganz schön aufgelöst.«

»Ach, vergiss es. Wetten, dass er sie in der Wohnung abgepasst hat? Und sie wird wieder ein paar Tränen vergießen, aber heimlich in sich hineingrinsen wie die Cheshire-Katze in *Alice im Wunderland*.«

Da war ich mir nicht so sicher. Vor allem, als es neun Uhr wurde und schließlich zehn, ohne dass er sich gemeldet hätte.

Es war zehn nach elf, als er endlich anrief.

Er klang völlig entnervt. »Ich hab sie ungefähr dreihundert Meter von der Wohnung entfernt aufgegabelt. Sie war mit Sack und Pack unterwegs Richtung Autobahn.«

»Und?«

»Ich hab sie gefragt, wo sie denn hin will, und sie hat nur gesagt, dass ich mich verpissen soll. Das würde mich schließlich überhaupt nichts angehen.«

»Herrje. Und dann?«

»Dann hab ich gesagt, bitte, sieh doch zu, wo du bleibst. Ich hab auf jeden Fall keinen Bock mehr auf das Theater.«

»Das ist doch nicht dein Ernst.«

»Nein, aber ich stand kurz davor.«

»Wo um alles in der Welt wollte sie bloß hin?«

»Sie wollte nach Colchester trampen. Irgendein ehemaliger Schulfreund ist da vor einem Jahr hingezogen. Sie wusste aber nicht mal, an welche Autobahn sie sich stellen muss.«

»Was hast du gemacht?«

»Ich hab ihr vorgeschlagen, den Freund erst einmal anzurufen. Daraufhin stellte sich heraus, dass dieser Freund sie gar nicht aufnehmen kann, weil er nicht genügend Platz hat. Zu guter Letzt konnte ich sie überreden, wieder mit in die Wohnung zu kommen.

Womit wir keinen Schritt weiter wären. Ich hab gesagt, ich finde schon eine Lösung, aber der Himmel weiß, welche.«

»Du klingst erschöpft«, sagte ich.

»Bin ich auch.«

»Das sind die Nachwirkungen. Von der Grippe.«

»Ja, und das ist der Härtetest. Hör zu, ich rufe dich morgen wieder an – ich muss dringend ins Bett.«

»Wenn er gerade erst die Grippe hatte, kann er den Ärger wirklich nicht gebrauchen«, sagte Lesley am nächsten Morgen im Büro.

Meine Worte. Ich hatte ihnen erzählt, was vorgefallen war, ohne dabei näher auf John einzugehen.

»Ich würde sie ja für eine Weile aufnehmen, aber zu mir will sie nicht«, sagte ich.

Ausgerechnet von Sandie kam ein wirklich guter Vorschlag: Bei Rachel, einer Freundin ihrer Schwester, stand ein Zimmer leer. Ihre angebliche Freundin und Mitbewohnerin Jo war nämlich nach Cardiff abgehauen, nicht ohne Rachels heiß geliebte knallrosa Schlangenlederstiefel und ihren Freund Dan mitzunehmen. Es handelte sich um ein ziemlich heruntergekommenes Haus in einer ziemlich heruntergekommenen Gegend, wo sich die Einbrecher die Klinke in die Hand gaben, aber dafür war die Miete sensationell niedrig.

Das war die Rettung. Bevor ich das Büro verließ, hatte ich mit Rachel gesprochen und mir die Adresse geben lassen.

Sobald ich zu Hause war, rief ich Tara an.

»Danke, aber John hat schon was für mich organisiert«, sagte sie genauso gelangweilt wie beim letzten Mal. »Und einen Job obendrein.«

Ich war platt. »So schnell?«

»Er hat einen Kumpel, der ist Manager in so einem schicken Country Club in Wiltshire«, fuhr sie fort. »Ich kann dort auch wohnen. Es gibt einen Fitness-Raum, Geräte und alles. Er will mich am Samstag hinbringen.«

Unter diesen Umständen machte es wenig Sinn, ihr Rachels Zimmer vorzuschlagen. Aber was mich daran am meisten ärgerte, war, dass er schon alles geregelt hatte. Ich schluckte meinen Ärger herunter und zwang mich dazu, betont fröhlich zu sagen: »Das ist ja fantastisch! Und was wirst du dort tun?«

»Alles Mögliche«, antwortete sie gelangweilt. »Service an der Bar, kellnern ...«

Und das ohne jegliche Erfahrung?, dachte ich. In einem schicken Country Club? »Vergiss nicht, deinen Eltern Bescheid zu geben, damit sie wissen, wo du steckst.«

»Klar! Das ist ein wirklich schickes Ding, weißt du. Wo jede Menge VIPs absteigen. Sogar Filme werden dort gedreht.«

Plötzlich klang sie richtig aufgeregt, und ich musste nicht lange überlegen, warum. Sie sah sich schon in einem schwarzen Minirock kellnern und einen Regisseur vom Schlage Merchant-Ivory bedienen, der in der ländlich-pittoresken Umgebung gerade einen Kostümfilm drehte. Sie stellte sich vor, wie er sie anerkennend musterte, während sie ihm gebratenen Seeteufel auftat, und wie er dann zu ihr sagte: »Aber Schätzchen, du bist doch hier als Kellnerin völlig fehl am Platz. Was hältst du davon, in meinem Film mitzuspielen? Gwyneth Paltrow ist gerade krank geworden.«

Sie war mal wieder auf die Füße gefallen, das musste man ihr lassen. »Na dann, viel Glück«, sagte ich fröhlich. »Pass auf, dass du den VIPs keine heiße Suppe in den Schoß schüttest!«

John meldete sich vierzig Minuten später.

»Ich weiß schon Bescheid«, sagte ich, als er mir alles berichten wollte. »Warum hast du mich denn nicht eher angerufen? Ich hatte ihr *auch* schon was organisiert. Und warum musste es gleich ein schicker Country Club sein? Hätte es eine alte Spelunke in Paddington nicht auch getan?«

»Ich kenne leider niemanden, der eine alte Spelunke in Paddington betreibt!«

Nein, natürlich nicht. »Von den Filmcrews ganz zu schweigen! Du weißt doch, was du ihr da für einen Floh ins Ohr gesetzt hast?

Sie denkt, man wird sie dort ›entdecken‹. Und dass sie es bis nach Hollywood schaffen wird, um dann aller Welt das Victory-Zeichen entgegenzuhalten.«

»Sie wird es dort keine Woche aushalten«, erwiderte er.

»Spinnst du? Sie wird dort lauter Promis begegnen. Und Leonardo di Caprio wird auch vorbeischauen, um –«

»Harriet, ich weiß genau, was da bei ihr abgeht. Aber würdest du wohl so nett sein, mir auch nur einen Funken Intelligenz zuzugestehen? Es ist dort wirklich ziemlich vornehm, und ab und zu schaut auch mal ein Promi vorbei. Aber sie wird nie in seine Nähe kommen.«

Ich begriff schnell. Küchendienst. Die Essensreste von den Tellern kratzen und in den Mülleimer befördern sowie niedere Tätigkeiten. »Du bist ganz schön gemein, weißt du das?«

»Manchmal schon. Wenn es funktioniert. Wenn nicht, verlege ich mich auf Plan B.«

»Und wie sieht der aus?«

»Einen neuen Versuch wagen«, sagte er. »Oder aufgeben, je nachdem.«

Ich versuchte, nicht daran zu denken, für welche Bereiche diese Taktik noch gelten mochte. »Und dein Kumpel kann wirklich eine ungelernte Arbeitskraft gebrauchen?«

»Natürlich nicht. Es ist gerade Nebensaison.«

Ein Freundschaftsdienst also. »Ich nehme an, du hast angeboten, ihren Lohn zu übernehmen? Wie viel?«

Als er nicht gleich antwortete, fuhr ich fort: »John, ich kann unmöglich zulassen, dass du das zahlst!«

»Das sind doch nur Peanuts! Ein geradezu lächerlicher Betrag, wenn du's genau wissen willst.«

»Darum geht es nicht! Lass mich das bezahlen!«

»Also gut, wir machen halbe-halbe. Ich bin viel zu erschöpft, um mich mit dir herumzustreiten.«

Ich bekam ein schlechtes Gewissen. »Ich weiß, dass sie nicht gerade begeistert sein wird, aber wenn du willst, fahre ich Tara dorthin.«

»Nein, ich hab ihr versprochen, dass ich sie hinbringe. Trotzdem, danke für das Angebot.«

»Wie weit ist es denn?«

»Ein paar Stunden Fahrtzeit.«

Und zwar für eine Strecke. Das brachte einen zwar nicht um, war aber mehr als genug.

»Ich wollte dich allerdings fragen, ob du nicht Lust hast, mitzufahren«, fuhr er fort.

Mein Herz machte einen Luftsprung. So langsam bekam es Übung darin. »Brauchst du mal wieder eine Anstandsdame?«

»Nein. Ich glaube, den Zahn habe ich ihr schon gezogen. Ich dachte eher, du könntest mich auf der Rückfahrt wach halten. Ich muss Sonntag früh verreisen und werde wahrscheinlich ziemlich erledigt sein. Schließlich muss ich wieder reinarbeiten, was ich eigentlich gestern hätte erledigen müssen.«

Das klang nicht gerade ermutigend.

»Und, hast du Zeit?«, fragte er.

»Ich glaub schon. Ich kann unmöglich riskieren, dass du auf der Rückfahrt einschläfst. Du könntest irgendeinen armen Igel überfahren. Das würde ich mir nie verzeihen.«

»Soweit ich weiß, halten Igel Winterschlaf«, beruhigte er mich.

»War ja auch nicht ernst gemeint. Ich kann auch fahren, wenn du willst. Dann könntest du die Lehne zurückkippen und die ganze Heimfahrt durchschnarchen.«

»Wer weiß, vielleicht komme ich noch auf dein Angebot zurück. Ich hol dich so gegen drei ab, einverstanden?«

Ich war nicht gerade scharf darauf, Taras Eltern über die neuesten Entwicklungen zu informieren, aber Mrs. Jacques wusste bereits Bescheid. »Hoffentlich kommt sie wieder zur Vernunft, bevor die Schule anfängt«, sagte sie mutlos. »Ich glaub ja nicht daran.«

»Könnte nicht doch noch was anderes dahinter stecken?«, fragte ich. »Mal ganz davon abgesehen, dass sie sich wegen Lee keine Blöße geben will?«

»Ich wüsste wirklich nicht, was das sein sollte. Ich hab so das Gefühl, dass sie mit irgendjemandem aus der Klasse gestritten hat – vielleicht sogar wegen Lee – aber ich glaube nicht, dass das ein Grund sein könnte.«

»Möglich wär's.« Noch schlimmer als Eltern, die sagen: »Hab ich's dir nicht gleich gesagt?«, ist ein Ex-Freund, der triumphiert, weil sich die große Liebe in Luft aufgelöst hat. Andererseits war Tara nicht gerade ein Mädchen, über das man triumphiert.

»Ich hab versucht, mit ihr zu reden«, fuhr sie fort. »Das war übrigens äußerst liebenswürdig von deinem Freund, dass er ihr ein Handy besorgt hat – richte ihm bitte aus, dass wir ihm das Geld selbstverständlich zurückerstatten. Aber sie hat gleich wieder auf stur geschaltet. Manchmal glaube ich, dass ihr nichts ferner liegt, als nach Hause zu kommen. Die Leute müssen mich und Dick ja für Ungeheuer halten.«

Eine halbe Stunde später war Frida am Apparat. »Soll ich dich vom Flughafen abholen?«, fragte ich, da sie am nächsten Tag zurückkommen wollte.

»Ich hab meinen Flug storniert. Ich hatte einen Riesenstreit mit Erik. Wenn ich zurückfliege, ist es aus, hat er gedroht. Also hab ich gesagt, dann sieh zu, wo du bleibst.«

»Aber du fliegst trotzdem nicht?«

»Natürlich nicht.« Mit verschwörerischer Stimme fügte sie hinzu: »Er ist ins Reisebüro gegangen. Zwei Wochen Jamaika. Und ich glaub, ich lieb ihn doch noch, denn er bezahlt. Aber ich werd bald mal ein Wochenende auf Besuch kommen und meine Sachen abholen. Vielleicht bringe ich Erik dann mit.«

Ich hatte schon mit so etwas gerechnet, aber ich war trotzdem enttäuscht. »Erst Jacko, dann Frida – langsam hab ich das Gefühl, richtig zu vereinsamen«, sagte ich zu Sally.

»Wem sagst du das. Es fehlt nicht viel, und ich vermisse den Blödmann. Jetzt kann ich bloß noch auf dir rumhacken, und du klaust mir nicht mal meine Sprühsahne.«

Als ich am Freitagabend nach Hause kam, verschanzte ich mich als Erstes im Badezimmer und »verwöhnte mich«, wie es in den Frauenzeitschriften immer so schön heißt. Ich würde das eher als Schwerstarbeit bezeichnen: Gesichtsmaske, Maniküre, Pediküre, Ganzkörperpeeling und dann noch die stinkende Enthaarungscreme auftragen. Natürlich nur, weil das schon lange mal wieder anstand. Dass ich morgen zwei Stunden allein mit John verbringen würde, hatte nicht das Geringste damit zu tun.

Gegen halb sieben kam Rosie vorbei, natürlich genau in dem Augenblick, als ich gerade in Jackos Schottenkaro-Bademantel und mit grünem Gesicht die Treppe herunterkam. »Bring mich jetzt bloß nicht zum Lachen«, sagte ich, das Gesicht voller Schlamm- und Gurkenmaske. »Das blättert sonst alles ab.«

»Morgen noch was vor?«, grinste sie und gab sich redlich Mühe, ein Kichern zu unterdrücken.

»Schön wär's.« Ich nahm sie mit ins Wohnzimmer, wo es ausnahmsweise einmal warm war. Da wir es leid waren, wie ein Hausmeisterehepaar in der Küche zu sitzen, hatten Sally und ich wie ein Hausmeisterehepaar den Kamin gesäubert und dort Feuer gemacht.

Ich rannte nach oben und wusch mir den Schlamm und die Gurken ab. Als ich wieder herunterkam, saß Rosie auf dem Sofa und hatte Tom auf dem Schoß.

»Und, was hast du so getrieben?«, fragte ich.

»Nichts Besonderes, vor allem gearbeitet«, sagte sie, nicht ohne zwischendurch mit Tom zu schäkern. »Dafür kann ich gerade ziemlich gute Provisionen einstreichen. Und, was hat dir der Weihnachtsmann so gebracht?« (Diese Frage galt Tom, weswegen ihre Stimme etwa eine halbe Oktave höher kletterte.)

»Viel zu viel«, sagte Sally. »Wahrscheinlich werd ich was davon verscherbeln. Oder gegen einen Hochstuhl eintauschen.«

»Das darfst du nicht! Das darf sie nicht, stimmt's? Böse, böse Mami!« Zu mir sagte sie: »Suzannes Freundin ist überraschend aus Indien zurückgekommen. Angeblich hat sie sich dort irgendeinen schrecklichen Virus geholt. Man musste sie sogar an den Tropf hängen. Jetzt ist sie gerade bei ihren Eltern und erholt sich dort ein bisschen. Aber sie wird ihr Zimmer zurückhaben wollen, und so muss ich mir wohl was Neues suchen.«

»Hier ist genug Platz«, meinte ich.

»Ich weiß, vielen Dank. Aber wenn du sowieso bald verkaufst, sollte ich lieber nach was Langfristigerem Ausschau halten, sonst schieb ich das bloß wieder endlos lange auf. Hast du dir schon ein paar Wohnungen angeschaut?«

Ich hatte ihr von meinem Plan erzählt, eine zu kaufen. »Noch nicht.«

»Du solltest dir eine mit Garten zulegen. Im Sommer ist so ein Garten super zum Grillen. Und für Tom wäre das sowieso das Beste.«

Sally verzog das Gesicht. »Rosie, bis dahin wohne ich schon längst nicht mehr mit Harriet zusammen.«

»Nein?« Sie wirkte überrascht. »Wieso denn nicht?«

»Weil ich zu meinen Eltern ziehen und auf Lehramt studieren werde.«

Ich war wie vor den Kopf gestoßen. »Seit wann denn das?«, fragte ich und starrte sie mit offenem Mund an.

»Das hab ich schon eine Ewigkeit vor«, erwiderte sie fast schon trotzig. »Ich hab an Weihnachten mit Mum und Dad gesprochen.«

»Auf Lehramt studieren?«, fragte Rosie. »Dauert das nicht Jahre?«

»*Ein* Jahr. Ich hab ja schon einen Abschluss.«

Ich konnte es immer noch nicht fassen. »Aber du wolltest doch nie unterrichten!«

»Harriet, was glaubst du wohl, was ich die letzten sieben Jahre gemacht habe?«

»Ja, aber Erwachsene! Motivierte Erwachsene! Du hast immer gesagt, dass du keine Kinder unterrichten willst!«

»Ich weiß, aber gegen kleine Kinder hätte ich nichts einzuwenden. Tom kommt schließlich auch irgendwann in das Alter, oder etwa nicht? Ich muss mich ohnehin damit beschäftigen. Außerdem gibt es dann keine Probleme mit den Schulferien. Jetzt sieh mich nicht so an!«, fügte sie hinzu. »Mein Entschluss steht fest.«

»Deine Mutter wird dich wahnsinnig machen«, sagte ich.

»Da muss ich eben durch. Außerdem haben sie mir das *freiwillig* angeboten. Mum hat sich sogar bereit erklärt, ab und zu auf ihn aufzupassen.«

»Du könntest auch hier studieren!«

»Das kann ich mir unmöglich leisten. Auch nicht mit einem Stipendium. Wie soll ich denn Vollzeit studieren und dann noch einen Babysitter, die Miete und den Lebensunterhalt bezahlen? Ich mach das für Tom, nicht für mich«, sagte sie nachdrücklich. »Ich habe ihm nicht gerade den allerbesten Start ins Leben ermöglicht, aber darunter soll er nie leiden müssen!«

Wenn sich Sally einmal für etwas entschieden hatte, und da spreche ich aus bitterer Erfahrung, konnte man sich auf den Kopf stellen, und sie würde ihre Meinung nicht ändern.

»Dann weiß ich wenigstens, wovon ich rede, wenn ich zu Toms Elternabenden muss«, fuhr sie fort. »Ehe ihr euch's verseht, geht er in die Schule. Ich muss auch an ihn denken.«

Ich wusste, dass sie Recht hatte. Ich wusste, dass es das Vernünftigste und Praktischste war, aber irgendwie deprimierte mich der Gedanke an eine vernünftige, praktische Sally. Das klang so erwachsen, und erwachsen hatten wir beide nie werden wollen: Nicht, wenn das bedeutete, eine feste Stelle zu haben und Hypotheken abzutragen.

Plötzlich fühlte ich mich vollkommen allein gelassen. Erst Jacko, dann Frida, dann Sally… »Wann willst du ausziehen?«

»Ostern. Bis dahin habe ich bereits Erwachsenenkurse zugesagt. Ich hab schon mit einer Sprachenschule in unserer Nähe gesprochen«, fuhr sie fort. »Ich hab die Sache etwas schleifen lassen, aber sie wollen sich melden, wegen eines Vorstellungsgesprächs.«

Und sie hatte mir noch nicht einmal was davon erzählt. »Du wirst eine furchtbare Lehrerin abgeben«, sagte ich in dem verzweifelten Versuch, die Situation ins Lächerliche zu ziehen. »Die armen kleinen Kinder werden sich zu Tode fürchten. Du wirst eines nach dem anderen in die Ecke stellen.«

»Ich werde die perfekte Lehrerin sein«, sagte sie. »Und alle werden mich lieben, denn sonst kriegen die kleinen Hosenscheißer keine Fleißbildchen.«

Ich war so schockiert, dass ich so gut wie gar nichts mehr mitbekam, als Sally und Rosie munter weiterschnatterten. Und so überließ ich sie einfach sich selbst und ging in die Küche, um Spaghetti mit Tomatensauce und Mozzarella zu kochen, Rosie hatte auch noch nichts gegessen. Wir spülten das Essen mit einem kräftigen Billigrotwein aus dem Supermarkt hinunter und machten uns gerade über Häagen-Dazs-Eis mit Schokochips her, als Rosie aus heiterem Himmel sagte: »Meine Güte, das hätte ich jetzt beinahe ganz vergessen!«

»Was denn?«, fragte ich.

»Mr. Helikopter hat sich von Nina getrennt!«

Mein Herz machte eine perfekte Rolle rückwärts. »Ach, wirklich?«, meinte ich leichthin und wich Sallys Blick aus. »Wann soll das denn gewesen sein?«

»Gleich nachdem sie aus Aspen zurückgekommen ist. Aber Suzanne hat auch erst gestern davon erfahren. Sie meint, sie täte ihr fast schon Leid. Obwohl sie ihr gerade gehörig auf die Nerven geht. Nina ist steif und fest davon überzeugt, dass er eine andere hat. Sie hat getobt und nicht lockergelassen, weil sie unbedingt wissen will, wer diese andere ist. Aber er hat darauf beharrt, dass es keine andere gibt. Trotzdem, sie nimmt ihm das einfach nicht ab. Suzanne sagt, sie kann einfach nicht akzeptieren, dass sie diejenige ist, die verlassen wird. Sie glaubt, dass da eine ganz falsche Schlange dahinter steckt, die ihn ihr auf hinterhältigste Art und Weise ausgespannt hat. Sie spricht wohl aus Erfahrung, nehme ich an. Ich wette, sie hat das schon oft gemacht.«

»Na ja, vielleicht gibt es diese falsche Schlange ja wirklich«, sagte Sally ungerührt.

»Ja, das hat Suzanne auch schon gemeint. *Logisch*, dass er lieber den Mund hält – sonst rennt sie noch los und steckt der anderen Hundescheiße in den Briefkasten oder so was. Natürlich hätte ich euch das alles nie erzählen dürfen«, fuhr Rosie fort. »Suzanne würde mich umbringen. Die offizielle Variante ist die, dass *sie ihn* verlassen hat. Alles andere würde Ninas Image nur schaden.«

Das überraschte mich nicht.

Es war halb elf, als Rosie ging. Kaum dass die Tür hinter ihr ins Schloss gefallen war, rief Sally: »Na, halleluja! Ein dreifaches Hoch auf die Königin der Buschtrommeln.«

»Ich fühle mich wie nach einem Sechser im Lotto«, gestand ich ihr. »Hat man mir was angemerkt?«

»Nicht, wenn man's nicht weiß.« Sie musterte mich aufmerksam. »Das ist mehr als nur so ein Flirt, stimmt's? Du magst ihn wirklich.«

Kommt ganz drauf an, was man unter »mögen« versteht. Wenn das bedeutet, dass man jemandem völlig verfallen ist, ja sich sogar vorstellen kann, ihm begeistert die Hemden zu bügeln, kam »mögen« durchaus hin. Das mit dem Bügeln behielt ich natürlich für mich, ich nickte bloß.

Ihr Gesicht sprach Bände. »*Wusst ich's doch*. Ich hab's dir angesehen.«

»Ein bisschen schlechtes Gewissen habe ich schon«, gestand ich ihr. »Manchmal habe ich ihn angesehen und mir gedacht: ›Soso, und das soll ich dir abnehmen? Du bist mir ja ein schönes Schlitzohr.‹ Und dabei hat er bloß die Wahrheit gesagt, als er meinte, das mit Nina wäre nichts Ernstes.«

»Na ja, aber mit dem Schlussmachen hat er sich ganz schön Zeit gelassen. Außerdem: Woher hättest du das wissen sollen? Da draußen wimmelt es nur so von widerlichen Lügnern – ich muss es ja schließlich wissen. Von Männern, die dich doppelt und dreifach betrügen. Ich will dir ja nur ungern die Laune verderben, aber woher willst du wissen, dass du die Einzige bist?«

»So was spürt man eben. Da bin ich mir ganz sicher.« Gewesen.

»Pass auf dich auf. Ich will einfach nicht, dass du verletzt wirst.« Etwas freundlicher fügte sie hinzu: »Trotzdem, genieß es auf deiner kleinen rosa Wolke. Zumindest darfst du heute guten Gewissens von ihm träumen.«

Eine hübsche kleine Fantasie nahm in mir bereits Form an: Natürlich würde auf der Rückfahrt das Auto schlapp machen, und er würde mich bitten, meine Strumpfhose zu opfern, um sie als Keilriemenersatz zu verwenden. Dazu musste ich mich erst mal meiner Hose entledigen – ich sollte darauf achten, dass ich eine Hose trug. Aber wahrscheinlich würde das sowieso nicht funktionieren, weil es gar nicht am Keilriemen lag, sondern an dem Turbo-Kompressor-Verteilerrohr-Dingens. Und so müsste er den Abschleppdienst rufen, der sagen würde, dass er noch mindestens vier Stunden bräuchte. Ob wir uns nicht freundlicherweise eng zusammenkuscheln und auf sie warten könnten …

Ganz schön pikant für den Anfang, das müsst ihr zugeben.

»Warum hast du mir eigentlich nichts von deinem Lehramtsstudium erzählt?«, fragte ich beleidigt, als wir uns wieder vor das heruntergebrannte Kaminfeuer setzten.

»Das wollte ich ja, aber ich hab mir schon gedacht, dass du mich für verrückt erklären wirst.«

»Stimmt doch gar nicht!«

»Hast du aber!«

»Aber nur, weil ich so schockiert war!« Ich schwieg. »Bei dem Gedanken, dass du dich in so einen spießigen, erwachsenen Alien verwandeln könntest.«

»Harriet, ich werde demnächst neunundzwanzig. Ich bin Mutter, verdammt noch mal. Es ist höchste Zeit, dass ich erwachsen werde.« Sie saß am anderen Ende des Sofas und starrte in die Flammen. »Tom hat doch bloß mich. Wenn ich nicht an ihn denke …«

Plötzlich versagte ihr die Stimme. Sie sah mich an, und in ihren Augen schwammen Tränen. »Was, wenn mir was zustößt?«

Ich war entsetzt. »Was soll dir schon zustoßen!«

»Aber es könnte doch sein! Angenommen, es wäre so – würdest du ihn dann nehmen?«

Ich konnte kaum fassen, was sie da sagte.

»Harriet, bitte, ich muss das einfach wissen«, fuhr sie fast schon verzweifelt fort. »Ich weiß, dass du ihn liebst. Ich habe keine Brüder oder Schwestern, und Mum und Dad sind zu alt und zu pingelig – sie würden einfach nicht mit ihm fertig. Was, wenn er in ein Heim muss?«

Plötzlich wurde mir klar, dass sie diese Frage schon länger mit sich herumtrug. »Natürlich würde ich ihn nehmen! Aber dir wird schon nichts zustoßen!«

»Aber es könnte doch sein! Okay, ich weiß, das ist nicht sehr wahrscheinlich, aber es werden jeden Tag Leute überfahren oder umgebracht!«

Allmählich wurde sie ruhiger. Es war so, als wäre eine riesige Last von ihr abgefallen. Beinahe hätte ich gefragt: »Und Steve hast du völlig abgeschrieben?«, biss mir jedoch gerade noch rechtzeitig auf die Zunge. Ich kannte die Antwort bereits.

John kam zwanzig Minuten zu spät. Ich ließ Sally zur Tür gehen. Alles andere wäre zu grausam gewesen, denn sie konnte es kaum erwarten, ihn zu sehen.

Während ich noch in der Küche herumlungerte und mein Make-up inspizierte, das aussehen sollte, als wäre es gar nicht vorhanden, hörte ich schon: »Hallo, du musst Sally sein!« Danach trödelte ich durch den Flur, als hätte ich nicht schon den ganzen Tag auf diesen Moment gewartet und vier Mal nachgesehen, ob ich auch meine Knutschvorsorge-Zahnbürste dabei hatte.

Dass sich dieses Wiedersehen anders anfühlen würde, damit hatte ich schon gerechnet. Aber dass es so anders sein würde, wäre mir im Traum nicht eingefallen. Ich kam mir vor, als hätte ich ihn immer nur durch eine ganz zynische Brille betrachtet, die ich nun gegen eine rosarote eingetauscht hatte. Ich musste mich, ehrlich gesagt, ganz schön beherrschen, um nicht gleich auf ihn zuzustürmen, ihm um den Hals zu fallen und auszurufen: »O danke, danke, dass du dich endlich doch noch entschlossen hast!«

Anscheinend war mir aber davon nichts anzumerken, denn er

war enttäuschend sachlich. »Tut mir Leid, wir sind ein wenig spät dran«, sagte er mit einem Blick auf die Uhr. Er schickte ein schiefes kleines Grinsen hinterher – immerhin.

Ich grinste zurück. »Ist schon okay. Ich habe keine Eile.«

Er musterte mich kurz. Wenn ihr's genau wissen wollt: Ich trug eine neue graue Flanellhose, so eine, die chic und lässig zugleich aussieht, schwarze Stiefeletten und einen bequemen schwarzen Rolli. Keinen Schmuck, nichts, was irgendwie übertrieben gewirkt hätte.

Ich musterte ihn ebenfalls. Er trug genau dieselben Farben. Ehrlich gesagt, hatte er genau dasselbe an wie bei unserer ersten Begegnung: Ein schwarzes Polohemd, ein dunkelgraues Jackett und eine etwas hellere Hose. Ich fand, das war ein gutes Zeichen.

Doch er sagte nur: »Fertig?«

»Ja. Bis später«, sagte ich zu Sally, die sich vorbildlich verhielt und so tat, als sei er irgendein x-beliebiger Typ. Sie warf mir nicht einmal einen verschwörerischen *Jetzt-verstehe-ich!*-Blick zu. Aber auch nur deshalb, weil ich ihr gedroht hatte, sie sonst umzubringen. Solche Blicke bleiben nie unbemerkt.

Anscheinend feierte irgendjemand ein Fest, denn er hatte ganze zehn Häuser entfernt parken müssen. Es war wieder ziemlich kalt geworden. Wir liefen an Autos mit zugefrorenen Scheiben vorbei, was für diese Tageszeit mehr als ungewöhnlich war.

Unterwegs erzählte ich ihm, was mir Taras Mutter gesagt hatte. »Wenn wirklich Lee der Grund ist, kann es durchaus sein, dass sie Angst hat, das Gesicht zu verlieren.«

»Das kann ich mir nicht vorstellen. Sie hat eine ziemlich große Klappe und weiß sich schon zu wehren.«

Wir konnten das Thema nicht weiter vertiefen, da wir das Auto bereits erreicht hatten. Tara saß auf dem Beifahrersitz und versuchte, sich nicht anmerken zu lassen, wie sehr sie meine Gesellschaft störte.

»Na, schon aufgeregt?«, fragte ich, als er in Richtung Hauptstraße fuhr.

»Kein bisschen«, antwortete sie gelangweilt. Dabei war ihr bestimmt ganz schön mulmig zumute. Eine neue Umgebung, ein Job, in dem sie keinerlei Erfahrung hatte … Sie hatte die Haare hochgebunden, ein paar Strähnen umrahmten dekorativ ihr Gesicht. Die Frisur ließ sie älter wirken, wahrscheinlich war das Absicht.

»So ein Mistwetter«, stöhnte John, als ein paar Tropfen auf die Windschutzscheibe fielen. Er machte die Scheibenwischer an.

»Der Wetterbericht hat Schnee angesagt«, sagte ich.

»Wenn das so ist, können wir uns wohl auf eine Hitzewelle gefasst machen. Ich hätte meine Klimaanlage reparieren lassen sollen.«

»Wohin musst du morgen?«, fragte ich.

»Nach Sofia.«

»Wo um alles in der Welt liegt das denn?«, fragte Tara.

»In Bulgarien. Ich nehme an, Erdkunde ist nicht gerade deine Stärke?«

»Nein danke. Englisch, Geschichte, Wirtschaft und Recht reichen mir als Hauptfächer vollauf.«

»Wann geht dein Flug?«, fragte ich ihn.

»So gegen zwölf.«

»Warum fliegst du nicht erst am Montagmorgen?«

»Weil ich gleich morgens ein Meeting habe. Sonst noch Fragen?«

Es dauerte, bis wieder jemand sprach, aber als wir endlich auf der Autobahn waren, fragte Tara: »Gibt es dort auch ein Hallenbad?«

»Wahrscheinlich«, antwortete er. »Warum?«

»Ich könnte die Badeaufsicht machen«, sagte sie. »Ich hab das Lebensretterabzeichen. Ich hab Erfahrung in solchen Dingen.«

Soweit ich wusste, hatte Jacko gerade mal von zwei Tagen Erfahrung als Bademeisterin gesprochen – ich konnte ihre Dreistigkeit nur bewundern.

»Hinter dem Tresen oder im Restaurant hab ich schließlich noch nie gearbeitet«, fuhr sie fort.

»Da mach dir mal keine Sorgen«, sagte er. »Ich glaube nicht, dass du viel von der Bar oder dem Restaurant zu sehen bekommen wirst.«

»Aber was soll ich denn dann machen?«

»Was Ungelernte in Hotels eben so machen«, erwiderte er leichthin. »Die Betten machen, in der Küche helfen ...«

»In der *Küche* helfen?« Sie klang entsetzt.

Er zuckte unmerklich die Achseln. »So ganz ohne Referenzen kannst du da nicht einfach so reinmarschieren und dir die Rosinen aus dem Kuchen picken. Wir reden hier schließlich nicht von McDonald's.«

Ein unangenehmes Schweigen folgte. Erst jetzt begriff ich, wie hinterhältig er sein konnte. Nachdem er ihr erst das Blaue vom Himmel versprochen hatte, beförderte er sie nun äußerst unsanft auf den Boden der Tatsachen.

»Aber du musst dort nicht arbeiten«, fuhr er fort. »Noch können wir umkehren. Ich sag einfach, du hast die Grippe.«

»Aber dann werd ich mir einen anderen Job suchen müssen«, sagte sie resigniert. »Und eine Wohnung.«

»Das ist die Kehrseite der Medaille, nehme ich an.« Er schwieg. »Und? Soll ich umkehren?«

»Nein«, sagte sie hastig. »Es macht mir nichts aus, in der Küche zu arbeiten.«

Nachdem wir weitere fünf Minuten lang geschwiegen hatten, fragte ich: »Wie fährst du eigentlich?«

»Erst über die A3, dann über die A303«, sagte er. »Danach muss ich noch mal auf die Karte gucken.«

»Bist du denn noch nie dort gewesen?«

»Nein. Gisela arbeitet noch nicht so lange dort.«

»Geezler?«, rief Tara. »Was ist denn das für ein Name?«

»G-I-S-E-L-A«, buchstabierte er. »Sie ist Schweizerin.«

Ein peinliches Schweigen folgte. »Das heißt, *sie* ist die Managerin?«

»Ja.«

»Ich dachte, der Manager wäre ein Mann!«

»Aber Tara«, erwiderte er tadelnd. »Für ein Mädchen deines Alters finde ich diese Bemerkung ziemlich sexistisch!«

»So hab ich das doch gar nicht gemeint! Ich hab einfach bloß gedacht, dein *Kumpel* wär ein Mann!«

Dasselbe hatte ich auch angenommen. Aber ich merkte sofort, wie das Tara den Wind aus den Segeln nahm. Sie hatte sich eher auf so jemanden wie John eingestellt. Jemand, der einer hübschen Achtzehnjährigen gegenüber äußerst nachsichtig wäre.

»Und, wie ist sie so?«, fragte sie, bereits Böses ahnend.

»Ganz schön tough«, sagte er sachlich. »Aber ich glaube nicht, dass du viel mit ihr zu tun haben wirst. Du wirst unter einer ihrer Untergebenen arbeiten. Beziehungsweise unter jemandem, der in der Hierarchie noch weiter unten steht.«

Ich konnte Taras Angst förmlich riechen und hatte mehr Mitleid mit ihr als je zuvor. Jeder neue Job macht einem erst mal Angst. Doch ein Job, der am ersten Tag die reinste Hölle war, konnte sich nach einer Woche als ziemlich easy herausstellen. Aber das wusste sie nicht, weil sie noch nie richtig gearbeitet hatte.

Wir kamen ziemlich gut durch und fuhren in der Dämmerung Richtung Süden. Auf den Feldern lag Raureif. John und ich redeten über dies und das, Tara schwieg. Wir verließen die A3 und fuhren nach Südwesten, direkt an Stonehenge vorbei, das man gerade noch erkennen konnte. In so einer Winternacht sah es wirklich gruselig aus. Dagegen nahm sich das Wageninnere höchst gemütlich aus: Die Wärme, der Duft nach Leder – trotzdem, die Atmosphäre im Auto war alles andere als angenehm.

Taras Angst war mittlerweile mit Händen zu greifen und hatte etwas Beklemmendes. Auch John war angespannt. Einerseits, weil er ihre Angst spürte und ein schlechtes Gewissen hatte, sie so an der Nase herumgeführt zu haben. Andererseits, weil er Angst hatte, es könnte ihr dort vielleicht doch gefallen. Gisela gegenüber hatte er von maximal einer Woche gesprochen.

Ich hatte mir eher eine andere Atmosphäre vorgestellt. Eine Atmosphäre, wie sie mal zwischen Stuart und mir geherrscht hatte, damals, als wir noch ganz frisch verliebt gewesen waren.

Wir hatten eigentlich vorgehabt, auf eine Party zu gehen, aber dann hatten seine Eltern darauf bestanden, dass er zu Hause blieb, um auf seinen kleinen Bruder aufzupassen. Sie wollten ausgehen, und der Babysitter weigerte sich, ein weiteres Mal zu kommen. Es dauerte keine Stunde, und ich verstand, warum. Daniel war ungefähr zehn und eine echte Nervensäge. Er warf mit Götterspeise um sich und weigerte sich, vor Mitternacht ins Bett zu gehen. Sowohl meine als auch Stuarts Hormone begannen zu schäumen, so frustriert waren wir. Alles, woran wir denken konnten, war: »Wenn er erst mal im Bett liegt …«

Falls hier etwas Ähnliches in der Luft lag, hatte ich noch nichts davon bemerkt. Das Einzige, was John von sich gab, war ein leiser Fluch, als ihm jemand ohne Abblendlicht entgegenkam. Wir waren in eine kleinere Straße abgebogen, und als wir uns der dritten Kreuzung näherten, fluchte er erneut.

»Nach welcher Straße suchen wir eigentlich?«, fragte ich.

»Nach der richtigen«, erwiderte er kurz angebunden.

»Und welche ist das?«

»Das weiß ich dann schon, wenn ich sie sehe.«

»Wie willst du das denn wissen, wenn du noch nie hier gewesen bist?«, fragte Tara.

»Instinkt und ein sicheres Urteilsvermögen«, sagte er. »Ein paar Straßenschilder könnten allerdings auch nicht schaden.«

»Hast du einen Autoatlas dabei?«, fragte ich.

»Nein.«

Typisch. »Dann lass uns zu diesem Pub zurückfahren, an dem wir vorhin vorbeigekommen sind, und fragen.«

»Hör zu, ich bring uns schon hin«, erwiderte er stur, wie das nur Männer können, die nicht zugeben wollen, dass sie sich verfahren haben.

Tara verdrehte die Augen. »Du bist genau wie mein Vater.«

»Danke, Tara«, sagte er ironisch.

»Stimmt doch!«, gab sie zurück. »Wie sagt meine Mum immer so schön? ›Weißt du noch, wo's langgeht? Denn wenn nicht, sag bitte Bescheid, bevor wir uns noch mehr verfahren.‹ Aber Dad hört nie auf sie, weil er so einen Macho-Komplex hat und meint, immer wissen zu müssen, wo's langgeht. Deshalb kommen sie ständig eine halbe Stunde zu spät, und zwischen ihnen herrscht eisiges Schweigen. Mum schwört jedes Mal Stein und Bein, das wär das letzte Mal. Das nächste Mal würde sie fahren, was sie aber niemals tut.«

»Vielen Dank auch«, sagte er angestrengt höflich. »Und du da hinten bist jetzt auch ruhig«, sagte er zu mir.

Nie hätte ich gedacht, dass mich Tara zum Lachen bringen könnte, aber das Leben ist voller Überraschungen. »Ich hab den Mund doch gar nicht aufgemacht!«

»Nein, aber dein Prusten hab ich sehr wohl gehört!«

Das konnte durchaus sein, denn es kostete mich große Mühe, nicht zu lachen. »Dürfte ich einen Vorschlag machen?«, fragte ich. »Es macht mir überhaupt nichts aus, nach dem Weg zu fragen. Also warum lässt du mich nicht fahren? Du kannst ja so tun, als wärst du Ausländer, wenn's dir dann besser geht.«

Das wiederum brachte Tara zum Prusten.

»Vielen Dank, aber ich glaube nicht, dass das nötig sein wird«, sagte John, der jetzt selbst kurz davor stand, laut loszulachen.

»Warum eigentlich nicht?«, gab Tara zurück. »Sie soll dich auf der Rückfahrt doch sowieso ablösen, oder? Dann kennt sie den Weg wenigstens schon. Du hast gesagt, sie fährt bloß mit, damit ihr euch auf der Rückfahrt abwechseln könnt und du schlafen kannst.«

Na großartig, dachte ich. Geradezu brillant.

»Ich bin mir da nicht mehr so sicher«, sagte er. »Wenn ich anfange zu schnarchen, wird sie mich höchstwahrscheinlich windelweich prügeln. Sie hat mich schon geschlagen, als ich krank war. Sie kann ganz schön feste zulangen.«

Tara drehte sich ungläubig zu mir um. »Das ist doch nicht wahr, oder?«

»Er hatte es darauf angelegt, sich eine Lungenentzündung zu holen«, gab ich zurück. »Ich hatte auch so schon genug um die Ohren, ohne dass mir ein Mann unter den Händen wegstirbt.«

»Verstehst du jetzt, was ich meine?«, sagte John. »Sie ist eine eiskalte, hartherzige Frau.«

»Du verarschst mich doch bloß«, erwiderte Tara böse.

Als sie wieder anfing, die Beleidigte zu spielen, stöhnte John genervt auf.

»Mistding«, murmelte er plötzlich, während er den Rückspiegel neu einstellte. »Dieses Ding macht, was es will. Die Bullen könnten mir schon seit etlichen Kilometern auf den Fersen sitzen, und ich sehe sie nicht einmal.«

Ich sah auf und merkte, dass er immer noch am Rückspiegel herumfummelte. Als er ihn dann verstellte, wusste ich genau, was er vorhatte. Eine Sekunde lang trafen sich unsere Blicke, und er zwinkerte mir verschwörerisch zu.

Das versetzte mich während der nächsten Kilometer in Hochstimmung. Ehrlich gesagt, begann ich gerade wieder in diese Autopannen-Fantasie hineinzudriften, als er sagte: »Mist, die Straße ist spiegelglatt.«

Und in dieser Fantasie schwelgte ich immer noch, als er nach einer Weile links in eine Straße einbog, die genauso gut zum Mars führen konnte. Nach etwa zehn Minuten kamen wir an einem Schild vorbei, auf dem »Haddon Hall Hotel and Country Club« stand. Da tauchte es auch schon hinter einer Kurve vor uns auf. Es stand auf einer großen Rasenfläche und war hell erleuchtet. Ein Haus, das der neunzehnte Graf von Hundertmorgen auf Wunsch der Gräfin um 1683 hatte errichten lassen. Dass das Schloss bereits seit William dem Eroberer zum Familienbesitz gehört hatte, war ihr egal, denn dort war es eiskalt. Und außerdem: Wer lebte denn heutzutage noch in Schlössern? Sie wollte ein schickes, neues Haus mit vierzig Zimmern und einer Orangerie. Sie hatte da von einem tollen Typen namens Jones gehört. Inigo Jones oder so was. Und so hatte der Earl das Schloss abreißen und dieses Haus errichten lassen. Das der dreiundzwanzigste Earl dann zweihundertfünfzig Jahre später hatte verscherbeln müssen, um die Erbschaftssteuer zahlen zu können.

Noch bevor wir den Parkplatz erreicht hatten, konnte ich sehen, dass es die Art Hotel war, in dem eine Nacht so viel kostete wie eine ganze Woche Urlaub in Griechenland. »Na, was sagst du?«, fragte ich Tara.

Sie zuckte die Achseln. »Sieht genauso aus wie das Hotel, in dem ich mal mit Mum und Dad war. Die haben da die ganze Zeit Golf gespielt, und ich hab mich zu Tode gelangweilt.«

Als wir vom Parkplatz zum Hotel liefen, war es bitterkalt. Doch als wir erst mal drin waren, sah es dort genauso aus, wie ich mir einen Herrensitz wünschen würde. Nichts Prunkvolles mit viel Pomp, sondern einfach nur höchster Komfort, unaufdringliche Lakaien, die einem die Trauben schälen, inklusive. Weiche Chintz-Sessel standen vor einem riesigen Kamin, in dem ein halber Wald brannte. Man hörte das Klirren von Teetassen und die Geräuschkulisse einer ruhigen, gepflegten Konversation. Als wir zur Rezeption gingen, sah ich diskrete Schilder, die den Gästen den Weg zum Pool, zum Fitness-Raum, zum Trellis-Restaurant und zum Tanzsaal wiesen.

»Ich bin auf der Suche nach Gisela Koch«, sagte John zu der Rezeptionistin. »John Mackenzie. Sie erwartet mich.«

»O ja«, lächelte das Mädchen. »Einen Moment, bitte.«

Man führte uns nach nebenan in ein Büro. Falls ich gerade gelächelt hätte, wäre mir dieses Lächeln im Gesicht gefroren. Gisela, die etwa vier- oder fünfunddreißig Jahre alt war, sah Nina erschreckend ähnlich: Sie war klein und zierlich und hatte glattes, dunkles Haar. Ein kurzer Blick auf mich genügte, und sie hatte sich ihr Urteil gebildet. Ihre Bewegungen hatten etwas Zackiges, Ruckartiges. Wie die eines Vogels, der nach einem anderen hackt.

»Schön, dich zu sehen, John«, sagte sie, bevor er auch nur Gelegenheit hatte, den Mund aufzumachen. Ihre Stimme entsprach genau ihrem Äußeren, sie hatte etwas Stakkatoartiges. Sie sprach mit starkem Akzent. Zu mir sagte sie: »Und Sie sind –?«

»Harriet. Guten Tag.«

»Hallo. Und Sie müssen Tara sein.« Sie sah sie prüfend an. »Am besten, Sie fangen sofort an – wir haben gerade zu wenig Zimmermädchen. Zwei haben die Grippe – behaupten sie zumindest. So eine Grippe kann sehr praktisch sein, vor allem dann, wenn man vorher wild gefeiert hat. Jemand wird Sie zu den Personalunterkünften bringen – sie liegen hinter dem Tennisplatz – und danach zu Sue, die sich um die Zimmermädchen kümmert. Den Papierkram können wir morgen erledigen.«

Nachdem sie Taras Erscheinung erneut begutachtet hatte, sah sie ihr direkt ins Gesicht. »Noch Fragen?«

Falls Tara die Fassung verloren haben sollte, ließ sie sich nichts anmerken. »Äh, ich hab mir überlegt, ob Sie vielleicht eine Badeaufsicht brauchen könnten«, sagte sie. »Ich bin ausgebildete Rettungsschwimmerin.«

Gisela musterte sie erneut. »Ich habe bereits eine Badeaufsicht. Außerdem wären Sie sowieso nicht die Richtige.«

Tara ließ sich nicht so schnell abwimmeln. »Warum?«

»Aber meine Liebe«, sagte sie so sarkastisch, dass ich an eine ganz bestimmte Sorte Lehrer denken musste. »Die meisten meiner Poolbenutzer sind Frauen mittleren Alters mit Geld und Zellulitis, die nicht wissen, was sie mit sich anfangen sollen. Sie haben kein Interesse daran, sich mit einem jungen hübschen Mädchen wie Ihnen zu messen. Sie wünschen sich ein großes, gebräuntes Muskelpaket, das ihre Fantasie anregt.«

Ich war geplättet, nicht so Tara. »Soll das heißen, Sie würden niemals eine weibliche Badeaufsicht einstellen?«

»Nicht, wenn es sich vermeiden lässt.«

»Das ist sexuelle Diskriminierung!«

»Nein, meine Liebe, das ist Business. Ich gebe meinen Kunden, was sie sich wünschen.«

Sie griff zum Hörer eines der Telefone auf ihrem Schreibtisch. »Michelle, Tara Jacques ist da. Bitte sag Maria, sie soll ihr ihr Zimmer zeigen und sie dann zu Sue bringen.«

Dann sah sie Tara an. »Wenn Sie zur Rezeption gehen, holt Maria Sie dort ab.«

Tara hatte mein vollstes Mitgefühl. Sie sah aus wie jemand, der gerade zu einer langjährigen Haftstrafe verurteilt wurde und nun erst begreift, dass es sich dabei keineswegs nur um einen bösen Traum handelt. »Viel Glück«, sagte ich aus tiefstem Herzen.

John klopfte ihr auf die Schulter. »Ich ruf dich in ein, zwei Tagen an.«

»Okay. Danke.« Ohne uns noch einmal anzusehen, griff sie nach ihrer Tasche und verschwand.

Die Tür fiel hinter ihr ins Schloss, und Gisela warf John einen Blick zu.

»Und?«, sagte sie. »War ich zu eklig? Oder nicht eklig genug?«

Ich war geplättet. Sie hatte ein völlig anderes Auftreten. Plötzlich gab sie sich wie jemand, mit dem man prächtig auskommen konnte.

Sie war also auch nur ein Mensch. Ein herzlicher, sehr attraktiver Mensch.

Aber so richtig freuen konnte ich mich nicht darüber.

DREIZEHN

Und meine Verunsicherung wuchs noch, als ich sah, dass auch John urplötzlich wie verwandelt war. Er kicherte in sich hinein. »Meine Güte, Gisela – ich hab mir fast in die Hose gemacht vor Lachen.«

Sie lachte laut und kehlig, ging auf ihn zu und küsste ihn. »Die Ärmste«, sagte sie. »Aber mach dir keine Sorgen, es wird ihr kein Haar gekrümmt werden.«

Dann drehte sie sich zu mir um. »Du bist die Schwester?«

Ich rang mir ein strahlendes Lächeln ab, wie man das in solchen Fällen halt so macht. »Nein, sie ist die Schwester eines Freundes. Aber das ist eine lange Geschichte – John war einfach zur falschen Zeit am falschen Ort.«

Sie bat uns, Platz zu nehmen. Neben dem Schreibtisch standen zwei Sessel. Auf einem davon saß sie und stellte ihre wunderschönen Beine zur Schau. »Sue wird froh sein, wenn noch jemand mit anpackt«, sagte sie. »Wir haben morgen Abend Konferenzgäste, und ich fürchte, es wird noch mehr Krankmeldungen beim Personal geben. Die meisten wohnen nicht im Hotel, und so müssen wir ihnen wohl oder übel glauben, wenn sie behaupten, sterbenskrank zu sein. Es wird ihr an Arbeit nicht mangeln«, sagte sie zu mir. »Nach drei Tagen wird sie eine wahre Expertin im Kloputzen sein.«

»Ich glaube nicht, dass sie überhaupt schon mal eine Toilette geputzt hat«, erwiderte ich.

»Dann lernt sie es eben. Ich finde es gut, wenn junge Leute arbeiten. Da lernt man, worauf es ankommt im Leben.«

Dann wandte sie sich wieder an John. »Wir haben uns ja eine Ewigkeit nicht mehr gesehen«, sagte sie gespielt vorwurfsvoll. »Und anrufen tust du auch nur, wenn du etwas von mir willst. Ich glaube, ich bin schwer beleidigt.« Aber sie lächelte und fügte sofort hinzu: »Ich weiß ja, dass du kaum noch aus den Augen schauen kannst vor lauter Arbeit. Mir geht es auch nicht anders. Ich hab mich genauso wenig gemeldet.«

Schon mal das fünfte Rad am Wagen gewesen? Ich wartete nicht erst auf einen Wink mit dem Zaunpfahl. Wenn sie ihm schon so einen Riesengefallen tat, wollte sie bestimmt mit ihm alleine sein. »Ich geh mir mal kurz die Beine vertreten«, sagte ich und stand auf. »Ich würde mich gern ein bisschen umsehen, wenn ich schon mal da bin.«

»Nur zu.« Gisela lächelte mich freundlich an. »Ich kann jemanden kommen lassen, der dich herumführt, wenn du willst.«

»Nein, danke, das ist nicht nötig.«

John schien auch nichts dagegen zu haben. Er wirkte erleichtert, so als hätte er bereits darauf gewartet, dieser Mistkerl. »Verlauf dich nicht«, sagte er nach einem Blick auf die Uhr. »Ich würde sagen, wir brechen in etwa einer halben Stunde auf.«

»Prima«, sagte ich fröhlich.

So viel zu meinen erotischen Autopannen-Fantasien. Das hatte ich nun davon, dass ich mir ständig Illusionen machte. War da was zwischen den beiden? Eine alte Liebe? Selbst wenn sie nur eine alte Flamme war – man braucht nicht sehr fest zu pusten, um einer alten Flamme neues Leben einzuhauchen. Eine halbe Stunde sollte vollauf genügen.

Mit dem festen Vorsatz, handgreiflich zu werden, wenn er auf der Rückfahrt schnarchen sollte, spazierte ich durch die riesige Hotelhalle. Es gab noch ein Kaminfeuer, das genauso groß war wie das erste, und überall standen riesige Blumenarrangements herum. Es roch nach Blumen und jeder Menge Geld. Bis auf das ein oder andere Pärchen, das gerade die Anmeldeformalitäten erledigte oder den Nachmittagstee einnahm, was so gut wie niemand zu sehen. Ich überlegte, selbst etwas zu bestellen. Mit Tee und Sandwiches könnte ich die nächste halbe Stunde ganz gut rumbringen. Doch obwohl ich auf der Herfahrt ziemlichen Hunger bekommen hatte, war mir der Appetit inzwischen vergangen. Tea-Time war sowieso schon vorbei, und wenn, war es eher Zeit für die Happy Hour. Aber das würde es in einem so vornehmen Hotel kaum geben.

Ich schlenderte ins Trellis-Restaurant, wo bereits alles liebevoll fürs Abendessen eingedeckt worden war, und las mir die Speisekarte neben der Tür durch. Allein die Vorspeisen kosteten ein halbes Vermögen, aber das hätte ich mir ja denken können. Es gab zum Beispiel Crêpes mit Meeresfrüchten. Normalerweise wäre mir das Wasser im Munde zusammengelaufen.

Um die Zeit totzuschlagen, ging ich mir den Pool und den Fitness-Raum ansehen. Dort entdeckte ich einen Tisch und einen Stapel flauschige Handtücher, aber sonst war weit und breit niemand zu sehen. Und so folgte ich dem Chlorgeruch und stand vor einem hübschen, großen Pool, in dem sich ganze drei Personen tummelten. Zwei davon waren Männer, die dritte war eine Frau im Einteiler mit Schwimmbrille, die Probleme mit dem Kraulen hatte. Am Beckenrand stand ein barfüßiger, gut gebräunter Muskelprotz in Shorts und T-Shirt. Als die Schwimmerin das Beckenende erreicht hatte, schrie er: »Sie machen das schon ganz großartig, aber Sie strengen sich noch viel zu sehr an. Den Kopf nicht so weit aus dem Wasser heben!«

Er sprach eindeutig mit australischem Akzent und hatte eine Original-Bondi-Beach-Traumfigur.

So langsam begann ich Giselas Strategie zu verstehen. Um bei ihm Schwimmunterricht nehmen zu dürfen, würde so manche Frau vorgeben, nur etwas planschen zu können.

Ich ging zurück in die Hotelhalle, suchte mir einen bequemen Lehnsessel vor dem Kaminfeuer und griff nach einer Illustrierten. So würde ich wenigstens nicht an wieder aufflackernde, alte Gefühle denken müssen. Vielleicht bot sie ihm einfach bloß eine Tasse Kaffee und Sandwiches an, irgendetwas würde ihm das Hotel sicherlich anbieten. Aber hätte mir das Hotel dann nicht auch etwas anbieten müssen? Ich versuchte zu verdrängen, was sie ihm wohl sonst noch so anbieten mochte, und konzentrierte mich auf die Illustrierte. Sie enthielt in erster Linie Food-Fotos und Rezepte wie »Sonntagsbraten – einmal anders«, gefolgt von »Schluss mit dem Kalorienzählen! Unwiderstehliche Winterdesserts«.

Plötzlich bekam ich doch noch einen Riesenhunger. Das musste an dem Chlorgeruch liegen, der mir immer noch in der Nase hing. Nach jahrelangem nachmittäglichen Schulschwimmen assoziierte ich Chlorgeruch immer noch mit Hungerattacke. Was soll's, ich würde mir einfach was zu essen bestellen. Tee und Sandwiches würden den Gedanken an John und Gisela verscheuchen. Dasselbe galt für Erdbeerkuchen und Blaubeer-Muffins. Und für ein paar pochierte Eier auf Toast, ha! Egal, ob Tea-Time oder nicht – hier spielte das keine Rolle. In so einem Hotel konnte man auch um zwei Uhr nachts Weetabix mit Sprühsahne bestellen, wenn einem danach war. Niemand würde auch nur mit der Wimper zucken.

Als ich mich nach einer Bedienung umsah, fiel mein Blick auf John, der aus Giselas Büro gestürmt kam. »Bist du so weit?«, fragte er.

Ich war erleichtert, dass ich kein befriedigtes Grinsen oder irgendein anderes Anzeichen für eine schnelle Nummer auf dem Schreibtisch oder Ähnliches bei ihm bemerkte. »Eigentlich schon, aber ich wollte mir gerade einen Tee bestellen.«

»Wenn du Hunger hast, können wir doch auch an einer Raststätte halten«, erwiderte er. »Uns ein Sandwich holen oder so was.«

Ich wollte schon widersprechen, hielt dann aber doch den Mund. Er wollte nicht länger bleiben. Wahrscheinlich hatte er bis morgen früh noch einiges zu erledigen.

Draußen war es bitterkalt. Die Windschutzscheibe war bereits zugefroren. »Hast du ein Enteisungsspray?«, fragte ich, als wir wieder im Auto saßen.

»Nein, aber die Heizung wird die Scheibe gleich wieder frei machen.«

Wir saßen eine Weile lang da und warteten, bis es so weit war.

»Eines muss ich Tara lassen«, sagte er. »Sie hat wirklich Mut. Gisela das mit der Badeaufsicht an den Kopf zu werfen!«

»Und das, nachdem sie ganze zwei Tage als Badeaufsicht gejobbt hat.«

Ich erklärte ihm, was es damit auf sich hatte, und fuhr dann fort. »Apropos Badeaufsicht: Ich bin am Pool gewesen und habe dort ein wirklich beeindruckendes, braun gebranntes Muskelpaket vorgefunden. So um die sechsundzwanzig, würde ich sagen. Australier. Absolut zum Anbeißen, falls sie vorhat, sich zu verlieben.«

Es dauerte nicht lange, bis das Eis geschmolzen war. Als John die Scheibenwischer anmachte, um es wegzuschieben, warf er mir einen ironischen Blick zu.

»Na ja, jedenfalls dachte ich, es wäre eine gute Idee.«

»Ist es wahrscheinlich auch«, gab ich zu. »Selbst, wenn sie sechs Monate bleiben sollte. Gisela hat Recht: Arbeit hat noch keinem geschadet. Und Tara kann es nur gut tun, einmal zu sehen, worauf es wirklich ankommt im Leben.« Ich schwieg. »Trotzdem, sie hat mir ganz schön Leid getan. Ich glaub, sie hat erst jetzt richtig begriffen, auf was sie sich da eigentlich eingelassen hat.«

»Was glaubst du, wie ich mich gefühlt habe?«, sagte er und bog auf die Landstraße ein. »Wie damals, als ich den Hund zur Hundepension gebracht habe. Und der hat gedacht, es geht auf einen Riesenspaziergang, zu dem man erst hingefahren werden muss.«

»Oh! Armer, alter Horace.«

»Das war nicht Horace, sondern Marmaduke. Er liegt bei uns im Garten begraben. Mein Vater hat einen Baum auf das Grab gepflanzt, aber der ist eingegangen. Er meint, das muss an Marmadukes Geist liegen, der ständig dagegenpinkelt.«

Ich lachte lauter, als ich eigentlich vorgehabt hatte, auch, um meinen knurrenden Magen zu übertönen. Plötzlich hatte ich nur noch Crêpes mit Meeresfrüchten vor Augen. Warum hatte ich zu Hause nichts Anständiges zu Mittag gegessen und bloß zu einem Joghurt und einer Banane gegriffen?

Weil ich mit meinen Gedanken ganz woanders war und keinen Bissen heruntergebracht hätte, deswegen.

Nach weiteren acht Kilometern begann ich mich zu fragen, warum ich überhaupt so einen Aufwand betrieben hatte. So, wie es zwischen uns knisterte, hätte er ebenso gut Horace mitnehmen können. Hier saß ich nun dicht neben ihm, umhüllt von einem Duftgemisch aus warmem Leder und seinem Rasierwasser – und wozu das Ganze?

Nicht dass ich nur das fehlende Knistern im Kopf gehabt hätte. Das Knurren meines Magens beschäftigte mich mindestens genauso. Gisela hätte uns wenigstens ein paar Sandwiches anbieten können. Welcher Hotelmanager lässt seine Freunde hungrig von dannen ziehen? »Wo hast du sie kennen gelernt?«, fragte ich. »Gisela, meine ich.«

»Auf einer Konferenz, aber das ist schon ein paar Jahre her. Sie hat das dortige Konferenzzentrum gemanagt.«

»In der Schweiz?«

»Glasgow. Seitdem ist sie ganz schön herumgekommen: St. Lucia, Washington, Kapstadt ...«

Ich hatte keine große Lust, mir Giselas aufregende Reisen anzuhören. »Sie hätte uns wenigstens ein Sandwich anbieten können«, sagte ich, als sich mein Magen wieder einmal schmerzhaft zusammenzog.

»Hat sie auch. Aber ich hab gesagt, dass wir wieder fahren müssen.«

»Du hättest mich wenigstens fragen können«, erwiderte ich gereizt. »Ich bin am Verhungern, und bis zur nächsten Raststätte ist es noch weit. Außerdem hasse ich Raststätten-Sandwiches. Die schmecken immer so nach Mayonnaise.«

»Vielleicht kommen wir an einem Pub vorbei«, sagte er. »Dann kannst du dir ein deftiges Ploughman's Sandwich oder eine Ofenkartoffel holen.«

»Am besten, wir halten gezielt danach Ausschau. Wie wär's mit dem, an dem wir auf dem Hinweg vorbeigekommen sind? Da, wo du nicht anhalten und nach dem Weg fragen wolltest. ›The Royal Oak‹ oder so. Das dürfte nicht mehr weit sein.«

Bis zu diesem Moment hatte ich nicht besonders auf die Straße geachtet. Zum einen, weil es draußen stockdunkel war, und zum anderen, weil ich das nie tue, wenn jemand anders fährt. Doch jetzt starrte ich hinaus in das finstere Wiltshire. »Von hier sollen wir gekommen sein? Daran kann ich mich überhaupt nicht erinnern.«

»Gisela hat mir eine neue Wegbeschreibung gegeben«, sagte er. »Eine Abkürzung, die uns schneller nach Hause bringt.«

Da war ich mir nicht so sicher. Anstatt auf eine breite Landstraße einzubiegen, wurden die Straßen immer winziger. »Bist du sicher? Ich hab das Gefühl, wir kommen immer weiter in die Pampa.«

»Mach dir keine Sorgen«, beruhigte er mich, so wie es Taras Vater wahrscheinlich auch mit ihrer Mutter tat. Ein Vater mit solchen Macho-Allüren war mir fremd. Dad war immer heilfroh gewesen, wenn Mum auf die Karte gesehen hatte.

»Hast du die Wegbeschreibung auswendig gelernt?«, fragte ich und versuchte, nicht daran zu denken, dass ich wohl vor zehn Uhr abends nichts zu essen bekommen würde, wenn das so weiterging.

»Keine Sorge«, wiederholte er, »ich hab alles im Griff.«

Ich musste mich schwer beherrschen, um nicht aggressiv zu werden. Wenn Männer in so einem Ton sagen, dass man sich keine Sorgen machen soll, sehe ich jedes Mal rot.

»Außerdem dachte ich, ich sollte auf dem Rückweg fahren«, sagte ich.

»Zuerst besorg ich dir was zu essen. Wir kommen bestimmt bald irgendwo vorbei, wo es Ofenkartoffeln gibt. Dann kann ich mich mit gutem Gewissen zurücklehnen und ein bisschen schnarchen.«

»Ich warne dich!«

»Du musst gerade reden«, sagte er. »Ich hör deinen Magen schon bis hier knurren.«

»Was hast du denn gedacht? Warum hast du mich nichts bestellen lassen?«

»Tee ist reine Geldverschwendung. Und dann diese winzigen Gurkensandwiches – eine Ofenkartoffel ist wenigstens was Richtiges zu essen. Mit dick Chili drauf, dass es dir die Schuhe auszieht.«

Na prima. Ich hatte auch so schon kalte Füße.

Aber bei dem Gedanken an eine riesige, mit Chili oder Bohnen und Käse überbackene Ofenkartoffel, bekam ich nur noch mehr Hunger. Doch zum Glück war Rettung in Sicht. »Da, auf der linken Seite – das sieht mir ganz nach einem Pub aus«, sagte ich. »Los, halt an.«

Er verlangsamte das Tempo. »Der macht mir keinen besonders guten Eindruck«, sagte er und fuhr an einem Schild vorbei, auf dem mit Sicherheit BAR FOOD gestanden hatte.

»Warum hast du nicht angehalten?« Jetzt war ich wirklich wütend. »Da gab's was *zu essen*! Am Samstagabend bekommt man schließlich nicht in jeder Kneipe was Warmes zu essen!«

»Beruhige dich! Wir finden schon noch was anderes.«

Meine Güte, dieser Kerl war unmöglich. Mit einem Mal war ein richtiges Ekelpaket aus ihm geworden. Ich kochte innerlich vor Wut, während mein Magen alle drei Sekunden laut und vernehmlich knurrte. »Jetzt fängt es auch noch an zu schneien«, sagte ich böse, als ein paar kleine Flöckchen auf die Windschutzscheibe fielen. »Wusst ich's doch, dass es heute noch schneit.«

»Das bisschen Schnee bleibt bestimmt nicht liegen.«

»Wetten, er bleibt liegen? Wir werden in einer Schneewehe stecken bleiben, irgendwo auf einer abgelegenen Nebenstraße, und an Unterkühlung sterben.« Ich war inzwischen zu hungrig, um die Möglichkeit, auf abgelegenen Straßen in Schneewehen stecken zu bleiben, mit positiven Begleiterscheinungen in Verbindung zu bringen.

Er schwieg, aber das war auch besser so. Egal, was er in diesem Moment gesagt hätte – ich wäre explodiert.

Eine Minute später bremste er vor einem Schild, auf dem »*The Hen and Peacock*, 800 m, die Nächste links« stand. Er wandte sich mir zu und hob die Brauen: »Na, was meinst du?«

»Ein Versuch kann ja nicht schaden«, sagte ich bissig. »Aber vielleicht geht es schneller, wenn wir uns da draußen ein paar tiefgefrorene Steckrüben klauen.«

Er bog in einen von diesen Feldwegen ein, auf denen einem tagsüber Schafe den Weg versperren. Aber dafür sah das *Hen and Peacock* sehr viel versprechend aus. Es lag ein wenig abseits und sah aus wie ein Pub auf einer alten Postkarte: Efeuumrankt, verwitterte alte Holzbalken und schiefe kleine Fenster. Ein großer Parkplatz gehörte auch dazu, der zu zwei Dritteln belegt war: Ein gutes Zeichen. Und als wir dann endlich vor dem Eingang standen, entdeckte ich ein Schild mit ein paar Sternen, die ein Restaurantführer vergeben hatte.

Umso besser. Schon wesentlich friedlicher gestimmt, drückte ich die Tür auf. Es gab eine ungewöhnlich große, elegante Bar mit bequemen Sitzgelegenheiten, jede Menge rauchgeschwärzte Balken und ein Kaminfeuer. Durch einen niedrigen, holzverkleideten Türrahmen ging es zum Restaurant, das aus etwa zwölf Tischen bestand. »Ziemlich voll hier«, sagte ich unschlüssig, als wir auf der Schwelle standen und uns die verführerischsten Essensdüfte in die Nase stiegen.

»Fragen kann man ja mal«, sagte er, als ein Kellner im weißen Hemd an uns vorbeilief.

»Haben Sie noch einen Tisch?«, fragte ich.

»Äh, haben Sie reserviert?«

Mist, hatte ich's mir doch gedacht.

»Ja«, sagte John. »Mackenzie. Ein Tisch für zwei Personen.«

»O ja, natürlich, Sir. Hier entlang.«

Ich starrte Mackenzie ungläubig an.

»Reingefallen!«, sagte er und musste sich arg zusammennehmen, um nicht laut loszulachen.

Es ist doch immer wieder erstaunlich, wie es sein kann, dass man jemanden, den man vor kurzem noch am liebsten geohrfeigt hätte, plötzlich küssen möchte. Und wenn es sich dabei auch noch um einen Kuss handelt, den man schon seit Wochen herbeigesehnt hat, potenziert sich dieser Effekt um den Faktor siebenundvierzig, und man würde am liebsten gleich eine Familie gründen.

Doch anstatt ihn zu küssen, beschloss ich, lieber in Gelächter auszubrechen. »Mistkerl«, flüsterte ich, als wir dem Kellner an unseren Tisch folgten. Neben einem kleinen, vorhanggeschmückten Fenster bekamen wir einen gemütlichen Platz zugewiesen. Die Holzbänke mit den hohen Lehnen schienen uns völlig von der Außenwelt abzuschirmen. Die Bänke waren natürlich hübsch gepolstert, die Sitzfläche ebenso wie die Lehne. Wir setzten uns einander gegenüber, der Kellner zündete die Kerze an, verteilte die Speisekarten und verschwand.

»Eine Empfehlung von Gisela«, sagte er, bevor ich fragen konnte. Unter diesen Umständen verzieh ich ihm, dass er mich aus dem Weg hatte haben wollen. »War sie nicht beleidigt, dass du nicht im Trellis-Restaurant essen wolltest?«

»Sie hat gesagt, das wär die Mühe nicht wert. Ihr Küchenchef liegt mit Grippe im Bett.«

Solange das nicht auch für den Küchenchef des *Hen and Peacock* galt ... Ich brauchte die Vorspeisen nur durchzulesen, und schon lief mir das Wasser im Mund zusammen. »*Coquille St. Jacques!* Meine Güte, ich liebe Jakobsmuscheln – die hab ich schon seit Jahren nicht mehr gegessen ...«

Der Kellner kam, um die Getränkebestellung aufzunehmen. »Das letzte Stück werd ich fahren«, bot ich ihm an. »Ich denke, du hast dir das eine oder andere Glas Wein verdient.«

Er schüttelte den Kopf. »Mehr als ein Glas trinke ich sowieso nicht. Ich brauche morgen einen klaren Kopf.«

Ich entschied mich für ein großes Glas Weißwein, und er nahm ein Bier. Dann gaben wir unsere Bestellung auf. Da ich eine riesige Lust auf Meeresfrüchte hatte, bestellte ich mir eine Portion Linguine mit Muscheln und Garnelen als Hauptgang. Er entschied sich für irgendeine Fischterrine sowie für eine Rehkeule aus eigener Zucht. Doch das Beste kam erst noch: gute Gespräche und innige Blicke bei Kerzenschein, während mir der Wein schnell zu Kopf stieg.

Doch ich hatte auch vorher keinen klaren Kopf gehabt – er war voll bis obenhin mit rosa Wölkchen. Wie hatte ich nur an ihm zweifeln können? Natürlich nie ernsthaft. Im Grunde hatte ich von Anfang an gewusst, dass er mir verfallen war. Dieses ganze Gerede von Marsriegeln und IMDS-Syndrom war etwas für Zyniker, die keinen Sinn für Romantik haben. Ich hätte gar nicht erst auf diese bedauernswerten Geschöpfe hören sollen. Es tat mir wirklich Leid für sie, dass sie so negativ und miesepetrig waren und in jedem saftigen Pfirsich einen Wurm vermuteten. Ich fand, es war höchste Zeit, dass ich mir mal wieder einen saftigen Pfirsich gönnte. Zumal einen, der die ganze Zeit vorgehabt hatte, mich schick zum Essen auszuführen, mich mit guten Speisen und köstlichem Wein zu verwöhnen, bevor wir wieder in diesen herrlichen Ledersitzen versinken und nach Hause fahren würden …

Kurz bevor die Vorspeise kam, lehnte er sich ein wenig zurück, legte den Kopf schräg und grinste.

»Irgendwas ist anders an dir heute Abend.«

Gratuliere! Auch schon was gemerkt. Ich hab den Fuß von der Bremse genommen. »Ich hab endlich nur mal wieder richtig ausgeschlafen«, sagte ich leichthin.

»Sonst nichts? Ich dachte, du hättest vielleicht eine andere Frisur.« Er kräuselte die Lippen, und ich wusste nicht, ob er das ernst gemeint hatte. Oder ob er instinktiv spürte, dass ich den Fuß von der Bremse genommen hatte, allerdings ohne zu wissen, warum.

Ich war drauf und dran, mit der Wahrheit herauszurücken und ihm zu erzählen, dass ich Nina kannte. Aber in dem Moment kamen unsere Vorspeisen, und ich redete irgendeinen Unsinn daher, nämlich wie ich einmal mit Pissels Hilfe versucht hatte, eine Lachsterrine zu machen. Ich beschloss, die Sache vorerst für mich zu behalten. So weit waren wir noch nicht. Genieße den Augenblick. Das Essen, den Wein und ihn. Gisela hatte uns den Pub zu Recht empfohlen. Das Essen war so, wie es sein sollte: frisch und alles war auf die Minute gegart. Die Atmosphäre war angenehm, und man konnte sich hinwagen, ohne im Vorfeld ein Darlehen aufnehmen zu müssen.

Als der Hauptgang abgetragen wurde, war ich in einer derart euphorischen Stimmung, wie sie nur durch Alkohol, köstliches

Essen, innere Gelassenheit und eine starke, gegenseitige Anziehung entstehen kann – eine berauschende Mischung, bei der ich beinahe die Beherrschung verloren hätte. Er hatte sich vorgebeugt und stützte sich auf die Unterarme. Ich hatte die Ellbogen auf dem Tisch und den Kopf in die Hände gestützt, während wir herumalberten. Das Flackern in diesen grünblauen Augen kam nicht nur vom Kerzenlicht. Zum ersten Mal bemerkte ich kleine braune Flecken um seine Iris. Aber da ich ihm nicht ständig in die Augen starren konnte, blickte ich zur Abwechslung hie und da auf seinen Mund. Seine flinken und leicht bebenden Lippen erfüllten mich mit einer derartigen Vorfreude, wie ich sie noch nie zuvor erlebt hatte. Außerdem hatte er schöne, weiße Zähne. »Genau richtig, um einem den Hintern anzuknabbern«, wie Sally zu sagen pflegte, bevor sie den Männern Ade gesagt hatte.

Als wir die Dessert-Karte studierten, bekam ich das Gespräch am Nebentisch mit. Dort saß ein Paar um die fünfundvierzig, das anscheinend öfter hierher kam. Es unterhielt sich mit dem Kellner, der ihnen gerade Kaffee nachschenkte. »Wusst ich's doch«, meinte die Frau, »dass die vom Wetterbericht nicht alle Idioten sind.«

»So schlimm wird's schon nicht werden«, spottete der Mann.

»Kannst du mir das schriftlich geben? Sieh doch nur!«

Als ich begriffen hatte, worum es ging, schob ich den Vorhang zur Seite und sah nach draußen. »Schau«, sagte ich zu John. »Jetzt schneit es wirklich.« Es fielen große, dicke Flocken, und der Schnee blieb liegen.

»Wenn das so weitergeht, schneit unsere Einfahrt noch zu«, scherzte die Frau. »Damals, neunzehnhundertdreiundachtzig, sind wir wirklich eingeschneit. Schneeverwehungen. Wir sind morgens aufgewacht und haben die Haustür nicht mehr aufgekriegt.«

»Der Schnee wird nicht mal zehn Zentimeter hoch liegen bleiben«, spottete der Mann. »Man redet schließlich vom Treibhauseffekt und nicht vom Eisschrankeffekt.«

»Er gibt die Hoffnung nicht auf«, sagte die Frau zu dem Kellner. »Er hat einfach keine Lust, die Auffahrt freizuschaufeln.«

Der Kellner verkniff sich ein Lachen. »Sie können gerne hier übernachten. Oben sind noch zwei Zimmer frei.«

»Unmöglich«, sagte der Mann. »Wir haben zwei altersschwache Hunde und eine altersschwache Mutter. Die hinterlassen überall Pfützen auf dem Boden.«

John und ich kicherten leise in uns hinein. Als sich unsere Blicke trafen, zwinkerte er mir auf eine Weise zu, dass mir ganz warm wurde.

Er wies mit dem Kinn nach draußen und sagte: »Vielleicht behältst du ja Recht mit deinen Schneeverwehungen auf abgelegenen Nebenstraßen. Ich hoffe, du hast Rheumaunterwäsche an.«

Ehrlich gesagt, weihte ich gerade das Spitzen-Höschen von La Senza ein, das Tom mir geschenkt hatte. Nachdem ich mich gestern so intensiv der Körperpflege gewidmet hatte, war das mehr als angemessen. »Du kannst ja den Motor laufen lassen«, erklärte ich. »Und die Autoheizung hochdrehen.«

»Das wäre eine unverantwortliche Verschwendung fossiler Brennstoffe«, rügte er mich. »Die Heizung würde dir sowieso nicht viel nützen. Nicht, wenn du draußen stehst und schiebst.«

Ich unterdrückte ein Lachen. »Ich schiebe, wenn du schaufelst.«

»Kommt gar nicht in Frage. Ich sitze hinterm Steuer und gebe die Anweisungen.«

»Weichei!« Ich warf meine Serviette nach ihm. Doch weil er sich duckte, landete sie auf dem Hinterkopf des Mannes am Nebentisch.

»Verzeihung bitte«, sagte John entschuldigend und nahm sie wieder an sich. »Meine Freundin neigt zu Gewaltausbrüchen.«

»Dann suchen wir mal lieber das Weite«, erwiderte der Mann freundlich. »Bevor sie noch anfängt, mit Tellern und Gläsern zu werfen.«

Kurz darauf brachen sie auf, und eine halbe Stunde später bat auch John um die Rechnung.

»Du bist die ganze Zeit gefahren«, sagte ich. »Lass mich weiterfahren.«

»Nein«, antwortete er bestimmt, und ich erhob keine weiteren Einwände.

»Fahren Sie vorsichtig«, sagte der Kellner, als wir das Lokal verließen. »Es ist glatt draußen.«

Wir traten in eine verschneite Winterlandschaft hinaus. Alles war weiß. Bäume und Büsche waren mit Raureif überzogen, und unter der Schneelast bog sich jedes Blatt. Neben dem Eingang stand eine altmodische Laterne. In ihrem Licht funkelten die Schneekristalle wie Diamanten. Es schneite immer noch, aber nicht mehr so stark. Die Flocken tanzten leise zur Erde.

Ich blieb unwillkürlich stehen, um die weiße Pracht auf mich wirken zu lassen. »Ist das nicht wunderschön? Seit meinem letzten Skiurlaub habe ich keinen Schnee mehr erlebt, und das ist auch schon zwei Jahre her.«

»Da fühlt man sich wieder wie ein kleines Kind«, stimmte er mir zu.

»Ich muss an den Weihnachtsmann denken.«

»Und ich ans Schlittenfahren.«

»Und ans Schneemannbauen.«

Als wir den Parkplatz erreichten, auf dem ungefähr ein Dutzend Autos standen, die mit einer zentimeterhohen Schneeschicht bedeckt waren, musste ich auch an vergangene Schneeballschlachten denken. Ich lief direkt hinter ihm, hob eine Hand voll Schnee auf und formte rasch einen Ball. »John?«, säuselte ich.

Volltreffer. Ich warf, als er sich gerade umdrehte, und er konnte nicht schnell genug reagieren. Er duckte sich zwar, wurde aber seitlich am Hals getroffen. Der Schneeball zerfiel, und die Hälfte davon landete in seinem Hemdkragen.

»Gut«, sagte er gespielt wütend. »Ab sofort herrscht Krieg.«

An die nächsten Minuten kann ich mich kaum noch erinnern. Dazu nur so viel: Wir führten uns auf wie zwei Kindergartenkinder. Wir duckten uns hinter die Autos, zielten und sorgten für neue Munition, indem wir Schnee von den Motorhauben klaubten.

Aber ich erinnere mich noch gut, dass ich ihn verhöhnte, als er mich um ein Haar verfehlte. Und wie er daraufhin meinte: »Gut, die Schonzeit ist vorbei ...« Ich weiß noch, wie ich mich Schutz suchend zusammenkauerte und laut quietschte, als er mich von hinten packte. Ich weiß noch, wie er fragte: »Ergibst du dich?«, und ich »Niemals!« kreischte. Ich weiß noch, dass ich so tat, als würde ich Widerstand leisten, als er mich mit einer Hand in den Schwitzkasten nahm und mit der anderen Schnee von einer Motorhaube klaubte.

Aber am besten weiß ich noch, wie ich »Okay, okay!« schrie, als er mir Schnee unter den Pulli stopfen wollte. Ich weiß noch, wie ich aufhörte, mich zu wehren, und wie er seinen Griff lockerte, als ich mich umdrehte. Auf seinem Haar glitzerten Schneeflocken. Ich sah ihn an, und er mich, und plötzlich hörten wir beide auf zu lachen. Mit sanfter, heiserer Stimme fragte er: »Ergibst du dich?«

Was für eine Frage!

Während der nächsten Minuten dachte ich nur: Angenommen, ich müsste auf der Stelle sterben – einen schöneren Tod kann ich mir nicht vorstellen. Ich spürte, wie mein Herz klopfte, als er mich ansah und sanft über meine Wange strich, um eine Schneeflocke zu entfernen. Ich weiß noch genau, wie es sich anfühlte: Seine Fingerspitzen waren wie elektrisiert.

Ansonsten fackelten wir nicht lange.

Wir fielen übereinander her, als hätte man zwei entfesselte Naturgewalten aufeinander losgelassen. Wenn ich ganz ehrlich bin, war das die Sorte Kuss, der die gute alte Dorothy jedes Mal so empörte, dass sie kurz davor stand, sich bei der BBC über all den Schmutz und Schund im Fernsehen zu beschweren. Wir umklammerten einander, als hinge unser Leben davon ab.

Ich kann mich nicht erinnern, jemals ein solches Begehren gespürt zu haben. Ich fühlte mich wie ein Vulkan kurz vor dem Ausbruch, ohne dass ich auch nur das Geringste dagegen hätte unternehmen können. Und ich spürte, dass es ihm keinen Deut anders ging: nicht nur an seinen Lippen und Armen, sondern auch anderswo. Nun, das bleibt nicht aus, wenn man Hüften und Schenkel aneinander presst.

Ich glaube, es dauerte mehrere Minuten, bis wir endlich nach Luft schnappten. Ich zitterte, und mein Herz raste wie wild.

Er lehnte sich für den Bruchteil einer Sekunde zurück und sah mich an.

»Das soll dich lehren, mich hinterrücks zu überfallen.«

Er klang eine Spur albern, aber nur eine Spur. Ansonsten hörte ich das brodelnde Echo seines eigenen Vulkans. Was nun?, dachte ich.

Ein paar Meter von uns entfernt, fuhr ein Auto vorsichtig die Auffahrt hinunter, Schneeflocken tanzten im Scheinwerferlicht. Ich drehte mich halb um und sah ihm nach. Um das Schweigen zu brechen, meinte ich: »Der Kellner hat Recht, was die Straßen angeht. Ich hoffe, du hast einen Schleuderkurs absolviert.«

»Ich fürchte, nein«, erwiderte er. Ich spürte seinen warmen Atem auf meinem Haar. »Ich weiß nie, ob man stillhalten oder gegenlenken soll.«

Ich wollte schon sagen, er solle nicht so unverschämt lügen, schwieg dann aber. Plötzlich wusste ich ganz genau, was er vorhatte. Nachdem sich mein Herz in der Zwischenzeit etwas beruhigt hatte, begann es nun erneut zu rasen. »Wenn das so ist, bleibe ich lieber hier«, sagte ich gespielt harmlos. »Ich hab keine Lust, im Straßengraben zu landen.«

»Aber *ich* darf gern im Straßengraben landen, oder was willst du damit sagen?«

Eine derart sinnfreie Unterhaltung zu führen, kann ganz schön anstrengend sein. Vor allem, wenn man jede Menge Hintergedanken hat, die einem die Gehirnwindungen verstopfen. »Ich glaube, ich hätte schon ein schlechtes Gewissen«, gab ich zu. »Wenn sie dich morgen halb erfroren aus dem Schnee ziehen, während ich die ganze Nacht über im warmen Bettchen gelegen habe.«

Ich stand immer noch halb abgewandt. Das machte es leichter, fand ich. Ich bin eben nicht der Typ, der gleich zur Sache kommt und sagt: »*Können wir endlich mit diesem Unsinn aufhören und uns ein Zimmer nehmen?*«

Er anscheinend auch nicht. Er schlang seine Arme um mich und verschränkte sie genau unter meinen Brüsten. »Jetzt hast du mir aber wirklich Angst eingejagt. Angesichts der katastrophalen Straßenverhältnisse – meinst du, ich sollte es trotzdem wagen?«

»Lieber nicht«, sagte ich verlegen. »Vielleicht sollten wir lieber vorsichtig sein und vernünftig bleiben.«

»Da könntest du Recht haben.« Als seine Lippen mein Haar berührten, konnte ich ein Kichern kaum noch unterdrücken. »Sollen wir wieder reingehen?«

Ich kann mir nicht helfen, aber als wir das *Hen and Peacock* zum zweiten Mal betraten, hatte ich so das unbestimmte Gefühl, dass uns auf die Stirn geschrieben stand: *»Sind noch mal schnell umgekehrt, um eine heiße Nummer zu schieben.«* Aber niemand warf uns einen viel sagenden Blick zu. Als wir zur Bar gingen und John den Inhaber fragte, ob noch ein Zimmer frei wäre, sagte er nur: »Sehr vernünftig, Sir«, und meinte, die Straßenverhältnisse wären bestimmt schrecklich – die Gemeinde ließe sich jedes Jahr aufs Neue vom Schnee überraschen. Falls man es geschafft hätte, noch vor Mitternacht mit den Streuwagen rauszufahren, würde ihn das doch sehr wundern. Ob wir noch zehn Minuten warten könnten, bis er sich bei Annie erkundigt hätte? Unter Umständen hätte sie das Bett noch nicht frisch bezogen. Ob er uns noch einen Schlaftrunk anbieten dürfe, solange wir warteten?

Keine Ahnung, worüber wir redeten, als wir mit unseren Cognacs vor dem Kamin saßen. Wahrscheinlich über Tara und ob der Schnee wohl bis morgen halten würde, während wir uns fragten, warum diese Annie bloß so verdammt lang mit dem Bettüberziehen brauchte.

Schließlich rief uns der Inhaber und sagte, wir könnten nach oben gehen, es sei das zweite Zimmer links am Ende der Treppe. Annie war immer noch da, strich das Frottélaken glatt und teilte uns besorgt mit, das Badezimmer sei ein bisschen altmodisch. Ehrlich gesagt, sei hier alles ein bisschen altmodisch, aber im Frühling würden sie neu renovieren. Während ich ans Fenster trat und so tat, als würde ich mich nur für die verschneite Winterlandschaft interessieren, erzählte sie uns, dass wir ab sieben Uhr jederzeit unser Frühstück haben könnten. Wir bräuchten bloß Bescheid zu sagen. Es täte ihr Leid, dass es keinen Fernseher gäbe, der sei leider kaputt, aber dafür ginge der Radiowecker. O Gott, sie hätte die Sachen für das Tee- und Kaffeetablett vergessen – wenn wir noch eine Minute warten würden ...

John sagte, nein danke, es sei alles in bester Ordnung, vielen Dank auch. Ich lächelte liebenswürdig und bedankte mich ebenfalls vielmals, woraufhin sie sehr erleichtert wirkte und uns eine Gute Nacht wünschte, aber – o Gott, bei der Gelegenheit fiele ihr ein, dass sie vergessen hätte, die Nachttischlämpchen zu kontrollieren, die hätten nämlich einen Wackelkontakt gehabt – klick – ja, sie funktionierten, dem Himmel sei dank – also dann, gute Nacht.

Danach schloss sie die Tür.

Über das schmale Doppelbett mit der rosa Frottébettwäsche hinweg sahen wir uns an. Es grenzte an ein Wunder, dass wir nicht auf der Stelle tot umfielen, so stark knisterte es zwischen uns.

»Und ich dachte schon, die geht überhaupt nicht mehr«, sagte er.

VIERZEHN

Es war wirklich schade um Annies schöne Frottébettwäsche.

Ich fürchte, wir legten eine ziemlich unschickliche Hast an den Tag, als wir unsere Klamotten achtlos zu Boden warfen – viele davon gehörten eindeutig mir. Ehrlich gesagt, führte ich mich auf, als wäre ich völlig ausgehungert. Aber das letzte Mal war schon so lange her, dass ich mich sogar mit einem primitiven Quickie zufrieden gegeben hätte. Trotzdem – und das steht nicht in den Ratgebern für böse Mädchen: Wenn sich ein Mann nicht nur bestens mit allen erogenen Zonen auskennt, sondern auch weiß, wie er damit umzugehen hat, und dann auch noch über die nötige Ausstattung und Ausdauer verfügt, einen so richtig zu verwöhnen, sollte man als Frau den Mund halten und genießen.

Als er fand, ich hätte genug gelitten, wunderte ich mich, dass ich immer noch bei Stimme war. Ich muss Geräusche gemacht haben, bei denen Dorothy entsetzt zur Billardberichterstattung auf BBC 2 umgeschaltet hätte. Kurz darauf tat er es mir nach, und alles, was man dann noch hörte, war das laute Klopfen unserer Herzen.

Wir blieben noch eine Weile so liegen, bis er auf die Seite rollte. Ich mag das. Ich mag kein promptes Entnehmen, sobald der Vorgang abgeschlossen ist – ich bin schließlich kein Bankomat oder so. Als wir so dalagen und zurück zur Erde rasten, drückte ich ihn kurz an mich.

Er gab mir einen feuchten Kuss auf die Stirn. »Wolltest du nur einfach kurz Hallo sagen, oder war das als Weckruf gedacht?«

»Einfach nur Hallo sagen. Ich erwarte schließlich keine Wunder.«

Er ließ einen weiteren Kuss folgen. »Gib mir eine halbe Stunde Zeit.«

Das sollte wohl ein Witz sein. An seiner schläfrigen Stimme merkte ich, dass er bereits wegdöste, aber das machte mir nicht das Geringste aus. Ich bin schließlich nicht unersättlich. Ich erwarte keine Zugaben innerhalb weniger Stunden, und nach einer solchen Performance schon gar nicht. Noch ein bisschen Reden und Kuscheln wäre ganz schön gewesen, aber was soll's. Vielleicht hätte ich ihm dann sogar das mit Nina gebeichtet, aber genauso gut hätte ich Selbstgespräche führen können.

»Apropos Weckruf …« Mit einem Ruck saß er senkrecht im Bett und machte sich am Wecker zu schaffen. Er stellte ihn auf halb sieben, und ich zuckte kurz zusammen. Aber wenn um zwölf Uhr mittags sein Flug ging, bedeutete das, dass er um halb elf einchecken musste. Und vorher musste er noch nach Hause, duschen, sich umziehen, packen …

Er schlüpfte wieder unter die Decke und legte einen Arm um mich. »Ich bin schon am Einschlafen«, murmelte er. »Schlechte Manieren, ich weiß. Aber wenn du mich nicht so gnadenlos rangenommen hättest …«

»Ist schon in Ordnung. Schlaf schön.«

Kurz darauf war er eingeschlafen. Ich lag noch eine Weile wach und überlegte, wann ich mich das letzte Mal so satt und zufrieden gefühlt hatte. Ich kam mir vor wie eine Miezekatze, die gerade das Sahneschälchen ausgeschleckt hat. Enthaltsamkeit hatte definitiv ihre Vorteile, wenn es sich *so* anfühlte, sobald man aufhörte, enthaltsam zu sein … Man hätte mir einen Sechser im Lotto anbieten können, und ich hätte nicht tauschen mögen. Kein Geld der Welt konnte das Gefühl aufwiegen, das man hat, wenn man sich an den Mann kuschelt, den man liebt.

Ich sah nach, ob er auch wirklich schlief, und strich ihm dann sanft über Brust und Bauch. Ich war vorher nicht ausreichend dazu gekommen, beides zu würdigen. Keine Ahnung, was seine

Mutter mit »ein bisschen Bauch ansetzen« gemeint hatte. Vielleicht hatte er nicht gerade einen Waschbrettbauch, aber wer will schon mit einem Waschbrett kuscheln?

Ich muss bald darauf eingeschlafen sein. Das Nächste, an das ich mich erinnere, ist, dass ich mich plötzlich im Dunkeln wieder fand. Erst wusste ich überhaupt nicht, wo ich war, doch als mir dann alles wieder einfiel, glaubte ich zu träumen. Dann merkte ich, warum ich aufgewacht war: Ich musste aufs Klo. Ich überlegte kurz, ob das nicht vielleicht doch ein Traum war. Einer von diesen schrecklichen Alpträumen aus der Kindheit, in denen man dringend aufs Klo muss und träumt, sich genüsslich zu entleeren. Nur um kurz darauf in einer Art Swimmingpool wieder aufzuwachen. Doch nachdem ich mich vergewissert hatte, dass alles in Ordnung war, indem ich ihm sanft über die Brust strich, fühlte ich mich besser.

Er schlief immer noch wie ein Toter. Ich entzog mich vorsichtig seiner Umarmung und schlich ins Bad. Annie hatte Recht, es war wirklich ziemlich altmodisch. Ein kleiner Schimmelfleck war ebenfalls zu sehen. Da ich Angst hatte, die altmodische Spülung könnte einen Höllenlärm machen und ihn aufwecken, zog ich nicht ab. Ich schlich zurück ins Schlafzimmer, der Wecker zeigte 4 Uhr 53. Nackt, wie ich war, ging ich zum Fenster und zog den Vorhang beiseite. Das Fenster war von innen beschlagen, was mich nicht weiter überraschte. Ich machte es einen Spalt weit auf.

Das Zimmer ging auf den Garten hinaus. Es hatte aufgehört, zu schneien. Aus irgendeinem Grund war die Sicherheitsbeleuchtung angegangen, denn alles war taghell. Der Schnee glitzerte. Abgesehen von ein paar Pfotenspuren lag der Schnee völlig unberührt da. Dann sah ich, was die Beleuchtung aktiviert hatte: Aus der Hecke kam ein Fuchs gekrochen und überquerte die Auffahrt. Er sah instinktiv zu mir herauf und starrte mich einige Sekunden lang unverwandt an. »Hallo«, flüsterte ich. »Wie geht's?«

»Ich hoffe, du verbündest dich nicht gerade mit irgendwelchen Einbrechern«, sagte eine Stimme hinter mir.

»Ich dachte, du schläfst!« Als ich mich umdrehte, sah ich, dass er sich auf die Seite gerollt hatte und mich beobachtete.

»Hab ich auch.«

Weil das Licht durch den Schnee reflektiert wurde, konnte ich ihn gut erkennen, selbst sein kleines, freches Grinsen entging mir nicht. »Da ist ein Fuchs im Garten«, erklärte ich. Es war mir ein bisschen peinlich, mit dem Tier gesprochen zu haben. Außerdem war es mir unangenehm, dass er mich in meiner ganzen Pracht musterte. Wir waren uns zwar nicht unbedingt fremd, aber am Anfang hab ich immer ein bisschen Komplexe, was meine flachen Brüste betrifft. Doch mit meinem Po habe ich keine Probleme. Und so wandte ich mich wieder dem Garten zu, wo der Fuchs unter einer Holzbank herumschnüffelte. »Es ist schön da draußen«, sagte ich. »Komm her und schau mal aus dem Fenster.«

»Was ich von hier aus sehen kann, gefällt mir auch ziemlich gut.«

Eine etwas primitive Bemerkung, das muss ich zugeben, aber mir gefällt das.

»Ich dachte, du hast was gegen offene Fenster und nackte Körper«, fuhr er neckend fort. »Ich hab immer noch Alpträume von Oberschwester Hildegard, die mir den Po versohlt.«

»Nur dass du im Gegensatz zu mir krank warst. Außerdem ist es kochend heiß hier drin.« War es auch. Vielleicht machte sich Annie Sorgen wegen des Schimmelflecks im Bad und befürchtete, ihre Gäste könnten über Nacht ebenfalls Schimmel ansetzen.

»Komm zurück ins Bett«, sagte er.

»Eine Minute. Ich beobachte den Fuchs.« Er war immer noch da und schlich langsam über den Schnee.

Ich hörte das Bett quietschen, als er aufstand, und das leise Tapsen seiner nackten Füße auf dem Boden. Er stellte sich direkt hinter mich und legte mir seine Arme um die Taille.

»Mach das Fenster zu«, sagte er in einem Ton, der keinen Widerspruch duldete.

»Kommt gar nicht in Frage. Morgen früh ist die weiße Pracht dahin.«

»Du frierst.«

Ich fror in der Tat ein wenig. »Nein, ich friere nicht.«

»Und ob.« Seine Hände wanderten nach unten und gingen auf Entdeckungsreise. »Du hast Gänsehaut am Po.«

Und das nach all dem Peeling. »Hab ich nicht!«

»O doch.« Dann beschrieben seine Hände einen langsamen Bogen in Richtung Busen. »Meine Güte, was haben wir denn da?«, sagte er tadelnd. »Gefrorene Himbeeren?«

Ich unterdrückte ein heftiges Kichern und spürte, wie sich ein weiterer Vulkanausbruch ankündigte.

Umso mehr, als er leise neckend fortfuhr: »Am besten, ich taue sie kurz auf, bevor sie einen Gefrierbrand bekommen.«

Na gut, wenn du darauf bestehst ...

Während der nächsten zwanzig Sekunden, in denen er köstliche Erste Hilfe leistete, fühlte ich mich, als hätte man mir sämtliche Knochen aus den Beinen filetiert. Mit Händen, die urplötzlich an Delirium tremens litten, gelang es mir gerade noch, das Fenster zu schließen. Wir gingen trotzdem nicht zurück ins Bett. Wir blieben, wo wir waren, und sorgten dafür, dass die Scheiben erneut beschlugen. Während er mit seinen Erste-Hilfe-Maßnahmen fortfuhr und sich gegen meine Schulter schmiegte, lieferte er mir einen handfesten Beweis dafür, dass ich ihn doch nicht so gnadenlos rangenommen hatte wie behauptet.

Am Fenster stand ein Sessel, dessen Lehne genau die richtige Höhe hatte. Mehr will ich gar nicht dazu sagen außer, dass ich auf diese Weise doch noch zu meinem primitiven Quickie kam. Eines könnt ihr mir glauben – ein primitives Höhlenweibchen hätte ihn nicht mehr genießen können.

An das Danach kann ich mich kaum noch erinnern, nur dass ich flüsterte: »Du wirst morgen zu nichts mehr in der Lage sein«, als wir uns unter der Decke aneinander kuschelten.

Er kicherte leise. »Ein bisschen geschrotetes Weizenmüsli, und schon bin ich wieder fit«, sagte er und küsste mein Haar.

Und das war's dann: Ich schlief ein.

Irgendwann hatte ich einen blöden Traum. Ich träumte, dass er mir sagte, ich müsste aufstehen, ich hätte schließlich noch Hausaufgaben zu erledigen. Aber ich klammerte mich an ihn und flehte ihn an, noch fünf Minuten liegen bleiben zu dürfen: Meine Deutsch-Hausaufgaben hätten noch bis Dienstag Zeit, und außerdem: War ich nicht schon längst mit der Schule fertig? Worauf er mich küsste und sagte, in Ordnung, Dornröschen, träum weiter.

Als ich wach wurde, war es draußen hell. Mit einem Ruck saß ich senkrecht im Bett und sah, dass der Wecker auf 8 Uhr 47 stand. Das Kissen neben mir war leer. Ich rief: »John!« und raste ins Bad, aber das war genauso leer wie das Bett.

Verdattert ging ich zurück ins Schlafzimmer und entdeckte einen Zettel auf der altmodischen Frisierkommode.

»Du hast geschlafen wie eine Tote – ich wollte dich nicht wecken. Um 9 Uhr 45 wird ein Taxi vorbeikommen und dich abholen. Gegen 9 Uhr 15 kommt Annie hoch und bringt dir das Frühstück, falls du bis dahin nicht schon wach bist. Ich ruf dich aus Sofia an. John.«

Himmel, hilf. Hatte ich das Ganze vielleicht doch nicht nur geträumt? Hatte ich etwa wirklich was von Deutsch-Hausaufgaben dahergefaselt?

Aber es gab noch ein P. S. »Zwei Dinge waren sehr schön gestern Abend, aber eines davon war noch schöner als das andere. Und das schmilzt nicht in der Morgensonne.« Von den Deutsch-Hausaufgaben einmal abgesehen, war das der schönste Sonntagmorgen, den ich je erlebt hatte. Ehrlich gesagt, hätte ich es besser gefunden, wenn er mich aus dem Bett geworfen hätte, aber ich fand, ich konnte mich nicht beklagen. Schade nur, dass ich ihn die nächsten Tage nicht sehen würde. Ich versuchte, ihn anzurufen, erreichte aber nur seine Mailbox. Doch das überraschte mich nicht weiter. Wahrscheinlich saß er immer noch im Auto.

Als Nächstes rief ich sofort Sally an. Ihr »Hallo?« klang reichlich müde und teilnahmslos, aber nach einer halben Minute war sie hellwach. »Und ich dachte, du wärst mit zu ihm gegangen, du alte Schlampe«, sagte sie. »War's wenigstens schön?«

»Der Kandidat hat fünfzehn von zehn möglichen Punkten«, gestand ich ihr. »Aber ich nehme an, das liegt auch daran, dass ich so lange enthaltsam war.«

»Gott sei Dank habt ihr endlich miteinander geschlafen – das war ja kaum noch auszuhalten. Hast du ihm das mit Nina gebeichtet?«

»Noch nicht«, musste ich zugeben.

»Ich nehme an, du warst viel zu sehr beschäftigt. Du – ich seh dich später – Tom fällt fast vom Sofa.«

Nach einer kurzen Dusche bekam ich die Nachteile ungeplanter Übernachtungen zu spüren. Ich musste ohne Deo, ohne Feuchtigkeitscreme und ohne frische Unterhose auskommen, aber zum Glück hatte ich wenigstens meine Knutschvorsorge-Zahnbürste dabei. Ich ging nach unten, wo mir Annie ein komplettes English Breakfast mit hauseigenem gepökeltem Schinken und Eiern von frei laufenden Hühnern servierte. Ich hatte eigentlich gar nichts bestellen wollen, aber sie war so bemüht, es mir recht zu machen, dass ich sie nicht enttäuschen konnte. Sie verschwand, bevor ich nach der Rechnung fragen konnte, und so ging ich den Eigentümer suchen, der gerade die Gläser polierte.

Er wünschte mir einen Guten Morgen und sagte, dass bereits alles erledigt wäre, der Gentleman hätte sich darum gekümmert. Das hatte ich mir bereits gedacht. Trotzdem kam ich mir ein bisschen so vor wie eine Frau, die sich aushalten lässt. Ob er wüsste, was das Taxi ungefähr kosten würde? Er sagte, ich solle mir keine Sorgen machen, der Gentleman hätte auch das geregelt – das *Hen and Peacock* hätte da so eine geschäftliche Abmachung mit dem guten alten Frank, der ein paar Häuser weiter wohnte.

Ich muss allerdings dazu sagen, dass mich das Gefühl, ausgehalten zu werden, nicht davon abhielt, Annies Frühstück zu genießen. Vielleicht stimmt es doch, dass Sex auch die anderen Gelüste anregt. Frank tauchte auf, als ich gerade meine zweite Tasse Kaffee austrank. Er war ein jovialer Mann um die fünfundsechzig, der mir erzählte, dass er seit fünfzehn Jahren Taxi fuhr, und zwar seit er arbeitslos geworden war. Er verdiente ganz gut damit, das *Hen and Peacock* vermittelte ihm so manchen Kunden. Mit dem Schnee wäre es nicht mehr weit her. Der sei schon weg gewesen, als er heute früh aufgestanden war.

Als wir losfuhren, schien die Sonne. Es tropfte bereits von den Bäumen, aber sie waren immer noch so schneebeladen, dass sie eine passable Weihnachtskarte abgegeben hätten. John hatte also keine anstrengende Rückfahrt gehabt. Ich versuchte erneut, ihn zu erreichen, aber sein Handy war abgeschaltet. Na ja, im Flugzeug würde er es sowieso ausmachen müssen, um das Navigationssystem nicht zu stören. Wahrscheinlich hatte er es gleich ausgemacht, um es später nicht zu vergessen.

Seinen Zettel hatte ich eingesteckt. Ich hätte ihn am liebsten herausgeholt und die Rückfahrt über wieder und wieder durchgelesen, aber Frank saß direkt neben mir. Allein beim Gedanken an seine Worte wurde mir warm ums Herz. Wie lieb von ihm, dass er mich hatte weiterschlafen lassen. Wie rücksichtsvoll. Ein wirklich netter Mann.

Kurz vor London war von Schnee nichts mehr zu sehen – in erster Linie deshalb, weil es hier gar nicht geschneit hatte. Die Sonne war hinter einer Wolke verschwunden, und Frank sagte, er hätte den Wetterbericht gehört. Eine Kältefront würde aufziehen, vielleicht würde es sogar in London schneien.

Das kam so gut wie nie vor, aber ich fand's toll. Der Schnee brachte die graue Großstadt zum Strahlen. Ich hab es lieber sonnig und kalt statt jeden Tag Regen. Von mir aus darf es so klirrend kalt sein, dass einem die Ohren abfrieren. So warm, wie mir innerlich war, konnte ich es sogar mit einem Schneesturm aufnehmen.

Als Frank mich schließlich absetzte, waren wir bereits die besten Freunde. Nach seiner guten Laune war Sally der reinste Stimmungskiller. Sie wollte alles ganz genau wissen, war aber nicht so herrlich verschwörerisch wie früher.

»Wetten, du hast damit angefangen?«, sagte sie, als ich ihr von der Schneeballschlacht erzählte. »Die typische Komm-und-hasch-mich-Tour.«

Ihr gelangweilter Tonfall nahm meinen Schilderungen jeden Reiz. Und so beschloss ich, ihr nichts von der Nummer auf dem Sessel zu erzählen. Man muss in der richtigen Stimmung sein, um diesen herrlichen Schmutz und Schund genießen zu können, und in der Stimmung war sie schon seit Ewigkeiten nicht mehr. Ich wollte ihr nicht mal seinen Zettel zeigen, aber sie sagte: »Los, jetzt gib schon her.«

Sie las ihn sich völlig teilnahmslos durch. »Ja, nett. Aber ist das nicht alles ein bisschen zu schön, um wahr zu sein?«

Ich wollte sie schon anfahren und sagen, was für eine miesmacherische blöde Kuh sie doch wäre, konnte mich jedoch gerade noch beherrschen. An ihrer Stelle hätte ich mich wahrscheinlich auch nicht richtig freuen können. *Sie* hatte in letzter Zeit wirklich nicht viel zu lachen gehabt. Vielleicht würde ihr ein Tapetenwechsel gut tun. »Hast du Lust, mit Tom in den Park zu gehen?«

»Nein danke«, gähnte sie. »Draußen ist schlechtes Wetter, und außerdem bekomme ich gerade Hunger. Leider ist unser Kühlschrank alles andere als gut gefüllt.«

»Ich könnte zum Deli gehen«, bot ich an. »Ciabatta-Brot und hausgemachte Nudeln holen.«

Ihre Miene begann sich aufzuheitern. Das Einzige, womit man sie in letzter Zeit aufmuntern konnte, war etwas zu essen. »Super. Von der Napolitana-Sauce ist auch noch was da.«

Und so schlang ich mir ihren Schal um den Hals und machte mich auf den Weg zum Deli. Plötzlich platzte ich beinahe vor guten Vorsätzen und war fest entschlossen, die ganze Menschheit zu retten. Ich marschierte munter drauflos, während mich die kalte Luft richtig wach machte.

Als ich gerade am Deli ankam, wäre ich beinahe mit Rosie zusammengestoßen.

Womit wir, glaube ich, wieder am Anfang meiner Erzählung wären. Wie ihr vielleicht noch wisst, war Rosie gerade auf dem Weg zu uns, hatte aber noch schnell beim Deli vorbeigeschaut, um dort frische Nudeln und eingelegte Tomaten zu kaufen. Sie wollte bei uns vorbeischauen, um uns den neuesten Klatsch mitzuteilen: Nina hatte einen Schnüffler auf John angesetzt. Also gestand ich ihr mehr oder weniger alles, wenn ihr euch noch erinnert, und sie sagte, Nina würde mich umbringen, worauf wir im Drunken Dragon landeten.

Ich lud sie auf ein Glas Wein ein. So viel war ich ihr schuldig.

»Ich kann einfach nicht glauben, dass du mir nichts davon erzählt hast«, sagte sie bereits zum vierten Mal, während wir über einem Glas Pinot Noir saßen.

Sie klang dermaßen verletzt, dass ich ein richtig schlechtes Gewissen bekam.

»Ich nehme an, du hattest Angst, ich könnte es Suzanne weitererzählen«, fuhr sie fort. »Ich kann dir da schlecht einen Vorwurf machen, aber so eine Tratschtante bin ich auch wieder nicht.«

»Ich hab's nicht mal Jacko gesagt«, erklärte ich. »Der hat auch nicht die geringste Ahnung.«

Das schien sie zu besänftigen. »Ich wüsste nur zu gern, ob dieser Schnüffler weiß, dass John bis Donnerstag weg ist? Vielleicht observiert er seine Wohnung völlig umsonst. Bist du sicher, dass euch am Samstag niemand gefolgt ist?«

Seit ich davon wusste, hatte ich an gar nichts anderes mehr denken können.

»Das hätten wir bestimmt gemerkt.« Wirklich? Merkt man das, wenn man mit seinen Gedanken ganz woanders ist?

»Dann kann dir nichts passieren, bis er wieder zurückkommt. Aber du musst es ihm sagen.«

Wie denn bitte, wo ich ihm noch nicht mal das mit Nina gebeichtet hatte? »Vielleicht wird es ihr zu blöd, und sie pfeift ihren Spion zurück. Das muss ja ein Vermögen kosten.«

»Ich glaube nicht, dass sie das tut.«

»Was soll das Ganze überhaupt? Wenn sie ihm nachspioniert

hätte, *bevor* er sie verlassen hat, könnte ich das noch verstehen, aber danach?«

»Das hab ich mich auch schon gefragt. Aber Suzanne sagt, das ist eben typisch Nina. Er hat ihr gesagt, dass er keine andere hat. Aber sie wusste einfach, dass da wer sein muss. Und jetzt will sie sich beweisen, dass sie Recht hat. Sie muss *immer* Recht behalten. Und erst recht, wenn sie sowieso schon jemanden in Verdacht hat.«

Die doofe Blondine, mit der sie ihn hatte bekannt machen müssen. Ich hätte Stein und Bein schwören können, dass an der Sache nichts dran war. »Wie kommt sie bloß darauf?«

»Das weiß der Himmel. Nur so ein Gefühl. Und weil sie wie wild mit ihm geflirtet hat und sie sich vorher schon mal irgendwo begegnet waren. Ich wette, sie hat bloß mit ihm geflirtet, um Nina zu ärgern. Vielleicht ahnte sie da schon, dass ihr Nina kündigen würde. In dem Fall würde ich auch mit ihm flirten, was das Zeug hält.«

»Sie ist wirklich reichlich merkwürdig«, sagte ich.

»Suzanne meint, das muss an ihrem Kontrollzwang liegen. Dazu gehört auch, dass sie es nicht akzeptieren kann, verlassen zu werden. Es würde mich nicht wundern, wenn sie ihn deshalb beschatten lässt. So kann sie sich einreden, dass sie nur nach Beweisen gesucht hat, um *ihn* verlassen zu können.« Sie lehnte sich vor. »Was zum Teufel willst du tun, wenn er euch erwischt und Nina ein Foto von euch beiden zeigt?«

Natürlich hatte ich mir darüber auch schon Gedanken gemacht. Ich hatte während der letzten zwanzig Minuten an nichts anderes denken können.

»Dann werde ich zu ihr gehen und mit ihr reden.«

Rosie war völlig entsetzt. »Wenn sie erfährt, dass ich dir das mit Stuart erzählt habe, bekommt Suzanne einen Anfall! Dann wird Nina *auf sie* losgehen!«

»Rosie, jetzt reg dich bitte nicht auf! Ich kann ja sagen, dass ich das längst selbst rausgefunden habe. Zufällig irgendeinen Freund von Stuart getroffen habe oder so was. Wie dem auch sei, Stuart hat überhaupt nichts damit zu tun. Nur um mich zu rächen, hätte ich mich niemals mit ihm eingelassen. Außerdem ist nicht das Geringste passiert, bevor sich John von ihr getrennt hat, schon vergessen?«

»Ja schon, nur leider wird sie das ganz anders sehen, meinst du nicht auch? Sie wird denken, dass er sie wegen dir verlassen hat.«

»Pech für sie«, sagte ich und leerte mein Glas. »Los komm, Sally wird sich schon wundern, wo das Mittagessen bleibt.«

Der neueste Klatsch munterte sogar Sally etwas auf. »Ich würde gar nicht erst warten, bis es Fotos von euch gibt«, sagte sie, während wir gemeinsam mit Rosie die Nudeln aßen. »Ich würde gleich zu Nina gehen und ihr alles auftischen. Das geschieht ihr nur recht.«

Nach dem Mittagessen rief ich Taras Mutter an und erzählte ihr, wie alles gelaufen war. Angela Jacques klang ziemlich resigniert. »Es fällt mir schwer, mir vorzustellen, dass sie dort Betten macht und Staub wischt. Aber ich fürchte, das kann ihr nur gut tun. Ich hab die Hoffnung längst aufgegeben, dass sie zurück ist, bis die Schule wieder anfängt. Der Unterricht beginnt am Dienstag, weißt du.«

»Werden Sie sie anrufen?«, fragte ich. »Sie kann jederzeit kündigen.«

»Vielleicht. Aber selbst, wenn sie abhebt: Sie wird kaum mit mir reden wollen. Vielleicht warte ich noch ein bisschen. Wir haben immer viel zu viel Aufhebens um sie gemacht. Es kann nicht schaden, wenn sie merkt, dass wir uns ihretwegen keine grauen Haare wachsen lassen.«

Ein paar Stunden später rief John an. Ich versuchte, mir nicht anmerken zu lassen, dass ich seinen Anruf sehnsüchtig erwartet hatte.

»Du hättest mich wecken sollen«, schalt ich ihn.

»Ich hab's einfach nicht übers Herz gebracht. Du hattest dich zusammengerollt wie ein kleiner Welpe.«

Das genügte, um wieder weiche Knie zu bekommen.

»Und du hättest das Taxi nicht bezahlen müssen.«

»Ich dachte, vielleicht hast du nicht genügend Geld dabei. Du hast gesagt, dass du nur ungern so viel Bargeld mit dir herumträgst.«

»Ich hätte irgendwo anhalten und mir welches holen können!« Aber ich wollte nicht meckern, und so fuhr ich fort: »Wie war dein Flug?«

»Zum Glück gab's keine Verspätung. Jetzt muss ich dringend was tun. Wenn ich das Projekt bis morgen nicht begriffen habe, bin ich genauso nutzlos wie Horace.« Er schwieg. »Ich hab in den nächsten Tagen wirklich viel zu tun, aber falls ich es vorher nicht schaffen sollte, ruf ich dich auf jeden Fall Donnerstagabend an, in Ordnung?«

»In Ordnung.«

Mit sanfter Stimme sagte er dann: »Ich muss los. Pass auf dich auf.«

»Du auch.«

Ich hatte überhaupt keine Gelegenheit, ihm etwas von der Beschattung zu erzählen. Denn dann hätte ich mit der ganzen Nina-Sache herausrücken müssen, und wie um alles in der Welt sollte ich ihm das am Telefon erzählen? Aber vielleicht war das auch gar nicht nötig. Wenn man ihr in den nächsten Tagen keinerlei Beweise lieferte, würde Nina bestimmt aufgeben und damit hätte sich die Sache. Doch eines wusste ich genau: Egal, was für eine Plaudertasche Rosie auch sein mochte – das würde sie niemandem weitererzählen. Sie tratschte schon gern. Aber hinterhältig war sie nicht.

Noch am selben Abend begann es zu schneien. Vom Fenster aus sah ich, wie kleine Schneeflöckchen auf den Bürgersteig fielen. Ich wusste, dass ich den Schnee von nun an mit anderen Augen sehen würde. Am nächsten Morgen lag immer noch Schnee, wenn auch nur ein paar Zentimeter hoch. Aber das reichte, um dem ewigen Grau in Grau ein Ende zu machen. Und obwohl keine

Sonne schien, war ich den ganzen Tag bester Laune. Das war so auffällig, dass Sandie fragte: »Hast du im Lotto gewonnen, oder was?«

»Das muss an meinen neuen Vitamintabletten liegen«, erwiderte ich zuckersüß. »Vitamin J. Sehr zu empfehlen.«

»Von einem Vitamin J habe ich noch nie gehört«, sagte Jess. »Meine Tante Hazel schwört auf Hefetabletten.«

Gegen Mittag machte ich mein Handy an und entdeckte eine SMS von Helen: »Es gibt Neuigkeiten – ich ruf dich später an.«

Weil ich schon seit Tagen nicht mehr an sie gedacht hatte, rief ich sofort bei ihr an.

»Ich denke, das wird dich interessieren«, sagte sie. »Ich bin doch nicht schwanger. Falscher Alarm.«

An ihrer Stelle wäre ich unglaublich erleichtert gewesen.

»Felicity meint, das muss am Stress gelegen haben«, fuhr sie fort. »Ich bin natürlich erleichtert, aber gleichzeitig auch ein bisschen traurig. Wahrscheinlich war das meine letzte Chance.«

»Das wäre der helle Wahnsinn gewesen.«

»Ich weiß.« Sie schwieg. »Aber vielleicht bekomme ich bald doch noch ein ›Baby‹. Ich überleg mir ernsthaft, so eine Cateringfirma aufzuziehen. Felicity hat ein paar Freunde, die wollen silberne Hochzeit feiern, ohne allzu viel dafür auszugeben. Nur zwanzig Gäste. Sie meinte, ich könnte es doch mal versuchen.«

Das war die zweitbeste Nachricht des ganzen Monats.

»Dann mach doch. Du bist eine wunderbare Köchin.«

»Nein, bin ich nicht, aber für einen Partyservice reicht es aus. Vielleicht wird das mein neues ›Baby‹. *Cooking to Go.*«

»Super. Hast du deinen Wahnsinnsliebhaber schon angerufen?«

»Nein, aber ich denk drüber nach«, sagte sie verlegen.

»Dann mach's!«

An jenem Tag hörte ich nichts mehr von John, aber am Dienstag hinterließ er mir eine Nachricht. »Ganz schön hektisch hier – ich war den ganzen Tag in einer Besprechung, und heute Abend muss ich mit den Lokalmatadoren essen gehen. Wahrscheinlich komme ich nicht vor Freitag zurück, aber ich ruf dich am Donnerstagabend trotzdem an. Ich hab versucht, Tara zu erreichen, aber sie geht nicht dran. Wenn du mit ihr sprichst – grüß sie von mir.« Leiser fügte er hinzu: »Pass auf dich auf. Tschüs.«

Noch am selben Abend rief Dad an. Er und Kathy kämen am Donnerstagnachmittag in Heathrow an und würden von dort direkt zu ihrer Schwester nach Basingstoke fahren. Aber am Samstagvormittag wären sie in London. Ich hätte mir den Samstagabend doch vorgemerkt?

Ich hatte lange darüber nachgedacht und mir vorgestellt, wie verärgert ich wäre, wenn mich John am Samstagabend sehen wollte und ich absagen müsste. Aber dann hatte ich ein ganz schlechtes Gewissen bekommen, schließlich hatte ich meinen Vater schon eine Ewigkeit nicht mehr gesehen.

»Natürlich!«, sagte ich munter. »Wollt ihr vielleicht doch bei mir übernachten?«

»O nein, Liebes, ich habe uns in einem kleinen Hotel auf der Cromwell Road ein Zimmer reserviert. Aber ich werd Kathy als Erstes bei dir absetzen, damit ihr Zeit habt, euch kennen zu lernen und ein bisschen zu quatschen. So gegen sechs, wäre dir das recht?«

»Ja, prima.«

Hoffentlich würde es wirklich »prima«. Was, wenn sie so aufgesetzt freundlich wäre, wie jemand, der es nur aufs Geld abgesehen hat? Was um alles in der Welt sollte ich dann bloß Mum sagen?

Am Mittwochabend versuchte ich, Tara zu erreichen, aber bis Viertel vor zehn ging niemand dran. »Wie geht's?«, fragte ich fröhlich.

»Ganz okay. Gut«, fügte sie schnell hinzu.

»Hast du schon ein paar Freunde gefunden?«

»Freunde würde ich das nicht gerade nennen. Die sind in Ordnung, kennen sich aber eben schon alle. Die meisten wohnen sowieso woanders.«

Ich hatte den Eindruck, dass sie heilfroh war, mit jemandem reden zu können. Aber natürlich wollte sie sich das auf keinen Fall anmerken lassen. »Wie ist dein Zimmer so?«

»Okay.«

Wie wär's mit einem kleinen Adjektiv?, dachte ich. »Winzig, nehme ich an.«

»Ja, aber was anderes hab ich auch nicht erwartet.«

»Du hättest mal mein Zimmer sehen sollen, in dem Hotel, wo ich mal einen Sommer lang gejobbt habe. Wir waren zu dritt. Wir mussten über die Betten drüberklettern.«

»Wenigstens hattest du jemanden, mit dem du reden konntest.«

Wenn sie schon so etwas sagte, musste sie sich wirklich einsam fühlen. Mutterseelenallein auf der Welt.

Hörte ich da nicht ein ersticktes Schluchzen?

Ich erschrak, dachte aber, ich hätte mir das bloß eingebildet, denn sie fuhr mit relativ normaler Stimme fort: »Was musstest du so machen? In dem Hotel, meine ich.«

»So ziemlich alles. Zimmermädchen, Kellnerin, Tische eindecken ... Das war nicht so ein luxuriöses Ding wie Huddon Hall – nur so ein Drei-Sterne-Kasten am Meer.«

»Wusstest du, wie man Betten macht? Mit Laken und Decken und so, meine ich. Ich war immer nur Federbetten gewohnt.«

»Das weiß ich nicht mehr so genau. Wahrscheinlich schon. Die waren da nicht so pingelig.«

»Hier schon.« Diesmal wusste ich, dass ich mir das nicht nur einbildete. Ihre Stimme versagte. »Das Zimmermädchen hat mich total angeschrien! Ich musste alle Betten noch mal machen, weil ich die Ecken nicht richtig eingeschlagen hatte ...«

Ich spürte, wie sie mit den Tränen kämpfte, und hatte großes Mitleid mit ihr.

»Warum hat sie's mir nicht erst einmal gezeigt?«, fuhr sie mit brüchiger Stimme fort. »Woher soll ich denn das wissen?«

Ich wusste genau, wie sie sich jetzt fühlte. Sie war so deprimiert, dass jede Kleinigkeit das Ende der Welt bedeutete. »Dafür weißt du das nächste Mal Bescheid.«

Jetzt gab sie sich nicht mal mehr Mühe, ihren Zustand vor mir zu verbergen. Sie brach in Tränen aus.

War sie jetzt nervlich völlig am Ende? Behutsam sagte ich: »Tara, du musst dort nicht bleiben. Nicht, wenn es wirklich so schlimm ist.«

»Ich kann hier nicht weg!«, schluchzte sie. »Zwei vom Personal sind krank! Und was wird John erst sagen, wenn ich seine Freundin enttäusche?«

Ich brachte es nicht übers Herz, ihr die Wahrheit zu sagen. »Das wird ihm nichts ausmachen«, beruhigte ich sie.

»Und ob ihm das was ausmacht! Er wird denken, ich stelle mich an!«

»Nein, nicht, wenn es wirklich so schlimm ist.« Ich fand, zur Abwechslung konnte ich sie ruhig mal loben. »Du hast eigentlich gar keine Lust darauf, Betten zu machen oder dich vom Personal herumkommandieren zu lassen, stimmt's? Vom Kloputzen ganz zu schweigen ...«

Diesmal schluchzte sie vollkommen ungehemmt. »Aber wo soll ich denn sonst hin?«

Noch war das Eisen heiß ... »Nach Hause«, sagte ich. »So schlimm kann es doch zu Hause auch nicht sein. Die Schule kann ganz schön nerven, ich weiß, aber im Sommer bist du fertig. Und an der Uni wirst du richtig Spaß haben ...«

»Ich kann unmöglich nach Hause«, weinte sie.

»Warum denn nicht? Deine Eltern werden bestimmt kein Wort über Lee verlieren. Da bin ich mir ganz sicher.«

»Es geht hier nicht um Lee! Der war sowieso nur eine Ausrede – ich kann einfach nicht –« Vor lauter Angst, alles zu verderben, zögerte ich einen Moment. »Aber was ist es dann?«

»Das verstehst du nicht ...« Eine Zeit lang hörte man nur, wie sie eine richtige Überschwemmung anrichtete. »Mum und Dad werden mich umbringen ...«

Zwanzig Minuten später legte ich auf und war unglaublich erleichtert. Wenn ich nicht so ein schlechtes Gewissen gehabt hätte, wäre ich in Gelächter ausgebrochen.

Sofort danach rief ich Angela Jacques an. Dann setzte ich mich mit einem großen Glas Wein an den Küchentisch und weihte Sally ein.

»Sie hat fast das ganze letzte Schuljahr geschwänzt. Sie muss noch ungefähr sieben Klausuren nachschreiben. Die von der Schule haben gesagt, dass sie sie nicht zum Abitur zulassen, wenn sie den Stoff nicht bis nach Weihnachten aufgeholt und die Klausuren nachgeschrieben hat. Sie hatte ernsthaft vor, alles nachzuholen, aber dann war es so viel Stoff, dass sie gar nicht wusste, wo sie anfangen sollte.«

»Das kommt mir irgendwie bekannt vor«, sagte Sally.

»Mir auch, aber auf sieben habe ich es, glaub ich, noch nie gebracht. Es gab einen Elternabend, von dem sie zu Hause nichts erzählt hat, weil sie wusste, dass sich die Lehrer massiv über sie beschweren würden. Also hat die Schule einen Brief geschrieben. Ihr war klar, dass das passieren würde. Deshalb hat sie jeden Morgen die Post kontrolliert und den Brief abgefangen. Darin stand, dass sie so keine Chance hätte, das Abitur zu schaffen. Und wenn sie ihre Einstellung nicht bald änderte, wäre es besser, sie würde die Schule verlassen.«

»Kein Wunder, die wollen sich bloß nicht den Notendurchschnitt verderben lassen.«

»Ganz genau. Nachdem sie sich also dermaßen tief reingeritten hatte, wusste sie nicht mehr, was sie machen sollte. Sie traute sich nicht, ihren Eltern zu sagen, dass sie den Brief abgefangen und gelesen hatte. Die zahlen schließlich hohe Schulgebühren und hätten sich wahnsinnig aufgeregt. Als Lee dann schließlich sagte, er würde nach Leicester gehen, war das die ideale Lösung. Sie wusste ganz genau, dass er von ihrer Idee mitzukommen nicht begeistert war, aber sie ließ nicht locker.«

»Und, wie seid ihr verblieben?«

»Warte, ich bin noch nicht fertig. Die Modelagentur, bei der sie war, war alles andere als seriös. Da war bloß so ein fieser Typ mit Kamera, der wollte, dass sie sich auszog.«

»O Gott«, sagte Sally. »Ich hab davon gelesen. Die sind ziemlich geschickt. Die haben sogar eine Frau fürs Telefon, damit niemand Verdacht schöpft.«

»Ganz genau. In der Anzeige, die unter so einem pseudo-klassischen Namen wie Dorchester Agency aufgegeben wurde, stand nur: ›Models für gut bezahlte Fotoaufnahmen gesucht.‹ Dass es seriöse Agenturen kaum nötig haben dürften, Anzeigen zu schalten, ist ihr nicht mal in den Sinn gekommen. Sie war so was von naiv. Sie hat gesagt, etwas komisch wäre ihr die Sache schon vorgekommen, als sie die Agentur betrat, aber dann hat sie es auf die Aufregung geschoben. Am Anfang war noch alles ganz seriös. Er machte ein paar normale Aufnahmen von ihr. Doch dann sollte sie ihr Oberteil ausziehen. Sie hat gefragt, wozu, aber er hat bloß gesagt, Schätzchen, du bist schließlich nicht Claudia Schiffer, und oben ohne wär doch gar nichts. Da hat sie gemerkt, dass er noch ganz andere Sachen mit ihr vorhatte und ist rausgerannt. Aber danach fühlte sie sich hundeelend und schämte sich ganz furchtbar, so hereingelegt worden zu sein. Sie konnte einfach nicht zugeben, auf so was reingefallen zu sein.«

Als ich wieder daran dachte, wie sie im Restaurant mit den Tränen gekämpft hatte, tat sie mir erst recht Leid. Johns harte Worte hatten das Fass zum Überlaufen gebracht.

»Kein Wunder, dass sie nichts davon erzählt hat«, meinte Sally.

»An ihrer Stelle hätte ich das auch nicht getan.«

»Und, wie seid ihr nun *verblieben*?«

»Ihre Eltern fahren am Samstag hin, um dort zu übernachten. Sie weiß natürlich nichts davon, aber sie werden sie anrufen, sobald sie da sind. Dann werden sie ihr mitteilen, dass sie über alles Bescheid wissen und sie sich keine Sorgen machen soll, sie würden sie schon nicht umbringen. Mit ein bisschen Glück wird sie so erleichtert sein, dass sie in Tränen ausbricht. Und dann werden sie sagen, wo sie nun schon mal da sind, könnte sie ebenso gut ihre Koffer packen …«

»Ich glaube, ich würde sie noch eine ganze Weile Klos putzen lassen«, sagte Sally.

»Das sehe ich genauso, aber ihre Eltern denken da anders.«

Es war schon lange her, dass ich Sally so hinterhältig hatte grinsen sehen. »Und, wie viele Pluspunkte macht das wohl? Jetzt kannst du John anrufen und ihm mitteilen, wie toll du alles geregelt hast.«

»Ja«, sagte ich und warf einen Blick auf die Uhr. »Aber nicht jetzt. In Bulgarien ist es gerade ein Uhr nachts.«

Aber ich rief Jacko an. Er war ganz Sallys Meinung und fand, man sollte sie ruhig noch ein bisschen schmoren lassen. Er bedankte sich dafür, dass ich alles so gut geregelt hätte, er sei mir noch was schuldig. Beinahe hätte ich ihm von John erzählt, aber das Ganze war viel zu kompliziert, und ich wollte nur noch ins Bett.

Am Donnerstag versuchte ich John um zwölf Uhr bulgarischer Zeit anzurufen, aber ich erreichte bloß seine Mailbox. Ich hinterließ trotzdem eine Nachricht und erzählte ihm das Neueste von Tara. Als Nächstes rief ich Gisela an, weihte sie ein und warnte sie vor, dass ihr gegen Ende der Woche eventuell ein Zimmermädchen fehlen könnte. Sie beteuerte, das sei kein Problem, sie sei froh, dass sich alles so gut entwickelt hätte.

Als ich das Büro verließ, fühlte ich mich wie eine Diplomatin, die gerade einen Krieg im Mittleren Osten verhindert hat. Ehrlich gesagt, war ich ziemlich stolz auf mich und freute mich schon auf Johns Anruf. Ich konnte es kaum erwarten, dass er mir sagte, wie ausgezeichnet ich mit Leuten umgehen könnte, dass ihm das schon gleich bei unserer ersten Begegnung aufgefallen wäre … und so weiter und sofort.

Angenommen, er würde den Flug am Donnerstagabend doch noch bekommen, würde er mir das Ganze vielleicht sogar höchstpersönlich erzählen. In der U-Bahn wurde mir schon richtig warm vor lauter Vorfreude. Ich lächelte jeden an, sogar so einen miesepetrigen, alten Knacker mit einer ganz besonders affigen Fliege.

Aber dann kam ich nach Hause.

Schon als ich die Tür aufschloss, merkte ich, dass etwas nicht stimmte: Es herrschte eine eisige, höchst angespannte Atmosphäre. »Sally?«, rief ich.

»Hier.«

Sie war im Wohnzimmer. Es war kalt, denn es brannte kein Feuer im Kamin. Sie stand da, mit Tom auf der Hüfte, und sie war nicht allein.

Er stand ein paar Meter von ihr entfernt. Er war groß und gut aussehend. Sein hellbraunes Haar wies blonde Strähnen auf. Aber er wirkte längst nicht mehr so von sich überzeugt wie damals.

FÜNFZEHN

»Oh«, sagte ich. »Hi, Steve.«

Er hielt sich nicht lange mit derlei Formalitäten auf. »Warst du auch eingeweiht? Hast du gewusst, dass sie mich bloß als eine Art Samenbank missbraucht hat?«

Bevor ich auch nur Luft holen konnte, ging Sally dazwischen wie ein Racheengel. »Was zum Teufel geht dich das an? Was hab ich dir denn groß bedeutet, von einer schnellen, bequemen Nummer einmal abgesehen?«

»Ich kann mich nicht erinnern, dass du dich beschwert hättest!«

»Nein, und ich beschwere mich auch jetzt nicht!«, brauste sie auf. »Mir wäre jeder recht gewesen! Ich wollte einfach bloß ein Kind!«

Ich traute meinen Ohren nicht. Doch noch ehe ich ein Wort sagen konnte, fügte sie hinzu: »Außerdem warst du nicht der Einzige, nur damit du's weißt!«

Himmel, hilf, dachte ich. Was zum Teufel war hier los? Von Steves verletzter Eitelkeit einmal abgesehen.

»Wie viele?«, fragte er, die Hände in die Hüften gestemmt. »Das würde mich wirklich interessieren!«

Verletzte Eitelkeit plus berechtigte Wut.

»Das geht dich überhaupt nichts an!«, gab Sally zurück.

Ich musste dringend etwas sagen oder sie für mindestens zwei Sekunden aus dem Zimmer lotsen. »Hör mal, Sally –«

»Harriet, bitte, halt dich da raus.« Sie warf mir einen Blick zu, der mir unmissverständlich klarmachte, dass sie mich sonst umbringen würde. »Steve wollte gerade gehen.«

»Einen Teufel werd ich tun!« Die Luft war zum Schneiden. Doch es war nicht nur verletzte Eitelkeit, die Steve so zusetzte. Der Mann war völlig schockiert. »Du kannst mir doch nicht einfach so erzählen, ich hätte eventuell ein Kind gezeugt, und mich dann wieder rausschmeißen!«

»Nein? Und warum nicht?«

Wer weiß, was noch alles passiert wäre, wenn Tom in diesem Moment nicht angefangen hätte, zu wimmern. Das tat er immer, wenn Sally ausflippte, armer kleiner Junge.

»Er regt sich auf«, sagte sie schon etwas ruhiger. Aber ihre Stimme zitterte, und ich wusste, dass sie kurz davor stand, in Tränen auszubrechen. »Würdest du jetzt bitte endlich gehen?«

Ein langes, beklemmendes Schweigen folgte.

Steve starrte Tom an. »Er ähnelt mir.«

»Meine Güte, er ähnelt überhaupt niemandem.«

»Und ob! Ich kenne schließlich meine Kinderbilder.«

Sally versuchte, Tom zu beruhigen, wiegte ihn hin und her und küsste seinen Scheitel. »Steve, bitte, du siehst doch, was du anrichtest ...«

»Ich will die Wahrheit wissen«, sagte er knapp. »Ich will einen Vaterschaftstest machen lassen. Ich habe ein Recht darauf.«

»Du hast kein Recht auf gar nichts!«, platzte es aus ihr heraus. »Du warst verdammt noch mal verheiratet!«

»Die Ehe war zerrüttet! Sie wollte nicht mal Kinder haben!«

»Und du?«

»Nicht unbedingt. Darüber hab ich mir nie Gedanken gemacht. Wer tut das schon?« So, wie er Tom in diesem Moment ansah, schien er sich durchaus Gedanken darüber zu machen. »Ich bestehe auf einem Vaterschaftstest. Ich habe ein Recht darauf.« Er drehte sich zu mir um. »Sag ihr, dass ich Recht habe!«

Dann wandte er sich wieder Sally zu. »Okay, ich gehe, aber wenn ich wiederkomme, will ich diesen Test. Ich gehe bis vors Gericht, wenn's sein muss.«

Und dann ging er und schlug die Tür hinter sich zu. Ich sah Sally an. »Um Gottes willen, warum musstest du ihm bloß so einen Unsinn erzählen?«

»Mir doch egal!«, schrie sie. »Da taucht er nach fünfzehn Monaten einfach so auf und bildet sich ein, ich müsste ganz aus dem Häuschen sein vor Freude – dabei ist er schon seit drei Wochen da! Seit drei *Wochen*! In dem bescheuerten Northampton! Wie weit ist das weg, verdammt noch mal? Knapp hundert Kilometer? Und weißt du, warum er gekommen ist? Er fliegt morgen in Skiurlaub – und dachte, er schaut vorher mal kurz bei mir vorbei! Bei mir vorbeischauen, dass ich nicht lache! Der hat sich eingebildet, hier gibt's 'ne billige Übernachtungsgelegenheit und 'ne heiße Nummer inklusive! Und das ganz in der Nähe von Heathrow!«

Dann brach sie in Tränen aus.

Nach ungefähr zwei Minuten – Sally weinte immer noch, und Tom leistete ihr dabei Gesellschaft – klingelte mein Handy.

Perfektes Timing. »John, ich kann gerade nicht«, sagte ich und sauste in den Flur, um Toms Geheule zu übertönen. »Toms Vater war gerade hier – Sally ist völlig aufgelöst. Ich ruf dich zurück, sobald ich kann – bist du wieder zu Hause?«

»Ja, aber mach dir bloß keinen Stress – morgen reicht auch. Übrigens toll, das mit Tara.«

»Eine Sorge weniger«, sagte ich mit Nachdruck. »Ich wünschte, ich könnte dasselbe von Sally sagen! Hör mal, es tut mir wirklich Leid, aber ich muss jetzt auflegen ...«

Noch bevor sich Sally einigermaßen beruhigt hatte, wusste ich genau, warum sie das getan hatte. Typisch Sally: Wenn sie sich verletzt fühlte, reagierte sie wahnsinnig aufbrausend und sagte das Erstbeste, das ihr in den Sinn kam. Schließlich erzählte sie mir Folgendes: Er war breit grinsend hier hereinspaziert und fand sich unwiderstehlich. Und das nach all den Monaten. Nachdem er ihr praktischerweise vergessen hatte zu erzählen, dass in Singapur seine Frau auf ihn wartete. In dem Moment hatte sie einfach nur gewollt, dass ihm das Grinsen verging. Dass er merkte, dass er so attraktiv auch wieder nicht war, sondern nur einen Hauch attraktiver als eine künstliche Befruchtung. Das war zwar nicht so geplant gewesen, aber man kann ganz schön kreativ werden, wenn man unter Stress steht.

Er war erst zehn Minuten vor mir aufgetaucht. Und weil sie ihn längst abgeschrieben hatte, war sie aus allen Wolken gefallen. Sie hatte Tom auf der Hüfte sitzen gehabt, als sie die Tür aufmachte, aber er war nicht mal auf die Idee gekommen, dass das ihr Kind sein könnte. Er erzählte ihr, dass er vorhätte, am nächsten Tag nach Innsbruck zu fliegen. Außerdem hätte er seinen Job in Singapur gekündigt und wäre gerade dabei, sich nach was anderem umzusehen. Er hatte angenommen, dass sie das Kind nur hütete, und gefragt: »Und, von wem ist das Blag?« So als wäre Tom irgendein lebloser Gegenstand, den man ihr mal eben aufgebrummt hätte.

Daraufhin hatte sie gesagt: »Von mir.«

Natürlich hatte er rein gar nichts kapiert, sondern nur etwas dämlich aus der Wäsche geschaut. So als hätte sie ihm gerade etwas völlig Asoziales gestanden. Unter diesen Umständen hatte sie es einfach nicht fertig gebracht, ihm die Wahrheit zu sagen, und ihn nur gebeten, wieder zu gehen. Sie hätte ziemlich viel zu tun.

Aber irgendetwas musste sie verraten haben, denn genau in dem Moment fiel bei ihm der Groschen. Er sah erst Sally an und dann Tom. Sie hatte es richtig rattern gehört. Dann sagte er: »Um Gottes willen, jetzt sag bloß nicht, das Kind ist von mir?«

Das hatte sie zutiefst verletzt. Dabei ging es ihr gar nicht mal um sie selbst, sondern um den armen kleinen Tom. Und so kam es, dass sie erwiderte: »Das kann ich dir nicht so genau sagen, Steve. Wahrscheinlich nicht. Aber wenn ich ehrlich sein soll, ist es mir auch scheißegal, wer der Vater ist.«

Und so hatte ein Wort das andere gegeben.

Ich versicherte ihr, dass ich sie gut verstehen könnte, aber dass sie ihm die Wahrheit sagen müsste, sobald er zurückkäme. Früher oder später würde Tom ohnehin wissen wollen, wer sein Vater war. Immerhin war Steve nicht abgehauen und hatte das Weite gesucht, oder?

Sie sagte, egal, er hätte sich trotzdem verhalten wie das letzte

Macho-Arschloch. Wenn sie ihm auf den Kopf zugesagt hätte, dass Tom von ihm war, hätte er sich sofort aus dem Staub gemacht. Er sei nur in seiner Eitelkeit gekränkt. Es gefiele ihm ganz und gar nicht, gerade mal eine Stufe über dem Zuchtbullen zu stehen. Und das, wo er sich selbst für unwiderstehlich hielt.

Ich erinnerte sie nicht daran, dass sie ihn auch mal unwiderstehlich gefunden hatte. Warum sollte ich, wo sie doch steif und fest behauptete, sowieso kein Interesse mehr an ihm zu haben, von Tom einmal ganz abgesehen. Sie erklärte sich bereit, ihm die Wahrheit zu sagen, falls er noch mal vorbeikäme, womit sie allerdings nicht rechnete. Wenn er sich erst einmal von seinem verletzten Stolz erholt hätte, würde er es sich bestimmt anders überlegen. Wie dem auch sei, ihr wäre das egal.

Als wir dann gegen Mitternacht endlich ins Bett gingen, machte ich mir ernsthaft Sorgen um Sally. Sie war schwach und teilnahmslos, so als wäre alles Leben aus ihr gewichen, und ich glaube, ich wusste auch, warum. Insgeheim hatte sie trotz allem ihren kleinen Traum geträumt. Dass er eines Tages auftauchen und ihr Herz höher schlagen würde. Dass er ihr sagen würde, der laue Sommerabend sei nicht der einzige Grund gewesen. Doch dann stand sie plötzlich einem Wildfremden gegenüber, mit dem sie irgendwann einmal Sex an einem exotischen Strand gehabt hatte, in einer sternklaren Nacht, in der das Meer silbern glänzte. Und der sich auf einer Türschwelle in Putney als x-beliebiger Kerl entpuppte.

Ich konnte nicht einschlafen, und an den knarzenden Dielen hörte ich, dass es ihr genauso ging. Gegen vier Uhr früh schlich ich in ihr Zimmer und sah, dass sie schlief. Tom lag direkt neben ihr, und damit er nicht herausfallen konnte, hatte sie das Kinderbett direkt neben das Bett geschoben.

Ich sah sie nicht mehr, bevor ich am nächsten Morgen zur Arbeit ging. Ich fühlte mich völlig am Ende, aber der Gedanke, mit John sprechen zu können, hielt mich wach. Doch auch darauf konnte ich mich nicht so richtig freuen, denn irgendwie hatte ich ein schlechtes Gewissen, dass es mir so gut ging und Sally so schlecht.

Er rief kurz nach eins an, gleich nachdem ich mein Handy angemacht hatte. Ich ging aufs Klo, um mit ihm zu reden. Draußen war es zu kalt, und im Büro konnten zu viele mithören. Nachdem wir über Sally und Tara gesprochen hatten, wandten wir uns anderen Themen zu.

»Hast du morgen Abend schon was vor?«, fragte er.

Samstag. *Oh, Mist.*

»Ich fürchte, ich kann heute nicht«, fuhr er fort. »Ich muss zu einem Abendessen, das ich schon vor ewigen Zeiten ausgemacht habe. Und weil ich mich schon das letzte Mal gedrückt habe, kann ich unmöglich absagen.«

Ich schluckte meine Enttäuschung herunter und dachte an die frisch verheiratete Amanda, die ich kennen gelernt hatte, als wir zusammen was trinken gegangen waren: »*Du musst unbedingt zu uns zum Essen kommen ...*« Und wenn es nicht Amanda war, dann eben jemand anders, der gern langfristig plante und keine Überraschungsgäste vertrug, weil er gerade ein Stubenküken und sechs Wachteleier pro Nase erstanden hatte.

»Ist schon in Ordnung – ich kenne diese Abendessen und will mich da auf keinen Fall aufdrängen. Außerdem sollte ich heute Abend lieber bei Sally bleiben – man könnte meinen, ein halbes Dutzend Vampire sei über sie hergefallen. Leider kann ich morgen nicht. Mein Vater kommt mit seiner Frischangetrauten. Wir wollen essen gehen. Ich muss sie für Mum genau unter die Lupe nehmen und mir Notizen machen. Wie viele Hörner sie auf der Stirn trägt und so weiter.«

Er kicherte. »Man weiß ja nie. Aber einen Pferdefuß wirst du wohl kaum bei ihr entdecken. Trotzdem, viel Glück! Ich ruf dich Sonntagmorgen an. Am Sonntag hast du doch hoffentlich noch nichts vor, oder?«

»Nein.«

»Bis dann.«

Keine Ahnung, wie ich das so lange aushalten sollte.

Als ich heimkam, sagte Sally: »Falls du heute Abend wegen mir zu Hause bleibst – vergiss es.«

»Mach ich doch gar nicht. Er ist zum Abendessen verabredet, und ich kann morgen nicht, wegen Dad.«

»Warum nimmst du ihn morgen Abend nicht einfach mit? Wenn es ein Alptraum wird, kann es nicht schaden, noch jemanden dabeizuhaben.«

Ich hätte mich nie getraut zu fragen, obwohl mir das auch schon durch den Kopf gegangen war. Erstens, weil es noch viel zu früh war, ihn jemandem aus meiner Familie vorzustellen. Und zweitens war ich es Dad schuldig, mich ganz auf ihn und Kathy zu konzentrieren.

Es war so gegen acht, also genau die Zeit, wo man normalerweise zum Essen eingeladen ist, als mir der eine oder andere Begleitumstand langfristig geplanter Einladungen einfiel. Die Sitzordnung zum Beispiel: *»Mann, Frau, Mann, Frau, ja, ich werde ihn gegenüber von Charlotte platzieren, zwischen den beiden muss es einfach funken ...«*

An dieser Stelle trieb meine Fantasie noch viel exotischere Blüten. Plötzlich tauchte Amandas bessere Hälfte vor meinem inneren Auge auf und mischte sich ein. *»Du willst ihn doch nicht etwa mit Charlotte verkuppeln? Die hat nicht mal zehn Tage gebraucht, um Jerry Walters in den Wahnsinn zu treiben!«*

»Halt den Mund, Miles. Hast du das Eis besorgt?«

»Jetzt lass doch mal das Eis aus dem Spiel. Ich weiß ja, dass sie eine Freundin von dir ist, aber diese Charlotte ist die reinste Nymphomanin.«

»Misch dich da nicht ein, Miles. Du bist doch bloß eifersüchtig. Und zieh dir bitte ein anderes Hemd an – das hier beißt sich mit den Blumen.«

Um nicht mehr an diese Charlotte denken zu müssen, beschloss ich, Sally zu helfen. So langsam erwachte sie wieder aus ihrer Lethargie. Mechanisch wie ein Roboter, dem die Batterie auszugehen droht, bewältigte sie den Alltag und stellte ihre Unterrichtsmaterialien zusammen. Schon bald würde sie vor einer Klasse Englischanfänger stehen, die meisten von ihnen Flüchtlinge. Wir blätterten in Illustrierten herum und suchten nach Bildern, die man auf Karteikarten kleben konnte, um sie zum Sprechen zu animieren. »*Was ist das? Das ist ein Auto, ein Stift, ein Fahrrad. Hast du ein Auto/Stift/Fahrrad? Mohammed, frag Maria.*«

Nachdem wir etwa sechs herausgerissen hatten, starrte sie sie an. »Was zum Teufel machen wir hier eigentlich? Keiner von denen besitzt auch nur das Geringste!«

»Wir könnten Kinder nehmen«, schlug ich vor. »Ein Baby, einen kleinen Jungen, ein kleines Mädchen ...«

»Ja, super«, sagte sie. »Und was mache ich, wenn jemand in Tränen ausbricht, weil sein Kind im Kosovo ums Leben gekommen ist?«

Als ich schlafen ging, musste ich wieder an Charlotte denken, aber diesmal gelang es mir, meine Fantasie besser im Zaum zu halten. Nachdem alle gegangen waren, würde Miles zu Amanda sagen: »*So viel zu deiner Idee, sie mit John zu verkuppeln. Nicht dass sie es nicht drauf angelegt hätte. Sie hat ihn gebeten, sie nach Hause zu bringen, weißt du. Ihm erzählt, sie würde ihm gern ihre Sammlung polynesischer Kunst zeigen, ha ha ha.*«

»*Jetzt hör schon auf. Als wir in der Küche standen, hat er mir erzählt, dass er sowieso schon jemanden hat. Irgendeine Harriet. Er meint, er wäre so richtig –* Miles! *Wie oft soll ich dir denn noch sagen, dass das Silberbesteck nicht in die Spülmaschine gehört!*«

Danach schlief ich ausgezeichnet.

Am nächsten Morgen hatten sich die dunklen Wolken endlich verzogen. Draußen war es kalt, aber der Himmel war klar, und es schien die Sonne. Und so sagte ich zu Sally: »Lass uns rausgehen. Richtig rausfahren, meine ich. Warum essen wir nicht in Brighton zu Mittag?«

»Brighton? Spinnst du?«

»Ach, komm schon, das ist doch bloß eine halbe Stunde mit dem Auto. Wir gehen ins Lanes essen und machen mit Tom einen Strandspaziergang. Er wird begeistert sein.«

Ich rechnete nicht damit, dass sie vor Begeisterung vom Stuhl fiel, aber ein winziges bisschen schien sie das schon aufzumuntern. »Wenn du meinst. Es wird ganz schön windig sein. Ich muss Tom dick einpacken.«

Sally liebte Brighton. Sie hatte mal einen Sommer dort gearbeitet und eine tolle Zeit gehabt. Im Winter sah es dort natürlich anders aus, aber im Lanes gab es körbeweise Stiefmütterchen und voll bepflanzte Blumenkästen. Und wenn man einen windgeschützten Platz fand, konnte man sogar draußen sitzen. Wir fütterten die kreischenden Möwen, warfen das Brot hoch in die Luft, damit sie es fangen konnten. Tom war wie hypnotisiert. Wir kauften ihm einen Luftballon in Form eines Delfins, banden ihn an seinem Buggy fest, futterten Chips und spazierten die Seepromenade entlang. Die frische Meeresluft zauberte ein wenig Farbe in Sallys Gesicht und brachte ihre Wangen zum Glühen.

Wir sprachen weder von Steve noch von John. Wir sprachen von den guten alten Zeiten und dachten an den Spaß zurück, den wir zusammen gehabt hatten. An die Male, wo wir uns hemmungslos betrunken hatten. Daran, wie wir um zwei Uhr morgens in unserem schicksten Outfit Wasserski gefahren waren, nur weil irgendein Idiot fünftausend Peseten gewettet hatte, dass wir das niemals tun würden.

Wir blieben länger als ursprünglich geplant, und so musste ich mich ziemlich beeilen, als wir zurückkamen. Zu Ehren Kathys räumte ich auf, saugte und wischte Staub. Ich machte Feuer im Kamin, stellte Tonic und Wein kalt und sorgte für ein paar Schälchen mit Knabberzeug. Ich ging zur Tankstelle, um ein paar Blumen zu besorgen, putzte das Bad und zündete eine Sandelholz-Duftkerze an, die ich schon ewig besaß.

Als es dann schließlich um zwei vor sechs klingelte, war mir ziemlich mulmig zumute.

»Los, mach auf«, sagte Sally. »Da draußen steht bloß deine böse Stiefmutter und keine mordlustige Nina.«

Ich öffnete die Tür und setzte mein strahlendstes Lächeln auf, das mir jedoch schnell wieder verging. War das mein Vater, den ich vor fünf Monaten das letzte Mal gesehen hatte? Was zum Teufel hatte sie mit ihm gemacht?

Und das lag nicht nur an der Bräune. Er hatte Muskeln bekommen. Ja, er hielt sich sogar richtig gerade. Von seinem fast schon devot zu nennenden Buckel war nichts mehr zu sehen. Alles Devote in seiner Haltung hatte er völlig abgelegt.

»Das ist Kathy«, sagte er ebenso stolz wie liebevoll.

Ein Blick genügte, und ich wusste, dass sie genau die Richtige für ihn war. Sie schien genauso nervös zu sein wie ich, was sie mit einem verlegenen Lächeln überspielte. In dem Moment wurde mir klar, dass sie sich vor der Situation genauso gefürchtet hatte wie ich. Dass sie Angst gehabt hatte, ich könnte so eine blöde Zicke von Tochter sein, die sie von Anfang an hassen würde.

Während der nächsten Stunde, in der wir etwas tranken und von dem Knabberzeug naschten, machte ich mir in Gedanken Notizen für Mum. Ich schätzte sie so auf drei- oder vierundfünfzig und lag damit gar nicht so falsch, denn sie erzählte mir, dass sie sich letztes Jahr mit dreiundfünfzig hatte frühpensionieren lassen. Sie war dezent, aber gut gekleidet und trug das, was Mum als lässigen Landhausstil bezeichnet hätte. Sie war attraktiv, wirkte jünger, als sie war, und hatte durchaus Sinn für Humor. (Ich konnte mir gut vorstellen, dass Mum sie mögen würde.) Sie war Geschichtslehrerin gewesen und hatte drei erwachsene Kinder. Ihr Mann hatte sie verlassen, als die Kinder sechs, acht und elf Jahre alt waren. Ja, sie hatte ganz schön kämpfen müssen. Aber es war aus allen etwas geworden: Der eine war Arzt, der andere Universitätsdozent, und der Jüngste hatte sich noch nicht entschieden und jobbte als Kellner in Sydney, bevor er mit seinem Aufbaustudium weitermachte.

Doch was mich am meisten freute – und was ich Mum so nicht sagen würde –, war, dass sie Dad immer wieder ansah wie Mum Bill: Mit diesem verschwörerischen Zusammengehörigkeitsgefühl eines Paares, das weiß, dass es sich gefunden hat.

Und was Dad betraf: Nun, es war ihm eindeutig anzusehen, dass er verliebt war.

Der gute Dad!

Dad hatte den River Room im Savoy gebucht. Wir blieben stehen, um die in die Wand eingelassenen Gedenktafeln zu studieren, denen wir entnehmen konnten, dass hier schon Geoffrey Chaucer und John of Gaunt diniert hatten. Und dass der Schwarze Prinz im 14. Jahrhundert irgendeinen armen französischen König hier eingekerkert hatte, als es noch der Palais de Savoie war. Was er wohl davon halten mochte, dass hier heute rote Doppeldeckerbusse den Strand rauf- und runterfuhren und ein anständiges Bier so viel kostete wie einst vierzig Ochsen?

Kaum dass ich wieder zu Hause war, rief ich Mum an. Sie sagte nur »Gott sei Dank«, und als ich ins Bett ging, dachte ich genau dasselbe. Wieder eine Sorge weniger. Ich wünschte nur, ich hätte mich auch für Sally so freuen können. Sie war fest davon überzeugt, ihre schönste Zeit bereits hinter sich zu haben. Die Sally, die um zwei Uhr früh Wasserskifahren gegangen war, gehörte der Vergangenheit an. Sie glaubte, für den Rest ihres Lebens eine vernünftige Erwachsene sein zu müssen, die sich um Lebensversicherungen kümmert und samstags an der Supermarktkasse ansteht.

Sie brauchte dringend etwas, auf das sie sich freuen konnte.

»Im Sommer machen wir zusammen Urlaub«, verkündete ich ihr beim Frühstück. »Irgendwo, wo es schön ist. Du und ich und Tom.«

Sie starrte mich an. »Und was ist mit deiner großen Reise?«

»Ach die. Ich weiß gar nicht, ob ich überhaupt noch fahren will: Immer diese Rucksackreisen und dann die schäbigen Hotels. Wir könnten nach Griechenland fliegen oder so. Überleg doch mal, wie sehr Tom das Mittelmeer gefallen würde! Und der Pool.«

»Der bekommt bloß Sonnenbrand«, sagte sie knapp. »Dort ist es viel zu heiß für ihn. Außerdem kann ich mir das sowieso nicht leisten. Und wenn du glaubst, du kannst mich einladen, dann hast du dich geschnitten.«

»Meine Güte, bist du stur!«

»Bin ich nicht! Aber ich lass mich nun mal nicht aushalten!«

Am liebsten hätte ich irgendwas gebucht und es ihr erst dann gesagt, wenn man sowieso nicht mehr absagen konnte. Ihrer

Sturheit hätte das keinen Abbruch getan, aber die Vorstellung, das Geld zum Fenster hinauszuwerfen, wäre ihr noch unerträglicher gewesen.

Doch ich ließ meine ursprünglichen Reisepläne nicht nur aus reiner Nächstenliebe fallen, auch wenn mir das noch gar nicht so klar war. Ich hatte immer noch Fernweh – das werde ich haben, solange ich lebe –, aber ich hatte keine Lust mehr, einen auf Studentin zu machen. Und vor allem wollte ich nicht allein reisen.

»Außerdem: Was ist mit John?«, fragte sie eine Minute später. »Vielleicht willst du ja lieber mit ihm in Urlaub fahren.«

Manchmal besaß Sally telepathische Fähigkeiten.

»Wollte er dich heute nicht anrufen?«, fuhr sie fort.

Ich konnte es kaum erwarten, wollte mir aber nichts anmerken lassen. »Ja, aber doch nicht schon jetzt, oder? Am Sonntagmorgen?« Es war gerade mal halb zehn.

Als das Telefon schließlich um zwanzig nach elf klingelte, tat ich mein Bestes, mich nicht hektisch darauf zu stürzen. »Hallo?«

»Harriet, ich bin's.«

»Oh, hallo Rosie«, sagte ich und versuchte, meine Enttäuschung zu verbergen. »Wie geht's?«

»Gut. Na ja, ehrlich gesagt, nicht so gut. Ich muss unbedingt mit dir reden, denn ich hab gerade mit Suzanne gesprochen. Sie war gestern Abend bei Nina – ich musste so tun, als ob ich die Zeitung holen gehe, damit ich dich anrufen konnte.«

»Jetzt erzähl mir nicht, dass sie vorhat, Johns Wagen mit Maiglöckchenparfüm zu übergießen. Quatsch, sie hat es bereits getan.«

»Harriet, sie hat die Fotos. Von dem Privatschnüffler.«

»Sag bloß, er hat uns letztes Wochenende erwischt?«

»Nein, deswegen muss ich ja mit dir reden.«

Es dauerte eine Sekunde, bis bei mir der Groschen fiel. Aber selbst dann ergab das alles keinen Sinn. »Rosie, ich hab ihn seit dem letzten Wochenende nicht mehr gesehen!«

»Du bist nicht drauf.«

Irgendetwas traf mich in die Magengrube, aber diesmal ging ich in die Knie. Meine Eingeweide ballten sich zu einem kalten, grünen Klumpen zusammen.

»Es tut mir wirklich Leid, aber ich dachte, du solltest das wissen«, fuhr sie fort. »Die Bilder müssen am Donnerstag- oder Freitagabend aufgenommen worden sein, hat Suzanne gesagt. Es gibt mindestens vier Fotos, und die Dame ist ganz bestimmt nicht seine Großmutter.«

Mir war schlecht.

»Harriet?«

»Ist schon in Ordnung, ich bin noch dran«, sagte ich und kämpfte gegen den Würgereiz. Sally, die plötzlich merkte, dass irgendwas nicht stimmte, machte ein fragendes Gesicht, aber ich schüttelte nur den Kopf.

»Alles in Ordnung?«, fragte Rosie ängstlich.

»Mehr oder weniger«, log ich.

»Bist du sicher? Ich dachte, dir liegt wirklich was an ihm!«

Ich kam mir vor, als hätte ich Katzenstreu verschluckt. »Du, so wild ist es auch wieder nicht. Gut, wir haben eine wirklich schöne Nacht zusammen verbracht, aber ich hab schließlich kein Anrecht auf ihn.«

»Na, dann ist ja gut. An deiner Stelle würde es mir jetzt ziemlich schlecht gehen. Ich glaub, ich würde mich ziemlich aufregen. Nina muss sich auch ziemlich aufgeregt haben, hat mir Suzanne erzählt. Sie dachte, es wäre die doofe Blondine, du weißt schon.«

Als ob mich das auch nur im Geringsten interessierte.

»Aber die war's gar nicht. Blond war sie trotzdem. Sie muss ihn total angehimmelt haben, sagt Suzanne.«

Ich griff nach dem letzten Strohhalm. »Vielleicht war es einfach nur eine gute Freundin.«

»Danach sah das nicht aus. Suzanne meint, die Aufnahmen wären ziemlich gut gewesen. Nahaufnahmen mit dem Zoom. Die beiden kamen gerade aus einer Bar und waren auf dem Weg zu einem Restaurant.«

Der grüne Klumpen hatte sich in eine kalte, grüne Giftschlange verwandelt. »Und das war alles? Ein paar Drinks und ein gemeinsames Abendessen?«

Gequält sagte sie: »Sie ist mit zu ihm gegangen.«

»Wie lange?«

»Na ja, der Typ hat bis fünf Uhr früh gewartet. Aber das muss ja nicht heißen, dass wirklich was *passiert* ist«, setzte sie hastig nach.

Natürlich nicht. Sie hatten Mau-Mau gespielt und heiße Milch getrunken.

»Das trifft dich jetzt ganz schön, oder?«, fragte sie ängstlich. »O Gott, hab ich's doch gewusst.«

»Quatsch!« Ich schaffte es sogar, ein kleines Lachen von mir zu geben. »Ich bin schließlich kein halbes Jahr mit ihm zusammen.«

»Ehrlich? Normalerweise hätte ich dir das gar nicht erzählt, aber ich dachte, es würde dich erleichtern, dass du aus dem Schneider bist. Was Nina anbelangt, meine ich.« Sie schwieg. »Und ehrlich gesagt, hab ich gemerkt, dass dir ziemlich viel an ihm liegt. Und dann würd ich's an deiner Stelle auch wissen wollen. Natürlich kann man nach einer gemeinsam verbrachten Nacht noch nicht von einer Beziehung sprechen. Aber ich glaube, mir würde das trotzdem nicht gefallen.«

»Na ja, typisch Männer, oder?«, sagte ich leichthin. »Immer auf der Suche nach einer neuen Blüte, in die sie ihren Rüssel stecken können.«

»Wahrscheinlich. Wenigstens steigt dir demnächst keine wütende Nina aufs Dach.«

Ich dachte schon, sie würde nie auflegen. Als es endlich so weit war, fragte Sally: »Um Gottes willen, was ist denn *los*?«

Es ist schon komisch, wie es innerhalb kürzester Zeit zu einem kompletten Rollentausch kommen kann. Jetzt war Sally an der Reihe, mich zu trösten. Jetzt war sie die Pragmatische, die ihr Leben im Griff hatte, während ich mich fühlte wie ein Stück Scheiße.

Sie versuchte krampfhaft, mir eine mögliche Erklärung für sein Verhalten zu liefern. »Vielleicht hatte er sich schon mit ihr verabredet, bevor das mit dir passiert ist.«

»Ja, aber hätte er es dann nicht beim Abendessen belassen können?«

»Hör zu, bloß weil zwei Menschen unter einem Dach schlafen, heißt das noch lange nicht, dass etwas passiert sein muss. Vielleicht hat sie einfach bloß bei ihm übernachtet.«

»Ja, und vielleicht hat sich Jacko gerade für einen Posamente-Kurs angemeldet.«

»Was zum Teufel sind Posamente?«

»Borten, Litzen, Schnüre«, sagte ich mechanisch. »Besatzartikel.« Normalerweise hätte ich das auch nicht gewusst, aber meine Kollegin Jess hatte gerade so einen Kurs belegt, um zu lernen, wie man hübsche Vorhangborten fürs Schlafzimmer macht.

»Er hat dir doch gesagt, dass er am Freitagabend verabredet ist, oder?«, legte sie mir dar. »Damals hast du dich auch nicht drüber aufgeregt.«

»Er hat mir was von einem Abendessen erzählt! So hab ich das zumindest verstanden. Ein schon länger geplantes Abendessen.«

Hatte er mir das nur weismachen wollen? Oder war es die reine Wahrheit? Was, wenn er die Blondine auch am Donnerstagabend getroffen hatte? Was, wenn er die wollüstige Charlotte auch am Freitag gesehen hatte?

»Vielleicht war es ja eine schon länger geplante *Verabredung* zum Abendessen«, sagte Sally. »Eine alte Freundin, die aus London weggezogen ist und plötzlich wieder auftaucht. Kein Wunder, dass sie dann bei ihm übernachtet hat.«

Je mehr glaubwürdige Erklärungen sie mir lieferte, desto weniger überzeugten sie mich. Jede winzige Spur von Misstrauen, die ich ihm gegenüber je gehegt hatte, schien sich jetzt nachträglich zu bestätigen. Die »Überstunden«, die Tatsache, dass er so gut lügen konnte ... Hatte er Nina nicht auch erzählt, er müsste Überstunden machen, um sich dann mit mir zu treffen? Wie hatte ich mir bloß einbilden können, die Einzige zu sein?

»Sally, Suzanne hat die Fotos gesehen. Wenn es sich bloß um eine gute alte Freundin gehandelt hätte, hätte man das gemerkt. Aber danach sahen die Bilder nicht aus.«

»Na gut, vielleicht hast du Recht. Hör mal, ich will ihn ja nicht verteidigen, aber wenn du ihn an drei Abenden hintereinander versetzt, kannst du nicht erwarten, dass er daheim vor dem Fernseher sitzt. Außer du hast einen Exklusivvertrag mit ihm geschlossen, von dem ich nichts weiß. Ich finde, du übertreibst!«

»Ich kann's nun mal nicht ändern! Für mich ist das eben nicht bloß irgendeine Affäre, die ich morgen wieder vergessen habe!«

»Harriet, er ist auch nur ein Mann! Männer sind so! Du hast eine Nacht mit ihm verbracht und keine gemeinsame Verpfändungsurkunde unterschrieben. Jetzt komm mal wieder auf den Teppich.«

»Du willst das einfach nicht verstehen, oder? Diese Nacht hat mir wahnsinnig viel bedeutet!«

»Natürlich hat sie das! Du warst ja von ihm wie besessen, und außerdem hattest du schon seit Ewigkeiten keinen Sex mehr!«

»Es war nicht bloß Sex!«

»Dann musst du dich entscheiden. Entweder, du siehst darüber hinweg und akzeptierst ihn so, wie er ist, oder du stellst ihn zur Rede. Erzähl ihm von Nina und ihrem Privatdetektiv. Dann liegen die Karten endlich auf dem Tisch. Dann kann es dir allerdings immer noch passieren, dass er sagt, ja klar hab ich mich an dem Abend mit jemandem getroffen, na und? Willst du, dass er dich für eine besitzergreifende, eifersüchtige blöde Kuh hält?«

»Ich bin eine eifersüchtige Kuh!«

»Dann lass es dir nicht anmerken!«

»Ich will mich nicht verstellen müssen. So eine Beziehung ist nichts für mich – ich könnte ihm keine Sekunde lang vertrauen. Ich würde platzen vor Eifersucht, sobald ich ihn sehe. Außerdem ist das längst nicht alles. Er hat sich auch hinter Ninas Rücken mit mir getroffen. Wahrscheinlich geschieht mir das bloß recht.«

In diesem Moment klingelte das Handy. Nach Rosies Anruf lag es immer noch vor mir auf dem Küchentisch. Ich starrte es an, während sich die grünen Schlangen in meinem Magen vermehrten. »Ich kann jetzt nicht mit ihm reden. Jetzt nicht …«

»Ich sag, du bist im Bad.«

Sie ging dran. »Ja, sie ist da«, sagte sie und ignorierte meine verzweifelten Grimassen. Sie gab mir das Handy. »Es ist Angela Jacques.«

Puh. Ich versuchte, möglichst normal zu klingen. »Hallo, wie ist es gelaufen?«

Sie saßen im Auto und fuhren gerade nach Hause. Es hatte Tränen gegeben, aber jetzt war alles mehr oder weniger geklärt. Tara würde noch eine weitere Woche bleiben. Sie wollte nicht einfach so gehen, wo so viele vom Personal mit Grippe im Bett lagen. Der Gedanke, auf diese Schule zurückzumüssen, war ihr unerträglich. Stattdessen würde sie ab September Nachhilfeunterricht nehmen, um sich privat auf das Abitur vorzubereiten. Eine gute Lösung, denn so konnte sie noch mal von vorn anfangen. Aber warum sich das Mädchen so angestellt hatte und nicht eher mit der Sprache herausgerückt war, war ihnen unbegreiflich. Trotzdem, sie bräuchte sich nicht einzubilden, dass sie sich bis September auf die faule Haut legen könnte. Sie müsste sich einen Job suchen oder eine andere sinnvolle Beschäftigung anstatt auf dem Sofa zu liegen und fernzusehen …

Sie hörte überhaupt nicht mehr auf zu reden, während ich auf einen dringenden Anruf wartete, bei dem mir schlecht werden würde.

So dringend schien der Anruf nun auch wieder nicht zu sein. Nachdem sie aufgelegt hatte, dauerte es noch zwanzig Minuten, bis er sich meldete. Inzwischen wusste ich, was ich sagen würde.

»Und, wie war's mit deinem Vater und seiner Angetrauten?«, fragte er.

»Oh, schön«, sagte ich fröhlich. Mit einem angestrengten Grinsen im Gesicht war das gar nicht so schwer. »Sie war nett. Einen Pferdefuß konnte ich nirgendwo entdecken. Hörner genauso wenig. Ich war so erleichtert, dass ich mir sogar einen kleinen Schwips angetrunken habe.«

»Ich hoffe, du liegst nicht noch mit einem Kater im Bett.«

»So beschwipst war ich nun auch wieder nicht. Ich bin schon eine Ewigkeit auf.«

»Wie wär's mit einem gemeinsamen Mittagessen? Hast du was dagegen, wenn ich dich in, sagen wir mal, vierzig Minuten abhole?«

Ich konnte mir sein erwartungsvolles Gesicht lebhaft vorstellen. Doch noch viel deutlicher hatte ich sein Gesicht im Schnee vor Augen, als er mir die Schneeflocke von der Wange strich. Und in dem Zimmer mit der rosa Frottébettwäsche, nachdem Annie gegangen war. Und in dem Moment, als er mich vom Bett aus angesehen und gesagt hatte: »Was ich von hier aus sehen kann, gefällt mir auch ziemlich gut.« Dann sah ich es vor mir, nachdem er eingeschlafen war und ich geglaubt hatte, ich wäre der glücklichste Mensch der Welt.

Und dann sah ich es, während er das Ganze noch einmal mit einer anderen wiederholte.

In diesem Moment wurde der Klumpen in meinem Magen steinhart. Trotzdem, es war das Beste so. Ich durfte mir bloß nichts anmerken lassen.

»Ehrlich gesagt, klappt das leider nicht mit dem Mittagessen, John. Ich hab ziemlich viel zu tun. Tut mir Leid, aber mir ist was dazwischengekommen.«

An der winzigen Pause, die nun entstand, merkte ich, dass er damit nicht gerechnet hatte. »Und mit einem Abendessen?«

»Wahrscheinlich nicht. Tut mir wirklich Leid, aber du weißt ja, wie das ist.«

Ich zwang mich, das Grinsen aufrechtzuerhalten, das mir zunehmend im Gesicht gefror. Aber wenn es mir auch nur eine einzige Sekunde entglitt, würde mir die ganze Situation entgleiten, das wusste ich. Sally, die gerade vom Windelwechseln zurückkam, starrte mich an, was alles nur noch schlimmer machte.

»Ich dachte, ich wüsste Bescheid«, sagte er. »Aber auf einmal bin ich mir da gar nicht mehr so sicher. Warum sagst du nicht, was los ist?«

Ich tat überrascht. »Wie meinst du das?«

»Ach, Harriet, jetzt tu doch nicht so. Das hatten wir doch schon, oder? An, aus – heiß, kalt – liegt das an mir, oder macht dein Thermostat bei anderen auch Probleme?«

Ich hielt das nicht mehr lange aus. »Hör zu, John, ich glaube, wir reden hier aneinander vorbei, und ich muss gestehen, das ist wahrscheinlich meine Schuld. Das ging ganz schön heiß her letztes Wochenende, aber das muss an der Schneeballschlacht gelegen haben.«

»An der Schneeballschlacht«, sagte er knochentrocken. »Und das war alles?«

»Na ja, nicht ganz – ich glaube, ich hab mich da zu was hinreißen lassen ...« Ich schaffte es sogar, entschuldigend zu klingen. »Wir hatten doch unseren Spaß, John, oder? Ich würde gern mal wieder mit dir zu Abend essen – nach allem, was du für mich getan hast, sollte ich dich in ein Nobelrestaurant ausführen. Und es tut mir wirklich Leid wegen heute, aber mir ist eben einfach was dazwischengekommen. Taras Mutter hat übrigens vorhin angerufen – sie bedankt sich noch mal bei dir und sagt, dass du ihr unbedingt mitteilen musst, wie viel sie dir schuldet. Für das Handy und das Benzin und so. O Gott, ich schulde dir auch noch Geld für die Hotelrechnung und das Taxi, stimmt's?«

Als er antwortete, klang seine Stimme unterkühlt, fast höhnisch. »Nein, Harriet. Diesmal nicht. Das geht auf meine Rechnung.«

Als er auflegte, begann sich der Klumpen bereits aufzulösen. »Mistkerl.« Heulend knallte ich das Handy auf den Tisch. »Das soll dir eine Lehre sein!«

Zwei Minuten später schnäuzte ich in das dritte durchweichte Taschentuch. »Sally, ich *konnte* einfach nicht anders. Ich musste ihm klarmachen, dass mir das auch nicht viel bedeutet hat.«

»Wenn du's genau wissen willst, wird er genau das Gegenteil annehmen. Dass es dir viel bedeutet hat, du ihm aber aus irgendeinem unverständlichen Grund weismachen willst, dass dem nicht so ist. Er wird denken, du bist hochneurotisch.«

»Zu wem hältst du eigentlich?«

»Zu dir natürlich! Außerdem weißt du doch gar nicht, ob ihm das wirklich nichts bedeutet hat!«

»Na, so viel kann ihm das kaum bedeutet haben! Nicht, wenn

er noch in derselben Woche mit der Nächsten ins Bett steigt. Du wolltest doch nicht, dass ich verletzt werde, oder irre ich mich da?«

»Bist du aber, also was soll's. Egal, ich bin die Letzte, auf die du hören solltest, was Beziehungen angeht. Sieh mich doch nur an: Eine wandelnde Katastrophe mit Schwangerschaftsstreifen.«

Irgendetwas an ihrem Tonfall machte mich hellhörig. In ihren Augen standen Tränen. »Sally, was ist los?«

Sie fuhr sich mit dem Ärmel übers Gesicht. »Nichts.«

Davon konnte nicht die Rede sein. Hatte ich mich denn so in ihr getäuscht? »Es ist doch nicht wegen Steve, oder? Es tut dir doch nicht Leid, dass du alle Brücken hinter dir abgebrochen hast?«

»Es geht hier nicht um Steve! Wie oft soll ich dir das noch sagen?« Trotzdem rang sie sich ein Lächeln ab. »Ich stell mich einfach bloß ein bisschen an. Das muss ansteckend sein. Themawechsel, okay?«

In dieser Nacht lag ich eine halbe Ewigkeit wach und dachte an die Brücken, die wir hinter uns abgebrochen hatten. Falls Sally es inzwischen bereuen sollte, würde sie das niemals zugeben. Da brauchte ich gar nicht nachzubohren. Das würde sie nur noch wütender und starrköpfiger machen.

Dann dachte ich an die Brücke, die *ich* hinter mir abgebrochen hatte. An seine kalte, höhnische Stimme, die sagte: »Das geht auf meine Rechnung.« Wo war die Sanftheit in seiner Stimme geblieben, bloß weil ich ausnahmsweise mal nicht dahinschmolz? Konnte er diese Sanftheit auf Kommando an- und abstellen? Ich dachte an die bewusste Nacht zurück, an den Schnee, und wie ich anschließend mit ihm gekuschelt hatte. Ich dachte an die Zärtlichkeit und die Geborgenheit, die ich empfunden hatte. Im Vergleich dazu kam mir jeder andere Mann völlig unbedeutend vor.

Ich dachte an das P. S. auf seinem Zettel, und es gab mir einen Stich. Vielleicht ging ihm so was tagtäglich über die Lippen. Ein paar wohlgesetzte Worte, bei denen einem die Knie weich werden. Vielleicht hatte er sogar gemeint, was er da schrieb. Selbst das würde mich nicht überraschen. Das machte ihn ja so unwiderstehlich. Ich wusste, ich hatte das Richtige getan. Wie sollte ich mit so jemandem eine Beziehung führen?

Ich versuchte den ganzen nächsten Tag, nicht an ihn zu denken. Versuchte mir einzureden, dass Sally Recht gehabt hatte: Ich war wie besessen von ihm gewesen und noch dazu frustriert. Am Dienstag schaffte ich es bereits, einmal zwei Stunden lang nicht an ihn zu denken. Aber als ich am Abend nach Hause kam, sorgte Sally dafür, dass alles wieder von vorn losging. »Mir ist da ein ganz schrecklicher Verdacht gekommen«, sagte sie, kaum dass ich die Tür hinter mir geschlossen hatte. »Was, wenn es Tara war?«

»*Tara?*«

»Die auf den Fotos!«

»Das kann nicht sein!«

»Vielleicht doch. Was, wenn er sie angerufen hat, sie einen Tag frei hatte und er solches Mitleid bekam, dass er ihr versprochen hat, vorbeizuschauen?«

»Aber das hätte er mir doch gesagt!«

»Harriet, du hast kaum Gelegenheit gehabt, mit ihm zu sprechen, oder? Vielleicht ist er einfach nicht dazu gekommen. Rosie hat doch gesagt, dass sie blond war, stimmt's?«

»Sally, sie kann es nicht gewesen sein. Er würde sie niemals mit raufbitten. Sie würde das nur missverstehen.«

»Na gut, war ja bloß so ein Gedanke.«

Aber nachdem sie mir den Floh ins Ohr gesetzt hatte, überlegte ich, ob sie nicht doch Recht haben konnte. Plötzlich wurde mir ganz schlecht. Was hatte Rosie noch gesagt? Die Frau hätte ihn absolut angehimmelt? Konnte das nicht auf Tara zutreffen, wenn er wieder nett zu ihr gewesen war? Sie zum Abendessen einlud, weil sie ihm so Leid tat? Das arme Kind … Vielleicht war sie über Nacht geblieben, und er hatte sie am nächsten Tag in den Zug gesetzt.

Um das ein für allemal ausschließen zu können, versuchte ich drei Mal, Tara zu erreichen. Aber weil niemand dranging, hinterließ ich eine Nachricht. Ob sie mich bitte so bald wie möglich zurückrufen könnte, es wäre äußerst wichtig.

Bis zum Abend des darauf folgenden Tages hatte sie immer noch nicht zurückgerufen und ging auch nicht ans Telefon. Ehrlich gesagt, glaubte ich nicht, dass sie es war. Aber egal, ich war auch so schon ein nervliches Wrack. »Ich werd Nina einen Besuch abstatten«, sagte ich zu Sally, kaum dass ich heimkam.

»Du willst ihr doch nicht etwa alles erzählen?«

»Ich muss! Die Sache lässt mich einfach nicht mehr los. Ich muss die Karten auf den Tisch legen.«

»Sag nicht, ich hätte dich nicht gewarnt. Vielleicht hat sie die Fotos gar nicht mehr. Wahrscheinlich hat sie sie zerrissen.«

»Ich geh da nicht hin, nur um einen Blick auf die Fotos zu werfen. Ich muss da ein für allemal was klarstellen. Ich halte dieses Katz-und-Maus-Spiel nicht mehr aus.«

»Wenn du ihr sagst, dass du das mit Stuart weißt, reitest du Suzanne und Rosie auch noch mit rein.«

»Ich werde sie nicht mal erwähnen. Ich werd ihr höchstens sagen, dass ich das schon vor Jahren erfahren habe. Wahrscheinlich hat sie schon längst damit gerechnet. Vorausgesetzt, sie kann sich überhaupt noch an Stuart erinnern.«

Weil ich mich erst seelisch darauf vorbereiten musste, wartete ich bis zum nächsten Abend. Ich musste Rosie nicht mal nach Ninas Adresse fragen, weil ich immer noch ihre Einladung hatte. Wer weiß, vielleicht hatte ich sie deshalb so lang aufbewahrt. Ich meldete mich gar nicht erst telefonisch an. Wenn man vorhat, eine Bombe platzen zu lassen, kann man den Überraschungseffekt gut gebrauchen.

Ich brach so gegen halb acht auf und rechnete gar nicht damit, dass sie zu Hause war. Sie wohnte etwa vier Kilometer von mir entfernt. Das Haus war so ein luxusrenovierter Altbau mit schicken Einliegerwohnungen. Einer von der Sorte, wo es Butler und vierzehn Dienstmädchen gegeben hatte, die mit dem Botenjungen flirteten.

Natürlich gab es eine Gegensprechanlage. Ich war merkwürdig ruhig, drückte die Klingel, wartete eine halbe Minute und klingelte erneut.

»Ja bitte?«

»Nina, ich bin's, Harriet. Hast du kurz Zeit?«

»Harriet!« Sie schwieg überrascht und wirkte nervös. »Ich weiß nicht, im Moment ...«

»Nina, ich muss dich sehen. Es geht um John.«

»John?« Sie klang zwar immer noch überrascht, aber so anders, dass ich sofort wusste, was sie dachte: Ein Name mit sechs Buchstaben, der mit S beginnt. Was zum Teufel weißt du über –«

»Wenn du mir aufmachst, erklär ich's dir.«

Nach einer kurzen Pause sagte sie: »Nimm den Lift in den vierten Stock. Ich wohne auf der linken Seite«, und betätigte den Türöffner.

Das Treppenhaus war ziemlich edel und roch ein wenig nach Bohnerwachs. Die Tür zu ihrer Wohnung war eine schwere, alte Holztür. Als ich ihr gegenüberstand, dachte ich als Erstes: »Mein Gott, die ist ja geschrumpft!« Sie trug ein hellgraues, langes Kleid aus weichem Stoff. So eines, das manche Leute nach dem Duschen tragen, wenn sie nicht im Bademantel rumschlurfen wollen, aber zu faul sind, sich richtig anzuziehen. Sie war barfuß, und das war auch der Grund, warum sie so klein wirkte. Ihre Haare waren nass, so als hätte sie sie nach dem Duschen nur kurz durchgekämmt. Sie war völlig ungeschminkt. Ich konnte es kaum fassen, wie anders sie aussah. Ihre Augen waren längst nicht so ausdrucksstark, und ich überlegte, ob sie sich bereits zu Schulzeiten die Wimpern getuscht hatte. Sie wirkte fast schon verletzlich, ein Adjektiv, das mir bei Nina nie in den Sinn gekommen wäre.

»Nina.«

Mit meinen hohen Absätzen überragte ich sie bei weitem. Und es war nicht das erste Mal, seit ich erwachsen war, dass mir das äußerst entgegenkam.

Sie stand noch immer an der Tür und beäugte mich misstrauisch. »Was soll das heißen, du willst mit mir über John reden?

Ich hab vor ein paar Wochen mit ihm Schluss gemacht, falls dir das entgangen sein sollte.«

»Nein, hast du nicht. Er hat mit dir Schluss gemacht.« Als sie den Mund aufmachte, um empört zu leugnen, fuhr ich erbarmungslos fort: »Nina, hör auf damit, es hat keinen Sinn. Ich weiß, was passiert ist. Ich bin hergekommen, um dir zu sagen, dass ich mich auch mit ihm getroffen habe.«

Ich glaube, dieses Gesicht werd ich mein Lebtag nicht vergessen. Mischt zwei Teile Schock mit einem Teil ungläubiges Staunen, dann habt ihr's ungefähr. Sie war so verblüfft, dass sie die Prise Wut vergaß, auf die ich mich eingestellt hatte.

»Darf ich reinkommen?«, fragte ich, bevor sie etwas sagen konnte.

Wortlos führte sie mich ins Wohnzimmer.

Wie Rosie schon erzählt hatte, war es ganz in hellem Holz und kühlem Cremeweiß gehalten. Nirgendwo lag etwas herum – außer es war in einer Galerie erworben worden. »Du kannst dich unmöglich mit ihm getroffen haben«, sagte sie fassungslos, nachdem ich unaufgefordert auf einem der cremefarbenen Sofas Platz genommen hatte. »Wo hättest du ihn überhaupt kennen lernen sollen?«

Ich überhörte die Anspielung, dass jemand wie ich ihm unter normalen Umständen niemals begegnen könnte. Ich glaube, sie merkte nicht einmal, was sie da eben gesagt hatte. »Auf der Straße, kurz vor Weihnachten.« Es ist komisch, wie ruhig man sein kann, nachdem man seine Bombe hat platzen lassen. »Du warst gerade mit dem Taxi davongefahren – und ich hab mir ein Schaufenster angesehen. Plötzlich stand er neben mir und hat mich angesprochen. Aber es ist nie etwas zwischen uns passiert«, versicherte ich ihr rasch, als ich merkte, wie sie wütend wurde. »Nicht, bis ich wusste, dass er mit dir Schluss gemacht hat.«

Sie ging ganz schön an die Decke. »Ich verstehe nicht, wie du so dreist sein kannst, hierher zu kommen und mir das alles an den Kopf zu werfen.«

»Ich hab wenigstens gewartet, bis er dich verlassen hat«, sagte ich. »Was man von dir in Bezug auf Stuart nicht gerade behaupten kann.«

Ich kann diese Taktik nur empfehlen: Bevor die Wirkung der ersten Bombe verpufft, noch schnell eine zweite platzen lassen. Sie wurde puterrot. Meine Bemerkung brachte sie immerhin in Verlegenheit. Trotzdem musste ich neidlos anerkennen, dass sie meinem Blick standhielt.

»Ich hab mich schon gefragt, ob du das jemals rausgefunden hast«, murmelte sie. »Von wem weißt du das?«

»Spielt das wirklich eine Rolle? Das ist doch schon Jahre her. Und nur damit du's weißt: Das mit John und mir hatte nicht das Geringste damit zu tun.« Sie sah aus, als würde sie am liebsten vor Scham im Erdboden versinken. Sie tat mir fast schon Leid.

Aber nur fast. »Warum hast du mich zu diesem Essen eingeladen? Aus schlechtem Gewissen?«

Sie zuckte nur kurz die Achseln. »Wir waren schließlich Freundinnen, oder etwa nicht?«

»Ich glaube, da muss ich erst mal im Wörterbuch nachschlagen. Ich weiß nicht, ob wir darunter dasselbe verstehen.«

Vielleicht war ich ein wenig zu weit gegangen. Sie krümmte sich zwar nicht gerade vor Schmerzen, aber fast. »Wenn's geht, hätte ich gern was zu trinken«, sagte ich schon etwas freundlicher. »Ein Glas Wein wäre nett.«

Sie stand wortlos auf, verschwand in der Küche und kam mit zwei großen Gläsern Weißwein zurück. Einem Wein, der nicht bloß 2,99 Pfund im Supermarkt gekostet hatte. Inzwischen hatte sie sich beinahe wieder gefasst. »Ich nehme an, Rosie hat getratscht.«

»Können wir da Rosie bitte aus dem Spiel lassen? Wenn sie mir was erzählt hat, dann völlig ohne Hintergedanken. Bis gestern hat sie nicht einmal gewusst, dass ich mich mit ihm getroffen habe.«

Sie wollte schon widersprechen, überlegte es sich jedoch anders. Sie hatte sich erstaunlich schnell gefangen. Es dauerte nicht lange, und sie war wieder ganz die Alte. »Ich will mich da gar nicht entschuldigen, aber hast du schon mal drüber nachgedacht, dass mich Stuart auch ziemlich attraktiv gefunden haben muss? Warum wäre er sonst auf mein Angebot eingegangen?«

Darüber hatte ich in der Tat nachgedacht. Ein Gedanke wie Salz in einer Wunde, nur dass es da keine Wunde mehr gab, sondern allenfalls eine kaum sichtbare Narbe.

»Ich musste ihn nicht zweimal bitten, mit nach Italien zu kommen«, fuhr sie fort. »Er ist total drauf angesprungen, obwohl ich gar nicht damit gerechnet hatte. Umso peinlicher war es dann für mich, als Rob beschloss, doch noch zu kommen.«

Sie war wirklich unglaublich, aber ich hatte nichts anderes erwartet. »Ich bin nicht hergekommen, um über diese alten Geschichten zu reden«, entgegnete ich scharf. »Ich bin hier, um mit dir über John zu reden. Darüber, dass diejenige, mit der ihn dein Detektiv erwischt hat, nicht die Einzige war. Gott weiß warum, aber ich dachte, es könnte dich interessieren, dass du nicht die Einzige bist, der er wehgetan hat.«

Sie sah zu mir auf. »Hast du mit ihm geschlafen?«

Ich schluckte schwer. »Ja.«

Nach einem beklemmenden Schweigen nahm sie einen großen Schluck aus ihrem Glas. Sie starrte hinein und sagte: »Ich hab ihm nie vertrauen können. Von Anfang an nicht. Er hat so was, da können Frauen einfach nicht widerstehen. Er kann dich ansehen, als gäbe es nur dich auf der Welt.«

Das musste sie mir bestimmt nicht sagen. Ich hatte einen Kloß im Hals. Zum ersten Mal empfand ich so was wie Mitleid für sie.

»Aber inzwischen bin ich drüber weg«, fuhr sie fort. »Ich hab mich gezwungen, ihn aus meinem Gedächtnis zu streichen. Man muss sich diese Typen aus dem Herzen reißen, genau wie einen Tumor.« Sie sah zu mir auf. »Willst du die Fotos sehen?«

»Ich hätte nicht gedacht, dass du sie noch hast.«

»Ich wollte sie längst wegwerfen. Aber ich hab's einfach nicht übers Herz gebracht. Vielleicht behalte ich sie auch. Als Erinnerung. Damit ich mich nie wieder mit so einem Mann einlasse.«

Ich wusste nicht, was ich dazu sagen sollte.

»Teuer genug waren sie ja«, fuhr sie bissig fort. »Hast du auch nur die leiseste Ahnung, was so ein Privatdetektiv verlangt?«

»Ich kann's mir vorstellen.« Das gab mir Gelegenheit, die nächste Frage zu stellen, die ich mir kaum noch verkneifen konnte. »Warum hast du das bloß getan? Was hat dir das gebracht? Eure Beziehung war doch sowieso vorbei.«

»Ich musste einfach Bescheid wissen«, erwiderte sie knapp. »Ich wusste, dass er mich anlügt, und da wollte ich einfach die Wahrheit wissen. Sie ist nicht mal was Besonderes. Ich weiß gar nicht, was er an ihr findet, außer dass sie ihn anhimmelt, als gäbe es nur ihn auf der Welt. Wie so ein süßes, präfeministisches Überbleibsel, das seine Kalkulationstabellen bügeln würde, wenn er es von ihr verlangt.« Sie nahm noch einen großen Schluck Wein und stellte ihr Glas auf dem Couchtisch ab.

Sie verschwand einen Moment und kam mit einem braunen DIN-A4-Umschlag zurück, den sie an mich weiterreichte. »Sechs Fotos insgesamt. Er hat eine gute Kamera benutzt, das muss man ihm lassen.«

Alle Bilder waren bei Nacht aufgenommen worden. Es handelte sich um großformatige Schwarzweißaufnahmen, die gestochen scharf waren. Ich sah mir zunächst das erste, dann das zweite und dritte an. Es drehte mir den Magen um. Auf Foto Nummer vier waren bloß Kopf und Schultern zu erkennen. Man sah, wie sie eine Straße entlangliefen, er hatte ihr den Arm um die Taille gelegt. Sie lächelte zu ihm auf, schenkte ihm ein schüchternes Lachen, so als hätte er gerade einen Witz gemacht.

Ich hatte ja gewusst, dass mir schlecht werden würde. Aber dass mir *so* schlecht wurde, überraschte mich dann doch.

SECHZEHN

Mein Gesicht muss Bände gesprochen haben, denn Nina wurde hellhörig. Mit scharfer Stimme sagte sie: »Sag bloß nicht, du kennst sie?«

Ich hatte einen ganz trockenen Hals und erkannte meine Stimme kaum wieder. »Das ist er nicht.«

»Wie bitte?«

Mir dröhnte so der Kopf, dass ich sie kaum verstehen konnte. »Das ist nicht John.«

»Natürlich ist das John! Was um alles in der Welt redest du da?«

»Das ist er nicht! Er hat nicht die geringste Ähnlichkeit mit ihm!«

Plötzlich schien ihr ein Licht aufzugehen.

»Was ist?«, fragte ich.

Plötzlich wirkte sie sichtlich erleichtert, doch ich verstand noch immer nicht. »Wo genau bist du ihm begegnet?«

Ich beschrieb es ihr, so gut ich konnte.

»Da hätte ich auch selbst draufkommen können«, stellte sie beinahe sachlich fest. »Das war *John*-John. Nicht *John*.«

Ich stand kurz davor, den Verstand zu verlieren. Doch bevor ich etwas sagen konnte, fuhr sie fort: »J-O-H-N-John. So wie John Mackenzie. Nicht J-O-N-Jon. Wie Jonathan King.«

Jetzt war sie an der Reihe, eine Bombe platzen zu lassen. »Du hast dich mit beiden getroffen? Mit beiden gleichzeitig?«

»Um Himmels willen, Harriet, machen wir das nicht alle mal?«

»Du warst total verliebt in ihn! Wie kannst du mit dem einen was anfangen, wenn du in den anderen verliebt bist?«

Sie sah erst mich an, dann mein Glas und schließlich wieder mich. »Ich glaube, du kannst noch ein Glas Wein vertragen«, sagte sie, und zwar auf diese mitleidig-herablassende Art, die ich nur allzu gut kannte. »Und nicht nur du.«

Während sie weg war, starrte ich auf die Fotos und fragte mich, was ich da verdammt noch mal angerichtet hatte und ob sich mein Magen je wieder erholen würde.

Sie kam mit der Flasche zurück, schenkte uns nach und setzte sich. »Okay, ich bin auch nicht gerade stolz darauf«, sagte sie und zog die nackten Füße an den Körper. »Aber ich hab dir ja gesagt, dass ich ihm nie trauen konnte. Irgendwie wusste ich von Anfang an, dass die Beziehung nicht halten würde. Und da musste ich eben noch ein, zwei andere Eisen im Feuer haben.«

»Ein, *zwei*? Wie viele denn noch?«

»Ein paar.« Sie zuckte die Achseln.

Ich ging noch mal den ganzen Klatsch durch, den Rosie mir erzählt hatte. Wie konnte ich nur so vernagelt gewesen sein? Aber damals schien eben alles perfekt zusammenzupassen. »Du triffst dich nicht mehr mit ihm? Mit John Mackenzie, meine ich?«

»Um Gottes willen, nein.«

»Wie lange wart ihr zusammen?«

»Nicht lange.« Sie zuckte kurz die Achseln. »Ich hab mich höchstens drei oder vier Mal mit ihm getroffen – ich weiß nicht mehr genau.« Plötzlich wurden ihre Augen ganz schmal. »Du glaubst doch nicht etwa, *er* hätte Schluss gemacht?«

Mein Gesicht muss mal wieder Bände gesprochen haben, denn sie lachte ungläubig auf. »Er war echt süß«, fügte sie auf eine Art hinzu, dass ich ihr am liebsten eine geknallt hätte, »aber er war eben überhaupt nicht mein Typ.«

Ich hatte einen ganz trockenen Mund. »Ich glaube dir kein Wort.«

Ich rechnete schon mit einem Wutanfall, so als hätte ich ihr gerade den Fehdehandschuh hingeworfen, oder was man in der guten alten Zeit eben so hinwarf, wenn man nach einem Vorwand suchte, jemandem die Eingeweide herauszureißen.

Dabei hätte ich es eigentlich besser wissen müssen. Fast schon mitleidig sagte sie: »Frag ihn doch selbst.«

Ich hätte nicht geglaubt, dass sich die grünen Schlangen der Eifersucht in meinem Magen noch groß vermehren könnten. Noch nie hatte ich mir so heftig gewünscht, belogen zu werden, doch diesmal log sie nicht, das spürte ich.

Sie drehte das Messer in der Wunde und fuhr fort: »Er war ganz verrückt nach mir, so viel steht fest. Es tat mir Leid, ihm so weh tun zu müssen, aber das mit uns hätte sowieso nie funktioniert.«

Um mir den Rest zu geben, fragte ich: »Wieso, was stimmte denn nicht mit ihm?«

Sie zuckte erneut die Achseln. »Na ja, er hatte eben nicht mein Niveau.«

Wie ich es schaffte, ihr keine zu kleben, weiß ich nicht. »Habt ihr euch damals zum ersten Mal getroffen? In dem Restaurant?«

»O nein.«

»Hast du mit ihm geschlafen?«

»Natürlich nicht!« Sie machte ein Gesicht, als wäre ihr der bloße Gedanke zuwider. »Ich hab ihn bloß drei oder vier Mal getroffen – so leicht bin ich auch wieder nicht zu haben.« Nach einer kurzen Pause fügte sie etwas freundlicher hinzu: »Das wäre bestimmt nett gewesen – nicht, dass ich ihn nicht attraktiv gefunden hätte. Aber ich wollte ihm einfach keine falschen Hoffnungen machen.«

Mit anderen Worten: Für mich ist er gerade gut genug, aber ihren Ansprüchen genügt er auf keinen Fall. Mir fiel ein, dass sie schon mal was ganz Ähnliches zu mir gesagt hatte. Damals, in Hauswirtschaft, als ich gerade ein einigermaßen passables Käsesoufflé produziert hatte. »Oh, *gut* gemacht, Harriet!« Obwohl sie ganz genau wusste, dass ihres um Klassen besser war, und es schon an ein Wunder grenzte, dass meines überhaupt aufgegangen war.

Ich hatte mehr als genug und stand auf. »Danke für den Wein, aber ich geh jetzt wohl besser.«

»Bitte, wenn du meinst ...«

Ich weiß auch nicht, warum ich vorher so mit meiner Größe angegeben habe. Auf dem kurzen Weg zur Tür schaffte sie es, dass ich mir wieder vorkam wie ein hässliches Monster. Alles an ihrer Haltung gab mir unauffällig zu verstehen: *Puh, das war ganz schön knapp am Anfang, aber trotzdem: Spiel, Satz, Sieg – ich würde sagen, ich hab gewonnen.*

An der Tür flötete sie zuckersüß: »Grüß John ganz lieb von mir, wenn du ihn siehst.«

Eine Ohrfeige wäre zu harmlos gewesen. Am liebsten hätte ich ihren Kopf in die Kloschüssel gerammt und ihr eine Flasche Toilettenreiniger darüber geschüttet. Dann wäre es mit ihrem seidigen Haar endgültig vorbei. »Ich treffe mich nicht mehr mit ihm.«

»Ach, wirklich?« Sie hob ihre fein geschwungenen Augenbrauen. »Aber doch nicht etwa, weil du dachtest, der böse Junge amüsiert sich mit einer anderen?«

Ich schwieg, aber sie war schließlich nicht blöd.

»Nur gut, dass du gekommen bist«, sagte sie. »Wenn du noch einen Funken Verstand besitzt, rufst du ihn sofort an und klärst die Sache. Er ist vielleicht nicht ganz nach meinem Geschmack, aber ich hab schon schlimmere Typen kennen gelernt.«

Auf dem Heimweg hätte ich beinahe an einer Spirituosenhandlung Halt gemacht, um mich mit einer Magnumflasche irgendwas zu versorgen. Inzwischen konnte ich gut verstehen, warum sich manche Leute bis zur Besinnungslosigkeit besaufen. Ich hätte ihnen liebend gern Gesellschaft geleistet, nur dass ich es gar nicht erst bis zur Besinnungslosigkeit schaffen würde. Ich würde garantiert in dem ätzenden Stadium stecken bleiben, wo sich alles um einen dreht, sobald man nur einen Moment die Augen schließt, man alle naselang zum Klo rennen muss und sich am nächsten Morgen sterbenskrank fühlt.

Sally verhielt sich so, wie sich das für eine gute Freundin gehört, und sagte: »An deiner Stelle hätte ich ihren Kopf wirklich in die Kloschüssel gerammt« und »Woher hättest du das wissen sollen? Wenn sogar ich alte Zynikerin nicht mal auf die Idee komme, dass sie sich mit zwei Männern gleichzeitig eingelassen haben könnte …«

Dann meinte sie: »Komm, iss ein bisschen Lasagne, die wird sonst noch ganz trocken.«

Weil sie sich so viel Mühe damit gemacht hatte, zwang ich mich, davon zu kosten. Ich hätte ebenso gut Katzenstreu essen können. »Tut mir Leid, aber ich hab einfach keinen Hunger«, sagte ich und goss mir noch ein Glas Wein ein – ungefähr das vierte, seit ich nach Hause gekommen war.

Tom war immer noch auf. Es war schon weit nach neun, aber er hatte gerade seine Lange-Aufbleib-Phase. Als er mich so von ihrem Schoß aus anstrahlte, schnappte ich ihn mir und knuddelte ihn ebenso ausgiebig wie wehmütig. Ich brauchte dringend jemand zum Knuddeln, und Pissels schlief schon wieder auf seinem Sofa-Thron. Außerdem mochte er es sowieso nicht, wenn man ihn hochnahm.

»Wie hat er ausgesehen?«, wollte Sally wissen.

»Wie so ein gut aussehender Kerl eben aussieht. Aber kein Vergleich zu John.«

»Warum rufst du ihn nicht einfach an, verdammt noch mal?«, sagte sie leicht genervt.

»Wie denn?«, jammerte ich über Toms Köpfchen hinweg. »Dann müsste ich ihm ja alles erzählen – was glaubst du wohl, für was für eine hinterhältige, neurotische Kuh er mich halten wird? Erst tue ich so, als würde ich sie überhaupt nicht kennen. Dann sage ich ihm zwei Mal, dass er sich verpissen soll. Und um noch eins oben draufzusetzen, erzähle ich ihm, dass ich mich in jener Nacht wohl zu etwas habe hinreißen lassen … Zu etwas habe hinreißen lassen! Und der Kerl glaubt das auch noch. Du hättest mich mal sehen sollen, wie ich ihm die Hosen runtergerissen hab wie eine halb verhungerte Nymphomanin …«

In ihren Augen sah ich ein Stück weit die alte Sally aufblitzen. »Umso dankbarer wird er sein, wenn er eine Zugabe bekommt. Und nicht nur eine.«

»Unmöglich.« Frustriert bedeckte ich Toms Kopf mit Küssen, was ihn nicht weiter zu stören schien. »Ich kann ihm das auf keinen Fall alles erzählen. Er wird denken, ich müsste dringend zum Psychiater.«

»Wenn schon Nina sagt, dass du ihn anrufen sollst …«, fuhr sie fort. »Wenn du meine Meinung hören willst: Das ist das einzig Vernünftige, das ich je von ihr gehört habe.«

Da konnte sie durchaus Recht haben. Aber aus meiner Sicht sprach das in erster Linie gegen Nina. »Ich will nicht, dass sie was Vernünftiges sagt! Ich will, dass sie eine hundertprozentige, hochkarätige blöde Kuh ist, damit ich guten Gewissens in meinen Toilettenreiniger-Fantasien schwelgen kann.«

Eine Minute später fragte Sally: »Bist du sicher, dass dir nur die Beichte so zu schaffen macht? Oder liegt es daran, dass Nina ihn abgelegt hat?«

»Darum geht es doch gar nicht!« Trotzdem, im Grunde musste ich ihr Recht geben. »Ehrlich gesagt, wurmt mich das schon. Das macht mich echt wahnsinnig. Ich meine, was soll das heißen: ›Er hatte einfach nicht ganz mein Niveau‹? Was für ein Niveau, verdammt noch mal?«

»Keine Ahnung«, sagte sie achselzuckend. »Aber die Geschmäcker sind zum Glück verschieden.«

»Ja, aber wenn er von vornherein nicht nach ihrem Geschmack war – warum hat sie sich dann überhaupt mit ihm eingelassen? Ich kann's immer noch nicht fassen, aber in dem Moment habe ich genau gespürt, dass sie die Wahrheit sagt.«

»Dass er nicht nach ihrem Geschmack ist, spricht doch nur für ihn«, sagte sie. »Ich kann mir kaum vorstellen, dass ihr beide auf dieselben Typen steht.«

»Ja schon, aber es wurmt mich trotzdem.« Ich sah ihr Gesicht wieder vor mir:

»Er war echt süß, aber …« *Echt süß!* Wie konnte sie es *wagen …*

»Meine Güte, sie wollte dir bloß eins reinwürgen«, sagte Sally. »Und das scheint ihr ja bestens gelungen zu sein. Meinst du nicht, du solltest Rosie anrufen? Und zwar bevor Nina der Tratschtante Suzanne den Hals umdreht, die dann ihrerseits Rosie an die Gurgel geht?«

Ich machte mein Handy an und entdeckte eine SMS von Tara. Es tat ihr Leid, dass sie nicht zurückgerufen hatte, aber sie hatte ihr Handy verloren. Na ja, eigentlich nicht, es war ihr nur hinters Bett gefallen.

Nun, das spielte jetzt auch keine Rolle mehr. Ich fürchtete mich davor, Rosie Bescheid zu sagen, aber nachdem ich ihr alles gebeichtet hatte, machte sie sich in erster Linie Sorgen um mich. »Mann, habe ich ein schlechtes Gewissen«, sagte sie beunruhigt.

»Aber ich wär nie im Leben drauf gekommen, dass …«

»Ich auch nicht. Ich will bloß nicht, dass du Ärger mit Suzanne bekommst.«

»Tja, das Leben ist hart«, sagte sie gelassen. »Aber dann hätte sie mir erst gar nichts davon erzählen sollen, findest du nicht? Egal, ich zieh sowieso bald aus. Sieh mal einer an, da hat die gute alte Nina also gleich mehrere Eisen im Feuer gehabt. Meine Güte, muss die Nerven haben! Aber es würd mich nicht wundern, wenn Suzanne froh ist, dass sie sich endlich mit Nina zerstreiten kann. Sie hat auch keine Lust mehr, für Nina den Fußabtreter zu spielen.«

»Ja. Aber falls sie dir die Hölle heiß macht, kannst du jederzeit zu mir ziehen.«

»Danke«, sagte sie. »Man weiß ja nie.«

Kurz danach rief Helen an. »Ich hab ihn angerufen«, sagte sie. »Meinen Wahnsinns-Liebhaber aus dem Zug, Ich dachte, das interessiert dich vielleicht.«

Das wurde aber auch höchste Zeit. »Und?«

»Ich hab mich schon zwei Mal mit ihm getroffen.« Beinahe schüchtern fügte sie hinzu: »Ich hab mich dann doch entschlossen, ihm alles zu beichten. Sogar das mit der eingebildeten Schwangerschaft. Er hat sich schon Sorgen gemacht, weil ich mich überhaupt nicht mehr gemeldet habe. Er hat gedacht, ich hätte ihn wegen der Scheidung angelogen. Er ist etwas jünger als ich, erst sechsunddreißig, aber das scheint ihn nicht zu stören.«

Ich freute mich so sehr für sie, dass ich meinen eigenen Kummer beinahe vergessen hätte. »Und sonst? Hast du die Zwillinge gesehen?«

»Ja, letztes Wochenende. Lawrence hat sie bei mir abgesetzt, und dann hab ich sie zu Burger King und anschließend ins Kino eingeladen.«

Der alte, leidende Tonfall kam wieder durch, und ich wünschte, ich hätte sie gar nicht erst danach gefragt. »Und?«

»Nichts«, seufzte sie. »Ich glaube, sie vermissen mich kein bisschen. Das Einzige, was sie interessiert hat, war eine Extraportion Pommes. Bei Francesca gibt's nämlich keine Pommes.«

»Apropos Pommes: Was macht dein Catering-Service?«

»Nach dieser Party morgen Abend sag ich dir Bescheid. Ich bin ein bisschen nervös, aber ich bin schon seit Tagen am Kochen und Einfrieren. Ich habe Alpträume, in denen ich das Tablett mit den Kanapees fallen lasse.«

»Es wird alles gut gehen«, beruhigte ich sie.

»Wenigstens lenkt sie das Kochen und der Mann von diesen Kindern ab«, sagte Sally anschließend. »Jeder weiß, dass sie ihre Entscheidung bitter bereut. Aber sie würde sich eher die Zunge abbeißen, als Lawrence anzurufen und zu sagen, dass sie ihre Meinung geändert hat.«

Sie warf mir einen scharfen Blick zu. »Genauso wenig wie du John anrufen und ihm sagen wirst, dass *du* deine Meinung geändert hast. Aber beschwer dich bloß nicht bei mir, wenn du in zwei Wochen mitbekommst, dass er eine andere hat. Okay, okay, dass du ihn jetzt nicht anrufen kannst, verstehe ich: Du bist ja halb betrunken.«

Sie hob prüfend die Flasche hoch, sie war so gut wie leer. Das meiste davon hatte ich intus, von dem, was ich bei Nina getrunken hatte, ganz zu schweigen. »Ich würde gar nicht *wollen*, dass du ihn jetzt anrufst. Dafür brauchst du einen klaren Kopf.«

Am nächsten Morgen hatte ich alles andere als einen klaren Kopf. Das lag unter anderem daran, dass ich bei Nina Weißwein und zu Hause Rotwein getrunken hatte (denn was anderes hatten wir nicht). Plus ein großes Glas Gin und einen Cointreau, als der Rotwein alle war. Durcheinander trinken ist mir noch nie besonders gut bekommen, und schon gar nicht auf leeren Magen. Ich hätte mich am liebsten übergeben, um das Zeug wieder loszuwerden, aber stattdessen wachte ich auf und kam mir vor wie etwas, das Pissels von draußen mitreinbringt und hinter dem Sofa vergammeln lässt.

Ich hätte mich krankmelden sollen, aber ich feiere niemals krank. Als ich ins Büro fuhr, fühlte ich mich hundeelend. Ich aß ein Thunfischsandwich mit Mais, wonach ich mich doch übergeben musste, und kam noch elender wieder nach Hause. Sally bot mir etwas von Toms Reisbrei mit Apfel an. Ich brachte gerade mal drei Esslöffel davon hinunter und legte mich für ein paar Stunden ins Bett. Gegen neun wachte ich wieder auf. Ich kam mir vor, als würde ich bereits seit sechs Wochen in der Aussegnungshalle liegen.

Sally sagte: »Meine Güte, jetzt tu mir den Gefallen und *ruf ihn an*!«

»In diesem Zustand? Sieh mich doch bloß mal an! Was, wenn er gleich vorbeikommen will?«

Das war zwar mehr als unwahrscheinlich, aber das Risiko konnte ich unmöglich eingehen. Ich hatte dunkle Ringe unter den Augen und meine Haut war aschfahl. Zu allem Überfluss bekam ich auch noch einen dicken Pickel am Kinn.

»Das merkt der gar nicht«, schimpfte sie. »Unter die Dusche mit dir! Wir können ein paar Kerzen anzünden und so tun, als ob die Glühbirnen durchgebrannt sind.«

Zu guter Letzt rief ich ihn doch noch an, es war halb zehn.

Der Anrufbeantworter ging dran. Gegen zehn vor zehn versuchte ich es noch einmal, ohne Erfolg.

Meine grünen Schlangen schienen niemals weg gewesen zu sein. »Er ist ausgegangen«, sagte ich niedergeschlagen zu Sally. »Das hätte ich mir ja denken können. Wahrscheinlich trifft er sich gerade mit einer völlig unneurotischen Kuh, die kein bisschen so aussieht wie eine aus *Hinter Gittern – Der Frauenknast*.«

»Wahrscheinlich sitzt er gerade mit seiner Tante vor dem Fernseher«, beruhigte sie mich. »Ruf ihn einfach morgen an.«

Ich versuchte, meine Schlangen zu ignorieren, aber sie wollten einfach nicht verschwinden. Ehrlich gesagt, verwandelten sie sich gerade in Pythons. In Gedanken sah ich ihn doch noch mit der Nymphomanin Charlotte zusammenkommen, die seit jenem Abend genug Zeit gehabt hatte, erst recht zur Hochform aufzulaufen. Bestimmt hatte sie ihn gebeten, das Handy auszumachen. Sie ließ sich nämlich nur ungern stören, wenn es darum ging, ihn ans Bett zu fesseln, um ihn bis zur Besinnungslosigkeit durchzuvögeln, bis der Morgen dämmerte.

Bis halb elf saß ich mit Sally vor der Glotze und sah mir irgendeinen Mist an. »Jacko fehlt mir«, sagte ich unglücklich. »Wenn doch wenigstens Jacko hier wäre.«

»Dann ruf ihn doch an.«

Das tat ich auch. Er war sogar zu Hause, und zwar allein. Er war nicht mal kurz weggegangen, um ein oder zwei Bier zu trinken.

»Du bist doch nicht schon wieder krank?«, fragte ich. Es war schließlich Freitagabend, verdammt noch mal.

»Nein, ich muss hier ziemlich viel wegarbeiten«, seufzte er. »Ich könnte wetten, dass mein Vater seelenruhig zugesehen hat, als sich hier die Aktenberge türmten. Und du, wie geht's dir?«

»Beschissen«, sagte ich und merkte, wie ich in dem Moment völlig zusammenklappte. »Oh, Jacko, wenn du nur hier wärst ...«

Das Telefonat dauerte über eine Stunde. Ich lag auf meinem Bett und erzählte ihm die ganze Sache mit John, alles, was ich ihm die ganze Zeit verheimlicht hatte. Alles, was passiert war, seit er weggefahren war, und alles über Sally und Steve, wonach ich erst recht die Fassung verlor. »Was bin ich nur für eine blöde Kuh«, schluchzte ich.

»Ja, aber das warst du schon immer, und ich mag dich trotzdem. Morgen geht's dir bestimmt wieder besser. Dann rufst du John an – ich wette, der geht heute auch sehr früh ins Bett. Wahrscheinlich heult er schon seit einer Ewigkeit in sein Bier.«

Dann reichte ich Sally den Hörer, die sofort rief: »Hallo, Blödmann, wieso hockst du nicht schon längst in der Kneipe?« Das Telefonat schien sie richtig aufzumuntern. Ich glaube, sogar ihr ging die Kabbelei ab.

Als ich schließlich ins Bett fiel, ging es mir schon ein bisschen besser. Ich wachte gegen acht auf und fühlte mich beträchtlich besser, bis ich in den Spiegel sah. Meine Haut war immer noch aschfahl, aber das war noch nicht alles. Eine aschfahle Haut fällt nicht weiter auf, wenn man einen riesigen roten Pickel am Kinn hat.

Ich hätte heulen können, doch stattdessen fluchte ich. Ich fasste ihn an, und er tat weh.

So brauchte ich John gar nicht erst anzurufen, denn was, wenn er gleich vorbeikommen wollte? Ja, ich weiß, dass es hervorragende Abdeckstifte gibt, auch ich besitze einen. Aber auch der beste Abdeckstift hält nicht lange vor. Außerdem färbt er auf dem Kissen ab. Da wacht man nach einer kuscheligen Liebesnacht auf, dreht sich lächelnd und noch halb verschlafen zum Mann seiner Träume um – und alles, was er sieht, ist ein riesiger roter Pickel am Kinn.

Schon bald würde er sich violett verfärben, das spürte ich. Ich hatte schon seit Jahren keinen violetten Pickel mehr gehabt, aber es gab mal eine Zeit, da bekam ich alle drei Monate einen, und zwar immer an derselben Stelle. Typisch, dass ich ausgerechnet jetzt wieder damit anfing.

»Du bist erschöpft«, sagte Sally in einem Ton, wie ihn nur eine Mutter anschlagen kann. Aber das war sie ja wohl auch. »Seit Wochen rennst du hinter irgendwelchen Leuten her. Nimm ein paar Vitamine.«

»Vitamine werden mir da kaum weiterhelfen, fürchte ich«, erwiderte ich niedergeschlagen. »Wie soll ich ihn, bitteschön, anrufen, wenn ich *so* aussehe?«

»Das wird ihm gar nicht auffallen. Benutz den Abdeckstift.«

Ich machte heiße Umschläge, um den Heilungsprozess zu beschleunigen, aber das machte alles nur noch schlimmer. Der Pickel schien sich für immer in meinem Gesicht breit machen zu wollen. Er starrte mich hinterhältig aus dem Spiegel an und verkündete, dass er die nächsten zehn Tage auf keinen Fall abheilen würde, ellabätsch. Er hätte fest vor, einen gelben Kopf zu bekommen, sich zu entzünden und meine ganze untere Gesichtshälfte zu infizieren.

Ein schrecklicher Tag: Draußen war alles grau in grau, und es herrschte Nieselwetter. Ich lief nervös durchs Haus, sah alle zehn Minuten in den Spiegel und fragte mich, warum die moderne Wissenschaft so viel wertvolle Zeit auf die Entwicklung des Internets vergeudet hatte. Wo doch ein Pickel-Sofortvernichter die Menschheit wesentlich weitergebracht hätte.

Weil ich nicht wusste, was ich sonst tun sollte, begann ich mit der längst fälligen Entrümplungsaktion. Das meiste Zeug stand in Kartons auf dem Dachboden, dort, wo ich es schon vor Monaten abgestellt hatte. Obwohl ich bereits wahnsinnig viel weggeworfen hatte, war immer noch genug übrig, um die Insel Wight damit zu versenken. Aber die Sachen mussten sorgfältig durchgesehen werden. Es gab stapelweise Bücher. Manche davon waren so alt, dass sie durchaus von einem gewissen Wert sein konnten. Es gab Briefe, die zu Dutzenden von Bündeln zusammengeschnürt waren. Und dann waren da noch die Fotos, ein ganzer Koffer voll.

Nach einer Stunde brachte mir Sally einen Kaffee. Und da Tom gerade seinen Vormittagsschlaf hielt, beschloss sie, mir Gesellschaft zu leisten.

»Hast du das schon gesehen?«, fragte sie und hielt ein dickes, in Leder gebundenes Buch hoch, auf dem *Das Magazin für die Englische Hausfrau* stand. »Sieh mal!« Sie zeigte mir eine kolorierte Modezeichnung mit dem Titel: »Dame bei der Morgentoilette, Herbst 1881.« Ein Schnittmuster für »Babyschuhe aus bestickter Seide« war auch dabei. Es sah aus wie neu.

»Das ist bestimmt ein Vermögen wert!«, sagte sie. »Das solltest du schätzen lassen.«

Ich ging die Fotos durch. Die meisten waren uralt und zeigten Leute, die höchstwahrscheinlich nicht einmal Dad kannte. Aber ein paar davon waren neueren Datums. Es war sogar eines von mir dabei, das mich im Alter von sechs Jahren zeigte. Dann fand ich noch etwas, das ich Sally zeigen konnte.

»Aah«, rief sie. »Deine Eltern?«

Es war ihr Hochzeitsfoto, die alte Dorothy war auch zu sehen. Mit ihren fünfundsechzig Jahren sah sie noch ziemlich rüstig aus. Mum trug ein traditionelles Hochzeitskleid in Cremeweiß, hübsch, aber hoffnungslos altmodisch. Dad trug einen Stresemann, und beide lächelten, als wollten sie sagen: »So leben wir glücklich und zufrieden bis an unser Lebensende.«

»Traurig, was?«, sagte Sally und sprach mir damit aus der Seele. »Aber auch rührend, wenn man so will. Diese naive Vorfreude … Deine Mum war wirklich hübsch.«

»Ist sie immer noch«, sagte ich.

»Aber auch dein Dad sah ziemlich gut aus. Ich frag mich bloß, was da schief gelaufen ist.«

»Sie haben einfach nicht zusammengepasst«, sagte ich. »Ich hab mich schon oft gefragt, wie sie sich überhaupt ineinander verlieben konnten.«

Bald sollte ich es herausfinden.

Als Tom unten zu quäken begann, ging Sally nach ihm sehen und ich machte mit den Briefen weiter. Sie waren nach Absendern gebündelt, manche stammten noch aus den Zwanziger Jahren. Ich konnte keinen aussortieren, bevor Dad ihn nicht gesehen hatte. Doch manche waren noch nicht so alt. Auf einem kleineren Bündel erkannte ich die Schrift: Sie gehörte meiner Großmutter, also der Mutter von Dad. Die ersten drei Briefe waren ziemlich banal: das schreckliche Wetter, die arme Muriel mit ihrem Ischias, wer auch immer das sein mochte.

Doch der vierte erregte meine Aufmerksamkeit: »… Es fällt mir schwer, Begeisterung zu heucheln, aber natürlich bleibt ihnen nichts anderes übrig. David scheint trotz allem überglücklich zu sein, und ich bin froh, dass Pat ein so nettes Mädchen ist. Die Hochzeit soll am siebzehnten April stattfinden – ein früherer Termin war nicht möglich, außer auf dem Standesamt, und das wäre wirklich nicht besonders schön. Sie wird also bereits im fünften

Monat sein – hoffentlich sieht man dann noch nichts. Ich brauche dir wohl kaum zu sagen, dass niemand außer dem engsten Familienkreis Bescheid weiß. Lange lässt sich das sowieso nicht verheimlichen, aber ich will nicht, dass auf der Hochzeit getratscht wird. Und das gilt ganz besonders für Mona – du weißt ja, wie sie ist ...«

Ich war wie gelähmt, bis ich mir das Ganze noch mal durchlas.

Ich verstand nicht, was das heißen sollte.

Ich lief hinunter zu Sally, die Tom mit Gemüsebrei fütterte. »Sieh dir das mal an!«

»Das war also der Grund«, sagte sie, kaum dass sie den Brief gelesen hatte. »Sie ›mussten‹ heiraten, wie man so schön sagt. Wegen dir.«

»*Ich* kann das gar nicht gewesen sein, du Blödi.« Ich war immer noch ganz schockiert. »Sie haben im April geheiratet! Ich kam im Januar zur Welt! Beinahe zwei Jahre nach der Hochzeit!«

Eine halbe Stunde später rief ich Mum an.

»Ich gehe gerade Dorothys Briefe durch«, sagte ich ohne lange Vorrede. »Warum hast du mir nie erzählt, dass du schwanger warst, als ihr geheiratet habt?«

Ein beklemmendes Schweigen tat sich auf. »Ach du meine Güte«, sagte sie verzweifelt.

Es sollten vierzig Minuten vergehen, bis ich auflegte.

»Zumindest weißt du jetzt Bescheid«, erklärte Sally.

»Trotzdem, das hätte sie mir sagen müssen.«

Natürlich hatte Mum angefangen zu weinen. Am Anfang hatte ich nicht einen zusammenhängenden Satz aus ihr herausbekommen können. Und nachdem wir uns fast noch gestritten hätten, erst recht nicht. Sie behauptete allen Ernstes, sie wäre bei der Hochzeit nicht schwanger gewesen, worauf ich sagte: »Mum, *bitte*. Wenn du mich jetzt anlügst ...«

Wie sich herausstellte, war sie tatsächlich nicht schwanger gewesen. Vierzehn Tage vor der Hochzeit hatte sie eine Fehlgeburt gehabt, und das im fünften Monat. Es war schrecklich gewesen, mit richtigen Wehen, nur dass sie am Ende ohne Baby dastand. Es fiel ihr noch heute schwer, darüber zu reden – das Ganze war einfach zu schrecklich gewesen …

Am Ende rückte sie doch noch mit der Sprache raus. Sie hatte Dad kennen gelernt, als sie noch einer verflossenen Liebe hinterhertrauerte. Jemandem, der sie sehr schlecht behandelt hatte. Sie war am Boden zerstört gewesen, und da war ihr Dad wie der sichere Hafen nach einem schrecklichen Sturm vorgekommen. Er war so lieb zu ihr … und so einen Sturm wollte sie nie mehr erleben. Sie hatte ihn nicht nur geheiratet, weil sie schwanger war. Sie waren damals beide untröstlich, als sie das Baby verlor. Damals hatte sie sich nichts sehnlicher gewünscht, als es noch mal zu versuchen. Sie war jahrelang »relativ glücklich« gewesen, eine Formulierung, die meiner Meinung nach Bände sprach.

Aber als ich so um die zwölf Jahre alt war, wurde sie immer unzufriedener mit ihrem Leben. Irgendwie hatte sie sich mehr davon erwartet. Sie hätte beinahe eine Affäre angefangen, war dann aber doch davor zurückgeschreckt. Sie fühlte sich schuldig, erkannte, dass sie Dad nie hätte heiraten dürfen, denn mittlerweile war ihr ein sicherer Hafen zu wenig. Sie hatten sich immer mehr auseinander gelebt, ihre Interessen waren einfach zu verschieden. Trotzdem hatte sie nie vorgehabt, ihn zu verlassen – bis sie Bill kennen lernte und merkte, was sie all die Jahre so vermisst hatte. Es war die reinste Hölle gewesen, ihn ein Jahr lang zu verheimlichen. Sie hatte es gehasst, Dad wehtun zu müssen. Aber der war auch nicht wirklich glücklich gewesen. Aus diesem Grund hatte sie ja solche Angst gehabt, dass er bei Kathy erneut danebengreifen könnte. Sie wollte nichts lieber, als dass er glücklich war. Sie hatte das Gefühl, ihm etwas vorenthalten zu haben, auf das er eigentlich Anrecht gehabt hätte.

Zu Sally sagte ich: »Ich kann den Gedanken kaum ertragen, dass sie nur wegen mir zusammengeblieben sind.«

»Das hat sie nicht gesagt.«

»Nein, aber das muss der Grund gewesen sein. Wenn ich nicht gewesen wäre, hätten sie dem oder der Richtigen schon viel früher begegnen können.«

»Oder noch unpassenderen Partnern. Seien wir doch mal ehrlich: Würden wir alle immer nur an die Richtigen geraten, gäbe es bald überhaupt keine Kinder mehr.«

Ich war in Gedanken immer noch bei meinen Eltern, als ich gegen fünf den Schlüssel im Schloss hörte. »Irgendjemand zu Hause?«, hörte ich eine vertraute Stimme.

»Jacko!«

»Ich dachte, ich komm vorbei und heitere dich ein bisschen auf«, grinste er. »Hier. Für meine beiden Liebsten.« Hinter seinem Rücken zauberte er zwei identische Blumensträuße hervor.

»O Jacko ...« Ich hätte beinahe wieder angefangen zu heulen, und selbst Sally war nicht so grob wie sonst.

»Ich hab dich vermisst, du Blödmann«, gestand sie und gab ihm einen Kuss. »Ich sag dir nicht, wie sehr, aber ich hab dich vermisst.«

Dann verbrachten wir einen ziemlich schönen Abend. Wir machten Feuer im Kamin und eine Riesenportion Krabbencurry. (Ich musste losziehen und die Krabben kaufen.) Ein höchst kultivierter Abend also. Was bedeutete, dass im Hintergrund irgendwelche blöden Samstagabendsendungen liefen und wir mit einem uralten Spiel von Dorothy, das ich gerade irgendwo ausgegraben hatte, Monopoly spielten. Die Spielfiguren waren aus Silber.

Natürlich fingen Sally und Jacko gleich wieder an zu streiten. Beide wollten den kleinen silbernen Hund haben. Jacko behauptete, Sally würde tricksen. Dafür weigerte sie sich, die Schlossallee rauszurücken, wenn er nicht einen anderen Ton anschlug. Sie drohte damit, der Hausgemeinschaft zu schreiben und ihn vor die Tür zu setzen.

Danach konnte es kulturell gesehen nur noch bergab gehen. Jacko schlug ein Spiel vor, dass wir in unserer Studentenzeit gespielt hatten: *Sag an oder stirb*. Ich glaube, er hatte es selbst erfunden, und so brauche ich wohl kaum zu erwähnen, dass es von allen peinlich-pubertären Spielen mühelos den ersten Preis gewonnen hätte. Wenn wir es gespielt hatten, dann immer nur am

Ende eines feuchtfröhlichen Abends, wenn die, die noch nicht unterm Tisch lagen, für jeden Unsinn zu haben waren.

Das Spiel ging folgendermaßen: Man nannte die absolut ekelhafteste Substanz oder Tätigkeit, die man sich vorstellen konnte, und sagte zu seinem Opfer: »Entweder du isst (erste ekelhafte Substanz) oder (zweite ekelhafte Substanz). Sag an oder stirb.«

Der Sinn und Zweck dieses Spiels bestand einzig und allein darin, das lauteste, angewidertste Kreischen zu ernten, das man sich vorstellen kann. Klar, dass die Substanzen den größten Erfolg hatten, bei denen es hauptsächlich um Körperausscheidungen von Tieren oder Fünfundneunzigjährigen ging. Die Tätigkeiten könnt ihr euch selbst ausmalen. Nach ein paar Vorschlägen, bei denen wir nur die Augen verdrehten, lief Sally so richtig zur Hochform auf. Sie zog eine furchtbar angewiderte Grimasse und gab ein paar durchaus ekelhafte Dinge zum Besten. Jacko lachte höhnisch und meinte, das wäre doch harmlos, und schon begannen sie sich gegenseitig mit absolut ekelhaften Sachen zu überbieten. Nur ich saß plötzlich wie eine humorlose Babysitterin daneben und wunderte mich über ihren »Fäkalhumor«. Aber im Gegensatz zu ihnen war ich stocknüchtern. Ich brauchte den Alkohol nur zu riechen, und schon drehte sich mir der Magen um. Ich hatte den ganzen Tag nur Tee, Wasser, Limo und O-Saft getrunken.

Aber wenn ein paar Gläser Wein und Fäkalhumor Sally derart in Stimmung bringen konnten, hatte ich nichts dagegen. So hatte ich sie schon eine Ewigkeit nicht mehr erlebt. Sie bekam kaum noch Luft vor lauter Lachen, und ihre Augen loderten mit dem Kaminfeuer um die Wette.

Weil ich mir sowieso vorgenommen hatte, früh schlafen zu gehen, ließ ich die beiden allein und ging ins Bett. Ich hatte so den Verdacht, dass sich ausreichend Schlaf günstig auf violette Pickel auswirkt, aber zur Sicherheit nahm ich noch zwei hochdosierte Vitamin-C-Tabletten.

Bis Viertel nach sieben schlief ich wie ein Stein. Als Erstes warf ich natürlich einen prüfenden Blick in den Spiegel, um mein Horn zu begutachten. Wenigstens war es nicht größer geworden. Vielleicht sogar ein bisschen kleiner. Schon etwas besser gelaunt, schlich ich auf Zehenspitzen ins Bad, um Sally und Tom nicht zu wecken. Jacko konnte sowieso nichts aufwecken, der würde wieder bis um elf unter seiner Decke überwintern. Ich hatte sein Bett immer noch nicht frisch bezogen, aber das schien ihn nicht weiter zu stören. Ich beschloss, mich noch mindestens eine Stunde hinzulegen, und schlich zurück.

Sallys Tür stand einen Spaltbreit offen, und Toms allmorgendliches Gurgeln war zu hören. Dann hörte ich eine Stimme, die sagte: »Na? Wie wär's mit einem Rest Curry von gestern? Oder mit einem Weetabix? Ich für meinen Teil hatte immer ein weich gekochtes Ei am liebsten. Und dann musste ich immer ein Stück Weißbrot hineinstippen.«

Ich drückte die Tür auf. Jacko, der nur mit seinem Schottenkaro-Bademantel bekleidet war, hob Tom aus seinem Bettchen. »Guck mal, da ist Tante Harry«, sagte er. »Mann, war die langweilig gestern Abend, aber wir woll'n mal so tun, als hätten wir nix bemerkt.«

Ich sah erst ihn an und dann Sallys unberührtes Bett.

»Wo ist sie?«

»Sie schläft«, sagte er.

»Sag bloß nicht, sie ist wieder auf dem Sofa eingeschlafen?«

Jacko wandte sich Tom zu, der in seiner linken Armbeuge thronte. »Die arme alte Harriet ist ganz schön langsam von Begriff, was?«, sagte er zu ihm. »Aber das war sie, ehrlich gesagt, schon immer.«

Dann drehte er sich wieder zu mir um.

Etwas traf mich in die Magengrube, prallte jedoch gleich wieder ab. Ich starrte ihn an und konnte es kaum fassen.

Er grinste kein bisschen und sah nicht die Spur verlegen aus. »Warum, glaubst du wohl, bin ich so lange hier geblieben?«, fragte er.

Mir fehlten die Worte.

»Ich liebe sie«, sagte er schlicht. »Ich hab sie von Anfang an geliebt.«

Ich war so verblüfft, dass ich immer noch kein Wort herausbrachte. Ich wartete darauf, dass er sagen würde: »Ellabätsch, das war doch bloß Spaß.« Darauf, dass er grinste und sagte: Am frühen Morgen fällst du wohl auf alles rein. Aber ich wartete vergebens.

»Ich hab Tom gefragt, was er zum Frühstück will«, fuhr er fort, so als hätte er nicht gerade mit fliegenden Untertassen um sich geworfen. »Ich hab gehört, wie er vor sich hingebrabbelt hat, aber ich wollte Sally nicht wecken.«

Mit Müh und Not fand ich meine Stimme wieder. »Normalerweise bekommt er morgens zuerst die Flasche. Sie hat auf Fläschchen umgestellt, denn wie soll das sonst gehen, wenn sie demnächst wieder zur Arbeit muss? Aber zuallererst muss die Windel gewechselt werden.«

»Daran hab ich auch schon gedacht. Wie wär's, wenn du mir dabei über die Schulter siehst?« Verblüfft legte ich die Wickelunterlage aufs Bett und reichte ihm die Babytücher. Ich sah zu, wie er Tom darauf legte, und sagte: »Ich kann das noch nicht so gut, Kumpel, also hab ein bisschen Geduld«, und sah, wie Tom zurückgrinste. Ich sah, wie er fast schon fachmännisch den Strampelanzug aufknöpfte und seine Windel löste. »Mann, ist das ein Brocken«, sagte er zu Tom. »Sieht aus wie eine von diesen französischen Käsesorten, die einem vom Teller fließen.« Ich sah, wie er ihn beinahe routiniert säuberte. Als ich ihm schließlich eine saubere Windel reichte, fragte ich: »Warum, um alles in der Welt, hast du mir nie was davon *erzählt*?«

»Unmöglich«, sagte er. »Da hätte ich ja gleich sagen können: Ich habe mich in Madonna verliebt. Wie rum macht man das zu?«

Ich zeigte es ihm, und den Rest erledigte er allein. Mit Tom, der wieder auf seinem Arm thronte, fragte er: »Könntest du mir mit dem Fläschchen helfen?«

Ich folgte ihm nach unten. Mir brannten vierzehntausend Fragen auf der Zunge, von denen ich jedoch keine einzige herausbrachte. War ich denn vollkommen blind oder blöd oder beides gewesen? Und was war mit Sally?

Einerseits tat Jacko, als wäre überhaupt nichts passiert. Andererseits wirkte er irgendwie verändert. So friedlich und gelassen hatte ich ihn noch nie erlebt. Nachdem ich ihm mit dem Fläschchen geholfen und den maunzenden Pissels gefüttert hatte, nahm ich Tom auf den Schoß, während er Sally einen Tee machte. Dann wollte er das Ganze noch mit einer Scheibe Toast abrunden und stellte alles auf ein Tablett. Während das Toastbrot geröstet wurde, wies er mit dem Kinn auf den Kasten Schneeglöckchen vor dem Fenster. »Was dagegen, wenn ich mir ein paar Blumen klaue?«

»Nein«, sagte ich, »pflück dir welche«, woraufhin er barfuß nach draußen ging, ein halbes Dutzend abschnitt und nach einem Eierbecher suchte, in den er sie hineinstellen konnte. Da fiel mir die winzige Silbervase von Dorothy wieder ein. Er stellte die Schneeglöckchen hinein, strich Butter und Kirschmarmelade auf das Toastbrot und bewunderte sein Werk. »Gut. Ich werd das mal nach oben tragen.«

»Das schaffst du nicht alleine«, sagte ich. »Lass mich Tom nehmen.«

»Das schaff ich schon.« Und so verschwand er mit Tom und seinem Fläschchen auf dem einen, und dem Tablett auf dem anderen Arm nach oben.

Kaum dass er weg war, hatte ich plötzlich die schlimmsten Befürchtungen. Was, wenn sich Sally da zu etwas hatte hinreißen lassen? Was, wenn sie einfach nur ihren neu erwachten Trieben nachgegeben hatte? Auf den ersten Blick konnte man Jacko leicht für einen eingefleischten Frauenheld halten. Nur die wenigsten merkten, wie verletzlich er im Grunde war. Und das würde ihn verletzen, so viel wusste ich. Noch mal so eine Geschichte wie mit Michaela konnte ich einfach nicht verkraften. Seinetwegen.

Nach zwei Tassen Kaffee wurde mir klar, dass an Schlafen sowieso nicht mehr zu denken war. Stattdessen ging ich unter die Dusche. Ich starrte Jackos Tür an, aber sie war geschlossen, und kein Laut drang aus seinem Zimmer.

Nachdem ich geduscht hatte, ging ich trotzdem zurück ins Bett, machte das Radio an, schlief aber nicht wieder ein.

Von Anfang an, hatte er gesagt. Und das ohne jede Ironie. Als er sie das erste Mal gesehen hatte, lag der Schwangerschaftstest gerade mal drei Tage zurück. Er war wegen eines Fußballspiels nach London gekommen. Sally war derartig mit den Nerven am Ende, dass sie seine Anwesenheit nicht einmal bemerkt hatte. Danach war er immer wieder das eine oder andere Wochenende auf Besuch gekommen. Aber auch dafür hatte es stets einen guten Grund gegeben. Liverpool spielte gegen West Ham, ein Rugbymatch in Twickenham, ein Zug durch die Gemeinde mit einem alten Kumpel. Es hatte mich nicht weiter erstaunt, als alle drei Wochen etwas anderes anstand und er eine Übernachtungsgelegenheit brauchte. Im Gegenteil, ich hatte mich jedes Mal gefreut, wenn er kam. Und nach einer von diesen Sauftouren hatte er dann den Unfall gehabt. Auch da hatte ich mich nicht weiter gewundert, dass er lieber bei uns bleiben wollte, anstatt nach Hause zu fahren. Schließlich war es nur vernünftig, sich von dem Arzt weiterbehandeln zu lassen, der einen auch zusammengeflickt hat. Und außerdem war da ja noch Frida …

Eine Finte? Eine falsche Fährte? Oder einfach nur typisch Jacko?

Um fünf vor neun ging ich wieder runter und entdeckte die drei in der Küche. Ich kann gar nicht genau sagen, was es war, aber ein Blick genügte, und ich wusste, dass ich mir um Jacko keine Sorgen zu machen brauchte. Sally saß am Tisch und wärmte sich die Hände an ihrem Kaffeebecher. Sie trug den Bademantel mit Schottenkaro und grinste mich an, nicht ohne dabei leicht zu erröten.

»Hallo«, sagte sie.

Ich sah zuerst sie an und dann Jacko. »Am liebsten würde ich euch anzeigen«, sagte ich. »Ich musste mich erst mal hinlegen, um den Schock zu verdauen.«

»Tu, was du nicht lassen kannst«, grinste Jacko. Er war angezogen und trug schon seine Outdoor-Fleecejacke. Tom saß warm eingepackt in seinem Buggy und steckte in seinem Schneeanzug. Jacko zwinkerte mir zu, aber seine Worte waren an Tom gerichtet.

»Los, Kumpel, lass uns zusehen, dass wir hier wegkommen.« Flüsternd fügte er hinzu: »Ich glaub, die wollen über mich reden.« Er gab Sally einen Kuss auf die Wange. »Bis später.«

»Tschüs, Blödmann«, sagte sie. »Bitte keine Wettrennen mit diesem Buggy.«

Er öffnete die Hintertür und schob Tom nach draußen. Kaum dass die Tür hinter ihm ins Schloss gefallen war, sagte Sally: »Er geht nur schnell einkaufen. Wir haben keine Milch mehr.« Es war nicht das erste Mal an diesem Morgen, dass mir die Worte fehlten. Genau wie Jacko wirkte auch sie völlig verändert. Sie schien auf einer rosaroten Wolke zu schweben und sah überglücklich aus.

»Vielleicht glaubst du mir ja jetzt«, meinte sie. »Was Steve angeht, meine ich.«

Zu guter Letzt brachte ich doch noch zwei Worte heraus. »Seit wann?«

»Keine Ahnung ...« Sie zuckte hilflos die Achseln. »Schon seit einer Ewigkeit. So richtig klar wurde mir das, glaub ich, als er seinen Unfall hatte. Und als Frida einzog und er mit seiner albernen Flirterei anfing. Nur dass ich nicht wusste, wie albern das wirklich gemeint war ...«

Ich setzte mich zu ihr an den Tisch. »Und letzte Nacht ist es dann einfach so passiert?«

»Wenn du so willst«, sagte sie verlegen. »Wir haben noch eine Ewigkeit dieses blöde Spiel gespielt, und ich hab mich kaputtgelacht. Aber plötzlich hat er mich so angesehen, und da habe ich nicht mehr gelacht. In dem Moment wusst ich's einfach. Und dann hat er gesagt: ›Wir können einfach bloß Freunde bleiben, oder ich werde dich immer lieben. Sag an, oder ich sterbe.«

Plötzlich war sie überhaupt nicht mehr verlegen. Sie wischte sich eine Träne aus dem Gesicht.

Ich hatte einen Kloß im Hals. »Oh, Sally ...«

»Ich konnte es kaum fassen«, fuhr sie fort. »Klar, dass er mich nicht gerade von der Bettkante stoßen würde, das wusste ich, aber das ... Er hat mich geküsst. Das letzte Mal war schon so ewig her, dass ich mich gefühlt habe wie beim ersten Kuss.«

Inzwischen bekam auch ich feuchte Augen.

»Und im Bett? Ich dachte, allein bei dem Gedanken an Sex würde dir schlecht.«

»Das ist ja das Komische. Bis zu diesem Moment dachte ich immer, ich kann das nicht, aber irgendwas war plötzlich anders. Doch als es dann fast so weit war, bekam ich kalte Füße. Nach dem Dammschnitt und so hatte ich Angst, es könnte furchtbar wehtun. Ich kam mir vor wie beim ersten Mal. Und da hab ich ihm gesagt, dass ich nicht will.«

Ich schwieg.

»Aber er hat nur gesagt: ›Macht doch nichts, wir können einfach nur ein bisschen kuscheln.‹ Er war so was von süß ...« Sie wischte sich eine weitere Träne aus dem Gesicht, und ihr versagte die Stimme.

Doch es dauerte nicht lange, und Sally war wieder ganz die Alte. »Aber dann wollte ich doch«, fuhr sie mit einem viel sagenden kleinen Grinsen fort. »Ich will dir mal was sagen: So viel Übung zahlt sich aus. Er versteht wirklich was davon.«

Wir lachten, und plötzlich war alles genau wie früher. Eine Minute später sagte ich: »Ich fasse es einfach nicht, dass du mir nie etwas erzählt hast.«

»Das konnte ich einfach nicht. Ich hatte Angst, du könntest es ihm weitererzählen, und er würde aus lauter Mitleid etwas mit mir anfangen. Außerdem wusste ich selbst nicht genau, was ich wollte«, erwiderte sie. »Ich hatte das Gefühl, dass immer noch nicht wieder alles so war wie vor der Geburt. Ich glaube, ich wollte ihn einfach bloß *haben*, wenn du verstehst, was ich meine.«

Nein, das verstand ich nicht, aber ich war schließlich nicht mit achtundvierzig Stichen genäht worden.

»Und dann war da noch die Sache mit dem Geld«, fügte sie hinzu. »Ich wollte einfach nicht, dass die Leute denken: ›Sieh mal einer an, da hat es die allein erziehende Mutter doch glatt geschafft, sich einen reichen Mann zu angeln.‹ Jetzt will er mir schon ein Auto kaufen«, fuhr sie fort. »Er hat gleich heute Morgen davon angefangen, im Bett. Kannst du dir das vorstellen?«

So wie ich Jacko kannte, durchaus.

»Ich hab gesagt, das kommt gar nicht in Frage«, betonte sie. »Wenn ich mir eines kaufe, dann zahl ich es auch selbst.«

Jacko war ganz schön lange weg, um bloß Milch zu holen. Aber wenn es darauf ankam, bewies er durchaus Feingefühl.

Schließlich kamen wir noch einmal auf Steve zu sprechen.

Sie hatte aus verschiedenen Gründen gar nicht gewollt, dass er hier auftauchte. Am Anfang hatte sie gedacht, er würde ohnehin nichts von dem Kind wissen wollen. Und sie wiederum wollte *davon* nichts wissen. Sie wollte nicht, dass der arme kleine Tom einen Vater hatte, der ihn nicht liebt. Und angenommen, Steve hätte ihn doch anerkannt, dann hätte sie sich verpflichtet gefühlt, mit ihm zusammen zu sein, obwohl sie spürte, dass das unmöglich war. Es hätte die Sache wesentlich vereinfacht, wenn er gar nicht erst aufgetaucht wäre. Wenn sein Besuch sie nicht so überrascht hätte, hätte sie vielleicht gar nicht so heftig reagiert. Rückblickend hatte sie sich ihm gegenüber ziemlich unfair verhalten. Er hatte gesagt, er hätte durchaus vorher angerufen, wenn er nur ihre Nummer gehabt hätte. Und er hatte auch gesagt, dass er ziemlich beschäftigt gewesen sei wegen der Scheidung und erst noch seine Sachen aus der ehelichen Wohnung hätte holen müssen. Und deswegen hätte sie ihm das nicht alles an den Kopf werfen dürfen. Aber in dem Moment war das eben alles ein bisschen viel für sie gewesen. Vor allem, weil sie gar nicht mehr damit gerechnet hatte, dass er überhaupt noch auftauchen würde.

Dann kamen wir auf Jacko zurück. »Kein Wunder, dass du die ganze Zeit so unausstehlich warst«, sagte ich. »Wenn du dachtest, er könnte hinter Frida oder irgendwelchen tschechischen Au-pairs her sein, ohne dich jemandem anvertrauen zu können ...«

Wieder wurde sie ganz verlegen. »Ich hab mich jemandem anvertraut.«

»Wem denn?«

»Rosie. Alles plaudert sie auch wieder nicht aus«, fügte sie schnell hinzu, als sie mein Gesicht sah. »Ich hab's ihr an dem Abend erzählt, als sie vorbeigekommen ist und du nicht da warst.

Ich wollte eigentlich gar nicht, aber dann hat sie dauernd gesagt, wie süß Tom doch ist, und irgendjemandem musste ich einfach mein Herz ausschütten.«

Von meinem Pickel einmal abgesehen, verbrachte ich den Rest des Tages auf einer Art rosaroten Wolke. Denn dass die beiden besten Freunde, die man hat, zusammenfinden, ist ja eigentlich zu schön, um wahr zu sein. Normalerweise kann man schon froh sein, wenn sie sich überhaupt verstehen. Ich überlegte, ob mir irgendwas hätte auffallen müssen, aber Sally neigt eben zu Launenhaftigkeit, und ihre Unausgeglichenheit in der letzten Zeit hatte ich – ja gar nicht zu Unrecht – auf ihre schwierige Situation zurückgeführt.

Jacko fuhr gegen halb zehn zurück. Er musste am nächsten Morgen früh raus, würde aber am Freitagabend zurückkommen. Sobald er weg war, konzentrierte sich Sally voll und ganz auf ihren Unterricht, den sie am nächsten Tag halten würde.

Doch dann löste sich auch das letzte bisschen rosa Wolke in Luft auf. Mein Pickel begann zwar abzuheilen, aber ob ich am nächsten Tag vorzeigbar sein würde, stand noch in den Sternen. Falls ich überhaupt vorzeigbar sein musste. Was, wenn er wieder nicht ans Telefon ging? Und selbst wenn, was sollte ich ihm bloß sagen? »John, vergiss, was ich da neulich gesagt habe, das war nicht so gemeint …« Was, wenn er mit kaum verhohlener Gereiztheit sagen würde: *»Hör mal, Harriet, so langsam hab ich wirklich die Nase voll. Lassen wir es einfach bleiben, okay?«*

Als ich ins Bett ging, hatte ich jede Menge Schmetterlinge im Bauch – aber besser als Schlangen war das allemal. Als ich aufwachte, waren sie immer noch da, aber dafür war mein roter Pickel unauffälliger geworden. Er sah jetzt aus wie ein kleines rosa Hügelchen.

Sally wollte nicht, dass ich sie bei der Tagesmutter absetzte. Man konnte zu Fuß hinlaufen, und das bisschen Bewegung würde ihr gut tun. Als sie gegen Viertel vor acht aufbrach, wünschte ich ihr viel Glück, trank noch eine Tasse Kaffee und ging um zehn nach aus dem Haus.

Als ich vor die Haustür trat, wurde ich Zeugin eines kleineren Dramas, das auf den ersten Blick gar nicht als solches zu erkennen war. Ich sah bloß, wie Matt und Toby, beide in Schuluniform, vor dem Hause herumtrödelten. Francesca hatte ich erst übersehen, aber sie wartete schon am Wagen und sah ziemlich gestresst aus.

Ich weiß auch nicht, wen ich erwartet hatte, vielleicht jemanden wie Nina oder noch schlimmer. Aber sie sah einfach bloß aus, wie eine nette, attraktive Frau an einem Montagmorgen eben so aussieht: Sie wünscht sich, es wäre bereits Freitagabend.

»Würdet ihr euch bitte ein bisschen beeilen?«, sagte sie, als Matt irgendetwas fallen ließ und im Zeitlupentempo wieder einsammelte.

Ich hatte die Jungs schon seit Weihnachten nicht mehr gesehen. Sie waren zweieiig, sahen sich aber trotzdem sehr ähnlich. »Hallo«, sagte ich.

»Hi«, nuschelten sie.

Als Francesca mich entdeckte, musste ich irgendetwas sagen.

»Hallo, ich bin Harriet.«

»Hallo.« Sie klang verlegen, was mich nicht weiter verwunderte. »Wir sind spät dran«, fügte sie gehetzt hinzu. »Lawrence liegt mit Grippe im Bett, und deshalb bring ich sie heute zur Schule. Also *was* jetzt?«, fragte sie Toby. Er war schon beinahe eingestiegen, als er wieder herauskletterte. »Ich hab meine Schwimmsachen vergessen«, murmelte er.

In dem Moment verlor sie die Geduld. »Gut, das war's. Ich hab euch *extra* gesagt, dass ihr euch rechtzeitig fertig machen sollt – jetzt komme ich auch zu spät.« Sie schlug die Autotür zu, aus der er gerade erst herausgeklettert war. Die beiden Jungs standen auf dem Bürgersteig und starrten sie an. »Tut mir Leid, aber jetzt müsst ihr den Bus nehmen. Wenn ich sage, fertig machen, dann *meine* ich, fertig machen.«

Sie warf mir einen genervten Blick zu. »Tut mir Leid, aber es ist höchste Zeit, dass sie das lernen. Ich weiß, dass sich ihre Mutter für sie aufgeopfert hat, aber ich werde das ganz bestimmt nicht tun.« Mit diesen Worten setzte sie sich hinters Steuer und brauste davon.

»Sieh nur, was du angerichtet hast, du Blödmann!«, sagte Matt wütend zu Toby. »Jetzt kommen wir zu spät zur Schule! Der Bus braucht eine Ewigkeit!«

Bisher hatte ich mich noch nie besonders für sie erwärmen können, aber als ich Tobys Gesicht sah, tat er mir einfach nur Leid. Seine Unterlippe zitterte, als er zurück ins Haus ging. Plötzlich sah er aus wie ein kleines Kind, für das gerade eine Welt zusammengebrochen ist. Und ich dachte, meine Güte, das sind doch noch Kinder. Gerade mal zwölf Jahre alt.

»Hör zu, wenn du willst, bring ich euch zur Schule«, sagte ich zu Matt.

Der wurde plötzlich auch ganz kleinlaut. »Dann kommst du aber zu spät zur Arbeit.«

Ich konnte es kaum fassen, dass er sich darüber überhaupt Gedanken machte. »Aber nur ein bisschen. Ist nicht so schlimm.«

Toby kam zurück. Ein Handtuch hatte er unordentlich in eine Plastiktüte gestopft. »Harriet wird uns fahren, Blödmann. Los, steig ein«, rief Matt ihm zu.

Der Verkehr war mörderisch, wie jeden Montagmorgen. Die beiden saßen auf dem Rücksitz und sprachen kein Wort, aber nach ein paar Minuten hätte ich schwören können, dass da jemand schniefte. Ich sah in den Rückspiegel und merkte, wie sich Toby mit dem Ärmel seines Blazers über die Augen fuhr. Matt zischte ihm »Sei still!« zu, aber so leise, dass ich so tun konnte, als hätte ich nichts gehört.

Als ich an der vierten Ampel halten musste, sagte ich wie nebenbei: »Von heute früh einmal abgesehen – wie versteht ihr euch so mit Francesca?«

»Gut«, sagte Matt teilnahmslos.

Toby sagte gar nichts, aber ich konnte ihn deutlich schniefen hören.

Doch ein paar hundert Meter weiter sagte er mit zittriger Stimme: »Wenn doch bloß Mummy wiederkäme.«

Ich war zu Tränen gerührt, denn ich hatte ihn noch nie Mummy sagen hören.

»Tja, kommt sie aber nicht!«, sagte Matt. Zu mir meinte er: »Dad sagt, das ist alles unsere Schuld, dass sie ausgezogen ist. Er sagt, wir hätten sie behandelt wie einen Fußabtreter.«

So ein Arschloch, dachte ich und schaltete wütend in den dritten Gang.

»Dabei werd ich sie nie mehr behandeln wie einen Fußabtreter, Hauptsache, sie kommt wieder zurück«, sagte Toby den Tränen nahe. »Ich würde ihr Tee kochen, mein Zimmer aufräumen und alles.«

»Tja, sie kommt aber nicht zurück«, sagte Matt stur. Aber auch seine Stimme verriet mir, dass er uns allen etwas vormachte. Er hatte sich einfach nur eine härtere Schale zugelegt als Toby und wollte niemandem zeigen, was in ihm vorging.

Beinahe hätte ich gesagt: »Vielleicht kommt sie ja zurück, wenn ihr sie darum bittet«, verkniff es mir aber gerade noch rechtzeitig.

Als ich sie absetzte, sagte Toby: »Vielen, vielen Dank«, und Matt: »Danke. Ich weiß das wirklich sehr zu schätzen« – auf so eine pseudocoole Art, dass ich beinahe laut aufgelacht hätte, wären sie nicht so mitgenommen gewesen. »Einen schönen Tag noch«, sagte ich lächelnd und fuhr weiter.

Natürlich kam ich zu spät zur Arbeit, aber das war eben Pech. Als ich das Büro betrat, wurde mir klar, dass ich auf diese Art von Arbeit sowieso keine Lust mehr hatte. Obwohl ich Lesley sehr mochte, konnte ich es nicht mit ansehen, wie sie versuchte, für diese Solutions-Software-Typen eine Frau mit langen Beinen aufzutreiben. Ich beschloss, mir später die Zeitung zu kaufen und die Stellenanzeigen durchzusehen. Vielleicht wäre eine von diesen großen Personalagenturen das Richtige, die für die Datenerfassung und den Empfang Menschen wie du und ich einstellen.

Doch ich dachte nicht nur über eine neue Stelle nach. Gegen Mittag rief ich Helen an. »Wie war die Party?«, fragte ich als Erstes.

»Oh, ziemlich gut«, sagte sie stolz wie Bolle. »Die waren ganz verrückt nach meinen Räucherlachsröllchen. Einer der Gäste hat mich sogar gefragt, ob ich nicht auch den achtzigsten Geburtstag ihrer Mutter ausrichten möchte. Wenn ich das wirklich ernsthaft aufziehen will, werd ich wohl bei Felicity ausziehen müssen. Sie hat bloß einen ganz kleinen Kühlschrank mit einem winzigen Gefrierfach.«

Ich dachte an die riesige Profiküche, die sie zu Hause gehabt hatte, an den voluminösen Kühlschrank und die Gefriertruhe. »Ich hab heut morgen die Zwillinge getroffen«, sagte ich.

Sie wechselte sofort die Tonlage. »Wie geht es ihnen?«

Zehn Minuten später legte ich völlig erschöpft auf. Aber ich wusste, ich hatte das Richtige getan. Was machte es schon für einen Sinn, wenn sie sich weiterentwickelte, Erfolge einheimste, aber bei alledem nie wirklich glücklich war?

Anschließend brachte ich meine Kolleginnen Jess und Sandie auf den neuesten Stand. Sie kannten die Helen-Geschichte bereits. »Sie hat sich die Augen ausgeheult«, sagte ich abschließend. »Sie wird Lawrence anrufen und ihm sagen, dass sie wieder zurückkommt.«

Je später der Nachmittag, desto nervöser wurde ich, schließlich wollte ich abends John anrufen. Aber ich musste mich nicht groß anstrengen, den Anruf immer weiter hinauszuschieben. Als Erstes musste ich mich bei Sally erkundigen, wie ihr Tag gewesen war. Sie konnte nicht klagen, die Klasse, die sie unterrichtete, war ziemlich nett. Aber natürlich gab es auch diesmal Schüler, die gar nicht mehr aufhören konnten zu reden, und andere, die die Zähne überhaupt nicht auseinander bekamen. Natürlich hatte sie die Tagesmutter dreimal anrufen müssen, um sich nach Tom zu erkundigen. Sie konnte den Gedanken kaum ertragen, dass er sich die Augen ausheulte, aber die Frau hatte sie beruhigen können und gemeint, es sei alles in bester Ordnung. Am Anfang hätte er noch ein bisschen geweint, aber das sei normal.

Dann starrte sie auf mein Kinn. »Ich kann deinen Pickel kaum noch erkennen. Wenn du ihn heute Abend nicht anrufst, bring ich dich um. Jacko hat sich vorhin auch gemeldet. Ich soll dir ausrichten, dass er gewisse Fotos von Weihnachten 1990 ins Netz stellt, wenn du jetzt deinen Arsch nicht hochkriegst. Die sollen sehr, sehr pikant sein.«

»Die kann er unmöglich aufbewahrt haben!«, erwiderte ich fassungslos.

»Was für Bilder sind das überhaupt?«, fragte sie. »Das wollte er mir nämlich nicht verraten, der Mistkerl.«

Jetzt musste ich mich auch noch erpressen lassen. »Das war auf dem so genannten Schneeflocken-Weihnachtsball 1990. Er hat damals mit mir um zehn Pfund gewettet, dass ich es niemals wagen werde, mein Oberteil auszuziehen und auf dem Tisch zu tanzen. Und ich war betrunken und pleite genug, es zu tun. Aber ich war nicht die Einzige!«, fügte ich hinzu. »Wir waren zu dritt. Und verglichen mit den anderen beiden, war ich flach wie ein Bügelbrett. Als ich wieder nüchtern war, hätte ich am liebsten Selbstmord begangen.«

Nachdem sie sich von ihrem Lachkrampf erholt hatte, meinte Sally: »Würdest du jetzt bitte zum Telefon gehen?«

Ich hatte noch eine weitere Verzögerungsstrategie parat, nämlich Helen. Doch nachdem wir ihre Geschichte ebenfalls durchgehechelt hatten, war es schon nach sieben.

Inzwischen wollte ich die Sache auch nicht mehr länger hinausschieben. Ich hielt es einfach nicht mehr aus.

Ich musste es nur dreimal klingeln lassen, bis er dranging. »Mackenzie«, sagte er knapp.

Ich kam mir vor, als müsste ich mir ein Bein abhacken. Ich litt Todesqualen, aber wenn ich nicht sterben wollte, blieb mir nichts anderes übrig. »John, ich bin's«, sagte ich wie der letzte Trottel. »Harriet, meine ich. Bitte leg nicht gleich auf – ich muss unbedingt mit dir reden –«

»Harriet, tut mir Leid, aber ich kann das jetzt echt nicht –«

»Bitte hör mir doch einfach nur eine Minute lang zu! Ich weiß, du denkst, ich wäre völlig neurotisch, und ich kann dir das wirklich nicht übel nehmen. Aber das neulich, das war nicht so gemeint. Ich weiß, das klingt jetzt blöd, aber da gab es jede Menge Komplikationen, von denen du nichts weißt – ich kenne Nina nämlich, verstehst du – ich weiß, ich hätte dir das schon längst sagen sollen, aber ich hatte Angst, du könntest mich für bescheuert halten – O Gott, ist das schrecklich …«

Ich holte kurz Luft, um dann sofort weiterzuplappern. »Ich kann dir das Ganze unmöglich am Telefon erzählen, dazu ist das alles viel zu kompliziert – du kannst nicht schnell bei mir vorbeikommen, oder? Wenn du willst, komm ich auch zu dir – ich könnte sofort kommen, falls du nicht schon was anderes vorhast …«

Am anderen Ende der Leitung herrschte ein quälend langes Schweigen.

»Ich fürchte, das wird nicht gehen.«

SIEBZEHN

Das war's. Mein Bein war ab, und wenn ich nicht an Blutverlust starb, dann an gebrochenem Herzen. Ich wollte mich nur noch still in eine Ecke legen und auf mein nahes Ende warten. »Nein, natürlich nicht«, stammelte ich. »Tut mir Leid, dass ich dich gestört habe –«

»Harriet –«

»Nein, ist schon in Ordnung, ehrlich, wir sollten es lieber dabei belassen. Ich hätte erst gar nicht anrufen sollen. Es war wirklich schön mit dir, wunderschön sogar, aber –«

»Harriet, würdest du mir mal bitte zuhören? Wenn ich sage, dass das nicht geht, meine ich nur, dass das nicht geht. Ich bin in Prag.«

Zehn Minuten später legte ich auf und wusste kaum noch, wo mir der Kopf stand.

Sally grinste bis über beide Ohren. »Das heißt, er hat gesagt, du sollst die Fliege machen.«

Also doch. »Ich fass es einfach nicht! Ich dachte, der macht Witze, als er gesagt hat, ich soll kommen. Aber er hat gemeint, ich muss mich ziemlich beeilen, denn er weiß nicht genau, wann der letzte Flug geht.«

»Und was ist mit deiner Arbeit morgen?«

»Vergiss die Arbeit – die anderen feiern auch ständig krank.« Plötzlich lief ich zur Hochform auf. »Los, Harriet, beweg dich – Sally, könntest du mir ein Taxi bestellen, während ich in Heathrow anrufe? Vielleicht schaffe ich ja noch den nächsten Flug. Meine Güte, wo hab ich bloß meinen Pass hingetan – sei so nett, und sieh mal in meiner Nachttischschublade nach. Und hol die sauberen Seidenstrümpfe aus dem Wäschetrockenschrank – wo zum Teufel sind bloß die Gelben Seiten – er hat gesagt, entweder British Airways oder Midland – du kannst mir nicht zufällig den knallrosa Pulli von dem Wäschehaufen in meinem Zimmer bringen und mal kurz mit dem Bügeleisen drübergehen, oder? Ich muss ihn zurückrufen – meine Güte, wahrscheinlich schaffe ich's nicht mal mehr zu duschen!«

Warum ich an jenem Abend keinen Eintrag im *Guinness Buch der Rekorde* bekommen habe, weiß ich nicht. Ich telefonierte alle Fluggesellschaften ab, wählte mich durch alle möglichen automatischen Ansagen, die mich baten, die Eins zu drücken, um eine Reservierung vorzunehmen, warf meine Sachen in eine Reisetasche, suchte nach dem Pass, der in der Nachttischschublade hätte sein sollen, wo er allerdings nicht war, rief den Mann zurück, der mich in den siebten Himmel versetzt hatte, um ihm zu sagen, dass ich mit einem bisschen Glück den Flug um Viertel nach neun erwischen würde, wusch mich hektisch unter den Armen – zum Zähneputzen war leider keine Zeit mehr, aber das konnte ich genauso gut auf dem Flug erledigen –, erlitt eine kurze Panikattacke, als ich feststellte, dass ich kaum noch genug Kleingeld fürs Taxi besaß; Ende der Panikattacke, als Sally vorschlug, auf dem Weg zum Flughafen an einem Bankomaten zu halten, noch mehr Panik, als das Taxi beinahe im Stau stecken geblieben wäre – was, wenn ich nicht mehr rechtzeitig zum Flieger komme?

Und dann raste ich auf der Suche nach dem richtigen Schalter wie eine Wahnsinnige durch den ganzen Terminal, verfluchte alles und jeden, der sich mir in den Weg stellte, aber ganz besonders den alten Knacker, der vor mir in der Schlange war und sich beschwerte, weil er nicht den Platz mit der vielen Beinfreiheit hinter der Tragfläche bekommen hatte. Ich litt unsägliche Qualen, als das Mädel am Counter stirnrunzelnd irgendwas in ihren Computer hackte, wobei das Stirnrunzeln bedeuten konnte, dass es vielleicht gar keinen freien Platz mehr gab. Irgendein Blödmann mit Senator-Card hatte mich auf einen Platz in der letzten Reihe verbannt. Eine weitere Panikattacke folgte, als es ans Bezahlen mit der Kreditkarte ging. Was, wenn mein Dispo aus irgendwelchen mysteriösen Gründen überzogen und mein Konto gesperrt war? In meiner Angststarre hielt ich einfach alles für möglich. Anschließend raste ich, das Flugticket zwischen den Zähnen, in einen der Shops, um mir ein Deo zu kaufen, da mir gerade eingefallen war, dass ich weder eines benutzt noch eingepackt hatte, weswegen meine frisch gewaschenen Achseln bestimmt schon wieder müffelten, vor allem, da ich wie von der Tarantel gestochen zum Gate raste, als die Anzeige »Letzter Aufruf« blinkte …

Puh. Das musste ja so kommen. Man bricht erst alle olympischen Rekorde, um sich dann doch nur hinten in eine Schlange von neun nervös von einem Fuß auf den anderen tretenden Leuten einreihen zu dürfen.

Jetzt, solange es noch ging, rief ich den Mann meiner Träume an. »Gerade noch geschafft. Ich fliege mit.«

»Ich hol dich ab.«

»Ihre Bordkarte bitte?«

Ich schenkte dem Typen ein derart strahlendes Lächeln, dass es mich nicht gewundert hätte, wenn er sofort den Flugkapitän angefunkt hätte: *»Boden an Yankee Foxtrot, wahrscheinlich eine geistig Verwirrte zugestiegen, begibt sich gerade auf Platz 17D. Entweder betrunken oder einfach nur gaga – am besten, Sie warnen die Crew schon mal vor.«*

Als ich an Bord ging, war ich vor Glück wie benommen. Ich verfluchte nicht mal die Leute, die ich sonst in meiner Fantasie immer mit den drakonischsten Strafen belege. Ich rede von den Leuten, die fünf Minuten lang den Gang blockieren, während sie umständlich vierzehn Handgepäckstücke verstauen.

Ich liebe den Start. Ich liebe das Beschleunigen auf der Rollbahn. Ich liebe es, wenn kurz angehalten wird, sie die Motoren aufheulen lassen und dann die Bremsen lösen. Ich liebe es, wenn einen Fliehkraft und Geschwindigkeit in den Sitz drücken.

Natürlich gab es keinen azurblauen Himmel, in den wir hätten aufsteigen können, und auch kein weißes Wattewölkchen-Luftschloss, aber das war mir egal. Den ganzen Flug über sah ich auf das nächtliche Europa hinunter, auf Städte, deren Lichter golden funkelten. Ich bedauerte jeden Menschen im Universum, denn in diesem Moment konnte keiner so glücklich sein wie ich.

Als ich den Zoll hinter mir ließ, stand er schon da und wartete auf mich. Er trug einen dunkelgrauen Mantel und strahlte mich an, dass mir das Herz überging.

Ich kam mir vor wie der letzte Idiot und hätte beinahe angefangen zu heulen. »Und du hast es dir ganz bestimmt nicht anders überlegt? Willst immer noch so eine verrückte, neurotische Tante wie –«

Ich hatte gehofft, dass er mich so zum Schweigen bringen würde. Die Mund-zu-Mund-Methode ist da einfach unschlagbar. Doch solange wir uns noch in der Öffentlichkeit befanden, mussten wir uns schwer beherrschen.

Er nahm meinen Arm und zog mich Richtung Ausgang. »Jetzt könnte man Angora-Unterwäsche gebrauchen. Es ist saukalt da draußen.«

Das konnte man wohl sagen. Es war weit unter Null, und wo das Licht hinfiel, glitzerten tausend Diamanten.

Hier lag richtiger Schnee, nicht so ein lächerlicher Pseudoschnee, der am nächsten Morgen gleich wieder wegschmilzt.

Draußen wartete schon das Taxi, der Fahrer hatte den Motor angelassen.

Wir setzten uns dicht nebeneinander auf die Rückbank. Als der Fahrer losfuhr, nahm John meine Hand. Ich musste daran denken, wie wir damals im Taxi gesessen hatten – seitdem war so einiges passiert. Genau wie damals strich er mir sanft mit dem Daumen über den Handrücken. »Jetzt hast du keine kalten Hände«, sagte er.

Er hatte also auch wieder daran denken müssen. Daran, wie ich plötzlich eiskalt geworden war. Und dann noch einmal, nur wesentlich schlimmer. »Ich hab in der Zwischenzeit mein Thermostat reparieren lassen.« Ich zögerte, aber ich musste ihn einfach fragen. »Und? Hast du mich für eine saublöde Zicke gehalten?«

Es dauerte einen Moment, bis ich eine Antwort bekam. »Ich dachte, du hast vielleicht schlechte Erfahrungen gemacht und willst es jetzt dem Erstbesten heimzahlen. So einem Mistkerl, dem es gut tut, sich mal richtig zusammenstauchen zu lassen.«

Wie eine saublöde Zicke, also doch. Ich fühlte mich schrecklich.

»Davor hab ich gedacht, du hast einen anderen«, fuhr er fort. »So wie du dich verhalten hast, konnte man meinen, du hast ein verdammt schlechtes Gewissen.«

Nun ja, hatte ich ja auch.

»Ich dachte schon, es ist Taras Bruder«, fuhr er fort. »Sie hat mal so eine Bemerkung gemacht. Ich dachte, du könntest dich vielleicht nicht entscheiden.«

»Jacko hatte es noch nie auf mich abgesehen.« Aber davon wollte ich jetzt gar nicht anfangen. »Ich dachte, *du* hättest eine andere, deshalb.«

Wieder musste ich einen Moment warten, bis ich eine Antwort bekam. »Bist du mit Nina befreundet?«

Ich war am Telefon nicht ins Detail gegangen, sondern hatte ihm die Situation nur in groben Zügen geschildert. »Eigentlich nicht. Wir sind zusammen auf die Schule gegangen. Ich hatte sie schon eine Ewigkeit nicht mehr gesehen. Ich weiß, das klingt jetzt lächerlich, aber als ich dich zum ersten Mal getroffen habe, hab ich mich versteckt und inständig gehofft, dass sie mich nicht sieht.«

»Warum?«

»Irgendwie hat sie es immer geschafft, dass ich mir neben ihr wie ein Nichts vorgekommen bin. So wie eine Art Montagswagen, der gleich am nächsten Tag auseinander fällt. Und selbst nach all den Jahren ist es ihr in Covent Garden wieder gelungen.«

Im Taxi war es so dunkel, dass ich seine Augen nicht erkennen konnte. »Erzähl weiter.«

Also erzählte ich. Ich war unglaublich erleichtert, mir endlich alles von der Seele reden zu können. Ich ließ nichts aus und erzählte ihm von Stuart, Rosie und dem Klatsch, den ich so gründlich fehlinterpretiert hatte. Ich erzählte ihm von Jon, von dem Privatschnüffler, davon, wie ich Nina besucht und mich danach hundeelend gefühlt hatte.

Schließlich fragte ich: »Wusstest du eigentlich, dass sie gleichzeitig noch was mit einem anderen angefangen hatte?«

»Nein, aber das überrascht mich nicht weiter.« Nach einer kurzen Pause fügte er hinzu: »Und, was hat sie über mich erzählt?«

Kaum dass die böse, kleine Schlange ihr Haupt erheben wollte, war sie auch schon wieder verschwunden. Seine Mundwinkel zuckten. Zwar nur ein bisschen, aber sie zuckten. »Was ist denn?«, fragte ich.

»Erst du.« Diesmal war das Zucken noch ausgeprägter. »Was hat sie gesagt? Sie hat doch was gesagt, oder?«

»Na ja ...« Wie sollte ich ihm das bloß beibringen?

»Los, sag schon«, meinte er und drückte meine Hand. »Ich will es wissen. Egal, wie weh es tut.«

Ich wusste, dass er sich innerlich bereits totlachte. Und obwohl ich darüber natürlich unglaublich erleichtert war, verstand ich nicht, warum. »John, was ist denn?«

»Warte, wir sind da. Wir geben nur schnell dein Gepäck ab ...«

Das Taxi hielt vor einem Hotel. John bezahlte den Fahrer und wir gingen hinein. Es war eines von diesen schicken, alten Gebäuden, die zu Mozarts Zeiten einem stinkreichen Kaufmann gehört haben könnten. Es hatte Atmosphäre und besaß einen ruhigen Charme.

Er gab meine Tasche an der Rezeption ab. »Hast du schon was gegessen?«

»Ja, im Flugzeug – was wolltest du gerade sagen?«

»Nichts. Erst musst du mir erzählen, was sie gesagt hat. Ich muss das einfach wissen«, fuhr er gespielt ängstlich fort. »Aber bevor es so richtig schlimm wird, muss ich mich erst ein bisschen stärken. Der Altstädter Ring ist gleich um die Ecke.«

Ich hielt es kaum noch aus und wollte endlich die Wahrheit wissen. Aber ich wusste, er würde mich zappeln lassen. Nach dem warmen Hotel kam es mir draußen noch kälter vor. Mein Mantel war für Londoner Verhältnisse durchaus ausreichend, aber man konnte ihn nicht bis obenhin zuknöpfen. »Ich hätte einen Schal mitnehmen sollen«, sagte ich und fröstelte. »Ich hab einfach nicht daran gedacht.«

Er blieb stehen und zog seinen Schal hervor.

»Nein!«, protestierte ich, aber er sagte nur: »Mund halten!«, und band ihn mir um.

Bis zum Altstädter Ring war es nur ein kurzer Spaziergang über Kopfsteinpflaster. Auf dem Weg dorthin erzählte ich ihm, dass ich vor ein paar Jahren schon mal hier gewesen war. Doch das war im Sommer gewesen, und auf dem Platz hatte es nur so gewimmelt von Menschen, die an Kaffeehaustischen in der Sonne saßen, und von Reisegruppen, die sich um den mittelalterlichen Uhrenturm scharten, wo jede halbe Stunde der Tod und Justitia erschienen, um sich von den Touristen fotografieren zu lassen.

Jetzt war es nicht nur tiefster Winter, sondern auch schon spät in der Nacht. Nur wenige Leute hatten sich in die Kälte hinausgewagt. Wir landeten in einem typisch tschechischen Kaffeehaus, wo man einfach alles bekommt, vom Apfelstrudel bis zum Schnaps, Stehgeiger inklusive. Wir gingen die Treppe hinunter in den noch gemütlicheren Keller und suchten uns ein ungestörtes Plätzchen.

Er bestellte ein Bier, ich einen Kaffee und einen Schnaps als Absacker. Der Schnaps erinnerte mich an den Après-Ski in Österreich. An witzige Abende, an denen wir in irgendwelchen Weinkellern alberne Spiele spielten und mit unseren Skilehrern flirteten, die uns noch am Vormittag erzählt hatten, wie beschissen unser Parallelschwung aussähe.

Doch keiner von ihnen konnte es mit diesem wunderbaren John aufnehmen, der jetzt neben mir saß. Er nahm einen Schluck von seinem köstlichen Pils und sagte: »Gut, ich mache mich auf das Schlimmste gefasst. Zerstöre mein Ego und sag mir, was sie dir erzählt hat.«

Seine Mundwinkel zuckten kaum noch, dafür lag ein heimtückisches Funkeln in seinen Augen. Keine Ahnung, wie ich das aushielt, ohne über den Tisch zu springen, mich auf ihn zu stürzen und ihn noch gleich an Ort und Stelle zu vernaschen. »Ich fürchte, sie hat gesagt, du wärst nicht ganz ihr Niveau«, sagte ich mit trauriger Stimme. »Tut mir wirklich Leid für dich.«

Seine Mundwinkel zuckten etwas stärker. »Ist das alles?«

»Na ja, nicht ganz. Sie hat gesagt, du wärst ›echt süß‹, aber eben überhaupt nicht ihr Typ.«

»Meine Güte«, jammerte er. »Wie soll ich das bloß überleben?«

Ich konnte mich kaum noch zurückhalten. »John, wenn du mir nicht umgehend sagst –«

»Ist ja gut, ist ja gut. Ich fürchte, ich war ein bisschen ungezogen.«

Ich musste lachen. Das lag an diesem hinterhältigen Funkeln und dem gespielt kleinlauten Tonfall. »Was soll das heißen, ein bisschen ungezogen?«

»Na ja, mehr als ungezogen. Wenn man so will, hab ich mich absolut arschig verhalten. Ist ja gut, ist ja gut«, fuhr er fort, als er merkte, dass ich kurz davor stand, zu explodieren. »Ich hab sie auf einer Hochzeit in Schottland kennen gelernt. Ehrlich gesagt, hab ich sie schon beim Einchecken auf dem Hinflug kennen gelernt. Wir saßen im Flugzeug nebeneinander, teilten uns das Taxi zum Hotel und so. Am nächsten Tag leistete sie mir beim Frühstück Gesellschaft, wir verbrachten das ganze Wochenende gemeinsam.«

Er schwieg. »Wir flogen mit demselben Flugzeug nach Hause, also wiederholte sich die Prozedur. Sie hat den ganzen Flug über geredet. Und ich hab zugehört, wie man das eben so macht. Ab und zu wirft man mal was ein. Man fragt nach. Man bemüht sich, beeindruckt zu wirken, wenn sie lauter wichtige Namen fallen lässt und damit um sich wirft wie Lucys Wellensittich mit seinen Körnern in der Küche. Man lächelt.« Er schwieg erneut. »Das Dumme ist nur, dass man das viel zu perfekt macht.«

Langsam begann ich zu verstehen.

»Sie wäre nie auf die Idee gekommen, dass ich überhaupt kein Interesse an ihr haben könnte«, fuhr er fort. »Das ist mir erst später so richtig klar geworden: dass es außerhalb ihres Vorstellungsvermögens liegt, dass es Menschen gibt, die sich nicht für sie interessieren. Sie nimmt das mehr oder weniger als gegeben hin. Als ich dann ihr Gepäck vom Förderband gehoben hab, wollte sie sich schon mit mir zum Mittagessen verabreden. Und noch bevor wir uns in die Taxischlange einreihen konnten, hatte sie schon einen Zeitpunkt und ein Restaurant vorgeschlagen.«

»Und du konntest einfach nicht Nein sagen?«

Seine Brauen schnellten kurz in die Höhe. »Das kam mir dann doch ein wenig grob vor.«

Auch auf die Gefahr hin, dass man mich jetzt für eine Zicke hält, aber ich wünschte, er hätte Nein gesagt.

»Schon nach dem Wochenende hatte ich das Gefühl, mich bereits seit zwei Wochen mit ihr zu treffen«, fuhr er fort. »Aber dann dachte ich, vielleicht ist das Ganze meine Schuld, weil ich ihr aus Versehen falsche Hoffnungen gemacht habe. Doch nach diesem Mittagessen wusste ich, dass ich entweder grob oder hinterhältig werden musste.«

Dann eben hinterhältig. Ich hätte es zwar lieber gesehen, wenn er sie zum Teufel geschickt hätte, aber das war mal wieder typisch.

»Diesmal hab ich ein gemeinsames Abendessen angeregt«, fuhr er fort. »Ich schlug einen Zeitpunkt und einen Ort vor und sagte, ich würde sie abholen.«

Ich wartete und dachte, er würde mir irgendwas von billiger, geschmackloser Kleidung, einem Vollrausch und derben Witzen oder von lautem Rülpsen in einem schicken Restaurant erzählen.

»Inzwischen hatte ich so in etwa kapiert, wie sie tickt«, fuhr er fort. »Also hab ich mir Lucys Wagen ausgeliehen.«

Langsam begriff ich. »Eine verbeulte, alte Rostlaube?«

Er schüttelte den Kopf. »Das wäre zu auffällig gewesen. Ein stinknormaler Ford, schon ein bisschen in die Jahre gekommen, neunzigtausend Kilometer und die eine oder andere Macke.« Auf so was wäre ich nie gekommen, aber etwas Besseres hätte er sich gar nicht ausdenken können. Früher hatte sich Nina nämlich nichts sehnlicher gewünscht als einen Freund mit Ferrari. Manchmal hatte sie ihren Freund gegen einen neuen eingetauscht, bloß weil der einen besseren Wagen fuhr. Der Typ, dem sie den Laufpass gegeben hatte, war viel netter gewesen als der andere. Aber dem Charme eines auf Hochglanz polierten, nigelnagelneuen Golf – oder was der andere eben gerade fuhr – hatte sie sich einfach nicht entziehen können. Ich konnte mir nicht vorstellen, dass sie sich in dieser Hinsicht geändert hatte. Ein einigermaßen schickes Auto war ihr wichtiger als eine vernünftige Ausstattung im Intimbereich.

»Was hat sie gesagt?«

»Zuerst mal gar nichts. Sie hat nur geguckt. Aber kaum dass wir losgefahren waren, hat sie gefragt: ›Ist das dein Auto?‹ Und ich hab gesagt: ›O ja, klar. Ich hab keine Lust, mein Geld in irgendeinen schicken fahrbaren Untersatz zu stecken, der dann doch bloß geklaut wird.‹«

»Und, wie hat sie reagiert?«

»Gar nicht. Deshalb musste ich noch was obendraufsetzen. Noch bevor ich eingeparkt hatte, hab ich ihr erzählt, wie sehr ich unter dem ganzen Stress leide. Dass ich vorhätte, meinen Job hinzuschmeißen, ja sogar drüber nachdächte, mir einen kleinen Bauernhof in Wales zu kaufen und Ziegen zu züchten.«

Ich hätte mich beinahe an meinem Schnaps verschluckt.

»Ich dachte auch, ich hätte ein bisschen übertrieben«, fuhr er fort. »Aber ich muss besser gelogen haben als gedacht. Wir waren noch gar nicht ausgestiegen, da hatte sie bereits dicht zugemacht. Ich wollte ja nicht übertreiben und hab das Thema nicht mehr angeschnitten, bis wir das Restaurant verließen. Aber dann sagte ich, ich hätte mir gerade ein paar Grundrisse von kleinen Höfen schicken lassen, die ich mir am Wochenende ansehen wollte. Und dass ich mich sehr freuen würde, wenn sie mitkäme.«

Mittlerweile kicherte ich bereits hemmungslos. »Du gemeiner, hinterhältiger Kerl ...«

»Ja, ich muss sagen, ich war ganz schön stolz auf mich«, pflichtete er mir bei. »Vor allem, als ich mit meiner Taktik großen Erfolg hatte. Sie sagte fröhlich, dass sie am Wochenende leider sehr beschäftigt wäre – wirklich schade –, aber das Essen sei hervorragend gewesen, vielen Dank auch und sie würde sich in den nächsten Tagen mal wieder melden. Und ach ja, ich bräuchte mir nicht extra die Mühe machen und sie heimfahren – das läge schließlich überhaupt nicht auf meinem Weg – sie würde sich stattdessen ein Taxi nehmen. Und so stand ich fünf Minuten lang auf dem Bürgersteig in der Kälte, um ihr eines herbeizuwinken.«

»Ich wette, du hast es ihr sogar noch bezahlt.«

»Ich hab's versucht«, sagte er mit edlem Großmut, der jedoch nicht lange vorhielt. »Aber ich hab nicht weiter drauf bestanden.«

Nachdem ich mich wieder einigermaßen gefangen hatte, bestellte er mir einen weiteren Schnaps. Der erste war mir äußerst gut bekommen und hatte mich von innen richtig schön aufgewärmt. Nicht dass ich das nötig gehabt hätte.

»Das war also deine erste richtige Verabredung mit ihr«, sagte ich. »Kurz bevor wir uns vor dem Fruchtbarkeitsgott über den Weg gelaufen sind.«

Er nickte. »Und da stand ich nun, überlegte mir meinen hinterhältigen Plan, und beschloss, einen Blick auf diesen Holzkopp zu werfen, der mir schon vorher aufgefallen war, als ich diese Frau entdeckte.«

An dieser Stelle schwieg er erneut und schüttelte den Kopf. »Die hat mir ganz schön was abverlangt, das kannst du mir glauben.«

Ich bemühte mich, nicht zu lachen. »Das soll dir eine Lehre sein, nicht irgendwelche Frauen von der Straße aufzugabeln. Und schon gar nicht so schamlose Schlampen, die so tun, als hätte man ihnen gerade den Geldbeutel geklaut, um mit dir ausgehen zu können.«

»Unmöglich«, sagte er tadelnd, aber seine Augen funkelten so frech, dass ich mich vorbeugen und ihn küssen musste.

Als wir die Bar verließen und den Altstädter Ring überquerten, schneite es. Ich erzählte ihm von der Hexe von Narnia und davon, dass ich mich neben Nina immer wie ein hässliches Monster fühlte, und er musste lachen. Wir blieben stehen und sahen an den gotischen Zwillingstürmen der Teynkirche empor, die mit Neuschnee bepudert waren. Ich sagte, ich käme mir vor wie im Märchen. Die Türme würden mich an die Burg in Disneyland erinnern – der alte Walt hätte sich sicher davon inspirieren lassen. Daraufhin strich er mir eine Schneeflocke von der Wange und küsste mich. In dem Moment wusste ich genau, wie sich Walts Aschenputtel gefühlt haben muss, als es seinen Prinzen fand. Und als wir komplett durchgefroren waren, schlug er vor, auf die Karlsbrücke zu gehen, um uns dort noch mal richtig zu küssen. Eng aneinander geschmiegt liefen wir im Schneetreiben zur Brücke. Im Schein der verschneiten Laternen nahmen wir den Fluss mit seinen vielen Brücken und die Altstadt mit ihren märchenhaft verschneiten Dächern und Türmen in uns auf. Dann sagte er, dass er den Schnee von nun an immer mit ganz anderen Augen sehen würde, und küsste mich. Okay, okay, ich hab ihn natürlich zurückgeküsst. Nicht dass der Eindruck entsteht, ich hätte da völlig passiv rumgestanden wie die letzte Langweilerin. Denn diesmal waren wir so gut wie allein, und wenn nicht, hätte uns das auch nicht groß gestört. Falls irgendwelche Prager Gespenster über unseren Mangel an Anstand schockiert gewesen sein sollten, dann möchte ich mich hiermit bei ihnen entschuldigen.

Zurück im Hotel, war mir gleich wieder heiß, wenn ihr versteht, was ich meine. Rein äußerlich war ich allerdings immer noch ziemlich ausgekühlt. Und so sagte ich, als er gerade den Zimmerschlüssel im Schloss drehte: »Vielleicht taue ich unter der Dusche wieder ein bisschen auf. Zum Duschen hatte ich zu Hause nämlich keine Zeit mehr.«

Er schloss die Tür hinter uns und warf den Schlüssel auf das Bett. »Vielleicht sollte ich dir dabei Gesellschaft leisten. Ausländische Duschen sind manchmal ganz schön kompliziert – ich könnte mitkommen und an den Hähnen herumspielen.«

Mit einem derartigen Vorschlag hatte ich selbstverständlich

nicht gerechnet. »Ich glaube, mit den ausländischen Duschen komm ich ganz gut zurecht. Aber dafür bin ich ziemlich müde. So gesehen, könnte ich beim Ausziehen durchaus Hilfe gebrauchen.«

Ich weiß nicht, zum wievielten Mal ich bei dem schelmischen Flackern in seinen Augen weiche Knie bekam. »Ihr Wunsch ist mir Befehl. Kommen Sie.«

Ich muss schon sagen: So einen fantastischen Zimmerservice hab ich noch nie gehabt. Und so unglaublich gründlich geduscht auch noch nie. Da wurden Körperteile eingeseift, von denen ich nicht einmal wusste, dass sie existierten. Natürlich revanchierte ich mich entsprechend und kann guten Gewissens sagen, dass es saubereren Sex nie gegeben hat. Nur gut, dass in der Dusche eine von diesen rutschfesten Matten lag, denn sonst wäre er beim Finale, bei dem er mich hochhob und ich meine Beine um ihn schlang, noch auf die Nase gefallen. Ich glaube, ich hab mich am Duschvorhang festgehalten – ein Wunder, dass ich das Ding nicht runtergerissen habe.

In flauschige Handtücher gehüllt, lagen wir anschließend auf dem Bett, redeten köstlichen postkoitalen Unsinn, lachten, während wir uns *Tom und Jerry* im Fernsehen ansahen und dazu Schokolade aus der Minibar aßen. Als ich sah, wie spät es war, fragte ich: »Musst du morgen nicht sehr früh aufstehen?«, und er antwortete: »Ja, aber darüber mache ich mir erst Gedanken, wenn es so weit ist.«

Ich weiß nicht, wie spät es war, als wir uns zwischen den frisch gestärkten Laken aneinander kuschelten, aber als ich gerade einschlafen wollte, spürte ich, wie sein Brustkorb leise vibrierte.

»Was ist denn?«, murmelte ich.

»Nichts, mein kleines hässliches Monster. Schlaf jetzt.«

Das tat ich dann auch – beinahe. »Aber diesmal weckst du mich, bevor du gehst.«

Anfang April verkaufte ich Dorothys Haus an das zweite Pärchen, das es sich ansah. Ich kaufte eine hübsche, zentral gelegene Wohnung mit Garten. Der Garten musste sein, wegen Pissels. Auch wenn er pro Tag gut und gerne dreiundzwanzigeinhalb Stunden auf dem Sofa lag, brauchte er ein wenig Auslauf. Und wie hat Rosie noch so schön gesagt? Im Sommer ist so ein Garten super zum Grillen. Rosie hat zu guter Letzt auch eine hübsche Wohnung gefunden und ist nonstop unterwegs. Aber wir sehen uns trotzdem noch. Mit Suzanne hat sie kaum noch Kontakt. Nachdem herausgekommen war, was sie alles weitergetratscht hatte, hatten die beiden ein recht gespanntes Verhältnis. Aber zumindest besaß Suzanne die Größe, Rosie das Tratschen nicht vorzuwerfen, schließlich hatte sie selber genug getratscht.

Während ich umzog, wechselte ich auch noch meinen Job und hatte dementsprechend viel um die Ohren. Ich ging zu einer von diesen internationalen Personalagenturen. Und so kann meine Mutter in ihrem nächsten Weihnachtsrundbrief an die Ex-Nachbarn ihres Ex-Zuhauses stolz verkünden, dass ich mittlerweile eine richtig gute Stelle habe. Womit sie in Wahrheit meint, dass ich mindestens genauso viel verdiene »wie eure blöde Tochter, nur damit ihr's wisst.«

Tara machte einen einmonatigen Computerkurs, arbeitete bis Juli bei einer Zeitarbeitsfirma und sparte sich währenddessen genug Geld zusammen, um mit einer Freundin nach Griechenland reisen zu können. Im September begann sie mit ihrem Nachhilfekurs. Laut Jacko macht sie sich bisher ganz gut. Er meint, das wäre ja auch das Mindeste, schließlich würden ihre Eltern ein Vermögen dafür ausgeben. Im Januar hatte sie mich sogar noch angerufen und sich entschuldigt, dass sie John und mir solchen Ärger gemacht hätte. Ich hatte so den Verdacht, dass ihre Mutter dahinter steckte, aber ich will mich nicht beschweren.

Helen hat einen kleinen blauen Transporter, auf dem »Cooking to Go« steht, und mit dem ist sie ziemlich häufig im Einsatz. Jedes Mal, wenn ich sie sehe, was leider nicht sehr oft vorkommt, seit ich umgezogen bin, steckt sie bis zu den Ellbogen in Blätterteig oder so. Den Zwillingen rennt sie schon lange nicht mehr hinterher, denn dazu hat sie gar keine Zeit. Außerdem kam sie keineswegs wieder angekrochen. Sie sagte Lawrence, dass sie nicht bereit wäre, ihr Zuhause aufzugeben. Er mochte zwar das Geld dafür aufgebracht haben, aber das Planen und Einrichten, die aufeinander abgestimmten Farben, die Renovierung, alles, was ein richtiges Zuhause daraus machte, sei ihrer Kreativität zu verdanken. Und sie sei nicht bereit, das aufzugeben. Wenn er und Francesca was Größeres wollten als ein Puppenhaus, dann war das ihr Problem. Und Lawrence war so erleichtert, dass sie zu den Kindern zurückkam, dass er kaum Einwände erhob.

Sie traf sich noch ein paar Monate mit ihrem Mann aus dem Zug (er hieß übrigens Ian), aber dann wurde er nach Frankfurt versetzt, und die Beziehung schlief ein. Trotzdem hatte er ihr einen Riesengefallen getan, indem er ihr klarmachte, was alles in ihr steckte – und das nicht nur in gewissen Hotelzimmern. Neulich hat sie so einen Typen erwähnt, den sie auf irgendeiner Geburtstagsfeier kennen gelernt hat. Von ihr weiß ich auch, dass er Philip heißt und ganz verrückt nach ihren Käse-Sellerie-Häppchen ist. Wie ich schon zu Sally sagte: Kein Mann, den sie bei diesen Veranstaltungen kennen lernt, wird je um einen Anmachspruch verlegen sein. Er muss nur sagen, dass er ganz verrückt ist nach ihren Himbeerdingern, und schon ist sie hin und weg.

Genau wie geplant, zog Sally Ostern zu ihren Eltern. Sie blieb bis Mitte Juli. Doch es waren gar nicht mal so sehr die Eltern, die sie in den Wahnsinn trieben. Stattdessen machte Tom die Eltern wahnsinnig. Er war gerade im besten Krabbelalter, krabbelte buchstäblich überallhin und griff nach allem, was sich in seiner Reichweite befand – und das, wo sie jede Menge Beistelltischchen mit lauter Nippes darauf besaßen. *(Nein, ich werde das nicht wegräumen. Er muss endlich lernen, was ›nein‹ bedeutet.)* Da er außerdem versuchte, sich an allem Möglichen hochzuziehen, hatten seine Großeltern ständig Angst, dass er hinfallen und sich den Schädel brechen könnte. Außerdem machte sich die Oma permanent Sorgen wegen irgendwelcher Keime, darüber, dass er sich erkälten, erhitzen, sich stoßen oder mit Hunden oder Katzen in Kontakt geraten könnte (was noch mehr Keime bedeutet hätte). Darüber, dass er später die falschen Kinder auf der falschen Schule kennen lernen, sich Kellerasseln oder Gänseblümchen in den Mund stecken oder später auf der Uni mit Drogen experimentieren könnte. Und darüber, dass er jetzt, mit dreizehn Monaten, immer noch Windeln brauchte.

Was Sally schließlich nicht mehr aushielt.

Und nachdem sie Jacko bereits achtundvierzigmal gefragt hatte, ob sie nicht zu ihm ziehen wollte, damit er sie nicht jedes Wochenende abholen müsste, und sie ihm achtundvierzigmal gesagt hatte, dass das überhaupt nicht in Frage käme, bis sie mehr verdienen würde, zog sie doch bei ihm ein. Das bedeutete auch, ihrem Studienplatz Lebewohl zu sagen, aber dafür schaffte sie es, sich an einer Uni in Liverpool einzuschreiben. Sie hat dort Ende September mit dem Studium angefangen, und bisher gefällt es ihr ganz gut. Und wenn sie wieder mal die Bestnote mit nach Hause bringt, platzt Jacko fast vor Stolz. Außerdem kann sich Sally wieder richtig entspannen, weil Jacko keinen Nippes bei sich rumstehen hat. Und selbst wenn er welchen hätte, wäre es ihm egal, wenn Tom ihn kaputtmachen würde. Sie nennt ihn immer noch Blödmann, und ich kann nur hoffen, dass sie sich demnächst nicht verspricht und sagt: »Ja, ich will, du Blödmann«, wenn sie im März heiraten, denn ich werde Trauzeugin sein. Sie muss unbedingt kirchlich heiraten, weil ihre Mutter sagt, sonst wäre es keine »richtige« Hochzeit. Und so tun sie ihr eben den Gefallen.

Steve ist in der Tat noch mal aufgekreuzt. Am Anfang waren sich die beiden gar nicht grün, aber als man sich wieder trennte, hatten sie einen höflichen Umgangston gefunden. Sie sprachen über Geld und Besuchsrechte, aber da er jetzt einen Job in Hongkong hat, wird er wohl kaum jede Woche vorbeikommen. Keine Ahnung, wie das ausgehen wird. Egal, denn Tom betet Jacko geradezu an. Und wie Sally so schön sagt, kommt es schließlich auf denjenigen an, der morgens um halb sieben »Hoppe, hoppe Reiter« mit ihm spielt.

Dad und Kathy haben sich ein Haus auf Zypern gekauft. Es liegt in einem netten kleinen Ort namens Pissouri. Sie wollen das halbe Jahr dort verbringen und die andere Hälfte in England. Ihre beiden Häuser stehen zum Verkauf: Sie haben vor, sich etwas Neues zu suchen, das »nur ihnen gehört«. Dad lernt jetzt Neugriechisch. Laut Kathy muss es zum Totlachen gewesen sein, wie er versucht hat, sich mit den Einheimischen auf Altgriechisch zu verständigen. Aber die waren viel zu höflich, um ihn auszulachen.

Nina habe ich Ende September noch mal gesehen, an einem windigen, sonnigen Tag. Es war so gegen elf an einem Samstagvormittag. Ich war gerade unterwegs zu meiner Mutter und hatte noch an der Tankstelle gehalten, um einen Blumenstrauß und ein paar Pfefferminzbonbons zu kaufen, als ich sah, wie sie zum Zahlen hineinging.

»Harriet!«, sagte sie überrascht.

»Nina! Sieht man dich auch mal wieder!«

Ein peinliches Schweigen entstand, das von ihr gebrochen wurde: »Urlaub gehabt?«, fragte sie, nachdem sie mich gemustert hatte.

Ich trug Shorts in Pink, Sandalen und ein kleines weißes Top. Sie fragte, weil ich so braun gebrannt war und helle Strähnen im Haar hatte.

»Ja, einen sehr schönen sogar«, antwortete ich und strich mir das Haar aus dem Gesicht. »Ein Segeltörn in der Karibik.«

»Ehrlich?«, fragte sie mit einem Lächeln, das plötzlich noch ein Stück verkrampfter wirkte als ohnehin schon. »Ich dachte immer, um diese Jahreszeit ist das Wetter in der Karibik sehr unsicher.«

»Kann schon sein, aber wir haben großes Glück gehabt. Es war herrlich.«

Der Wind zerrte immer noch an meinem Haar. Das kam mir sehr gelegen, denn so konnte ich es mir mit der linken Hand aus dem Gesicht halten. Zugegeben, ich wusste, er würde ihr sofort auffallen. Nina hat einen Blick für so was. Wie eine ferngelenkte Rakete nahm sie meinen Ringfinger ins Visier. »Bist du verlobt?«, fragte sie, so als hätte ich gerade eine Geschlechtsumwandlung hinter mir.

»Ja, sieht ganz so aus«, gab ich zu und streckte ihr meine Hand entgegen, damit sie sich den Ring näher ansehen konnte. »Früher hab ich Verlobungen immer für Zeitverschwendung gehalten, aber wenn man gerade in einem kleinen Hafen vor Anker liegt, die Sonne untergeht und jemand so ein Schmuckstück aus der Tasche zieht, dann schickt man ihn nicht zum Umtauschen.«

Sie rang sich ein weiteres verkniffenes Lächeln ab. »Sehr hübsch.«

Fast hörte ich sie sagen: »Ist der echt?«, aber so weit ging sie dann doch nicht. Es war ein Smaragd mit quadratischem Schliff, der mit Diamanten eingefasst worden war, die einen richtig blendeten, wenn die Sonne darauf fiel.

»Und, wer ist der Glückliche?«, fragte sie genau in dem Moment, als John vom Zahlen zurückkam.

»Du hast ihn bereits kennen gelernt«, sagte ich, aber da hatte sie ihn schon entdeckt.

Ich muss sagen, er sah absolut großartig aus. Auch er trug Shorts und dazu ein weit aufgeknöpftes Hemd. Er war noch braun gebrannter als ich, und seine Augen hatten dieselbe Farbe wie eine Bucht in der Karibik: Sie glänzten blaugrün in der Sonne. Oder grünblau, ich kann mich da einfach nicht entscheiden. Er sah aus wie die edle Variante eines Piraten. Das war mir bereits aufgefallen, als wir auf Jamaika badeten.

Wie dem auch sei, er benahm sich absolut vorbildlich. Er rief: »Meine Güte, Nina!«, auf eine Art, gegen die ich nicht das Geringste einzuwenden hatte, und schüttelte ihr die Hand. »Wie geht's?«

»Sehr gut, danke. Meine Glückwünsche.«

»Wir sind gerade unterwegs zu meiner Mutter«, sagte ich. »Ich denke, es ist Zeit, dass sie sich kennen lernen.«

»Ja, und ich glaube, wir sollten uns ein wenig beeilen«, sagte er. »Schön, dich zu sehen, Nina. Mach's gut. Komm, steig ein, Harriet.«

Er öffnete die Beifahrertür des Wagens, der nur wenige Meter von uns entfernt stand. Das Verdeck war heruntergeklappt, und da er ihn erst am Vortag durch die Waschanlage gefahren hatte, glänzte er dunkelgrün.

Ihr fiel zwar nicht gerade die Kinnlade herunter, denn so etwas würde den Ninas dieser Welt niemals passieren, aber es fehlte nicht viel. »Ist das deiner?«, fragte sie John.

»Ich denke doch«, sagte er lachend. »Außer, ich hab ihn heute Nacht im Schlaf geklaut.« Er tat so, als würde es ihm langsam dämmern.

»Ach, du meinst den alten. Na ja, ich dachte, es ist an der Zeit, dass ich mir was Respektableres zulege. Harriet hat gemeint, das Ding würde sonst noch das ganze Viertel verschandeln, in dem ihre neue Wohnung liegt.«

Nina ließ ein winziges, silberhelles Glockengeläut hören, aber das Silber machte mir einen schwer angelaufenen Eindruck. Ein ziemlich billiges Silber, wenn ich ehrlich sein soll. »Und was ist mit den Ziegen?«, fragte sie.

»*Ziegen?*« Ich warf ihm einen fragenden Blick zu. »Was denn für Ziegen?«

»Ach, das«, meinte er knapp. »Ich hab eine ziemlich schlimme Phase durchgemacht, damals. Und da hatte ich plötzlich Lust auf ein idyllisches Landleben. Aber nachdem ich mir dann ein paar von diesen idyllischen Bauernhöfen angesehen hatte, hab ich meine Meinung schnell wieder geändert. Nichts als Schlamm und Matsch, so weit das Auge reicht.«

Ich sah Nina an und hob gespielt die Brauen. »Ehrlich, das höre ich heute zum ersten Mal.«

»Nun, ich werd ganz bestimmt nicht mehr davon anfangen«, sagte er. »Komm, steig ein – da wartet jemand auf die Zapfsäule.«

Und so stieg ich ein. »Also tschüs dann«, sagte ich und lächelte sie an, als wir im Sommerwind davonbrausten.

Die nächsten paar Hundert Meter sprach keiner von uns. Wir sahen uns nicht mal an. Ich traute mich nicht, weil ich wusste, dass wir sonst einen Lachkrampf bekommen hätten. Und bei dem Verkehr konnten wir unmöglich riskieren, die Kontrolle über den Wagen zu verlieren und einen Auffahrunfall zu bauen.

Schließlich sagte ich doch noch: »Hör auf.«

»Hör auf womit?«, fragte er ungerührt.

»Hör auf zu lachen. Das ist nicht gerade nett.«

»Ich weiß, dass das nicht gerade nett ist«, gab er zurück. »Deswegen lache ich ja auch nicht.«

»Und ob du lachst«, sagte ich und konnte meinen eigenen Lachkrampf gerade noch unter Kontrolle halten. »Ich seh dir das doch an. Aber in ein paar Stunden wird dir das Lachen schon vergehen. Nämlich dann, wenn dir meine Mutter Hunderte von Fotos zeigt, auf denen ich zwei, sieben und elf Jahre alt bin, und du dich ernstlich fragen wirst, worauf du dich da eigentlich einlässt.«

»Ich weiß genau, auf was ich mich da einlasse, mein kleines hässliches Monster.«

Ihr mögt das vielleicht albern finden, aber ich bekomme noch jedes Mal weiche Knie, wenn er das sagt. Es ist schon unglaublich, was so alles als Kosename herhalten muss. Wenn er es jemals wagen sollte, mich in aller Öffentlichkeit so zu nennen, werde ich ihn selbstverständlich auf der Stelle umbringen.

An der nächsten Ampel beugte er sich zu mir herüber und küsste mich. »Sonne, ein offenes Verdeck und Ihr, Mylady«, sagte er. »Was will der Mensch mehr?«

»Wie wär's mit einem Polo?« Ich steckte ihm ein Pfefferminzbonbon in den Mund.

Wenn man einmal davon absah, dass gerade kein Schnee lag, hätte der Tag nicht schöner sein können.

DANKSAGUNG

Mein besonderer Dank gilt der Romantic Novelists' Association (RNA), die ich bislang immer vergessen habe zu erwähnen, Lynne Drew und Anna Dalton-Knott bei Heinemann, die bemüht waren, mir die eine oder andere Kritik auf sehr nette Art und Weise nahe zu bringen; Sarah Molloy bei A. M. Heath für ihren Humor und dafür, dass sie sich meiner überhaupt angenommen hat!

Und wie immer danke ich A., P. und W. von ganzem Herzen, denn ihr seid mein Fels in der Brandung! Außerdem möchte ich mich bei O. W. für einfach alles bedanken, vor allem für das Angebot, vorbeizukommen und staubzusaugen, als der Abgabetermin immer näher rückte und mein Drucker verrückt gespielt hat.